问鼎2

燕市风云

何常在◎著

线装书局

图书在版编目(CIP)数据

燕市风云 / 何常在著. —北京：线装书局，
2012.10
ISBN 978-7-5120-0699-7

Ⅰ. ①燕… Ⅱ. ①何… Ⅲ. ①长篇小说—中国—当代
Ⅳ. ①I247.5

中国版本图书馆 CIP 数据核字(2012)第 247884 号

燕市风云

作　　者： 何常在
责任编辑： 杜　语　李津红
出版发行： 线装书局
地　址：北京市西城区鼓楼西大街 41 号(100009)
电　话：010-64045283　64041012
网　址：www.xzhbc.com
经　　销： 新华书店
印　　制： 北京天宇万达印刷有限公司
开　　本： 710mm × 1020mm　1/16
印　　张： 27
字　　数： 420 千字
版　　次： 2013 年 1 月第 1 版第 1 次印刷
印　　数： 00001—10000 册
定　　价： 39.80 元

序

其实为别人写序是一件很为难的事情，说得太好了，有恭维的嫌疑；说得不好了，有傲慢的嫌疑。本来我想拒绝写这篇序言，因为就我而言，现在事务繁忙，很难再静心看一部长篇小说了。不仔细阅读作品，信手拈来就写，是对自己也是对读者不负责任的表现。

但拿到书稿之后，我改变了主意，因为这部小说还真的吸引我读了进去。不但读进去了，还引发了我不少感慨。一有感慨，就自然而然有话要说了。

《燕市风云》是最近畅销的长篇官场连续系列小说中的一部，游走于理想和现实之间。它和时下过于现实或过于理想化的官场小说不同，切入点很独特，截取的不是主人公一段时间或一次升迁的经历，而是从主人公在最底层的时期写起，细而精，精而密，就像一幅徐徐展开的画卷，一点一滴让你沉迷其中。

我就上当了，开始没当一回事，慢慢就沉了下去。

近年来我不仅写官场小说，看过的官场小说也不少了，这部书能吸引我沉下去，证明有其高明之处。先不说故事结构，也不说修辞手法，就说最先让我感兴趣的一点是，主人公虽然是官场中人，但他有许多美好的品质，追求自由和纯洁，追求公正和理想，骨子里有一股文人情怀。

这一点，我很是喜欢。

许多官场小说设定的人物，很高不可攀，这样不一定不好，却远离了小说的基本需要，就是一切要以关怀为前提，要以提供优秀的文学供养为己任。

官场小说对人性的挖掘其实比任何小说都更有优势，官场本来就是名利场，是利益纠葛最多最复杂的，也是精英最集中的地方。能在官场之上如鱼得水，并且一步步走向高位，其中肯定要经历人性挣扎的过程。小说是一种借助故事讲道理的文学题材，而作家，需要在纷杂的社会环境之下，保持一颗纯净的良心，要有拷问人生和质疑人性的勇气，也需要敢于撕破伪装还原真相的信心。

这本书给我的印象是，作者的理想和信念一直在文字之中闪亮，在主人公的身上有所寄托，每一个生动的故事，都在向我们传达一个强烈的信息，现实和理想之间的差距，就差一本书的距离。

作者似乎一直在刻意淡化官场小说和所谓主流文学之间的界限，倒不是故事不以官场为主线，而是除了刀光剑影的政治斗争之外，生活化的细节，温馨的对话，耐人寻味的场景，和一些所谓的主流小说没有区别，甚至还要做得更好。要我说，其实官场小说也好，主流文学也好，都是为读者服务的一种题材形式。只要百姓喜闻乐见，只要有市场，就是好作品，不必非要贴上标签分门别类，非要分一个谁高谁低出来。

文学的使命就是传达精神，弘扬正气，感动读者。躲在自己的天地里面，以文字游戏的形式写一些主流作品，再贴上各种各样的标签来显示与众不同的身份，其实是底气不足的表现。

好的作品，永远将读者放到第一位。曲高和寡的作品，要从自身找原因，不要将问题归咎到别人身上。这本书，我听说读者的反响很好，在网上连载，获得了极大的成功，这就是作者和读者之间互动的真实写照。文学的生命力，永远建立在读者的土壤之上，这本书让我再次坚信我一直信奉的一点——文学没有边缘化，文学生态也没有恶化，边缘化和恶化的，只是少数没能适应气候的作家们。

建议都读一读这个系列，想看一个好看的故事，想知道理想和现实的距离，想知道为官之人的成功之点在哪里，就拿起这套书，认真地沉下去。

许开祯

二〇一二年四月，甘肃凉州

目录

秘书长陪同下楼，陈市长主动打招呼，还亲密说话，最后又坐上新任的常务副市长曹永国的汽车，和曹市长一同离去，夏想的来历立刻成了市政府大院中，最为人津津乐道的话题。几乎所有人都在谈论一个年轻得过分的小伙子，有点帅气，肤色很健康，笑起来很憨厚，能让市政府中实权在握的三大人物——陈市长、曹市长和高秘书长同时看重，他到底是谁？

夏想是陈风的人，在市政府里面是共识，而他和曹永国的关系，应该说知道的人并不多。所以乔白田的沉默，显然是因为陈风的关系。既然乔白田自恃身份，连面都不肯露一下，夏想就交代吴港得，以后二十里铺去也不要去了，要晾的话，就彻底晾他一晾，看谁更有耐心。

陈风心想，要的就是你没有心理准备，要的就是打你一个措手不及。要是给了你足够的时间准备，说出来的想法就会因为顾忌太多而没有了新意。他没有给夏想更多的考虑时间，直接说道："今天在座的就你年纪最小，就随便说几句，大家都可以当你的叔叔伯伯，说错了，谁会怪你？刚刚大家也吵累了，你就当活跃一下气氛也好。"

宋朝度微微动容:“你比我想象中还要了解丁山……我给胡书记打了电话,形势不容乐观,在胡书记还没有来得及出面周旋时,丁山已经做出了决定。如果市里不撤销对草原度假村的处罚,他就辞去县委书记的职务!”

“什么?”夏想猛然站了起来,难以置信地看着宋朝度,“宋部长,李书记怎么这么急在一时?以辞职相威胁,是官场大忌!”

夏想不是不知道连若菡的一腔情义,也知道她是一个敢爱敢恨的女子。但她背后的家族绝不允许她和他在一起,就算她拼了一切争取到二人在一起的机会,他的前途和命运也就不可避免地被家族控制,这恰恰是他最不想见到的结果。

所谓关心则乱,再身居高位的人,也有弱点,也对与自己息息相关的事情放心不下。虽然夏想一直没问过孙现伟,到底他和方进江是怎么样的一种合作关系,但从方进江关切的态度来看,孙现伟和方进江之间的合作,恐怕比夏想原先想象得还要深入一些。

一个副处级机构竟然同时惊动了市长和书记，不得不让市委市政府的人大有想法，纷纷猜测。熟知内情的人都知道，陈市长要批下编制，崔书记要压下不批。改造小组办公室再一次成为市委市政府所有人的焦点，成了书记和市长斗法的战场。

不管陈风有没有表演的成分在内，夏想还是感动了，一个堂堂的副省级市长，和他进行交心式的谈话，光是这份耐心和真诚就足以让人心生感激。陈风是假装也好，是真心也罢，夏想都不管，第一次在陈风面前流露了心声："谢谢陈市长对我的器重，别的我不敢说，只有一句话：我会一直坚定地支持陈市长。希望有机会再在陈市长的领导下工作！"

↗ 01　意外被点将

乘胜追击

李丁山背后的力量，高海多少知道一点。所以他的目光之中，甚至还有一丝羡慕。夏想自身条件够硬，他要是真成了曹永国的女婿，再有李丁山的支持，还有陈风的赏识，简直就是一个十分抢手的香饽饽。他要是没有前途，谁还能有前途？

李丁山凭借自己的政治智慧与夏想的出谋划策，逐渐掌控了坝县的局面。与此同时，为了使坝县脱贫致富而引进的经济项目也提上了日程。

在坝县竞标成功后，冯旭光的食品厂已经正式开工建设，滚龙沟也雇人跑马圈地，不再允许外人随意进入，由此终结了刘河免费掠夺天然资源的历史。冯旭光本人因为有事提前回了燕市，米萱本来说好了一起前往，又因为曹殊黧还想再多住几天，最后她决定和曹殊黧一起回燕市。

夏想最近忙得不可开交，没有多少时间陪曹殊黧，她就和连若菡天天在一起，二人的关系进一步加深。虽然曹殊黧非常聪明地不过问连若菡的来历，也从来不说出自己的身份，二人好像都有默契一样，保持一种纯洁的友谊关系。

既然市里领导没有明确地表示反对，李丁山就决定放手一搏。几天后，安涛提交了节亚杰等伪造履历的副科级及以上的干部名单，涉及人员六人，其中包括副科级五人，五人中有实职副科三人，正科级干部一人。其中伪造履历最严重者，竟然将高中毕业伪造成了大学毕业，还有伪造的大学毕业证。

李丁山勃然大怒，紧急召开常委会，矛头直指组织部长黄鹏飞，指责他工作严重失职，没有把好干部的审查关，不是一个称职的组织部部长。刘世轩、郭亮在众人一边倒的声讨中，不敢再替黄鹏飞出头。黄鹏飞自知理亏，何况节亚杰又是他的亲戚，根本就解释不清，只好在会上承认工作失误，接受组织的任何处理。

会后，李丁山和夏想在办公室商议事情，夏想的意思是，乘机扳倒黄鹏飞，把安涛扶正。李丁山也觉得时机宝贵，也想一举拿下组织部部长的关键位置。二人正筹划下一步时，电话响了。李丁山接起一听，脸色顿时一变，竟然是沈复明亲自打来的电话。

“李书记，我是市委沈复明。坝县的事情我初步有了了解，黄鹏飞同志是个老同志，虽然有失职的过错，不过毕竟是党多年培养的干部，我个人的意见是，留党察看，仅供坝县县委参考。”

市委书记怎么会有个人意见？这就是市委书记的官方意见！李丁山听出了沈复明的意思，是想大事化小，放过黄鹏飞。不用想也知道，肯定是刘世轩出面求情了。事情闹到这个地步，真要放过黄鹏飞，李丁山怎么会甘心？可是市委书记的面子又不能不给，他不免就有些犹豫。

夏想笑了笑，在本子上写了几个字，然后放到李丁山面前。李丁山只看了一眼，顿时面露喜色，以一种十分不甘又有些无奈的口气说道：“沈书记，我也想息事宁人，不想给坝县的形象抹黑。可是谁也没有想到，这件事情还惊动了省城的媒体！媒体非要把这事报道出来，要不是我在媒体中有些关系，事先得知了一些内幕，现在已经见报了。而且不光是媒体推波助澜，还有一个叫连若菡的人，她对这件事情表示了极大的关注。通过我的秘书夏想多方打听消息，也不知道是出于什么目的，她好像对造假的人深恶痛绝……”

电话一端沉默了片刻，沈复明严肃的声音传来：“对于混进干部队伍的造假者，一定要严加处理。对于严重失职的人员，本着惩前毖后的精神，也要给人民一个交代。”

沈复明不知道是受到了媒体报道的刺激，还是因为连若菡的来历太吓人，放下电话就召开了市委常委会全体会议。在沈书记的提议下，常委会一致通过了罢免黄鹏飞坝县县委常委、组织部部长的决议。但由于沈书记提议的新一任坝县县委组织部部长的人选争议过大，没有达成统一意见，暂时没有提出新的任命，按照胡市长的建议，最好由坝县县委提出新的人选，就地提拔。

沈复明本来想安插他的秘书张健下到坝县上任组织部部长，但由于胡增周的坚决反对而作罢。随后坝县县委推荐副部长安涛接任组织部部长一职，出人意料的是，王肖敏首先表示同意，最后所有常委都达成一致，通过了任命。作为让步，胡增周对沈复明提出的让张健到坝县就任副书记的提议，也投了赞成票。

张健来坝县任县委副书记一事，丝毫没有影响到李丁山的好心情。黄鹏飞一倒，刘世轩失去了一个重要的盟友，从此在常委会再也没有了呼风唤雨的基础，除了武装部长郭亮之外，刘世轩几乎成了孤家寡人。

吴英杰自从权力被架空之后，不知是有心收敛还是刻意表现，既没有明显地向李丁山示好，也没有表露出不满的情绪。而是谨小慎微地做好每一件事情，倒让夏想对他的印象大为改观。

刘河一直没有什么动静，他是甘心失败，还是在暗中策划反击？夏想并不担心刘河，已经想好了对付刘河的办法。他认为刘家父子必须倒下，否则在坝县开展工作，总有如芒在背的感觉。况且刘家父子在坝县为恶多年，不除不足以让夏想安心。

眼下的坝县暂时进入一个短暂的平静期，李丁山站稳了脚跟，巩固了权势，树立了书记的权威。刘世轩大败，开始潜伏，冯旭光的食品厂正在建造，刘河和杨贝一直没有再出现过，也许躲在哪里正咒骂他的狠心。至于交了好运的张信颖升了副科之后，也没有露过面，也许得意忘形地向亲朋好友炫耀去了。

临近八月底，曹殊黧开学在即，不得不回燕市上学，米萱也要随同她一起回去。正当她依依不舍之时，李丁山接到高海的电话，说有事情要和他见面详谈，但李丁山现在诸事缠身，根本脱不开身，就让夏想前往燕市同高海见面。

在得知夏想能一路陪同她到燕市，曹殊黧高兴得跳了起来："太好了，路上有肩膀可以当枕头枕了，有胳膊可以当抱枕抱了。来，大毛绒玩具，让我试试手感。"

曹殊黧挥动着魔爪向他袭来，夏想只能心甘情愿地当一只被人摆弄的木偶。其实说起来，能被曹殊黧的小手摸上一摸，也是许多人做梦都想得到的福气。

更让夏想想不到的是，连若菡听说曹殊黧要返回燕市，竟然提出也要去燕市转上一转。让夏想大感意外的同时，禁不住好奇地问："你在坝县好像就没有事情可做，去燕市也是去游玩，难道你就不需要工作？"

连若菡对夏想的态度没有丝毫改变，就像对着空气说话一样说道："要你管？我想游遍世界也可以，只要我高兴。你要是闲着没事的话，路上就劳累你一下，当司机吧。"

没想到刚出招待所的大门，就差点撞到一个正在低头走路的人。夏想下车一看，认出只看路不看车的人，正是张信颖。

张信颖一见夏想，张口一个"小"字还没有说出来，就被紧接着下车的曹殊黧、连若菡和米萱震惊了。她目瞪口呆，一脸惊讶，目光依次从三位花容月貌的美女脸上扫过，最后又落回到夏想脸上，嘴巴终于慢慢合拢，结结巴巴地说道：

“夏，夏秘书，你好厉害，还真有三个美女喜欢你？”

夏想可不想让口无遮拦的张信颖在她们面前信口开河，曹殊黧好说，连若菡估计也不会和她一般见识，就怕米萱和她吵个没完。他忙岔开话题：“张信颖，最近张部长没有回来？”

果然一提张淑英，张信颖想起什么似的，态度是从未有过的温柔：“我姑姑说了，让我谢谢李书记和你，以后有事情需要她帮忙，尽管开口。还有……”她的样子好像还微微害了一下羞，让夏想不敢相信自己的眼睛。但张信颖耳朵根上泛起的一片红润也证明她确实有点难为情，她微微清了清嗓子，说：“我个人也要感谢你的帮助，以前我总看你不顺眼，现在才知道，其实你也有可爱的一面。比起那个垃圾刘河和他阴险的爸爸，确实强太多了！”

张信颖倒是挺有意思，突然像变了一个人一样，不再指责他，而是骂起了刘世轩父子。看来在提拔她的事情上，刘世轩没少制造麻烦，让张淑英大为不满。夏想又想起张信颖小孩一样的性格，不由暗笑，以后要是让张信颖大闹县政府，公开和刘世轩大吵大闹，是不是也是一件大快人心的好事？

看来，夏想和李丁山的计策已经生效了，张淑英和刘世轩之间的裂痕进一步加深了。

直白和含蓄两种风情

等张信颖一离开，连若菡突然说了一句：“这种女人，以后离她远一点。”

夏想十分惊讶：“怎么说？”

“刁蛮刻薄，有胸无脑！”连若菡毫不客气地给张信颖下了定论。

米萱乐得哈哈大笑，用手指着连若菡说道：“没想到你还有这么有趣的时候！”连若菡却看也不看米萱一眼，更没有理她。米萱大感无趣，翻了翻白眼，不再说话。

米萱尽管十分不情愿，不过路过章程市的时候，她还是将她的车放在了章程市，坐到了连若菡的车上。夏想被逼无奈，只好受累开车。因为连若菡不愿意和米萱坐在一起，所以只好让曹殊黧和连若菡二人坐在后座位置上，米萱在副驾驶位置上陪着夏想。

身为表姐，米萱却没有一点表姐的样子。她穿着短裙，安全带从两座山峰之中穿过，仿佛一条大河穿山而过，反而更显得山峰高耸。这还不算，车上本来不热，她还故意趁曹殊黧不注意，拿裙子当扇子扇着玩，一抖，就露出雪白的大腿。她还故意用眼看夏想，意思是：就诱惑你，看你受不受得了？

夏想一开始可以假装视而不见，不过等后来米萱干脆将裙子翻得高高的，甚至露出了里面的底裤，他终于受不了了，对米萱说道："很热吗？我有个建议，你打开窗户，将舌头伸到外面，保证不出一分钟，你就会全身冰凉。"

米萱听明白了夏想的讽刺，骂道："不解风情就算了，算你老实，比我想象中好一点，还算对得起黧丫头……不过你也不能骂表姐是狗，对不对？"

夏想一提醒，曹殊黧总算发现了状况，就让米萱也挤到后座位置上来。连若菡挺直身子，好像也有意显示她高挺的胸部一样，又扭了扭腰："我来开一会儿车，坐太久了，闲得慌。"

换了连若菡开车，又经过曹殊黧的精心安排，夏想坐在右后座位置上，她坐在中间，米萱坐在左后。然后她将头靠在夏想的肩膀上，细声细语地说道："大玩具不许动，我要睡一会儿，不许惊醒我，知道不？"

夏想知道自己没有选择，只好愉快地接受了这个光荣而艰巨的任务。

曹殊黧的小手柔软而带着一丝凉意，紧紧抓住夏想的胳膊，痒痒的，又有一种令人心动的柔情。她的头轻轻靠在他的肩膀上，一点儿也不重。几根调皮的头发在他的耳朵和脸上划来划去，一股特有的少女体香传来，让他沉迷其中不能自拔。

相比米萱直白的诱惑，曹殊黧无心的靠近，才是最让人心醉的风情。不是所有男人都粗浅地喜欢雪白的大腿，更多有味道的男人，喜欢若隐若现的含蓄之美。

夏想心中感慨，曹殊黧真是一个精灵一般的女孩。对于她，他真的是由开始的喜欢，渐渐有了爱意。他还能奢求什么？她漂亮聪慧，大方得体，又不骄纵。曹殊黧出身于高干之家，从来没有在他面前流露过一丝千金小姐的气势，也不嫌弃他一无出身二无背景，他还能挑剔她什么？

中午的时候，车到京城，小睡了一觉的曹殊黧气定神闲，伸了伸懒腰，又假装揉了揉夏想的肩膀："还行，比毛毛熊强一点儿，不过就是肉太少了，有点硌人。"

夏想傻笑："一点诚意也没有，你靠的是左肩膀，现在揉右肩膀，不是故意气人又是什么？"

曹殊黧不理夏想，跑到连若菡面前问她："连姐姐，路过京城，你不回家看看？"

"不看！"连若菡好像在和什么人生气，向远处望了望，"我带你们去吃烤鸭，吃完饭就上路。"

夏想猜测，连若菡肯定是被宠坏的千金小姐，估计在和家里人赌气，所以一个人出来到处乱转。对连若菡的身世，他也大感好奇，不过他也明白对连若菡来说，有时你越表现得迫切，她越会将你推开，所以夏想并不急着知道她到底是谁。

作为京城最有名的名吃之一的全聚德烤鸭，中午正是用餐的高峰时间，没有座位是正常现象。一行四人赶到总店的时候，就被门童礼貌地拦在了门外，告知他们现在无座。连若菡没有说话，只是翻出一张卡递了过去，门童接过一看，脸色大变，急忙点头哈腰地请几人进去。门童又要着急去请经理，连若菡却摆摆手说道："不用麻烦了，人多了添乱，直接安排一个房间，尽快上最好的菜就可以了。"

几人被安排在最好的雅间，刚坐好，经理就一脸笑容地敲门进来。正要说话，连若菡不耐烦地挥挥手："请你出去，我不需要你来献殷勤，只想和几个朋友安静地吃个饭。"

经理被抢白一通，脸色有点尴尬，不过还是态度非常恭谨地点点头："是，听您的吩咐。"

"连某某，你到底是什么来历，刚才装得挺气派。听说京城的人好面子，经常弄一些群众演员来配合演戏，好充门面。刚才那个经理，我看着挺面熟，是不是哪个电影里跑龙套的？"米萱一说话就是冷嘲热讽，她对连若菡极度不满，处处看她不顺眼，所以会随时挑她的毛病。

连若菡总是一副漠然的样子，好像永远不会动怒一样，她轻轻地抿了一口茶，目光却看向夏想："我有些奇怪，黧丫头能忍受得了她，因为她是黧丫头的表姐。她和你又没有亲戚关系，你怎么就能容忍她总是一副搬弄是非的小人模样？"

夏想笑笑，一副无所谓的表情："空气中含氧量只有百分之二十一左右，其他气体高达百分之七十九。但为了吸入氧气，必须要忍受其他百分之七十九的废气。"

连若菡终于笑出声来："没想到你还是一个挺有趣的人，这个比喻非常恰当。"连若菡一笑，如雪后阳光，冷艳绝伦，光彩四射。

曹殊黧也被夏想逗乐，冲米萱做了个鬼脸："废气！"

米萱气得站了起来，想说什么又没有说出来，最后还是悻悻地坐下："我暂时停战，另外郑重警告夏想，如果你想让我在姑父面前说你好话，你就得向我妥协。"

曹殊黧不以为然地"哼"了一声："我爸现在对夏想好得很，他又不是没有主见的人，用不着你添油加醋，更不会听你说他坏话。"

饭后，也不见连若菡付账，经理连同领班将四人远远送出大门，连若菡不理他们，也不肯和他们多说一句话，开车就走。出了京城，一上高速，她就将车停到一边，交给夏想来开。

夏想想偷懒："我会开车不假，不过没驾照，怕被查。"

连若菡可能是觉得夏想开车水平不低，开长途也确实累人，所以不肯退让："没关系，高速路上没人查驾照。到了燕市有人查的话，有黧丫头在，你还担心什么？"

"好吧！"夏想见曹殊黧也不替他说话，只好坐到了驾驶座上，"一不留神成了司机，不过能为三位美女开车，也是一种荣幸。"

三个小时后，车到燕市。天色已晚，夏想本来想先送曹殊黧回家，不过曹殊黧却坚持要和他一起吃晚饭，他又只好将车开到了楚风楼。

夏想的意外到来让楚子高欣喜若狂，亲自出来作陪，忙前忙后殷勤得比服务员还勤快。让所有员工都大跌眼镜，不明白近来脾气见长的楚大老板怎么肯弯一下腰，降低身段来陪一个看上去没什么来头的年轻人？

要是只有夏想一人在，他肯定会和楚子高聊上一聊。可惜的是，连若菡非常不喜欢楚子高的谄媚笑容，冷冷地对夏想说道："我们是吃饭，不是讲排场。你和他有交情以后再说，现在请他出去，让我们安静地吃饭好不好？"

楚子高不是没有眼色之人，但被一个美女当面赶走，多少有点放不下面子。他干笑两声："连小姐多包涵，我和夏秘书是朋友，老朋友见面，热情一点也是正常的。"

"请你离开！"连若菡的语气淡淡的，却有一股不容置疑的坚决，"否则我们就换一家饭店。"

夏想突然发怒了："连若菡，请你自重。如果你觉得自己真的可以目空一切，不把所有人放在眼里，就不必和我们在一起了！"

夏想发怒倒不是因为楚子高的难堪，楚子高经营饭店多年，遇到的尴尬和难堪太多了，早就练成了刀枪不入的厚脸皮。他突然发火是因为他想试探一下连若菡的反应，看她知不知道适当地收敛一下。

连若菡目光清冷如一泓秋水，怔怔地看了夏想片刻，脸上的神情看不出是喜是怒："我累了，不想换地方。他想留下就留下吧，话别太多就行了。"

连若菡居然让步了！

不但曹殊黧难以置信地睁大了眼睛，米萱也是看看夏想，又看看连若菡，好像要发现什么秘密一样。结果当然让她失望，夏想脸上带着一丝浅笑，不动声色，连若菡也是若无其事的一脸平静，仿佛什么都没有发生一样。

楚子高最后还是告辞而去，不过他让夏想一有空就去找他。夏想也想从他这里了解一些信息，就随口答应了。

饭后，送依依不舍的曹殊黧回家，米萱也要住在曹家，和曹殊黧约好有时间上她家吃饭之后，夏想就和连若菡一起来到国际大厦，准备入住。

连若菡的秘密和夏想的前途

开房间的时候，由于夏想先出示了身份证，他的身份证是燕市的，服务员见本市的人和一个美女入住，理所当然地认为是某种关系，就自作主张开了一个房间。停好车进来的连若菡，见夏想只开了一间房间，轻蔑地笑了笑："信不信我可以轻而易举地制服你？"

夏想一伸手："身份证拿来，两个房间要登记两个身份证，你不要胡思乱想。你想，我还不想呢。"

连若菡再清冷再冷漠，毕竟也是女人，被夏想一说不免脸色绯红，转身上楼："主动给我送上来。"

夏想和连若菡的两个房间是对门。他将钥匙交给她之后，就要回房，却听连若菡迟疑地说道："哎，那个，你，你能不能等一下？"

夏想成心逗她："怎么了，想通了？"

连若菡恼羞成怒："想通你个大头鬼……"不过她见夏想又要走，心中急得不行，只好放下矜持，努力让声音听上去委婉一些："有件事情想麻烦你一下，你能不能陪我检查一下房间……再走？"

女人毕竟是女人，尽管连若菡可以以一敌三地对付坏人，却非常害怕蟑螂一类的小昆虫。夏想无奈，只好陪着她掀开床垫，打开卫生间，又翻出被子，不放过任何一个角落，耐心而细致地检查了一遍，花了将近一个小时，连若菡才算放心地放夏想走。

不过一番翻腾下来，连若菡不时地弯腰俯身，露出光洁的腰肉和完美的曲线。而且也不时和夏想肢体接触，离得近了，他可以嗅到她身上与曹殊黧截然不同的清香，比曹殊黧的热烈一些，又比不上肖佳的浓郁。如果说曹殊黧身上的体香是荷花清香，肖佳的是百合之香，那么连若菡所散发的香气就犹如丁香花之香，让人宁神静气。

一番折腾再加上一路开车，夏想累得躺在床上就睡死过去。

第二天一早，他就带连若菡去吃早餐。来到燕市，他算主人，连若菡是客人，他有必要尽一下地主之谊，早餐也吃得简单，连若菡对吃的方面好像也不太挑剔，简单吃了小笼包和稀饭。到了上班时间，夏想就先和李丁山通了电话，通报了一下情况。

李丁山听上去精神不错，一切尽在掌握的感觉自然很好，他笑着说："昨天我就和高海通过电话了，你今天直接过去找他就可以。另外别忘了巩固一下和曹局长的关系，一定要去他家做客……"

李丁山像个长辈一样不厌其烦地叮嘱了夏想一些注意事项，连若菡在旁边听了直皱眉头："真啰唆，好像你是小毛孩一样，他太小瞧你了。"

挂了电话，夏想嘿嘿一笑："好像一直以来，最小瞧我的是你才对。你不是口口声声说我是小毛孩，你比我还小，总要摆出一副冷漠的样子假装成熟，给谁看？"

连若菡脸上没有一丝笑意，不过态度已经好了许多："说话严肃点……说吧，要去哪里，我来送你。"

夏想其实并不愿意有连若菡陪同，但她不由分说就发动了汽车。想想有个美女司机也不错，他就坐在了副驾驶座上，大马金刀的姿势一摆："去市政府。"

国际大厦离市政府不算远，只隔了两条街，半个小时后，连若菡的京城牌照的路虎就停在了市政府门口。不过京城牌照显然没有"8"开头的市政府牌照好用，警卫毫不客气地拦住了车，让她先去登记，写清楚要找谁，单位是哪里，身份证凭证等等，严格得像审查犯人一样。

夏想本来想依照程序填写登记表，连若菡却从车里面的一堆证件中，翻出来一个，顺手递给警卫。警卫打开一看，顿时一脸紧张，立刻标准地敬了一个礼，挥手放行。

停好车，连若菡得意地扬了扬下巴："你应该为你的英明决定感到自豪，有我这样一个免费的司机陪你，燕市任何一个地方都可以畅通无阻。"

夏想摇了摇头，故作叹息地说道："一点儿小事就得意扬扬，到底是小孩心性，不够成熟。好了，你在车里等我，既然当司机，就应该有司机的觉悟。"

连若菡顿时愣住，脸上的神情让夏想忍不住想笑，不过又怕真惹火了这个小魔女，他就又强忍住笑："你要是有事的话，可以先走……谢谢你送我。"

连若菡板着脸，显然生气了，没理夏想。

比起位于蓝角街破旧而寒酸的市委大院，位于繁华的华中大街的市政府大院就气派豪华多了：新建的十五层高楼，清一色的玻璃幕墙，宽敞明亮的大厅，让人感觉像置身于五星级宾馆一样。

新建的市政府大院是上任市长的杰作，可惜他还没有来得及享受，就升官调到外地去了。前人栽树后人乘凉，享受了现代化舒适办公的陈风却对市政府的豪华大为不满。但他又不能将市政府整体搬迁，不过总是忍不住骂上几句，说在这样的环境中办公，会被老百姓指着后背骂娘。

老百姓有没有骂娘，陈风和所有根本就无法真正了解到民意的市长一样，从来都不会亲耳听到。

敲开高海办公室的门，他正在里面和人谈话。一见夏想进来，高海喜出望外，下意识地站了起来："夏想，总算来了，先坐，等我一下。"

正和高海谈话的是市政府办公室副主任，他见高海竟然站起来迎接一个二十多岁的年轻人。心想：难道这人是省里高官的子弟，要不以高海的身份，一般人来了，他点点头就算打了招呼，哪里用得着这么热情？

本来他还有工作要汇报，不过一见高海心不在焉的样子，他也就做个顺水人情，告辞而去。他临走时还特意看了夏想几眼，心中纳闷，这人到底是谁？

办公室只剩下高海和夏想时，夏想又重新站了起来，恭敬地说道："高秘书长，李书记让我向您问好，听说您有事……"

高海也站了起来，他目光复杂地看着夏想，心中一阵阵感慨。

如果说以前他两次照顾夏想，完全是因为看在李丁山的面子上。同时也为了感谢夏想帮他出的主意，让他得到了陈风赏识，才在政府秘书长的位置上扶正。当时高海还有一种居高临下的施舍的感觉，但现在再次面对夏想，他心中却是完全不同的滋味，觉得眼前的这个小伙子态度端正，彬彬有礼，总给人一种看不透的感觉。

夏想，在短短的时间内得到了陈风的赏识，有意调他到城中村改造小组。外人不清楚这个小组的重要性，高海却是心里清楚，改造小组中的每一个人，都是陈风认为可以重用的人才。只要陈风不倒，改造小组的全体成员，日后肯定可以得到陈风的提拔。而陈风的后台是省委副书记路之远，路之远在省里是第三号人物，虽然平常为人比较低调，但说话很管用。高成松虽然强势，也多少让路之远三分，就是因为路之远资格老，人缘好，口碑不错。

陈风有这样的一个靠山和后台，前途自然不可限量，而夏想被陈风牢牢记住，想不上升都难。正是因为这一层原因，高海再看夏想时，心中多少有一些复杂的情绪。当然如果仅仅是这些，还远远不能让他心绪波动。他在官场十多年，也见多了被人看重的前途无量的年轻人，最终却一无所成的先例。前途无量只是一种可能，太多的人都在通向前途无量的道路上，摔了一跤之后就再也没有爬起来。

夏想的成熟稳重，恰恰是许多自认为春风得意的年轻人所欠缺的。他年轻而有才华，又不乏锐气，但在锐气之中又有一种沉稳有度的分寸感，让人几乎挑不出他的毛病。更让高海对夏想高看一眼的是，他居然是曹殊黧的男朋友，而曹殊黧的爸爸，正是被陈风大为欣赏，一心要调他来当得力助手的曹永国！

曹永国不管是在局长的位置，还是上任燕市的常务副市长，都是厅级干部。夏想只不过是一个再普通不过的年轻人，就算他身为县委书记的秘书，也入不了曹永国的法眼，但他能得到局长千金的青睐。听李丁山的口气，曹永国似乎并没有反对夏想和曹殊黧来往，高海对夏想除了感到佩服之外，更对他如何赢得局长千金的芳心感到好奇。

因为高海本人当年就曾经和一位副厅级干部的女儿谈恋爱，但他当时不名一文，遭到了副局长的强烈反对，最终只好黯然收场。

夏想这个年轻人，还真不简单，身上藏着太多的秘密，有一个局长千金的女朋友，却一直闭口不谈，关键时刻却给了李丁山惊喜，给了他震惊。让他不得不感叹，只要夏想愿意来到陈风身边，以他的才能，绝对可以得到陈风的大胆重用。陈风又是一个敢作敢为的市长，有开创精神，夏想几年内升到副处甚至处级都有可能。

与许多只是可能前途无量的年轻人相比，夏想的前途无量几乎是板上钉钉的事实，由不得高海不对他另眼看待。而且他也能从李丁山的口气中听出来，李丁山对夏想十分信任和器重，对他几乎是不遗余力地扶持和培养。

李丁山背后的力量，高海多少知道一点。所以他的目光之中，甚至还有一丝羡慕。夏想自身条件够硬，他要是真成了曹永国的女婿，再有李丁山的支持，还有陈风的赏识，简直就是一个十分抢手的香饽饽。他要是没有前途，谁还能有前途？

杜村事件爆发

高海脸上的笑容就越来越盛："小夏，虽然现在是在办公室里，但门一关，没有外人，我就是丁山的老同学，你跟我这么客套做什么？想要和我保持一定的距离，觉得我不如丁山可亲，是不是？"

高海亲近的口气让夏想有点不太适应，毕竟没有李丁山在场，他和高海的关系也谈不上很近。但既然高海话说了出来，语气又没有作假，他也不好再拿捏着姿势，就笑道："高秘书长这么看得起我，那我就不客气了……"

夏想口中所说的不客气就是从地上提起暖瓶，给高海的水杯倒满水，又取出一个一次性水杯，也给自己倒了一杯。他喝了一口水，说道："还是家乡的水甜。"

高海呵呵一笑，对夏想的举动很满意。他先倒水给高海，是尊重；又给他自己倒水，是表示关系近。这个夏想，还真有一套。

"是这样的，小夏，城中村改造遇到了前所未有的阻力。陈市长发现，原先提出的条件已经不能满足许多城中村村民的要求，他们的胃口越来越大。尤其是杜村村民，竟然有组织地反抗拆迁……"

夏想微一沉思，心中已经有了结论，杜村村民的背后，极有可能站着南方一建，而南方一建必然得到高成松的授意。想要避开高成松的锋芒，必须从南方一建的身上打开突破口。

高海找夏想，一共有三件事情。第一件事是杜村事件，当然这个不过是一个由头，他并不认为夏想有办法解决让陈风也感到头疼的难题。第二件事是李丁山的前妻史洁找到高海，想让高海出面和李丁山好好谈一谈。第三件事是关于民族街的改造难题，民族街的情况和北大街的情况类似，但没有北大街的商业气息。本来陈风的意见是想规划成酒吧一条街，但规划院的专家却认为，民族街作为连接华新路和新兴路的一条要道，只能拓宽以便提高通行能力，而不能改造。

陈风最后举棋不定，想让高海出个主意，高海就立刻想到了远在坝县的夏想。正好有史洁托他和李丁山面谈的机会，他就让李丁山有时间回来与他见面，不管李丁山有没有机会回来，夏想肯定会回来一趟，正好算是称了他的意。

三件事情高海先挑第一件说，将民族街留在最后，夏想十分清楚他的想法，也明白高海其实是想让自己给个主意，或者说给个建议。毕竟北大街的改造深得陈风赞赏，高海也就理所当然地认为，只要是夏想的主意，就一定能让陈风满意。

夏想知道高海的迫切心理，于是直截了当地说道："高秘书长，民族街的位置其实并不适合做分流车流的通道，也不适合改造成酒吧一条街……"

高海并没有因为夏想的直言不讳而感到不快，而是大感兴趣："为什么不适合当酒吧一条街？"

"虽然民族街的位置不错，但周围停车场少。来酒吧喝酒的人都是有钱人，一般都是开车前来，没有车位就没有人愿意来了。而且，民族街周围的居民多数是做小生意的商人，对酒吧这样的高消费场所不会感兴趣，也没有消费能力。还有一点，也是我认为最重要的一点，就是燕市的整体消费水平还很一般，没有达到可以随意到酒吧消费的程度。"夏想毫不掩饰他大胆的想法，因为他知道，现在在高海面前没有必要藏拙，而且自己已经得到了陈风的赏识。更重要的是，夏想曾帮高海解决过一个难题，现在再故弄玄虚，会让高海觉得他故意藏着掖着，不愿意对他以诚相待。

高海是个可交的朋友，夏想不想让他对自己产生不好的看法。

高海翻了翻手中的资料，笑了起来："按照专家们的意见，民族街有一百个理由可以改造成酒吧街。而且听他们的高谈阔论，好像不改造成酒吧街，就是燕市天大的损失，就是全体燕市人民的损失。我和陈市长的看法一致，就是专家们的意见也不可取。"

"专家的意见，有时出发点会受到其他因素的影响。竭力赞成改造成酒吧一条街的专家，说不定真有亲戚想开酒吧，而找不到好地方……"夏想开玩笑似的说道。其实他清楚，用这种调侃的口气来形容一些专家还算轻的。因为有些专家在大言不惭的利国利民的建议背后，实际上昧着良心收了黑钱。

高海也轻声笑了起来，他抽出一支烟扔给夏想。夏想急忙上前帮他点上烟，自己却没有抽，轻轻放下，又喝了一口水，说道："高秘书长应该去过民族街，民族街周围小店铺不少，都是做零散的电子生意，比如手机什么的。以您的全局眼光来看，民族街如果改成步行街，更适合如何改造？"

高海身为市政府秘书长，自然有他独到的眼光，燕市的大小街道也是了然于胸，不敢说了如指掌，但至少也是信手拈来，张口就能说出头头道道。要不他也入不了陈风的眼，早被陈风弃置到一边了。夏想几乎将所有的可能都分析了一遍，答案呼之欲出之时，却又轻悄悄地将球踢到了高海的脚下，只等他临门一脚，一举定乾坤。高海心中既满意又赞叹：夏想这个年轻人，怪不得得到这么多人赏识，还真是一个可造之才，不居功，不自傲，又有头脑，知道尊重领导，换了谁，都会对这样的年轻人高看一眼。

"对了小夏，回去后一定转告丁山，就说史洁有事找他，让他务必考虑清楚。"高海不接刚才的话题，直接转到了李丁山的前妻身上。夏想也明白高海的暗示，刚才的话题已经谈完。高海毕竟是市政府秘书长，面子还是要的，总不能让高海开口称赞他的主意好，然后一转身就向陈风汇报，说电子一条街是他高海的主意。

大家心知肚明即可，不必非要说到明面上。

夏想点点头，说道："李书记跟我说过他的婚姻，我身为下属和晚辈，不好发表意见，高秘书长是他的老同学，就费心多劝劝他。"

高海听了暗暗吃惊，他没有直接点明史洁和李丁山之间到底是什么事情，夏想却已经说了出来。李丁山一向十分避讳他婚姻的不幸，没想到居然告诉了夏想,可见他已经完全不把夏想当外人了。

不知不觉二人谈了两个小时,一看时间将近中午,高海提出中午和夏想一起吃饭,夏想也就没有拒绝,笑道:“正好我还有一个建议向高秘书长提一提。”

高海假装不悦地说道:“高秘书长长高秘书长短的,听着别扭,叫我一声高叔叔就这么难?”

“我也一直想叫来着,就怕高叔叔不喜欢。”夏想也就顺势叫了出来。

高海大笑:“你的意思是我已经很老了,你得叫我高伯伯……我没这么老吧?”

高海比李丁山大一岁,叫他叔叔倒是正好,夏想就不好意思地笑了,说道:“高叔叔正当壮年,怎么会老?前途一片光明。”

说笑间,高海和夏想来到楼下。忽然高海想起了什么,一脸惊讶地问道:“你怎么进来的?警卫没有打电话给我,难道警卫没有拦你?”

进市政府不但要登记,而且还要打电话给要找的人。等里面的人回话之后,警卫确认才会放行,所以高海才有此一问。

高海一说,夏想才想起连若菡,也不知道她去了哪里,有心打电话给她,才发现原来根本没有她的电话号码,只好作罢。正要将用连若菡的证件通过警卫检查的事情说出来,忽然耳边听到一阵刹车声,定睛一看,连若菡的路虎正好停在他和高海面前。

“高叔叔,连若菡是我在坝县认识的朋友。正是她的证件通过了警卫的检查,直接放行了。”夏想见连若菡不但没走,还不请自到,唯恐她要起脾气来给高海难堪,所以他先给高海打打预防针。

为官之人,能屈能伸

高海一愣,连若菡的漂亮确实也让他吃惊,但让他更吃惊的是京城牌照的路虎。他是懂车之人,知道路虎的价值,也知道牌照号码的特殊性。他更知道市政府门口的警卫经过严格培训,知道哪些证件可以通行而哪些不可以。

如果是省里的通行证,在市政府非常容易就可以通过。但如果是京城的证件,毕竟隔了一层,所以至少是国家级的通行证才管用。难道说眼前这个年轻漂亮的女子,是什么大有来头的人物?

夏想没有明说,高海也不好多问,正犹豫着要不要主动向连若菡打个招呼。连若菡却已经从车上下来，很有礼貌地向高海点点头："高叔叔，我是夏想的朋友，今天正好没事，就当给他当司机了。要是方便的话，你们要去哪里，我来开车。"

高海见连若菡礼貌周全，也就点点头说道："既然是小夏的朋友，中午就一起吃个饭。"

连若菡回了一声"好"，还主动替高海打开车门。夏想惊得目瞪口呆，心想，什么时候连若菡变得这么有人情味了，表现居然这么良好，简直就像换了一个人一样！

连若菡不理会夏想的惊讶，说道："夏想，别发愣，快上车。"

高海也许是念旧，一行人又来到了楚风楼。楚子高接到高海从半路上打来的电话，听说高海要和夏想一起来吃饭，高兴得忘乎所以，急忙推掉中午和一个副区长的应酬。他又吩咐厨师中午全力供应楼上的金响圆雅间，别人点再贵的菜也要拖上一拖，一定要确保他的客人满意。

安排好一切，楚子高又对着镜子向头发上打了打摩丝。虽然天气很热，他还是打上了领带，又特意照了半天，实在挑不出一点毛病才放心地下楼去迎接贵客。

楚子高正准备开第三家楚风楼分店，资金是够了，但让他心中没底的是，到底店址选在哪里？他的第一家分店开业以来，虽然说生意还算可以，但比起总店还是差了太多，赢利不足总店的三分之一。餐饮业都是暴利，但开饭店的成本也大。一是装修必须豪华，只有装修上了档次，才好提高菜价，白菜卖出人参价；二是厨师的工资要高，必须高薪才能留住大厨，一个饭店必须有两三个掌勺的大厨才能保证口味如一，才能留住口味刁钻的顾客。

所以在他看来，一分店赢利远远低于预期，基本上已经接近了赔钱的边缘，他承认有他选址不当的原因。正是基于这个考虑，一个是掌握着燕市规划大方向的市政府办公室主任，一个是在设计方面堪称一绝，可以让市长赞不绝口的年轻秘书，都是他未来可以赚大钱的福星，都是他必须好好巴结的财神爷，他能不紧张不满心期待吗？

楚子高穿得很整齐，又是一脸兴奋地站在门口，就吸引了来来往往的客人的目光。谁也不会想到，眼前这个干瘦的一脸大汗的南方人，竟然是市内名气挺大的楚风楼的老板。来往的客人都以为他是跟哪个大老板混的小打杂的，正在门口迎接自己的老板。

直到高大威武的路虎车停在楚子高身边，他才突然惊醒过来，心中打了一个激灵，怎么又是她？这个脾气古怪的女孩子怎么又来了？他一直以为高海既然来吃饭，肯定会开市政府的奥迪车，没想到高海会坐连若菡的车来，让对连若菡有点畏惧心理的他不免打了寒战。

楚子高急忙小跑过去，帮高海开车门。没想到夏想比他动作还快，从前面下车，直接就拉开了后面的车门。高海从里面笑呵呵地迈下车，冲夏想点点头："小夏，跟高叔叔就不要客气了。开车门这样的小事，你记得倒是清楚，还当高叔叔是个小官僚，是不是？你要是再这样，我可就生气了，别总觉得我不如丁山洒脱。"

夏想知道高海半是真心半是假装，也是做样子给楚子高看，就笑："我都叫您高叔叔了，难道给叔叔开一下车门，还有什么不对？高叔叔总拿自己和李书记比，回去我就告诉李书记，您背后说他坏话……"

"哈哈……"高海放声大笑，"丁山现在说不定还真信你说的话，不行，我得提前打个电话澄清一下。要不让丁山误会了我，我可有口难辩。"

楚子高在一旁暗暗心惊，关系都进展到这一步了，都叫叔叔不叫秘书长了？想起来第一次和夏想见面，他就送了夏想一张金卡，不由大为庆幸自己当时的英明决定。夏想这个小伙子，不但是有前途，还是大有前途，真可惜，自己怎么就没有生一个和他年纪相仿的漂亮女儿？不过转念一想，身为局长千金的曹殊黧，还有车上这位貌若天仙却冷如月光的连若菡，他又摇了摇头，打消了这个不切实际的念头。就算自己有本事生一个勉强和曹殊黧、连若菡一样漂亮的女儿，就凭自己一个小商人的身份，自己女儿估计根本入不了夏想的眼！

楚子高见连若菡从车上下来，还是一样对他视若无睹，他已经没有了任何想法，只求这位姑奶奶别故意找事就行。不过当他注意到路虎车车身上的划痕和车尾上面撞得凹了一块的保险杠时，心里暗暗担心：这位姑娘长得是跟画中人一样，不但开了一辆在男人眼里就足够彪悍的路虎，而且车上还伤痕累累，可见她是一个心狠手辣的人，对爱车尚且如此，对别人估计更是不屑一顾。

楚子高是小商人出身，在他眼中，世界上最重要的东西是钱。作为身份象征的汽车，谁都会非常爱惜，况且是价值百万以上的路虎。所以当他看到路虎车到处伤痕，而连若菡毫不在意的样子时，就从她对汽车的态度上认定，连若菡是一个行事果绝且不给人留有余地的人。

有人将汽车当做身份象征，有人却只把汽车当成交通工具。有人花两百万买一辆汽车，是为了炫富，为了让别人高看一眼；有人花两百万买车，却只是认为这车安全性能好，甚至只是单纯地喜欢车的外观，和炫耀、身份象征一类的心理毫不相干。连若菡就属于后者，在她眼中，钱的多少没有概念，她喜欢路虎就是看中了它的安全和性能。她认为：车划伤了撞坏了，有空修了就是；坏到不能开了，再买一辆就是，没什么大不了的。

也不能怪楚子高胡乱猜疑，有时候，境界的高低就决定了眼界的不同；出身的不同，往往就直接决定了命运的不同。

一行几人来到楚风楼最好的雅间——金响圆。金响圆，顾名思义，里面装修得金碧辉煌，门口还挂着几个金铃，有人进出它就会叮咚作响，而且整个房间设计成圆形，所以楚子高就附庸风雅，将其命名为金响圆。夏想和高海倒没有什么表示，入乡随俗，也见多了形形色色的发了大财的老板的各种嗜好，连若菡却被满眼金黄刺得眯起了眼睛，轻轻地吐出一个字："俗！"

高海心中有点不快，他对夏想热情，对夏想高看一眼，是因为他知道夏想的价值，连若菡再有来历再有钱，也是京城来的人，和他没有切身的利益关系。况且他为官多年，早就习惯了众人以他为中心，对他众星捧月一般的奉承。他看在夏想的面子上，本来不想和连若菡一般见识，但见她不懂礼节也就算了，还对雅间的装修评头论足，就笑着说："小连对酒店的装修是不是也有什么独到的见解，不妨说来听听……"

高海虽然在笑，但笑容中明显有一股不以为然的味道。夏想看出来了高海的不满，他不愿意看到高海和连若菡有什么不愉快的事情发生，就冲楚子高使了个眼色。

楚子高虽然也不喜欢连若菡的冷漠，但也不想高海和连若菡起冲突。而且，他也不清楚连若菡和夏想之间到底是什么关系，他才不想做夹心馅饼，忙接过话说道："连小姐有什么高见，可以赐教一下？实不相瞒，我这楚风楼总店的生意还算说得过去，但开了一家分店，却只能勉强维持了。连小姐从京城来，眼界高，见识广，不妨给我们讲一讲我的楚风楼有什么不足之处。"

夏想也乘机向高海敬了一杯酒，小声说道："我和她不太熟，不过她和殊黧关系不错，很谈得来。还有在坝县发生过一点小事，她一个电话惊动了沈复明……连若菡虽然有点小性子，但也不是无理取闹之人。高叔叔大人大量，就当她是一个不懂事的小女孩……"

夏想的话是什么意思，高海心里清楚得很。他眉毛跳了几下，心中大为震惊，一点小事就惊动了一方大员沈复明，这个来头可不是不小，而是足够大！大到他一个小小的市政府秘书长，绝对惹不起！

人在官场，要是不能做到能屈能伸，必定要吃大亏。所以，他立刻放下成见，冲夏想感激地点了点头，然后又笑着说："就是，若菡是夏想的朋友，夏想和我还有子高也是莫逆之交，帮助老楚就是帮助夏想，有什么高见就说来听听。"

连若菡的巨大利用价值

连若菡自然能听出高海话里话外的暗示，还是淡淡地说道：“楚风楼能在燕市开下去，主要还是沾了这条街是餐饮街的光。人流多了，有百分之一的人前来就餐，就足够赚钱了。要在别处开分店，也想这么红火的话，不大可能——楚风楼以湘菜为主，在燕市，湘菜并没有多大的市场！”

难道连若菡是某个餐饮业家族的子女？夏想想起她在京城全聚德受到的待遇，不免就有些浮想联翩。

从连若菡张口就可以说出湘菜在燕市没有多大的市场来看，她绝对对餐饮市场做过相关的研究。

听了连若菡的话，楚子高犹如被人当面打了一记耳光。他一直以为湘菜能在燕市站稳脚跟并且能攻城略地，在两三年内成为行业内的龙头老大。没想到，被一个二十岁的小姑娘毫不客气地一口否定，就如直接要了他的老命一样让他震惊，又遍身冰凉，紧接着他难以置信地摇摇头，连连说道：“不可能，不可能，真的不可能！我楚风楼的饭菜，来吃过的燕市市民都说好吃，回头客也特别多，他们怎么会不喜欢湘菜呢？连小姐说笑了，你是京城人，不太了解燕市的行情。”

连若菡脸上没有一丝笑容，淡然如风地说道：“我只是发表我的看法，信不信由你，赚钱赔钱都是你的生意，与我不相干。再说又是你要我发表看法的，要不是看在夏想的面子上，我说都懒得说！”

高海身为市政府秘书长，对燕市未来的发展当然放在心上。他听连若菡说得这么肯定，就问夏想：“小夏对餐饮业这一块，有什么不同的看法？”

楚子高像是抓住了救命稻草一样，忙不迭地说：“对，对，夏秘书快说说看。我觉得还是你的眼光老道，看得准，看得长远。”

夏想看了连若菡一眼，向她投去赞许的目光，才说：“我还是比较赞同若菡的意见。燕市人的口味偏重，不喜欢清淡，不喜欢海鲜，偏爱吃酱油和醋。所以以后京城口味的饭店，应该大有市场。”

此话一出，高海和楚子高倒没有多大反应，连若菡却眉毛一挑，一脸狐疑地看了夏想好几眼。她最终还忍不住问了一句：“你是瞎说的，还是猜的，还是有过研究？”

连若菡的举动让夏想更加笃定，她就算不是餐饮业家族的人，最少家中也有人从事餐饮业，所以才会如此上心。

对连若菡的疑心夏想不作解答："随你怎么想，我只负责说出我的看法，一家之言，仅供参考。而且，只负责提出看法，不负任何连带责任……"他嘿嘿笑着，不想让气氛弄得过于正式，"除了京城口味的饭店会盛行之外，我认为火锅也将会在燕市流行起来。"

"信口开河！"连若菡使劲摇头，"北方人都不爱吃辣，火锅辣了才好吃。还有燕市人口味偏重，火锅汤又多是清淡，你这是自相矛盾，显然是想当然的说法。"

她摇头的速度很快，说话又是快语如珠，显然心情十分迫切，终于还是露出了她可爱的一面。

"想当然就想当然，我说了，只负责发表看法，不负责进一步解释，更不对所说的话负任何责任，信不信由你。"夏想直接回敬了连若菡一句，又转身对高海说道，"高叔叔算是地道的燕市人，是不是也爱吃火锅？"

高海先是一愣，低头想了一想，又笑了："你别说，我吃过几次火锅。经你一说，现在回想起来，味道确实还不错，有时间的话，还可以再吃几次。"

楚子高擦了擦脸上的汗："夏秘书，你别管杀不管埋，给我支支招，行不？"

夏想用手一指连若菡："听若菡的，楚风楼照开无误，但不以湘菜为主，适当加重口味，迎合市场。还有如果你想开火锅店，我建议你去内蒙古取经，那里的味道正宗。再有，坝县出产的莜面也不错，有许多种吃法，开一个莜面面馆，也可以吸引许多在燕市生活的京城以北的人……"

连若菡不说话，一只手托着腮，露出一截白嫩如玉的胳膊。她一脸若有所思的神情，不时看上夏想几眼，眼中闪动的全是不解和疑惑。

之后，连若菡再也没有说过一句话，突然就变得安静起来，一言不发地听夏想几个人说笑。只是偶尔目光闪动，飞快地看夏想一眼，眼中全是意味深长的内容。

饭后，楚子高想留夏想长谈，他听了夏想的高见之后，心中痒得难受，就想让夏想为他出一份详细的方案。夏想暂时没有时间为楚子高出谋划策，他还另有要事和高海商议，只好回绝了楚子高。楚子高一脸遗憾地说道："夏秘书，你在燕市住几天？住哪里？改天我登门拜访。"

现在，楚子高对夏想的眼光是百分之百信任。但真要一下子转到其他菜系，他又下不了决心，但又怕错过大好时机，所以心中纠结得难受，要是夏想能给他出一个方案，他就能下定决心去做。

夏想知道楚子高的心思，他也不是故意拿捏，实在是抽不出时间，就说：

“我一有空就给你打电话，总行了吧？”

告别楚子高后，夏想问连若菡：“你要是有事可以去忙，我不忙的时候再去找你……让你当专职司机，我心里不踏实。”

连若菡嫣然一笑：“我没事，就给你和高秘书长当当司机又何妨？怎么了，要是嫌我碍事就明说。”

难得见连若菡一笑，见多了美女的夏想也被她明媚的笑容刺了一下，觉得眼前犹如一片花海。他微一失神，忙说：“那就有劳连大小姐送我和高叔叔回市政府。”

车上，夏想突然想起了什么，说道：“高叔叔，我有一个朋友在省二建一分公司当经理，要不要认识一下？”

夏想的提议有些突兀，高海一下没反应过来他是什么意思，微一沉思，也明白夏想肯定有事，就说：“好，既然是你的朋友，一切都好说，你看着安排吧。”

夏想其实并不想让连若菡知道太多事情，只是她一直以甘愿当司机为由紧紧跟随，让他也无可奈何，总不能当面将她赶走。

回到市政府，趁连若菡停车的间隙，夏想忙对高海说道：“高叔叔，关于杜村的事情，我有一个不太成熟的想法，想跟您汇报一下。”

高海知道夏想是想避着连若菡，就笑：“连若菡太有个性了。小夏，你觉得她是个什么来历？”

夏想摇头：“猜不出来，反正我的态度是，不冷不热，不远不近，成不了朋友，也最好不要成为敌人。”

高海表示赞成：“这样吧，晚上你等我电话，我们再交流一下。”

让夏想感到郁闷的是，他几次暗示连若菡可以去购购物，逛逛街，甚至可以去找曹殊黧，但连若菡就是不为所动，要么顾左右而言他，要么假装没有听见，反正就是和他寸步不离。夏想说不上讨厌她，也说不上喜欢她，也不是惧怕她背后的势力。他总是觉得连若菡跟着自己，肯定别有用心，她不说，他不会问。但他相信，总有一天，连若菡会显露出她的真正意图。

但至少目前，连若菡对他来说，还有巨大的利用价值，不管平衡坝县的矛盾，还是她可以惊动沈复明的能量，都让人不得不高看一眼。既然她愿意跟着，宁杀错不放过，她愿意，就让她留下好了。反正身边有一个美女陪伴，不算丢人，还连人带车全套服务，又免费，何乐而不为？

终于趁连若菡去卫生间的空隙，他给曹殊黧打了一个电话。曹殊黧的声音软软的，有一股慵懒的味道，说：“有美女陪伴，乐不思蜀，现在才想起来给我打电话，是不是觉得有愧于心？”

有美女陪伴？夏想听了差点晕倒，忙把连若菡的恶行说了一遍，最后又强调说："蘩丫头，你快打电话给她，让她去找你。我怕了她，想要谈点重要的事情，她也在旁边，是不是太过分了？"

曹殊蘩的笑声通过话筒传了过来，仍然可以让人感受到其中调笑的意味："真没想到，你的魅力这么大……"夏想以为她还要调侃他和连若菡，没想到曹殊蘩话题一转，却说起了她家里的事情，"是我妈，她听说你来燕市了，非要逼着我立刻给你打电话，让你来家里吃饭。对了，还有我们家那个坏小子，也念叨了你好几次。他说你既然来了燕市，也不第一个来看他，让他觉得很没面子……"

夏想知道曹殊蘩故意落下曹永国不说，就是等他主动发问，他当然要给她一个面子，就问："曹伯伯没问我？"

"臭美吧你，你是我们家什么人，让我们一家人都念叨你，你面子这么大？"曹殊蘩撒娇的语气让人沉迷，声音有一股说不出的跳跃的感觉，"我爸倒是也问了你一句，就一句，你千万别得意。他说，小夏怎么也不来家里看看？"

"那你怎么说？"被连若菡逼得有点心烦的夏想，一听曹殊蘩的声音，就觉得浑身轻松了许多，很愿意和她聊天，"你说你一家人都说到我，那你说我什么了？"

"我才没有说你，我才懒得说你，我才不想说你……"

曹殊蘩话未说完，电话的一端传来了米萱夸张的声音："让夏想来家里吃饭，让他晚上就来。不来的话，让他永远别来。"

"别捣乱，萱姐，我要生气了。"夏想可以想象出曹殊蘩和米萱打闹的情形，又过了片刻，才听到曹殊蘩的声音又传了过来，"别理她，她就是爱发疯。不过还算有良心，闹归闹，关键时候还靠得住，在家里说了你不少好话……我知道你忙，忙完可要记得给我打电话，不许到处乱跑，听到没有？"

挂断电话后，夏想苦笑，曹殊蘩对他说话的口气，好像他是不听话的小孩一样，让他既好笑又无语。

连若菡再次出现在夏想面前，让他着实吓了一跳。因为他明明记得刚才她还穿着一身牛仔，上一个卫生间的工夫，怎么换了一身白纱素裙？

白色纱裙如婚纱一样漂亮，里面一层是有些反光的肉色布料，外面一层是洁白轻纱。裙子是中裙，正好盖住膝盖，露出她不粗不细的精美小腿。脚上也换了一双黄色的凉鞋，没穿袜子，十根脚趾粉嫩嫩白嘟嘟，就如婴儿的小脚一样完美无瑕。

连若菡的皮肤较白，上衣的胸口较低，露出一大片触目惊心的白，白得迷人，白得销魂。她的锁骨不亚于曹殊蘩的性感，而她的脖颈修长而纤细，即使不戴任何首饰，也显得高傲而醉人。

夏想后退一步，愣了愣神：“你会变戏法？上个卫生间，也能换一套衣服出来，太神奇了。”

连若菡美则美矣，只是脸上的清冷令人望而却步。所以尽管有不少人被她的美丽所震惊，却没有人敢上前搭讪。她的美丽与冷艳并存，没有人敢壮着胆子试上一试。

“我不过是路过一家商场，正好看到展示的衣服比较漂亮，就顺手买了下来……”连若菡见夏想的目光落在她的脚上，就抬高脚问道：“鞋也是新买的，漂亮不？”

夏想和她面对面站着，她弯着小腿抬起脚，大腿就不可避免地将裙子带了起来。连若菡的裙子衣料属于弹性很好有一定支撑性的料子，她小腿带动大腿，裙子就支撑起来。夏想只觉眼前一花，先是看到连若菡滑腻的大腿，然后目光很不争气地向里面扫去……

“咳咳……”夏想不由自主地咳了一声，见连若菡还浑然不觉地抬着腿，饶有兴趣地让他欣赏她的新鞋。女人就是女人，天性爱美，她再清冷再高傲，终究也会流露出小女人的一面。夏想感慨片刻，见二人的姿势实在是不雅观，旁边的人纷纷侧目，他也不好意思再对她的私密之处欣赏下去，就头脑一热，突然冒出一句：“是不是从头到脚都换了一遍？连内衣也换了？”

连若菡才醒悟过来，脸一红，急忙放下脚。见夏想的目光还落在她的腰间，顿时大怒：“无耻！还没看够？”

夏想挠挠头，委屈地说道：“你误会了，我是在想，你身上没有兜，又没有背包，你的钱包在哪里？”

连若菡脸色不善：“要你管？我愿抢愿偷，与你有关系吗？”

“当然没有。”夏想拉长了声调，见连若菡真生气了，心想正好把她气走才好，“既然我们没有关系，你走你的阳关道，我过我的独木桥，再见……”

挥挥手，转身就走，夏想以从未有过的潇洒姿态向一个貌若天仙的美女挥手说“再见”。而且他又是一副决不回头的样子，惹得不少路人驻足停留，纷纷议论。

“这人谁呀，这么牛，扔下这么漂亮的一个美女就走，有个性。”

“身在福中不知福，傻瓜蛋。”

连若菡本来气得恨不得暴打夏想一顿，不想他义无反顾地转身就走，才意识到他是故意惹她发火，就为了摆脱她，不由嘴巴微微上翘，会心地笑了。她望着夏想远去的背影，心中得意地想：想这么轻易地就甩开我，哪有这么容易？

夏想绕了几个弯，发现后面没有了连若菡的身影，才放下心来。看了看天色还早，他就又给李丁山打了一个电话，然后坐车去《燕省晚报》，去取他的胶卷和照片。

夏想本来想让李丁山在《燕省晚报》的熟人收下胶卷后，洗出照片再给他寄到坝县。现在正好有事回来，他就亲自去取上一趟，顺便看看杜双林的儿子杜同国，也算增进一下感情。

《燕省晚报》位于花园街的东头，紧邻《燕省日报》。不过办公环境比《燕省日报》就差了许多，还好编辑记者大多都是新招聘的大学生，比起《燕省日报》老气横秋犹如小官僚一样的编辑记者，充满了朝气和民生气息。

夏想找到李丁山委托的收件人——编辑部主任顾曾。顾曾三十五岁左右，戴一副金丝眼镜，颧骨高，眼窝深，一看就知道是南方人，他是李丁山多年的好友之一。

顾曾对夏想的态度客套中带着疏远的距离感，夏想也不以为意，收好胶卷和照片后，就告辞离去。他现在没有必要和顾曾去拉近关系，需要的时候，李丁山肯定会慢慢为他引荐一些媒体关系。现在他要是刻意去结交媒体朋友，不但会弄巧成拙，还会让李丁山不满。

顾曾在三楼，他下到一楼去找杜同国。正好杜同国刚从外面采访回来，听说是夏想找他，非常热情地请他到会客间。

《燕省晚报》新成立不久，办公条件很一般，会客间也就是在走廊里隔出一间狭长的房间。房间里摆了几个沙发和茶几，就成了临时接待客人的场所。

杜同国和杜双林长得还真有几分相像，夏想一眼就认出了他是杜双林的儿子。杜同国显然已经知道了夏想在他进入《燕省晚报》的过程中所起的帮助作用，而且他也从和他一起进入报社的几个记者的待遇比较上，知道他得到了照顾。一心想要从事新闻工作的他，对夏想就充满了感激。既然无法直接感谢李丁山，他就把一堆感谢的话都说给夏想听。

杜同国和夏想年纪相仿，自然有共同话题，聊得十分投机。杜同国就提出要请夏想吃饭，夏想已经和高海约好见面，自然就婉拒了他。离开报社，他想了想，就又给赵红江打了一个电话。

赵红江自从上次在佳家超市工地现场，想当然地认为曹局长和冯旭光有什么关系，就主动开工，以十分的热情投入到了佳家超市的建设之中。佳家超市顺利完工并且交付使用之后，他也就到另一个项目去当负责人了。

原本以为他上次会给曹局长留下印象，没想到后来几次开会，他特意寻个机会和曹局长说了几句话，曹局长淡淡地应付着，显然并不知道他是谁。让他大失所望，心里琢磨是不是上一次做得不够好，没有让曹局长记住。

电话响的时候，赵红江正戴着安全帽，在训斥几名违章操作的工人，天气热，心情不好，自然火气就大，从嘴里冒出来的话就是一连串的脏字。骂完之后，他还懊恼地说道："我好歹也是大学毕业，天天跟你们一起混，现在也是张口爹闭口娘了。你们都别愣着了，都他娘的快去干活，要是出了事故，都滚你娘的蛋！"

几个工人显然不将赵红江的发火当成一回事，立刻一哄而散，还有两个胆大的留下来，嬉皮笑脸地冲他要烟抽，惹得他抬脚要踢。不料那两个人跑得比兔子还快，一溜儿烟跑得没影了，让他哭笑不得，狠狠地朝地上啐了一口，才觉得多少解了点气。

手机一直响，响得他有些烦躁，就看也没看地按下接听键："谁呀，大热的天，打个没完，不怕把我的手机打爆了？"

"赵经理，火气这么大，是不是刚骂了工人一通？"

赵红江吓了一跳，这人是谁，怎么一下子就说中了。他东张西望一番，没发现有人在偷窥，就又问，"算你猜对了，你到底是谁，有事快说。"

"上一次在佳家超市工地一别，一转眼就有两个月了吧？赵经理有没有升官发财？"

赵红江愣了片刻，突然醒悟过来，惊喜地叫了起来："夏想？哎呀，我当是谁，原来是你老弟，怎么想起我来了？别提了，现在我还在工地上盯着，还是比包工头强不了多少的芝麻绿豆官！"话说得热情，其实他心中对夏想未必没有怨气，心说当时卖了你这么大的一个面子，你一转身就忘得一干二净，也太不够朋友了。

夏想不用猜也能知道赵红江肯定不太满意，也清楚他想要升官的迫切心理，就抛出了一个足够大的诱饵："其实在建筑行业也是大有可为的，你要是信我的话，赵经理，我不会忘了你的情义。晚上有没有时间，介绍一个人给你认识……是谁？市政府秘书长！"

放下电话，赵红江满脸通红，好像喝醉了酒一样，走路都有点头重脚轻的感觉。他原地转了两圈，确定是在清醒状态之下，并没有做梦，才揉揉脸，嘿嘿地笑了几声，自言自语地说道："想不到我赵红江也终于时来运转了。政府秘书长？虽然比曹局长的官小一点，但权力也不小，发达了！”

现在距离晚上和高海见面的时间，还有两三个小时，夏想站在人来人往的燕市的大街上，犹豫着要不要给肖佳打一个电话。他正站在一个繁华的十字路口，自西向东方向是红灯，却有一辆崭新的没上牌照的奥迪车牛气冲天地闯了红灯！

正在路中间值勤的交警见状心中有气，这么明目张胆地闯红灯，显然是不把他放在眼里，又不是军车，嚣张什么？他上前拦住奥迪，敬了个礼，然后礼貌地请对方出示驾驶证。

夏想离得不远，场中的情形可以看得清清楚楚。奥迪车打开车窗，从里面探出一张怒容满面的脸，双眼红赤，眼神飘忽，此人显然是喝醉了。他恶狠狠地瞪了交警一眼，威胁说道："滚一边去，睁大眼睛看清楚，谁的车都敢拦，不想干了是不是？"

交警还真没认出他是谁，也难怪，他又不是常上新闻的省市主要领导，谁能认出他？交警还是很有礼貌地说道："同志，请出示你的驾照，请下车接受检查，你酒后驾车，按照规定……"

"规定是我定的，你知道个屁！"车里的人大怒，突然一张口就吐出一口痰，正中交警的脸上，他还不解恨，盯着交警的警号，"我记住你了，连我的车也敢拦，你等着，要是三天之内你还丢不了工作，我的武字倒着写！"

一脚油门，开车扬长而去。

高成松的第一秘书武沛勇？夏想只是偶然在燕市市政府和他打过照面，武大秘去市政府办事，可谓前呼后拥，排场华丽。

夏想往前一步，认出了车中的人，正是在燕省横行霸道、呼风唤雨的武沛勇！他的嚣张和蛮横在燕省的政界无人不知无人不晓，许多人甚至包括一些副省长都对他敢怒不敢言，就是因为高成松明知武沛勇为非作歹，却睁一只眼闭一只眼，甚至还会袒护他。

以前只是听闻武沛勇的嚣张，今日亲眼一见，夏想算是大开了眼界。他身为省委书记的秘书，竟然当街吐了交警一口痰，飞扬跋扈到了如此程度，只能用不可一世来形容。

交警呆立半晌，脸上有委屈有不平，还有伤心和不甘，却又无可奈何。刚才他已经看到了汽车的副驾驶座上扔着一堆特别通行证，也知道对方来头不小。但来头再大，也不能闯了红灯还吐人一脸，简直就是不把人当人！他愤愤不平，掏出纸巾擦干净了脸，心想：有什么了不起，大不了不干了，受这种气，不就是一个破交警，谁还当宝贝不成？

人流来往匆忙，刚才的一幕并没有几人留意，看到的人又能怎样？不过是摇头叹息，暗骂一句“特权阶层”，同情一下交警。夏想也是叹了一口气，正准备离开，忽然愣住，才发现刚才的交警竟然是他认识的一个人——何明。

上次在楚风楼和几个小混混起冲突，曹殊黧打电话叫来几个人，有刑警孙安、民警历飞和交警何明，三个人都给夏想留下了深刻的印象。刚才他只注意到车内的武沛勇，现在才认出来原来交警是何明。

夏想对何明的印象还不错，既然遇上了，就打算向前安慰他几句。夏想还没迈步，就见何明突然怒气冲冲地来到斑马线前，冲一辆压着斑马线的汽车大吼：“你怎么停的车？知不知道压着线了？请出示驾照，靠边停车！”

正有气没处撒，有人撞到枪口上，不收拾才怪。夏想一见不由苦笑起来，压着斑马线停车的人不是别人，正是连若菡。

彬彬有礼的燕省第一公子

连若菡听话地将车靠边停好，有一辆捷达车也紧跟在她的车后，停在了路边。何明更是怒不可遏，拍着捷达车的车窗玻璃：“你怎么回事？谁让你跟来的？是不是想主动挨罚？”

连若菡下了车，先是朝一旁的夏想看了一眼。让夏想心里一惊，立刻明白过来，原来她一直在暗中跟踪他，只好摇头笑笑。连若菡却不笑，扭头对何明说道：“交警同志，后面这辆车一路上一直跟着我，有几次还故意挤我。为了维持交通安全，我建议你对他进行处罚。”

“该罚谁由我说了算，用不着你说话。”何明虽然也被连若菡的漂亮震惊得微微一愣，但心中的满腔怒火无处发泄，也就没有了怜香惜玉的心思，“罚款二百元，扣三分，驾照拿来！”

连若菡站着没动，冷眼看着后面的捷达。捷达车门打开，从里面下来一个二十五岁左右的年轻人，他穿着十分普通，样子也说不上有多出色，比一般人强上那么一点。不过从他的脸型上还是可以依稀看出，他是南方人。

他笑意盈盈地来到何明面前：“交警同志，都怪我，不怪这位小姐！是我一路上一直追她，她被追得急，才不小心压了线。再说压线这样的事情，可大可小，放她一马，交个朋友。”

开辆捷达就想套近乎交朋友，何明刚才受了气，现在心中多少有点不平衡，就斜着眼睛看了看年轻人，轻蔑地说道："你说可大可小就可大可小了？车祸猛于虎，懂不懂？压线是小事，那是不是撞了人才是大事？所有的重大车祸，都是因为司机大意疏忽造成的。要是都和你一样想，那还要斑马线有什么用？"

年轻人被训得皱了皱眉，不过还是保持着微笑，从身上拿出一张名片："交个朋友，你不吃亏，给我个面子，以后我也给你面子。"

何明不接名片，低头要开罚单："少废话，接受处罚吧。还有你，违章停车，也是罚二百扣三分，驾照都拿来。"

"一点也不给面子？"年轻人脸色微微一变，伸手拿出手机，"你是三大队的吧？你们队长叫什么来着，我想想……算了，直接打给你们局长吧。"

何明心中更气了，怎么着，刚来了一个一口痰吐到脸上的货色，现在又来一个口气大到没边的家伙。今天这是怎么了，大神小神都让他遇到了？他倔劲上来，不管了，管他谁是谁，先开了罚单再说，大不了换个地方，不信还真出不了这口气！

正要落笔，忽然听到耳边有人喊道："何哥，原来是你，我说怎么这么面熟，这么威风……"

何明回头一看，想了一想，勉强挤出一丝笑容："小夏，夏想，曹殊黧的男朋友……你怎么在这里？"

夏想汗颜，就上次见了一面，还真被当成了曹殊黧的男朋友？他笑了笑，用手指了指连若菡："她是殊黧的好朋友，从京城来，刚才一直给我当司机，一不小心走丢了，我正找不到她，没想到被你逮个正着……"

上次夏想以一对三，给何明留下了深刻的印象，觉得夏想是个可交的朋友。现在又听他说连若菡是曹殊黧的朋友，知道这个面子无论如何也得给了，就说："那好，反正就是过了线一点点，下次注意就是了。不过……"连若菡可以放过，后面的人就没有好运气了，他冲捷达车主一伸手，"你在关键路口阻碍交通，快拿来驾照。"

夏想眼尖，一眼就看见捷达车主手中拿的名片，上面没有任何头衔，只有中间一个名字，还是手写签名。尽管写得有点龙飞凤舞，但他还是看清了上面三个字写的是：高建远！

省委书记高成松的儿子高建远？夏想几乎不敢相信他的眼睛，眼前这位长相普通，穿着普通，开着一辆普通捷达汽车的人，难道真是燕省第一公子高建远？比起刚才武沛勇华丽而嚣张的出场，高建远可谓低调太多了，让人根本无法将他和省委书记的公子联系在一起。

但他刻意隐藏的气势，不经意间流露出来的镇定，伪装的低调，以及带有南方人特征的脸型，让夏想确信他就是高成松的儿子高建远！

见何明还有意拿高建远开刀，夏想知道，高建远装低调玩普通，但绝不是好惹的人。他可以装得彬彬有礼，但他骨子里的傲气和背后巨大的权势一旦迸发出来，可不是何明一个小小的交警能够抵挡的！

他见高建远脸色不善，正要伸手去打电话，就笑眯眯地向前，一伸手从高建远手中拿过名片，假装看了一眼，然后热情地说道："幸会，幸会，原来是高兄，上次聚会上匆匆见了高兄一面，也一直没有你的联系方式，甚是遗憾。没想到今日在这里偶遇，真是三生有幸……高兄不记得我了？"

高建远毕业于英国某大学，为人十分低调藏拙，据说也十分狡猾。

既然是毕业于以绅士风度著称的英国大学，他本人又喜欢低调，不以省委书记的公子自居，要么是故弄玄虚，要么就是想保持神秘。不管哪一种，夏想认为，他肯定还有一种绅士情结。从他一路追连若菡到这里，在何明的一直紧逼下，还保持着矜持的笑容就可以看出，他伪装的绅士风度正是为了显示他高贵的出身和内心的傲慢。

傲慢不仅仅可以表现为嚣张和不可一世，也可以表现为淡定从容的风度，居高临下的微笑，以及一切尽在掌握的自信。

以高建远的身份，肯定经常参加各种聚会，也肯定可以遇到许多想结识他的人，所以对夏想的热情一点也不感到惊讶。要是在其他场合，他才懒得理会形形色色想要接近他的人。但今天不同，一是他知道夏想认识眼前的交警，虽然他搞定何明只不过是一个电话的事情，但要自己出面，总没有被人端着主动替他解决的感觉好；二是夏想认识连若菡，他正愁没有机会接近连若菡，认识了夏想不就等于有机会认识连若菡了吗？所以他也立刻表现出了足够的热情："想起来了，上一次在康庄……要不就是碧海，见过一面，不过实在抱歉，当时喝多了，没记住你的尊姓大名……"

夏想心中暗笑，高建远也是一个妙人，不出他所料，反应够快，他忙自报家门："我叫夏想，高兄贵人多忘事，记不住也正常……"又转身对何明笑道："都是自己人。何明，给我一个面子，这件事就算了，改天我请你吃饭，叫上殊黧一起，怎么样？"

何明不给夏想面子也得给曹殊黧面子，听夏想话已说到了，也不好意思再开罚单，摇摇头说道："既然都认识，就算了。小夏，你也别怪我刚才发火，实在是憋了一口气。"

夏想就将刚才何明遇到的事情一说，感慨地说道："什么人这么不可一世，听他的口气，好像在整个燕省都可以横行霸道一样。对了何哥，你看到车里有什么通行证之类的，知道他姓什么不？”

夏想是故意引何明说出武沛勇，就想看看高建远的反应。

何明一提这事就又怒道：“里面好像有几张特别通行证。谁让他的车不上牌照，真要上了省委的牌照，我吃饱撑的去拦他？听他说好像是姓武，具体是哪一位大神，我也不认识，反正不是省委书记和省长的儿子，不管他是谁，大街上吐人一脸，就叫没素质！”

“这人的素质还真成问题！”高建远只发表了一句看法，没有对武沛勇的嚣张表露任何的个人情绪，就岔开了话题，“小夏，这位小姐可否介绍认识一下？”

连若菡不等夏想开口，一步上前挽住夏想的胳膊，一脸浅笑：“高建远是吧？我叫连若菡，是夏想的……女朋友，很高兴认识你。”

高建远脸色不变，但眼神中明显闪过一丝失望，不过他还是十分绅士地微微一弯腰：“你好连小姐，鄙人姓高名建远，毕业于英国的大学，能与貌若天仙的你结识，实在荣幸。”

夏想被连若菡轻轻抱住胳膊，他穿着短袖上衣，连若菡也是露着小臂，二人胳膊直接接触，有一股异样的滑腻的感觉。可惜的是，夏想是身在福中却无心消受，连若菡可是把他害苦了。

平白给他树立了一个省委书记的公子的情敌不说，还当着何明的面自称是他的女朋友。要是传到曹殊黧的耳中，小丫头倒是好哄，也相信他，米萱可是一个能闹腾的主儿，唯恐天下不乱，不定会想出什么花招来折腾。

夏想刚要开口说话，然后觉得胳膊内侧一阵钻心的疼痛，差点没疼得他叫出声来，居然是连若菡拧他！他顿时想起上次在坝县肖佳的手段，不由苦笑，是不是女人天生就会拧人，而且还用指甲尖拧住胳膊内侧的肉，轻轻一转，那叫一个疼！

连若菡轻轻伏到他的耳边，小声说道：“你敢乱说，我就敢乱来，你信不信？让你当个挡箭牌怎么了，小气鬼！”

挡箭牌？高建远不是箭，而是大炮好不好？夏想心想连若菡不知道高建远是谁，他却是心知肚明，知道在燕省没人动得了他。别说他现在只是县委书记的秘书，就是省长的秘书，也惹不起燕省第一公子。

最难消受美人恩，果然是至理名言。

但事已至此，他还真不好说些什么，只好憨厚地笑了笑。

告别的时候，高建远在他的名片上写了一个手机号，又郑重其事地提出要请夏想和连若菡吃饭。结果又是连若菡出面，没有商量余地地一口回绝，让夏想无比郁闷，一个大好的可以接近高建远的机会，就被她无情地给抹杀了。

高建远一走，夏想有点受不了何明古怪的目光，又不好解释什么，只好挥手告辞。夏想开车，连若菡偷懒坐在副驾驶座上，却不说话。没走多远，夏想将车停在一处停车场，不满地说道：“连若菡小姐，拜托你以后不要任性好不好？你想拒绝高建远，可以有一千种方法，为什么偏偏要拿我当靶子？”

连若菡笑了笑：“怎么了，不但是小气鬼，还是胆小鬼？知道他是高成松的儿子，就怕了？你既然怕他，为什么不怕我？”

这话说得也够无赖，夏想无奈地一笑：“既然你知道他是谁，想必他能查出你是谁，你们神仙打架，关我何事？我是县委书记的秘书，小小的副科级干部，还没有芝麻绿豆大。”

连若菡脸上没有任何表情：“实话告诉你，夏想，高建远想毁你，还得费点周折，我要是想毁你，一句话的事情！”

夏想也被连若菡若无其事的态度激怒了，想起和她非敌非友的关系，想起她始终不远不近的态度，怒道：“我在你眼里，虽然渺小得斗不过你的一根手指，但我也要告诉你，我也不是你随意捏来捏去的泥人！大不了大家一拍两散，你有本事就把我拿下，总有一天我会让你后悔！”

扼杀南方一建的计划

夏想一怒，连若菡反而展颜一笑，柔声细语地说道：“我以为你一直沉稳有度，不会发火，没想到，也有血性的时候。好吧，谢谢你刚才替我出头，总可以了吧？”见夏想还不说话，她笑得更开心了，“一个大男人居然和女人一样小心眼儿，真是少见！算了，我知道你有事要忙，晚上我去找黧丫头，今天的事情我会向她解释的。”

夏想其实也不是故意和连若菡生气，而是不想总被她牵着走。毕竟他并不清楚她一直跟在他身边的真实目的，尽管看上去并没有什么恶意，说起来他也没有什么好被人家算计的——但她毕竟来历不明，不定会牵涉到哪一方面的利益，所以不得不谨慎从事。

和她生气，也是一种试探。

连若菡走后，他又给赵红江打了一个电话，让他订好饭店。赵红江说早就订好了地点，在大宅门三一〇包间，就等他一声招呼，他立即赶到。夏想对赵红江的办事效率还是比较满意的，他就和赵红江约好，先见一面。

大宅门位于安定路高架桥下面，位置虽然一般，但生意还算红火，是正宗的京味饭店，既有地道的烤鸭，又有京味酱爆肉、玻璃肉球、豆瓣鱼等京味名吃，在燕市独树一帜。夏想赶到的时候，赵红江正从门口迎了出来："夏秘书来了，赶巧，我也刚到。"

其实夏想早就看到赵红江坐在大厅里等着，现在假装和他同时赶来出来迎接，也算有心了，心中对他的好感又多了几分，认定他还算一个值得一交的朋友。

二人来到包间，先要了一壶茶，夏想也就不再绕弯，开门见山地问道："赵经理有没有听说过南方一建？"

赵红江自从知道了夏想是县委书记的秘书，现在已经是副科级干部后，心中对夏想的尊敬和热络又多了几分。他是省二建一分公司的经理，省二建是处级单位，一分公司的头儿，也是科级。他比夏想大了十来岁，又热衷于升官，自然清楚官场中的门道。夏想身为县委书记的秘书，从基层干起，这是典型的大有前途的干部类型，不像他，虽然也算科级，但只是企业的级别，与党政机关的级别还是不能相比。

而且他也清楚夏想是局长千金的男朋友，局长千金的男友没有跟在曹局长身边，却和一个县委书记下到县里，不是下去锻炼增加资历又是什么？在他看来，夏想背景够深，路子够广，身后有县委书记，有省局局长，现在又要介绍市政府秘书长和他认识，他年纪不大，怎么县、市、省三级都有后台？

赵红江既羡慕又兴奋，为他能结识夏想这样的一个朋友而感到庆幸不已。

"听说过，一家不入流的小公司，一没技术二没资金三没资质，不值一提。"南方一建也曾找过省二建，要求挂靠，却被二建拒绝。赵红江也算二建的中层领导，也和南方一建的人接触过，对他们一无是处的公司没有一点好印象。

任何一家大型公司在真正壮大之前，都没有气吞山河的气势，就像微软当年也不过是一家小得不能再小的小公司，曾经被许多人看不上眼。现在的南方一建还非常弱小，正一心想借挂靠或者转承包，在燕省的建筑业中分一杯羹吃，正处在四处找食的低级阶段，有奶就是娘。他们目前的要求很简单，就是从大建筑公司的手中，再承包一些小工程，能够养活他们从南方带来的几百号人就行。

南方一建既然来了，就是看中了高成松老婆景晓影的关系，何不趁他们还未壮大之时，把他们拉拢过来？采用温水煮青蛙的方法，分给他们工程做，让他们小工程不断，大工程又抓不住，牢牢掌握住主动权。

"是呀，南方一建确实实力不行，不过他们带来的南方工人，手巧，干活认真，又肯吃苦。赵经理手中的工程要是忙不过来，可以适当地照顾一下他们，也算交个朋友。”夏想说的也是实情，南方工人比较能吃苦，活儿也做得好，尤其是装修工程比北方工人强上一些。

赵红江听出了话外之音：“南方一建是夏秘书的关系？怎么不早说，只要你开了口，我在电业局、工商局有好几个工程，都是另外找的施工队，你说一声，再进去几百人没有问题，分他们一栋楼，大概五百万的工程，够不够？”

五百万还是有点少，夏想是学建筑出身，他也知道电业局的四栋高层，单栋造价都在一千万以上，工商局的工商大楼，预算也不下于两千万。电业局和工商局都是有钱的单位，工程款都不成问题，只要关系到了，不存在压款现象。赵红江张口说出五百万，还是打了不少埋伏。

夏想就笑，不说话，抿了一小口茶：“赵经理是哪所大学毕业的？”

“建筑学院呀，夏秘书怎么问起这个？”赵红江一下子没明白过来，愣了一愣，突然一拍脑门儿，不好意思地笑了，“瞧我这记性，忘了夏秘书也是建筑学院毕业的，原来我们还是校友！校友就是同学，同学就是最铁的三种关系之一，就凭这个关系，我分一千万的工程给你，怎么样？”

“不是给我，是给南方一建。”夏想满意地笑了，“赵经理，我刚从坝县回来，还没有来得及去见曹伯伯，这两天就去见他。对了，有件事情我想提前给你透个底，曹伯伯可能很快就不在城建局的位子上了……”

赵红江见夏想满意了，也在心里松了一口气，还暗骂自己蠢，忘记夏想是学什么的了。对于曹永国调走的传闻，他也听到一二，所以一点也不吃惊：“我也听说了，传得挺厉害，说是要去测绘局，不过现在又没有动静了，到底是个什么情况？”

曹永国真要调走，夏想未来局长女婿的光环就会减弱许多，但让赵红江依然心动的是夏想的沉稳，总给人一种深藏不露的感觉。就像夏想一打电话就提出要介绍自己认识市政府秘书长，让他大吃一惊，总是在心里猜测，夏想背后到底还有什么厉害人物？

“曹伯伯还是会调走，在城建局局长的位置上不会太久了，具体去哪里还不太好说，但有一点可以肯定，不会去测绘局，会高升。”夏想虽然还没有和曹永国见面，但今天和高海再次接触，从他口中了解到了陈风的另一面，知道曹永国上任燕市的常务副市长，基本上已成定局，不会再有大的意外，否则省里肯定还会有其他风声传出。现在还没有动静，估计是各方面的势力正在妥协，正在准备出台最后的方案。

不管路书记会向高成松做出什么让步，曹永国作为一个学者型的干部，和高成松又没有太直接的冲突，而且燕市的常务副市长眼下又是一个烫手山芋。

市长陈风太强势，市委书记崔向又是省委常委，常务副市长虽然位置关键，大权在握，但也是受到太多制约，不容易出政绩，反而容易落下不是。所以曹永国在目前的局势下，也没有太强有力的竞争者，高成松现在还压着不松口，不过是想再讨价还价罢了。

赵红江顿时支起了耳朵，对曹永国的动向大感兴趣："曹局长会到哪里高就？大家不是外人，给我透露一下吧。"

夏想就是要故意调足赵红江的胃口，就是不说，却说了另一件更让他兴奋的事情："我估计曹伯伯既然要高升一步，他离开城建局前，说不定会向下属的几家建筑公司的总经理，提出调整中层干部的方案……"

官场上是捧高不捧低，要是曹永国调到测绘局，他临走前提出调整方案，等他一走，多半会人走茶凉，没人照办。但如果他高升，就算离开了建筑行业，但真要成了市委常委、常务副市长，等于是一只脚已经迈入了副省级的门槛。官场中人，谁都有长远目光，互相捧场的事情都会做，他要是特意点出几个人名，城建局下属几大建筑公司的总经理们，包括下一任局长，就算不会全盘照办，也会办个七七八八。

赵红江双眼放光，像喝醉了一样站起来："夏秘书，夏老弟，我就托大叫你一声老弟，我这人没别的优点，就是对兄弟真心，今天我就认了你这个老弟。以后不敢说刀山火海，但只要是我力所能及的事情，我要是不替你办到，我就是地上爬的那个……"他中指前伸，其他四指向下，做出一个王八的手势。

赵红江的表态夏想可以理解，说实话，在建筑公司混久了，不管是分公司经理还是大公司总经理，都有粗鲁的一面。

夏想一伸手就打开赵红江的手，骂笑："你当个王八有什么用，又不能吃。我不相信你，还跟你说这些，还向你介绍高秘书长认识？还不是上一次在佳家超市工地，我就看你老哥对眼，是个能够托付的朋友！"

"说对了，我赵红江就是够朋友，别的不敢说，只要认准了朋友，绝对不含糊。"他端起一杯茶，"来，老弟，以茶代酒，喝了这茶，以后就是知心朋友，你帮我，我帮你！

夏想和赵红江喝了茶，又说笑了几句，才说："这样，赵哥，我介绍你给高秘书长认识，你只管听，少说多做，到时候好处少不了你，相信我不？"

"信，谁不信谁是小狗！"赵红江一拍大腿，心里美滋滋的，认为他上一次当机立断决定给佳家超市开工，是他平生所做出的最英明最伟大的决定。他看了看手上的表："几点去接高秘书长？我的车是捷达，档次不高，会不会太寒酸了？"

没车是不行呀，这个问题夏想倒是疏忽了，想了一想，还是又给高海去了个电话请示。熟归熟，礼节要到了，毕竟高海也是有身份的人。

高海听了哈哈一笑：“我当什么大事，这点小事也用得着麻烦？说地方，我让司机送我去，你们等着就行了。”他知道夏想肯定还要客气，就又用不容置疑的口气强调，“再跟我来虚的，我到丁山那里告你的状！”

听夏想说不用去接高海，赵红江就更加断定夏想和高海二人关系匪浅。只有关系熟悉到一定程度，才会说话这么随意，他就试探着问：“你和高秘书长是怎么认识的，方便透露一下不？”

夏想也没什么好隐瞒的，就说：“高秘书长是李书记的老同学……”

赵红江点点头，露出了心领神会的笑容。夏想是李书记的秘书，肯定是他最信任的人。高秘书长是李书记的老同学，老同学的含义很丰富，能以老同学相称，又都在官场上，其中的关系就非同一般了。

晚上七点多，高海来到。当然夏想和赵红江也没有傻坐在包间里死等，二人算着时间差不多的时候，到了门口迎接。高海也没让司机上楼，简单和赵红江寒暄几句，就一起进了包间入座。

要做官，先做人

因为夏想介绍的原因，高海对赵红江还算客气，说话很直接，没有打官腔，赵红江很高兴，接连敬了高海好几杯酒。高海喝了两杯，也算是给足了他面子。赵红江一高兴就爱喝酒，又和夏想多喝了几杯，夏想也知道他是为了显示他们二人关系密切，也是来者不拒，二人喝了个不亦乐乎。

受夏想二人感染，高海也慢慢放开了酒量，三人一会儿就消灭了两瓶剑南春。酒到酣处，高海也就卸掉了秘书长的面具，拍着夏想的肩膀，说道：“小夏，你是丁山的福将，可惜不能帮我，要不也能成为我的福将。跟我说实话，今天介绍小赵给我认识，有什么打算？别跟高叔叔客气，跟我客气，就是非要在我和丁山之间分出远近来。”

夏想也有了五分醉意，不过头脑还十分清醒，他用手一指赵红江：“赵经理是我的校友，我和他也算是一见如故，成了好朋友。他跟我讲起城中村改造的事情，说到了杜村有组织地对抗拆迁的问题。赵哥告诉我，他正好有个亲戚在杜村，还算有点威望，知道组织者背后有人撑腰，有人出钱出力，就是为了报复市政府……”

高海大怒："什么人这么大胆，哪家单位的？"

夏想笑笑，端过一杯茶放到高海手中："高叔叔不要生气，躲在背后给杜村人出谋划策的是南方一建。"

"南方一建？"高海皱起了眉头，他当然听说过南方一建，也知道南方一建想要承接城中村改造的工程，被陈风否决了。一家外地来的不入流的建筑公司，接不到工程就敢组织人对抗政府，太胆大包天了，他将杯中水一口喝干："查！我向陈市长汇报一下，一查到底。"

"高叔叔有没有兴趣听听我的看法？"夏想大胆地说道。

燕市乃至燕省的建筑业市场很大，一家二建公司不够，可以再找一家三建公司。两家省级大型建筑公司，都从大肉锅中分一杯汤给南方一建，弱小的南方一建肯定忙得不亦乐乎，数钱数到手抽筋。有钱赚再忙得四脚朝天，将公司做大做强的梦想，就会被每天源源不断的琐事消磨殆尽。到时再让赵红江加把劲，将南方一建的几个头头儿分化，将他们几百人的队伍打散，安插到二建的各个分公司，留在燕市一部分，有外省工程的时候，再带走一部分。用不了多久，南方一建就会名存实亡，成为燕省建筑公司的附属品。

他见高海点点头，表示愿意听他说说，就接着说道："南方一建虽然没有资质，公司又小，手段有点阴暗，但他们的工人手艺还是不错的，肯吃苦，手下又出活。如果要将他们完全赶出燕省，不但要费些周折，还给人留下燕市不能容忍外来企业的不好印象。赵经理在建筑行业摸爬滚打好多年，他想出来一个好办法，既能解决杜村的问题，又能让南方一建老实……"

高海听了大为心动，燕市大兴工程，大举改造城中村为的是什么？就是为了改善城市形象，提升城市品位，给前来投资的客商留下良好的印象。夏想说的也对，如果用行政手段强行将南方一建赶出燕市的市场，岂不是与城中村改造的目的不符？其实市政府也是欢迎良性竞争的，也不愿意大费周章地和一家公司作对，确实有损政府形象。既然有人主动出面为政府排忧解难，他怎么会不欢迎？

高海饶有兴趣地看了赵红江一眼："小赵，有什么好主意尽管说出来，为政府排忧解难的单位，政府是不会忘记的。"

赵红江赔着笑，看了夏想一眼："其实主意是夏秘书和我一起商量出来的。我这个人办点具体的事情还成，要是说事的话，不如夏秘书说得清楚，就请他代劳，好不好？"

高海算是明白过来了，夏想说是赵红江的主意，其实是给赵红江面子，根本就是他自己的主意。他想起自己当时不过是随口一说杜村的事情，其实重点还在史洁和民族街的改造上。没想到,夏想还上了心,一心帮他,还将功劳推给别人。这份情义就算是看在李丁山的面子上,也是沉甸甸的,高海就心中有些触动。

夏想对他并无所求,还尽心尽力地帮他,又假借赵红江的口说出来,聪明人不需要把事情说得太直白,太明显。他清楚夏想是不想让他承情,又同时拉赵红江一把。高海心中有数,夏想不想是不想,他要是真的坦然受之,不记得夏想的好,就是做人上的失败。一个人做人都失败了,当官也不会有什么前途。

要做官,先做人!

夏想冲赵红江点点头,好像很不情愿地说道:“好吧,我就替你受累了,可要记上一笔,欠我一顿好酒!”然后又看向高海,“高叔叔,我就这么一说,您就这么一听,说完听完,事情就过去了。反正大家都喝了不少,醉话也好,胡话也好,也许都记不住。”

高海知道夏想的意思,叹了一口气:“算了,我也不强求你了,在我面前你还是放不开,太谨慎。以后慢慢你就知道了,我高海也是一个有情有义的人,总有一天我会不在官场了,但作为一个朋友,却比官职要更长久。”

夏想重重地点点头,说他想让赵红江出面,以二建公司的名义将南方一建拉拢过来,然后逐步分化,慢慢吞食掉,将南方一建完全消化掉,最后成为燕省建筑公司的附属公司。这样既能留住南方一建的工人,又能掌握南方一建的经济命脉,可谓一举两得。

高海听了半晌没有说话,眯起眼睛,只是一杯又一杯地喝茶。喝了差不多有一壶茶,他才睁开眼睛,说道:“好办法,小赵可以着手去做,有什么困难没有?”

赵红江虽然在工地上待久了,脾气有点急,但他也不是愣头青小伙子,忙道:“没有,夏秘书说了,省二建虽然是省里的单位,但这些年来也接了不少燕市的工程,其实都是一家人。”

高海就笑着问夏想:“你肯定有什么想法,说来听听,不说的话,我就当真的没有什么困难了。”

夏想就笑:“反正我也喝多了,就趁着酒劲说一句。高叔叔,赵经理是二建一分公司的经理,他只能代表一分公司去拉拢南方一建,一分公司听起来好像排场小了点……”

高海明白夏想的意思:“小赵当分公司经理也有好几年了吧?二建公司的总经理是赵畅通吧?我和他也有些交情,能说上话……”

八月的燕市比起坝县,可是炎热多了。即使到了晚上八九点,依然是热浪滚滚,不见丝毫凉意。送走高海,赵红江站在大宅门门口,心中的热火比起燕市的气温，可是高了太多。他看了看身旁的夏想，恨不得说一些掏心窝的话，表示他内心的激动，不过看到夏想淡淡的表情和若有若无的笑容，千言万语只化成两个字："谢谢！"

夏想摆摆手："客气什么，以后我有事找你帮忙，我不但不说谢谢，还会理直气壮地要你出钱出力，跑前跑后，一点也不把你当外人。"

赵红江嘿嘿地笑了起来："行，没问题！"

告别赵红江之后，夏想一个人慢慢行走在燕市的夜色之中。处处灯红酒绿，到处是欢声笑语，大街上擦身而过的，有恋爱中的男女，有摇摇晃晃的醉汉，还有打扮暴露乱抛媚眼的生意女子，他突然产生一种不真实的感觉……

夏想一连拒绝了好几个风尘女郎的热情，他今天喝了不少酒，年轻的身体因为夜色的原因，也有些冲动，就不由自主地想起了肖佳。他迷恋她什么？难道仅仅是她青春可人的肉体，还是一夜贪欢的欢愉？他感觉肖佳对他来说，像雾像云又像风，既真实，又迷糊，他看不清她的真面目，猜不透她内心的真实想法。而肖佳又看重他什么？看重他可以依赖，看重他有前途，还是仅仅是因为当时她需要男人的安慰，渴望男人带来的安全感？

夏想头疼欲裂，想不明白肖佳，也弄不清楚自己对她的感情。他摸出手机，正要打电话给她，却意外地发现手机没电了。他摇头一笑，真是一个无奈的不巧，算了，还是老老实实地回宾馆睡觉。

回到宾馆时已经差不多晚上十点了，他见连若菡的房门紧闭，也不知道她回来没有，就算回来估计也早就进入了梦乡。他没有再多想，回到房间洗了澡，脱了衣服，酒劲上涌，刚一躺下就进入了梦乡。

投怀送抱的香艳事件

正睡得香时，忽然听到有人咚咚敲门，夏想宿酒未醒，迷迷糊糊只穿了一条内裤就去开门。刚一拉开门，就有一具火热滚烫的躯体扑入怀中，同时耳边传来一声惊呼："救救我！夏想，快救救我……"

对于一个酒劲未消的血气方刚的小伙子来说，半夜醒来时往往是下身挺拔，这是一种正常的生理反应。夏想是正常的男人，当然也不可避免。突然之间被温香软玉扑满怀，耳边又是怯生生的求救声音，可以说是声情并茂的诱惑。此情此景，此时此刻，他只觉热血沸腾，一把将来人紧紧抱入怀中，二人紧紧贴在一起，胸贴胸，小腹贴着小腹。

连若菡几乎哭出声来："都怪你，不早点回来！都怪你，让蟑螂爬到了床上！都怪你，害我做了一个噩梦……"她像一个孤独无助的孩子投入了父母的怀抱一样，喃喃低语，声音中有一丝惹人生怜的恐慌。

她或许有一个不幸的童年，夏想脑海中猛然闪过一个念头，她表面上傲然清冷，其实也是为了掩饰内心深处的无助和哀怨。这一刻，连若菡撕下了所有的伪装，表现出一个二十岁小女孩应有的柔弱和可怜！借着并不明亮的灯光，夏想看清她双眼睁得大大的，眼神中流露出莫名的惶恐，好一副楚楚可怜、孤苦无依的模样！

她穿着一件肉色的丝质睡衣，左肩上的带子滑到一边，露出了大半个肩膀，白得令人遐想。胸前的两个圆球因为挤压的缘故，紧贴在他的胸前，既弹性十足，又柔软可人。她头发散开，嘴唇微张，脸上的表情渴望爱抚，渴望保护，渴望温暖的怀抱……

夏想轻轻地拍着她的后背，安慰说道："不怕，你能一人打三个坏人，还怕一只小小的蟑螂？再说蟑螂营养丰富，炒着吃也很可口，它再欺负你，我替你吃了它！"

"讨厌，吃蟑螂，真恶心！"连若菡忍了一忍，还是没有笑出来，不过脸上的神情已经缓和了许多，"你不知道，我小时候有一次自己出去玩，跑到了一间废弃的屋子里，进得去出不来，里面全是蟑螂，爬来爬去，还有的爬到了我的脚上。我吓得大哭，一直哭了两个小时才被爸爸救出去……后来大病了一场，再后来，一见到蟑螂就怕得要死，老鼠、蛇我都不怕，就怕蟑螂……"

童年的心理创伤最难愈合，连若菡怕的不是蟑螂，其实是一种心理上的恐慌，她怕的还是自己童年的心理阴影。

二人紧紧抱着，好像谁也没有意识到这种姿势有多暧昧，多过火！

夏想一听连若菡说出她的心理问题，也想起了他的童年往事："你知道我最怕什么吗？我小时候见到狼都不怕，一人高的大狼狗也不咬我，我也敢逗它，几米长的蛇也敢捉，但我就怕四脚蛇。它在田野里乱跑，跑得非常快，不咬人，也没毒，不过我一见四脚蛇就两脚发抖，知道为什么吗？"

连若菡显然被夏想的故事所吸引，慢慢镇静下来，她睁着一双好奇的大眼睛："我见过四脚蛇，一点也不吓人呀。"

"是不吓人，我在十岁之前也一点不怕它。十岁那年，有一次在地里玩，突然一只四脚蛇钻进了我的裤腿，顺着裤子向上爬，几下就爬到了大腿根。我隔着衣服捉住了它，却不敢松手，吓得大哭。旁边的小伙伴还嘲笑我，说我要是松手，四脚蛇就会咬掉我的……”夏想忽然意识到不妥，他本是想转移连若菡的注意力，说说他的糗事，一不留神说到最后，才想起来后面的部分少儿不宜，就只好嘿嘿笑了两声，不说了。

连若菡不解：“咬掉什么？你快说呀。”

“这个，不太好意思说。”夏想挠头，心想都说了大腿根了，还能咬什么？你不会真不知道吧？

“快说，说话别说一半，大男人吞吞吐吐的，真没劲。”

“好吧，我说了，你别怪我实话实说。”夏想心想谁怕谁，我还不是怕你难为情，反正自己酒劲还没有消散，“小伙伴笑我，说会咬我的小鸡鸡……”

“啊——”连若菡突然惊醒过来，夏想口中所说的东西，她可以肯定没有被咬掉。因为现在它正昂首挺胸地顶在她的小腹之上，硬硬的，热热的，似乎在向她的身体宣告它的存在和进一步占领的意图。

她又羞又急，猛地一把推开夏想，身子向后一退，正好靠在门上。她才又感觉到胸前的两片处女地被压迫得生疼，更是恼羞成怒，双手抱在胸前：“夏想，你是个大流氓！我恨你！”想到自己长这么大，还没有被男人抱过，她恨不得杀了夏想，眼泪“哗”地就涌了出来。

夏想被张信颖骂过小流氓，当然那是她冤枉他。现在又被连若菡骂成大流氓，说起来他也是冤枉的。他后退一步，看到连若菡双手抱胸，一副被人欺负的羔羊模样，想笑却没有笑出来：“连若菡，我想有必要把刚才的情形解释清楚。第一，是你主动敲门进来，主动投入我的怀抱。第二，我被你抱住，也只好反抱你一下，一是礼貌，二是为了安慰你。第三，男人的某个部位经常会不听招呼就自动变化，有时候不太受大脑控制，也不怪我，它不听我的话……”

“你还说，快穿上衣服再跟我说话，我恨死你了。”连若菡被夏想的话带动，眼睛不由自主地瞄上了某个部位，却发现夏想只穿了一条内裤，她羞红了脸，急忙闭上了眼睛。

夏想无奈之下只好找了一个床单披上，他的衣服胡乱扔了一地，要穿的话太麻烦。连若菡睁开眼睛，脸上还是一脸怒容，她从另一张床上也扯下床单披在身上，愤愤不平地看了夏想一眼，盘着腿坐在对面的床上：“你真无耻，真流氓，真坏蛋，乘人之危，浑身上下散发出令人作呕的欲望，你……”

“你骂够没有？”夏想忍无可忍，大怒。

“没有，没有，就是没有！”连若菡发作起来，蛮不讲理的样子刁蛮凶悍，“我就是要骂你，骂死你，你能怎么样？你敢怎么样？”她怒目圆睁，眼神中有挑衅有威胁，还有一丝怒不可遏的失控。

夏想被彻底激怒了，他一下站起来，恶狠狠地说道："我警告你连若菡，不要太不讲理了！事情是你挑起来的，是你半夜三更来到我的房间，我好心好意安慰你反而落了不是，换来你一顿好骂！那好，现在请你离开我的房间，我自己愿意光着身子睡，也是我的自由！"

连若菡也勃然大怒，"呼"地站起来，身上的床单掉了也不管："夏想，你敢对我无礼，信不信我一个电话就可以断绝你的前途，让你一无所有！"

两张床离得很近，二人在床的中间面对面站着，近在咫尺，夏想被连若菡的蛮横和毫不讲理气得热血上涌。他突然狠劲发作，猛然向前一扑，一下将连若菡压在身下，将她的双手死死按住，狠狠地说："我信，我相信你连若菡神通广大，可以将我这样的小人物玩弄于股掌之间。但你信不信，我现在就可以得到你，你就算杀了我，你一辈子也摆脱不了被我强奸的事实！"

说完，夏想不管不顾地朝着她的红艳嘴唇，狠狠吻了下去。

连若菡身子绷得紧紧的，不躲不闪，只是将嘴紧紧闭上，双眼喷火一样，恨不得用目光将夏想杀死。夏想感到她的嘴唇软软的，湿湿的，有一点温热，又有一点冰凉。他报复似的又伸出舌头轻轻舔了一下，感受到身下的躯体慢慢软了下去，不再浑身僵硬。他一翻身又站了起来，双手抱肩站到一边，冷冷地说："好吧，我已经彻底欺负过你了，你想怎样毁我，悉听尊便！"

连若菡的睡衣刚刚遮住内裤边缘，一双白润的大腿裸露在夏想眼前，再加上她仰面朝上的躺姿，对任何一个男人来说都是致命的诱惑。

不过连若菡显然没有让夏想继续欣赏的意思，她翻身坐起，面无表情地看了夏想一眼："我会永远记住今天的事情，我会还回来的，请你一定要记住！"

"我记住了，还有没有？没有的话，请你回你的房间，我要睡觉了。"

"就不回，我就不走！"连若菡也不知发什么倔脾气，又坐回床上，重新披上床单，"有本事你再压我，看我能饶了你？"

这话说得好像有意挑逗一样，夏想也正在气头上，反驳说道："不压了，你不会摆姿势，太硌人，不舒服！"

"你……"连若菡又要发火，见夏想摆出一副誓不罢休的姿势，突然又泄了气，"还是不是男人？心眼儿比女人还小，斤斤计较不说，还鼠肚鸡肠，小毛孩！"

02 调回燕市

李丁山婚姻不幸的根源

夏想一脸苦笑地看了高海一眼，心想得了，事情闹大发了，就他这件小事，一个小小的副科级，居然惊动了省委副书记不说，还要动用宋朝度的关系，再向李丁山施压。陈风还真是想到做到，竟然为了让自己回来，不惜大动干戈。

天亮的时候，连若菡醒来，先是愣了半秒钟，急忙掀开身上的被子一看，里面的睡衣完好无损，才长出一口气。房间内没有夏想的身影，床头柜的便笺上写着一句话："连若菡同志，我的手机号码是：135××××××××，等你想好如何对付我，请给我来电，我随时恭候！"

连若菡一醒来就见到一句气呼呼的留言，气得哭笑不得，伸手将便笺撕得粉碎："臭男人，死要面子，还真当我不敢收拾你？你等着！"一扬手将碎纸屑扔得满地都是，然后又笑了，"还记得给我盖上被子，咦，还有凉白开、早餐券，没看出来，还挺细心……"

夏想走在清晨的大街上，呼吸着新鲜空气，一边散步，一边给李丁山打电话。他知道李丁山有早起的习惯，果然电话一拨就通。

夏想将他和高海见面的事情说了一遍，也没隐瞒介绍赵红江和高海认识的过程。

李丁山习惯了夏想向他汇报，不多问，也不多发表意见，他对赵红江和高海见面的事情不感兴趣，因为另有事情困扰着他："小夏，史洁给我打电话了，非要见我一面，我以没时间为由推脱了过来。她从高海那儿知道你在燕市，说什么也要让你去一趟家里……本来是我的个人私事，不应该麻烦你的……"

夏想急忙接过话:“李书记说哪里去了？在我眼里,只要是您的事,就没有公私之分,就都是我的事。史阿姨住在哪里,您告诉我,看什么时候方便过去,我去一趟就是了。”

李丁山觉得不好意思麻烦夏想，是他不太愿意将他最真实最个人的一面完全暴露在夏想面前。夏想想帮李丁山排忧解难,也是认为李丁山和史洁虽然离婚,但二人这么多年都没有再婚,也证明了还有感情存在。他猜测李丁山也是念及旧情之人,况且二人还有一个儿子,但他可能还对婚姻或者说史洁有恐惧心理,所以一直没有松口,心中还在犹豫。

史洁住在省委一号院,是燕省最先建造的省委住宅楼。虽然相比后来的二号院、三号院陈旧了许多,但一号院环境幽雅,绿化最好,而且楼间距最宽。从嘈杂的大街上一步跨入绿树成荫的省委一号院,凉风习习,鸟语花香,夏想有点不真实的感觉,仿佛来到了世外桃源一样。

门口警卫冷峻的眼神让他很不舒服，好像他是不怀好意前来惹是生非一样。登记之后,再通过电话确认,警卫才放行,保护级别不亚于市政府大院。权力带来的巨大好处在于,不仅可以有人前的风光,在人后,也有相当级别的安全保护。

夏想本来一大早出来,就是想和肖佳见上一面。他对肖佳还是有些怀恋,也有些感觉,没想到在和李丁山通过电话之后,最终还是来到了省委一号院,替李丁山与他的前妻史洁见面。

史洁住在八号楼一单元一楼,夏想按了门铃之后,门打开,里面是一个四十多岁、面色黝黑、身材有些走形的中年妇女。她见到夏想,微微一怔:“你是夏想？”

难道她就是李丁山的前妻史洁?

夏想心中微微有点失望,后来一想也就释然了,他想当然地认为史洁既然是高官千金,必定也是一个美女,即使现在人到中年,也应该风韵犹存才对。没想到,史洁的脸上看不到半点漂亮的痕迹,只能算是中等偏下的姿色。

高干有很多,高干千金也不少,但并不一定高干千金就是美女。如曹殊黧一样漂亮且聪慧的高干千金,简直少之又少,是可遇而不可求的。

史洁请夏想进来,先是用审视的目光打量他片刻,然后不冷不热地说道:“保姆出去买菜还没有回来,等她回来,再给你倒水,大早上的,也不会口渴。”

夏想对她居高临下的态度和傲慢的口气,感到有点不太舒服。就算她的父亲曾经是省委书记,也是退下来多年的前前任书记,也没听李丁山说过她现在身居要职,没想到架子端得倒是挺高。不过她毕竟算是长辈,夏想还是恭敬地说道:“史阿姨不用客气,我在燕市朋友很多,不缺水喝。您有什么事,方便的话请告诉我,我回去后,一定亲自转告李书记。”

史洁的傲慢和连若菡不同,连若菡是清冷,是不食人间烟火的孤芳自赏,不管对方是谁,她高高在上,是俯视但不是轻视。史洁却是轻视,是看不起,她的目光里全是疑问,对夏想充满了不信任。

“丁山怎么会看重你,你这么年轻,办事能稳妥吗?”史洁摇了摇头,一脸惋惜,又叹了一口气,“算了,既然你来了,总不能让你白跑一趟。这样吧,你替我转告李丁山一句话:孩子需要爸爸,他也需要一个家,更需要有人为他的仕途铺路……”

夏想暗暗叹息,他才明白李丁山为什么会和史洁离婚。史洁骨子里的高傲是一根刺,很容易伤人,而且还不懂得收敛,就像刺猬一样,言谈举止,处处伤人。

连若菡就比她聪明多了。连若菡的高傲犹如猫爪,平常缩回,既不伤人,又不会磨损,只有需要的时候才亮出来。

史洁和李丁山夫妻多年,竟然还不了解李丁山看似平和实则倔犟的性格!李丁山当年不从政,现在从政了也不愿意主动和老丈人联系,原来症结都在史洁身上。

史洁以一种高高在上的姿态,以她父亲可以为李丁山的仕途铺路为诱饵,想让李丁山回心转意,只能让事情适得其反!

夏想心里清楚,却又不能当面说出来,只好点头说道:“好的,我一定原封不动地将话带到……不知道史阿姨还有没有别的要交代?”

史洁不接夏想的话,反问:“丁山在坝县过得如何?听说他这个县委书记受到了排挤,日子过得不太舒坦,是不是?你告诉他,只要他开口,就会有人替他递话到章程市,他不用这么辛苦的。”

早在初到坝县,李丁山受到各方面的压力时,他始终没有动用他在媒体的关系,对他老丈人的影响力,更是想也没想过要动用。夏想就知道,李丁山骨子里也是一个骄傲的人。他不是不知道凭借他老丈人多年的人脉,不可能在章程市没有关系,但他在最困难的时候,也从来没有流露过要向老丈人开口的意思。可见他不仅仅是想凭借自己的努力克服困难,也对史洁始终心生提防,不想给她一个他想要复合的错觉。

史洁的傲慢和自以为是让夏想也心中不快,他实话实说:“困难是有,不过现在已经打开了局面,最困难的时候已经过去了,以后应该会好上许多……”

史洁却是不信:“不可能,他是空降过去的,在当地没有根基,在章程市也没有有力的后台，就凭宋朝度？宋朝度现在自身难保，还能顾得上他？夏想，你不可信口开河，想当然地认为李丁山已经掌握了局面！”

“史阿姨言重了，我身为李书记的秘书，对坝县的情况不敢说了如指掌，也是心中有数！”对史洁的一惊一乍夏想暗暗冷笑，世界上自以为是的人太多了，他索性也放开了，说道，“我说的打开局面其实还是保守的说法，非要大胆一点形容的话，说李书记已经掌控了大局也不为过。”

“果然是什么样的书记就有什么样的秘书！”史洁一阵冷笑，“李丁山就爱夸大其词，你跟着他，也学会了夸夸其谈。话说得轻巧，一没有根基二没有后台，就凭你们二人下去就能打开局面？也就是说说大话而已，说出去谁会相信？”

夏想是来替李丁山传话的，不是替他吵架的，他见史洁脸上露出憎恨的神色，心想以她的性格想和李丁山复合，估计可能性不大。他感觉和她已经没什么好说的，就笑道：“我只是回答史阿姨的问题，并没有吹嘘，事实摆在那里，您不信也没有办法。再说李书记也不会强求别人相信他的能力……如果没有别的事，我就先回去了。”

史洁不耐烦地摆摆手：“那你就转告李丁山，让他好自为之吧！”

夏想起身要走，忽然一个苍老的声音从里间传出：“年轻人，请留步！”

史洁一听急忙起身：“爸，你怎么醒了？怎么不多睡一会儿？”

一位满头银发的老者从里间出来，他年约七旬，个子不高，但脚步坚定，手中握着一对健身球，不停地转来转去。他双眼直视夏想的眼睛，忽然笑着点点头：“小伙子还不错，长得挺精神，气质挺沉稳，是个好苗子。丁山眼光不错，你是他的好助理，对了，你叫夏想，是不？”

夏想点头，微微躬身答道：“是的，老人家好，您过奖了。”

史洁不屑地说道：“爸，你别听他乱说，我觉得他说得不靠谱，肯定是受了李丁山的指使，文过饰非。”

老者瞪了史洁一眼：“保姆买菜怎么还没有回来？你出去看看，顺便帮我买点我爱吃的菜。”

史洁虽然不情愿，但也不敢违抗父亲的意愿，只好悻悻地走了。临走前，她还不忘暗示夏想一眼，意思是不让他胡乱说话。

夏想其实连和老者说话的心思都没有，但史洁一走，老者就一伸手：“坐下说会儿话，不会嫌我太老，不愿意和我聊天吧？”

夏想欠了欠身子：“老人家说笑了，能跟您说话是一种荣幸，有多少人做梦都得不到这么好的机会！我就是无意中捡了宝贝的幸运小子，只有恭敬的份儿，才不敢多想。”

老者呵呵一笑："我就不跟你绕弯了，直接说吧，我对丁山如何在坝县打开了局面很感兴趣，小夏，有没有时间跟我这个老头子讲一讲，让我听个明白？"

夏想没有理由也不想拒绝老者的好意，对于这位曾经是一省大员的人物，他心中竟然没有一点畏惧和仰视的感觉，反而觉得他和蔼可亲，没有丝毫所谓的官气和官威。或许一个人只有真正卸下了官职，放下了面具，才能意识到不管曾经官居到何等高位，等着真正退下来的一天，也只是一个面对岁月流逝而无可奈何的老人罢了。

夏想斟酌了一下语句，挑了一些重点部分，将李丁山初入坝县，先是示弱，然后暗中拉拢分化各个常委，最终慢慢地掌握了主动权，彻底击败了刘世轩等一系列的事情说了出来。当然其中还重点略去了他所起的关键作用。

老者听完，脸上始终挂着淡淡的浅笑，他伸出三根手指，说了三句话："第一，开始时有点优柔寡断。第二，反击时不够雷厉风行。第三，刘世轩必须除去，不可留！"

说完，他又自嘲地一笑："我是不是对丁山的要求有点严了？他初入官场就有如此手段，尽管手腕还是软了一些，不过心思缜密，步伐稳重，也算难得！"

在这位曾经叱咤风云的人物面前，他的话，夏想只有洗耳恭听的份儿，不敢发表意见。

老者见夏想有些拘谨，就笑："刚才你和史洁说话，我听你说得头头是道，怎么和我说话，就哑口无言了？是不是觉得和我这个老头儿有代沟？"

夏想忙态度恭谨地答道："史老多虑了，史老讲的是人生大道理，史阿姨刚才说的是她的个人看法。人生大道理是人生精华的积累，需要认真领悟。个人看法有时难免有偏差，不对的地方，我觉得有必要提出不同的意见。"

史老哈哈大笑："小夏，你说话还挺圆滑，丁山有你在身边，也算有福了。那你说说看，史洁和丁山，有可能复婚没有？"

夏想为难地说道："李书记是我的领导，又是我的长辈，他的个人私事，我不好发表意见。"

史老的告诫和肖佳的心事

史老不悦地说道："小夏，年轻人，要有朝气，该说就说，别吞吞吐吐的。史洁是我的女儿，她是个什么脾气我心里清楚。当年都是我忙于工作，对她疏于管教，才让她长大后，从来不知道尊敬别人，以至于落到今天的下场……不说她了，说说你的想法。”

话已至此，夏想也知道史老确实想听听他的真实想法，也就说出了实话："我想包括李书记在内的任何一个男人，都不能容忍自己的妻子天天摆出一副高高在上的姿态。真正出身高贵的人，哪怕站在世界的顶峰，对别人是俯视而不是轻视。俯视是月光，不管月光洒在金碧辉煌的宫殿，还是臭水沟中，月光依然是月光，不会高贵半分也不会脏上一分。轻视就是雪花，落在黄金之上，会被染成金色。落在脏泥之中，就会被化为脏水。”

夏想说完之后就后悔了，他知道话说得有点重，也不清楚一向沉稳的他，为什么会因为史洁的轻视突然生发出这么多感慨？其实以他的容忍，史洁不过是一个过气的高官子女罢了，犯不着和她一般计较。他或许是在替李丁山打抱不平，又或许是因为在连若菡身上受的气无处可发，正好遇到史洁，就不可避免地发作出来。

史老脸色一变，目光中隐隐闪过一丝怒意，紧盯了夏想半晌。毕竟曾经身为封疆大吏，他的官威一旦发作，也是气势逼人。夏想平生第一次和省部级高官面对面交谈，尽管史老已经赋闲在家好几年了，但他一生为官，久在官场之上，又身居高位，久而久之养成的压迫人心的气势让他颇不好受。

夏想不说话，目光清澈如水，强行压下心中的慌乱，努力保持一脸镇静和史老对视。他在心中暗暗告诫自己，要是史老也和史洁一样，自负而自大，他回去之后就如实地转告李丁山，至于李丁山如何抉择，他甚至不用猜就能知道结果。

也不知过了多久，史老手中的健身球因为转动而发出摩擦的声音，他的气势也随之一消，随即哈哈一笑："为官之道，并非处处谨小慎微才好，对领导，有时要敢说真话，敢顶撞，敢发表不同意见。县一级，想要升到市级，除了要有政绩之外，还要用心钻营。到了市级又有不同，大部分官员，一旦升到市级，就会有为官一任造福一方的觉悟，因为由市级到省市，百分之八十的官员会过不去这个坎，既然过不去，就要留下名声。而一旦升到省级，就有了放眼天下的雄心，这个时候，他就会希望他的手下不全是溜须拍马之人，他需要手下有一批实干家，有创新精神，有务实能力……小夏，路要靠你自己，但地位不同，眼界不同，每一级领导的心态又不同，你嫌我这个老头子啰嗦吗？”

几十年的从政经验，由基层一步步升到省委书记，史老的经历就是一笔巨大的财富。他以个人的体验现身说法，虽然没有深说，但短短几句话也让夏想受益匪浅，让他懂得许多如何和三级领导相处的道理，让他眼前一亮，有拨云见日的感觉！

史老坦诚相告，是对他的一种肯定，也是鼓励。他欣喜若狂，猛然站起，向史老深鞠一躬："多谢史老的教诲，我会铭记在心。"

史老满面春风："我刚才只是在自言自语，说什么了？人老了，容易健忘……"

夏想笑而不语，史老这么说，其实还是有点生他的气，也是刚才他的话有点过分了，不过他也确实出自好心。如果想和李丁山复婚，史洁必须收敛脾气，否则以他对李丁山的了解，就算二人勉强复合，也难免还会以失败收场。

夏想也知道史老对他看重，也是因为他现在是李丁山最信任的人的缘故，所以他犹豫一下，还是说道："史老，就如您刚才的教诲，我就再多嘴说上一句，不顺耳的话，您就当没听见好了。李书记这些年一个人过得很累，也很辛苦，他很要强，不想被人左右，也有大部分男人的共同心理，希望有一个贤内助……"

夏想点到为止，他清楚史老肯定知道他自己女儿的性格。

史老缓缓地点点头："你转告丁山，我待他如亲生儿子，对他和史洁一视同仁。还有，不到合适的时候，我不会再让史洁烦他，让他安心工作，在力所能及的范围之内，为当地百姓谋些福利……让他不要怕沈复明，沈复明不太过分的话，一切好说，他要是仗着有高成松撑腰，非要斗一斗，就让他来好了……"

见史老眯上了眼睛，好像说话间就困了一样。人老了，觉就多，容易犯困，夏想就当他是普通的老人，朝他鞠了一躬，悄悄地推门出去。他刚一出门，史老就睁开了眼睛，得意地一笑，就像一个骗到了别人一样的小孩。

老小孩，人老了，或许又变得和小孩一样，性格多变。

夏想走后不久，史洁从外面回来，一进门就埋怨："爸，何必非要跟一个小跟班说那么多话，让他传话就可以了，跟他有什么好谈的？"

史老脸色一寒："住口！这么多年了，你的脾气也不知道收敛一下！你知不知道，你和丁山离婚，都是因为你自以为是的性格。夏想现在是丁山的秘书不假，你却没有看出来，丁山对他有多器重，有多信任。现在别说你，恐怕我的话都不如他的话在丁山面前管用！"

"怎么会？爸，你也太抬举夏想了吧？"

"要是你有眼光，懂事的话，也不至于和丁山离婚，也不会到今天才是处级！我只说一句话，什么时候你觉得自己不是省委书记的女儿，不再要求所有人都对你笑脸相迎，可以心平气和地接受你只是一个普通人的事实，你再找我，我们再提和丁山复合的事情！"史老挥挥手，不让史洁再争辩，"我去院子里种花了……"

出了省委一号院，夏想心情舒畅了许多，感觉一号院虽然景色宜人，但总给人一种压抑的阴森的感觉，或许是里面的人在权力圈子里沉浸得过久，性格上放不开。再加上里面的人不是高官家属就是退下来的高官，对过去的风光难以释怀，越怀恋越沉闷。

夏想笑笑，将省委一号院抛到脑后，见天色还早，就犹豫着是不是见上肖佳一面。他先给李丁山打了一个电话，将和史洁、史老见面的事情说了一遍，李丁山听了只是淡淡地说道："知道了。"没有再对此事多说一句话，只是交代他在燕市多走动走动，有时间可以回老家一趟，现在坝县一切平静，他也不必急着回去。

李丁山的话倒是提醒了夏想，燕市离老家单城市也不远，两百多公里的路程，要是有车的话就好了，全程高速也就是两个小时左右。

肖佳的电话一拨就通，夏想正要问她有没有想他，却听肖佳惊呼一声："夏想，我正要给你打电话报喜，我的肖夏蔬菜批发公司正式成立了，注册资金一百万，刚成立就做成了一笔生意，你猜猜赚了多少？"

肖佳的声音兴奋得有点失真，夏想不忍打击她的积极性，只好顺着她的话说道："三万还是五万？蔬菜批发利润不高，主要还是靠走量。"

"十万！"肖佳的声音提高了八度，震得他的耳朵嗡嗡直响，"我费了好大劲才谈了下来，也没想到第一笔生意就能赚十万元，太好了，以后打开了市场，不愁不发达。可惜你不在我身边，要不我们可以好好地庆祝一下。"

"谁说我不在你身边？"夏想觉得现在的肖佳肯定热情似火，他是正常男人，对于目前唯一有过关系的女人，说不想绝对是骗人，"我就在燕市，你在哪里，我去找你！"

"呀……你别骗人，你真的在燕市？"肖佳的声音隐隐有一丝惊喜和期待，让夏想多少找回一点平衡。他刚才甚至觉得肖佳就没有在意他，尽管她第一次给了他，但她好像从来没有把他当成她的男人，和他不管是见面还是打电话，说来说去总是她的生意，不过接下来一句话就让夏想哭笑不得，"我在齐省鲁市出差，一时半会儿回不去，怎么办？"

夏想不高兴了："肖佳，你能不能和我谈点别的，好像我只是你的商业伙伴一样，你是不是只把我当成了你的参谋和后台？"

肖佳愣了片刻，忽然声音轻柔起来，如一层涟漪在夏想心中荡漾开来："也不是了，我知道你的心思。其实我也想你，就是……就是……就是我不敢对你说，怕你起了别的坏心思，想别的坏事……"

肖佳谈起生意来颇有女强人的味道，一旦温柔起来，也是柔情似水，声音好像要把人融化一样，夏想就有点口干舌燥："我想什么坏事了？再说，那个又不是坏事，难道上次的事情你后悔了？"

"我就是后悔了，怎么了？"肖佳赌气似的说道，"我以为那事有多好，没想到那么疼，害得我好几天都不能正常走路。一想起来你那么坏，我才不想和你在一起，离你远远的，省得又想弄疼我。"

极其神秘的省委秘书长钱锦松

女人和女人不同，有些女人第一次确实容易留下心理创伤，有点惧怕也是正常。夏想就嘿嘿直笑："习惯两次就好了，真的，不骗你，苦尽甘来，要不要尝试一下？"

"不要，才不要上你的当，大灰狼！"肖佳不为所动，顿了一顿，可能又怕夏想不高兴，态度就又软了下来，"好好的，听话，乖呀小弟弟，等姐姐回去给你买糖吃。要是你表现好的话，等我回去可以考虑再奖赏你一次，不过要事先说好了，你要再弄疼我的话，我就再也不给你了。"

挂断电话，夏想无奈摇头，肖佳给他画了一个大饼充饥，可惜看不着摸不着，而且她还要半个月才能回来，到时他肯定回坝县了。

眼看快中午了，夏想考虑是不是要和冯旭光见个面，电话响了，一看号码挺陌生，接听之后直接问道："你好，哪位？"

沉默了片刻，里面才传来一句清冷的声音："我在酒店的停车场等你！"

连若菡想干什么？难道真想报复他，还是想和他来一场决斗？夏想赶到停车场的时候，见她还是穿着昨天的轻纱白裙，心里就踏实了。女人的心情可以从她的穿衣打扮上看出来，首先穿裙子绝对不是打架的做派，其次他从连若菡精心修饰的眉毛上也可以猜到，她心情就算不好，也不算太坏。

他拉开车门坐上副驾驶座："去哪里？"

连若菡目光复杂地看了他一眼，从驾驶座上下来："你开车，去黧丫头家。"

一路上连若菡没有再说一句话，气氛有点尴尬，也有点暧昧。想起昨天晚上的荒唐，连夏想都觉得有点不好意思，想说些什么又无从说起，无意中偷看了她一眼，却发现她眼神躲闪——连若菡也会慌张！他有点挠头，千万别让黧丫头知道才好，否则他真是跳进黄河也洗不清了。

酒壮怂人胆，也能壮英雄好汉的胆，夏想虽然不敢自称英雄好汉，但还不至于对女人用强。昨天仗着酒劲，强吻了连若菡，还把她压在身下，现在想想脸上都有点发烧！

快到建委宿舍时，连若菡终于说话了："我昨天晚上没有遇到蟑螂，听到没有？"

夏想憨厚地笑了："没有蟑螂就没有闯入事件，没有闯入事件就没有……"

"废话真多！"连若菡甩下夏想，径直朝楼上走去。

开门的是曹殊君，他一见连若菡就夸张地叫了起来："美女姐姐，你好，你太漂亮了……啊，你都有男朋友了，不是吧，你男朋友是夏想？"他大吃一惊跳到了一边，差点没有摔倒，转身就冲里面喊道，"姐姐，我姐夫领着他的新女朋友找上门来了，你赶快找个地方躲起来！"

夏想差点没晕倒，这小子也太能扯了，都说的是什么话？他不客气地推了曹殊君一把："你不要污人清白、信口开河好不好？"

曹殊君嘿嘿直笑："就是，我姐姐跟了你，就吃大亏了。这样漂亮的美女再跟了你，就太没天理了，再说，你也配不上她。"

连若菡对他二人的说笑没听见一样，顺着曹殊黧的声音，上楼而去。

曹永国还未下班，王于芬从里面迎了出来，一见夏想就喜笑颜开："小夏来了？黑了点，瘦了点，不过更精神了，好，好，快坐下！"然后又冲楼上喊道，"殊黧，小夏来了，快给他倒水。"

"让他自己倒，跟他客气什么？"回答的却是米萱，她一说话就笑个不停，"又不是第一次来，姑姑，你别太向着他了，要不他会翘尾巴的。"

王于芬笑着摇头："米萱这丫头这么大了，还没个正形，也没人好好管管她。"

客厅中只剩下夏想和曹殊君二人，曹殊君挤眉弄眼地坐了过来："姐夫，那个美女是谁？太漂亮了，跟仙女一样。介绍给我认识，怎么样？反正你已经有了我姐姐，不会连她也霸占了吧？就算你想，我姐也不会同意，是不是？肥水不流外人田，我是你小舅子，介绍给我认识，怎么样？"

夏想捏捏他的肩膀，又拉了拉他的胳膊："不行，你的小身板太弱了。我告诉你，她叫连若菡，是什么来历我不清楚，不过她一个人打倒了三个小混混，现在三个人还在住院，其中一个是粉碎性骨折。你要觉得你武功盖世，可以去试一试。"

曹殊君打了个冷战："真的假的？这么野蛮？那我看还是算了吧，我这人比较洁身自好，不喜欢打打杀杀的。反正开学我就要去军械学院上大学了，大学里美女如云，也够我忙得了，是不是？"

夏想笑着点点头："小心一点，世界上最伤人心的东西有两种，一是钱，二是美女。你还小，如果还想长命百岁的话，记着一句话，珍爱生命，远离美女！"

见夏想一本正经的样子，曹殊君不屑地笑了："说得跟真的一样，劝别人远离美女，你怎么和我姐姐这么近乎？还有那个连若菡，你和她一起来的，我才不信你们之间清清白白的。你看她一进来就刻意和你保持距离，这叫欲盖弥彰懂不懂？姐夫，你要是不教给我怎么讨女孩子欢心，我就告诉我姐，你和连若菡眉来眼去！"

不是吧，这都能看出来？夏想差点流汗，忙好说歹说让曹殊君安了心，就听到门一响，曹永国回来了。

夏想急忙上前迎接，才得知一般情况下曹永国中午不回家吃饭，今天听说他要来，特意回来和他见面，让夏想听了大受感动，受宠若惊地说道："怎么敢劳动曹伯伯大驾，我也不急着回坝县……"

曹永国笑眯眯地打断夏想的话："我急着回来告诉你一个好消息，今天卢部长给我打电话了，事情定下来了，省委不久就会任命。"

夏想十分高兴："恭喜曹伯伯，以后终于可以大展宏图了。"

"大展宏图现在还谈不上，总之换个地方，眼界肯定会宽广许多……"曹永国摆摆手，坐到沙发上，"小夏来坐下，说说你在坝县的情况。"

"老曹，你一回来就谈工作，能不能消停一点？"王于芬从厨房出来，埋怨地说道，"你让小夏歇一歇，孩子挺累的。在坝县就费心费力，回到燕市也跑东跑西，你看现在把他累得瘦成了什么样子？"

夏想被王于芬亲热的态度弄得不好意思，曹永国不以为然地挥挥手："忙你的去，别添乱。"然后起身向书房走去，"来，小夏，到书房说话。"

曹永国从省局一把手转任到燕市的常务副市长，实际上受到的制约多了不少，虽然也是市委常委，但排名不算很靠前。市委书记崔向还是省委常委，市长陈风又十分强势，所以他迈出这一步，可以说是机遇与风险并存。

既然要上任常务副市长，曹永国自然要对燕市市委和市政府的人员构成做到心中有数。他从卢部长口中以及其他方面了解到的信息是，市委书记崔向虽然相比市长陈风，看上去不太强势，但他是省委常委，不求有功但求无过，时间一到，据说会到省里任副书记。陈风的强势市长的名声人人清楚，不用多说，还有市委副书记王鹏飞也是喜欢大包大揽的性格，平常崔向不怎么过问的事情，他事无巨细都要亲自过问，抓权的倾向十分明显。

政府班子里，既然是市长陈风点名要他，想必以后和陈风相处会容易一些。不过听卢部长说分管经济的副市长谭龙脾气不好，性格直来直去。本来他有希望升到常务副市长，被曹永国抢了位置，心怀不满是肯定的，说不定还会在工作上制造一些麻烦。

“一个普通的副市长，曹伯伯没有必要理他，您是常委，他会知道分寸的。”夏想听了曹永国的分析，开口劝道。

“要是以前谭龙也不足为虑，但听说他现在是钱锦松的人，就比较麻烦了。”曹永国不无忧虑地说道，他摸了一副眼镜戴上，从抽屉里拿出一份资料，看了几眼，“钱锦松的来历十分神秘，只有他的公开资料，他的背景和靠山都查不到。他原先在文化部任司长，出人意料地空降到了燕省任常委、秘书长，要说后面没人，谁也不会相信。但到底是谁，卢部长说，别说是他，连路书记甚至高书记也摸不到头脑。据说高书记向京城打了不少电话，却一直查不到有用的信息。别人空降，都能看到是哪一架飞机带来的，钱锦松倒好，好像直接从云中落了下来，别说飞机，连降落伞都没人看到。”

钱锦松空降到燕省以来，一直十分低调，但夏想不用猜也知道，再低调也会暗中培植势力，除非他没有上进心。但在官场之上哪里会没有上进心的人，何况是省委常委、省委秘书长？只是他没有猜到，钱锦松下手倒快，竟然短时间内就在燕市有了自己人！

升任常务副市长

“谭龙以前的后台是谁？”没有后台也当不上燕市的副市长，所以夏想才有此一问。

“退了，年纪到了，担任过一届副省长，名字估计你也不知道。”曹永国笑了笑，又转移了话题，“等我上任之后再慢慢熟悉吧，现在也不用急着一个个画圈圈……说说你在坝县的情况。”

夏想就将他和李丁山到坝县的种种遭遇简略一说，又不忘提到曹殊黧的及时出现，才让王全有改变立场，他毫不吝啬地将曹殊黧好好夸奖了一通。

曹永国不接受夏想的看法：“黧儿不过是赶巧罢了，其实没有王全有的帮忙，当时凭你让郑谦改变态度，就足够战胜刘世轩了。不过我有一句话，你可以听一听，就是刘世轩必倒，他不倒，后患无穷。”

姜还是老的辣，曹永国的话和史老的话一样。

夏想也不是没有想到一定要扳倒刘世轩，而是顾忌沈复明的反应。而且他还没有完全想好如何弄倒刘世轩，而让沈复明无话可说。

“投鼠忌器！”曹永国毕竟沉浮官场多年，一眼就看出了问题的关键所在，“沈复明要保刘世轩，他们之间肯定有经济来往。你们想让刘世轩下台，就抓住他的经济问题不放。查清之后，最后下结论时，再来一个含糊其辞的态度，声明刘世轩想用金钱腐蚀上级领导，结果反而自食其果。这个结论一下，沈复明自然心知肚明。为了自保，他会比你们还要着急，会想方设法让刘世轩永无翻身之日。”

夏想看了曹永国慈祥的面容一眼，心想曹伯伯还算是一个好官，为人也算不错，但在关键问题上，要置对手于死地之时，也是毫不手软，显示了他绝情的一面。也没办法，如果李丁山和他不够心狠手辣，说不定什么时候就会被刘世轩置于死地。

夏想也不得不佩服曹永国的眼光之准，手腕之狠。与他相比，自己还是欠缺一些火候，不够狠不够准，动作上慢了半拍。有时在官场上，不仅要有手腕和智慧，还要有果断的决心。他点点头：“谢谢曹伯伯指点。”

让他欣慰的是，曹永国对他说出刚才的一番话，不但是将他完全当成了自己人，还意味着要和李丁山联盟。不料曹永国接下来说的一句话，让他大吃一惊。

“我打算再给你半年的时间，在坝县做出一些实事，再捞一些政绩和资历，半年后调回燕市，跟在我的身边！”曹永国斩钉截铁地说道，显然这件事情他已经经过了深思熟虑，“如果你是真心喜欢黧儿，如果你想在仕途上大有作为，就不要在坝县耽误太久。你在坝县，我不放心，黧儿也不放心！”

曹永国说完，目光之中流露出强烈的审视意味，直直地看着夏想。

最后通牒？

夏想明白，曹永国的意思再清楚不过，只要他回燕市，他的前程，他和曹殊黧之间的事情，都将不是问题。他要不回燕市，不但他和曹殊黧之间会出现变数，他的仕途，曹永国将不再有任何承诺。

夏想心中受到了强烈的震动，他张了张嘴，却说不出话来。

曹永国见状，也是心中一动，知道逼他过紧了，毕竟他还年轻，才二十三岁。但一想到他的坚决，他一心要跟着前途并不明朗的李丁山，曹永国的心就又硬了起来。如果说他可以勉强接受曹殊黧对夏想的喜欢，但他绝对不能接受夏想一直在坝县，天高路远不说，就算做出了政绩，夏想也很难在坝县升到副处。

如果在燕市，凭他的照顾，还有陈风对夏想的赏识，三五年之内提到副处不成问题。再过几年，放到郊县当上一任县长，再到书记，然后再回到燕市。在他的长远规划中，在他退下来之前，至少也要扶夏想到副厅。

年轻的副厅干部，配他的女儿也算可以了。

“不急，还有半年时间，可以好好考虑一下。”曹永国见夏想一时失态，也有点于心不忍，就又说起了轻松的话题，“我弟弟打电话说，快开学了，老人想鬣儿了，想让鬣儿回去看看。这两天你有没有时间？有的话，你陪鬣儿一起回一趟单城市，我派一辆车送你们。”

吃饭的时候，让夏想大感惊讶的是，连若菡居然像模像样地系着围裙，从厨房中端出一碗鸡蛋汤。王于芬在一旁赞不绝口：“若菡的手艺真好，做的汤非常好喝。鬣儿，你以后要跟若菡好好学学，女孩子，会做一手好饭是福气。”

曹殊鬣一脸羡慕地看着连若菡：“连姐姐，你好厉害，深藏不露。”又看了看夏想，“喂，你会做饭不？”

夏想揉着鼻子笑：“我会不会做饭，和你会不会做饭之间，好像没有联系。”

“怎么没有？我姐的意思是说，要是你会做饭，她就不学做饭了，以后嫁了过去，就吃现成的。”曹殊君也不知道想起了什么，笑得很贼，“姐夫，我听说男人要有两个老婆才幸福，一个大方得体，一个温柔贤惠。大方得体的，可以出去撑门面；温柔贤惠的，可以在家伺候人。”

“咚！”曹殊君头上挨了一记，是被王于芬用筷子打的，她怒容满面，训斥道：“说什么呢！小小年纪不学好，还两个老婆？你瞧你都是什么思想！好好跟夏想学学，别成天胡思乱想。我警告你曹殊君，上大学后，不许早早谈恋爱，知道不？”

曹殊君捂着头，一脸委屈地说：“妈，我都怀疑我到底是不是你亲生的，怎么这么偏心？姐姐不是才大一，就有男朋友了，为什么不让我早点找？找晚了，美女都跑别人家去了。真是的！”

曹殊鬣一瞪眼：“说你的事儿，别扯我，我跟你不一样……”

曹殊君还想还嘴，曹永国咳嗽一声：“吃饭！”

夏想左边是曹殊鬣，右边是米萱。本来连若菡想坐在夏想右边，她觉得和别人都不熟，就勉为其难离夏想近一点，没想到米萱看出了她的意图，抢先坐下。

曹永国吃饭的时候，眼光不经意在夏想和连若菡二人身上多扫了几眼，最后又落在曹殊鬣身上，眼中慢慢多了一些忧虑。

饭后喝茶，曹殊君被打发到了一边，米萱也被王于芬有意无意地指使开，客厅里，夏想和连若菡面对面坐在小沙发上，曹永国和曹殊鬣并排坐在大沙发上。曹永国主动挑起话题,却是问连若菡:“小连,在燕市吃住还习惯吧?”

连若菡在曹永国面前保持着应有的礼貌,端庄大方,让人挑不出一丝毛病:“还好吧!燕市和京城在吃住方面也没有什么区别,离得不远,都是北方城市,习惯上都一样。”

曹永国点点头,又看了夏想一眼:“小夏,小连是客人,要照顾好她。对了,要是宾馆住不习惯的话,住家里也可以。”

夏想心道,曹永国比王于芬心还细,这是在提防他和连若菡之间会发生什么。也难怪,连若菡不但非常漂亮,而且她的气质和清冷,一眼就可以让见多了上层人物的曹永国猜得出来,她肯定出身不凡。

夏想只好笑着点头,没有说话。

曹永国又说了几句闲话,就上班去了。送走曹永国,曹殊黧才大大地舒了一口气,拍了拍胸口说道:“我爸真是的,比老太太还碎嘴。连姐姐,你爸是不是也话挺多?”

连若菡勉强一笑:“我爸话很少,从我十岁起,他一年和我说的话,不超过十句。”

曹殊黧吐吐舌头:“对不起连姐姐,我不是故意惹你伤心。”

一转身,她见夏想闷闷不乐地坐在沙发上想事情,就跑到他面前,伸出小手在他眼前晃来晃去,“想什么呢?想得这么入神,是不是在想关于男人要娶几个老婆的问题?”

夏想苦笑,他在想到底要如何选择的重大问题,李丁山还是曹永国,确实是人生中至关重要的一步。听了曹殊黧打趣的话,不由说道:“不娶老婆的男人,才是最幸福的男人。”

“好,你记住你刚才说的话,以后别后悔。”曹殊黧假装生气,她一把拉过连若菡,“走,连姐姐,我们上楼,不理他,让他想得脑袋疼。”

夏想确实是脑袋疼,如果是陈风提出让他回燕市,他还好拒绝。现在是曹永国,还将他和曹殊黧的事情绑在一起,就不由他不慎重对待。说实话,他现在确实舍不得曹殊黧,可人聪慧,又机灵过人,再想起史洁的势利嘴脸,更感觉到曹殊黧身为局长千金却是一副洒脱烂漫的性格,尤其难能可贵。

该怎么办呢?夏想第一次陷入了困惑之中。

下午米萱要去佳家超市实地考察,就非让夏想陪她去。夏想也正想亲眼目睹佳家超市刚刚开张是什么模样,就答应下来。连若菡对超市不感兴趣,曹殊黧也想单独陪陪连若菡,最后就决定夏想和米萱去超市,她们二人去逛街。

找副省长认亲

夏想、米萱二人顺利地找到了冯旭光。冯旭光对二人的到来非常高兴，全程陪同二人参见佳家超市。

刚刚开张的佳家超市有点萧条，人流不多，整个大厅显得空空荡荡。好在进来的客人都体会到超市的便利和实惠，都买了一些东西回去，让冯旭光多少感到心理平衡了一点，否则他还真以为他的眼光有问题，差一点就对前景失去了信心。

夏想察言观色在一旁看出了冯旭光的担心，就笑："老哥你太心急了，心急吃不了热豆腐。超市现在在燕市还算新兴事物，人们总会有一个接受过程，哪会一开张就爆满？我建议你印制一些精美的海报，对有价格优势的商品，以进价销售，就算不赚钱，也要赚上人气……以后再定期搞一些优惠活动，慢慢人气就起来了。"

米萱在参观到一半的时候就下定了决心："开，我回去后就在章程市开第一家佳家超市分店，我觉得超市大有前途。"

夏想不知是该佩服米萱有眼光，还是胆子够大，不过还是支持她的决定："我在精神上支持你……不过超市只是基础设施，一旦超市红火了，还可以带动许多相关产业。"

米萱明白夏想是在提醒她，让她向冯旭光提出在超市开快餐连锁的建议。几人来到冯旭光的办公室，米萱就当仁不让将夏想的创意据为己有，说出了快餐连锁的思路。

冯旭光大为惊讶地看着米萱，愣了片刻，忽然哈哈一笑："肯定是夏想的主意，肯定是，别骗我。不是我看不起你，米总，你对超市的认识还没有这么深刻，是不是夏想让你说的？"

米萱脸一红，但还是嘴硬："不是，全是我的奇思妙想，我的聪明你永远不懂。"

冯旭光看看夏想，见他一副事不关己高高挂起的模样，笑了："不管了，管是谁的主意，只要主意好就成。快餐连锁是个好主意，我双手赞成，具体如何操作，米总接下来出一个方案，我们再具体讨论。"

米萱冲夏想一努嘴："我的任务完成了，别忘了具体策划书由你来出，反正好处落在了黧丫头身上,你努力不努力,看着办!”

夏想笑米萱不打自招,米萱索性也就大方地承认:“明人面前不说暗话,冯总太狡猾,骗不了他,算了,就让你露一次脸也好。”

冯旭光就笑,笑完之后,脸色又暗了下来:“老弟,说实话,对超市的前景我有信心,现在有另外两件事情让我烦心,你主意多,帮我想想法子。”

冯旭光也不避讳米萱在场,就把困扰他的两件事情说了出来。第一件事情就是高建远终于向佳家超市出手了。原来冯旭光看好了一块地皮,是在燕市比较繁华的地段,正好是一家老单位的办公楼,要拿出来卖,他就想买到手,用来开佳家超市分店。但找了许多门路都打不进去,最后却有人主动联系他,说他可以帮他拿来地皮,条件是要佳家超市百分之十的股份。

这个人名叫高建远。

第二件事是冯旭光接到父亲从老家打来的电话,父亲说他无意中看了一次电视,发现有一个人挺像他从小送人的弟弟。他让冯旭光想办法和那个人联系一下,问问他小名是不是叫冯二万,老家是不是苍山县大堡乡。父亲说得很坚决,非让冯旭光去当面问一问。

“我怎么去问人家?别说当面问,我打电话人家都不会接……你猜我爸让我找的人是谁?”冯旭光一脸哭笑不得的表情。

夏想心中一动,蓦然想起在坝县张淑英无意中问起冯旭光的事情,脱口而出:“马万正副省长!”

“啊,你怎么猜到的?”显然冯旭光早将当时张淑英随口一问的事情忘得一干二净。

夏想就点了张淑英的名字,冯旭光恍然大悟:“难道还真是我失散多年的叔叔?不行,就算是,也不能去认。人家改了姓,又没有主动寻亲,恐怕心里有顾忌,我要是非要去认,肯定没好果子吃。这件事情得放一放再说,再说就认了又能怎么样,当了大官的人,人情薄得很……不想了,说说高建远的事情如何处理。”

“答应他的条件!”夏想想也未想地说道,上次他见了高建远一面,但一面之缘还远远不够。他要的是认识高建远,和他建立一个可以维持长久关系的纽带,而目前来说,最佳的纽带就是佳家超市。

实际上他也知道,想要拒绝高建远也不可能。高建远不仅是省委书记的儿子,他还是名牌大学的毕业生,有头脑,又有眼界。他想要得到的东西,有足够多的办法可以得到,目前恐怕没有人可以斩断他的手。

既然斩不断,就不如握握手。握手的时候,小心翼翼地在手中藏一根带着慢性毒药的毒针,轻轻地刺上一刺,也很难被对方察觉。等他惊醒的时候,毒性已经发作,后悔也晚了。

夏想坐直了身子:“高建远是高成松的儿子,我们没有能力拒绝他,再说他的要求也不过分,拿地皮换股份,也算合理。再说和高建远结成了同盟,对以后佳家超市的发展,大有帮助。”

“高建远是高书记的儿子?我说怎么这么厉害,听说许多有来头的人都争那块地皮,都没有拿下,怪不得,怪不得……”惊讶过后,冯旭光又一脸为难的表情,“我也清楚高建远的条件还不算过分,但现在公司的股权状况有点问题,因为到现在还没有赢利,其他股东都不肯再投资,甚至还有人想要撤股。我想得比较长远,但别人却不这么想,我想囤地,其他股东都不太支持。所以那块地是以我个人的名义来买的,要交换股份的话,让出百分之十,我将会失去控股权!”

夏想看了米萱一眼,米萱立刻十分识趣地站起来,不满地说道:“你以为谁愿意听你们算计别人?坏人就是坏人,还要背着我才说,哼!”

表示完了不满,她还是摆摆手走出了办公室:“我去超市买点东西,到时让冯总埋单。”

米萱一走,夏想才接着说:“老哥现在还占多少股份?”

冯旭光伸出一把手:“百分之五十八。”

夏想点点头:“那不如这样,我从我的百分之十中,转出百分之五,你也转出百分之五,这样就够了百分之十,你还可以占到百分之五十三,怎么样?”

冯旭光一下站了起来,急了:“老弟,我跟你说这件事情,可没有要你出钱的意思,你可千万别误会!”

冯旭光的表现夏想看在眼里,知道他也是真的急了,就伸手将他按了下去:“听我说,听我说,别激动,我可不是雷锋,做好事不留名……你直接转告高建远,就说股份中,有我出的一半,我就是想借机和他认识,交个朋友,你当我是助人为乐呀?”

其实腹黑一点讲,夏想本来一开始想让出全部百分之十的股份,可是转念一想,这样一来,冯旭光肯定会多想,谁也不相信有人会和钱过不去。冯旭光为人不乏精明,但也有真诚可交的一面,是个可以长期共事的朋友,夏想就决定留下百分之五的股份,也可以和他有着共同的利益。

朋友之间也需要有共同的利益来维持一种良性的合作关系。

冯旭光还是有点想不通,挠了挠头:“不对呀,就算你想认识高建远,希望以后能得到他的帮助,也犯不着让出你的股份。你说实话,老弟,是不是有心帮我?”

报答你的救命之恩

“好吧，我承认我有私心……”夏想卖了个关子，见冯旭光果然愣住，就笑了，“没人不爱钱，是不是？不过我觉得佳家超市还是由你控股好，要不以后的发展就没法由你说了算。你要投资要建分店要开连锁什么的，就不能直接拍板了。当然，你是我的老哥，我愿意出百分之五的股份，买你一个真心。”

冯旭光眼眶湿润了，上前抱了夏想一把：“一个大老爷们儿，说得还挺煽情，差点把我说哭，你有种！咱们兄弟没说的，以后我的就是你的，不分什么你我……当然，你嫂子除外，她是我一个人的，不过估计你也不稀罕她。”

夏想也被冯旭光的真情流露感染，拍了拍他的手：“希望在老哥的带领下，佳家超市越做越大，这样我的百分之五的股份，才会越来越值钱！”

曹殊黧打来电话，问夏想晚上要不要一起吃饭。夏想架不住冯旭光的热情，就和米萱留下来一起和冯旭光吃饭，他让曹殊黧和连若菡打车回去。曹殊黧又问什么时候回单城市，还说连若菡也要一起去，夏想想了想觉得明天正好没事，就说明天一早出发。

让他感到奇怪的是，他们走到哪儿连若菡就跟到哪儿，他和曹殊黧单独相处一会儿也不行，真够灯泡的。当然他还有更深的猜测，连若菡应该不会真是闲着没事到处乱转，就算出来散心，也应该有个节制才是，难道就没有家人管她？

想不明白就不再多想她的事情，夏想又给家里打了一个电话，说是明天回家里看看。父母自然高兴，连连说好。正好米萱在一旁催促他快点走，他也就没对父母多说曹殊黧的事情。

吃饭中途，夏想又接到了赵红江的电话，热情过度的赵红江邀请夏想去吃饭外加夜生活，夏想笑着拒绝，并说他在和冯旭光一起吃饭，客套几句，他说有时间自会再找他，才挂了电话。

提到赵红江，冯旭光的话题就多了起来，说了说他对赵红江的印象。人还不错，有能力，也会钻营，有点笼络人心的小手段，就是过于热衷于升官。

说到这儿，夏想才想起今天和曹伯伯见面时，忘了向他提一提赵红江的名字。赵红江热衷于升官是好事，每个人都有追求和渴望的东西，有欲望就会有弱点，没有欲望的人，才是最可怕最不好对付的人。

这一顿饭吃的时间不短，冯旭光和夏想谈超市的改进，和米萱谈分店的事宜，三个人明是吃饭，实为谈事，一直吃到晚上八九点才算吃完。

临走的时候，冯旭光有了几分醉意，紧紧拉住夏想的手："我没有兄弟姐妹，老弟，你以后就是我的亲弟弟，关系比我老婆还近。"

夏想推了他一把："不要动不动总拿嫂子比喻，你是不是对嫂子有意见？"

米萱眨了眨眼睛，打趣道："作为一个成功的成熟男人，对家中的那一位有点嫌弃也是正常的。不过我看冯总所追求境界是红旗不倒，彩旗飘飘，对不？"

冯旭光借着酒劲使劲盯着米萱不放："怎么了米总，我看你的这股洒脱劲儿，是不是还缺一个管你的人？"

夏想见二人有点意思，忙打岔说道："这个，米萱，咱们和冯总告别，以后有的是机会见面，至于以后如何向前发展，反正我眼不见心不烦，成不？别现在，现在太晚了。"

夏想的言外之意是，你们二人眉来眼去别太过分了，他不支持不反对，但以后别在他眼皮底下就成。冯旭光哈哈一笑，挥挥手，转身就走。

米萱盯了一会儿冯旭光的背影，忽然幽幽地说了一句："说实话，夏想，冯总不是我喜欢的类型，我的眼光和颣丫头差不多！"

夏想装没听见："路虎呢，我的路虎车呢？可别丢了，否则一辈子做牛做马都还不起。"

夏想将米萱送到曹家，得知连若菡已经回了宾馆，就和曹殊颣约好明天一早过来接她，然后开车回去。

回到宾馆，刚要开门，连若菡就打开房门，站在门口，显然是有意在等他。想起昨天晚上的尴尬，又见她穿了一件卡通形象的睡衣，虽然不至于过于暴露，但深更半夜，孤男寡女，还是多有不便，夏想就说："有事就在这里说吧。"

连若菡一脸不快："昨天胆子挺大，今天又装胆小？"

她的话总是带刺，但又容易让人浮想联翩，夏想只好一步迈入她的房间，猛然一拍手："对了，帮你检查蟑螂，对不对？"

连若菡没有说话，抱着双臂站在一边，夏想就卖力地弯着腰，撅着屁股到处乱看，忙活了大概多半个小时，他才累得气喘吁吁地说道："应该可以保证基本上没有蟑螂了，但万一还有的话，你可以温柔地劝它离开，一般来说，蟑螂也很好说话的。"

连若菡忍俊不禁，笑出声来："我可不是蟑螂，和它们没有共同语言，说不定你有……"

总算露出一丝小女孩的调皮可爱，不信治不了你，装酷，你能装过我？夏想腹诽了几句，正要回房间睡觉，忽然听到连若菡吞吞吐吐地说道："明天去你们家，我，我要不要穿得正式一点？"

夏想一愣："不用，又不是上级领导视察，再说你又是黧丫头的朋友，装酷就可以了。还有，别在我家耍小性子，信不信我一发怒，就赶你走？"

"知道了……"连若菡难得地顺从了一次，等夏想走到门口，她又埋怨了一句，"你怎么回来这么晚，要是早一点，可以洗洗车，现在车脏得不像样子了。"

夏想已经累得不行了，也没接她的话，回到房间就呼呼大睡。

第二天一早，他敲开连若菡的房间，一开门顿时大吃一惊——连若菡一身职业女性的打扮，细腰丰臀，一步裙，长腿丝袜，简直就是真实版的制服诱惑。

夏想呆了呆，揉了揉眼睛，仔细一看，还别说，连若菡还真有百变女郎的潜质，穿什么像什么。她的新形象当前一站，不认识她的人，肯定认为她是哪家公司的高级白领，至少也是总裁助理的级别。

二人一前一后下楼取车，还是夏想开车，到了建委宿舍接上曹殊黧。曹殊黧穿了一身艳蓝色的连衣裙，青春靓丽，和连若菡相映成趣。她惊奇地看了连若菡半天："连姐姐，这身衣服还真适合你……怪了，好像你穿什么衣服都很配。"

三人去吃早饭，曹殊黧叽叽喳喳说个不停，兴奋得像一只早起的小鸟。夏想不一会儿算是听明白了，昨天二人一下午都在逛商场，都各自买了几身衣服。他低头看了看身上的裤子和T恤，好像还是去年的款式，今年他好像还没有买过一件衣服。

吃完后就开车上路，一上高速车速就快了起来。夏想一个人在前面开车，曹殊黧和连若菡坐在后面，时而咯咯直笑，时而窃窃私语。夏想也懒得听她们说些什么，女人之间永远不缺话题，一些琐碎的小事又不是他感兴趣的，就专心地开车。

路过一个服务区的时候，他停了车，伸了伸懒腰，才想起米萱，就问曹殊黧。原来米萱今天要和冯旭光再深入探讨合作事宜，夏想听了有些纳闷，昨天好像没听米萱说今天要和冯旭光再商谈的事情，竟然背着他搞起了小动作，不由笑笑："但愿能谈出一个皆大欢喜的结果来。"

曹殊黧和连若菡站在夏想身后，小声嘀咕了几句，忽然二人一起笑了起来。夏想回头："打什么坏主意了，老实交代！"

曹殊黧双手背在身后，上上下下打量夏想好几眼，看得夏想心里发毛，摸摸脸，又挠挠头："我脸上长花了，还是头上长草了？"

"都不是。"曹殊黧忍住了，脸上有一点羞红，"你怎么不上卫生间？"

夏想不免尴尬:“不想上,非要硬上的话,也可以。怎么了,肯定有什么不对的地方?”

曹殊黧双手伸到前面,手中拎着一个手提袋:“喏,给你买的衣服,要不要去卫生间换一换?”

夏想大窘:“你想害我不是,在服务区的卫生间换衣服,亏你想得出来!怎么想起来给我买衣服了,万一不合适怎么办?”

“肯定合适,是我和连姐姐一起商量,最后还是连姐姐拿的主意……别啰唆,快去试试,要不不理你了。”曹殊黧不知为何脸红了一下,将手提袋塞到夏想手中,然后跑开了。

夏想低头一看手提袋中的衣服,一件上衣,一条裤子,还有一条……内裤,他明白曹殊黧为什么脸红了,不由心中一热,看着她害羞地钻进了车里,还是追过去说道:“谢谢你,黧丫头,你真好,考虑得真周全。”

曹殊黧的脸更红了,急忙把他推到一边:“那个最小的衣服是赠品,不是特意给你买的,你别胡思乱想。”

一件内衣用得着胡思乱想吗?夏想不再逗她,点点头拿着衣服就要去卫生间,不料连若菡走了过来,一伸手也递给他一个手提袋,说道:“你脚上的鞋太旧了,扔了,我给你买了双新的。我警告你别多想,上次你救了所有人,也包括我,算是报答你的救命之恩。”

怎么不是“小女子无以为报,愿以身相许”?拿一双鞋就报答了救命之恩?夏想就笑得有点无奈。

夏想的家庭

夏想见她说得生硬,也就不客气地接了过来:“虽然说我一向施恩不图回报,不过见你一片诚心,就收下了……谢谢了。”

从里到外焕然一新的夏想从卫生间出来,惹得曹殊黧连连称赞:“虽然看上去还不是很白,不过换了新衣服就顺眼多了。这下好了,总算没人嫌弃我们的司机衣冠不整了。”

夏想一身新衣,人前一站,也是一表人才,惹得几个路过的女孩多看了几眼。他看看曹殊黧又看看连若菡,见二人都是一脸满意,心想她二人果然是从小到大衣食无忧,给他买的衣服和鞋子,都是在燕市可以见到的最贵的品牌。

一身衣服下来，至少顶他两年的工资。

曹殊黧看上衣和裤子，连若菡看鞋子，从她二人赞许的眼神来看，都对自己的眼光表示满意。

重新上路后，曹殊黧坐到了副驾驶座上，对夏想说道："连姐姐想休息一下，我就勉为其难地陪你说说话，省得你也打瞌睡，把车开到沟里去，就惨了。"

夏想猜到了她的小心思："别不是想坐得离我近一点，好近距离欣赏我的帅？"

曹殊黧闭上了眼睛："我睡着了，你说什么，我没听见。"

阳光明媚，路虎车呼啸而过，迎着朝阳向单城市进发。

……

夏天成今年四十八岁，生了两个儿子，大儿子夏想，二儿子夏安。夏天成是一个思想传统、老实巴交的工人，在单城市第一建筑公司当了一辈子的仓库保管员，一直以来兢兢业业，和妻子张兰一起尽心尽力维持一家人的生活。

昨天接到夏想电话，说是要回家看看，夏天成高兴得合不拢嘴。他一改前几日不好的心情，让张兰赶紧收拾房间，打扫卫生，还让她给包夏想最爱吃的西红柿馅的饺子，惹得老伴儿大为不满，怪他偏心，眼里只有老大，没有老二。夏天成笑呵呵地说道："老二就在身边，天天吃你的饭，老大一年到头吃几顿？你还怪我，谁大晚上的还上夜市买西红柿？"

天一亮，夏天成就早早起来，一边收拾家，一边站在窗户处东张西望。张兰就嗔怪说道："天这么早，哪里来得了？你也真是的，都一把年纪了，还这么沉不住气。"

夏天成乐呵呵地说："老大最有主意，也最让人操心，总算回来一趟，我表现得热切一点还不行？"

"行，谁敢说你不行？"张兰开始动手和面，她系上围裙，想起了老二夏安的事情，又叹了一口气，"老大当了县委书记的秘书，以后估计就算国家人员了，肯定能按月发工资，你说老二的工作怎么办？他是大专毕业，学的又是中文，好单位都进不去，愁死人了。"

夏天成就怪张兰："今天是老大回来，是好事，别提不顺心的事。等他走了再说，我好歹也在单城市混了几十年了，还不能给他找一个工作？对了，老二怎么还没有过来，给他打个电话，让他过来时带上他的女朋友，也好让老大看到心里有数。他是当哥的，结婚生孩子的事情，得按照顺序来，老大不结婚，老二就得等一等。"

夏安的女朋友许宁是他的大学同学，是单城市人，家里还算有点门路，给她安排在区政府机关上班。夏安迟迟没有找到工作，许宁虽然没说什么，她家里人就多少有点意见，就想让许宁和夏安断了往来。

张兰打了电话，说是夏安去接许宁了，很快回来。

不一会儿，夏安和许宁就到了。夏安和夏想长得有几分相像，比夏想稍白一点，但没有他高，样子有点文弱，说话也细声细气的，一看就知道性子不强。许宁身材娇小，属于比较圆润的类型，小圆脸十分喜相。两人还算勤快，一进门就帮张兰干活，一个打扫卫生，一个到厨房帮忙，一家人倒也和美。

夏天成背着手来到窗前，习惯性地向窗外一看，看到一辆高大的汽车从远处驶来，还是京城牌照，心里就想，谁家来的京城的亲戚？这车够威猛的，怕是值不少钱吧？

这个念头刚刚一闪，就发现汽车拐了一个弯，直接朝一号楼开了过来，一口气开到一单元才停了下来。夏天成心里就更纳闷了，他在一单元住了好几年了，没听说谁家有京城的亲戚，车停在单元门口，是不是找错人家了？

本着好心指路的想法，夏天成推门出来，来到汽车跟前。车刚刚停稳，他就迫不及待地敲了敲车窗，问道："找谁？我在这里住，比较熟悉，想找谁问我就可以。"

车窗没开，车门却开了，从里面下来一个一身新衣格外精神的小伙子，一见他面就满面笑容地说道："不找谁，爸，是我！"

夏天成有点愣神，初升的阳光有点刺眼，他被太阳晃了一下，没有看清，后退了一步才醒过神来。待看清从车上下来的人竟然是他一直念叨的老大时，脑子就瞬间短路了，怎么可能？京城牌照的汽车，是夏想开来的？到底是怎么一回事？

愣神中，后门打开，又下来两个如花似玉的女孩子，前面一人身穿一身艳蓝裙子，明艳照人，比电视上的人还要好看许多倍，笑吟吟地来到他的面前，脆生生地叫了一声："夏叔叔好！"

后面的一身职业套装的女孩子，虽然表情生冷了一点，但眉眼精致得跟画儿一样，不，比画儿还好看，也是非常有礼貌地叫了一声"夏叔叔"。夏天成机械地点点头，脑子转不过弯来，直到夏想扶住了他的胳膊，他还不相信地跺了跺脚，觉得脚上传来麻麻的感觉，才有点清醒过来，声音有点颤抖地问："老大，她们是谁？"

夏想也没想到爸爸第一句话，就问曹殊黧和连若菡，他伸手将曹殊黧拉过来，笑了："爸，你见过她，难道不认识了？"

夏天成其实已经认出了曹殊黧是谁，上一次去曹局长家，曹殊黧留给他非常深刻的印象，想不记住都难。只是他不敢相信眼前的人真是局长千金，人家堂堂的局长千金，怎么会和夏想一起从车上下来？

曹殊黧多少有点羞涩，不过还是大大方方地说道："夏叔叔，我是曹殊黧，上次您去我家，不是见过我？是不是当时我怠慢了您，现在不欢迎我来家里做客？"

夏天成见夏想拉着曹殊黧的手，顿时明白了过来，心里跟吃了蜜一样甜，心里乐开了花。行呀臭小子，真给你爸争气，上次我说你能找上县级局长的女儿就算你有本事，没想到，你还找了曹局长的女儿，真长脸，有本事。这样想着，他脸上就笑开了花："殊黧来了，欢迎，实在欢迎！夏想你也真是的，殊黧来了也不提前说一声，让我好好准备准备，还以为就你一人回来……"

曹殊黧又介绍连若菡："她叫连若菡，是我的好朋友，陪我和夏想回来看看，正好她有车，我们就沾了她的光，开车回来的。"

在连若菡的清冷和淡然面前，夏天成感到不太自在，就点头表示感谢。连若菡笑了笑，忙说不用。

一行人进了屋，正在和面的张兰听到响声，出来一看，见客厅中站满了人，儿子夏想站在中间，夏天成晕晕乎乎地在一旁傻笑。她正想骂夏天成两句，怎么站着说话，却猛然发现旁边有两个光彩照人的美女，也一下子呆住，惊得说不出话来。

许宁也从厨房里跑出来一看，顿时惊叫了一声："夏安，快出来看美女了。"

……

瞧了个机会，张兰向夏天成使了个眼色，夏天成就找了个理由让夏想来到卧室，夏安也笑呵呵地进来，一家人关上门，摆开了审问夏想的姿势。

"小想，你说说，那两个女孩子究竟是怎么一回事？"张兰假装严厉，但明显有一丝期待和紧张，仿佛怕夏想说出她不想听到的回答。

"哥，哪个是你女朋友？你太厉害了，这么漂亮的女孩子都能听你的话，我现在对你佩服得五体投地。"夏安一脸羡慕地说道，还不时回头向外面看，尽管隔了一层门什么都看不到。

"都别说，我来说，我能猜个八九不离十。"夏天成仿佛一下子年轻了十几岁，乐得满脸皱纹都挤到了一起，"殊黧是曹局长的宝贝千金，我没有看错的话，她对你有点意思，而且我也觉得她会说话会来事，模样又最周正。那个连若菡长得跟画儿一样，人有点冷，不好接近，老大，你可别和她交朋友，她说话都冷冷的，没有什么人情味。"

夏想见一家人郑重其事的样子，不由笑了："爸妈，你们多心了，我和殊黧现在只是普通的朋友，她也是我的校友，我们在一起做过设计。正好我要回家看看，她也正好要回来看看爷爷奶奶，就一起回来了，你们别乱想乱说。"

曹殊黧和连若菡，双姝争艳

"臭小子，还不承认，还想跟老爸打马虎眼？"夏天成才不相信夏想说的话，他打定了主意，"我一会儿就亲自问问殊黧，看看到底怎么回事？人家没意思，能跟你一起回家？你那么多女同学，怎么没见你带回家一个？你也老大不小了，再不找女朋友，好女孩就让别人抢光了。"

老爸的逻辑让夏想彻底无语。

他也不是有意瞒着藏着，而是说起来他和曹殊黧之间，一直真真假假，都没有真正点破。虽然他也知道曹殊黧对他的心思，但女孩子脸皮薄，万一什么话说的不对让她想多了，也是不好。

看到曹殊黧左右逢源地周旋在父母之间，夏想笑了，这个小丫头真是太聪明了，走到哪里都讨人喜欢。再看父母看她时慈爱的眼神，他不免感叹，黧丫头分明是向他的父母宣告，她就是他的女朋友，她就是要在父母面前先入为主，让父母完全接受她！以后要是夏想有别的想法，再想带别的女孩子回家，不用她出面，首先就会遭到他父母的强烈反对！

夏想还清楚地看到，曹殊黧还向他投来狡黠的一瞥，分明就是计谋得逞的小小得意！

所以当曹殊黧提出要去看望爷爷奶奶时，夏天成和张兰都自告奋勇要陪同她一起去，曹殊黧冲夏想眨眨眼睛："也好，反正也不远，就让叔叔阿姨陪我一起去好了，你要乖乖的，陪陪连姐姐，知道不？"

夏想被她一副管教的口气弄得哭笑不得，她比自己还要小几岁，还想管自己，反了她了？不过看到父母在一旁幸福的笑容，也就卖她一个面子："也好，中午记得回来吃饭，晚上再去爷爷奶奶家吃。"

"知道了！"曹殊黧十分听话地点点头，在夏想父母面前给了他足够的面子，"你可要记得一会儿给我爸打个电话，报一下平安，别让他惦记着。"

言外之意是，她和他的关系，已经得到了曹永国的点头。

夏天成和张兰岂能听不明白？二人心里乐开了花，和局长成了亲家，儿子成了局长千金的男朋友？虽然曹殊黧活生生笑吟吟地站在他们面前，他们还是有那么一点点的晕眩感，好像一切都在梦中一样。

夏想打过去电话，简单说了几句，曹永国正在上班，也就没有多说。

客厅里只剩下夏想、连若菡、夏安和许宁四人，一下子就冷清了许多。夏安没话找话地说了几句，他不敢看连若菡的眼睛，她的美太惊人，让人不敢正视。不过出于礼貌，他还是迟疑地问道："小连是京城人？"

连若菡矜持地点点头："你是夏想的弟弟？和他长得有点不像，工作没有？"

夏安扭过头，神情有些尴尬地看了许宁一眼："还没有，没有找到合适的单位。"

许宁接过话去："单城经济不发达，没有几家好单位，想进事业单位，又没有门路，就一直拖着。夏叔叔想找人让他进单城一建，虽然一建效益不太好，但总比没有强。"许宁话挺多，可能也是有点感触，又看了夏想一眼，"哥，我挺想和夏安在一起的，可是我爸妈说要是夏安再找不到好的单位，就想让我和他断了……夏安从小到大最佩服你了，你帮我们想想办法，好不好？"

连若菡轻笑一声："你爸妈怎么能这样？太势利太现实了。"

许宁摇摇头："他们就那样，我也没有办法，毕竟是我的父母，出发点也是为我好。"

夏想见夏安低下头，脸涨得通红，心想他这个弟弟太面，性子也太软，有事还要许宁开口。想到父母以后要多靠他来照顾，就问夏安："你想进什么单位？"

夏安支吾说道："许宁在区政府上班，我也想上政府机关。"

"去政府机关有点难度，我先帮你问问。"他拨通了李丁山的电话，把夏安的情况说了一说。

李丁山想了一想，说道："单城市委市政府也不是不认识，但关系不熟，还需要另外托人。要是进《单城日报》的话，问题不大，也是事业编制。要不单城团市委也有把握，你们再商量一下，给我电话。"

夏想把情况一说，夏安犹豫一下："那就团市委也行，是干部编制，总比日报社强。"

夏想被他气笑了："你还年轻，去了日报社，努力几年，再考个本科学历，以后大有前途。现在去了团市委，没什么压力，以后很难再有所发展。"

夏安闷着头："我也不想有多大的发展，就守着父母平安地过日子就可以了，以后夏家光宗耀祖，全靠你了。"

夏想还想再骂他两句，忽然之间又心软了。说弟弟是胸无大志也好，说他不思进取也好，至少他听话，愿意守着父母，对他来说就是最大的保障，最强有力的后盾。父母有一个听话的儿子在身边，也会舒心许多。

“好吧，我看看能不能找人，让你进团市委。”夏想拿起电话正要打，连若菡伸手制止了他，她努力表现得平易近人，但话一出口，还是带有一丝居高临下的味道。

“单城市的市委书记，是不是杨晓峰？”

开口就叫出市委书记的大名，而且还是轻巧地说出口，好像说的是一个普通人一样，夏安本来胆子就小一些，又有点受不了连若菡的逼人的美丽，听她这么说，更是紧张：“好像是，我，我也记不清了。”

许宁在一旁点点头：“是的，就是杨晓峰杨书记……”她也跟着曹殊黧叫连若菡姐姐，“连姐姐，你认识杨书记？”

“不认识。”连若菡十分干脆地回答。许宁顿时一脸失望，心里嘀咕，不认识还问？她不善于掩饰，脸上的神情就显露出明显的不快。

连若菡对许宁的表现视若无睹，而是看向夏想：“你说！”

夏想就笑：“我欠你一个人情，怎么还？”

连若菡嫣然一笑：“先欠着再说，等我想好了再要。”她拿出电话，看了夏安一眼，“你想进市委还是市政府？”

夏安不敢相信地抬起头，市委市政府随便挑，她是什么来头，说话口气这么大？他可是清楚，许宁为了进区政府当一个办事员，费了九牛二虎之力。连若菡开口就让他挑市委还是市政府，不是开玩笑吧？

连若菡的样子却一点也不像开玩笑，她想了想：“我替你做主吧，去市委，以后的发展会好一些。不过要先从办事员做起，一步一步来。”

“得送多少钱？”夏安反应过来了，小心翼翼地问。要是送上十万八万的，他也拿不出。

“送钱？”连若菡摆摆手，她穿着一身职业套装，摆手的样子还真有几分白领丽人的威仪，“你要是去送礼，没有人敢收。”

要是别人说出这句话，肯定会让人觉得大言不惭，可是话从连若菡口中说出，偏偏就让人感到无比可信。夏安感激地点点头：“谢谢连姐姐！”

一声连姐姐叫得连若菡笑逐颜开，她拿起电话，转身躲到一边打了个电话，片刻之后回来，说道：“报一下你的名字、毕业学校和身份证号……”

放下电话，连若菡又说：“等回电话。”

许宁不相信地问：“进市委这么容易？连姐姐，你没骗人吧？”

连若菡看了夏想一眼，却是问夏想：“我会骗人吗？”

“别的时候不清楚，不过这一次不会。”

“算你识趣。”连若菡也不过多解释，片刻之后电话就响了，她也没有再避开众人，接了电话，听了一会儿，只说了一句："我知道了。"就挂了电话。

夏安和许宁大气都不敢出地望着她，就等她开口。连若菡也没有拿捏，干脆地说道："下周一去报到，拿上身份证和毕业证，直接到市委找刘延松办理手续。"

"市委宣传部刘部长？"许宁显然听过刘延松的名字，吃惊地叫出声。她能进到区政府上班，也是托了刘延松的关系。

连若菡歉意地一笑："刘延松是谁我不清楚，你直接过去就可以，不会有问题。要是有人刁难，直接给夏想打电话。"

直到曹殊黧连同夏天成、张兰回来，夏安和许宁还不太相信连若菡一个电话就解决了天大的难题。到市委上班是多少人梦寐以求的好事，有多少人望而兴叹，她一个电话就能解决问题，还得让宣传部长亲自出面接待，到底她有多大的来头？

许宁偷偷地把事情对张兰一说，张兰和夏天成也是将信将疑，二人悄悄问夏想。夏想不好过多解释，只是告诉他们，绝对假不了。

吃饭的时候，夏天成高兴得不成样子，老大找了一个局长千金的女朋友，还帮老二解决了工作问题，竟然还是进了市委，简直是做梦都想不到的好事。夏天成就多喝了几杯，不一会儿就喝醉了，被张兰扶下去睡觉了，临走前还说："殊黧，你替我谢谢小连，小连是个好闺女，话不多，但心眼儿好。"

张兰不停地给曹殊黧和连若菡夹菜，也对连若菡表示由衷的感谢："好闺女，家里没什么好吃的，就将就一点，别嫌弃。夏安的事情，可是谢谢你了。殊黧，你替阿姨好好谢谢小连……"

夏安也多喝了好几杯酒，借着酒劲，他和许宁一起敬连若菡："连姐姐，你是我的恩人，保住了我一生的幸福，我永远忘不了你的恩情。"他不善言词，几句话没说完，就红了眼圈。

许宁想起势利的父母从此要高看夏安一眼，肯定再也不会阻挡她和夏安在一起，也心中充满了感动："连姐姐，你是大好人，我感谢你一辈子！"

连若菡向来清冷惯了，从来没有体会过这么浓厚的亲情和友情。她一直坚持的矜持和漠然有点无所适从，心里也有一丝温暖流淌，但又不知该说些什么，只好求助地看向曹殊黧。

曹殊黧也站了起来，端起眼前的饮料："连姐姐和我就像亲姐妹一样，我和夏想又是校友，大家就不要客气了……还有你，夏安，以后要对许宁好一点，对叔叔和阿姨好一点，好好工作，这样才能不辜负大家对你的帮助和期望。"

自从曹殊黧来了之后，夏安就一直不敢正眼看他哥哥的小女朋友，比他还要小，他却要叫嫂子，总觉得有点别扭。不过刚才一番话说了出来，还真有点小嫂子的味道，他点点头，将酒中杯一饮而尽："我记下了，嫂子，一定听你的话。"

"谢谢嫂子！"许宁也很有眼色地站起来说了一句。

曹殊黧再聪明再会说话，也架不住两个人一人一口嫂子，顿时羞得满脸通红："别乱叫，我才没答应做他的女朋友，更没答应做你们的嫂子！"

饭后，休息片刻的夏天成又醒了过来，非要坐下说话。曹殊黧向连若菡使了个眼色，二人借故溜了出去，也不知道有什么秘密。

不一会儿二人又从外面回来，变戏法一样拿出一堆礼品，还分得清清楚楚，这个是曹殊黧送给叔叔的，这个是连若菡送给阿姨的。夏天成和张兰高兴得不知道说什么好，想推辞又说不过曹殊黧，只好全部收下。

最让夏想吃惊的一幕出现了，曹殊黧送完礼物，又从包中拿出一个信封，郑重其事地交到张兰手中："阿姨，夏想和我一起设计了一个项目，设计费用五万元，他去坝县的时候不方便带在身上，就交给我保管。正好回来，我就把钱交给阿姨，由阿姨替他保管好了。我还上学，保管这么多钱也不方便。"

五万元不是一笔小数目，当时许多人一年的工资还不到五千元，张兰哪里肯要。曹殊黧非要放到张兰手中："夏想不能总在你们身边，他心里也挺过意不去，放点钱留给你们用，他心里也好受一些。你们不收，他心中会难受的……"

话到这个份儿上，张兰只好收下，高兴地抹着眼泪，却说不出话来。

连若菡用一根手指轻轻捅了捅夏想，夏想见她冲曹殊黧投去赞许的目光，知道她的意思，也向曹殊黧投去感激的一瞥。曹殊黧被二人瞧得有些不好意思，羞涩地一笑，又调皮地做了个鬼脸，娇美之态，让夏想怦然心动。

夏想平生第一次有了要娶这个女孩为妻的念头！

终于抽个空可以单独和曹殊黧在一起，她调皮地在夏想的头上弹了一个脑奔："你平常挺会说话的，怎么回到家里话这么少？"

"好事都让你做尽了，好话都让你说尽了，我只有看着听着的份儿……"夏想一边感慨，一边捏住曹殊黧的小手，"黧丫头，你真好，谁要是娶了你，谁就是最有福气的人。"

陈市长的表演天赋

曹殊黧抬头看向房顶："想娶我，难着呢，要过九九八十一关，等着吧，以后的考验多着呢！"

夏想嘿嘿挠头:“不知道那个喜欢你的人,会不会有毅力完成考验?”

“世上无难事,只怕有心人。只要他是真心喜欢我,还会没有决心?”曹殊黧目光飘忽,突然推了夏想一把,“你操的什么闲心,跟你又没有关系。”

“也是,是你个人的私事,我确实无权过问。”

“你是不是皮痒了?看我怎么收拾你……”曹殊黧恼了,去打夏想,夏想就跑,二人不小心又撞在一起……

下午曹殊黧去爷爷奶奶家待了几个小时,本来打算住一晚上再走,夏想却突然接到了高海的电话,说是陈风明天一早要见他。陈市长召见不能耽误,夏想只好向父母辞行,并说出原因。

一听是燕市市长要见夏想,夏天成比夏想还急,让他不用惦记家里,马上动身。人家市长日理万机,能抽出空见见他是天大的荣幸,可不能掉以轻心。夏想知道老爸一辈子谨小慎微,没见过大官,天生对官员有畏惧心理,也没有多说,就问曹殊黧意见。

曹殊黧虽然还想多陪陪爷爷奶奶,但也不想自己回去,就和夏想一起回燕市。一行三人吃过晚饭后,就又匆忙上路。

好在单城市离燕市不远,又是全程高速,晚上反而更加凉爽,打开天窗,开亮大灯,放起音乐,在夏天的夜色中一路疾驶。

因为是连若菡的车,夏想也不知道里面是什么光碟,随手打开音响,是一曲舒缓的小提琴乐曲。曲声淙淙如流水,令人烦恼皆忘,曹殊黧不知不觉哼唱起一首不知名的曲子,曲调轻快而跳跃。

夜色如水,凉风习习,又是一路飞驶,连若菡也受到了感染,和着曹殊黧的曲调也哼唱起来。夏想微微一笑,连若菡在以可以察觉的速度开朗起来,说起来大部分要归功于曹殊黧洒脱的性子。

想到曹殊黧借机将他存放在她手中的钱交给父母,他就感到莫名的欣慰。这个小丫头,真是精灵古怪,偏偏又让人挑不出理来。不用说,她这一手一举三得,一是替他回报了父母;二是间接地告诉他,我不是小财迷,不会要你的钱;三是向他父母宣告,他的钱都交在了她的手中,让他的父母知道,他们之间的关系有多密切。

小丫头,心眼儿真多。

第二天一早,夏想直接从酒店打车到了市政府。这一次他到市政府门口,在登记簿上刚填上自己的名字,就见警卫伸手放行:“高秘书长吩咐,直接放行。”

规格提高了,夏想笑了笑,高海连这个细节都能想到,看来对他还真是上了心。

夏想原本以为陈风见他，是因为他给高海出的主意打动了陈风，陈市长特意要见他一见，深入了解一下。不想陈市长和夏想见面的第一句话，就让他大吃一惊。

陈风的办公室没有夏想想象中豪华，堂堂的副省级干部，办公室里面居然没有真皮沙发，全是清一色的木椅。虽然红木家具一样价值不菲，但木椅坐起来毕竟不如沙发舒服。夏想猜出了陈风的用意，就是让前来汇报工作的人坐得不那么舒服，才不会废话连篇。

陈风一点也没有摆市长的架子，夏想一进门，他就站起身来，主动伸手。夏想紧走两步，双手握住陈风的手，脸上表现出激动和热烈的神情，同时也在近距离地打量这位民间传闻颇多的铁腕市长。

陈风看起来比在电视上年轻一些，头发乌黑，他的手宽大有力，眼光很犀利。盯人看的时候，似乎黑眼珠充满了整个眼眶，猛一看，还有些吓人。

陈风也在毫不掩饰地打量夏想，他松开夏想的手，一指椅子："小夏，坐……你比我想象中还要年轻一点，不过有一点我也过高估计你了……"

一旁的高海心中一惊，陈风敢说敢做是出了名的，他当面指责夏想的不是，夏想年轻气盛，别当面顶撞才好，万一闹个不愉快，可全是他的过错了。

夏想却没有高海担心中的发愣或吃惊，而是笑呵呵地问道："陈市长尽管批评，我两个耳朵都很收风，肯定听得进去意见。"

陈风忍俊不禁："小夏还很风趣嘛，谁说能干的人才都不善言谈？我看完全是片面的看法。说实话小夏，你的风趣我很欣赏，不过你的老成我不太喜欢。你还年轻，要有朝气，要有冲劲，不要怕犯错误，要敢冲敢闯，有时候摔一个跟头，也许会让你一辈子受益。"

陈风的开场白果然大有特色，夏想心想，官场上步步为营，一着不慎就会全盘皆输。在官场上摔跟头的人吸取教训的很少，大多数是一摔之下，从此一蹶不振。官场可不比商场，失败了还可以重新爬起。在官场上一旦失势，能再重新掌权的人，少之又少。

他不赞成陈风的观点，但也不至于当面反驳，而是点头说道："陈市长说的也有道理，不过我今天是来听陈市长指示的，所以必须先端正态度。真要具体到工作上，我也有热火朝天的架势。"

陈风没有接话，冲外面喊："江天，有人来汇报工作，先回了……"

江天应了一声，从外间进来，要给高海和夏想倒水。夏想抢先接过水壶，先给陈风倒上，又给高海和自己都来了一杯，笑道："我是小秘书，江秘书是大秘书，先小后大，我来倒。"

江天淡淡一笑，也没有说话，点头出去。他对夏想的表现不以为然，认为他有点做作，但他知道什么该说什么不该说，就很识趣地退了出去。

陈风喝了一口水："看看，小夏你还真是当惯了秘书，这些小事也不放过。要是一下子交给你一个重担，我还真有点担心你吃不消。"

夏想心里一惊，陈风话里有话，难道他对调他来燕市还没有死心？

果然陈风下一句话就直接说出了他的本意："我想调你回燕市，在城中村改造小组任副主任，小夏，说说你对城中村改造的具体看法，以及下一步该如何进行？"

陈风不给他拒绝的机会，或许认为他根本就不会拒绝，而是直接略过第一个问题，问他第二个问题，意思是，考一考他的思路。

夏想一脸为难地说道："陈市长，这个太突然了，我没有一点心理准备，再说我年纪轻轻，担任副主任，太吓人了。既服不了众，我的能力又有限，担当不了重任。"

"少跟我推脱，我就明说了吧，小夏，北大街的改造是你的思路，民族街的改造也是出自你的想法，还有如何解决杜村和南方一建，也是你的主意，你还想装到什么时候？"陈风说话直来直去，一点也没有一个市长应有的含蓄和委婉，他用手一指高海，"高海第一次给出北大街的改造方案时，我就猜到他背后肯定有人指点。你不要以为我是市长，被手下的人挡着，就什么也听不到看不到。我不用听到也不用看到，猜也猜得到，一直在政府机关工作的高海，肯定想不出有着明显商业特色的方案。"

陈风得意地笑笑，脸上甚至有一丝狡黠。高海一脸尴尬地坐在一边，冲夏想摆摆手："陈市长太厉害了，他对官场中人非常了解，知道燕市乃至燕省的官员都思想保守，做事情全靠政策推动，很少考虑商业策略。北大街和民族街的改造，都有明显的商业痕迹，如出一辙，陈市长就猜到是出自同一人的主意。等我再将如何解决杜村和背后的南方一建的办法一说，陈市长当时就拍案叫好……"

"没错，我当时还打碎了一个杯子。"陈风完全不是不动声色型的领导，他的喜怒都写在脸上，"燕市的官员思想都很保守，他们是宁求无功，但求无过，才不会想出迂回的办法解决问题。能动用政府力量的，绝对不会谈判；能强行执行的，绝对不会开口相劝。我对他们太了解了，尽管高海在这些官僚中还算最有头脑的一个，但他也想不出用分化拉拢的手段来瓦解南方一建，因为这一手太漂亮太商业也太阴险了！"

陈风说到兴奋处，右手用力地挥动，差点碰到旁边的落地台灯。夏想差点被陈风的夸张姿势逗乐，怪不得民间对陈风的传闻颇多，看来有时传闻并不是空穴来风。陈风不但强势，敢讲敢干，而且还是一个真性情的市长！

他现在的动作和表情要是放到电视上，绝对会把全体燕市人民震惊得找不到北！

官员也是人，而且还是两面人，平常他们发怒、震惊和性情流露的一面，绝对不会让人看到。

不过被陈风夸为阴险，夏想脸皮再厚，还是有点不好意思。

高海的脸色也不好看，毕竟陈风说话太直，虽然没有一棍子将他打死，也是没留多少情面。好在陈风在得知了他的妙计都是出自夏想的主意时，一点也没有责怪他，反而夸他慧眼识珠，为他找到了一名干将。

高海想不说出实情都不行，他了解陈风，要是让陈风自己查到是谁出的主意，他会立刻被陈风冷落到一边。只要陈风在市长位子上一天，他别说升官，说不定连秘书长的位子也坐不稳。

陈风最不能容忍的就是他信任的人对他的欺骗！

高海说出了实话，陈风一点也没有怪罪的意思，就是心血来潮，迫不及待地想见夏想一面。正好夏想也在燕市，就在高海的安排下，促成了陈风与夏想的第一次非正式会面。

"我喜欢阴险的招数……"紧接着陈风说的一句话，差点让夏想以为他的耳朵出了问题。身为副省级省会城市的市长，陈风说话简直就是一个热血青年。他对夏想一脸的惊讶很满意，"因为我思考问题喜欢直来直去，不太会绕弯，小夏，你以柔克刚的方法让对手有苦说不出，又不得不服气，说实话，我都不相信你真的只有二十三岁！怎么样，小夏，我对你可是坦诚相待了，你也该对我有所表示才对，呵呵，是不是？"

至此夏想才不得不佩服陈风，他的高明之处就在于刚才的一番慷慨陈词，让你觉得他是真性情的流露，让你认为他对你一见如故，让你相信你就是他最欣赏的人。至于刚才的一番演说究竟是不是他的真实写照，又或许只是他天生的表演才能，是一个政治家的基本素养，就只有他自己心里清楚了。

谁要是立刻被他刚才的举动所迷惑，不由自主地有了"士为知己者死"的心理，是不是跳进了陈风事先设好的局，就无从知晓了。也许陈风自己都不明白他的激情演讲，到底有几分真实在内！

真是天生的演员，而且还是一流演技派的高手。

夏想诚惶诚恐地站起来，脸上渗出了汗珠："陈市长真是过奖了，我不过是小小的县委书记秘书，平常爱胡思乱想，有时喝点酒就爱胡言乱语，让高秘书长听到了，又传到您的耳中，就好像有多大本事一样。陈市长，高谈阔论的本领我有，真要当城中村改造小组的副主任，恐怕不能胜任！”

不得不说夏想的演技也说得过去，但他所说的不能胜任可不是谦虚。他心里清楚，城中村改造小组的组长由陈风亲自兼任，虽然市政府并没有行文明确城中村改造小组的级别，但由市长担任组长的小组，由他一个副科级来担任副主任，不是摆明了让别人把注意力都放到他的身上吗？

陈风此举，不但在他身上贴上了陈风一系的标签，而且还有把他架到火上烤的意味。年轻的副科级干部，在市长的直接领导下，担任城中村改造小组的副主任，所有政绩都是市长的，所有过失都是他的。同时还可以吸引大家的目光，转移视线，缓和来自省里的压力，陈风这一手，实在也是一着险棋。

而他则是那个过了河的有进无退的卒子！

夏想暂时还没有当过河卒子的觉悟，也自认现在不是为陈风冲锋陷阵的时候。省里对陈风的压力主要来自高成松，而现在高成松如日中天，无人可挡，他作为马前卒，一旦发生冲突，肯定会第一个被高成松吃掉。

南方一建的问题就算能如他所愿，顺利解决，暂时扼制住他们嚣张的气焰，但城中村改造千头万绪，涉及太多人的利益。夏想也不是说没有雄心壮志，但他从本质讲上还是一个稳妥的人，所以他宁愿和李丁山躲在穷乡僻壤的坝县，希望能平安度过高成松时期。

陈风一脸不快：“怎么了，嫌我不够诚心，还是觉得官太小？听说你刚提了副科，这样吧，来城中村改造小组先过渡半年，半年后，我给你解决正科。”

“那倒不是，确实是我觉得我太年轻了，根本没有经验。再说城中村改造小组非常重要，我没有在领导岗位工作过的经验，怕耽误了陈市长的大事。”夏想说的也是实情。

高海在一旁看着着急，心想夏想怎么不识抬举？堂堂市长放下架子，亲自和一个副科级谈工作安排，而副科级还口口声声说要拒绝！他觉得自己当了十几年的官，才发现在官场上什么事情都有可能发生，不能以常理推测。

官员都是人，是人都有不同的脾气和性格，自然就有形形色色的事例。

高海也不好插嘴，只好向夏想使眼色。

夏想知道高海的好心，冲他笑着点点头，意思是说他心中有数。高海自然不知道夏想顾虑的是什么，都想开口骂他几句。

陈风若有所思地看了夏想一会儿，忽然笑着连连点头：“我明白了，怪我一时心切，忘了一件非常重要的事情……”

他也不解释重要的事情是什么，一转身从桌上拿起电话，拨了过去：“路书记，您好，我是陈风。有一件事情麻烦您出面向宋部长说明一下，因为事关李丁山，我和宋部长不熟，所以得请您向宋部长要一个人……他叫夏想，是李丁山的人……是，是，副科级当然用不着我出面，更用不着劳您的大驾，但夏想是个人才，而且也很念旧，不肯回燕市。强行调回当然也可以，但我要他回来是大展手脚，不是应付差事的，所以必须让他心甘情愿……”

夏想一脸苦笑地看了高海一眼，心想得了，事情闹大发了，就他这件小事，一个小小的副科级，居然惊动了省委副书记不说，还要动用宋朝度的关系，再向李丁山施压。陈风还真是想到做到，竟然为了让自己回来，不惜大动干戈。

初会宋朝度

陈风挂了电话，一脸意味深长的笑容：“小夏，我可是做到仁至义尽了，要是你还不同意，我就是绑也要把你绑回来。你想想看，你在市政府里面，有我的支持，还有高海的支持，不久还会有曹市长的支持，你怕什么？放开手脚大胆去干，干出政绩是你的，出了差错由我顶着，有高海在，有曹市长在，我还能害了你？”

陈风心里也有点愧疚，夏想有才华不假，但城中村改造牵扯面太大，可以肯定地说，是一件吃力不讨好的事情。所以在当初小组刚才成立的时候，他本来想请市委书记崔向挂名组长，却被崔向以省里事情较多为由拒绝了。也是，崔书记是省委常委，有一半时间要到省委开会，不挂名小组组长也说得过去。但明眼人都可以看出来，市委书记不挂名的小组，实际上就表明了市委对改造小组不支持不反对的态度。

城中村改造小组目前有两个副主任，都是陈风从市政府各个部门抽调的精英。一个叫曲雅欣，三十岁，原来在市妇联工作，正科。因为她工作细致，就被陈风临时调来担任副主任，用来对钉子户中的老头儿老太太以及中年妇女做说服工作。

另一人名叫吴港得，三十八岁，原本是城管局市容管理科科长，由于长期从事城管工作，对付赖皮的钉子户很有一套，也被陈风相中，调来当了副主任。

这两个人可谓一文一武，一般的钉子户都架不住二人轮番上阵，基本上一路畅通，没有遇到太大的阻力。直到杜村事件出现之后，陈风才意识到，曲雅欣和吴港得一文一武确实工作配合得不错，但他二人都是将才，不是帅才，缺少一个能统领大局并且有经济头脑的人来应付复杂的局面。

陈风就想到了夏想。

陈风心里也清楚，夏想太年轻，镇不住场面，把他放到副主任的位置，确实就是放到火上烤。一个二十三岁的年轻人，就算再聪明再有头脑，却没有经验。他躲在幕后出主意还行，真要抛头露面走向领导岗位，也许只知道一味蛮干，最终会被人故意挑错，再处处制衡。他又年轻气盛，万一再做出傻事错事，一辈子就会毁掉。

所以陈风心中多少还是有点愧疚，因为他也知道自己用心不是那么光明正大。但现在又确实无法可想，城中村改造现在进行了一半，既不能半途而废，再前进的话又困难重重，还有来自省里和市里的两重压力，让他也是焦头烂额。

正好夏想的两处设计都入了他的眼，又得知了北大街和民族街的改造思路也是夏想的主意，而且对付南方一建的手段又十分老辣，让他拍案叫绝。他就动了心思，说什么也要将夏想调到身边，放他到城中村改造小组闯一闯。反正现在他是骑虎难下，就死马当活马医，总不能草草收场。

至于夏想能走多远，能不能给城中村改造小组带来新的思路，陈风虽然非常期待，但也是抱着姑且一试的态度。当然，他也不是没考虑过万一夏想失败的后果，到时他的政治前途一片黯淡，夏想也会受到牵连。但事已至此，每一步都如同赌博一样，不赌一赌，怎么知道输赢？

陈风的不甘心让他不遗余力地要拉夏想上船。

夏想知道陈风的电话一打，他已经无力回天，回燕市已成定局，而且早先还有曹伯伯的半年之约。他猛然下定了决心，索性就在陈风面前装一次好人——他身子微微欠着，脸上的神情恭谨而激动："既然陈市长这么高看我，我再不从命就是矫情了。多谢陈市长的赏识和厚爱，我一定埋头苦干，不辜负您的厚望……"

他见陈风脸上浮现出满意的笑容，心想陈风的领导风格粗看不拘一格，好像没有什么领导艺术，其实细心一想，才感觉他的行事方式高明得很，很容易让人对他口服心服，心甘情愿地为他所用。夏想有点恶趣味地想，既然被你连哄带骗又强行拉上了贼船，你又表现得没有市长架子，现在不提提要求，就对不起你的良苦用心。他顿了一顿，又说："不过，我还有一个小小的要求……"

陈风高兴地大手一挥："有要求尽快提，我尽量解决。"

夏想要的就是陈风的大度和高姿态，他不好意思地笑道："我想请陈市长给我半年时间，让我把坝县的事情处理好。做事情要有始有终，坝县有我朋友的投资，还有一两个项目要上马，我都全程参与。现在要是马上扔下，是对工作的不负责，也是对自己的不负责……希望陈市长能理解我的苦衷。”

陈风喝了口水，轻轻将他的不锈钢水杯放回桌子上，看了夏想一会儿，忽然一拍桌子：“好，就这么说定了。回去后你转告李书记，就说我陈风谢谢他。”

高海亲自送夏想下楼，夏想知道他有话要说，也就没有客气。到了楼下，高海用手一指市政府周围高高的围墙：“陈市长准备把这些围墙拆掉，让老百姓可以一眼看到市政府大楼……陈市长有魅力有魄力，跟着他干，会大有前途的。你回去后对丁山说一下，陈市长也是个重感情的人，以后丁山有什么事情，他会帮着说话的。”

高海似乎还有什么话要说，却又摇了摇头：“回到坝县，给我来个电话。”

夏想回到宾馆，中午好好睡了一觉，一直睡到下午三点的时候，被电话吵醒。拿起一看，果然是李丁山的电话。

李丁山的口气听不出来是什么态度，他当然不愿意放夏想回燕市，但形势比人强，他只有放手，因为宋朝度亲自给他打电话陈述了利害关系。

“小夏，朝度让你过去，他想见你一见。你直接去他家里找他，省委二号院……”

宋朝度要见他？

夏想愣了愣，呆了半晌才从午睡的恍惚中清醒过来。一直以来他都期待着什么时候才有机会和宋朝度见上面，给他留下好印象，这也是他一直看重李丁山的关键所在。他深信宋朝度终究是会一飞冲天的人，在他潜伏的阶段认识他，获得他的好感，比起他以后飞黄腾达时再去接近，要事半功倍得多。

只是李丁山一直没有安排他和宋朝度见面，他绝对没有理由主动提出。现在机会突如其来，让他多少有点不敢相信——真的要和宋朝度见面了，而且还是直接去他家里见面？

去家中见面，比起陈风在办公室的接见，区别大多了。在办公室见面，不管二人关系多近，总有公事公办的味道；去家里见面，就会掺杂着私人感情在内。夏想自然清楚他是沾了李丁山的光，但同时也说明，宋朝度没有把他当成外人。

最起码这是一个非常不错的开端。

省委二号院位于红军街的顶头，红军街是个死胡同，长约一千米，全是住宅区，居住的全是省委家属、退休高干以及部队上的高层人物。市里曾经也动过心思要将红军街打通，却遭到了省里和部队上的一致反对，只好作罢。夏想来到红军街，走在宁静的街道上，算是体会到了宁要死胡同，不要畅通大道的好处。

安静，太安静了，两侧树木高耸，一片清凉。路上几乎没有什么车辆通行，置身其中，才充分体会到闹中取静的妙处。不打通也是对的，一旦打通，除非限行，否则许多车辆都会从红军街通行，到时一片吵闹。

省委二号院位于军区干休所的旁边，由十几栋五层小楼组成。小楼从外面看矮小而敦实，属于那种外观并不出众，但建筑质量绝对一流，而且设计面积超大的住宅楼。夏想上楼，目测了一下外墙厚度，心想燕市的住宅楼一般要求七级抗震，这楼抗个九级都没有问题。再观察一下格局，知道这种一梯两户的房子，每户至少在两百平米以上，一栋楼顶多有三十户。但要是开发成商品楼销售，最少也要设计成六十户的规模。

宋朝度家住三楼，三〇一，夏想敲门，门拉开一条缝，一个十三四的小女孩探出头。她有点瘦，样子非常清纯，眼睛又大又亮，留着短发，穿着背心和短裤，露出细长的胳膊和双腿。她的眼中流露出审视的目光，盯着夏想不放："你是谁？你找谁？"

夏想憨厚地笑笑："我叫夏想，我找宋部长……嗯，约好了。"

夏想招牌式的憨厚笑容杀伤力果然大，小女孩立刻放松了警惕，回头喊了一声："爸爸，夏想找你，放不放他进来？"

"让他进来。"宋朝度的声音从里面传来，浓厚，鼻音很重，还有一丝本地方言的味道在内。

小女孩打开门，让夏想进来："记得换鞋……你穿最大的那一双，对，就是最胖的那一双。"她寸步不离夏想左右，指挥他换鞋，又领到他书房，一直像个监工一样监视他的一举一动。

房子不小，客厅就有三十多平米，客厅中的家具清一色是实木家具，品牌不清楚，但绝对不是凡品。房间布置得不算奢华，但透露出一股浓浓的书香气息。比起史老家中偏深的装修风格，宋朝度家中的颜色要浅上一色，多用暖色调，可以从中看出主人的心态。

宋朝度面相显得年轻，正宗的国字形脸，浓眉，眼睛不大，但很有神，耳朵又大又有耳轮。不说别的，光是相貌就可以说很有福相。他要是生在唐朝，国字形脸是吏部选官时，最喜欢的脸型，方正而有威仪，肯定可以升到高位。

宋朝度见夏想进来，从书桌后面起身，伸手和他握手。第一次和传说中的人物见面，尽管是家里，夏想还是心中怦怦直跳。

宋朝度不管是坐着还是站着，都十分有官威，给人一种不动如山的感觉，沉稳，有力。虽然他脸上也有笑容，但笑容之中也透露着一股威严，夏想第一次体验到了威严所带来的巨大压力！

陈风、曹永国以及李丁山，他们尽管也有威严的一面，但与宋朝度相比，还是相差不少。倒不是说官威重的人以后就一定身居高位，只是宋朝度给夏想的感觉是，此人城府很深，不易接近。

宋朝度也不寒暄，开门见山直奔主题："夏想，我们是第一次见面，以前也通过一次电话，对不对？"他的语气虽然是升调，但夏想知道，这一种肯定的疑问，是不需要他回答的。果然，宋朝度也不给他回答的机会，又说："路书记给我打了电话，说了陈市长要调你回燕市，没想到这点小事还惊动了路书记，让我吃了一惊，看来，陈市长对你还真舍得下工夫！"

夏想弯身笑笑，没有说话，他也知道，宋朝度根本不需要他回答。

"丁山有点不想让你回燕市，其实以我的想法，认为你回来还是好一些。不是说跟着丁山不好，而是在燕市机会更多一些，你说呢？这样，你回去后，好好地在坝县待半年，把手头的工作都处理好，明年正式来燕市工作。我也答应了丁山要对你照顾一二，你有什么事情可以直接来找我，家里地址你也知道了，我的电话你管丁山要。总之一句话，不管是在坝县还是在燕市，别忘了，我和丁山始终是你的坚强后盾。"

宋朝度说话语速不快，但一字一句吐字清晰，他一口气说完，脸上还是一脸平静，从他的表情上，看不出他的真实想法。

夏想点头，说道："谢谢宋部长的教导，我会记在心上。陈市长对我的赏识也是大大出乎我的意料。不过您放心，不管在哪里，李书记和宋部长都是我最信赖的领导。"他知道宋朝度说了许多话，最后一句才是重点，是提醒他可以跟在陈风身边工作，但要明白该站在哪个队伍一边。

宋朝度见夏想很聪明，一点就透，也就微微点了点头，正要开口送客，忽然见女儿宋一凡端了一杯水进来，放到夏想面前："喝水！"

宋朝度大为惊讶，他可是知道他这个宝贝女儿一向懒得很，干点活儿总是主动叫她，她还未必愿意。今天她却不请自来，主动给夏想倒水喝，倒让他大感兴趣，笑着问道："小凡，怎么今天这么懂事，知道给客人倒水了？"

宋一凡甜甜地笑了，脸上有两个可爱的小酒窝，她大大方方地看着夏想说："这个客人很乖很听话，我让他换什么鞋，他就穿什么鞋，而且他笑起来让人感觉很亲切。我就想，这么乖的大哥哥从外面进来，一定口渴了，就给他倒一杯水。"

面对自己的女儿，宋朝度脸上的表情轻松了许多："好了小凡，水也倒了，该去做功课了，爸爸还有正事。"

宋一凡应了一声，点头出去，临走时还看了夏想一眼，笑容中有一丝小女孩的狡黠和顽皮。夏想见了报之一笑，觉得她还算可爱，没有骄纵之气。

因为宋一凡的意外出现，宋朝度突然又改变了主意，和夏想随意地聊起天来，说了几句家里的情况，又问了问他关于城中村改造的一些想法，他突然问了一句："你对城中村改造的前景如何看？"

夏想也不知道宋朝度只是随口一问，还是他真的关心城中村的开发，他想了一想，答道："城中村改造是好事，燕市作为省会，就目前来说在全国已经落后了许多，城中村不利于燕市的进一步发展。不过城中村的改造涉及方方面面的利益，并且关系成千上万家庭的安身立命，所以困难重重，估计还会有许多想象不到的问题出现。"

宋朝度点点头："还好，你的担心是对的，省里对城中村的改造也是谨慎的态度。本来高书记有意停一停，但没想到陈市长推动的力度很大，一发不可收拾。现在已经拆迁了一半的城中村，在这个节骨眼上，也不可能说停就停，所以就又采取了静观其变的态度……你到城中村改造小组，是个机会，但更是一个巨大的挑战，可要做好心理准备。"

又闲聊几句，宋朝度忽然问起："你和曹永国关系不错？"

"大学毕业时想留在燕市，就托了曹伯伯的关系。后来就一直走动，现在关系还算不错吧。"夏想心想权力圈子说大也大，说小也小，有些事情宋朝度想要知道，也不是很难。只是他猜不到宋朝度的用心，所以也没多说。

宋朝度笑了笑："听丁山说，你和曹永国的女儿在交朋友？是件好事，要好好把握每一个机会……"他站起身，"我还有事，就不留你了。"

03 反戈一击

刘河出了大事

刘世轩为了保住刘河，竟然不惜一切说动了沈复明以视察的名义来坝县走上一趟，难道是借机向李丁山施压，要放刘河一马？沈复明堂堂的市委书记，如果真的为了刘河的案子，借视察的名义下来，正好可以过问一下，干涉一下公安机关的审案，也不是没有可能。关键是，刘世轩给出什么样的条件，沈复明才会这么给他面子？

比起坝县的清凉，八月的燕市还是骄阳如火。

城中村改造小组是由陈风担任名义组长不假，高海担任的是副组长，而夏想所去的部门是改造小组下辖的办公室，他任副主任，而且办公室不设正主任。

让他一个副科和两个正科并列为副主任，也只有陈风能做出这样的事情，分明是故意为难他一下，看他有没有能力处理好关系，能不能开展工作？他也知道，一旦回到燕市，只有先和两位副主任处好关系，才有可能迈出第一步。

还真是处处难题，步步挑战。

夏想行走在阳光下，不一会儿就出了一身汗。他给李丁山打了一个电话，汇报了一下和宋朝度见面的情况，李丁山没说什么，只是让他两三天内回坝县即可。

晚上夏想又到曹家吃了一顿晚饭，米萱没在，听说这两天一直和冯旭光在一起，商量佳家超市分店的事情。连若菡也没在，曹殊黧也不知道她去了哪里。吃饭的时候，夏想顺便向曹永国提起赵红江，曹殊黧也在一旁帮着说了几句话，曹永国听了没有发表意见，只说了一句："我知道了。"

在曹家吃过饭，又陪曹殊黧在外面散了一会儿步，趁着夜色，夏想用力抱了抱小丫头，本来想亲她一口，一看周围有些嘈杂，就准备找一个好的机会再下口。

第二天，他又抽空和赵红江见了一个面，南方一建已经联系上了，听到赵红江要给他们工程做，高兴得不得了。南方一建的负责人叫袁保平，是个又瘦又小的南方人，一举一动都透露着一股精明。

夏想知道南方一建的事情不可能一步成功，只能徐徐图之，就让赵红江按部就班地慢慢拉拢。赵红江信心满满，同时也为结交上夏想而感到振奋，听说夏想半年之后将要调回燕市，跟在陈市长身边，他就更加认定夏想前途无量，只要跟紧了他，以后不愁没有奔头。

燕市的事情基本上已经了结，夏想就向曹殊黧提出要回坝县。曹殊黧也不好挽留，她也是开学在即，心中虽然依依不舍，也假装若无其事地挥手再见。夏想也有点不舍，这段时间来和小丫头相处多了，越发觉得她可爱怡人，但她还在上学，也就哄她几句，让她安心学习，努力考个好成绩。

出乎夏想意料，米萱不和他一起回去，连若菡却要和他一同返回坝县。

一路上，基本上都是夏想在开车，连若菡一直沉默不语，好像有什么心事。夏想已经习惯了她的静默和清冷，也不管她，只顾一心开车。

到了坝县已经天黑了，开了一天车，精疲力竭，他将连若菡放到县委招待所就要回去，连若菡喊住了他，说了一句话："谢谢你一路的辛苦！"

夏想见她的眼睛亮晶晶的，在夜色中闪动着迷人的光芒，无心欣赏，也懒得猜测她又来坝县有什么事情，就挥手告别。回到住处，一觉睡到天亮。

第二天一早去上班，刚到办公室，还没有和李丁山说几句话，就见郑谦匆匆赶到，一脸焦急地问道："夏秘书，你可算回来了……那个照片洗出来了吗？"

夏想也没有再折磨郑谦，拿出一沓照片递了过去："请郑书记过目，拍得还算清楚。"

郑谦急忙接过一看，一共二十多张照片，上面没有一张有郑涛，心里大为放心。他也知道夏想不可能拿出全部照片，现在给他这些已经是帮了他的大忙，他感激地握了握夏想的手："有时间到家里做客，我家小子还念叨你，说你上次帮了他，他一直想谢谢你。"

郑谦一走，夏想才有了机会向李丁山具体汇报一下燕市的事情，重点放在和史洁见面，和史老交谈，以及和宋朝度会面三件事情上。至于和陈风会面一事，只是一提而过，他相信，具体经过高海应该已经和李丁山交流过了。

尽管夏想已经尽量委婉地说出史洁的态度，李丁山还是无奈地一笑：“我让你去见史洁一面，就是想让你切身体会一下，同样是高干子女，差距有多大！谈恋爱，或许一开始相貌的吸引力大一些，但两个人在一起长久生活，还是性格上的磨合……我和史洁的复合，等等再说吧。”

说完史洁，夏想又着重说到史老和曹永国都不约而同提到要彻底扳倒刘世轩，李丁山听了点点头：“我也有这个想法，正好你回来了，我们具体商量一下从哪个地方下手。”

李丁山的想法是，先暗中调查刘河的饭店和舞厅，看能不能从中发现刘世轩的经济问题。夏想也觉得刘世轩在坝县盘根错节这么多年，始终不动位子，有高升的机会也不去，肯定是另有所图，除了发财之外，别无所求。

最后李丁山才谈到夏想的去留问题，他摇摇头，自嘲地笑道：“其实你去燕市，对我还是有好处的，至少可以更快地了解省里的风向。过两年等我回到燕市，你也站稳了脚跟……还有半年时间，等我们扳倒刘世轩，再提出开发旅游的大计，坝县政局也会走向正轨。”

李丁山倒也不是自我安慰，只要坝县平稳过渡，走上平顺发展的轨道，以夏想的才能，留在他的身边，留在坝县，确实屈才。他是要躲避高成松的锋芒，夏想不用，出于爱护夏想的角度考虑，他还是乐见夏想进步。

中午和李丁山一起吃了饭，下午一上班，又有一个意想不到的人来找夏想——公安局局长王冠清。

王冠清先是说了几句无关紧要的话，才吞吞吐吐地说道：“夏秘书，那个，那个听说你有现场的照片，能不能让我看一下？”

夏想爽快地答道：“照片确实是有，不过都交给郑书记了，我没有多余的。王局长可以找郑书记，问问他……”

王冠清正是在郑谦处碰了钉子才来找夏想的，他不看到现场照片心里不踏实。尽管当时的情况已经形成文字，送到了市里，不过沈书记却没有任何批示，王冠清心里就没底。今天听到夏想一回来，郑书记就去找夏想要了现场照片，他更是火烧火燎，去找郑谦想要看一看，却被郑谦以工作正忙挡了回来。他又急忙过来找到夏想，想再试一试运气。

夏想见王冠清坐立不安的样子，心想王冠清的行为其实比起刘世轩的所作所为，本质上还不算坏。虽然有纵容侄子行凶的嫌疑，但从他多方了解到的情况来看，王冠清当局长以来，说不上好，也谈不上坏，属于无功无过的类型。在坝县这种经济欠发达的穷县，也算是说得过去。

怪只怪，他站错了队伍。刘世轩要倒，王冠清作为他的一杆旗帜，也必须倒。

夏想就安慰王冠清："王局长不用担心，照片上也就是现场还原，其实也没有多少参考的价值。再说事情已经过去了，若菡应该也不会再追究责任了，她不追究，沈书记也会忘了这点小事……"

都叫上若菡了，关系都这么密切了？王冠清有点心惊肉跳地看着夏想，越看越觉得他捉摸不透，这是二十出头的年轻人吗，怎么说话办事比他还老练？

夏想又假装不经意地问起："对了，上次那个叫赵国栋的警察，怎么样了？"

"刚提了中队长，现在干劲十足……"王冠清眼睛一亮，沈书记点名赵国栋，是不是另有含义？难道说，赵国栋有沈书记的关系，没听他以前说过？夏想突然提起这事，是不是也在暗示什么？他就小心地问道，"怎么，夏秘书也认识小赵？"

"不认识，也就是上次听到沈书记挺欣赏他，我就留了心。能让沈书记记住名字，还真让人羡慕。"夏想摇摇头，叹了一口气，"小赵以后想不发达都难……"

说者无意，听者有心，王冠清虽然没有看到照片，但听夏想的口气，好像在暗示小赵和沈书记有关系一样。不管赵国栋和沈书记有没有关系，总之提拔加重用是没错，他决定回去后，再适当多给赵国栋加点担子。

连若菡也不知道去了哪里，一连几天不见人影。夏想也正好没空理她，他正在联络王全有，通过他和杨帆见面，转达了李书记要暗中调查刘世轩的经济问题的想法。

王全有没有表态，杨帆的态度很明确，查可以，绝对能查出问题，但问题不在于刘世轩有没有经济问题，而是在于查出来了又能怎么样？以前也不是没有查过，可是一到市里就被压下，最后不了了之，寒了纪委同志的心。

王全有等杨帆说完，才慢条斯理地说道："老杨不怕得罪人，也不怕当恶人，就怕捅到上面去，没有了下文。不瞒你说，小夏，我这个政法委书记，也指挥不动公安局的人，为什么？不就是因为王冠清阳奉阴违吗？我不想让刘世轩倒台？想，想了好几年了。可是没有人家后台硬，能有什么办法？"

夏想嘿嘿一笑："如果王冠清配合工作呢？如果我有办法让沈书记也不再包庇刘世轩呢？"

王全有看了杨帆一眼，不相信地说："当着政法委书记和纪委书记，你敢说大话，小心我们联合起来收拾你。"

"真人面前不说假话，王叔叔，你别吓唬我，我胆子小，没有把握的事情不敢做，没有准的话不会说。"夏想笑归笑，但话还是说得很严肃。

王全有和杨帆见他一脸笃定，顿时来了兴趣："具体说说，你有什么办法可以保证沈书记不再替刘世轩说话？”

“我只是一个小小的县委书记的秘书，怎么敢保证得了沈书记？”夏想笑得很神秘，“不过，要是查到刘世轩有经济问题，形成材料之后，上报市里的时候，一不小心在后面加上一句，说是有证据表明刘世轩有意向领导送礼，不过经坝县的纪委同志查明，纯属刘世轩信口开河。你说，沈书记看了会不会很紧张？”

王全有大惊失色：“这不是威胁沈书记？沈书记大怒之下，肯定对坝县纪委强烈不满，到时说不定会怪罪到老杨头上。”

杨帆的话更直接：“夏秘书，你就实话实说，李书记的后台是谁？我比较一下。”

县里的干部想法比较简单，毕竟在基层工作久了，没有从上而下的大局观也可以理解。夏想为了让二人安心，就往大里说：“章程市是胡市长，省里是宋部长，还有路书记，在燕市还有燕市的市长。当然，京城的媒体圈还有燕省的媒体圈，都熟……够不够？”

杨帆也挺有意思，伸出一只手掂来掂去，好像要掂量出后台的分量一样，他掂了一会儿，对王全有说道：“老王，有六七成把握，就是威胁沈书记的办法，我心里没底。”

县委书记要政绩，名声倒是其次，但到了市一级，要政绩，更要名声。有了良好的名声，才能引起省里的注意，才更有可能升官。因为由县处到副厅虽然不好跨越，但比起从正厅到副省的难度，还是有天渊之别。

还是那句老话，层次不同，眼界不同。刘世轩可以为所欲为，不用顾忌他在坝县的名声，是因为他看准了下面的老百姓好欺负，好哄骗，只要不是人命关天的大事，都可以忍气吞声。一旦到了市里就完全不同，市民层次高，见识广，会通过各种渠道表示不满。夏想就是赌沈复明会爱惜名声，不会因为一个刘世轩，而连累了他的清名。

王全有和杨帆不到沈复明的层次，不会理解沈复明一旦知道有可能被刘世轩连累，他会是多么的恼羞成怒。当然，怒火的发泄对象不会是坝县纪委，而是刘世轩。

王全有琢磨了一会儿，双手一拍：“干了，我相信小夏不会害他的舅舅，也相信李书记有足够硬的后台。”

对于前一句夏想直接忽视，后一句才是王全有想要表达的重点，同时他也知道，王全有对刘世轩父子的不满，已经忍太久了。

让夏想没有料到的是，还没等王全有和杨帆查出刘世轩的问题，刘世轩却已经自乱了阵脚。

事情出在刘河身上，刘河出了大事，强奸未遂！

夏想听到消息时，第一反应是，不可能，刘河虽然有点张狂，但他身边不缺女人。第二反应才是，强奸谁未遂？

夏想急忙找到强奸事件的目击者贾合，把心中的疑问一一道出。

“能有谁？杨贝……”贾合端起水杯，一口气喝了一大杯水，还不解渴，又去倒水，一边倒水又一边说，“不是一个人，还有一个！”

夏想大惊：“强奸二人未遂？另一个是谁，快说，别这么没出息喝水了，少喝一口渴不死你。”

被夏想一骂，贾合不好意思地嘿嘿笑了：“张信颖……幸亏我及时赶到，否则后果不堪设想。”小贾难得说话文绉绉一次，脸上还洋溢着英雄救美的光彩，“我一早起来去跑步，路过一个小区时，忽然发现刘河鬼鬼祟祟地下楼打开车门。开始我也没有在意，以为他又去外面鬼混，怕被人发现。没想到他从后备厢里拿出一根绳子，还用力拉了拉，试试能不能拉断。我是干什么的？我是当兵出身，一看就知道他没安好心，想绑人，就多了个心眼儿，跟着他悄悄上楼……”

“这小子打开房门进去后，又锁了门，我就趴在门上听，听到里面一开始没有什么声音，过了一会儿就听到两个女人急着乱喊，什么不让他乱动，让他住手，骂他浑蛋、无耻、色狼什么的，反正是乱成一团。傻子也能听出来出了事，我顾不上许多，一脚踢开房门就冲了进去，结果发现刘河只穿了一条内裤，正准备办坏事，床上绑着两个女人，衣服撕得一条一条的，裤子差点就脱了下来。我一看就大怒，我最恨男人强迫女人，上去一脚就把刘河踹倒，然后给两个女人松了绑。”

贾合说得有点口干舌燥，又想喝水，见夏想瞪他一眼，知道现在不是时候，就又接着往下说：“松开绑之后，两个女人一个坐在床上哭，一个一转身进了厨房，拿了一把菜刀就要砍刘河。我伸手去拦，慢了一点，结果刘河的胳膊被砍了一刀，正好砍在手腕的大筋上，估计右手算是废了……那女的又要砍第二刀，幸亏我眼疾手快，拦住了她，要不第二刀砍在脖子上，大动脉一断，几分钟人就死了……”

火上浇油，事情真相

贾合眨眨眼，他的意思夏想明白，心想这小子看来挺老实，关键时候也挺坏。第一刀他是故意不拦的，就是要让刘河吃点苦头，不过也不能出人命，所以第二刀赶快挡下。

不用说,坐在床上哭的人是杨贝,拿刀砍人的人是张信颖。

后来的事情就简单了,贾合先给李丁山打了电话,然后才报警。警察刚到,王冠清就来到现场,正想以他多年老公安的手段做些手脚时,李丁山突然从天而降,直接介入案件,让王冠清试图大事化小的企图没有得逞。现在李丁山正在公安局坐镇,就是要防止王冠清颠倒黑白,或者买通受害人。

夏想也来不及深思杨贝和张信颖怎么会被刘河绑了,还差点被他强奸?临走之前,他又问贾合:"还有谁知道了这件事情?"

贾合摇摇头:"不清楚,李书记好像也没有说,不过我过来的时候,除了李书记在公安局之外,好像还没有别人。"

今天是周日,常委们都没有上班,李丁山让贾合特意回来告诉他,肯定是另有想法。他想了想,忽然笑了,既然火已经烧起来了,就不如再添一把柴,再泼一点油,看看这把火,能不能把坝县的杂草烧个干净?

他先给王全有打了个电话,政法委书记介入此事,名正言顺。王全有估计还在睡觉,一听刘河出了大事,立刻清醒了过来:"好的,我知道了,马上赶到公安局。"

放下电话,夏想翻了半天电话本,才找到张淑英的手机号码,直接打了过去。响了半天才听到张淑英不满的声音传来:"哪位周日也不让人清闲,大早晨的就吵醒我……"

夏想也不跟她客套,急促地说道:"是我,张部长,信颖出了点事儿,请您务必来坝县一趟!"

张淑英一下子惊醒过来,大声说道:"信颖怎么了,她出什么事了?夏秘书,快告诉我,快说话呀……"

夏想沉默了一会儿,感觉气氛恰到好处的时候,才沉痛地说道:"是刘河,他玷污了信颖,具体情况还在查实中,我现在就要去公安局……"

"啊——"电话里传来了一声撕心裂肺的大叫,张淑英发疯一样大吵大嚷,"刘世轩,你这个浑蛋王八蛋。刘河,你这个有人生没人教的畜生,我要毁了你们父子俩!"

对张淑英歇斯底里的发泄夏想也没当成一回事,只当她是失去理智后的疯喊。挂断电话他还自我安慰,自己好像也没有夸大其词,也没有诱导张淑英向更坏的方面想。他确实还没有见到张信颖,真的不清楚刘河对她到底有没有做过什么,张部长要是非要想成刘河已经做成了坏事,那也不是他的过错,对不对?

安慰完毕，他笑了笑，又想起为了表示一下和郑书记的关系比较密切，就给郑谦打了一个电话。郑谦一听果然也是大吃一惊，当即表示他会立刻前往公安局。

差不多了，该通知的人都通知了，夏想最后给连若菡打了一个电话，把刘河的事情简单一说，请她陪他一起到公安局去了解一下情况。连若菡当即答应，立刻开车接上夏想，二人飞一般奔向公安局。

连若菡这些天一直在坝县四处游玩，至于她具体到过什么地方，她没说，夏想也没问。因为没有了曹殊黧的存在，二人之间又恢复以前不远不近的关系。不过比起以前，连若菡对夏想还是客气了许多，明知道夏想让她去公安局是为了给王冠清施加压力，她还是心甘情愿地被他利用。

夏想和连若菡赶到公安局的时候，李丁山正一脸铁青，坐在王冠清的办公室里。王冠清则跑前跑后，安排人先送刘河去医院，又派人严加看管，防止刘河逃跑。他本来想找个机会到外面给刘世轩打个电话，李丁山却紧盯着他不放，不让他离开视线。王冠清没有办法，只好让赵国栋负责跑腿传话，他万分小心地陪着李丁山，寸步不离。

夏想和连若菡一前一后进了办公室，王冠清看到夏想身后的连若菡，脸色都变了，心想这位姑奶奶怎么还在坝县没走？她和夏想一起又过来凑热闹，目的不言而喻。一想到连若菡的能量，王冠清就觉得心跳加快，暗暗叹息一声：刘县长，对不起了，我无能为力，你自求多福吧。不是我不帮你，是夏想这小子太坏了，拿住了我的软肋，和你的儿子相比，我的侄子也很宝贵，要是选择的话，还是牺牲你的儿子吧。

怪只怪，谁让你儿子没脑子，强奸人还能被人当场抓住，真是丢人丢大了！

李丁山和夏想只需一个眼神交流，就明白他已经布置好了一切，也就放了心。他见夏想领着连若菡一起来，心里直夸夏想比他想象中还要聪明，他都没有想到还有连若菡的力量可以借助。

现在的情况是，刘河被警察带去了医院，正在接受治疗，杨贝和张信颖都被妥善安置。

让众人都想不到的是，杜双林也在第一时间得到了消息，急匆匆赶到了公安局，还见了张信颖一面，和颜悦色地安慰她放宽心，一定会将坏人绳之以法，给她一个交代。尽管张信颖和杜双林一向不和，不过她见到杜双林就如见到了爹娘的孩子一样，放声大哭，让杜双林也是很不好受。最后他红着眼圈来到办公室，先是和李丁山打了招呼，然后又一脸严厉地对王冠清说道："王局长，我们宣传部的人受到了委屈，作为张信颖的领导，我代表县委宣传部，强烈要求公安机关严惩凶手,给张信颖同志一个交代。”

杜双林说得义正词严,王冠清心里腹诽,张信颖倒霉,你高兴还来不及,装得还挺像?要是办坏事的人不是刘河,是别人,估计你连面也不会露!不满归不满,杜双林的话他必须得听,因为人家是县委常委!

不一会儿,郑谦、王全有都先后赶到,在简单地了解到了事情经过之后,都纷纷表示不管涉及谁,都要严查,法律面前人人平等。

王冠清连哭的心思都有了,真是墙倒众人推,估计坝县的常委们,刘世轩是最后一个知道的人。现在出现的常委,没有一个向着刘河说话。他本来还想暗中做些手脚,替刘河减轻一些罪责,现在看来,刘河这一次是在劫难逃了。

随后,石堡垒也打来电话表示关注此事,然后是郭亮、吴英杰、杨帆。最后一个打来电话的是刘世轩,在电话里他没有多说什么,只是告诉王冠清,要秉公处理,他稍后会到。

不秉公行吗?王冠清心想,看这架势,人家本来就是要把刘河往死里整,第一个赶到的是李丁山,最后一个才通知刘世轩,在坝县谁说了算,一目了然。刘世轩现在还不急着赶来,难道他还有办法可想?王冠清也对刘世轩失去了信心。

众常委依次去安慰了张信颖和杨贝几句,然后又先后散去,最后只剩下李丁山和王全有。研究决定,李丁山先走,王全有留下坐镇,处理意见上报县委。

夏想和连若菡还没有走,夏想想了一想,提出要和张信颖、杨贝见上一面,看能不能问出些什么。王冠清一口答应,现在夏想说什么是什么,他不敢有任何反对意见。在他看来,眼下他最惹不起的人中,夏想毫无疑问排在第一位。

因为连若菡目光清冷地紧跟在夏想身边,一言不发,她给王冠清带来的压力,比坝县五六名常委聚集在一起还要大得多。

为了避免给张信颖和杨贝带来心理压力,王冠清没有把她们滞留在审讯室,而是安排在了会议室,还让两名女警陪着她们。夏想和连若菡推门进去的时候,杨贝正趴在桌子上哭个不停,张信颖却目光痴呆地望着天花板,眼神中流露出凶狠的忧伤,也不知道在想些什么。

夏想拉了一把椅子,坐在张信颖和杨贝的对面。连若菡没有坐,站在一边,眼神中也流露出一丝怜悯。

张信颖从天花板上收回目光,认出了夏想,猛然发作出来:“臭坏蛋,大坏蛋,都怪你!夏想,都怨你,要不是你,我和杨贝也不会差点被刘河……我,你气死我了!”

张信颖话未说完,失声痛哭起来。连若菡一脸狐疑地看了夏想几眼,夏想摇摇头，意思是他也不知道为什么张信颖会指责他。

杨贝也吃惊地抬起头来，泪眼蒙眬，脸上呈现的表情，是以前最让夏想沉迷的哀怨和迷离。不过现在再看，夏想只觉得除了让人觉得她可怜之外，再也没有其他感觉。

杨贝见是夏想，张张嘴，想说什么，却又说不出来，又重新伏在桌子上，呜呜地哭了起来。

夏想也没有劝她，而是直接问张信颖："信颖，告诉我到底发生了什么事情，我会替你向刘河讨回公道的。"

张信颖哭了片刻，猛然止住了眼泪："我相信你，夏想，你一定要替我好好收拾刘河，让他不得好死！"

夏想重重地点点头："是好人还是坏人，时间会证明一切。只要是坏人，就逃脱不了法律的严惩。"

杨贝的肩膀猛然抖动几声，她压抑的哭声终于变成号啕大哭。张信颖不满地皱起了眉头，推了杨贝一把："哭，就知道哭！哭有什么用？也怪你，要不是为了你，我也不会被刘河污辱……你能不能别哭了，听我把事情经过讲清楚？"

原来昨天晚上刘河一直不高兴地喝闷酒，一个人喝了一斤多白酒，杨贝怎么劝也不劝不住。后来刘河喝得酩酊大醉，杨贝一个人弄不动他，正发愁时，正好张信颖也来饭店吃饭。本来张信颖不愿意扶刘河，架不住杨贝的再三恳求，只好伸手帮忙。

二人扶刘河回房间，安置他睡下之后，张信颖本来要走，杨贝不放心，又不想一个人待着，就央求张信颖也留下陪她。张信颖想了想就点头答应，二人闲着没事，一边说话，一边看电视，不知不觉话题就扯到了夏想身上。

杨贝对夏想深恶痛绝，咬牙切齿地说了不少夏想坏话。对夏想印象大为改观的张信颖却不同意杨贝的看法，认为夏想为人还算正派，而且不论长相还是品行，都比刘河强了百倍，刘河肥头大耳，人身猪脑，实在是配不上杨贝。

张信颖她是直性子，有一说一，毫不在意别人的想法。她的一番话惹恼了杨贝，但杨贝性格软，当面没说什么。

只是张信颖不知道的是，她同时也惹怒了刘河。本来刘河也醉得不深，就是心情不好，才有点迷糊。被二女送回来后，基本上已经清醒过来，却听到张信颖对他大肆贬低，还拿夏想和他对比，让他火冒三丈。

本来他的不快就是因为夏想，夏想不但从他手中抢走了滚龙沟，还威胁说要插手坝县的饭店和舞厅生意，这不是和要他的命一样？更让他气急败坏的是，这边冯旭光刚把滚龙沟给封山，那边他以前的客户就提高了口蘑和蕨菜的收购价格，粗略一算，他由原先的每天少赚一百元增加到三百元，他心里能好受才怪！

本来他心中正烧得难受，但碍于张淑英的面子，不想和张信颖起冲突，也不愿意和她这个刺头一般见识。但张信颖越说越不像话，居然劝说杨贝和刘河分手算了，说跟着刘河，以后肯定没有什么前途。再说有夏想这么优秀的男人比着，只要夏想在坝县一天，刘河就永远没有出头之日，别说刘河，刘世轩估计连副县长也快做到头了。总之张信颖的意思是一句话，刘家父子没有好下场。

杨贝再能容忍也受不了张信颖这么贬低刘河，恼羞成怒之下下了逐客令。张信颖恍然大悟地说道："我明白了，你们二人早就住在一起了，看我这么没眼色！好吧，不妨碍你们春宵一刻值千金了。不过我可把丑话说到前头，杨贝，刘河那一身肥肉，一般人可受不了。不对，你以前和夏想处朋友，你们没有那个吗？"

小心眼儿的男人最受不了两件事情：一是不能容忍自己女朋友的初恋情人正是自己的死对头，而且他还不清楚女朋友到底有没有跟他发生过关系；二是自认是有身份的人，却被一个女人大肆贬低得一无是处。心胸狭窄再加上醉酒，一般而言，男人想要惩罚两个让他又爱又恨的女人，想都不用想会用什么既行之有效又能尽情发泄的办法！

张信颖口无遮拦也不是一天两天了，但从来没有像今天这样让刘河妒火中烧。他猛地从里屋冲出来，三下两下就把张信颖打倒在地，又用腰带把她绑上，恶狠狠地说道："你这么看不起老子？老子今天就非让你享受一下我这一身肥肉——我恶心也要把你恶心死！"

张信颖是吃软不硬的主儿，她被打得浑身疼痛，仍然嘴硬："刘河，你敢动我一根手指，我就杀了你。杨贝，你也看到了，这就是你的宝贝男朋友，当着你的面就敢这样对我，背地里不一定搞过多少女人！你睁大你的眼睛看看，刘河是不是一个好东西？"

杨贝再胆小再听话，也决不容许刘河当着她的面去强奸另外一个女人，何况张信颖还是她的好友！她苦苦劝说刘河放手，刘河想到杨贝无数次拒绝他的要求，心中就越发怀疑她和夏想早就睡过了。一想到夏想，他就气血上涌，一脚将杨贝也踢倒在地，大骂："你也不是好东西，肯定不是原装的。我今天倒要看看，你到底是不是一个雏儿！"

屋里又没有可以用来绑人的东西，刘河就把二人反锁在房间内，下楼去拿绳子。他拿了绳子上楼，还没有实现他绑好一个收拾另一个的邪恶想法，就被随后破门而入的贾合一顿好揍……

别玩过火了

“那位英雄真勇敢，三拳两脚就把刘河打倒了，了不起。”张信颖果然是大大咧咧的性格，说了一会儿似乎忘记了不快，又向夏想问起贾合是谁，让夏想也感到哭笑不得，只好应付了几句。

想了一想，夏想还是开口问杨贝：“杨贝，张信颖刚才说的，是不是属实？”

旁边的两名女警刚才在张信颖叙说时，一直在飞快地记录，如果杨贝也认可的话，可以作为证据提供。杨贝迟疑一下，瞪着一双惶恐的眼睛：“刘河他……会不会被枪毙？”

一九九六年时开展全国范围的第二次严打，就有因为流氓罪而被枪毙的先例，杨贝的担心不无道理。

夏想没有正面回答：“刘河犯的是强奸未遂罪，但最后判决还要由法院决定。法律是公正的，你只需要如实说出当时的情形就可以了，任何隐瞒都有可能带来不利的影响……”

杨贝咬着嘴唇，点点头：“信颖说的都是真的……”

刘世轩姗姗来迟，他赶到的时候，程序基本上已经走完。

刘世轩脸色不善，他在局长办公室见到夏想，冷冷地说道：“夏秘书还真是大忙人，在坝县，只要有事就有你的身影。”

“为人民服务嘛，哪里有需要，哪里就有我。”夏想将刘世轩的嘲讽当成耳边风，对他这么晚才来也没有多想。反正现在已经事实确凿，刘河坐牢是跑不了了，不信刘世轩还能翻了天去，“刘河做出伤天害理的事情，想必刘县长也是疾恶如仇，不会因为刘河是你的亲生儿子而做出违法的事情。”

刘世轩气得“哼”了一声：“别得意太早了，夏想，年轻人有冲动是好事，不过别一不小心玩过了头，玩火自焚。”

“玩火自焚的好像是刘河，刘县长是不是起太早了，有点迷糊了？”既然已经撕破了脸皮，夏想也不怕和刘世轩当面顶撞。最主要的是，刘河明明已经犯了事，刘世轩还一副没什么大不了的姿态，让他格外恼火，难道说非要等出了人命才是大事？如果说以前夏想只把刘世轩当成一个对手来对待，没有太多私人的感情因素在内，那么现在他对刘世轩，已经是无比憎恶，觉得他一张皮笑肉不笑的老脸，掩藏着太多的污秽和肮脏。

“走着瞧！”刘世轩转身就走，刚走几步，突然又站住，假装才想起似的说道，“夏秘书，忘了提醒你一句，你可能很快会接到通知，沈书记明天要来坝县视察。小心点，别出了岔子。”

沈复明要来？

夏想明显被这个消息给震惊了，刘世轩意味深长的笑容似乎是在暗示，在这么关键的时刻，沈书记突然提出来坝县视察，肯定有不同寻常的意味。难道说，和刘河案子有关？

刘世轩为了保住刘河，竟然不惜一切说动了沈复明以视察的名义来坝县走上一趟，难道是借机向李丁山施压，要放刘河一马？沈复明堂堂的市委书记，如果真的为了刘河的案子，借视察的名义下来，正好可以过问一下，干涉一下公安机关的审案，也不是没有可能。关键是，刘世轩给出什么样的条件，沈复明才会这么给他面子？

夏想倒不是惧怕沈复明翻案，这次一定不能让刘河逃过一劫，否则李丁山不仅会威望大跌，还会让所有常委对他失去信心。夏想担心的是，刘世轩和沈复明之间到底达成了什么妥协？

他扭头看了一眼一直跟在身边的连若菡，她今天表现良好，紧跟在他的身边，不发一言，一身精干的打扮，就如他的秘书一样。夏想笑笑：“若菡，今天辛苦你了，谢谢。”

连若菡也报之一笑：“不辛苦，对于刘河这样的人，能将他绳之以法，再累点我也愿意。”停了一停，她又犹豫地问道，“听说沈复明要来，是不是要给你和李书记施加压力，要不要我出面？”

“不用了，谢谢你的好心，我有办法。”夏想自信地说道。他也知道让连若菡出面，既安全又保险，绝对可以让沈复明知难而退，但事事求助于连若菡，欠下的人情难还不说，还达不到他想要的效果。他不是要借助外力，而是要充分利用错综复杂的局势，找到其中关键的一点，利用自己的智慧，从一点入手，四两拨千斤，撬动整个局势。

夏想本来想让连若菡暂时回去，连若菡却不肯，他只好作罢。请神容易送神难，连若菡亦步亦趋地跟在身后，别说别人看了有想法，他也觉得不自在。这不，他在局长办公室一找到王全有，就发现王全有的目光紧盯着身后的连若菡，明显充满了疑问。

夏想急忙向王全有介绍连若菡是曹殊黧的好朋友，王全有才半信半疑地小声说道：“别玩过火了，小心玩火自焚。”

夏想一惊，今天第二次听到这句话了。他急忙岔开话题，见王冠清不在办公室内，就将沈复明要来视察的事情一说，又问："刘世轩的材料准备得如何了？"

王全有对沈复明突然前来视察也是十分吃惊，但上级领导想什么时候来就什么时候来，才不会让下级挑时间。他压低了声音说："其实材料早就有，再加上最新搜集的一些，随时就可以拿出来，但问题是，沈书记会不会相信？"

"材料交给我行不？我学习学习，到时如果时机合适的话，由我出面交给沈书记，怎么样？"夏想笑呵呵地说道。

"不妥吧？你又不是纪委的人，只是李书记的秘书，你递交常务副县长的材料，沈书记很容易给你扣一顶大帽子，你还要不要前途了？"王全有的关切之意溢于言表。

"也是，我怎么没想到？"夏想挠挠头，一脸无奈地说道，"我真要是被沈书记给记恨了，前途一片黯淡，黧丫头肯定会埋怨她的舅舅不照顾她的朋友。怎么办，王书记？"

王全有明白过来了，他又被夏想绕了进去。夏想就是拿自己威胁他，让他劝动杨帆向沈书记递交刘世轩的材料。要不，夏想就要冒着丢掉政治前途的风险，主动上交。能说动杨帆出面的，只有他一人。夏想肯定也知道，凭夏想的面子再加上李丁山的书记光环，没有他开口，杨帆也不会拿自己的政治生命开玩笑，去和刘世轩硬碰硬。

不过话说到这个份儿上，王全有又难以拒绝一举扳倒刘世轩的诱惑，他盯着夏想的眼睛："我知道你鬼主意多，也知道你肯定有了计划，估计问你，你也不会说。我就问一句，你给我说实话，沈书记亲自下来，杨帆出面递材料，有几成成功的把握？"

"八成！"夏想当然不能说出他的妙计，心里还是得感激一下连若菡，因为他不得再拿连若菡说事——他回身看了连若菡一眼，悄声对王全有说，"知道她是谁不？上次王局长的侄子被她打得住了院，她一个电话惊动了沈书记，沈书记把王局长骂了个狗血喷头……"

王全有吸了口气："为了黧丫头，我就相信你一次，不过你和她得注意点分寸，别走得太近了，要是你做出对不起黧丫头的事情，我饶不了你。"

一会儿是以政法委书记的身份，一会儿又是以曹殊黧舅舅的身份，夏想也不知道该以什么口气和王全有说话了。他嘿嘿笑了几声，找了个借口，赶紧溜出了办公室。

连若菡当时站得远，没听清夏想和王全有说些什么，但她显然猜到了二人谈话中提到了她，就问："好像我又被你合理地利用了一次？"

"不是……"夏想急忙解释，他不想连若菡对他产生误解。因为上一次在山顶上她提出了要把他纳入她的家族权力圈一事，他一直记在心上，总是有意无意地避免让她再动心思："王书记是黧丫头的舅舅，他担心我做出对不起黧丫头的事情，所以提醒我一下。"

"什么意思？"连若菡眨着大眼睛问道，也不知道她是真不知道，还是明知故问。

夏想被她气笑了："你说什么意思？我身边寸步不离地跟着一个大美女，别人不放心也很正常。"

连若菡还是一本正经地说道："别人放心不放心并不重要，重要的是，你自己放心你自己吗？"

什么意思？夏想有些疑惑地看着连若菡："我对自己的定力很放心，对你的眼光也很放心，所以，我们在一起绝对安全。"

连若菡若有所思地笑了："明白了，两条平等线。"

中午的时候，夏想接到了吴英杰的电话，说是章程市委办正式通知了坝县县委办，沈书记明天来坝县视察，让坝县县委做好接待工作。夏想应付了几句，正要挂电话，却听吴英杰故作神秘地说道："夏秘书，刚才我好像听到郭部长在给市里打电话，我没听清，好像是打给市政法委书记王大海，就听见他说刘河是谈恋爱，是酒后失德，是一时冲动，没有预谋……"

有意思，吴英杰也要对刘世轩落井下石了，他哪里是好像听到，说不定是故意去偷听。放下电话，夏想笑了笑，刘世轩拼命抓住沈复明这一根最后的救命稻草，拼了老命也要保住刘河，估计这一次会把老命也赔进去。

有点奇怪的是，张淑英还没有到，按说以张淑英的个性，一早从章程市出发，现在应该已经到了坝县，难道出了什么差错不成？

夏想回到办公室，李丁山正阴沉着脸色发愣，夏想猜到了几分，就问："是不是接到不少求情的电话？"

李丁山苦笑："不是不少，是很多。没想到，市里方方面面的人物一下子跳出来不少，求情的，许诺的，还有提交换条件的。关键时候，刘世轩的关系网开始活动了，也不简单，还是有点低估他了。"

夏想却没有李丁山想象中那么担忧，他依然笑呵呵地说道："李书记，沈书记要下来视察的事情，您怎么看？"

"当然不是巧合了，看来刘世轩真急了，也是想让我们看看，他的能量到底有多大。确实也是能量巨大，我都请不动沈书记，他的面子还真是不小。不过他有他的招数，我也有我手段，明天一早市委宣传部估计就会接到《燕省晚报》和《每日新闻》驻燕省记者站的采访要求。市委宣传部肯定会挡下来，但消息也会及时传到沈书记的耳中……”

《每日新闻》是国家级大报，威力够大，来头够响，绝对吓人。夏想赞许地笑了：“我其实正想提醒一下李书记，没想到李书记下手挺快，呵……”

李丁山也笑：“不要以为我没有手段，有时我不愿意给他们使出来，好像我故意欺负他们一样。不过刘河也太不像话，不严惩不足以平民愤。刘世轩还想保他，我就让他知道，想要坝县范围内斗，可以；要想把事情闹大，惊动章程市，也可以。还嫌不够，我们就捅到省里，再不行，把官司打到京城，我也奉陪到底！”

李丁山难得有豪气冲天的时候，看得夏想心驰神往，赞道：“李书记今日一出手，顿时天地变色，风起云涌，天地一片苍茫……”

“胡扯，少拍马屁！”李丁哈哈大笑，“别瞒我，我知道你也有些小手段，是不是已经准备好了？”

“准备好了，李书记从大处着手，我从小处落笔，双管齐下，刘世轩再不倒台，天理难容。”夏想还要详细说出他的计划，李丁山挥了挥手……

“尽管放手去做，出了问题由我顶着，扳倒刘世轩，记你大功一次。”

刘世轩反戈一击

坝县的县委大院一片议论，刘河出事的消息，半天就传遍了坝县的每一个角落。虽然今天是周日，但到了下午的时候，县委大院比平常上班还热闹，三三两两的人凑在一起，交头接耳。一见有大小领导走过，急忙作鸟兽散，片刻之后又重新聚在一起。

所有的人都知道，坝县的权力，又到了重新洗牌的时候。一时之间，人心惶惶，都琢磨着下一步该如何重新站队。够不到向书记表忠心的人，就想着向一个副书记、部长投靠。原先是刘世轩一派的人，都要寻思着改投谁的门下。对，副县长赵建苏不错，最近深得李书记信任，和石县长关系也不错，接下来，赵县长应该可以再小小地前进一步了吧？

下午三四点的时候，张淑英才急急地赶到。她一到坝县就直奔公安局而去，见张信颖并无大碍，才放下心来。刘世轩听说张淑英来得这么快，心里知道有人给她通风报信，就急忙从医院出来，亲自来给张淑英道歉。不料张淑英见到他只说了一句话："我和你没话可说！"

刘世轩在医院看到刘河一只手差点被砍断，医生说就算愈合也不会再和以前一样灵活，他对张信颖就恨之入骨。本来以为他放下身段，主动向张淑英示好，可以先缓和一下眼下的矛盾，没想到张淑英还不依不饶，他也就怒不可遏地说道："现在有事的是我儿子，不是你的侄女！张信颖现在屁事没有，刘河的手都废了，你还有理了？"

张信颖对刘世轩嗤之以鼻："砍他一只手还是轻的，我该把他那个丑东西砍下来，让他以后再也没法害人！"

刘世轩气得脸都变形了："你想让我断子绝孙，好，好，好，我们就走着瞧……"

张淑英突然之间好像全身精力被抽走一样，身子一歪，靠着墙才勉强站稳身子，有气无力地说道："小颖，打电话让夏想过来，说我有重要的事情要找他，让他务必尽快赶来，事关重大！"

第二天一早，夏想忙着和县委的一干人迎接沈书记，忙得不可开交。连若菡自告奋勇要去陪同杨贝，夏想表示同意，但提醒她只要保护好杨贝的安全就可以，不要和她说太多话。连若菡古怪地一笑："杨贝是你的初恋情人，对不对？"

连若菡走了半天，夏想也没想明白她是从哪里知道的？米萱肯定不会告诉她，曹殊黧也没有多嘴的习惯，难道是连若菡自己看出来的？不可能吧，自己的表现就这么明显？不会，肯定另有隐情。

沈复明一行乘坐一辆中巴车，在十点左右来到坝县。陪同他的有政法委书记王大海，纪委书记冷佐，宣传部长单长天，沈复明的秘书张健也在其中。以李丁山为首的坝县党政、人大以及政协的一把手全数到齐，所有常委也一个不少，列队迎接。

例行的见面、握手之后，沈复明发表简短讲话："同志们，我就是心血来潮要来坝县看一看，你们不要搞得这么隆重，这么正式，简单一点，能节省就节省，是不是？好了，都散了，由李书记、石县长、刘县长陪同就可以了……"

从沈书记的陪同人员，以及他点名留下来的几个人来看，就有强烈的暗示意味。李丁山看了夏想一眼，心想沈复明果然要替刘世轩说话，刘世轩对沈复明下的本钱还真不少。

不过从宣传部长随行，却没有报社和电视台等新闻媒体同行来看，肯定单长天前来坝县，是沈复明的临时起意，估计是《燕省晚报》和《每日新闻》的采访电话起了作用。

因为市委领导有政法委书记、纪委书记以及宣传部长，必须有对等的人作陪，李丁山就让王全有、杨帆和杜双林留下，其他的人先回县委。

按照一一对应的惯例，夏想凑不到前面，就和张健走在一起。张健饶有兴趣地看了夏想几眼："小夏，我们没有见过面，我倒是听胡市长和王部长都提过你，行呀，年轻有为，很受领导赏识。"

夏想也听到了张健要下到坝县当副书记的风声，就乘机套套近乎："张秘书过奖了，我其实就是李书记的跟班，不能跟您这个市委书记秘书相比……听说张秘书很快要来坝县当副书记，欢迎，坝县正需要张秘书这样年轻并且充满魅力的书记，我相信李书记也会非常乐意和张秘书一起工作。"

张健笑了："我到坝县，人生地不熟的，还得多靠李书记指点，我也会在李书记的领导下，努力做好本职工作，为坝县的发展贡献一份力量。"

张健的表态出乎夏想的意料，他认为张健下到坝县，可能会是另一个刘世轩。不过听他话里的意思，显然是要老实本分，捞一份资历就走人。既然这样，夏想也就客套几句，和他说了几句闲话。

过了一会儿，队伍前进到了县委大院门口，正要进到县委里面，忽然不知道从哪里涌出一群人，有老有少大概几十人，"呼啦"一下拦住了沈书记的去路。为首几人一下跪在地上，后面的人也跪倒一片，还有人打出条幅，上面写着："救救大善人刘河！"

"刘河是被人冤枉的！"

"请青天大老爷为民做主，刘总是我们坝县人民的救星！"

刘世轩演的是哪一出？夏想吃了一惊，没想到刘世轩还会来这一手。不过看到条幅上打出的字，他又差点失笑出声，刘河还成了大善人，真是吹得没边了。

不过他也暗暗赞叹刘世轩的笨办法确实管用，至少给了沈复明一个光明正大插手刘河案件的理由。果然几名警察上前要驱散人群，沈复明一挥手，立刻以一副亲民形象出现："百姓有冤就让他们申，既然让我遇到了，我就问一问……李书记，你知道是怎么一回事吗？"

李丁山不慌不忙，他当然也猜到是刘世轩的手脚。刘世轩请沈复明前来插手刘河的事情，又要做得好像无意中撞见一样，既然他要演戏，就让他演足好了。

"我到坝县第一次遇到这样的事情，正好让沈书记也撞见了，还真是巧了。正好，请沈书记亲自过问一下，也好给坝县人民做主。"

李丁山的话让沈复明明显怔了一下。他以为身为县委书记，在市委书记视察的时候，被人拦路告状，李丁山肯定有点惊慌，没想到他一点反应也没有，演戏的兴趣就大减，不咸不淡地对跪在最前的人说道："快起来，有事说事，现在不兴下跪！我是市委书记沈复明，大家有什么困难和要求，尽管提出来……"

夏想仔细一看，最前面跪着的老头儿，正是他第一次去贾寨乡时，遇到的抽旱烟的豁牙老农。再向人群中一看，里面不但有黄海，还有会背诗的小女孩。夏想猜刘世轩组织这一帮人来，是按人给钱，要不贪财的黄海才会把他的女儿也带来，就是为了多分一份钱。

夏想不但一点担心也没有，反而还轻松地笑了笑。他的笑容落在张健眼中，张健十分不解地问道："夏秘书，坝县出现大街上喊冤的大事，是县委县政府的失职，你还有心思笑？"

夏想急忙收起笑容，一脸严肃地说："张秘书批评得对，是我的错，我诚恳地接受批评。不过张秘书想不想知道事情背后的真相？"

张健愣住："什么意思？"

沈复明不可能事事跟张健说，尤其是事关领导隐私的大事。张健或许知道刘世轩和沈复明来往密切，但刘世轩到底给沈复明送了多少钱，二人又有多少共同利益，他未必知道。沈复明也许会避着他，也许他也会故意躲开，知道得太多，有时会惹祸上身，聪明人都会在适当的时候，不看不闻不打听。

夏想小声说道："您是沈书记的秘书，肯定也跟随沈书记去过许多县里视察，有没有发生过这样的事情？"

张健摇头，开玩笑，哪个县委书记愿意在市委书记视察的时候，被人当街揭短，岂不是嫌自己官做得太安心了？

夏想就笑："沈书记经过的路线早有戒严，难道坝县的警察都是吃干饭的？这么一大帮人要是没有被发现的话，那么坝县的警察们都可以安心地回家抱孩子烧火去了……"

"夏秘书，说话要注意分寸，不要随便乱说。"张健一脸严肃地说道，眉宇间还隐隐露出一丝威严，"乱讲话是要负责任的！"

夏想刚从燕市回来，见过燕市市长陈风，和曾经的省委书记史老交谈，还到以前的省委常委家中做客，和省局局长曹永国关系密切。他见多了省级厅级高官，身为市委书记秘书的张健不过是副处级，还要在他面前抖抖官威，自我感觉良好，不过落在夏想眼中，就难免有点可笑的意味。

李丁山绵里藏针

不过夏想还是表现出非常恭谨加谨慎的态度:“是,是,张秘书说得对,其实我也是出于好心。您没来过坝县不了解情况,基本上,要是出上十块钱,你让一个村民在大街上跪半天都可以。我去草原上跑马,雇上一人一马,一天下来,十块钱就足够了。”

张健的眉头皱了起来:“你的意思是,有人故意演戏给沈书记看?谁这么大的胆子,敢愚弄上级领导!”

“我没这么说,我只是说我在坝县遇到看到的事情,跟我在燕市看到的,完全不一样。基层的事情,很复杂也很简单,不过正是因为我们想象不到,有时候才会看不清楚背后的真相。”

张健看了看夏想,心想他特意提到燕市,是不是有意提醒自己,他和李丁山都是来自燕市,有后台?再联想到今天一早就接到《燕省晚报》和《每日新闻》的记者联合打来的电话,说是对坝县副县长儿子强奸未遂一案非常感兴趣,提出要来采访,气得沈复明差点发火。

张健也清楚沈书记突然提出来坝县视察,其实是为了帮刘世轩灭火。他对沈书记急着替刘世轩出头有点看法,觉得过于热衷,并且操之过急了。但他只是秘书,什么该说什么不该说,心里有数,所以他也不敢多说,顺从地听从沈复明的安排。

县委大院门前的一出,他还没有反应过来是怎么一回事,被夏想一说,心里隐隐明白过来。又想刘河的事情已经惊动了省级和国家级媒体,沈书记要是再蹚这趟浑水,说不好也会弄得一身湿,洗不干净。他心里急速转了几转,见夏想对眼前的一幕一点也不惊慌失措,还好整以暇,一副旁观看好戏的姿态,心想不妙,说不定李丁山早就想好了对策,将计就计,最后吃亏的是刘世轩,丢面子的是沈书记。

他正要分开人群,挤到前面去小声提醒沈书记一下,不想还是晚了一步。沈书记和蔼可亲地扶起了豁牙老农,亲切地问道:“老人家,有话尽管说,没人敢不让你说真话。”

豁牙老农颤巍巍地站起来:“你是大官?能做主的大官?”

沈复明点点头,心里有点后悔没带记者随行,这可是难得的亲民形象。

"我们是贾寨乡的村民,家里都很穷,多亏了刘总让我们去挖口蘑和蕨菜,按斤给我们分钱,我们才能吃饱饭,穿暖衣。大领导呀,最近好长一段时间,我们没有见到刘总,一打听,原来荒山被人承包走了,刘总不让我们挖野菜,我们就没饭吃没衣穿了。你是大官,刘总肯定听你的话,你让他把荒山承包走,让他给我们安排活儿干,让他给我们一口饭吃……"

沈复明紧紧握住老农的手,一脸沉重地说道:"同志们,民情沸腾,民意汹涌呀……老人家,你说的刘总是谁?"

"我只知道刘总的大名叫刘河,其他的就不清楚了。"老农虽然没什么演技,不过他倒是记忆力惊人,能记住这么多词也不简单。

夏想见李丁山一脸平静地站在一边,刘世轩也是一副事不关己的模样,不过眼神跳跃不定,还是出卖了他患得患失的心理。夏想就想,刘世轩导演了好一出声东击西的好戏! 安排老农出面,好像是对滚龙沟的归属问题旧事重提,其实还是为了引出刘河,最后让沈书记以顺应民意为借口,对刘河网开一面。

滚龙沟的归属是坝县县委常委会的决定,沈复明身为市委书记,也不可能否定常委会的决议,他真要敢这么干,省里立刻会有常委对他提出罢免动议。一级常委的决议,有着不容置疑的权威性,除非有重大的方针错误,否则一旦一级常委会决定的事情,基本上很难更改。

李丁山和夏想都清楚其中的利害关系,所以对老农提出的问题,一点也不担心。

沈复明回头问刘世轩:"刘县长,刘河好像是你的儿子吧?他怎么不去开发口蘑和蕨菜了?"

刘世轩脸色一变,以十分沉痛的语气说道:"沈书记,我对不起您,我没有教育好我的儿子,他做了错事,现在正在医院救治……"

沈复明吃了一惊:"怎么回事?"

"他喝酒喝多了,和他的女朋友杨贝发生了一点小矛盾,当时正好杨贝的朋友张信颖也在。张信颖说话比较刺耳,年轻人发生口角也是正常的,可能也是刘河冲动了一点,推拉时撕破了张信颖的衣服,结果就被张信颖说成强奸未遂……张信颖情急之下砍伤了刘河的手腕,医生说,右手可能保不住了!"刘世轩说话时还有意无意看了夏想一眼,心里恨恨地想,都怪你胡乱插手,非要让连若菡跟着杨贝,要不他早就说服了杨贝的母亲牛红妹,让杨贝改口,说是打架而不是强奸。只要杨贝改口,他再和张淑英达成妥协,最后张信颖只要再松口,刘河无罪释放也有可能。

可惜的是,事事被夏想抢先了一步。

杨贝和张信颖已经做了笔录，也签了名，坐实了刘河强奸未遂的罪名。当然再做些手脚，让二人翻供也不是不可能。只是他先找到张淑英想要和谈，却被张淑英一口回绝，他也就根本没有机会再说服张信颖改口。接下来再找杨贝时，却又发现连若菡陪着杨贝，寸步不离。他知道连若菡是惹不起的人，虽然气得暴跳如雷，却又一点办法也没有，心里就恨不得把夏想一刀杀死才解恨。

自始至终，处处有夏想的影子出现，他简直比李丁山还可怕，就是他刘世轩的噩梦！

刘世轩颠倒黑白的本领倒是一流，说得面不改色心不跳，要是张信颖在场，恐怕会跳起来扑上去和他厮打成一团！李丁山还好一些，眉毛动了动，没有说话，一向和张信颖不和的杜双林却被气得脸色动容，暗暗握紧了拳头，差一点就上前当面揭穿刘世轩的谎话。

不过他见李丁山一脸镇静，没有任何表示，也就努力平静下来。

沈复明惋惜地说道："怎么会这样？年轻人之间闹点意见很正常，一个说是强奸，还砍伤了人，到底事情的真相是怎样的？有没有查清楚？"

李丁山不得不发话了："沈书记，公安机关正在调查，目前还没有得出结论。不过根据初步调查取证，刘河涉嫌强奸的嫌疑很大。"

"两名受害人在哪里？"沈复明问了一句，又看了看眼前的老农，"不要放过一个坏人，但也不要冤枉一个好人，对一个人要听其言观其行，刘河能感动百姓请愿，造福一方，可见本质上也不是一个坏人，是不是？治病救人，惩前毖后，既要伸张正义，又要考虑到社会影响，你说呢，李书记？"

沈复明说话时总是语速缓慢，口气十分温和，但话里话外的倾向还是十分明显，谁都听得出来。李丁山却好像听不明白一样，他就是不顺着沈复明的话说："张信颖现在和她姑姑在一起，对了，她姑姑是市委组织部副部长张淑英……杨贝现在有专人陪着，很安全。"

张淑英的名字一说出来，沈复明脸色也微微一变，其他陪同沈复明来的人也是都浮现出古怪的神情。看来，张部长的大名还是很管用的，起码会让市委的几名领导多一些考虑。从各人的神情上可以猜到，估计刘世轩没有告诉他们，张信颖和张淑英之间的关系。

李丁山不理会众人的惊讶，接着说："沈书记，我刚来坝县时，就到贾寨乡考察过，这些百姓中，还有我认识的人，我想亲自听听他们的意见，以便更好地开展工作……"

沈复明点头表示同意，他倒没有多想，以为李丁山是想找个台阶下。刘世轩却暗叫不好，正要上前找个理由说动沈复明离开，张健突然一步挡在他的面前，说道："刘县长，我有几句话想问你一下。"

张健审时度势，知道李丁山准备充分，千万不能让刘世轩再节外生枝，弄不好，最后反而让沈书记下不来台。他就故意拦住刘世轩，不让他再有机会说话。

李丁山来到老农面前，笑道："老人家，还认得我不？还有你，黄海，忘了我们一起骑马上草原了？小丫，你过来，叔叔有话问你。"

老农眯起眼睛，看了李丁山一会儿，咧开嘴笑了："认出来了，你不是想吃野菜的城里客吗？咦，好像你也是个大官，是不是？"

黄海扭捏地拉着小丫走过来："李老板，不，李书记，我没想到你是县委书记。要是早知道你是书记，我说什么也不敢收你的钱。"

小丫瞪着一双好奇的大眼睛："那个夏叔叔在哪里？他最大方了，比刘河大方多了。黑心刘河只给爸爸烟，不给钱，夏叔叔每次都给爸爸钱，爸爸可高兴了。"

小孩子可是说不出黑心刘河的话来，肯定是经常听大人说，才张口就来。沈复明听了，脸色变了一变。

李丁山抚摸着小丫的脑袋，感慨地说道："小丫，你想不想上学？我告诉你，在你们家不远处建造的食品厂，建成以后，就会在贾寨乡招工。到时你爸爸就能进厂当工人，每个月都可以赚许多钱，以后你就有新衣服穿，有学可以上，好不好？"

沈书记恼羞成怒

小丫高兴了："我想上学，我想上学。我爱背诗，我背诗给你听，好不好……离离原上草，一岁一枯荣……"

黄海手足无措地说道："李书记，今天我们过来，其实不是给政府添乱，是……是有人说，只要我们来这里跪一跪，就能每人分到十块钱。反正闲着也是闲着，我就把小丫也带来了，就想多分一份……那个，那个李书记，刘河总让我们白挖口蘑和蕨菜，建了厂子后，是不是我们都可以进厂当工人，每月都有钱赚？"

不等李丁山回答，小丫又插话说道："夏叔叔是好人，我听建厂的人说了，他们是夏叔叔找来的，肯定不会给夏叔叔脸上抹黑。哼，谁都比黑心刘河强，光骗人，不给钱。今天让我们来跪的人我见过他，他以前就跟刘河老在一起，他说给我们钱，最后肯定又是发几根烟……”

人群顿时乱了起来，七嘴八舌地嚷嚷起来：“不给钱怎么行？大老远地跑过来，又累又饿，不行，得找刘河算账！”

“就是，就是，还跪了半天，我的腿都跪疼了。”

“老于头，你是带头的，你还背了半天词，学了半天话，要是领不到钱，你多吃亏呀。你瞧你都这么一大把年纪了，多不划算。”

老于头显然就是带头的豁牙老农，他咧着嘴只知道傻笑：“这么多大官在这里，能短了咱们的钱？别瞎嚷嚷，别乱吵吵，听领导讲话，听大官发言。”

沈复明脸色铁青，刚才他说了几句话简直就是成了笑话，他恶狠狠地瞪了刘世轩一眼：“去公安局看看！”

李丁山让夏想安排人，带领众乡亲去休息，中午管饭。县委办副主任巫长云自告奋勇接下这个光荣而艰巨的任务，夏想也正好乐得放手，跟随李丁山一行，直奔公安局而去。

王冠清今天故意放人进来，肯定是受到了刘世轩的暗示。既然他还和刘世轩沆瀣一气，本来就想要他好看的夏想，就更坚定了今天要黑他一把的决心。

王冠清够不到资格陪沈复明，他负责警戒安全一应事宜，也是忙得脚不离地。对于刘世轩要求他在关键时候，让手下放一群村民到县委大院门口，他也没有多想就答应了。毕竟他能当上公安局局长，刘世轩出力不小，现在刘河废了一只手，而且治好之后还难逃牢狱之灾，王冠清就有点于心不忍。

刘世轩想让杨贝和张信颖翻供改口，也和他商量过了。他不好意思拒绝刘世轩的要求，又不想陷得太深，主要是连若菡的身影总在他眼前晃来晃去，让他大为头疼，只好对刘世轩的想法睁一只眼闭一只眼。他的想法是，只要刘世轩能说服张信颖和杨贝改口，他愿意配合暗中更换笔录。但如果刘世轩说服不了二女，他也就按照程序走。

一边是要派人在医院里监视刘河，一边还要安排人手维护治安，王冠清还从来没有像今天这样忙过。快到中午的时候，他才抽空回了一趟办公室，急忙喝了口水，还没有坐稳屁股，就又有人来汇报情况。他听完汇报之后，又指示几句，忽然想起刘世轩特意交代，今天沈书记会来公安局视察，就又急忙站起来要去布置一下。

电话突然响了，王冠清犹豫着是不是要接，想了一想，又怕耽误大事，就又回去接起了电话：“我是王冠清，请问哪位？”

电话里突然传来嘈杂的声音，一个人急促地说道：“王局长，沈书记马上就到。沈书记记性很好，他提过的人和事情都会记得，你可要做好准备工作……”

电话断了，王冠清愣在当场，他根本没有听清是谁打来的电话。不过一经提醒他才猛然想起，不管是谁，来电的人应该是出自好心，是提醒他赵国栋的事情。既然上次沈书记亲口夸了赵国栋一通，来公安局视察，要是赵国栋及时出现在他的面前，估计他也会非常高兴。

王冠清放下电话，拨了一个号码：“小赵，你把手头的工作交给别人，立刻赶到我的办公室。”

赵国栋自从升了中队长之后，一直春风得意。尽管他不知道是哪里烧对了高香，不过升官发财的感觉很爽，他非常享受这种人前人后的风光，对王冠清也是感激不尽，认为王局长是他命中的贵人。

接到王冠清的电话时，赵国栋正在路口值勤，维护秩序，他一听局长有吩咐，二话不说放下手头工作，就急忙向局里赶。没走几步，突然有一个人匆忙拦住他的去路，问道：“是赵队长吧？”

赵国栋下巴微微扬起，端着架子“嗯”了一声：“什么事？你是谁？”

“王局让我把这个交给你，他说你先收好，到时候沈书记要是问你的话，你就说有情况汇报，把这个交给沈书记就可以了。对了，不要当着王局的面提到信封的事情，注意保密。”来人将一个信封交给赵国栋，也不等他再问，转身急匆匆走了。

刚才的人是谁，赵国栋只觉得有点面熟，但不认识。虽然穿的是便衣，不过他可以肯定不是公安系统的人就是政法线上的。他愣了愣神，没明白过来什么意思，难道是王局有什么整人的黑材料要他上交？交就交，反正他是王局一手提拔的，是亲信，关键时候就得替局长出头。赵国栋捏了捏信封，觉得里面硬硬的，也不知道是什么东西，不过既然是局长给的，肯定错不了。他也就没想，顺手放进了口袋。

到了局里，王冠清果然交代的是让他负责保护沈书记，关键时候要是沈书记问起，他可以主动上前汇报一下工作。赵国栋听了王冠清的话，心领神会地点点头：“放心好了，王局，您交代的任务一定圆满完成，决不打折，而且还是超额完成。”

王冠清见赵国栋一副非常自信的样子，就更加断定他和沈复明有关系，不过他又不好意思开口问属下，就勉励几句，说：“小赵，好好干，好好在沈书记面前表现，你立功的机会来了。”

赵国栋摸了摸随身放好的信封，心里乐开了花，脸上也堆满笑：“是，多谢王局栽培！”

赵国栋走后，王冠清心情好了许多，多好的同志啊，有沈书记的门路还对上级领导这么尊重，是个好苗子，以前怎么就没有发现他呢？

沈复明在县委大院门口被摆了一个大大的乌龙，心情就十分不爽，一路上没怎么理刘世轩。要不是刘世轩许诺送他一百万的大礼，要不是他也急需要钱送给武大秘和高书记，他才不肯放下市委书记的面子，专门跑坝县一趟，为救刘河而演一出戏！没想到，刘世轩还真是笨得可以，三两下就被李丁山识破，让他大丢颜面不说，事情传出来，说不定还会成为笑柄。

由此，他连带也对李丁山也十分痛恨。不过李丁山表现得十分正常，也没有故意误导老农说话，让他有气发不出，还得强压怒火，保持一脸平静地假装视察工作。

视察个屁，坝县穷山恶水，有什么好视察的？沈复明越想越气，恨不得踹上刘世轩几脚，不过想到他大出血，肯将他和刘河这些年搜刮的钱都送给他，心情就稍微好了一些。再联想到他要是拿出二十万送给武大秘，八十万孝敬给高书记，这么重的礼出手，高书记总该给他动动地方。就算不把他调到省里，调到一个富裕的地级市先过渡一下，也比总待在章程市强得多。

出了刚才的弄巧成拙事件，他不说，别人虽然也不敢当面提出不同的意见，但到底心里是怎么想的，只有鬼知道！沈复明面上无光也就算了，反正他是市委书记，没人敢当面说他，他有好处可拿就行。不过他心里也打定了主意，最后帮刘世轩一次，以后和他划清界限，省得被他拖下水。这个人，靠不住，在基层待得太久了，手段是有，但层次太低了一些，上不了台面。

沈复明心不在焉地听着李丁山汇报工作，心里想的却是今天一早宣传部接到的奇怪电话。刘河的事情昨天才发现，今天一早新闻媒体就打来电话要求采访，反应也太快了，要说没人通风报信绝不可能。联想到李丁山的媒体背景，沈复明也能猜到肯定是李丁山的手段，但是猜到又能如何，他又不能直接问李丁山到底是怎么一回事，哪有自己找人报道自己丑闻的道理？他知道李丁山是虚晃一枪，但李丁山赌得起，他赌不起。万一省报和国家级报社的记者真要到了章程市，他出面的话，又没有多少应付媒体的经验；不出面的话，万一下面的人乱说话怎么办？

能惊动国家级媒体，让沈复明又惊又怕，心里不是滋味。为了扳倒刘世轩，李丁山也是下了不少本钱。而且让他生气的是，李丁山的计划偏偏就有很大的威胁。他要是真不顾一切把刘河的事情报道出去，虽然也会因此给市里留下不好的印象，但刘世轩要是被新闻大量炒作，谁敢保证不会把刘世轩的后台也给挖出来？

不能掉以轻心呀，高书记是省委书记，在燕省可以说一不二，到了京城尤其是媒体圈子，有多少人卖他面子还是未知。沈复明更知道他自己的分量，《燕省晚报》虽然不算是省委机关报，但发行量大，影响广，坏事一旦报道，民意如潮，不可不防。

走进公安局大门的时候，沈复明看了一眼刘世轩，见他一脸灰白，仿佛苍老了许多。想起这些年来他一直给他送了不少好处，心里还是有点感触，就决定再施一把力，尽量帮刘河说说话。他又看了李丁山一眼，见李丁山还是一副不慌不忙的样子，态度十分恭谨，让人挑不出一点过错。他心里一跳，以前还真是低估了李丁山，以为他是文人意气，没想到，手腕老辣，非常不好对付。

王冠清早就恭候在大门口迎接沈书记一行，沈复明上前和他握了握手，想起什么似的说道："上一次事件，王局长处理得还算及时，上报的材料也很详细，我看过了。"

既然看过了，又没有发表看法，就是通过了，王冠清的一颗心落到了实处，高兴得声音都有点变调："欢迎沈书记前来视察工作……"

沈复明打断王冠清的话，直接问起了案情："两位受害人在哪里，我想见上一见。坝县出了这件大的事情，作为市委书记，我也十分痛心。不过听说案情比较复杂，可能有些误会，我既然遇上了，当事人又是老同志刘世轩的儿子，不过问一下也说不过去。"

这一句话倾向性就更明显了，沈复明铁了心要替刘世轩出头。李丁山和夏想对视一眼，二人微不可察地点了点头，眼神的交流也是表明了决心，就是要和沈复明周旋到底。

正在此时，突然杜双林的手机响了，杜双林接通了电话，声音突然提高了八度："什么？你们是《燕省晚报》和《每日新闻》的记者，已经从燕市动身了？啊，不行，不行，现在公安机关还没有得出结论，暂时不方便接受采访！什么，你们可以在坝县一直等下去？这个，这个不太好吧，不行，你们来了也白来，接上级指示，在案件审明之前，不接受新闻媒体的采访！"

放下电话，杜双林一脸无奈地看着沈复明和李丁山："沈书记，李书记，反正我话已经说到这个份儿上了，他们要是还来，我也没有办法了，总不能把人家新闻记者给赶出坝县吧？那可就真成了全国性新闻事件了……"

沈复明一下子就爆发了出来："昨天才发生的事情，今天就有新闻媒体要求采访，是谁透露的消息？是谁要故意给坝县甚至章程市脸上抹黑？要是让我查出来是谁，一定会严肃处理。"

李丁山也是义正词严地说道："杜部长，你也听到沈书记的指示了，下去后，好好查一查是谁走漏了风声，查出来后上报给我。我倒要看看，是谁不想让坝县好好发展，专门给坝县制造麻烦！”

坏起来也真坏

刘世轩总算暗中松了一口气，心想李丁山也有弄巧成拙的时候？他的目光飘向王冠清，见王冠清脸色平静，微微放下心来，心想说服不了杨贝翻供，就让沈书记强力介入，也会让李丁山顾忌三分，不至于非要把事情闹大。现在他已经惹火了沈书记，难道他还敢继续顶撞？

王冠清见时机成熟，沈书记盛怒之下，肯定需要有人帮他消消气，他就急忙朝赵国栋使了眼色。赵国栋心领神会，一个箭步来到沈复明面前，十分标准地敬了一个礼：“坝县公安局二中队队长赵国栋向沈书记报到，请沈书记指示！”

沈复明有点纳闷，你一个小小的县局的中队长迫不及待地跳出来做什么，谁叫你了？他正想不耐烦地挥挥手，让赵国栋让到一边，别妨碍他的事情，忽然脑中灵光一闪：赵国栋？难道是上次连若菡事件中，那个多嘴磨蹭的警察？

“赵国栋……”沈复明刚刚被李丁山气得正有火没处发，猛然又跳出来一个赵国栋来刺激他的神经，他几乎要气得暴跳如雷。不过多年为官养成的忍气功夫也不是白给的，他强忍怒意，饶有兴趣地问道，“你是中队长了？什么时候升的职？”

“报告沈书记，刚升职不久，也就是十来天的样子。”赵国栋笔直地站在沈复明面前，满面红光，满心期待。

沈复明有个最大的优点，就是记忆力惊人，大事小事都能记清，何况连若菡的事情又不是小事，他更是记得清清楚楚，丝毫不差。不用算他就知道，赵国栋就是在和他通话之后，顺利地升了职。这么说，王冠清王局长不但给他惹下了祸事，还在事后毫不犹豫地打了他一个耳光！

沈复明气得差点暴走，当着这么多人的面，他又放不下市委书记的面子，当场质问王冠清为什么要提拔这种人。毕竟一个县局的中队长级别太低了，是连县委书记都不会放在眼中的小角色，如果让他市委书记亲自过问，岂非显得太自降身份？可是真要咽下这口气，实在又太难受，就哼哼了两句，冲王冠清说了一句：“王局长还真是慧眼识珠，不拘一格提拔人才，有眼光，有水平！”

王冠清还以为沈复明在夸他，忙腆着脸："沈书记过奖了，不敢当，不敢当。"

张健跟了沈复明多年，心里一惊，知道沈复明气得够呛，已经到了爆发的边缘。刘世轩也多少了解一点沈复明的脾气，见他神情不对，不明白赵国栋哪里又惹了沈书记生气。他心中也是憋屈得直想骂娘，今天从一开始就不顺利，处处受制，李丁山简直太歹毒了，还有夏想，他二人就是伺机出击的狼，说不定还藏着什么雷霆手段，在关键时候给他致命一击！

夏想见张健一脸疑惑，就小声提醒他："王局长也真是，安排谁不好，偏偏安排赵国栋，不是故意给沈书记添堵吗？张秘书，你可能忘了赵国栋是谁，他在上一次连若菡大闹公安局事件中，说话太随便，有损公安机关形象，给沈书记留下了非常不好的印象……"

张健听了心中大骂王冠清是头猪，让沈书记反感的人出来现眼，智商比猪还低。紧接着他又好好骂了刘世轩一顿，真是草包，瞧你安排的都是什么人，没有一个精明的，前面的老农也就算了，王冠清好歹也是十几年的老公安，怎么会办出这样的傻事？

让他没有想不到的是，赵国栋接下来的举动，更是让在场所有的人都大跌眼镜，只见赵国栋从身上取出一个信封，双手捧着交到沈复明面前："沈书记，我有重要情况要汇报，请沈书记过目。"

沈复明本来正在气头上，正找不到理由发作，就伸手接过信封，当场打开，看看到底是什么材料——里面是一沓照片，他只看了几张，就脸色大变，回头看了李丁山和王全有一眼："李书记，王书记，一起来看看。"

李丁山和王全有走过去，看了几眼，都紧锁眉头。沈复明指着照片上一个手中拿刀的人问："这个人是谁，你们谁认识？"

李丁山摇头："我来坝县时间不长，不认识。"

王全有神情古怪地说："他叫王明，是王局长的侄子。"

王冠清从看到赵国栋突然从身上拿出一个信封时，大脑就当场短路。再看到沈复明从里面抽出一沓照片，眼睛转了几转，一时间还没有反应过来是什么照片。等王全有说出王明的名字时，他的大脑好像被人瞬间劈成两半一样，几乎丧失了思考的功能。

赵国栋好好的……为什么要害他？王冠清的大脑几乎停止了运转，他根本想不明白为什么会发生眼前的一切。他感觉眼前一阵恍惚，像是梦游一样，突然感到脸上一疼，却是沈复明怒气冲冲地将一沓照片直接甩到了他的脸上！

"王冠清，你目无党纪国法，纵容侄子当街行凶，还提拔公安机关的败类赵国栋当中队长，你简直就是坝县公安机关的耻辱！”沈复明的怒火终于找到了发泄口，机枪一样喷发出来，他转身对李丁山说道，“我建议坝县县委撤销王冠清党内外一切职务，关于他个人的违法乱纪行为，由公安机关立案侦查！”

局势急转直下！

刘世轩好半天都没有反应过来——到底发生了什么？沈书记为什么会发这么大的火？王冠清也没有做什么出格的事，不至于被就地免职吧？

刘世轩情急之下，就想上前去问个清楚，却又被张健拦住。在张健眼中，沈复明的利益永远是第一位的，任何人都不能损害。在现在情况下，刘世轩任何不理智的行为，都有可能让沈书记受到牵连，所以他必须制止刘世轩。

“刘县长，沈书记没有叫你，现在过去不太合适！”张健的语气冷冰冰的，没有一丝热络。

刘世轩还想解释两句，却听见一声号叫传来，王冠清扯着嗓子喊了起来：“沈书记，我是冤枉的，我有内情，我是受人指使的……”

沈复明极其不耐烦地挥挥手，也不听王冠清辩解，当前一步向办公楼走去。

王冠清呆立当场，犹如石化一样，突然见刘世轩从他眼前走过，他想要伸手抓刘世轩一把，却被刘世轩轻轻躲开。刘世轩小声说道：“老王，只要我不倒，会暗中拉你一把。如果你乱说话的话，就不好说了。”

刘世轩的话有着浓浓的威胁意味，王冠清目光呆滞地看了刘世轩一眼，忽然傻傻地笑了：“刘世轩，你还以为你还有好下场？别做梦了，下一个就轮到你了！”

赵国栋蹲在地上，一张张捡起散落一地的照片，一边捡一边说：“怎么了这是？怎么就突然发火了？我是不是被人当枪使了？”

王冠清清醒过来，扑上去一把抓住赵国栋的领子：“赵国栋你不是个东西，我对你怎么样你心里有数，你为什么要害我？”

赵国栋一脸迷惑：“我没有害你，王局长，我全是照你吩咐去做的，我也冤枉呀……”

等赵国栋说完，王冠清一脸灰白，颓然坐在地上：“当了一辈子老公安，竟然最后还是被人暗算了……夏想，你敢暗算老子，老子与你势不两立！”

对于王冠清发自心底的呼唤，夏想已经听不到了，他在人群之中故意落后几步，来到了王全有身边，小声地说了一句：“差不多到火候了！”

王全有脸上洋溢着兴奋和不安，底气十足地说：“有了你昨天新补充的材料，刘世轩必倒无疑。小夏，真有你的。”

夏想悄悄摆摆手:“主要还是王叔叔和杨叔叔的功劳，我就是跑个腿,牵个线。”

要不是沈书记在场,王全有早就忍不住哈哈大笑,他现在对夏想已经完全改变了看法,知道在他看上去憨厚的笑容之下,掩藏着深藏不露的心机。他脾气好起来的时候是真好,但一旦坏起来,也是想象不到的坏。

因为王冠清被就地免职,副局长赵常勇就临时负责起全面工作,出面接待沈书记一行。

在公安局的会议室里,连若菡正坐在一边,冷眼看牛红妹苦口婆心地做杨贝的工作:“贝儿,你和刘河本来就是处朋友,处朋友住在一起又没有什么,怎么能算是强奸？你就说刘河是发酒疯,和张信颖打架就行了,你想把刘河害死呀?害死了刘河对你有什么好处?你听妈的话,不听妈的话,妈就不认你这个女儿了……”

杨贝只是一直哭:“妈,我办不到,他当时的架势就是要强奸我和张信颖。他真要是发酒疯就好了,可是他不是,他清醒得很,不但要对我施坏,还要连张信颖也……这样的男人能要吗?敢当着我的面对另外一个女人施暴,他还是人吗？我一定要告他,让他坐牢！”

牛红妹还想说个没完,连若菡打断她的话,说道:“你不用费心了,刘河逃不过去,刘世轩也会倒下,你如果还想把刘世轩当靠山,趁早绝了这个念头！”

“你是谁？你懂什么？”牛红妹不服气地瞪了连若菡一眼。

牛红妹落井下石

连若菡反而笑了:“你没必要知道我是谁,我只是想告诉你,夏想既然出手了,肯定有必胜的把握。我了解他,如果没有可以一举彻底击败对手的计划,他不会贸然出手。

牛红妹泄气了:“刘世轩真要倒台了？贝儿,你得好好向李书记反映情况,千万别轻判了刘河那个浑蛋！”

连若菡算是见识了一个人的脸色竟然可以转变得如此之快，她站起来看向窗外,正好看到夏想跟在人群之中,向会议室张望。她看到夏想以一个县委书记秘书的身份，混在一群有着十几年官场经历的老官场之中，一点也不怯场,还游刃有余地安排好一切。刚才王冠清的一幕她也听得清清楚楚,心里就不免暗暗赞叹，他还真是一个官场怪才，计算得丝毫不差，充分利用各方势力的弱点，找到一个可以撬动整个局势的支点，巧妙地躲在暗处，成功地达到了他想要的效果。

连若菡就想，要是他能为她所用，该有多好？

沈复明坐在局长办公室，等赵常勇去带两个受害人——杨贝和张信颖，刘世轩忐忑不安地站在一边，眼睛不时地看向沈复明。沈复明已经恢复了平静，和众人说着话，眼睛却偶尔瞥向李丁山。他觉得李丁山不可能没有了后文，应该还有手段没有使出来，到底是什么呢？说实话他心里也充满了好奇和期待。

杨贝和张信颖还没有带来，纪委书记杨帆却来到李丁山面前，耳语几句，李丁山顿时脸色一变，怒道："捕风捉影的事情，又涉及沈书记，提都不要提了。"

杨帆却是为难地说道："我就是担心有人诬蔑沈书记，才趁沈书记正要来视察工作，向他汇报一下。"

沈复明不聋，自然听得清清楚楚："李书记，有什么事情大声说出来，别搞小动作，对不对？"

李丁山一脸尴尬："沈书记，杨书记根据群众举报，暗中调查某个干部贪污受贿的行为时，却有了意外发现……"

"什么发现？正好大家都在，说说也无妨嘛。"沈复明当然知道纪委的保密条例，他是故意将李丁山一军，知道他和杨帆在故弄玄虚。

李丁山冲杨帆点点头，杨帆就毫不顾忌地说道："根据我们掌握的情况和暗中调查的结果，坝县的某个干部曾经好几次一个人开车前往章程市，应该是给某位市委领导送钱去了……"

沈复明"啪"地一拍桌子："太明目张胆了，杨帆同志，这个问题你私下里向我汇报就可以了，注意保密，不要惊动当事人！"

沈复明还算见好就收，急忙打住，不过李丁山却要乘胜追击，他对杨帆说道："杨帆，平常沈书记非常忙，难得来坝县视察，而且你调查的案件中又涉及市委领导，相关材料可以先让沈书记过目一下，也好听听沈书记的意见。"

杨帆急忙点头，伸手从随身皮包中取出一个档案袋，交到沈复明手中。

沈复明犹豫一下，有了上次的前车之鉴，心里就有点顾虑会不会又看到一份让人心惊肉跳的材料？

所有人都屏住了呼吸，目不转睛地看着沈复明，都在想今天还真是好戏不断，一出接着一出，让人目不暇接的同时，也不得不感叹基层干部的政治智慧也是无穷的。虽然比起李丁山的运筹帷幄，刘世轩的手段简单而粗糙，但也行之有效。尽管被李丁山一一击破，也让在场的人不约而同地心想，如果换了自己是李丁山，会不会被刘世轩打败？

刘世轩的一颗心差点从胸膛里跳出来，他知道杨帆不出手则已，一出手就肯定是有了确凿的证据。不用想就知道，杨帆要整的人，肯定是他，因为他也清楚现在杨帆和李丁山是一条战线。不过他又抱了一丝侥幸心理，杨帆不可能有他大赚黑钱和送礼的证据，就算最坏的结果，杨帆真的抓住了一点什么，但自己的钱是送给沈书记的，沈书记为了自保，也会想方设法把事情压下来。

刘世轩不无得意地想，想扳倒我，除非沈复明倒台，否则没门！他暗中打量了李丁山和夏想一眼，见他二人脸色不改，又想起现在还躺在医院的刘河，心里恨得牙根直痒。走着瞧，等刘河过了这一关，你们没有好果子吃！

沈复明一脸平静地看材料，大概有五六分钟一言不发，从他脸上看不出来任何波动，不过张健却细心地发现沈复明的双腿在微微发抖，手指也在间歇性颤动。

他知道，沈复明遇到了前所未有的难题！而且让他大吃一惊的是，沈复明细微的肢体动作充分暴露了他内心软弱的一面，在他眼中一直镇静自信的沈书记，第一次流露出恐慌的神情！

沈书记害怕了！

从来都是大权在握自我感觉良好的沈书记，居然也有害怕的时候？他手中的材料，到底都记录了一些什么，让堂堂的市委书记、一方大员竟然吓成这样？张健不经意看向李丁山，见他还是态度恭敬地站在一旁，脸上既没有得意，又没有慌乱，仿佛一切尽在掌握……张健心里猛然打了个激灵，第一次对李丁山产生了畏惧之意。

一个县委书记，能让一个市委书记怕成这样，而且始终是一副不徐不疾的样子，要么是因为他底气十足，要么是因为他自高自大，显然李丁山是属于前者。张健原本还想借助市委书记秘书的光环，一旦下到坝县，肯定可以和李丁山平分秋色，很快建立起自己的派系。现在他终于明白，当他的后台沈书记也被李丁山一份材料吓得手脚颤抖时，他已经不够资格做李丁山的对手了！

沈复明不说话，满屋子的人大气都不敢出，谁也不敢在这个时候惹沈书记发火。一时之间，气氛既凝重又压抑。突然，一声嘹亮并且刺耳的声音打破了宁静："沈书记，李书记，你们可要为我们家杨贝做主呀，她被刘河那个畜生欺负了！刘河不是个东西，刘世轩也不是什么好人，他贪污受贿，无恶不作，还和我们文化局的副局长甘平秀有一腿……"

"咣当"一声，一位随行人员的水杯失手落地，摔个粉碎，他也顾不上理会，睁大眼睛看着推门进来的牛红妹和杨贝……所有人的目光都一齐射向牛红妹，尤其是市委的几个主要领导，更是一副不可思议的神情。他们虽然也经常下到县里视察，但都是经过精心安排的，根本接触不到真正的基层，更没有见过牛红妹这样的极品人物。

众人大眼瞪小眼，都不约而同地心想，刘世轩算是名声扫地了，不管他是不是和甘平秀有一腿，被人当众宣扬，名声算是坏掉了……

刘世轩差点没有气晕，牛红妹怎么出尔反尔，明明已经答应他要劝说杨贝改口，她倒好，竟然反咬一口，当着这么多人的面说出他的隐私！他恼羞成怒，脱口而出："牛红妹，沈书记在这里，请你注意形象，不要血口喷人！"

牛红妹也不知道哪里来的勇气，也可能是她听到刘河已经成了残废，又相信刘世轩倒台在即，所以一点也不怕刘世轩，气呼呼地回敬道："尊敬的刘县长，你的儿子刘河对我的女儿杨贝企图施加暴力，他的流氓本性肯定是来自你的遗传。你和甘平秀偷偷摸摸在文化局宿舍四号楼睡觉，我早就知道了，别以为你们两个人一前一后进去，就可以掩人耳目了……"

"咳咳……"沈复明咳嗽两句，威严地说道，"你是受害人的家属？不要大声喧哗，有事说事。"

有事说事？刘世轩身子晃了一晃，沈书记是什么意思，难道是他要听牛红妹胡说八道？沈书记应该直接将牛红妹轰出去才是，怎么还要听她继续说下去？难道是沈书记改变了主意？

刘世轩不顾众人含义复杂的目光，大声说道："沈书记，我有话要说……"

"沈书记，我也有话要说！"门一响，张淑英和张信颖又推门进来。

张淑英双眼喷火地看了刘世轩一眼，拉着张信颖分开人群来到沈复明面前："沈书记，我的侄女被刘河欺负了，刘世轩还想颠倒黑白，还想劝说我让我做通信颖的工作，让信颖承认是刘河酒后发疯，和她打架！我家信颖从小温柔贤惠，乖巧懂事，从来都不大声说话，更不用说和人打架！就算和人打架，她也不会和那个垃圾一样的刘河打，信颖向来看不起刘河……"

牛红妹一听又来了劲儿："对对对，沈书记，刘世轩也劝我，也想让我们家杨贝翻供。他说他已经和王冠清商量好了，不管张信颖有没有翻供，只要杨贝改口，他就能做手脚，还拿金钱来诱惑我……我是谁，我是党员，是久经考验的共产党干部，别想拉我下水！"

沈复明只觉头大如斗，他挥挥手："都别说了，王书记、冷书记还有李书记、王书记和杨书记留下，其他人先到外面回避一下……"

永远提防背后一刀的人

市委留下政法委书记王大海和纪委书记冷佐，坝县是李丁山、王全有和杨帆，其中的意味不言而喻。刘世轩面色灰白，几乎站都站不稳，还想说些什么。杨帆使了个眼色，两名纪委的工作人员一左一右架起刘世轩，把他扶到了外面。

刘世轩心有不甘，一百万呀，他拿出全部积蓄的三分之一用来换刘河的平安，用来保他的官位，难道还不够？难道沈书记还想拿走他的全部？他真想大声对沈复明说，你要拿，全部拿走好了，只要能保证我一家人的平安就行！

只是，沈复明不会再给他任何机会了！

关起门来商议的是什么，外面的人都不清楚，只是不到十分钟就有了决定。由市纪委书记冷佐宣布市委的决定：坝县县委常委、常务副县长刘世轩，生活作风靡乱，并且纵容其子刘河非法敛财，数额非常巨大，情节非常恶劣，章程市委决定免去刘世轩坝县县委常委，并且建议坝县人大罢免他的常务副县长职务。

至于刘河一案提也没提，但明眼人都心里清楚，沈复明已经完全收手。既然连刘世轩都已经踢到一边，刘河是死是活，沈复明更不会关心。

沈复明来得也快，走得也快，眼见天近中午，连饭都没有吃，匆忙返回了章程市。他走的时候，手中紧紧捏着一沓材料，说了一句只有张健才听见的话："好你个刘世轩，够歹毒的，还想威胁我？小心点！"

张健第一次见到沈书记咬牙切齿的样子，不由暗暗打了个寒战。同时他心里也下定了决心，下到坝县来，老实做事，低调做人，不和李丁山冲突，不当沈复明的马前卒，安心待上两年，不求有功，但求无过。

李丁山惹不起呀，还有他那个秘书夏想，也是不好对付的人物，真要最后刀枪相见时，沈书记肯定会丢车保帅，刘世轩被他毫不留情地抛弃就充分说明了问题。张健暗暗下定了决心，不能把自己的安危寄托在别人的喜怒之上。

当然张健的心理变化，夏想和李丁山都不得而知，就算他们知道，作为此次"倒刘事件"的意外收获，也顶多算是锦上添花。夏想也好，李丁山也好，不会有太多的感觉。张健就算背后有沈复明撑腰，他到坝县也算是空降，不配合工作的话，很容易就会被架空。

今天发生的事情，不出半个小时就传遍了县委大院，不到一个小时就传遍了整个县城！没有人放鞭炮庆祝，不过倒有人敲锣打鼓热闹了一番。

刘世轩倒台，王冠清被撤职，王全有拍着夏想的肩膀，咧着大嘴笑："行，不错，好，小夏，真有你的，还真成了。"

杨帆也是乐得合不拢嘴："总算干了一件实事，你们瞧见没有，沈书记走的时候，脸上好像挂了霜一样，那叫一个难看。"

王全有见左右没人，就小声问："你那份材料从哪里弄来的？上面的东西可是货真价实，刘世轩这下绝对跑不了了，至少要判个十年八年的！"

昨天张淑英赶到后，当即就联系了夏想。让夏想没有想到的是，看上去胸无城府的张部长，手中竟然捏着刘世轩的黑材料，而且还为数不少。张淑英说了一句话，更让夏想感慨万千，让他坚定了他的做事法则就是，不轻视任何一个人，除非势不两立，不和任何一个人正面树敌！

有句话叫不可欺负老实人，老实人一旦发作，就是宁为玉碎，不为瓦全，而且永远要提防背后一刀的人！

张淑英当时拉着张信颖的手，对夏想说："刘世轩自以为他聪明绝顶，他哪里知道，我在他面前只是假装示弱，乘他放松警惕的时候，将他到市里送礼以及和哪个领导走得最近，都摸得一清二楚……小夏，本来我是想着要挟他，也是为了在和他合作时，可以得到更大的好处。现在用不着了，刘河太过分了，我要让他身败名裂！"

张信颖说出来的一句话，也让夏想差点惊吓出一身冷汗："夏想，我也不怕告诉你，我这么讨厌刘河，为什么还和杨贝是好朋友，还和刘河来往？就是因为我也在暗中搜集刘河的材料，把他赚黑钱非法敛财的各种手段都摸得差不多了。材料上面有关刘河的信息，有一半是我提供的，可要记得谢谢我呀。"

夏想汗颜，说实话他也一直小看了张信颖，认为她脾气够臭，为人够傻，整个一个刺头。没想到，就是张信颖这样让人觉得没有一点城府的人，竟然也能暗中搜集了刘河的不少材料。

夏想从中吸取了一个经验教训，就是一个人往往比他表面上流露出的一面更复杂，更难以捉摸。外在的一面是每个人想让别人知道的假象，他内心真实的世界，除非是真正了解他的人，否则无人能知。

幸好，他一直和张淑英的关系虽然不好，但也绝对谈不上坏。和张信颖虽然有过冲突，但后来也一直和平共处。

有了张淑英的材料，再有王全有和杨帆搜集的一些，加在一起，再含沙射影地牵扯出刘世轩有要和沈复明同归于尽的意图。当然，尽可能隐晦一些，让沈复明既知道说的是他，又让他看出坝县纪委并没有查出幕后的领导是谁。如此一来,为了自保,沈复明才会有壮士断腕的决心。

作为整个事件的始作俑者,作为幕后牵线搭桥的人,夏想掩藏得足够深,丝毫没有抛头露面,也没有让沈复明对他有丝毫的怀疑。如果沈复明知道他是所有事件中最关键的一个人,绝对会秋后算账,将他好好收拾一顿。开玩笑,县委书记的秘书玩弄市委书记于股掌之间,换了谁也会暴跳如雷,受不了这种奇耻大辱。

和夏想设想的差不多,沈复明虽然匆匆离开坝县,但章程市纪委书记冷佐却留了下来,代表市委审查刘世轩案件。刘世轩自知大势已去,就提出交换条件,尽可能对刘河从轻处罚,尽最大努力抢救刘河,他愿意配合调查,交代一切问题。

冷佐同意了。

最后坝县县委决定,由郑谦和杨帆出面,配合冷佐在坝县的工作。郑谦在得知沈复明看到现场照片时,当场发作,将王冠清就地免职之后,顿时吓出一身冷汗。等他再看到夏想时,就像见到亲人一样,主动一把握住夏想的手,激动地说道:"夏秘书,辛苦了。万分感谢!"

在场的人掉了一地的眼珠!

夏想本来不想再和杨贝有任何形式的接触,但他受李丁山之托,要代表李丁山出面安慰杨贝和张信颖,就又不可避免地要和杨贝见面。连若菡也劝他:"其实她也是一个可怜的女孩,有那样一个母亲,再加上性子软弱,被逼做出许多不情愿的事情也是可以原谅的,你不要太为难她了。"

"我没有为难她,只是觉得和她之间已经无话可说……"夏想其实对杨贝已经谈不上原谅不原谅,更没有为难一说。在他看来,他和杨贝之间已经再也没有半点牵连,确实该说的话都已经说完,"对了,我和杨贝的事情,你到底是怎么知道的?"

连若菡竟然调皮地一笑:"很简单呀,打个电话问问,你的简历就出来了。我还以为你经历过多少事情,你也是大学毕业才一年,人生也是平淡无奇。我就奇怪了,你看上去不太像一个坏人,为什么做事情这么阴险?"

夏想所起的关键作用连若菡虽然不是特别清楚,但她旁观者清,也能猜到八九不离十,内幕不清楚,但至少可以从发生的事情上面,推测出里面隐藏着夏想的影子。

对于连若菡奉送的阴险一词,夏想立刻表现出一副受之有愧的表情:"不是我阴险,是他们太狡诈太黑暗了,正是因为他们的手段见不得阳光,所以我也只好用一些不太阳光的手法对付他们。"

夏想痛心疾首的样子逗乐了连若菡，她乐不可支地说道："没见过你这样的人，做了坏事不但一点也不内疚，还怪罪对方不光明正大，脸皮真是太厚了！"

连若菡最近似乎脾气越来越好，有慢慢恢复女孩子的可爱与顽皮的趋势，夏想就成心逗逗她："其实你笑起来更好看，才符合你现在的年龄。你现在不笑，等过了十年八年之后，就更不会也不敢笑了。"

连若菡惊讶地问："为什么？"

"还是臭美惹的祸！"夏想摇头叹息，用悲天悯人的口气说道，"女人爱美，漂亮的女人爱美更胜一筹。又漂亮又有身份的女人，为了保持优雅的气质和年轻的容颜，到了三十多岁时，怕笑起一脸的皱纹，所以到时就抿着嘴笑，必须保证只露出两颗门牙，再多露一颗就不优雅了。"

"胡说八道，我怎么没见她们这么笑？"连若菡笑得春光明媚，神采飞扬，"只露两颗门牙？亏你想得出来，你是不是骂人是兔子？"

夏想耍赖："骂人的话是从你口中说出来的，我可没说！"

"果然是坏人，处处使坏。"连若菡眼波流转，伸手推了夏想一把，"江山易改，本性难移，以后和你在一起，一定得时刻提防着你。"

夏想不是没有见过美女，也自以为对美女有了免疫能力，不承想，连若菡一颦一笑，说是万种风情集于一身也不为过，他差点看呆。好在他脸皮够厚，也和连若菡相处久了，多少习惯了她的惊艳，就自嘲地笑道："不是我坏，是世界太无奈。就像你，以前总装冷酷，现在也是展颜一笑百媚生。年轻的时候，还是多笑笑好，一笑解千愁。"

连若菡的情绪又低落了下去："我也只有和黧丫头在一起的时候，才感到放松，现在嘛，也算你一个。"

对于连若菡不为人所知的秘密和心事，夏想无心过问，他也知道她也不会说出口，就换了一个轻松的话题："冬天快到了，你在坝县时间也不短了，难道还想在这里过冬？"

连若菡也不知道是气话还是真话："我愿意待多久就待多久，要你管？"

夏想见杨贝的时候，连若菡在一旁作陪，杨贝也冷静了下来，她看了看夏想，又看了连若菡几眼："你女朋友真漂亮，确实比我高雅多了……我真心祝你幸福！"

夏想没有解释连若菡的身份，也不想再和杨贝纠缠过去的话题："我代表李书记对你表示慰问，请相信法律会还你一个公道。如果还有什么要求，可以向我提出来，我会转达给李书记。"

杨贝眼中闪过不加掩饰的失望："没有别的话要说了？"

夏想笑了笑，笑容中有一点沧桑也有一点洒脱："时间太久了……"

杨贝却低下头："我明白了……"也不知道她明白的究竟是什么，是往事不可追加，还是人生是单行道，一旦错过，就永远无法回头了？

牛红妹还想说些什么，不过见连若菡一副高雅清冷的模样，最终还是没敢开口。

和张信颖见面也没有再说什么，张信颖文静了许多，一直沉默着，目光在夏想和连若菡之间飘来飘去，一副心事重重的样子。张淑英也没有获胜后应有的喜悦，也是神情淡淡的，还有一丝落寞，她勉强笑了一笑："夏秘书，我也不瞒你，现在在坝县我已经没有可以说得上话的人了，以后信颖就全靠你的帮助了，你可不要过河拆桥。"

黄鹏飞倒台，王冠清免职，现在刘世轩又难逃牢狱之灾，张淑英在坝县的同盟确实土崩瓦解，没有一个幸存者。夏想一是念旧，二是也觉得张淑英对张信颖的维护之情令人感动。说起来张信颖除了刺头之外，也没有给他制造什么麻烦，反而在紧要关头帮他一个大忙，所以这个人情，必须还。

"有李书记在，有我在，信颖只要安心工作，尊重上级领导，她毕竟也是正规的大学生，会有前途的。"

张信颖终于壮着胆子说了一句话："夏想，上次三个美女，到底哪一个是你真正的女朋友？"

在回县委大院的途中，连若菡还不停地调侃夏想："你的情债还真不少，杨贝不用说了，黧丫头对你一往情深，刚刚那个张信颖好像对你，也有了点意思。"

夏想打了一个冷战："饶了我吧，张信颖现在正处于低谷，所以状态异常。等她正常的时候，你就会知道世界上有一种女人叫麻烦！"

一连几天，李丁山都忙着处理因为王冠清和刘世轩的去职，而给坝县政局带来的动荡。经他的提议，郑谦附和，常委会通过了由政法委书记王全有兼任公安局长的决议，任命副局长赵常勇为常务副局长，主持日常工作，原常务副局长王书力因身体原因，提前病退。

在随后召开的坝县人大常委会上，县委常委赵建苏被任命为常务副县长。紧接着，市纪委书记冷佐也结束了在坝县的工作，返回章程市，并且将刘世轩也一同带回章程市，本着公正、公平保护法律的纯洁性的原则，要对刘世轩进行异地审判。

李丁山自然没有意见，至于刘河一案，冷佐提也没提，自然也没人多问。

坝县秋来早，一到九月，天气一天凉过一天，十月初，草原上已经有了轻微的霜冻。经过近两个月的紧张施工，十月底，旭光食品厂正式落成。

落成仪式的当天，县委书记李丁山、县长石堡垒到场祝贺，冯旭光也专门从燕市赶来，参加典礼。仪式完成后，李丁山和石堡垒直接回去，夏想就留了下来。

夏想瞧个空子问冯旭光，米萱的佳家超市分店的事情进展如何，冯旭光愁容满面地说道："别提了，老弟，米萱就是一个活宝，她太能折腾了……"

这话听着似乎有点歧义，夏想就不免大为不满："你们二人合作得十分融洽，一转身就把我这个介绍人给忘得一干二净，真是太没良心了。"

冯旭光一听这话，立即又换了一副嘴脸，贼眉鼠眼地笑道："我快受不了她了，也不知道她是天生的，还是故意要引诱人，总之不管是语言还是动作，总让人感到她在暗示什么。"

夏想嘿嘿直笑，不再说米萱的事情："我明年春天就会回到燕市，欢迎不？"

"屁话，当然欢迎，我代表全体佳家超市的员工欢迎你！"冯旭光坐在椅子上，跷起二郎腿，紧盯着夏想的眼睛，"说实话，米萱做生意是有一套，但和肖佳相比，她还是差了不少。我做生意也有一些年头，现在最佩服的人就是肖佳。老弟，肖佳对你可是死心塌地，你可不能放过她，给不了她名分，也得把她紧紧攥在手心，千万别放她走。"

在坝县最后的冬天

上一次回燕市没有见到肖佳，夏想觉得有点遗憾。他回坝县之后，倒是和肖佳电话不断，也从肖佳的口中得知，她的生意已经步入了正轨，而且越做越大，不但完全打开了燕市的市场，还和京城的蔬菜批发商有了初步的接触。

夏想也由衷地替肖佳感到高兴，说来惭愧，他帮高海出主意，为李丁山出谋献策，甚至还帮楚子高指点过方向，却偏偏没有替肖佳做过什么事情，完全是肖佳一个人拼搏出来的成绩。这也是因为他对蔬菜批发确实了解太少，同时也得益于肖佳不但聪明，而且还十分有主见。

肖佳做事情，从来都是做成之后再对夏想说，报喜不报忧，只告诉他，她获得了什么样的成功。至于她在成功之前受过的委屈和波折，她从来不说，好像她的成功轻而易举。她不说，夏想也明白，如肖佳一样漂亮的女子，一个人在外闯荡，没有遇到是非和困难是不可能的！

按照肖佳的设想，她明年将会大力开拓市场，光是一个燕市，能占据五分之一的批发市场就已经了不得了，因为燕市离京城近，她还要打开京城的市场。肖佳不仅信心满满，还让夏想也说说他的看法："是你说要我打开京城市场的，也是你说要给我一个巨大的惊喜的，怎么现在还没有消息？说说你的想法！"

其实肖佳需要的是夏想的鼓励和支持。

既然已经明确了三山度假村的开发，而且根据可靠的消息，山路已经动工，夏想也就不再隐瞒他的计划："坝县地质优良，可以种出有优势的蔬菜，不过坝县冬天漫长，又过于寒冷，就算是大棚种植，也会冻死。但在秋天到冬天这一段时间，可以充分利用塑料大棚的优势，利用日照长，昼夜温差大的特点，种植白菜、圆白菜等冬季蔬菜，也能大赚一笔……"

正是因为他和肖佳之间，谈来谈去都是生意，都是钱，总让他觉得，他们之间似乎是一种亲密合作又有无限可能的暧昧关系，说不清道不明。

与肖佳相比，他和曹殊黧之间的通话，就轻松随意多了。小丫头缠着他，向他说起她在学校的趣事，谁谁谁又想追求她，被她拒绝了还不死心，又玩送一百枝花的老套把戏。她妈妈还念叨夏想，担心他在坝县受冻，毕竟要比燕市低十几度。曹殊君上了军械学院，听说追求一个女孩子被人拒绝了……说不完的话题，聊不完的天，总让他感觉到惬意和安心。

冯旭光提到肖佳，倒让夏想走了神，一下子想起许多事情。他回过神来对冯旭光笑道："不提肖佳了，说说你的分店吧，对了，还有高建远……"

佳家超市已经走向了正轨，在燕市已经有了不小的影响。不过冯旭光的第一家分店还没有眉目，就是因为地皮还没有落实。上一次夏想提出他出百分之五的股份，冯旭光出百分之五的股份，共百分之十送给高建远，换取一块位于闹市的地皮。不过高建远自从露了一面之后，再也没有现身过，冯旭光也联系不到他，地皮一事就暂时搁置了起来。

"可能是哪个环节出了问题，地皮暂时没有动静了，再等等吧。我就看中了那块地，不想在别的地方开第一分店，正好现在资金不充足，就缓一缓也好。"冯旭光和夏想是在食品厂的办公室中谈话，他没有想到坝县冷得这么早，穿得少了点，冻得有点发抖。

夏想就笑他："好了，不留你了，反正食品厂也一切顺利，你就先回燕市吧。赶在入冬之前，能抢多少口蘑和蕨菜是多少，反正相当于白捡的。对了，村民们的工作热情还可以吧？"

“不错，不错，非常满意。”冯旭光对坝县的劳动力资源十分满意，食品厂聘请黄海当班长，一个月一百元，黄海高兴得跟捡了金元宝一样，干劲十足。

“刘河那个可怜的孩子，现在怎么样了？”冯旭光忽然想到了刘河，就用猫哭耗子的语气问道。

“刘河呀，他判了十年，去了邻县服刑，听说在狱里很受欺负……”夏想语气淡淡地答道，比起刘世轩刘河还算好的，刘世轩被判了二十年，沈复明也够狠的，估计就想让刘世轩老死在狱中。

冯旭光没有久留，当天就开车返回了燕市。

十一月初，张健正式到坝县上任县委副书记，经坝县县委提议，章程市委同意坝县常委会再增加两名常委：县委副书记张健和贾寨乡党委书记蒋扬，由此坝县常委由十一名增加到十三名。因为赵建苏接替了刘世轩的常务副县长职务，但他本身也是常委，就又从副县长中提了一名常委，增加了政府班子常委的数量。

蒋扬是李丁山的坚定支持者，而张健低调温顺，从不提反对意见，基本上李丁山的权威没有受到丝毫影响。

不久，李丁山提议为了更好地开展工作，决定提名夏想任贾寨乡副乡长。蒋扬不但当即表示同意，还说贾寨乡还缺一名副书记，不如让夏想身兼副书记和副乡长。不出所料，蒋扬的提议获得了一致通过，几天后，夏想就正式走马上任，以副书记兼副乡长的身份，开始着手实施他和李丁山的下一步计划。

也不知是谁透露了风声，乡党委书记蒋扬和乡长王永义都知道了夏想不出半年就会调回燕市。这下倒好，他二人几乎把权力完全下放给夏想，只要是夏想的提议，一律点头通过，并且毫不犹豫地大力支持。夏想知道二人是卖他一个好，做给李丁山看，也就不客气地推广他的计划。反正他也心里清楚，他走以后，政绩也全是蒋扬和王永义的，他需要是的利用这半年时间打好基础，为老百姓真正做一些实事，同时也需要这一段时间的资历。

李丁山现在在坝县的权威无人动摇，但他的聪明就在于，不过多地插手政府的事情，放手让石堡垒去干。石堡垒在内心深处非常感激李丁山，不仅是因为李丁山为他除掉了多年的对头刘世轩，而且还给他放权。最让他佩服的是，李丁山不像别的从基层一点点升上来的书记一样，既贪财又恋权。李书记变通又开明，眼界高，不贪财，还肯真心实意地为百姓做实事，这样的书记，不但是他县长的福气，也是所有坝县人民的福气。

石堡垒就干劲十足，少了争权之心，也觉得自己年岁大了，当了一辈子的官，以后升不升官两说，但在担任坝县县长的任内，能真为老百姓做出几件好事实事，也算对得起自己在官场摸爬滚打这么多年！

人活着，总要有一个精神气，石堡垒就想，能让老百姓们都念你的好，死了也值了。

因为得到了三山度假村开工的确切消息，李丁山就在常委会上抛出一枚重磅炸弹——开发坝县的旅游资源，对外招商，发展草原旅游度假村，首推贾寨乡的花海原！

吴英杰最近老实了许多，不再左右摇摆，而是埋头做事，反而慢慢得到了李丁山的信任。他听了李丁山的宏伟计划，怀疑地问道："李书记，我们有两大难题，一是道路不通，二是缺钱。缺钱还好说，可以贷款，也可以招商引资，但没有路，恐怕计划不可行。"

李丁山赞许地点点头："吴主任分析得很到位，坝县就是因为没有路，被制约了许多年。正好有一个绝好的机会放在我们面前——京城一家公司愿意斥巨资开发三山度假村，距离坝县只有二十多公里的路程。如果我们打通了这二十公里的山路，就可以借助三山度假村开发的东风，穿过绵延在崇山峻岭之间的山路，直通京城，而且全程不超过一百五十公里！"

一石激起千层浪！

常委们在看到李丁山分发的资料之后，顿时沸腾了。坝县被困了许多年，穷得没脾气，穷得一点办法也没有，就是因为没有路，没有路还想赚钱自然就是此路不通。现在既然有了路，就如拨云见日一样，以前所有想都不敢想的计划，都可以重新提上议程，怎能不让人热血沸腾？

常委会上讨论热烈，原定一个小时的会议，一连开了三个小时也没有散会。最后一致达成协议，由县委县政府出资，由贾寨乡具体操作，利用农闲时间，组织村民开山修路。

最后经过贾寨乡党委研究决定，修路的具体事宜由夏想全权负责。

夏想因为和黄海的关系，再有和豁牙老农老于头也十分熟悉，担任副书记兼副乡长以后，和贾寨乡的村民打成一片。而且村民们都知道，让他们得了巨大实惠的旭光食品厂，也是小夏书记拉来的投资，所以他们对待夏想，就像对待自己的孩子一样亲切，也无比信赖他。夏想甚至不用登高一呼，只说需要修路，半天时间，贾寨乡的壮劳力几乎全体出动。在黄海的带领，朴实的村民都发扬了高风亮节，不讲工钱多少，不计伙食好坏，个个热火朝天地投入到开山修路的建设中去。

同时，李丁山也邀请《燕省晚报》组织的专家旅游团来坝县实地参观，又通过关系向京城的媒体朋友也发了邀请，在京城和燕省两地的媒体上掀起了一股草原旅游的劲风……

连若菡自从刘世轩被抓之后,就不再经常露面,一消失就是一个多月。有时也会突然出现,和夏想见个面,吃上一顿饭,说一些她的旅游和探险见闻,然后又会消失不见。夏想忙得昏天黑地,也顾不上多问她的事情,就当成一个不远不近的朋友。

坝县的冬天比夏想想象中还要寒冷,经常是零下二三十度的低温,好在开山修路多用炸药炸山,没有冻土带,不影响施工。看着热火朝天的场面,夏想推算,明天春天的时候,就可以平整路面,和三山度假村的山路接通。

虽然宣传坝县旅游资源的热潮不断,有意前来投资旅游度假村的电话也不少,但真正前来考察的人还是不多。毕竟坝县封闭了太久,大部分人根本就不知道坝县的存在,突然之间冒出来,要让人们完全接受,需要一个过程。

一场大雪过后,修路暂停,整个坝县也似乎进入了冬眠之中,不但大街上行人稀少,连县委大院的人也昏昏欲睡,提不起精神。大雪封山,又天寒地冻,谁也不愿意出门,寒带地区的经济不发达,天气原因也占了很大的因素。天一冷,人都不爱动,人一懒,人流就少,生意自然就火不起来。

夏想正在贾寨乡党委办公室里伏案疾书,书写他的一份建议书——《关于在坝县推广蔬菜大棚的可行性报告》,他准备早点整理出来,以便在来年春天之前,尽快提交上去。他担心,明年三五月份,他就会被调回燕市,怕到时再写来不及。

办公室的窗户是双层玻璃,两层玻璃间距三十公分,墙也是半米厚的加厚墙,屋里还生了个炉子,饶是如此,房间内依然很冷,冻得出不了手。夏想穿着厚厚的棉衣,捂得像个大熊一样。尽管冷得手都发抖,不过他还是咬着牙坚持,因为他知道属于他的时间已经不太多了。原本想在坝县待够两年再走,可以亲眼看到坝县从一穷二白到解决温饱,现在看来,只能把他的想法留下,让李书记去具体实现了。

"咚咚咚……"有人敲门,夏想头也没抬,"进来,门没锁。"

门一开,带来一阵寒风,还飘进不少雪花。夏想打了个寒战,本来快要冻僵的手更冷了,忙道:"快关门,快关门,太冷了。"

"这么冷还这么用功,真了不起。"连若菡的声音突然响起——她穿着一身白色的羽绒服,紧身牛仔裤,脚下是一双小马靴。尽管是寒冷无比的冬天,但由于羽绒服有腰线,收腰收得恰到好处。当然也是因为她的身材足够好,一点也不显得臃肿,反而衬托得她蜂腰细腿,再有一张娇嫩花颜冻得白里透红,与众不同,亭亭玉立当前一站,沁人心脾。

夏想揉揉眼睛:“你没事吧? 冰天雪地的,干什么来了? ”

夏想的话透着一丝关心的味道,连若菡就开心地笑了:“闲着没事,转呀转的,就不知不觉转到坝县了。”

“你要是真闲着没事的话,就老实地在京城待着,别总出现在我的面前烦人。”夏想不耐烦地挥了挥手中的笔,“没看我正忙着呢,净添乱。”

连若菡也不恼,好像知道夏想是假生气一样,她自己拉了一把椅子坐下:“好像我有快两个月没见你了,再说我每次出现在你面前,好像从来没有给你添过乱子,反而都在暗中帮了你不少忙! 你拍着良心说说,刚才的话,是不是太过分了? ”

夏想就嘿嘿直笑:“那好,就明说吧,你来坝县有何贵干? ”

连若菡的委屈和夏想的离别

“你知道我从哪里来的吗? ”连若菡故意卖了一个关子,她站起来,搓了搓手,又哈了哈气,“我从京城沿着山路一直开到了坝县,怎么样,厉害吧? 虽然路不好走,不过我还是坚持了下来,我敢说,你也没有胆量开过来……”

“胡闹! ”夏想一脸怒容,忽地站了起来,一脚踢飞一把椅子,椅子又撞坏一只暖瓶,发出了巨大的声响,“你知不知道你有多任性? 你知不知道你有多气人? ”

连若菡从来没有见过夏想发这么大的火,尽管她孤傲清高,但毕竟也是一个才二十岁的女孩子,顿时吓得花容失色,一脸惨白地看着夏想:“我怎么了? 你凭什么发这么大的火? ”

夏想余怒未消,拉着连若菡来到外面,地上的积雪有一尺厚,天上还在飘着零星的雪花,一望无际的雪白刺得人双眼生疼。因为冷,雪落地不化,又冻成硬邦邦的一片,非常滑。他用脚踢了踢地上的雪,看了一眼停在院中的路虎:“连若菡,你的父母,你的亲人,你的朋友,他们都很关心你、爱护你,希望你平平安安。你倒好,从崎岖难走的山路,在大雪天,一路开车到坝县,你知不知道有多危险? 万一有个闪失,撞在石头上或是掉下悬崖,就是车毁人亡! 你有没有考虑过所有关心你的人的感受? 你为什么要这么任性,想什么就做什么! ”

连若菡呆了半晌,眼睛中涌出了泪水,她一把甩开夏想的手,气呼呼地大叫:“夏想,我讨厌你,我要和你绝交! ”她飞快地跑到车上,从里面拿出一份资料，一把塞到夏想手中，“我不是闲着没事，我是为了亲自测试一下山路是不是已经具备了通行条件！你……不识好人心！”

不等夏想有所表示，她转身上车，发动之后，带起一阵雪花飞舞，飞驰而去。

夏想愣在当场，直到路虎车完全消失在视线之内，直到一阵冷风吹来，他才惊醒过来。回到办公室，粗略翻看了一下资料，他才知道确实错怪了连若菡。

原来她联系了京城一家实力雄厚的投资商，说服了对方来坝县投资旅游度假村，但前提条件是，山路必须具备通车条件。连若菡也不知出于什么考虑，竟然亲自驾车从京城开到坝县，就是为了亲身测试，可以说，她完全是为了他才以身试险。

替你做事还落你埋怨，以连若菡的脾气，不生气才怪！夏想心中既感动又内疚，虽然他当时也是出于关心，不过语气确实重了一些。

她自由自在惯了，又一向不服人，女人嘛，还是要靠哄的，况且本来也是他理亏，他就拿出手机，拨打连若菡的手机。

结果是拒听。

没办法，夏想只好摇头笑笑，就又发了一个短信：“连妹妹，不生气了，好不？”

很快回了：“我没有哥哥！”

有戏，赶紧再发：“刚才是我说话太重了，其实你是好人。”

“我又任性又傲慢，又不考虑别人的感受，所以不劳夏书记关心。”

“好吧，我承认是我误会你了，这样吧，我请你吃饭，向你当面赔罪，好不好？”

“不好，我不想再出现在某人面前，被他当面说烦人。”

夏想无奈，男人有时向女人低一下头也没有什么，确实是他有错在先，主要是他担心连若菡开着车乱跑，毕竟雪大路滑，就一咬牙又发了一条信息：“对不起，连妹妹，是我的错，你给我一个当面赔罪的机会，好不好？”

半天没有回音。

夏想坐立不安，一会儿听听外面是不是传来汽车的响声，一会儿又看看手机是不是没电了，怎么一点动静也没有？也不知过了多久，手机才终于又响了起来，却是一句略带伤感的话：“我估计很长一段时间无法出来了，家里人要给我定亲，我不喜欢，又没有办法，也许会逃到天涯海角，也许会……有缘再见！”

夏想急忙打电话，却已经关机。他呆坐半天不语，怅然若失。

冬天尽管漫长而寒冷，但总有春暖花开的一天。一九九九年的春节，夏想也没有回燕市，打电话给父母报了平安，又给曹殊黧和曹家拜了年，还和肖佳互致问候，他和李丁山就在坝县的县委大院过年。县委书记留下过年，拜年的人自然少不了，人来人往好不热闹，也收了不少礼。李丁山的原则是，土特产可以收，钱和贵重礼品一律不要。

坝县至少要到四月份才算进入春天，不过一解冻，旭光食品厂就开始全力在滚龙沟开垦荒地，为以后的人工种植打下基础。夏想的关于蔬菜大棚的可行性报告，本来先交给书记和乡长过目，也在上面署上了他们的名字，不过最后由蒋扬提交到常委会上之后，却变成了夏想一个人的想法。

蒋扬还真是上路，会做人，李丁山当然也不会亏待他，常委会讨论通过后，就由蒋扬具体负责此事。不过在夏想的履历上，已经浓重地记上了这一笔。

转眼到了四月，春暖花开，坝县呈现出前所未有的欣欣向荣的景象。京城的投资商前来洽谈投资，已经达成了初步意向。坝县境内的二十公里的山路已经修通，投资商实地考察后当即表示，第一笔资金到位后，将会首先用来加固加宽山路。

夏想见对方爽快，决心挺大，也就免费赠送了一个广告创意，就是在从京城到坝县全程一百二十多公里的山路上，每隔二十公里竖立一个巨大的广告牌，上面用层层递进的广告语来引导游客前来坝县草原。比如说一出京城就先在路边画一片蓝天白云的美景，在上面打出大字：幸福从这里启程，下一站，二十公里之外，是山清水秀……

第二个广告牌上面画的就是山清水秀的美景，又有一行大字：下一站，二十公里之外，是心旷神怡……

第三个广告牌上面画的是草原的美景，风吹草低见牛羊，上面的广告语是：下一站，二十公里之外，是心灵的故乡……

第四个广告牌上面画的是一家人欢声笑语地牵手在草原上散步，广告语是：下一站，幸福……

投资商一听之下，当即大声叫好，立刻电话指示公司制作广告牌。他对夏想的创意赞不绝口，连连称赞如果夏想投身到京城广告界，不出一年一定会是领军人物。

五月，坝县的大棚蔬菜已经初见规模，蒋扬每天都下乡亲自监工，认真负责的态度让夏想点头称赞，觉得以后交给他也很放心。草原旅游度假村的投资已经到位，坝县境内的二十多公里山路也加固完成，比以前宽阔漂亮了许多。旭光食品厂也引进了食品加工设备，第一批袋装的口蘑和蕨菜已经生产出来，首先发往燕市的佳家超市，市场反应良好。

坝县，正在飞快地改变着贫穷落后的面貌，可惜的是，夏想已经没有机会再亲眼看到坝县一点一滴的变化了，因为他的调令已下，不日就要返回燕市。

还不到一年的时间，夏想望着即将离开的坝县，心中感慨万千。

夏想只是一个副科级的乡副书记，为他送行的时候，以李丁山为首的坝县全体常委除了一名副县长之外，全部到齐，场面盛大，好像欢送市委领导一样。

李丁山倒没有多少感慨，他知道他早晚也会返回燕市，所以和夏想也就没有多说。石堡垒握了握夏想的手，语气沉重地说道："夏书记，李书记和你来到坝县，是我当官十几年来，最值得庆幸的一件大事。以后可要记得再来坝县做客，别忘了坝县的老朋友们！"

夏想点头："一定，一定，石县长多保重。"

郑谦拍了拍夏想的肩膀："相处起来才知道，其实夏书记是个有心人，也是一个好心人，我很高兴能和夏书记成为朋友。"

夏想在临走之前，已经将底片全部还给了郑谦，尽管其实现在已经没有作用了，但郑谦还是感触很多。他一直担心夏想会拿底片要挟他什么，没想到别说夏想，就是李丁山也对他十分尊敬，凡事都以商量的口气来说。这让他明白了一个道理，人与人的境界还是相差很多的，刘世轩之流，确实无法和李丁山、夏想相比。

张健只是和夏想握了握手，没有说话。他来坝县之后，李丁山也给了他足够的尊重，他也知道自己的分量，不出头，埋头做事，老实做人，与大家还算相安无事。

轮到王全有握手时，他十分用力："小夏呀，回燕市好好干，争取三年后升到处级，到时正好黧丫头毕业，就可以嫁人了，双喜临门。"

夏想闹个大红脸，嘿嘿笑着，挠挠头。杨帆从后面插队过来，一把把夏想的手从头上拿下来："别挠头了，显得你跟个小孩一样，让别人看了不重视你。你好歹也是副科级干部，得像个领导样。"

王全有爱护地说道："哈哈，老杨，你这就不懂了，这叫示敌以弱，知道不？对手轻视才好，可以出其不意地给对方致命一击。"

常务副县长赵建苏还是话不多，拍了拍夏想的肩膀："任重而道远，人在官场，有许多身不由己的时候，但也要努力做到无愧于心。"

组织部长安涛热烈地摇动夏想的手："小夏书记，真舍不得你走，以后记得来坝县看我，还有，我要去了燕市，就去找你，你别装作不认识！"

夏想就笑："哪能呢？以后谁到燕市找我，只要一提坝县，好吃好喝好招待。"

吴英杰勉强笑了一笑:“我早就知道夏秘书前途无量，果然，这么快就升了,而且还是燕市市长点名要你!燕市可是副省级城市,机会比坝县多多了,起点也高,我就祝夏秘书步步高升!”

蒋扬笑得很真诚:“和夏书记合作时间不长,不过夏书记勤恳能干,有实干精神,和你共事的这一段时间,让我受益匪浅。”

夏想对蒋扬的印象很好,就不免多说了几句。

武装部长郭亮也来送行,他好像已经淡忘了刘世轩一样,很热情地和夏想告别。夏想也不以为然,官场上,最不需要的是记仇,最需要的是选择性遗忘。

杜双林故意落在最后一个,他的神情不是假装的,有点留恋,有点依依不舍,不过又有些期待:“小夏,虽然不舍得你走,但官场之上就是来来往往,人总要向高处走,尤其是像你这么优秀的人才,坝县太小,留不住你呀。”他可能想起了和夏想一起喝酒一起聊天的时光,又想到夏想帮他解决了许多难题,就有些感慨,“我家小子一直念叨你,我让他以后多跟你学学,你有什么跑腿的活儿需要他出力,尽管说一声,保准他随叫随到。”

杜双林虽然一开始向李丁山的靠拢不那么彻底，但也算是第一个为李丁山摇旗呐喊的人,而且自始至终从来没有提出过反对的声音,也算难得。夏想郑重地点点头:“放心好了,杜部长,我会和同国成为好朋友的。”

送夏想回燕市，李丁山特意安排贾合开车回去，也正好给贾合放了几天假,让他有时间回家看看。

送夏想的车刚走,张信颖气喘吁吁地赶到。她看到夏想的汽车绝尘而去,脸上流露出浓浓的失望之色,对杜双林说道:“杜部长,夏想他临走前,有没有特意交代什么?”

杜双林自从上一次刘河事件后,对张信颖的态度大为改观,觉得她也是一个可怜的姑娘,见她眼神中的失落,心想可怜的姑娘又要可怜一次了,摇头说道:“没有,对于一个前途无量的年轻人来说,坝县,没有什么好留恋的。”

张信颖的神色黯淡下去,眼中闪过一抹忧伤,却黯然一笑:“也是,他前途如海,美女在怀,坝县天地那么小,只是他人生之中可以忽略不计的无名小站罢了……”

张信颖的感慨夏想自然是听不到了,他一边和贾合说笑,一边思绪已经飞回了燕市。生活,又向他展开了另一幅画卷,是波澜壮阔还是荆棘遍地,谁也说不好!但他有一点可以肯定,在城中村改造小组办公室担任副主任,所面临的压力和困难,将会是意想不到的艰难……

↗ 04　恩威并施

城中村改造小组办公室

秘书长陪同下楼，陈市长主动打招呼，还亲密说话，最后又坐上新任的常务副市长曹永国的汽车，和曹市长一同离去，夏想的来历立刻成了市政府大院中，最为人津津乐道的话题。几乎所有人都在谈论一个年轻得过分的小伙子，有点帅气，肤色很健康，笑起来很憨厚，能让市政府中实权在握的三大人物——陈市长、曹市长和高秘书长同时看重，他到底是谁？

燕市城中村改造小组办公室位于市政府三楼，与市政府秘书长高海的办公室相邻。所有人都心里清楚，改造小组虽然由陈市长挂名为组长，两名副市长为副组长，但真正主事的人，却是陈市长的第一心腹高秘书长！

平常陈市长太忙，自然不会对改造小组事事过问，一般小事就直接由两位具体的负责人——副主任曲雅欣和吴港得说了算。大事就请示高秘书长，但不管大事小事，都要每周汇总一次，报陈市长亲自过目，由此可见陈市长对改造小组的重视程度。

改造小组自成立以来，实际上只设了一个部门——改造小组办公室，而且市里一直没有给一个明确说法，并没有规定究竟隶属于哪个部门，是什么行政级别。也就是说，改造小组说起来名头挺响，其实只有一个办事机构，既没有正式级别，也没有相关文件规定改造小组的构成和职责，改造小组类似于一个半官方半团体的机构。

说起来更像陈市长的个人机构。

其实也不是陈风有意疏忽，而是市里成立类似的小组太多了，哪里顾得上非要给定个调子？基本上这个小组那个办公室的，都是临时机构，一般是应付各项活动，时间都不会太久，也许很快就会撤销。

当初成立城中村改造小组的时候，陈风也是抱了这样的心思，认为也不过是走走过场，他就临时安排两个副市长主抓，他亲自挂帅。陈风认为，城中村改造是好事，又得到了省里的大力支持，应该顺水顺风，估计不出半年就会将燕市三十多个城中村全部改造完毕。他没有想到的是，城中村改造，一开始就遇到了这么多的阻力和曲折。

从陈风开始推行城中村改造，到现在已经过去了一年多的时间，三十多个城中村，还有一半没有改造，而且越往后难度越大，村民的要求越来越高，对抗手段也越来越丰富。最主要的是，随着高书记的不点名批评之后，市委书记崔向也一改以前大力支持的态度，变为有限支持并且适当回避。陈风腹背受敌，顿时感到压力剧增，才意识到，他过低地估计了城中村改造的难度。

陈风是一个做事有始有终的人，而且他一向不愿意向困难低头，遇到一点压力就退缩，不是他的性格。他先是力排众议，提拔了高海，又专门从其他部门抽调了能兵干将充实了改造小组，又调来曲雅欣和吴港得任改造小组办公室副主任，主持日常工作。

曲雅欣和吴港得上任后，还算做出不少成绩，也得到了陈风的赞赏。

曲雅欣原来在市妇联工作，在城市工作部任副主任，正科级待遇，她对自己能被陈市长看中，临时抽调到改造小组办公室，非常高兴和期待，也抱了极大的希望。

与曲雅欣在原单位过得还算凑合相比，吴港得就混得比较惨了。他虽然是市城管局市容管理科科长，但一直和主管的副局长王云海不和，被王副局长处处压制，难有出头之日。

说起来城中村改造小组办公室的两位副主任，曲雅欣和吴港得从一开始时不认识，到成为同事，再由同事成为明争暗斗的竞争者，二人的关系一波三折。刚来小组时，二人都有点忐忑不安，各自管好一摊，客客气气。后来适应了新的工作之后，体会到看似名声不响不起眼的改造小组，实际上权力大得惊人，小到一家一户的搬迁，大到整个村子的改造计划，都要经他们二人之手操办。时间一长，二人就由开始时的关系融洽，变得都将各自的权限抓得死死的，不肯让对方插手半分。

时间越久，二人的竞争意识就越强烈，都想做出更好的成绩给陈市长看，以便等改造小组解散之后，还能留在陈市长身边，进一个好一些的政府部门。市政府借调他们过来，原单位还保留着编制，但人已经不在了，一年半载之后，万一再回去，哪里还有你的位置？所以最好的结果就是还留在市政府。

二人动了这方面的心思，一方面想留下，另一方面还想进一个好的部门，就算不提拔一格，能当上一个实职正科也行。但市政府早就人满为患，哪里还有空位等着他们？所以只有千方百计做出成绩，让陈市长记在心上，一旦哪个部门有人要调走，也好让陈市长想起他们。

曲雅欣和吴港得之间的关系就越来越紧张，二人都以为，就算他们都能留下，估计也只能解决一个实职正科，到底是谁，就看谁表现得更突出了。

正当二人之间竞争得如火如荼，差点就势不两立之时，突然凭空传来了一个惊人的消息：改造小组办公室又要调来一名新的副主任，名叫夏想，不但只有二十多岁，还是陈市长点名从坝县要来的！

二十多岁有什么了不起，我也才刚刚三十岁。如果是二十八岁，也不过差了两岁，也不算小了！曲雅欣对传闻中夏想的年龄不以为然，因为她一向认为她是三十岁的正科，虽然升得不算快，也不算慢了，何况还是实职正科！所以她一相情愿地认为夏想是二十八岁，最少也有二十七岁。按照三年一升的惯例，夏想升到正科时比她还大，因为她二十八岁就是正科了。

再想到吴港得是三十八岁的正科，她的心理就更加平衡了。吴港得没她年轻，夏想没她级别高，如此一来，反而更衬托她出类拔萃了。

私下里，曲雅欣也半开玩笑地问过高海，夏想有多大年纪，到底是什么来历？高海半是打趣半是暗示地回答："好好做好本职工作，不要乱打听。雅欣同志，市政府不比妇联，少说闲话，多办实事。"

曲雅欣碰了个不软不硬的钉子，就不敢再乱打听，再说好像在市政府里面，除了陈市长和高秘书长之外，没人知道夏想是谁。曲雅欣自我安慰完毕，还是认为她的地位不可动摇，就暗中观察吴港得的反应。

比起曲雅欣的患得患失，吴港得说不担心被夏想摘了桃子，抢了胜利果实，那是骗人。眼见城中村改造进行了一半，虽然说在杜村遭遇了一点挫折，不过也不是什么大不了的事情，哄骗不管用的话，他带领一班人连围带吓，肯定可以很快解决。陈市长却非要再调来一个夏想，是不是有点小题大做了？当然他只是心里想想，嘴上却不敢说出半句，嘴巴闭得比曲雅欣还严。

吴港得对夏想这个副科副主任的到来没什么想法，来就来，一个毛头小伙子，级别又低，挂个副主任的头衔有什么用，还不得一样给他打下手？凭他多年在城管工作的经验，还收服不了一个二十来岁的小伙子？到时肯定让他服服帖帖地听话，说不定还可以利用一下，当枪使，机会好的话也许还能用他打掉曲雅欣。

曲雅欣一倒，陈市长眼中就只有他一人了，到时留在市政府，估计进政府办公厅也有可能。吴港得的算盘打得也很美妙，夏想年纪不大，又是从县里上来，肯定好对付，估计三言两语就能为他所用。再说男人之间又好相处，几杯酒下肚就称兄道弟了。所以对夏想的到来，他不但不排斥，相反还有几分期待，希望夏想一来，就被他几下哄骗得晕头转向，然后就听他指挥，作为他和曲雅欣争斗的卒子。

当然他也不是没有一点政治头脑，暗中也打听过夏想的背景，却什么也查不到。他就认为估计是陈市长心血来潮，不一定是什么时候见过夏想一面，就上了心，把他从坝县调了过来。就像陈市长把他调到城中村改造小组一样，别人还以为他和陈市长有什么关系，其实他自己清楚，他和陈市长没有一毛钱的关系。

尽管曲雅欣和吴港得二人都知道夏想近期上任，但具体哪一天，却没人通知他们。

五月的燕市，阳光开始显示威力，男人们刚刚穿半袖衬衣，女人们却几乎早已全部穿上了裙子。今年燕市春天来得晚，吴港得今天头一次穿上短袖衬衣，感觉还微微有点凉意。

谁知早晨一上班他就发现曲雅欣穿着刚刚盖住膝盖的裙子，腿上连袜子也没有穿，白生生的大腿晃来晃去，有点耀眼。他就有点不痛快，嘿嘿干笑了两声："曲主任，裙子挺漂亮，没看出来，你都三十多岁了，孩子也有了，身材还保持得不错。"

听了吴港得阴阳怪气的话，曲雅欣也没有好气："吴主任年纪大了，就多穿一点，省得着凉。"

吴港得心中来气，反唇相讥："曲主任也不是小女孩，穿裙子太早的话，小心得老寒腿。现在还不觉得什么，过几年，关节炎、风湿就都来了，后悔都来不及呀。"

二人唇枪舌剑，你来我往地过了几招，又都笑了一笑，开始工作。二人也早就习惯了对方的嘲弄，也知道在言语上伤害不了对方，说过就忘，谁当真了放在心上生闷气，谁就输了。

十点多的时候，吴港得出去办事，曲雅欣正低头看一份资料，突然听到有人敲门。她坐下了身子，又抚平了起皱的上衣，才威严地说了一声："进来！"

进来的是一个二十多岁的年轻人，个子不低，长得挺精神，一笑，就露出一口洁白的牙齿："请问，您是曲主任吗？"

曲雅欣愣了一愣，夏想？难道他是夏想？不是吧，怎么这么年轻，看上去顶多二十六岁，怎么可能？夏想最少也要二十八岁才让她心理平衡！她的心忽地沉了一下，因为来人的年轻而深受打击，勉强笑了一笑："我是，你是谁，有什么事？"

"您好曲主任，我叫钟义平，是从市工商局抽调到城中村改造小组的，听说要来找您报到……"

钟义平文质彬彬，说话也很有礼貌，曲雅欣就心情大好。当然另一重要原因是他不是夏想，让她的一颗心又放回了肚里，心想要是夏想和钟义平一样年轻，也太没天理了，会让她的自信大受打击。

改造小组办公室除了两名副主任之外，还有十几名工作人员。最近又有风声传出，陈市长要提高改造小组的规格，加强小组的权力，所以又从市里各直属机关抽调了几人，再加上新来的副主任夏想，改造小组的人员一下增加到二十多人。

曲雅欣帮钟义平简单地办理了一下接收手续，就安排他到隔壁的办公室先熟悉一下工作环境。她交代完注意事项之后，回到办公室，却发现又有一人站在门口，冲她点头一笑，心情正好的曲雅欣也报之一笑。此人比钟义平还要年轻，比钟义平黑点，但要比他更高更帅更阳光，而且笑容也有一丝憨厚真诚的味道，让人一眼看上去，就觉得他一定是个值得信赖的人。

不错，又来一个帅哥，曲雅欣尽管年过三十，但爱美是女人的天性，天性之中，也包括爱好帅哥。在对异性相貌的关注上，女人和男人没有两样，都对长得好看的异性，会不由自主地产生第一好感。

"你也是来报到的吧？"曲雅欣主动打了个招呼，让他进来，又忍不住偷偷瞄了他一眼，对他的俊朗而又健康的外表十分欣赏。

她甚至还主动倒了一杯水给来人："坐吧，别站着。你今年多大了？看上去很年轻。"

因为夏想要来的缘故，现在曲雅欣对别人的年龄变得格外敏感起来，不问名字先问年龄，她也没有意识到自己的不妥。

来人接过水，说了一声"谢谢"，也没坐下："今年是我的本命年……呵呵，曲主任，本来我应该明天才正式上班，不过今天也正好没事，就过来熟悉一下环境，认识一下新的同事。忘了自我介绍一下，我叫夏想！"

曲雅欣正拿起人员名单，准备听他说出名字，也好做一下记录，却没有想到，他竟然是夏想！

他怎么可能是夏想？

曲雅欣一只手拿着名单，一只手拿着笔，站在办公桌后面，微微地张开嘴，双眼睁得圆圆的，不敢相信地紧紧盯着眼前这个帅气健康的年轻人，心中呆呆地想：夏想，年轻的副主任夏想，他不但比她想象中要顺眼多了，还年轻得不像话——本命年，只能是二十四岁，不可能是三十六岁！

二十四岁的副科，陈市长指名从坝县调来破格任用的副主任，和曲雅欣想象中的文弱形象完全不同。夏想笑得很灿烂，真诚的笑容中还透露出一丝憨厚，如一个阳光男孩一样，活生生地站在她的面前，让她猝不及防之下，竟然产生了眩晕的感觉！

也不知让她眩晕的是夏想的外表，还是他出人意料的年轻！

夏想对曲雅欣的失神有点惊讶，他当然猜不到她曲曲弯弯的心思，对她夸张的表现暗暗发笑，不过却没有表现出来，依然稳稳地站着，等她缓过神来。

遭遇突发事件

曲雅欣很快意识到了自己的失态，她急忙尴尬地一笑，主动伸出手来："原来是夏主任，欢迎，欢迎……怎么不提前打个招呼，我好安排一下，你瞧，你的办公桌还没有收拾好。"

办公室不算大，摆了三张办公桌就显得有些拥挤。曲雅欣的办公桌在最里面紧靠窗户的位置，桌子上放了一小盆金虎，整齐地摆放着文件夹和一个小巧的水杯。她的办公桌对面，隔了一米多远的位置上又有一个办公桌，上面杂乱无章，而且到处都是烟灰，甚至椅子上还有烟头，桌子上扔了一个大号的玻璃水杯，里面的茶垢厚得让杯子分不清颜色。

不用说，一定是城管出身的副主任吴港得的办公桌。

还有一个明显是新搬来的办公桌，紧邻门口摆放，上面还有一层尘土，桌子也有些陈旧，有些地方掉了漆。椅子也是旧得可以，是老式的硬板椅子，比起曲雅欣和吴港得的柔软的转椅，差了可不止一个档次。

夏想摆摆手："曲主任客气，我是来干活的，没那么多讲究。借我一个抹布用一用，我打扫一下办公桌。"

夏想打来一盆水，湿了抹布，仔细地把桌子擦得干干净净，连每一个角落都没有放过，椅子也从里到外擦了一遍，让插不上手的曲雅欣不免感叹，谁说男人干活不细心？小夏，不，夏主任干活就又细致又有耐心。

不过尽管曲雅欣看夏想哪里都顺眼，又见他十分勤快，心里还是不能接受他如此年轻的事实：二十四岁就是副科了，还让不让人活了？也不知道他在坝县是什么职务，他和陈市长有没有关系？反正关于夏想的资料，曲雅欣一直不够级别接触。高海不明说，她也知道分寸，不敢多问。

夏想正埋头干活时，没注意一个人风风火火从外面闯了进来，一进门就先不满地瞪了他一眼，问道："你叫什么名字？闲着没事在这里擦什么桌子？快，赶紧的，外面有车等着，去杜村。"

"杜村出什么事了？"夏想对他的居高临下的态度毫不在意，心中一惊。

应该说，去年的冬天，杜村的拆迁和改造就已经进入了尾声，除了五六家钉子户之外，基本上都已经搬迁，老旧的民房差不多全部推平。五六家钉子户无非是想多要一些补偿，只要不是坐地起价，只要不是死缠烂打，一般说来，用不了多久就可以顺利解决。

如果夏想没有记错的话，赵红江如愿以偿升到二建副总时，他打来电话表示感谢，就说了南方一建现在和他关系良好，他们的负责人袁保平挺会来事，隔三差五地请赵红江一条龙服务。赵红江电话里还说到了杜村的事情，在一次喝醉酒之后，袁保平也说漏了嘴，承认他参与了杜村事件，不过现在已经完全从杜村撤退了，没有必要再在背后搞鬼了。

当时是春节以前，也就是说，到现在已经过去了三四个月，怎么杜村还有遗留问题没有解决？夏想心中纳闷，随口就问了出来："具体是什么情况？还有拆迁办有没有去人？杜村那一边，是哪一家公司承建的，原定是要建什么项目？"

燕市拆迁管理办公室和城中村改造小组之间并没有隶属关系，当然从级别上讲，拆迁办要高一级，也有正规的编制。与拆迁办的正规军和官方背景相比，改造小组更像民间组织，代表的既有政府的利益，又有开发商的权益。

城中村的改造和普通拆迁又有所不同，普通拆迁如果有开发商的介入，一般直接面对拆迁户的，是开发商，由开发商和他们谈判，讨价还价，拆迁办居中协调就可以。

但城中村改造是陈风的大手笔，是全市规划，有些城中村拆迁之后，要兴建新的小区，就由开发商承担。而有些城中村拆迁之后，却是改造成公园等公益场所，甚至还有可能暂时闲置。此时没有开发商介入，拆迁办如果又做不通搬迁户工作的话，就得由改造小组出面，采取手段，迫使搬迁户就范。

从这一方面来说，改造小组类似于拆迁办的马前卒。陈风也不知道出于什么考虑，让高海直接领导改造小组，而不让拆迁办接手。或许在陈市长的大局中，拆迁办的官僚作风痕迹太重，和形形色色的老百姓打交道，过于保守不说，还容易被一些别有用心的人牵着鼻子走。所以他才单独设立了一个改造小组，独立于拆迁办之外，专门应付突发和难缠事件。

夏想虽然对拆迁办和改造小组有过研究，但具体到杜村的改造和发展，他还没有来得及仔细思考。他才回燕市几天，忙着找房子住，又和一些老朋友见面，还得陪曹殊黧，再到曹家做客，等等，差一点忙得四脚朝天。今天有点空闲，就急忙来改造小组看一看，打算先熟悉一下环境，没想到，桌子还没有擦完，就遇到了紧急情况。

急匆匆回来搬救兵的正是吴港得，他见夏想是个小年轻，又蹲在地上擦桌子，理所当然地认为他是新来的小兵，就极不耐烦地挥挥手："你是谁呀？叫你干活就干活，哪里来的这么多废话？快上车去……"

曲雅欣本来想提醒吴港得一下，别被夏想的年轻样子给骗了，他可是新上任的副主任。不过吴港得说话又快，态度又差，心里就想让他得罪夏想也好。三人不交友，三个副主任，总有两个人联合起来对付一个。夏想再年轻也是副科，相比之下，竞争力比吴港得弱了不少，拉拢夏想疏远吴港得，一举两得。她就故意装没听见，等吴港得发火过后再歉意地向夏想笑笑。

夏想不是小毛孩，他从吴港得的桌子脏得不像话，曲雅欣却不动手帮他收拾这点就可以看出二人不和。他对曲雅欣故意不点明他的身份也不说破，还冲她暗中摆摆手，意思是不说正好。

夏想紧跟在吴港得和曲雅欣身后，上了一辆面包车，风驰电掣地朝杜村进发。

村杜位于燕市的西北，在二环路以内，位置还算不错。掩映在高楼大厦之内的杜村，现在已经是一片废墟，拆得七零八落，几乎没有落脚的地方。在废墟的中间，有三间民房孤零零地矗立在一角，就如大海中的一叶孤舟，渺小而可怜。

在路上，夏想已经从吴港得连说带骂的叙述中，听明白了事情的来龙去脉。

民房中是一位卧病在床的老太太，她有三个儿子，却都不在身边，一个在京城，一个在上海，一个在广州。在京城的大儿子是记者，在上海的二儿子是律师，在广州的三儿子是医生。本来老太太已经答应了市里的安排，就要搬进新分给她的一套八十平米的住宅楼。不料平常生病时都不见人的三个儿子，听到老太太不值钱的破民房竟然换来了一套位置不错的八十平米的商品房，于是联合起来，说服老太太先不要搬家，等他们回去再搬。

三个儿子春节前回来了一趟，也不知出了什么变故，闹得不欢而散。老太太卧病在床，动弹不了，不过还是听从了儿子们的话，赖在床上不走，不提要求也不回答任何问题，就是死也不搬。曲雅欣也好，吴港得也好，对付耍赖或是耍横的人办法很多，但对于一个卧病在床又闭口不言的老太太，却束手无策。

事情一拖就是三四个月，直到今天她的三个儿子又分别从三地赶来，聚在一起，突然提出非要见陈市长一面，否则免谈。

吴港得正好遇上，上去理论。三个儿子分别是记者、律师和医生，能说会道，既懂法律，又有谈判的技巧，吴港得是城管出身，要对付三位厉害人物，差得太远了。不用别的，大儿子一句中央媒体曝光就把他吓得够呛，急忙回来搬救兵。

夏想看着眼前的三个男人，老大吴良留着短发，精明能干的样子，就是目光中时常流露出一丝狡黠和警惕，一开口就是满嘴的京片子，有点嚣张。老二吴道戴一副金丝眼镜，看上去文质彬彬，不过三角眼总是暗中打量别人，仿佛要时刻发现别人的隐秘一样，说话时假声假气，非要“阿拉阿拉”几句。老三吴心长相最普通，看不出有任何特征，只是他的双手总是习惯地揣进兜里，好像手中有什么宝贝不敢拿出来一样。他的广州话倒是学得最标准，如果不是他的脸型北方特征明显，乍一听，还真以为他是地道的广州人。

吴港得已经在他们三个人面前碰了一鼻子灰，再见到他们三个，就故意落在后面，显然上一次交锋，他败得很惨。

曲雅欣不满地看了吴港得一眼，走到三人面前：“三位有什么要求，可以直接和我提，我可以转给我们上级领导，会给你们一个满意的答复。我姓曲，是城中村改造小组办公室的副主任。”

夏想站在曲雅欣的身旁，落后她半个身子，既突出了她的重要性，又让她不觉得孤身奋战。

曲雅欣自然感觉到了夏想的支持，向他投去了赞许和感激的目光。

吴良上前一步，一脸严肃地说道：“我是中央大报的记者，你们的拆迁办野蛮执法，将我的母亲打倒在床，我强烈要求市里还我母亲一个公道。否则的话，我会在国家级报纸上曝光你们的丑陋行径。”

吴道推了推眼镜，一字一句地说道：“据我了解，你们的拆迁政策和国家的法律法规有抵触的地方。如果非要较真的话，打起官司来，你们市政府会输掉官司，到时候，市长的面子就丢大了。”

吴心态度还好一些，笑了笑：“这样吧，我们也不跟你们浪费时间，直接叫你们市长来和我们谈。我们也不是无理取闹之人，就是要你们一个态度，一个说法，一个认真负责的精神。”

曲雅欣不卑不亢地说道：“老太太早在几个月前，就和市里签订了协议，她也亲口答应要搬。市里也是考虑她有病在身，行动不便，才没有一直催促老人家。房产是老太太的名字，她签字就要生效。你们虽然是她的直系亲属，不过还是由她说了算……”

吴道自得地笑了笑:“不平等条款,签了也没有用,一打官司就会被判决为无效。刚才老三已经说了,请你们市长过来,我们三个人和他面对面好好谈谈,你级别不够,没有决定权,就不要浪费时间了。”

曲雅欣脸色微微一变:“我们陈市长很忙,要处理许多大事,要是什么小事都要麻烦市长,那还要我们这些工作人员有什么用?”

吴心不以为然地笑了起来:“市长怎么了?市长就得高高在上,就觉得我们这些小老百姓好欺负?不怕告诉你,我在医院,别说市长,就是市委书记、省委书记,见到我也得乖乖躺下,任我宰割。所以说工作没有高低贵贱之分……那个曲主任,你就别费心了,回去吧。”

曲雅欣工作还算负责,又耐心地向三人介绍了半天市里拆迁工作的相关政策和规定,三个人都是一副姑且听之的表情,都很有耐心地听她说完。吴良一摆手:“好了,曲主任你的工作也做完了,也算尽心尽力了,估计也没有人会怪你了,你可以回去了。我们也不和你为难,犯不着。”

曲雅欣还真没有遇到过这样油盐不进不提要求,只说要见市长的人,她不免有点火大:“市里的政策不是说改就改的,本来市里还念在老太太有病,一直供水供电。现在看来,你们非要逼市里用强硬手段,是不是?”

夏想知道曲雅欣斗不过他们三个,半天了她还没有明白过来三人的真正意图,就轻轻一拉她的衣袖,小声说道:“曲主任,我来和他们说上几句,你先休息一下。”

曲雅欣心想就凭夏想一个毛头小伙子,还能说过他们三个人?人家三个,不急不躁,既有身份又见过大世面,别说夏想一个二十多岁的小年轻,就算陈市长出面,也未必镇得住他们。

不过夏想毕竟是副主任,他要求出面解决问题,她没有理由拒绝,就点点头,同时也觉得有点心力交瘁,就退后一步,站在了吴港得的身边。

吴港得见夏想出面,才想起一直还不知道他是谁,叫什么名字,就问曲雅欣:“你怎么让一个小兵上去了?不是故意上去丢人吗?对了,他到底叫什么名字?”

曲雅欣没有回答吴港得的问题,无精打采地说道:“试一试总是好的,难道非要去请陈市长出面?事情要传到陈市长的耳中,我们两个人都准备挨训吧!”

夏想向前一步,非常热情地主动和三人一一握手:“我代表燕市城中村改造小组办公室,欢迎三位在异地他乡的游子回到家乡。燕市现在的变化可以用天翻地覆来形容,三位可以看看,燕市正在以崭新的面貌迎接新的明天。三位如果想为家乡人民做些贡献,想回燕市的话,一定可以大展宏图。”

吴道被夏想的热情弄得有些不快:“别故弄玄虚了,有话说话。”

夏想的目光依次从三人的脸上扫过,虽然他脸上的笑容真诚而憨厚,三人却都不约而同感到心中一凉,仿佛心中的隐私被他看穿了一样。

“国家级报社的大记者,《中华进步报》,是不是?”夏想问吴良。

吴良矜持地点点头。

“吴道先生,您是哪家律师所的大律师?”

“德济天下律师事务所!”吴道也不明白夏想是什么意思,但也没有必要隐瞒,何况他所在的单位是一家名气很大的律师事务所。

“吴心先生是哪家医院的大夫?”

“蓝天医院……我说你是谁呀,问这么多有什么用?不请你们市长过来,我们是不会和你们多说一句的。”吴心终于从衣兜中拿出了左手,在空中挥了几下,好像很有气势一样。

夏想回头看了后面紧跟的一个年轻的小伙子一眼:“你叫什么名字?”

小伙子急忙笑道:“我叫钟义平,是新来的,请问领导有什么吩咐?”

要的就是雷厉风行的手段

夏想心想小伙子挺有眼色,就点头说道:“小钟,刚才三位先生的工作单位都记下没有?记清楚,回去提醒我,我向高秘书长汇报一下。让高秘书长以市政府的名义向当地市政府发函,再给三家单位也发个公函,询问一下当地市政府和他们单位的领导,他们三个人不远千里来到燕市,阻挠燕市的城市规划政策,到底是个什么情况?”

钟义平虽然不清楚夏想到底是什么来头,但看他的样子和说话的口气,再有曲主任对他也是礼敬三分,就知道他大小是个领导,忙不迭地拿出纸和笔记录下来:“是,领导,我记下来了。有了他们单位的名称,一打 114 就能查出来地址。”

夏想对钟义平赞许地点点头,心想小钟不错,有培养前途。

吴港得心里嘀咕,他是谁呀,装什么领导?领导谁?不过他还知道在眼下的情形下,还是和夏想保持一致为好,也就忍住不说,等一会儿再算账。

吴良一听就不干了,嚷嚷道:“你什么意思?丫的,是不是威胁我们?好呀,我现在就给你我们报社的电话,你敢打一个试试?我就不信了,你还能把手伸到我们国家级报社？你不过是市级单位的下属，还差了好几级！”

“不用，我知道你们报社的电话，也和阎海燕阎总编有过一面之缘！”夏想漫不经心地说道，拿出手机就拨通了李丁山的电话。

《中华进步报》的副总阎海燕，在去年冬天李丁山热炒坝县草原旅游的时候，曾经亲自去过坝县，由李丁山出面接待，夏想作陪。阎海燕和李丁山关系还算不错，在坝县待了三天才走，大部分时间夏想都陪在左右。说一面之缘是谦虚的说法，阎海燕当时也对夏想的印象不错，二人谈得也十分投机。

夏想不直接给阎海燕打电话，而是通过李丁山，一是尊重李丁山，二是他也知道，在阎海燕面前，李丁山说话的分量要重上许多。

吴良见夏想不但直接叫出了他们副总的名字，还拿出电话说打就打，一点也没有商量的意思，心里也有点惊慌，忙道：“那个，你能不能等一下，我们把事情说清楚再说，别动不动就惊动领导！”

吴道和吴心也是心里打鼓，真要是燕市市政府发一个公函过去，他们单位的领导是肯定对他们大为不满。领导可没有心思为远在燕市的事情烦心，燕市市政府的公函虽然可以置之不理，但传出去对领导形象不好。万一领导在燕市有个亲戚，或是以后来燕市发展，因为他们的事情给燕市市政府留下了不好的印象，领导不怪罪他们，怪罪谁？

吴道和吴心对视一眼，心中不约而同地想，这个小年轻是谁呀，这么厉害，这一手高明呀。

二人还没有来得及开口缓和一下，夏想的电话却已经打完了。

李丁山的回答很干脆：“你等着，我马上给阎海燕打个电话，一会儿就回你。”

放下电话夏想满面笑容：“说得对，是不能事事惊动领导，陈市长那么忙，你们非要见他，不也是勉为其难吗？”笑完之后，脸色又一沉，“三位平常远在外地，母亲卧病在床的时候，没有一人在床前尽孝。现在却一个个都争先恐后地跑来，还要拿母亲的病来威胁市政府。如此恶劣的行径还敢振振有词，一个以记者身份相威胁，一个以律师身份口口声声要打官司，还有一个是白衣天使的医生，见识过无数高官……不错，你们都是事业有成，风光无限，可是你们有没有想过，当你们风光的时候，你们的母亲一个人卧病在床，在她最需要儿子们的照顾和安慰时，你们又在哪里？”

夏想紧盯着三人有些涨红的脸，语气更加严厉起来：“学有所成，报效国家是不错，但不要忘了生你养你的父母！比起以报效社会的名义来赚钱来让自己过所谓的人上人生活，将你们含辛茹苦养大的母亲，更需要你们来到她的身边，哪怕只是给她一句安慰！你们倒好，需要你们尽孝的时候，你们一个不见。现在见到有利可图，看到母亲的房子可以换来更好的住房时，你们一个个都跳了出来，拿母亲的病情对抗政府，要挟社会，你们扪心自问，还知不知道什么叫孝道？还知不知道什么叫奉献？”

夏想不给三个人喘气和反驳的机会，拿起电话说道：“还要威胁中央媒体曝光？你以为中央媒体会支持一个不知孝敬母亲的人，会宣扬他用母亲的病情来和地方政策对抗？我觉得我们本省的报纸，倒是对三位学业有成的儿子如何以母亲的病情为要挟，来和市政府讨价还价大感兴趣……”他随即拨通了杜同国的电话，“小杜，是我，有这样一个事情，我觉得是个不错的新闻题材，可以好好炒作一下，肯定可以提高报纸销量……好，我在杜村，你过来后我们再谈！”

吴良气势汹汹地冲过来：“你到底想怎么样？”他还没有来得及多说，手机响了，接听之后，顿时脸色惨白，连连点头，“是，是，我明白了阎总，我知道分寸。”

吴良垂头丧气地转身对吴道和吴心说：“阎总生气了，语气很严厉，说如果我再以报社记者的名义来和燕市市政府谈判，就会对我进行处罚……怎么办？”

吴道和吴心有些畏惧地看了夏想一眼，三个人围在一起小声地商量了片刻，最后由吴道出面说道：“我们兄弟三人商量好了，不再强求陈市长出面，但给我母亲的补偿太低了，我们要求至少要分三套住房。不答应我们的条件，我们不会同意拆迁！”

夏想一口回绝：“办不到！拆迁补偿是市里统一制定的，没有更改的必要，更不会为你们三人而变通。况且老人家当时已经在协议上签字，要打官司，悉听尊便。要对抗到底，我们也奉陪到底！”

吴道怒气冲冲地说道：“你不要逼人太甚！”

“逼人太甚的是你们，绝情绝义的也是你们。等一下《燕省晚报》的记者来了，可以为三位多拍一些照片。到时再组织一些记者到你们三位的单位采访一下你们的领导，深入挖掘一些三位以前的轶事，做一个深入报道——三位受人尊敬的高学历人才，如何公然与市政府对抗，如何置卧病在床的母亲的性命于不顾，不让执法人员送老人上医院，等等。”

吴心勃然大怒：“你血口喷人！”

夏想笑笑：“说实话，对你们这样的所作所为，我刚才所说的话还算轻的，真要我再说一些难听话？”

杜同国来得还真快，说话间，一辆印着“燕省晚报”字样的面包车就开了进来，从车上下来两名记者，对着现场就一顿乱拍。

杜同国笑眯眯地来到近前，和夏想热情地握手：“什么时候回燕市的，怎么也不提前通知我一声？对了，是他们三个人？我刚才在路上已经查到了他们领导的电话，要不要现在就电话采访一下？”

“不要，不要！”

一见真是报社的记者来了，三人都慌了。《燕省晚报》向着本地政府，那是不用想的事情。如果当地报社的记者真要打电话到他们单位，单位领导了解了实情之后，会是什么样的态度，他们三人都心中有数。没想到，真没想到眼前的小年轻说到做到，一点也没有政府官员胆小怕事的风格，做事不但雷厉风行，还能一出手就抓住他们的痛处，让他们有苦说不出！

一个人再有恃无恐，也有弱点，也有顾忌的地方。三个人自以为打着来自大城市的旗号，又仗着自身职业的特殊性，必定可以将没见什么世面的燕市市政府的工作人员吓住。只要见到了陈风，一切都好谈。只要陈风出面，他们就有把握谈下他们要求的条件。

没想到，半路上杀出一个小年轻，三言两语就将他们镇住不说，还真有通天的手段，不但惊动了吴良报社的副总，还一个电话请来了《燕省晚报》的记者。市政府一个小小的工作人员，能认识《燕市晚报》的记者就不错了，没想到他还能唤动省报的记者！

三个人被夏想拿得死死的，报社记者一个电话打到领导那里，不厌其烦地非要采访领导。即使采访不到领导，哪怕《燕省晚报》把他们的事情报道出来，到时就算再打官司，能不能打赢还得两说，他们的名声肯定会毁于一旦！

不用想，肯定会落一个鸡飞蛋打的下场！

三个人上前把夏想团团围住，尤其是吴良更是一脸笑容，连连点头说道：“那个，一切好商量，大家没必要闹得这么僵，是不是？请问你贵姓？”

夏想摆摆手：“你们没必要知道我姓什么，你们需要做的是，赶紧将老人送到医院，然后精心照顾老人，其他事情就不要多想了，自有市里解决。”

吴道还有心不甘：“你看，老人的病情都耽误了这么长时间，是不是多少考虑一下补偿？”

夏想淡淡一笑：“我想市里相关领导会去医院看望老人，其他方面的要求，如果你们还想纠缠，就可以再提。我想报社会对老人病情耽误这么长时间的根本原因，深入调查的。”

吴心不满地说道：“做人处事，要留有余地。”

夏想寸步不让：“有其他原因还好说，你们拿老人的病情来要挟政府，道德败坏，没有丝毫商量的余地。我放你们一马，也是看在老人的面子上，老人需要你们照顾，否则，我还有许多种方法可以让你们后悔。”

当三个人灰溜溜地抬起老人，将老人送到救护车上时，在场所有的人都看到躺着的老人，眼中有晶莹的泪光闪动，分明是幸福而欣慰的泪水。

夏想送走杜同国之后，才又来到曲雅欣和吴港得面前，刚才的冰冷和严厉消失不见，恢复了一脸人畜无害的笑容："曲主任，吴主任，对我刚才处理事情的方式，还满意吧？"

曲雅欣和吴港得已经从刚才的震惊中清醒了过来，曲雅欣赞赏地点点头："夏主任处理问题果断坚决，有理有据，我今天算是大开眼界了。"

"夏主任？难道你就是那个……"吴港得虽然已经猜到了一点什么，不过亲耳听到曲雅欣证实，还是不太愿意相信眼前这个年轻的小伙子，就是新调来的副主任夏想。

"吴主任说对了，我就是夏想。在二位面前我还是小字辈，以后还请两位主任多多指点，多多帮带，不要因为我年轻就不帮我一把，呵呵。"夏想早就看出曲雅欣和吴港得不和，当然他心里也更清楚，因为他的到来，必然会给二人造成不大不小的影响。凭空杀出一个年轻的副主任，任谁都会有抵触心理。

夏想也明白，官场之上，处处有斗争，处处有竞争，许多人都去竞争一个位置，必然会有人暗中下绊子。他从坝县的经历中吸取了一个宝贵的经验教训，就是要想做出一点实事，必须先掌握主动权。他要想在改造小组站稳脚跟，必须拿出足够的资本让曲雅欣和吴港得口服心服。当然最简单的办法就是倚仗他和高海之间的关系，明确无误地告诉二人，他有后台有背景，不要小瞧他。

但这种简单的借势只能让二人口服，是不是心服就不知道了。正好他今天一来就遇到了吴家兄弟的事情，就借机出手，以雷厉风行的手段，快刀斩乱麻解决了纠纷。这不仅为老太太争取了时间，也是为了让曲雅欣和吴港得心中有数，让他们都明白一点：他来改造小组办公室，是做实事来了，不是和他们抢班夺权，也不是为了摘桃子。

如果大家相安无事最好，如果想要内斗，就像夏想刚才对三兄弟所说的一样，奉陪到底！

曲雅欣心里是如何想的，夏想猜不透，但他从吴港得满脸的讪笑上已经得到了答案。吴港得就算不是对他心服口服，以后也会尽量配合他的工作，不会在表面上横加阻挠，暗中使坏。

夏想猜对了，吴港得对夏想刚才的手段，佩服得五体投地。他不傻，以前也猜测夏想有没有后台，到底和陈市长有没有关系？现在明白过来了，夏想和陈市长有没有关系已经不再重要，至少他和《燕省晚报》有关系。

再有他一直深藏不露，一路上都没有透露半分他的身份，被自己训斥了几句，一点也不生气，就这份心性和忍气功夫，就了不得。再到后来他一出手就将极其难缠的兄弟三人收拾得服服帖帖，一直对吴港得颐指气使的三兄弟最后一点要求也没有提，主动撤退，吴港得就在心里下了结论，厉害，真厉害！

高手，高手！忍耐水平一流，真要发作起来，手腕也是无比强硬。吴港得是城管出身不假，性子上有点粗枝大叶，但他粗中有细，最善于分析问题。当他目睹了整个事件的过程，又证实了眼前的小伙子就是新上任的副主任夏想，他心中原有的想要利用一下夏想的心思顿时抛到九霄云外，立刻下定了决心，对夏想采用巴结兼拉拢的手段。

这么年轻，这么有手腕，又有不小的后台，不巴结行吗？恐怕巴结晚了，还会有人抢先一步！吴港得就想，大家都是男人，喝顿酒，吃顿饭，关系就可以拉近了。他还暗中看了曲雅欣一眼，不无得意地想，可惜了曲主任，夏主任很年轻，你要想诱惑他的话，年龄未免太大了一些。

曲雅欣目光闪动，心里却有一丝微微的苦涩。原本一直幻想夏想虽然比她小，也不会小多少。没想到他不但才二十四岁，而且既聪明又有手段。从他刚才一个电话就可以叫来《燕省晚报》的记者来看，恐怕也有不小的后台。她心中想要和夏想一争高下的心思也就立刻熄灭了火焰，仅存的一丝幻想是，就算他再有能力，如果得不到高秘书长的赏识，再加他只是副科，最后最有可能留下来的，还是她！

不过一回到市政府，正好遇到高海开会回来，见到三人一起从外面回来，高海一愣，随即立刻惊喜地和夏想握手："小夏，你怎么不打个招呼就自己跑来了？怎么了，这么急着走马上任，是不是想给我和陈市长一个惊喜？陈市长刚刚还说起你，让你一来就先到他的办公室去一趟。"

夏想本来想回去擦完桌子再找高海，既然被高海撞到了，也就不再耽误，就冲曲雅欣和吴港得点点头，直接跟高海到了他的办公室。

见到高海对夏想亲热的姿态，听到陈市长要亲自召见夏想，曲雅欣终于悲哀地想，夏想这个副科级的副主任，凌驾于她和吴港得之上，不过是时间问题！

陈风演戏，肖佳诱人

先说了几句家常，高海得知夏想还没有找到合适的房子，就大手一挥说道："我在市政府家属院还有一套房子闲着，你先去住，回头到家里拿一下钥匙就成。正好你婶子也总说起你，去家里认认门。”

“房子就不麻烦高叔叔了，其实我也找到几处合适的房子，不过是因为殊黧觉得离她太远，被她否决了。她在建筑学院上学，政府家属院……离她还是不近，估计她还会不同意。”夏想的理由半真半假，说是真，也确实曹殊黧提过一句，最好找房子住得离她近一些，方便她随时过去蹭饭。说是假，他也是不想承高海的情，不想欠他太多。以后在市政府工作，少不了天天和高海打交道，如果和高海在公私两方面都走得过近的话，很容易混淆他的判断。

市政府不比坝县，人际关系错综复杂，不得不小心从事。而且燕市又是省会城市，说不定市政府哪个不起眼的人，就有省里的背景。所以在省会城市的市政府任职，谨慎是第一要旨，低调是最佳选择，必须要有足够的冷静和判断，才能看清眼前的局面。和高海走得过近，又受了他的恩惠的话，很容易被他带动，被他的看法影响到自己对整个局势的分析。

夏想清楚，机遇越大，风险越大，不管什么时候，都不能掉以轻心。

对于高海，夏想信任是信任，但他做不到绝对信任。不像对李丁山对曹永国，是一种感觉非常踏实的信赖。

夏想不好意思地笑笑，露出一丝尴尬的神色。高海心领神会地笑了：“年轻人，想离得近一点，方便相聚，也是可以理解。那就没有办法了，建筑学院那一边我也没有免费的房子给你住，你就自己找吧……曹市长和陈市长，现在相处得还是十分融洽，他们观点相近，曹市长又有许多专业的知识，陈市长目前非常器重曹市长。”

虽然用器重来形容市长对副市长的态度有点抬高陈风，用欣赏则更恰当一些。但夏想并没有觉得高海有意贬低曹永国，其实说是曹永国被陈风一手提拔上来的也不为过。毕竟事实上也是陈风动用了关系，曹永国才有现在的一大步。

曹永国上任燕市常务副市长已经有四个月了，走完全部程序后，他现在已经是名正言顺的市委常委、常务副市长，在燕市十三名常委中，排名第十。按说常务副市长一般能排到六七名以内，但曹永国资历不够，最后只好排名靠后。

能以常务副市长的身份，再挂了常委头衔，曹永国已经非常知足了。饭要一口一口吃，路要一步一步走，他能突破省局的局限，真正跨入权力的核心层，也算迈出了至关重要的第一步。以后的路还很长，所以在常委会排名靠后也不是坏事，起码不至于在根基未稳的时候，就遭人忌妒，万一不知何时得罪了小人，被人时刻惦记着，也是麻烦。

曹永国初到燕市市政府，又因为得益于陈风的举荐，和陈风关系密切也是正常，不密切才惹得外人猜疑。夏想也能猜到曹永国目前的心理，紧跟陈风，埋头苦干,凡事不出头,以陈风为风向,在常委会附和陈风。

反正他已经被贴上了陈风一系的标签,不管承认不承认,别人都会这样认为。而且他从内心深处对陈风充满了感激之情,该表示的时候,自然要不遗余力。

和高海又说了一会儿话,到了下班的时间,高海给陈风打了个电话,请示了一下。不料陈风临时有事走不开,就让夏想明天再去找他。

高海中午就想和夏想一起吃饭,没想到中午也突然有事,就只好让夏想自己去解决午饭问题,高海说:"你下午就别来了,休息一下,明天正式上班。"

高海执意要送夏想到楼下,夏想也就没有推辞,他也知道高海是有意关照他一下,给一些比较势利的人看一看,为他铺铺路。其实夏想本想低调,又不好推辞高海的好意,就只好一起来到市政府楼前,刚要和高海说再见,出人意料的一幕出现了:陈风正好下楼,他在秘书的陪同下正要乘车,猛然发现了夏想,顿时脸上一笑,喊了一声:"小夏,过来一下。"

陈市长的嗓门足够大,他的声音在市政府又是人人熟悉。也不知他是有意还是无意,喊得又格外响亮,正值下班的高峰,一下子就吸引了所有人的目光。

夏想暗道惨了,想不引人注意也难了,陈市长有时还真是出人意料,总给人意外的惊喜。可惜的是,你并不知道这种惊喜是好是坏,至于陈市长更深一层的真实目的,就更无从得知了。

夏想只好迎着众人心思各异的目光,硬着头皮来到陈风面前,以为陈风找他有什么事,没想到陈风只是拍了拍他的肩膀:"来了就好,好好干,跟着我,不吃亏! 明天到我办公室来一趟……"

陈风走后,夏想哭笑不得,很显然,陈风是故意做给别人看的,可是也没有必要做给市政府的人员看吧? 市政府内陈市长最大,他又何必多此一举?

夏想笑了笑,摇摇头,抬脚就要走的时候,一辆奥迪车无声无息地贴着他停下。他一愣,才想起他站的地方不对,正是市政府大楼的门口,下班时间,大小领导都要外出,司机们自然一个接一个地等在门口,接领导上车。

车牌号他不认识,但开车的司机李洁夫他却认识,不由乐了,曹伯伯也挺念旧,还把司机李洁夫带来了。他冲李洁夫点点头,算是打这招呼,却听见后面传来一个熟悉的声音:"赶早不如赶巧,小夏,上车,一起去吃饭。"

秘书长陪同下楼,陈市长主动打招呼,还亲密说话,最后又坐上新任的常务副市长曹永国的汽车,和曹市长一同离去,夏想的来历立刻成了市政府大院中,最为人津津乐道的话题。几乎所有人都在谈论一个年轻得过分的小伙子,有点帅气,肤色很健康,笑起来很憨厚,能让市政府中实权在握的三大人物——陈市长、曹市长和高秘书长同时看重,他到底是谁?

夏想和曹永国都不知道的是,在市政府大楼七楼的一个房间里,有两个人站在窗户面前,向下俯视。其中一人五十岁上下,一身儒雅气质,要是再戴上一副窄边眼镜的话,他的书生形象比李丁山有过之而无不及。旁边微微弓着身子的一人,身高一般,相貌普通,微胖。如果非要找到他的特征的话,他的额头正中有一颗痣,可惜他是一名中年男人,若是此痣长在女人脸上,则是极其难得的美人痣了。

"谭市长,你说这个年轻人叫夏想?"儒雅男人饶有兴趣地问道,他用手轻轻敲击玻璃,修长而保养良好的手指看上去,如钢琴家的手一样,颇有艺术气息。

"是的,崔书记。"谭市长微微弯了一下身子,他猜不透崔向的真正用意,所以也没敢多说,就又说了一句,"夏想是陈市长从坝县调来的,他原先是李丁山的秘书……"

"李丁山?宋朝度的人?"崔向含蓄地笑了,他的笑容也有一份矜持和淡泊,返回到座位上坐下,想了片刻,才说,"可以说,夏想是联系李丁山、高海和曹永国之间的桥梁。没想到,不起眼的他,一个年轻的副科级干部,关系网倒是盘根错节。甚至可以说,他以后还有可能成为路书记、卢部长和宋朝度之间的桥梁,不简单!如果这种情形是他一手精心造成的,那么我还倒要真心地称赞他一句,他还真的做到了举重若轻的地步。"

"那陈市长和他又是什么关系?"谭市长小心翼翼地问道,他和崔向接触不多,还弄不清楚崔向的喜好,更不清楚他问起夏想是褒是贬,只好试探着说。

"陈市长也不简单,他当然也看到了夏想的重要性,要不,他为什么非要在下面演一出戏给我看?呵呵……"崔向笑了,又不以为然地摇了摇头,"燕市的格局现在还没有打开,新进来一个曹永国也不会起多大的波澜,陈市长到底想用夏想撬动谁的利益呢?"

谭市长不敢接话,他只是想不明白,夏想到底有什么本事,非得让陈市长从大老远的坝县把他调来?既然调来,为什么不直接重用,非要安排到一个可有可无的城中村改造小组?

夏想当然不知道他经陈风的有意一捧,不但成为市政府的焦点,连市委书记崔向和副市长谭龙,都对他表示出了莫大的兴趣。

夏想只是老老实实地陪曹永国吃了一顿饭,简单说了一些家常话,没有提及任何工作上的事情。

下午没什么事,他决定去找肖佳。

回到燕市两三天了，夏想只和曹殊黧见了一面，还没有来得及见肖佳，因为他之前抽空回了一趟家。

弟弟夏安已经如愿以偿在单城市委上了班，虽然只是一名小小的办事员，不过也把父母高兴得不得了，更让许宁的父母对夏安高眼一眼，还多次说一旦夏想回来，一定要和他们说一声，让他们也当面谢谢夏想。

夏想回家后，父母十分高兴，尤其是父亲，拿出珍藏多年的酒，非要好好喝上几口。也不知道是哪里传出的风声，说是夏想和单城市委书记关系匪浅，夏天成在单城一建当了多年的工人，突然之间就提了干了，当上了副科长！

夏安对夏想回来也是乐开了花，围着夏想转个不停，还不停地问起曹殊黧和连若菡。曹永国当上了燕市常务副市长，一家人也从曹永国的弟弟曹永旺口中听说了，夏天成还专门买了一挂鞭炮来放，他已经理所当然地将曹永国当成了亲家。

曹殊黧没什么好说的，小丫头上了大二，暑假过后就是大三了，虽然又长了一岁，不过还和以前一样，孩童心性。提及连若菡，夏想心中却总有一丝苦涩和无奈。自从上一次冬天在坝县，他无意中气走她之后，连若菡好像凭空消失一样，再也没有出现过，手机总是关机，连曹殊黧也不知道她去了哪里。她消失得十分彻底，仿佛从来没有出现过一样。

有时候想起连若菡，夏想心中多少有些遗憾，他想当面向她说一声“对不起”。她以身试险，开车从京城沿山路一路到坝县，不说别的，光是这份情义，就足够让他郑重其事地向她道一声感谢。更不用提他明里暗中多次利用她的身份，完成了许多次的借势，也成就了不少事情。

夏想在家里只住了一晚上就返回了燕市，事情太多，他也住不踏实。父母对他到了燕市市政府工作也是喜出望外，嘱托他好好干，别忘了经常向李丁山汇报工作，毕竟是李书记带他进入官场的，做人不能忘本，等等。他一一点头。

肖佳在丽香园小区买了一套一室一厅的住宅，虽然只有四十平米，却收拾得非常温馨。听说夏想要来，肖佳推掉了所有生意，专门守候在家中。她先是精心打扫了房间，又淡淡地化了点妆，还穿上居家衣服，买了一些好酒好菜，心跳加快又有些期待地等夏想上门。

可以说，二人自从上一次突破最后界限之后，还没有单独相处过。有过了第一次的男女再聚在一起，又是在家中，暧昧和暗示可想而知。肖佳既有些期待又有些心慌，期待和夏想相拥而眠，又对可能的疼痛有点心慌。正胡思乱想之时，门铃响了。

果然是夏想，他来了……肖佳怔怔地看着夏想，黑了点，瘦了点，好像还长高了点，不变的是他一脸憨厚的笑容，清澈的眼神，还有可以给人温暖和依赖的胸膛。肖佳再也忍不住，一下子扑到夏想的怀中："坏蛋，你终于来了，我都想死你了！"

第一次听到肖佳柔情似水的甜言蜜语，夏想还有点不适应，挠挠头："是我听错了，还是你说错了？"

话音刚落，胸膛上结结实实挨了一拳："不许说话，不许破坏气氛，我要安静的氛围。"

夏想轻轻地拍着肖佳的后背，又轻抚她的秀发，心中升起一丝怜悯。比起曹殊黧，比起连若菡，甚至比起张信颖，肖佳都苦多了也累多了。她一个人努力支撑着一切，也经历了一切，无人诉说，无人陪伴，该是多么要强的女子！她人前欢笑，人后落寞，一定累心累力，渴望得到他的支持和拥抱。

也不知过了多久，肖佳伏在怀中一动不动，竟是睡着了。

夏想多少有点心疼，站着也能睡着，她真的是太累了，也是太渴望一个可以依靠的港湾，所以才在他的怀中就酣然入梦。他弯腰轻轻将她抱起，格外轻柔小心，生怕惊醒了她的美梦，走进卧室，将她轻放在床上，也侧着身子在她身边躺下，凝神观察她绝美的容颜。

肖佳最美的地方不是脸型，也不是五官的完美搭配，而是她无形中散发出的一股妩媚气息。即使她紧闭双眼，眼睫毛还在微微颤动，神态安详而宁静，没有醒着时的活泼生动，但依然从她的脸上、身上向外迸发出一股令人心醉的迷人气质，无时无刻不在提醒你：她是一个女人，美丽而性感的极致女人。

她的妩媚和迷人的风姿让人不由自主地想起了一个成语：媚骨天成！

肖佳并不是有意迷人，而是男人都喜欢她天然生成的女人气息。所谓红颜祸水，其实怪不得女人生得美，只怪男人太贪婪。一个倾国倾城的女人，她本身的美貌祸乱不了什么，只是被她的美貌迷住的男人，因为她而祸乱了天下。

过了一会儿，夏想才注意到肖佳只穿了一件前排扣的居家衣。美女在卧，他又不是不近女色之人，况且和肖佳有过肌肤之亲，不由意动，如一个顽童一样，小心翼翼地，一个个解开肖佳的衣扣。衣扣解开之后，里面空空如也，真空包装，露出了冰肤玉肌。细腰宽臀，光洁的大腿，惊人的曲线如起伏的山峦，让他顿时心中火焰升腾，禁不住想立即提枪上马，纵横沙场！

夏想见肖佳熟睡得如一个婴儿一般，虽然全身欲火中烧，不过还是强行克制心中的欲望，没有弄醒她。不过后来实在忍不住，也三下两下就脱光身上的衣服，将肖佳抱在怀中，迷迷糊糊地也睡了过去。

女人和关系网，都需要精心培养

半睡半醒之间，忽然感觉有人在动，在悄悄地抽出胳膊，想要逃跑。夏想心想，已经等了半天，现在还想跑，没门！他猛然睁开眼睛，一翻身就将肖佳压在身下："别想跑，现在还想逃，传了出去，我就成了禽兽不如了。"

肖佳脸上一片嫣红，她小意而温存地说道："大老爷饶命，小女子再也不敢了。"

夏想慢慢地分开她的双腿："不行，先杀后饶！"

"杀了就来不及了，求大老爷可怜可怜小女子……"肖佳意态慵懒，说话时又故意娇声娇气，简直媚到了骨子里，反而更激起了夏想的战斗欲望。他目露凶光，假装凶悍地说道："箭在弦上，不得不发。要是不发，就是傻瓜！"

肖佳一伸手将夏想死死抱住："随便你折腾吧，反正你就是我的克星，我奈何不了你，啊……"她一声痛呼，"怎么还有一点疼？"

"别急，你要把这项运动当成你和我之间最深入的交谈和交流。第一次是试探和摸索，毕竟大家还不太熟悉。第二次就是互相试探对方的底线，看对方到底是什么脾气，性格是火暴还是温柔，是强硬还是粗中有细。第三次的时候，就差不多开始注重交谈的质量和时间了，不再是泛泛而谈，而是进一步深入交流深奥的话题……"夏想循循善诱，他感觉自己就像一只诱骗小白兔的大灰狼，为了吃掉小白兔，不得不费尽口舌，还要让她忘记其实她已经身处危险之中。

肖佳却不说话，将夏想抱得越来越紧，张开嘴，咬住他肩膀上的一块肉，不用力，也不松口，一直咬到二人交流的结束。

夏想出了一身汗，他紧紧抱着肖佳："好点没有？不疼了吧？"

肖佳松了口："你弄疼我，我也咬疼你。开始时还有点疼，现在，现在……好了。"她羞不可抑，不敢看夏想。

夏想成心逗她："我没骗你吧？总说我骗你，要是女人总是疼个没完，离婚率绝对超过百分之八十！"

肖佳拿手在夏想身上画圈圈："你出了好多汗，挺卖劲，表扬一个。哎呀……"她想到什么似的，惊叫了一声，"刚才我睡着的时候，你是不是把我全身都偷看了一遍？"

夏想是个老实孩子，所以实话实说："嗯，都看过了，都挺好看的，又白又嫩，像小白羊。”他见肖佳难为情的样子，就开玩笑，“是不是觉得吃亏了？不行我让你看我全身，为了表示我的诚意，不但让你随便看，还让你随便动手动脚！”

“去你的，谁要看你，丑死了，又黑又瘦。”肖佳嗔怪了一句，忽然眼波流转，露出了她一贯的妩媚笑容，“你累了吧？不行了吧？有本事再来一次！”

夏想正是身强力壮的年龄，恢复起来也快，哪里受得了肖佳这样明目张胆地挑逗，一翻身就将她压在身下，威胁说道：“敢出言不逊，就得做好承受打击报复的心理准备！”

肖佳求饶：“饶过我吧，好不好？我错了还不行吗？啊……你……”

接下来就是靡靡之音，说不尽的一室春光。

夏想总算让肖佳好好补偿了一下他，从上一次到现在，差不多隔了一年的时间，让他也是郁闷得够呛。不过让他欣慰的是，经过他的努力和开发，肖佳总算度过了女人的第一个心理关口。不能说现在肖佳已经成了熟女，至少她不再姿势僵硬，不再叫疼，而且还懂得稍微配合几下。

来日方长，不急，慢慢培养。

到了晚上，夏想也没有走，对于肖佳青春可人的身体，说不迷恋绝对是骗人的。男人都有占有的贪欲，夏想比一般人自控能力强一些，但也避免不了稍微放纵一次的欢愉。

晚饭是肖佳亲自下厨做的，二人边吃晚饭，边谈事情，肖佳也将她将近一年的发展，详细地说给夏想听。

一直以来夏想和肖佳见面不多，但联系不断，不过亲耳听到肖佳的叙说，还是和从电话中听到，感觉不一样。

肖佳的肖夏蔬菜批发公司，是在冯旭光的帮助下注册成立的。成立之后，她慢慢打开了燕市的一小部分市场，后来又和齐省鲁市的几家蔬菜供应商建立了合作关系，经过艰苦的谈判，终于压低了进货价格，才慢慢在燕市站稳了脚跟。

虽然肖佳没有明说，不过夏想从她的话中也可以听出，她也受到了一些大商人的暗示，只要她答应他们某方面的要求，肯定可以得到更大的好处。肖佳太迷人了，就算是从百花丛中杀出一条血路的男人，也受不了她的诱惑。肖佳一个人在外面打拼，确实很难，难到不但要时刻提防别人算计她的生意，还要防止别人算计她的身体。

“太累太难的话，就别做了，好不好？”夏想不忍看到肖佳一个人到处奔波，他有点心疼，“你是我的女人，以后我会为你找一条别的生财之道，不必非要去做奔波忙碌的生意。”

“我不！”肖佳很坚决地拒绝了夏想，她脸上的表情有倔犟还有不甘，“我是你的女人不假，但我不是你的附属品，也不想依靠你得到什么好处。我把自己给你，就是看重你可以依靠，可以信赖，一个女人再坚强，也要有一个男人为她撑腰。我只要在最累最艰难的时刻，一想到还有你，还有你可以借助，还有你可以作为最后一道防线，我就又有了信心和力量。”

顿了一下，肖佳继续说道：“其实我知道，女人不管嫁不嫁人，都要依附一个男人，好吧，我承认最开始我也有依附你的心理。因为你给了我太多帮助，而没有索取回报，我就把我自己给你，总可以了吧？不过后来我改变了主意，我觉得，永远做你的女人也不错！首先你大有前途，其次你比那些成功的男人都年轻，和你在一起，我没有心理压力，也没有偷别人丈夫的内疚。最后一点，也是最关键的一点，我还多少有那么一点点喜欢你……”

夏想静静地听着，不说话，只是目不转睛地看着肖佳，感觉眼前的肖佳，由模糊到清晰，她的形象在他眼中，渐渐丰满起来。他不傻，也知道肖佳主动献身，不是没有所求，世界上不是没有幸运的事情，但很显然肖佳不是那种花痴。

他一直期待着有朝一日能和肖佳坦诚面对，他不娶她，但也要知道她心中所想所求，也要知道他到底能为她做些什么。人都是有欲望的，不可能一个人全心全意对你好而无所求，肖佳只不过将她的欲望埋藏得更深罢了。

“我就告诉你全部真相，你听了后不许笑我不许嫌弃我，更不许不要我，知道不？”肖佳伸出一根小手指，要和夏想拉钩。

夏想钩住她的手，另一手去摸她的脸：“怎么会？我会好好对你，不会让你受委屈的。”

“其实我当初急着和文扬合作，急着赚钱，是因为我的父亲欠别人的钱，被人打断了腿。债主天天上门逼债，声称再不还钱，就把我弟弟的腿也打断，把我卖掉……我不敢回家，只好拼命想法赚钱……后来我偷了公章，编书成功之后，赚了一百五十万。要是你当时拿走你应得的七十五万，我就又一无所有了，因为我的七十五万刚刚够还父亲的欠债！也就是说，我现在赚的钱，其实都是因为你的七十五万，我不过是拿着你的钱来赚钱而已。归根结底，你才是我的老板。”肖佳怯生生的，装出一副可怜样，眼巴巴地看着夏想。

夏想心中生出一股暖意，他怜惜地抚摸肖佳的头：“傻丫头，我没说要你的钱，再说，你可以拿着钱跑掉，躲到一个我找不到的地方……”

“你把我当成什么人了？”肖佳生气了，一挥手打掉夏想的手，“我都和你那样了，人都给你了，你还说这种风凉话？我警告你夏想，你不可以看扁我的人格！以后不管你要不要我，我这一辈子都不会嫁人了，不管是站在你的身后，还是被你无情地赶走，我这一辈子自始至终就只跟一个男人！”

夏想感动了，起身将肖佳抱在怀中：“我又想占有你，又不能娶你，是不是有点虚伪？”

“当然了，男人都虚伪，都自私。”肖佳笑了，笑容中有浓得化不开的柔情，“不过还好了，我喜欢你真实的虚伪和可爱的自私。最起码，和你在一起，我能感觉到你对我的好，而不是口是心非。”

夏想用力抱着肖佳：“有机会，让你弟弟过来帮你吧，你一个人太累了。”

肖佳蜷缩在夏想怀中，心满意足地说道：“等我爸爸病好了，我就让我弟弟也过来。到时要是他有不明白不懂事的地方，你替我好好管教他……对了，要不要帮你在市里买一套房子，我手中还有一点闲钱，不太多，只能买一套小的。”

“不用了……”夏想摇摇头，他的想法很实际，“现在你需要流动资金，好好用手中的钱去赚你的大钱。我现在只是一个小得不能再小的小官僚，哪里有钱买房子？等等看，看能不能让市里解决一套住房，不行的话就租了再说。”

“你还真成了官僚了，光想着沾国家的光。”

“我是国家的人，国家当然得管吃管穿管住了……”夏想嘿嘿直笑，他有一个原则，不贪不拿不要，但属于自己的东西还是要争取一下的，比如福利分房，应该可以赶上市政府的末班车。

二人正说话的时候，曹殊黧忽然打来电话。夏想起身去接，看了肖佳一眼，就慢慢走到阳台上说话。曹殊黧也没有什么事，就是问他找好房子没有，她一个同学给她介绍了一套房子，离建筑学院不远，问夏想什么时候有空就过来看看。夏想答应着，算了算时间，就说明天下班后给她去电话。

挂断电话，回到房间，见肖佳正拿着一个计算器，低着头全神贯注地在算账，夏想就笑着拉住她的手：“是不是想问问是谁？”

肖佳仿佛才惊醒一样，“啊”了一声，然后连连摆手：“我不问，你也不要说，眼不见心不烦。而且我又不是天天缠人的人，才不会把你管得死死的。男人都管不住，与其自讨没趣，不如放手让他们去疯。只要他们心中有你，总会回来的，倦鸟归巢，落日还乡。”

夏想不由佩服肖佳的聪明：“要是我不归巢呢？”

“不归就不归，我的第一目标是赚钱，赚许多许多钱，第二目标才是你。没有了你，我还有花不完的钱……男人哪有钱好！”

夏想假装生气，上前去挠她的痒，二人乱成一团。

第二天去上班，一进办公室就发现不对，桌子和椅子都换成了新的。再一看，曲雅欣的桌子是他原来的桌子，吴港得的椅子是他原来的椅子。他心里明白了，是二人抢着给他换了一遍。想到二人都比他资格老，级别又比他高，也没好意思当面点破，只好假装没发现。

和二人打过招呼，曲雅欣拿了一张表格过来："夏主任，这是肖家村的拆迁补偿方案，我和吴主任初步列了一个大概，你看看有没有需要补充？有不足的地方，请你直接改正，然后报给高秘书长。"

吴港得也急忙满脸堆笑地过来，手中也是一份材料："夏主任，二十里铺村有几个小混混，赖皮得很，上次还差点把我们的执法车给推倒，我打算给他们一点教训，叫上当地的派出所，把他们抓起来，怎么样？"

曲雅欣和吴港得都是一副请示的口气，让夏想吃了一惊，心想今天这是怎么了？昨天看曲雅欣和吴港得的样子，显然对他的到来很不满意，还想给他一个下马威。今天二人争先恐后地向他示好，难道是因为昨天处理吴氏三兄弟事件的原因？

夏想昨天的手段确实也镇住了曲雅欣和吴港得二人，不过如果仅仅是昨天的一件事情，二人对夏想只能是高看一眼，不会降低身段以请示的口气说话。真正让二人认识到他们和夏想不能相比的是，昨天下午在市政府大院中传闻一时耐人寻味的三人事件。

所谓三人事件，就是高秘书长相送，陈市长相邀，最后曹市长相陪而去。

事情传到曲雅欣和吴港得耳中，曲雅欣的反应是，从此改造小组是夏想的天下，一切由他说了算，她给他当副手。吴港得的想法是，紧跟夏想的步伐，团结在以夏想为核心的改造小组办公室周围，努力做一个让夏主任喜欢的人。

夏想对曲雅欣的方案只是简单地看了几眼，笑道："好，既然曲主任这么信任我，我一会儿就转交给高秘书长。至于吴主任所说的二十里铺村的问题，我觉得应该斟酌一下再做决定，拆迁是大事，要慎重对待。"

吴港得却心中咯噔一下，脸色就有点难看，心想是不是上次不小心训了夏主任几句，夏主任记仇了？听他的口气，分明是对他大大不满。他暗暗擦了一下汗，小声地问道："夏主任有什么高见，尽管说，我照办就是。"

曲雅欣鄙夷地看了吴港得一眼，返身坐回座位上。吴港得才不理她，只顾一脸紧张地看着夏想。

夏想本来想张口告诉他问清楚再说，二十里铺村的改造他也清楚，是吉成地产要兴建吉成小区。既然有房地产公司承建，就理应由他们出面，改造小组能不出面，就尽量少出面。不过他见到吴港得迫切的神情，心想吴港得是城管出身，想要收服他，不但要有自上而下的压力，一些敲打的小手段也得用用，晾他一晾也好，让他彻底服了才行，省得以后添乱。

夏想倒不是非想和曲雅欣、吴港得二人争权，他知道陈风将他放到改造小组的用意之一，也是考验他的能力，看看他有没有手腕治理好一个小小的改造小组办公室！陈风并没有明确他的职责范围，也没有明说三个副主任以谁为主，很明显就是要让大家争个高低出来。夏想如果在三人之中不突出，不显示出笼络和收服人心的一面，陈风也会对他大失所望。

夏想还是一副不慌不忙的样子：“吴主任，二十里铺村是市里的规划不错，但是是有承建商的……”他点到为止，抬手看了看表，“时间到了，我得先向陈市长汇报工作，等我回来再说，好不好？”

恩威并施

吴港得哪里敢说不好，只有使劲点头的份儿，心里却羡慕得要死。副科级干部一本正经地说要向副省级市长汇报工作，偏偏人家还是一副笃定的样子，换了别人，不紧张死才怪。

不过真要换了别人，哪怕他是一个关键部门的实职副科，吴港得也会笑掉大牙。但对方是夏想，他却一点也没有觉得夏想口气大得没边，反而认为理所当然。人的心理有时很奇怪，同样的事情发生在不同的人身上，产生的效果大不相同。

吴港得忽然发现，他对夏想有了一丝畏惧心理。不仅畏惧他来历不明的身份和高深莫测的背景，还畏惧他自始至终都是一副淡定从容的姿态。在吴港得的印象中，他们的城管局局长去见陈市长的时候，好像也没有夏主任镇静，还紧张得出了不少汗。夏主任倒好，说是去见陈市长，好像是见自家亲戚一样。

亲戚？吴港得脑中灵光一闪，难道夏主任和陈市长真是亲戚？

夏想来到七楼陈风的办公室，江天客气地请他进来，让他稍等片刻，说陈市长正在接电话。

江天要给夏想倒水，夏想抢先一步先给江天倒了一杯，又给自己倒了一杯，笑道：“哪敢劳动江秘书大驾？”

江天淡淡地笑，看着夏想，心想陈市长还真是爱才，还真把他从坝县调来了。不过这个年轻人除了有眼色、手脚勤快之后，还真没有发现有什么才能。陈市长不但把他调来,昨天还大张旗鼓地抬他一抬,到底他有什么大用?

江天跟着陈风差不多两年了,现在级别是正处,应该说如果机会合适,下去当一个区长或是区委书记也不是不可能。陈风以前也透露过这个意思,不过最近又忙得不可开交,陈市长就好像又忘了这事。当秘书的,谁都想放外任,主政一方。秘书再好,也是伺候人的活儿,总有束手束脚的感觉。

不过放外任的事情,领导不提,哪个秘书敢主动提出?江天只有等,等待飞出鸟笼的一天早日到来。所以从某些方面考虑,他还有点羡慕夏想从李丁山身边跳出——城中村改造小组虽然小,但好歹也有自主权,而且权力也不小,关键时候,也算得上是一个要害部门。

夏想和江天说了几句闲话,就被陈风叫进了里间。陈风先是打量了夏想几眼,哈哈一笑:“小夏,你可总算是来了,我可是望眼欲穿。”

夏想现在习惯了陈风的说话办事方式,知道他看似夸张的举动,其实有一种表演的成分在内,是非常高明的笼络人心的手段。他立刻表现出毕恭毕敬的神情:“感谢陈市长的厚爱,我一定戒骄戒躁,在改造小组做出成绩。”

陈风愣了愣,随后意味深长地笑了笑:“行了,你就别跟我客套了。你跟高海叔叔长叔叔短的,跟曹市长又是一口一个伯伯叫得亲热,到了我这里,就成了陈市长,还一副拘束的模样。小夏,你让我说你什么好?”

陈风的态度半真半假,夏想既不能完全当真,更不能认为他是无心而发,只好耍赖一样说道:“我也想跟陈市长套套近乎,可是毕竟接触还少,不太了解您的脾气,想拍马屁还怕拍到马腿上,不得不小心一点。陈市长您别急,等时间一长,了解多了,您就会发现,其实我是一个诚实可靠的人,老实肯干,还忠厚,绝对认真负责。”

陈风拿夏想的无赖没法,只好笑骂:“果然滑头,果然不好对付,果然我没有看错你。说吧,既然你来到了燕市,我还能做得了主,有什么困难没有?不提的话,我就当没有困难了。”

“有,还真有!”夏想一副迫不及待的口气,好像生怕陈风反悔一样。

陈风反而愣了,他以为夏想肯定又会表一番忠心,然后摆手说没有什么困难。没想到他还顺竿子就上,还真提要求了,心想这小子还真不好拿捏,完全没有套路,就笑:“说!”

夏想就拍着屁股下面的实木椅子,笑嘻嘻地说道:“陈市长的办公室,办公条件还真不错。可是我们改造小组的办公室,桌椅都是旧的不说,还快坏了。我担心什么时候会一不小心摔上一跤,到时我可就没法给陈市长干活了。”夏想心想,你不是说我跟你疏远吗,好,我就跟你近近看看,反正话是你先提出来的。你是市长，也不能出尔反尔不是？

陈风有点哭笑不得的感觉，他还以为夏想会向他要权，没想到他倒好，对堂堂的市长一开口，竟然是要办公桌椅，真是小题大做，浪费宝贵机会。他用手指敲着桌子说道："你呀你……这点小事也向我这个市长提，真当我这个市长什么都管，有那么多闲工夫？以后想要办公用品，直接找后勤部门要。算了，他们可能会拖上很久，你直接找综合二处的林双玉，她会尽快办理妥当。好了，还有要求没有？没有的话，下去好好干活！"

和陈风见面，好像没有谈到什么实质内容，不过夏想明白了一件事情，就是陈风非要调他回燕市，并不仅仅是看中了他的才能这么简单，肯定还另有所图。以陈风的能量，想要弄清楚他的关系网不是一件难事。刚刚他就点明了自己和高海、曹永国之间的亲密关系，以他的政治智慧，又知道他和李丁山的关系，李丁山背后的宋朝度也就呼之欲出。

虽然夏想猜不透陈风到底有什么目的和用意，但他也觉得以陈风的实力和后台，宋朝度在他眼中，并不会占据太重的分量。更何况宋朝度失势之后，到现在为止，一点也看不出复出的迹象。

下到楼下，他先到高海的办公室坐了一下，说了会儿话。高海也不隐瞒，直截了当地说出让夏想不用担心他的副科级别的问题，大胆放手去干，先掌控了改造小组办公室的主动权再说，到时不愁上面不给他一个正式的名义。

夏想知道，所谓正式的名义就是正式宣布，改造小组办公室由他主持全面工作。他就笑着没说话，也没有告诉高海，实际上他现在已经完成了第一步。

回到办公室的时候，夏想意外地发现，办公室的三套桌椅全部焕然一新，而且还全是档次不低的办公家具。一个一身浅蓝连衣裙的女子，正背着夏想和曲雅欣说话："曲主任，你们改造小组办公室这一下算是赚到了。市政府刚刚采购的一批办公设备，本来是打算给处级以上干部配备，没想到，江秘书亲自打电话到综合处，让综合处出面找后勤部给你们要一套。谁这么大面子，能让江秘书出面？江秘书出面，就是陈市长的意思，看来你们改造小组，还深得陈市长的赏识……"

吴港得正在一旁双眼放光，围着全新的办公桌椅转个不停，嘴中啧啧直响，显然是高兴不已。他眼尖，最先发现夏想站在门口，急忙迎了过去："夏主任，回来了？不用猜我就知道，肯定是陈市长看你的面子，才想起给我们改造小组办公室换新的办公家具……"

浅蓝连衣裙女子回过头来，她长发披肩，瘦长脸，细长的眼睛，长得很像韩国人。她看人的时候,眼睛努力睁开,也不是很大,显得有些顽皮的味道。尽管看上去她不算美女,而且年龄显然已经超过了三十岁,但看上去有一股淡淡的出尘的味道,让夏想就有些惊奇。

"林处长,这位是我们改造小组新来的副主任夏想。"曲雅欣介绍说道,"夏主任,这位是综合二处的林处长。"

曲雅欣的介绍很有意思,说了夏想的名字,却没有说林双玉的名字。

林双玉却主动伸出来手:"夏主任你好,林双玉。"

夏想轻轻一握就松开,很有礼貌地说道:"没想到是林处长亲自过来,给你添麻烦了。"

这句话意思显然是默认,是他向陈市长提出为改造小组更换办公家具的要求的。曲雅欣还幻想着不是夏想的功劳,没想到他的面子还真够大,不由心里又黯淡了几分,觉得她再也没有任何机会和夏想争上一争了。

林双玉笑起来也很有意思,她轻轻掩了一下嘴,随后又迅速放下。这个动作虽然不适合三十多岁的女人做,但在她身上,却看不出半点做作,反而让她一下子显得年轻了几岁。她笑道:"和夏主任相比,我都老多了……对了夏主任,你是不是和江秘书也挺熟?他打电话时,是很关切的口气,我哪里还敢怠慢?不亲自下来跑一趟,我都不放心。"

这话试探的意味就太明显了,夏想也不正面回答:"江秘书一向工作比较认真,大家都知道他办事稳妥。"

林双玉对夏想模棱两可的回答也没有任何表示,她是官场老人,才不会露出一惊一乍的神情,笑着挥了挥手:"既然东西我送到了,夏主任正好也过来验收了,我就放心了,走了,走了……夏主任以后还有什么需要的话,直接找我就可以了,我也很好说话的。"

林双玉的话好像有所暗示?等她一走,曲雅欣轻轻哼了一声,嘟囔道:"果然不愧叫百灵鸟,还真是一个包打听。"

不等夏想发问,吴港得就主动说出了林双玉的喜好:"夏主任才来,不知道林处长的爱好就是爱打听事,谁和谁关系近,谁和谁不对付,她都会打听得一清二楚。你以后离得远一点就行了,省得被她套了话去。"

曲雅欣心道,就凭林双玉的水平还想套夏想的话?刚才几句话就被夏想搪塞了过去,由此可见,夏想也是个厉害角色。

吴港得见夏想脸色不错,估计心情不差,就赔着笑脸问:"夏主任,刚才二十里铺村的事情,我想起来了,是吉成地产承建的,他们老总很会做人,和我们改造小组关系不错。他说由我们出面力度大一些,所以也就……"

“也就什么？”夏想知道事情肯定有猫腻，吉成地产不出面，估计是知道事情难办。或者他们给的价格太低，引起了村民不满，但吴港得主动请缨就值得寻思一二了。

改造小组办公室手中的权力说小也小，但说大也大。在改造中，没有阻力的话，改造小组就是摆设，但遇到的阻力越大，改造小组的权力就越大。吴港得吃了好处并不算什么，夏想担心的是，吉成地产背后的支持者是谁？所以他才故意吓吴港得一吓：“吴主任，陈市长把我们从各处调来，成立改造小组，就是看中我们没有那么多乱七八糟的关系，能够公正快捷地解决问题。如果我们很快就和房地产商、建筑商有了错综复杂的关系，陈市长知道了，他会很快把我们换掉，再重新启用一批新人。”

吴港得顿时吓出了一身冷汗：“夏主任，我也就是和曲主任吃过他们几顿饭，没别的……”

曲雅欣不高兴了：“夏主任，好像高秘书长还没有明确规定，改造小组由你主持日常工作？你的工作态度可要端正了！”

夏想一点也不生气，笑眯眯地答道：“曲主任说得对，我就是随口一说，别当真，别往心里去。”然后他用手一指曲雅欣的背包，“包不错，名牌，值一千多。”

曲雅欣吓了一跳，急忙把包放到下面：“不认识就别乱说，这是我自己在商场买的，一百多。”

夏想摆摆手，不接她的话，又对吴港得说：“吴主任手表不错，三千多，天梭，瑞士表，有档次。”

吴港得急忙缩回手去：“假的，冒牌的。”

夏想也不过多解释，只是自言自语地说道：“一旦出了事，是真是假就得由工商局说了算。要是鉴定出来是真品，可是够坐牢了。”他又看了吴港得一眼，叹了一口气说道，“别怪我多嘴，吴主任，我是看你人不错才善意提醒你的，吃点喝点没什么，稍微拿一点也不是什么大事。但如果因为拿了一点东西，而被人当枪使，最后打到的是陈市长，可就没有什么好下场了。”

吴港得汗如雨下，急忙从手腕上摘下手表：“乔白田骗我说只值三百元，他送的哪里是手表，根本就是手铐，这个浑蛋！”

曲雅欣拿起包，左右看了几眼，有点不相信地说道：“就这一个包，就值一千多？乔白田说只要一百多。”

夏想就笑，一副信不信由你的表情。他拿起表，帮吴港得戴上：“吴主任，先戴上，他说多少你就当多少，反正你又不清楚真实的价值。问题不在于手表和包值多少钱，而在于，乔白田到底想要我们改造小组办公室，为他做什么事情？”

以吴港得的财力，他不会买三千多的表，以曲雅欣的审美，她也不会买一千多的包，所以夏想可以判断出，二人的这两件东西，是别人送的。

曲雅欣还想辩驳几句，吴港得却冲她使了个眼色，对夏想说道：“夏主任，不瞒你说，其实乔白田也没有什么不良企图，他就是想让我们改造小组办公室多帮他出出面，摆平二十里铺的钉子户和难缠户。这不，我和曲主任也就和他来往过两三次，也没什么大不了的事……”

夏想不说话，一副沉思的样子，过了半晌，他忽然问道：“当时是哪一家公司和吉成地产公司争过二十里铺的开发权？”

“天安房产！”曲雅欣答道，对于一些资料和数据，她要比吴港得记得清楚多了，她一手拿着包，有点想放下又有点舍不得，“夏主任，那你说，这包到底要不要？”

经夏想的一惊一吓，曲雅欣也有点动摇，毕竟是女人，心思浅。夏想又能一眼看出手表和包的价值，说明他眼光敏锐，她不得不谨慎地问上一句，万一他一转身暗中向高秘书长汇报，也是不好。她好歹也在官场混了多年，知道有些事情可大可小，全在领导一句话。

夏想若无其事地说道：“要，为什么不要？乔白田一片好心，总不能拒人于千里之外，是不？表照戴，包照背，至于二十里铺的问题，研究研究再说，不急着下结论。”

说好说坏都是你，曲雅欣算是服了夏想，心想他年纪不大，不但办事沉稳，还翻云覆雨，真是了不得的人物。她现在已经口服心服了，算了，再要强也是女人，争不过男人，就让让他也没有什么，就当为自己以后铺路了。他才二十四岁，以后不一定走到哪一步，犯不着现在因为改造小组办公室谁说了算的小事得罪他！

曲雅欣对夏想是又气又怕，却又在心底深处默认了他才来一天，就已经主持了改造小组办公室的事实。

吴港得就更不用说了，对夏想忽高忽低的说辞和让他七上八下的手段，佩服得五体投地，再也不敢有任何要利用夏想打压曲雅欣的想法，反而下定决心，一切听夏想指挥。

“那就让他们闹腾，我们不去管管？”吴港得不敢大声说话，试探着问。

“年轻人火气大，精力旺盛，爱怎么折腾就怎么折腾。吉成地产不急于出面，我们着什么急？反正耽误下去，损失的是吉成的钱。不过，我也有一个建议……”

要发现躲在幕后的手

吴港得一脸恭敬:“夏主任请讲,我听着呢。”

夏想就笑,笑得很憨厚:“可能想法不那么成熟,就当抛砖引玉,仅供吴主任参考。既然乔白田挺会来事,我们也不能没有作为是不是?吴主任可以带几个人过去,在一边观看,看看他们都闹腾些什么,都说些什么。反正我人到了就代表心意到了,至于为什么没有出手制止,是人数不够能力有限,他们也不好挑理,是不是?”

“是,是,是,就照夏主任说的办。”吴港得笑容满面地走了,他现在对夏想是既敬又怕。

吴港得一走,夏想就冲曲雅欣歉意地一笑:“让曲主任见笑了,我初来乍到,想法不怎么成熟,没到吴主任还挺能听得进去意见,让我挺佩服他虚怀若谷,政治觉悟就是高。”

曲雅欣笑道:“主要还是夏主任太年轻有为了,看问题的角度很准。”她心里却道,吴港得虚怀若谷?开什么玩笑,他是城管出身,既没胸怀又没手段,就有一股横劲。可惜是被你制服了,他是怕你,可不是什么觉悟高。

夏想能猜到曲雅欣的不满,不过他没有时间和他们斗来斗去,所以必须用非常手段,短平快地将他们拿下。

接下来的城中村的改造工作,也许会举步维艰,遇到的刁难越来越多,阻力越来越大,许多想象不到的事件层出不穷。夏想明白,城中村改造小组办公室其实就是一个大火炉,现在下面的火越烧越旺,曲雅欣和吴港得二人还没有发觉,早晚会被烤得外焦里嫩。

燕市是省会城市,又是副省级城市,虽然有一定的自主权,但省里的面子必须得给,省里的政策也要执行。不说省里的一干常委再加上数名副省长,还有众多的头头脑脑,就是燕市的十几名常委,谁都有自己的关系,谁都会考虑自己的利益和算盘。许多一开始不看好改造的势力,现在隐约看到了改造以后的巨大商业价值,都开始闻风而动,暗中较量。在巨大的经济利益面前,没有人不想伸出手捞上一把,何况城中村改造又是燕市建市以来的一件大事,只此一次,错过不候,自然会让许多想乘机赚上一笔的人,想方设法也要分 杯羹!

二十里铺事件,明显就是一个例子。

“曲主任，天安房产和吉成地产，都有什么来头？”夏想不理会曲雅欣话里的小刺。他可以理解曲雅欣欲求不得的心理，也犯不着和她计较什么，他的目光不在一个改造小组办公室，而是整个燕市。

“天安房产的老总叫孙现伟，三十六岁，以前靠做医药生意起家，三年前突然介入房地产行业，开发了两处小区，卖得都还不错。孙现伟为人低调，从来不接受媒体采访，也没听说他有什么后台。”曲雅欣不需要看资料，就能倒背如流，“吉成地产的老总叫乔白田，四十一岁，好像一开始就是做房地产起家，崛起的速度很快。几年时间就打响了名声，开发了不少有名的楼盘，比如春江花月夜、望月楼、水榭花都……据说他在省里、市里都有后台，具体是谁，传说很多，不过估计都是空穴来风。”

乔白田倒是一个雅人，开发的小区都起了非常古典而且优美的名字，夏想笑着冲曲雅欣点点头。他清楚曲雅欣不可能知道天安房产和吉成地产的真正后台是谁，她接触不到核心的机密。

夏想心想，有机会还是会一会乔白田，他的吉成地产能拿下二十里铺，肯定得到了幕后人物的强有力的支持。二十里铺位于燕市规划的一环之内，算是真正的市中心的黄金宝地，小区一旦建成，必将寸土寸金，赚个钵满盆溢。

与他竞争失利的天安房产，会甘心失败，会不在暗中搞一些小动作？夏想不信。

不过他暂时也没有更多的两家房产的资料，两家公司的幕后支持者是谁，也是一点相关信息都没有。不过夏想不急，只要吴港得按照他的计划去做，早晚会有人主动浮出水面。

中午吴港得风尘仆仆地回来了。工地现场尘土飞扬，他脸上和身上都挂满了灰尘，不过精神还是很饱满，一见夏想就说：“还来得及请夏主任吃饭，走，中午一起聚一聚，为夏主任接风。”

夏想拿了一条湿毛巾，替吴港得打了打身上的土，笑道：“瞧这一身土，去饭店吃饭，还不得被人给轰出来……吴主任快去洗洗脸，现场情况怎么样？”

吴港得被夏想的亲热举动弄得心里暖暖的，又看了曲雅欣一眼，就想还是爷们儿好，说话直，办事爽快。女人就是麻烦，事儿多，心眼儿小。他觉得和夏想的关系又进了一层，一边洗脸，一边忙不迭地说：“情况一切正常。我去了后，就抱着冷眼旁观的态度，在周围转了半天，没有发现一个捣乱的人，也是怪事了。不过一等吉成地产的施工车出现，就会一下子冒出来一二十名年轻力壮的小伙子，个个手持铁锨，凶得不行。吉成的人要求我们出面，我就说今天人手不够。他们又让我联系当地派出所，我就假装打了个电话，说是所长不在，就跟他们耗到现在。本来他们还想请我吃饭，不过我惦记着还没有给夏主任接风，就匆忙赶了回来……”

中午夏想就和吴港得、曲雅欣一行三人，在市政府对面的火锅居吃了一顿火锅。虽然已经是初夏，不过燕市人对新兴的火锅表现出了极大的兴趣，竟然客满。好在吴港得认识火锅居的老板，张口就要了一个雅间，让他也小小地露了一次脸。

三个人毕竟不太熟，吃得不多，话也不多，因为下午还要上班，也没敢多喝酒。不过几个回合下来，关系还是拉近了许多。尤其是吴港得，几杯酒一沾，就开始和夏想称兄道弟，好像是多年熟识的朋友一样。夏想也知道吴港得半真半假，借酒壮胆，也不说破，也和他交杯换盏，尽情聊天。

整个下午，夏想都在埋头翻看大量的资料，以便对现阶段城中村改造的进展，有一个大致的了解。燕市一共三十三个城中村，不包括位于二环以外的城外村。城中村都位于二环以内，而且至少有一半位于一环以内，甚至是市中心的黄金地带。在寸土寸金的商业圈，在高楼大厦的环抱之内，有一大片落后的破旧民房，确实是一种资源上的巨大浪费，也不利于燕市的整体发展。

作为一个新兴的城市，燕市既没有厚重的历史，又没有辉煌的过去，几十年前，还是一个不起眼的小镇。建国后，在选择燕省的省会时，基本上没人考虑燕市。只是燕市的位置正好处于燕省的正中，北面的宝市离京城太近，南面的单城还算不错，但又离邻省中省太近，位置上太靠南。最后燕市得了天大的便宜，捡到了省会城市的宝冠，完全是因为它的地理位置的优越性。

正是因为燕市成长过快的历史原因，许多原有的小村庄来不及搬迁，就被各式各样新建的高楼包围起来，经过几十年的发展，终于形成了独一无二的三十三个城中村的奇观。在燕市的长远规划中，城中村不但降低了燕市的城市形象，而且还制约着经济发展，就像生长在人体之上的皮癣，既难看又影响身体健康，必须根治。

现在已经整体搬迁和改造完成的城中村一共十八个，大部分位于二环边缘。也就是说，越是偏僻的地点，搬迁工作越容易，越接近市中心，难度就越大。也正常，越靠近市中心，地皮价格越高，经济利益就越大，伴随而来的就是矛盾的增多。

夏想心中越来越清晰，城中村改造最容易的第一阶段已经过去，现在已经进入了攻坚的第二阶段。市中心外围的城中村多半改造成了公园和游乐场等公益场所，而第二阶段的城中村大部分是开发成新的小区，这样就出现了三方势力的交集。改造小组办公室代表着政府，持中立立场；开发商是承建商，他们要赚钱，要尽可能地减少开支；村民是被搬迁者，他们也有利益诉求，想要更多地获取保障,也是正当要求。

人与人之间永远有矛盾存在,不可能一团和气。

夏想看资料看得有点头疼,就起身揉揉太阳穴,又看向窗外。透过茶色的玻璃望向市政府外面的华中大街。大街上人来人往,络绎不绝,五月的阳光洒满每一个角落,亮得耀眼,也让人感觉到一丝丝的热力。天气越来越热了,夏天的燕市也是一个大火炉,相比之下,京城也好不到哪里去……

也不知道连若菡怎么样了?

消失了近半年了,一点消息也没有。说实话,夏想还真点想念她。她虽然有点任性,但坚持原则,也不会无理取闹,更不会仗势欺人。清冷如月光,美丽如牡丹,虽然几次三番被他暗中小小地利用了一把,也和他有过不大不小的冲突,但平心而论,其实她一点也不欠他什么。

相反,他其实欠她很多。

不说他让曹殊黧留住她,暗中借她的势,好好搅动了一下坝县的局势,再不说她帮他弟弟安排到单城市委工作,单是坝县冬天里的一幕,就让他永世难忘!

怎么能忘得了,一个一身洁白的女子,冒着漫天风雪,从京城沿着危险的山路,一路疾驰到坝县,就为了告诉他,山路具备通车条件!怎么能忘得了,她毅然转身离去,毫不犹豫地消失在冰天雪地之中,从此一去不复返,再无半点音讯,让他连一个当面说一声感谢的机会都没有。

连若菡,还真是一个让人捉摸不透的女孩……夏想笑着摇摇头,有些人和事,过去了就过去了,不必非要计较。

"夏主任,喝水!"一个恭敬的声音惊醒了夏想的遐想,他回头一看,钟义平正一脸腼腆地站在身后,手中端了一杯热水。

夏想想起来了,在处理吴氏三兄弟的事件之时,钟义平表现不错,为人机灵,应变能力强,夏想对他的印象还算不错,就笑着接过水:"倒水这样的小事,我自己来就行了,就不用麻烦了。来,小钟,坐下说话。"

钟义平坐下之后,刚开始还有点局促,不一会儿就话多了起来,毕竟他和夏想年纪相仿,共同语言也多,和夏想聊得还算投机。

钟义平毕业于上海交通大学,是高才生,凭真本事进了燕市工商局。工作了两年后,勤勤恳恳,从未出过差错,各项考核都是优等,但不管是升职还是福利,他都没份。他才知道,身后没人想要升官,就和买彩票中奖一样,可能性微乎其微。

也不知陈市长是什么时候发现了他,突然一纸调令让他来市政府城中村改造小组办公室报到。虽然他不太清楚改造小组具体是什么性质的机构,但既然是陈市长相中了他，他除了欣喜若狂之外，对陈市长更是感激不尽。

刚到改造小组他就发现了夏想，一个比他还年轻，但却是和两位主任平级的人物。他对夏想既敬畏又好奇，既对他处理吴氏兄弟的手段赞叹不已，又对他年纪轻轻却已经是改造小组办公室的副主任，大感好奇。钟义平虽然不太会阿谀奉承，但也知道给领导端茶倒水是赢得领导好感、乘机接近领导的第一步。他就找了个机会，以给夏想送水的名义，想和夏想拉近关系。

夏想心里清楚钟义平的来意，他也觉得小伙子还算不错，也有意培养几个自己人，就耐着性子和他聊了一聊。吴港得和曲雅欣对钟义平接近夏想并不在意，在政府机关，想要上进的人多了去了，千方百计和领导拉近关系的，也大有人在。对此，他们也习以为常。

不知不觉到了下班时间，钟义平就提出要和夏想一起坐坐，夏想笑着拒绝："不好意思，我已经有约在先，只能下次了。"

钟义平一脸遗憾地说道："那好，我下次提前预约，夏主任，我可是记住你答应我的邀请了。"

钟义平一走，吴港得就凑了过来，一脸神秘地说道："有活动？"

夏想见他挤眉弄眼，知道他没想好事，就没好气地笑道："别乱想了，是回一趟母校。"

"我知道……"吴港得又换了一副笑容，不过怎么看，还是有一股贼眉鼠眼的味道，"肯定是找哪个小师妹去，对不对？"

夏想算是服了吴港得，歪打正着也不用这么准吧？

傍晚的燕市就如慢慢降温的天气，不再是一片沸腾，大街上车流和行人渐少，夕阳斜斜地照在路上，将夏想的影子拉得长长的，像一个不真实的梦。

大学毕业后，虽然一直留在燕市，夏想却再也没有回建筑学院一次。现在再次站在建筑学院的门口，抬头仰望学院门口的几个鎏金大字，看着门口卖煎饼果子的熟悉的果子夫人，还有她卖汽水的可乐丈夫，夏想就不由自主地想起他以前最爱吃的早饭，就是一个煎饼果子，再加一瓶冰镇汽水。

美女储存器

夏想特意向果子夫人和可乐丈夫打招呼，说起来二人的外号还是他给起的。果子夫人和可乐丈夫一脸惊喜，冲夏想连连点头，说着郊县口音的土话，让夏想感觉特别亲切,又特别怀念。

“果子夫人,可乐丈夫,你们家的七喜呢?”夏想不但给夫妇二人起了外号,还给他们的女儿起名叫七喜。

“去,别整你那个洋外号,难听得硬。我叫刘巧儿,我老头儿叫王大板,我闺女叫王小花,别乱给俺们起洋名……再叫俺们洋名,煎饼果子里我给你放葱!”果子夫人显然对夏想所起的外号大为不满,愤愤不平地说道。

夏想嘿嘿笑了半晌,觉得心里是说不出来的舒坦。果子夫人连他不吃葱的嗜好都还记着,两年多了,一见他一点也不见外。有时候,简单的人,反而更容易拥有幸福。

挥手告别果子夫人,夏想一步迈入建筑学院的大门,感觉一股熟悉的气息扑面而来,让他心里莫名其妙颤动了几下。想了想,自嘲地笑了一笑,拿出手机给曹殊黧打了个电话。

夏想知道曹殊黧住在女生楼八号楼三单元一〇二,他不想去女生宿舍被人捉弄,就打算和曹殊黧约好在多功能会议厅门口见面。曹殊黧的声音听上去有点小小的兴奋:“夏想,你快来宿舍救我,我被她们绑架了……”

夏想听到了旁边嬉笑的声音,就笑:“少骗人了,是不是又想出了什么鬼主意来害我?黧丫头,你要坚定信念,原则问题,不能妥协。”

曹殊黧咯咯地笑:“我是不想妥协,可是,她们说什么也不肯放过我,非要你露个面不行!说你不露面,她们不让我跟你出去,怕你是坏人,怕我被你给骗了。”

夏想算是明白了,归根结底,是曹殊黧宿舍的其他女生,想要亲眼目睹一下他的庐山真面目。算了,就给黧丫头一个面子,明知山有虎,偏向虎山行,走上一遭,还怕她们几个丫头片子不成?

夏想来到曹殊黧的宿舍门口,轻轻敲门,里面立刻传来了一个女生的声音:“请进!”

不是曹殊黧,里面又鸦雀无声,肯定有情况。夏想想了想,伸出一根手指,轻轻一推房门。果然,虚掩的房门一推就开,他想也未想,一伸手,正好接住从天而降的一个枕头,然后又迅速将枕头横在脸前,推门而进。

和他想象中一样,刚一进门,就感到五六个东西打在枕头上,要不是枕头挡着,刚才的偷袭,就正中他的面门。

夏想笑眯眯地拿开枕头,低头一看,是五六个用塑料包裹的小水球。小水球全部破裂,把手中的枕头完全打湿。还好,他也就是头发上溅了一些水珠,身上一点水也没有。

再看一屋子的女生，曹殊黧抿着嘴，想笑又不敢笑，脸上是说不出来的得意和满足，显然对夏想刚才的表现，一百个满意。其他五名女生，两个穿着裙子，两个穿着牛仔裤，还有一个穿着短裤。不管是黑是白，是美是丑，个个都是目瞪口呆，难以置信地看着夏想，似乎都想不到，为什么连环计都没有捉弄成功？

夏想不好意思地笑笑："谁的枕头？只好明天出了太阳再去晒干了，今天晚上就只能将就睡了。不好好意思，别怪我，怪扔水的人。"

曹殊黧再也忍不住，咯咯笑了起来。她穿着淡黄裙，坐在上铺，小腿在空中晃来晃去，划过优美的曲线。尽管她努力压抑着笑，还是笑得连床都晃动起来。

"我都说了，叫你们不要害他，你们偏不听……现在好了，印小双，晚上你可以枕着胳膊做美梦了。"

印小双鼓起嘴巴，先是恶狠狠地瞪了曹殊黧一眼，然后又笑意盈盈地来到夏想面前，从他手中拿过枕头，不以为然地放到一边："一会儿拿电吹风一吹就干了，有什么了不起……不过你可就麻烦大了，夏想，你不声不吭地就把我们殊黧给骗到手了，还没有经过我们全体宿舍成员的考验。你既然做出了先斩后奏的事情，就得有承受我们全体宿舍成员狂风暴雨的报复的心理准备……"她小手在夏想眼前晃了一晃，"你准备好了没有？"

夏想挠挠头，又摸摸鼻子，礼貌地说道："你好小双，你是不是京城人？你是不是以前上过电视？我好像在电视上见过你。"

印小双愣住了，有些疑惑地回头看了曹殊黧一眼，曹殊黧摇头笑笑，意思是，她不知道也不管，印小双就点点头："京城人猜对了，后面是瞎说的吧？我什么时候上过电视，我怎么不记得了？"

"真的没有？"夏想一脸惊讶，"我的记忆力很好，绝对不会记错，你再好好想想。大概是一年前，是京城电视台……"

"没有呀，真的记不清了……"印小双歪着头，努力地去想，夏想就忍住笑，冲曹殊黧使了眼色。曹殊黧心领神会，从上铺跳了下来，推了印小双一把，才又站到夏想身边，拉着他的手。

"我来向大家郑重介绍——夏想，建筑学院的高才生，我们共同的学兄，一〇二宿舍全体成员深恶痛绝的对象……"还未说完，曹殊黧就笑得说不出话来，连连摆手，"不说了，不说了，笑死我了，小双你来替夏想介绍一下。"

印小双才醒悟过来，知道刚才被夏想骗了，她也不恼，笑着上下打量夏想几眼，连连点头："不错，出手不凡，能够全部破解我的整人大法，还骗了我一把，怪不得骗走了我们一致认为最难被男生打动的殊黧。不过说实话，你长得只能打八十分了。”

夏想就乐：“我的理想是，六十分万岁，五十九分惭愧。没想到得了八十分，幸会，幸会。”

印小双笑弯了腰：“要不是你黑点，个子也没有突破一米八五，就能得九十五分了。不过，也算说得过去了，算是通过了我的审查，现在我给你介绍一下本宿舍的全体美女——事先警告，除了我之外，其他美女都是名花有主了，你不要乱起‘名花虽有主，也要松松土’的邪恶想法。”

夏想差点汗流浃背。

一〇二宿舍一共六个人，曹殊黧和印小双之外，还有四人，分别是左飞燕、庞靓、程维和蓝袜。左飞燕、庞靓和程维三个，都比较内向，也不和夏想开玩笑，只是抿着嘴笑，偷偷打量他。

蓝袜名字是有点怪，不过长得还算不错，属于第二眼美女的类型，非常耐看。她目不转睛地盯着夏想不放，看得夏想有点不好意思地摸摸鼻子，取笑问道：“怎么，你以前见过我？”

蓝袜摇头：“没有，不过明天我就可以说，我以前见过你了。”

夏想看了曹殊黧一眼，好奇地问：“蓝袜？这个名字好奇怪，有没有什么来历？”

蓝袜笑而不语，曹殊黧拉了夏想一把：“好了，别问东问西了，待会儿你就知道了……对了，房子也是蓝袜帮你找的，还不快谢谢她。”

下了楼，要去兴荣小区看房子，蓝袜作为介绍人，自然要作陪。印小双也非要一起前往，夏想不发表意见，一切听曹殊黧说了算。曹殊黧小小地犹豫一下，还是说道：“饶你一次，让你放放风也好。”

印小双高兴地跳了起来：“太好了，以后只要殊黧夜不归宿，我就可以轻车熟路地去捉奸在床了。”

曹殊黧大羞，捉住印小双，两人便打成一片。夏想只好装没听见，挠挠头，和蓝袜说话。

从女生宿舍到校门口，路也不长，顶多五百米，一路上却遇到无数男生仇视和愤恨的目光。不过大多数是敢怒不敢言，只是远远地瞪上夏想几眼，然后又无限不甘地看着曹殊黧，眼神中流露出心爱的事物被别人抢走的哀伤和绝望。

夏想无奈地摇摇头，心想：抱歉，曹殊黧只有一个，她是我的，你们只能远远地欣赏了。

快到校门口的时候，终于有一个胆大的男生站了出来，伸开双臂拦住了夏想的去路。他两只手互相按来按去，按得手指啪啪直响，不怀好意地说道："哪儿来的你是？敢把我们建筑学院第一美女勾走，是不是觉得我们建筑学院的男生都不是男人？来，我和你单挑。"

夏想对和这种冲动的男生打架没有一点兴趣，就以十分温和的口气说道："这位同学，请你出了校门，向右走一百米，然后再向左拐，直行两百米，路南有一家店面，你直接进去，交五块钱，就可以打打杀杀一晚上。"

曹殊黧开心地笑了："什么地方可以打打杀杀一晚上？"

印小双摇头不知，蓝袜却接话说道："是一家录像厅，天天放打杀片，五块钱可以看通宵！"

这个男生感觉受到了污辱，大喊一声，低头就朝夏想冲了过来。曹殊黧见过夏想的身手，一点也不担心，反而一伸手拉开印小双和蓝袜："离他们远一点，好看热闹……"

印小双和蓝袜张大了嘴巴："不是吧，殊黧，你也不怕孙改乐打着夏想？"

曹殊黧眨眨眼睛："孙改乐才是需要担心的那个人，他总缠着你，你不嫌他烦？正好让夏想给他吃点苦头，让他以后离你远一点。"

"就他还缠着我？"印小双对此说法嗤之以鼻，"他是见一个喜欢一个，喜欢一个就去送花，人家不要他就失恋……照我说，他就是一个滥爱者，只要有几分姿色的女孩，他都送花送情书，能骗着谁就是谁。是不是，蓝袜，你也收到过他的情书吧？"

蓝袜轻轻点了点头，"嗯"了一声不再说话，全神贯注地看着场中。印小双捅了捅曹殊黧的腰，悄悄地说："坏了，殊黧，蓝袜看上你家夏想了，你可得小心了，别一时大意让人摘走了胜利果实！"

曹殊黧仰起小脸，一脸自信地说："男人是管不住的，他想跑，你再留他也没有用。不过，夏想不是动不动就乱跑的人。再说，蓝袜不是他喜欢的类型……"

孙改乐张牙舞爪，看上去凶猛异常地冲了过去，夏想不躲不闪，一侧身子，然后随手一推，他就收势不住，一下子摔倒在地。所有人都以为他会恼羞成怒，再大喊大闹一通，可是，谁也想不到的事情发生了——孙改乐在地上一打滚，一下子又爬了起来，嬉皮笑脸地凑了过来："好身手，小弟以后就跟你混了，大哥贵姓？"

让夏想哭笑不得的是，孙改乐就像狗皮膏药一样，跟在他身后，赶也赶不走。没人理他，他的话还挺多："大哥，你肯定是曹殊黧的男朋友，三个美女中，就曹殊黧最漂亮，也最让人眼馋。我给她写了三封情书，送了三朵花，结果可想而知，白浪费了我的邮费……"

印小双打断他的话："喂，孙改乐，你跟我们又不是一个系的，怎么认识我们？"

孙改乐色色地笑了："我有一个外号叫美女储存器，大脑中全是建筑学院的美女资料，详细到年龄、身高、星座，个别还有三围、爱好……"

夏想真想骂他几句，想了想还是忍了："以后琢磨点正事，别整天打探别人的隐私。"

打开局面获得利益的最佳切入点

"我也想琢磨正事，可是正事不琢磨我，我不也是没办法嘛。我爸也老这么说我，让我多向我叔叔学习。叔叔先是做医药生意，现在开始做房地产，生意越做越大，认识的人越来越多。不过我有自知之明，我可没有叔叔那样的头脑，我的大脑，还是最适合当美女储存器。"孙改乐滔滔不绝说个不停。他虽然爱说废话，有点轻浮，不过人还不太坏，这也是夏想一直没有赶走他的主要原因。

从医药改行到房地产？夏想猛地站住："你叔叔叫什么名字？"

"孙现伟！"

曹殊黧虽然不清楚夏想为什么让孙改乐留下，但她知道他肯定有他的原因，所以不管不问。令人惊讶的是印小双，自从她听到孙改乐的叔叔是房地产公司的老总之后，突然就对孙改乐态度大变，围着孙改乐问个不停。孙改乐乐得合不拢嘴，脸上的笑容越来越贼。

房子是蓝袜的一个亲戚的闲置房，一室一厅，装修很简单，没什么家具，四十多平米。虽然不大，但很实用。而且小区是新建的小区，干净整洁，夏想比较满意，租金一个月一百五十元。

曹殊黧也没有意见，二人一点头，就定了下来。蓝袜就用夏想的手机给亲戚打电话，亲戚让她定下就可以。简单草拟了一个协议，签字之后，交了半年租金，房子就归夏想使用了。

对于买家具和生活用品的事情，曹殊黧就一手操办了："不用你管了，你还有钱在我这儿，我全权做主就可以了，好不好？不许说不好，你去忙你的大事，小不点的事情，我抽空就办好了。"

夏想想起他和曹殊黧合作了两次设计项目，虽说分了一半钱给她，不过她一次性给了自己父母五万元，可以说，她一点也不欠自己的钱！

曹殊黧看出了夏想眼中的疑惑，不满地说道:“跟我还要把账算得清清楚楚是不是?那你帮米萱设计方案,她给了我百分之十的股份,我还给你好了。我要钱干什么,要不是因为你的关系,我才懒得和米萱掺和在一起,好像我多财迷一样。”

夏想也知道曹殊黧从来没有过缺钱的概念，估计如果没有他的出现,曹永国也会替她安排好一切,不管是工作还是生活,都不会有困顿的时候。他心里清楚她的小性子是嫌他太计较了，就拉住她的手:“我是穷人家的孩子,和你这地主家的孩子不能相比。我们吃饭穿衣都算计,算计习惯了,就难免在钱上面有些敏感。要不,你找一个千万富翁的男朋友,试一试什么叫财大气粗的感觉?”

“看我不打你,乱说话。”曹殊黧假装恼了,伸手去打夏想,却被他一把拉入怀中。曹殊黧娇羞无限,却又没有力气推开夏想。眼看两人的嘴唇就要碰到一起,突然外面传来了蓝袜的声音:“不早了,该回去了。”

一次意乱情迷的事件就此告终。几人随后来到美食林就餐。

美食林不大,类似于快餐性质,也有小炒。简单要了一些饭菜,几人也是饿了,就大吃起来。味道也确实不错,夏想心情也好了许多,又见孙改乐因为突然有印小双青睐的原因,多喝了几杯,心想正好借他的口,打开突破口。

他正愁找不到从哪里下手去查孙现伟的背景,孙改乐主动送上门来,岂能放过?

几句话之后,不用绕弯,孙改乐就主动说出了他所知道的关于孙现伟的一切。

孙现伟最早做医药批发,医药行业的利润之高,外人难以想象,一盒出厂价格为十元的药,到了消费者手中,会高达二百元,中间至少要经过七八个环节,层层克扣。作为医药公司,虽然在流通环节加价不是很高,但利润也很可观。

医药利润的大头都在医院里面,基本上被主管院长、科室主任和主刀医生瓜分了。

听孙改乐的口气,好像是孙现伟越来越觉得医药行业太黑暗,赚病人的钱太不道德,相当于拿别人的死来威胁别人。从病人口袋中掏钱,基本和持刀抢劫没什么两样。

孙现伟受不了良心上的谴责,毅然退出了医药行业,他看中了房地产的市场前景,就进入了房地产市场。孙现伟也是颇有商业头脑,转行之后,很快也混得风生水起,接连开发了两处小区,都销量火暴。

“对了，兴荣小区也是我叔叔开发的，要是你买一套的话，我可以让他给你打个折……说了半天，我还不知道夏哥你做什么工作？”孙改乐因为印小双的原因，心情大好，“我叔叔认识市委的人，说不定还能帮你一把。”

不管孙改乐说的是真是假，夏想对孙现伟跳出医药行业，转战房地产业，还是比较敬佩的。

赚钱没有错，但不是所有的人都爱财如命，可以承受良心的谴责，可以只知自己享乐而不顾别人的死活！

对于孙改乐不打自招，说出孙现伟在市委的关系，夏想当然不会错过。他和孙改乐碰了一下酒杯，说：“我不过是一个小小的办事员，不值一提……你叔叔手眼通天，以后说不定还真得靠他照顾。”

“好说，就冲今天我一认识了大哥就泡上了妞来看，大哥会给我带来好运气。我叔叔和市委方部长关系不错，以后有什么事的话，尽管说一声，我能帮上忙的，决不含糊。”孙改乐明显喝高了，一边大口大口地灌酒，借酒壮胆，伸手要去拉印小双的手。

对于印小双一听到孙改乐说起他的叔叔，对孙改乐的态度就立刻大变，由不理不睬变为刻意示好，夏想倒也没有因此对她产生鄙视的想法。世界上有实际的男人，就有现实的女人，很公平。

不过当夏想听到孙改乐说出方部长时，还是暗暗吃了一惊，在市委里面姓方的部长只有一人——方进江，市委常委、市委组织部部长！

如此看来，天安房产的孙现伟的后台是方进江，那么吉成地产的乔白田又和市里的哪一位人物有密切的关系呢？

夏想并不急于去查明乔白田的关系，因为他知道，乔白田肯定会主动现身。

当然，对两家房地产公司的后台，陈风心知肚明，不过夏想不会直接去问陈市长，那样显得他太幼稚也太没有智慧了，也会因此被陈风看扁。同样的事情，同样的麻烦，由他自己解决，不需要动用市长光环就尽量不用，毕竟属于自己的分内之事。要是事事都请教市长，用不了多久，他就会被打入冷宫。

送曹殊黧回宿舍，夏想就勉强在房间中过了一夜，第二天一早就赶去上班。

二十里铺村僵持不下，吴港得还是照去无误，不过还是袖手旁观。这惹得承建商吉成地产大为不满，声称他们为市政府排忧解难，市政府不给他们政策上的支持，反而还向着村民，真是岂有此理。吴港得也不是省油的灯，当即反驳说如果吉成地产觉得拿下二十里铺有困难，市政府可以换一家承建商。

夏想直接跳过二十里铺不管，就等乔白田现身，他现在关注的是刘家营村的开发。因为据他所知，承建刘家营村的开发商，正是达才集团。

达才集团的老总成达才几乎是燕省房地产业界的传奇。

早年成达才只是市直机关的一名办事员，一个偶然的机会，他无意中得知一块地皮即将拍卖的消息。他拿出全部积蓄，送了单位的领导，领导就将地皮的具体运作权交给他。成达才也不知道从哪里得知了消息，知道地皮即将升值，就找到一家公司，以极低的价格将地皮抵押给公司。签订的协议是，他在半年之内收回地皮，价格比现在高百分之十，如果到时他收不回，地皮就归公司所有。公司同意了，认为是一笔只赚不赔的生意。

成达才拿到公司给他的钱，拿出三分之一送给了单位领导。十几万元在当时是一笔不小的数目，领导收下后，就将地皮以极低的价格卖给了成达才，价格正好是公司所付款项剩下的三分之二。等于是成达才完全用公司的钱，凭空得到了地皮。

地皮由运作权变成了所有权，突然就传出了燕市要整体规划的消息，地皮迅速升值十几倍。成达才稳坐不动，一直到半年期的头一天，他突然找到公司，按原先价格多付了百分之十给公司，然后又迅速和另一家公司签订了协议，卖价提高近二十倍。

成达才捞到了平生的第一桶金。

从此他辞职下海，以十分娴熟的手段炒作地皮，迅速完成了资本积累。一九九三年时，他成立了达才集团，陆续在燕市、燕省，甚至京城和海南，开发了不少楼盘。到一九九九年时，他的资产已经超过一百亿。

成达才是个人物不假，但他最初的发家手段也不怎么光明。不过说实话，房地产业的猫腻太多了，不可能干净得了，只要大面上过得去就行。但正是因为房地产中间的水分和利润，每一个房产公司背后，都会站着一个强有力的推手。

那么在达才集团最开始扩张的头几年，谁才是达才集团幕后强有力的支持者？

一直不为人所知的那个达才集团的缔造者之一，不管他是在台上还是已经退下，他都拥有无可比拟的影响力和关系网。

只是想要接触到达才集团已经很难，想要摸到达才集团背后的那一只手，更是难如登天。

吴港得和曲雅欣都不在，夏想就叫上钟义平，要了一辆车，直奔刘家营而去。

改造小组只有三辆车，都是面包车，经常不够用，夏想就琢磨着从哪里要一辆车。找高海不是不行，不过他是来干活的，不是来添乱来的，能不麻烦人就尽量不麻烦。

对，就找乔白田要，替他解决一个麻烦之后，他要是不知道表示表示，就太不会做人了。夏想打定了主意，笑着对钟义平说："小钟，交给你一个任务……"

钟义平急忙点头："我听着呢，夏主任。"

"下次乔白田乔总来办公室的时候，你机灵点，及时出现提醒一下，就说我们的车坏了，没法出行了。"

"我记下了，夏主任，一定办到。"钟义平也不问为什么，很坚定地点头同意。夏想暗道，小伙子还真不错，以后只要立场坚定，再灵活一些，可以培养。

刘家营村位于燕市南边，离市政府不算近，将近一个小时才到。一到刘家营夏想就发现，现场秩序井然有序，没有垃圾遍地的景象。推土机已经将大部分民房推平，只有几栋民房还顽强地站立在荒地之上，显然也是没有谈妥的钉子户。

达才集团已经建起了围墙，盖好了临时办公室，夏想来到办公室门前，站在竖立的施工牌下面，眯着眼睛看了起来。

达才集团要在此处兴建一处高档小区——宝兴花园，因为地理位置优越，小区将会是燕市目前最高档的新型住宅区。夏想看了一会儿，慢慢地笑了，心里有了主意。

他敲开办公室的门，一个一身职业女装的女职员起身迎接："你好，请问你找谁？"

"我找沈经理。"夏想看到外面的施工牌上写着的项目负责人是沈立春，应该是达才集团的中层。

在问清了夏想身份之后，女职员不敢怠慢，急忙到里间去找沈立春。片刻之后，一个西装革履年约三十的男子大步出来，热情地和夏想握手："早就听说改造小组办公室新来了一位副主任，一直没有时间去拜访，没想到夏主任亲自来访，真是荣幸。快请坐，小刘，快上茶。"

燕市的圈子说大也大，说小也小，他才来几天，估计关注城中村开发的开发商，以及各方面都有利益牵涉的人，已经把他的履历打听得一清二楚。

夏想也热情而客气地和沈立春客套几句，然后他就开门见山地说明了来意："达才集团作为燕市最有实力的房地产开发商，刘家营村又位于市中心地带，为什么不在这里建高层住宅？以后燕市的小区的发展方向将会是高层和多层共存的多元化，而且高层也会对提高达才集团的整体形象有利。作为燕市第一个吃螃蟹的人，达才集团将会获得意想不到的巨大的附加利益。"

沈立春愣在当场。

05 剑拔弩张的较量

夏想举重若轻的手段

夏想是陈风的人，在市政府里面是共识，而他和曹永国的关系，应该说知道的人并不多。所以乔白田的沉默，显然是因为陈风的关系。既然乔白田自恃身份，连面都不肯露一下，夏想就交代吴港得，以后二十里铺去也不要去了，要晾的话，就彻底晾他一晾，看谁更有耐心。

在沈立春的印象中，政府官员都是夸夸其谈之人，喜欢高谈阔论，但说来说去却没有什么实际内容，大部分人对经济一窍不通，偏偏又爱指指点点。遇到这种人，他宁愿请他们大吃大喝去堵住他们的嘴，也不愿意听他们自以为是的废话连篇。

新来的夏主任不但年轻得出乎他的意料，一开口，竟然说出了不亚于专业人士经过研究才得出的结论，顿时让他大吃一惊！

因为他本身也是高层住宅的支持者，但高层住宅的方案没有在成达才那里通过。打了回来要求还建多层住宅，让他对自己的一腔设想大感沮丧，以为自己错误地估计了形势。

夏想一说，他如同遇到知音一般，激动得有些失态："夏主任，你真的认为刘家营这块地，还是建高层小区好？"

"在市中心的大好地点，不建高层就太可惜了。如果是在东南，临近郊县的地皮便宜，可以建多层住宅小区，或是低档的连排别墅。如果是西北，有山有水，就必须修建高档的别墅，越高档越好。甚至可以引活水入小区，移来巨大的山石，营造出山水楼阁的景象，成为燕市第一豪宅。"

“哐当”一声，沈立春因为过于激动，起身过快，一下子把身后的椅子带倒，也顾不上看一眼。他脸上流露出的惊喜和兴奋的神情，仿佛发现了世界上最伟大的奇迹一样，一把握住夏想的双手：“夏主任，相见恨晚，相见恨晚呀！我敢保证，你肯定和成总谈得来，他肯定欣赏你刚才的观点。我经常听成总对燕市的房产现状发表看法，你刚才说的几点和他的设想不谋而合，简直太出人意料了……”

夏想一脸感慨地说道：“我不过是随便说说，和成总的雄才大略不能相比。我也总是在想，什么时候有机会，能见一见传说中的达才集团的掌门人才好！”

夏想的镇静自若落在沈立春眼中，他更加认定夏想不但见识非凡，也是行事稳妥极有分寸之人。再加上刚才一番高论又和成总的远大设想完全吻合，沈立春心想，如果将他介绍给成总，说不定他能劝动成总改变主意，将宝兴花园开发成燕市第一个高层住宅小区，该有多好。

谁都愿意在城市的蓝图中，让自己的设想变成现实。沈立春正是因为存了这样的念头，所以才对夏想高看一眼。实际上以他在达才集团位居中层的身份，夏想一个小小的改造小组办公室的副主任，还真入不了他的眼。

达才集团在燕市乃至燕省都是首屈一指的大型集团，省里曾经专门下过文件，要求对达才集团重点扶持。再说达才集团是一条巨鲸，翻身之间就能惊起无数风浪，燕市的市委书记和市长，都对成达才十分尊重。谁要是不长眼来达才集团伸手卡要，他一个电话就能直通主管副市长的办公室。

“如果夏主任真有心和我们成总见一面的话，我倒可以找一个机会安排一下，不一定保证肯定行，但可以试一试。不过我也有一个小小的要求，就是如果夏主任和成总见面之后，聊得十分投机的话，能不能乘机向成总再提提宝兴花园可以开发成高层住宅的想法？”

夏想明白了，沈立春也是比较看重高层住宅的前景。而成达才经过前期的积累之后，现在虽然还在扩张，但步伐已经明显是求稳了，不再和以前一样敢为天下先。

中午，架不住沈立春的热情挽留，夏想和钟义平留下吃饭。告别的时候，沈立春见夏想坐的是一辆半新不旧的面包车，就回头对女职员说：“小刘，你向公司申请一下，看下个季度的活动经费能不能多批十万？批不了钱的话，申请一辆十万元左右的汽车。”

所谓活动经费，就是给各个机关要害部门打点的费用，作为中层领导，沈立春手中有十万元的审批权。夏想虽然知道他是慷公家之慨，但给谁也是给。既然沈立春这么会来事，开口就送了一辆车，他也不能不投桃报李，就伸出右手："立春，把你的方案给我，我帮你改进一下，看能不能打动成总？"

回去的路上，钟义平以无限羡慕加仰视的目光看着夏想："夏主任，我开始时见你比我年轻就当了主任，心里还不服气，认为你肯定有亲戚当大官，刚才一见，我明白了，夏主任凭的是真本事！"

不服气不行，三言两语就换来一辆汽车。改造小组因为没有正式编制，经费不足，拨款很少。市政府又不是陈风一个人的，他也不可能事事偏向改造小组，他是全市人民的市长，不是改造小组的专用市长。所以改造小组办公室有时就只能想点别的办法。

夏想笑笑没有说话，钟义平比他想象得还要实在一些，怪不得毕业于名牌大学，到现在一直连副科都没有混上。不过也好，他也需要慢慢培植自己的力量，正需要钟义平这样的有点直性子又容易认死理的人追随。

过了两天，沈立春没有消息，夏想也知道急不得，就耐心等。

吴港得一直耗着吉成地产，乔白田倒还挺能沉得住气，也一直没有露面，夏想隐隐就猜到了一点什么。他来改造小组没几天，已经有一些大大小小的开发商以各种名义露过面，要请他吃饭，也是想跟他这个新来的副主任处好关系。而乔白田应该已经明白，自从他来到改造小组以后，吴港得的态度明显大变，肯定和他有关。乔白田依然按兵不动，显然，他的后台和陈风不和。

夏想是陈风的人，在市政府里面是共识，而他和曹永国的关系，应该说知道的人并不多。所以乔白田的沉默，显然是因为陈风的关系。既然乔白田自恃身份，连面都不肯露一下，夏想就交代吴港得，以后二十里铺去也不要去了，要晾的话，就彻底晾他一晾，看谁更有耐心。

吴港得对夏想现在是言听计从，说什么听什么，甚至不问理由。吴港得也想开了，他三十八岁了，想要再升的可能性不大，不如就跟紧夏想。夏想还年轻，有靠山，而且小伙子也会来事，为人还算不错，听他的话，总比听曲雅欣一个女人强。

曲雅欣虽然对夏想的做法不太赞成，但她知道自己的分量，就算反对也没用，只好什么也不说，只顾埋头做事。一旦少了和吴港得一争高下的心思，她全心投入，做事效率反而提高不少。

没等到沈立春的消息，也没见到乔白田露面，孙现伟却意外地现身了。

孙现伟是打着给改造小组办公室送饮水机的名义，说是天气热了，他特意买了一台可以制冷的饮水机，可以为改造小组的人员降温解暑。夏想三人自然要客气地表示谢意，孙现伟客套几句，才假装认出夏想，热情地说道："夏主任？我早就想过来看你，正好我大哥出了点事情，我去帮他处理，就耽误了几天。本来我还担心夏主任会对我有意见，没想到听我侄子孙改乐一说，原来和夏主任是校友，还一起喝过酒。我就想夏主任再有意见，也不能不看小乐的面子不是？”

孙现伟中等身材，说话声音洪亮，脸型方正，浓眉大眼，是典型的北方汉子形象。他说话时热络中带着关切，给人一见如故的感觉。

夏想也清楚孙现伟是没话找话，故意拉近关系，孙改乐能有什么面子，和他不过一面之缘。但孙现伟故意这么说，一是给他自己台阶下，二是也有意找个由头和夏想再走近一步。夏想岂会拒绝？就忙招呼孙现伟坐下，也说：“原来是改乐的叔叔，那就不是外人了。既然是自家人就不说两家话，再说就见外了。”

孙现伟见夏想顺势说出孙改乐，知道他没有拒绝，心里踏实了许多，就说：“中午一起吃个便饭，三位主任可要赏脸，要不我就赖着不走……”

吴港得见夏想笑着不说话，知道他没反对，就一口应承下来。曲雅欣不太乐意，也不想自己总被排斥在外，也是点点头。孙现伟目光犀利，一眼就看出三人之中，已经以夏想为首，心中更坚定了结交夏想的想法。

正说话时，钟义平兴冲冲地敲门进来：“夏主任，沈主任派人送来一辆车，停在外面了，要你出去接收一下。”

“什么车？”曲雅欣愣住了，改造小组车少是不争的事实，经常会出现有事没车的情况，所以她惊讶之下，才有此一问。

夏想就把沈立春送车之事一说，顺水推舟说道：“我和吴主任平常坐面包也习惯了，新车就交给曲主任专用，毕竟是女同志，坐面包车不太方便……”

夏想所说的不方便，是指面包车减震硬，密封差，开起来比较颠簸，而且有时要拉一车人，又挤又乱。曲雅欣却误会了夏想的意思，以为他说的是她穿着裙子，上下面包车不太方便。确实也是，面包车前座高，要迈腿才能上；后座要弯腰撅屁股上下车，人少的时候不雅观，人多的时候容易走光。

曲雅欣一想歪，就不免脸红，不过对夏想的好意还是心存感激：“这不太好吧？车是沈主任看夏主任的面子送来的，我坐怎么合适？”

她嘴上说不合适，其实心里还是十分期待。夏想岂能不清楚她的心思，也不多说，直接吩咐钟义平：“小钟，你领曲主任去接收一下车，同时对来人说，就说我谢谢沈主任的好意。”

曲雅欣尽管有点不好意思，不过还是禁不住新车的诱惑，兴冲冲地出去接车了。吴港得在一旁看了直羡慕，急忙透过窗户向外一看，惊叫起来：“桑塔纳，好车呀，得十七八万吧？”

夏想吃了一惊，责怪说道："沈主任也真是的，明明说好送一辆十万左右的车就可以了，没想到他还真是客气，回头我得说说他。"

半天没有说话的孙现伟眼中闪动着异样的神色，突然问道："沈立春？达才集团的开发部主任？"

夏想点点头："孙总也认识他？"

孙现伟摇摇头："谈不上认识，一面之缘。现在达才集团是行业老大，地位不可动摇，就算我想认识，也高攀不上。"他心思一动，犹豫一下，还是说道，"既然夏主任把车让给了曲主任，我也给夏主任配一辆车，也就普桑吧。夏主任别嫌车不好，也别说不要，不要就是见外了，就是认为我们之间的关系比较远，就是想让我送你桑塔纳2000！说实话，桑塔纳2000贵了点，暂时送不起。"

孙现伟话都说到这个份儿上，夏想再不要就是矫情了。他也知道孙现伟的心思，除了结识他之外，肯定另有所图，反正想想以后肯定还要继续和他交往，不收下他的车反而让他觉得心里不踏实。再说企业送车，只是以单位的名义借用给改造小组办公室，又不是送给他个人，夏想就顺势答应下来："那就恭敬不如从命了，谢谢孙总的好意。"

孙现伟也是一个爽快人，当即拿出电话打了出去："小郭，你去上海大众专卖店提一辆桑塔纳，以公司的名义，然后将车开到市政府大院，交给……"

夏想一指吴港得："先让吴主任接收一下，我可能抽不出时间……"他不是抽不出时间，而是有意平衡一下吴港得和曲雅欣之间的关系。

吴港得一听立刻眉开眼笑，当即心痒得不行："夏主任，你看，要不我直接去专卖店算了，省得让孙总的人再跑一趟，怪麻烦的。"

孙现伟笑着不说话，看向夏想，夏想一想也正好支开吴港得，就说："那就辛苦吴主任亲自跑一趟了。"

"不辛苦，不辛苦！"吴港得兴奋得连连搓手，"夏主任一上任，还真是好事连连……那个，那个我就先走了？"

吴港得一走，不一会儿曲雅欣也回来了，兴高采烈地要说出去试试新车。曲雅欣拿上背包，还不忘冲夏想开心地一笑："谢谢你夏主任，你是一个好人！"

夏想摸摸鼻子，不好意思地冲孙现伟一笑，孙现伟哈哈大笑："夏主任厉害，别看年轻，但水平不低。"

夏想急忙谦虚地摆摆手："过奖，过奖，我不过是借了孙总的东风罢了。"

中午，夏想就和孙现伟一起去吃饭。饭间，孙现伟有意将话题向城中村改造小组的工作重点上引，夏想也就顺着他的话向下说。说着说着，就提到了二十里铺的开发。

“为了拿下二十里铺，我前期做了许多工作，也基本上做通了许多人的工作，没想到结果一出来，却给了吉成地产。说实话，我投入了大量的人力物力，最后被别人抢走了胜利果实，我咽不下这口恶气，所以就……”孙现伟嘿嘿冷笑了几声，大口喝干杯中酒，“明人不做暗事，夏老弟，我不是心疼前期的投入，而是最恨吉成地产不按规矩出牌。所以我就找人给他们捣乱，拖他们一拖，多拖一天，就让他们多出点血，也是做给方部长看。”

既然孙现伟主动说出二十里铺的内情，以及他的后台是方进江，就是一种试探，如果先前送车是投石问路，现在就是交底了。

夏想夹起一块肉，看了看问：“孙总，你说这肉是炖着吃好吃，还是炒着吃好吃？”

孙现伟一愣，不明其意：“各有各的味道，炖肉比较烂，大块的肉炖着好吃；炒肉切成小块，没炖肉吃起来过瘾，但香味足，适合品味……我说夏老弟，好好的，你怎么研究起肉的吃法了？”

“大家都是一块肉，就看是被别人炖还是炒了？”夏想将肉放到嘴里，品味几口，“不错，味道还算纯正，就是火候大了一点。孙总，说说看，你当时想拿下二十里铺，是想炖还是想炒？”

孙现伟明白过来了，会心地一笑：“只要是做房地产的都知道，二十里铺那块地，最适合的还是建造住宅楼。吉成地产得手后，也是想兴建一处小区，名字起得挺俗，叫建国小区，一点创意也没有。不过地段好，只要地皮到手，盖房子一准赚钱。反正肥肉已经跑了，别人是炖是炒，也是别人锅里的肉了。”

正科，兼主持日常工作

夏想也知道事情已成定局，再想从吉成地产手中夺回，是痴心妄想。不过，他另有办法：“吉成能从你手中抢走二十里铺，来头不小，硬碰硬是不划算的，也不是和气生财的做法。不过十里铺的位置也不错，孙总要是有意，可以考虑拿下十里铺，好好策划一下，也是一块好肉。”

孙现伟瞪大了眼睛：“夏老弟，没开玩笑吧？十里铺和二十里铺可是隔着铁道桥的，虽然离得不远，但十里铺是桥西！”

一桥之隔，天渊之别，正是燕市的真实写照。

由京城到南方的大动脉铁路从燕市正中心穿市而过，正好将燕市从中一分为二，形成广义上的桥东和桥西两个大区。由于历史的原因，市委市政府、众多超级商场和燕市最早的两大商业圈，都位于桥东。燕市人民都知道，桥东是富人区，桥西是穷人居。

实际上果真如此吗？

真要是做一个深入调查的话，桥西居民的收入和文化程度一点也不比桥东差上分毫。铁道隔开的不是收入也不是距离，而是无形中形成的攀比心态。一个没有文化底蕴的城市，很多时候有许多被误导的传言，久而久之，三人成虎，也就真的产生了真实的影响。

“和二十里铺相比，十里铺唯一的缺点就是位于桥西，但十里铺比二十里铺的优势在于交通发达，107 国道正好从中穿过。而且十里铺的地皮便宜了许多，现在还没有人提出开发，要是你现在提出申请，可以确保一次通过，价格也不会太高。”夏想侃侃而谈，一脸淡笑。

孙现伟微一沉思：“夏老弟知道吉成的后台是谁？”夏想笑着摇头，不说话，他知道孙现伟是自问自答，果然他神秘地一笑，小声说道，“是谭龙，市政府副市长……”

夏想猜来猜去，也没有猜到居然是谭龙。谭龙不过是市政府几名副市长之一，政府排名虽然仅次于曹伯伯，但他毕竟不是常委，怎么可能压市委常委、组织部长方进江一头？当然，有时政治上的角力，不能完全以排名决定实力和胜负，不过最后谭龙支持的吉成地产能够胜出，肯定是陈风拍的板。

陈市长在城中村的改造和开发上有较大的发言权，听说崔书记是一向不怎么过问的，在市委市政府里面，只要崔书记不施压，其他常委都比不了陈风强势的作风。而且在级别上也差了一级，燕市是副省级城市，只有书记和市长是副省级，其他常委都是正厅，陈风的权威无人可以挑战。

就算谭龙有钱锦松撑腰，也面子太大了一些。看来具体内幕，还是需要向高海或是曹伯伯咨询一下，牵一发而动全身，不可不查，夏想思索着。

夏想还没有再问，孙现伟却又把他所知道的内幕全抖落了出来：“光是谭龙还没有那么大的面子，谁知道关键时刻崔书记说了一句话，据说让陈市长也犹豫半天，最后还是决定给了吉成。崔书记从一开始就表明了不插手城中村改造的立场，但在二十里铺的事情上，突然出面替吉成说话，就不得不让人深思了。吉成的后台是谭龙，市委市政府的一帮人，谁不知道？所以方部长也在纳闷，什么时候谭市长向崔书记靠拢了，他不是钱锦松的人吗？”

最后一句，孙现伟借方部长的感慨，其实也有向夏想提问的意思。他的意思是，他已经交了底，够朋友吧？要是你也知道有关的幕后消息的话，不妨也说来听一听，大家互通有无才是真的好。

夏想摆摆手："我刚来没几天，还没有来得及深入了解其中的弯弯道道。再说，我刚刚开展工作，也不方便什么事情都麻烦高秘书长，更不敢主动给陈市长添乱……"

言外之意是，他并不知道谭龙和崔书记的事情，就算陈市长心里清楚，他也不会幼稚到开口去问陈市长谁和谁有什么关系。

夏想要是这么做了，就是政治上的低能，就是一个笑话！

孙现伟听了点点头，夏想说的是实话，只好叹了口气："那就只能给他们捣捣乱，添点堵了？"

夏想用筷子点点盘里的肉："有时候肉都藏在菜里面，要想吃肉，得从菜里找。十里铺位于桥西是不假，现阶段也不适合开发商品房，我有一个建议，孙总听了有兴趣就去做，没兴趣的话，我再去找沈立春。"

沈立春名头太响，孙现伟见夏想说得郑重其事，也上了心："夏主任说来听听，我慎重考虑。"

"燕市现在发展很快，新建小区层出不穷，人口多了，就要吃菜吃肉，要是菜和肉供应不上，也是要出大问题的。燕市只有在西北角有一个蔬菜批发市场，短时间内来看，还可以勉强供应得上燕市居民的菜篮子。但城中村改造之后，一年半载之内，就会有十几个新建小区落成，人口越大，用菜量越大，蔬菜批发生意，大有可为……"

孙现伟听得一头雾水："夏老弟，我是做房地产生意的，对蔬菜批发没有兴趣。"

别看孙现伟一会儿叫夏主任，一会儿叫夏老弟，其实夏想也听得明白，他分得清楚得很。表示郑重的时候，他会叫一声夏主任；表示关系密切的时候，就又成了夏老弟。

夏想哈哈一笑："我没让你做蔬菜批发，我是建议你把十里铺开发成燕市第一大蔬菜批发市场！十里铺正好位于桥东和桥西的交界处，位置重要，交通便利，一旦建成，恐怕用不了多久，别说燕市第一，就是燕省第一也不在话下……至于你建成商铺之后，是租是卖，哪一种方式更赚钱，你是业内专家，就不用我再胡乱发表意见了。"

孙现伟正夹着菜往嘴里送，手猛然停在半空，半天一动不动，忽然"啪嗒"一声，菜又掉回了盘子里，他脸上慢慢浮现出惊喜的神情："夏主任，夏老弟，我刚送你一辆桑塔纳，你立刻就还我一辆奔驰，金点子，点石成金！"他激动地一把抓住夏想的手，满脸涨红，也不知道是兴奋过度还是酒精上头，"十里铺的地，我要了！你是我见过的最聪明最有头脑的官员，不是我夸你，夏老弟，你简直就是一个商业天才。我做房地产这么多年，总在开发住宅楼的方向打转，从来没有转念一想开发商铺，你真是一语点醒梦中人，老哥佩服你！”

他端起一杯酒，一口喝干：“我敬你一杯，先干为敬。”

夏想也还了一杯，自嘲地笑笑：“我就是爱异想天开，正是因为不在行业内，才敢想敢说，真要是合了孙总的意，点子就送你了。”

孙现伟算是明白过来了：“别，亲兄弟还明算账，具体拿到地皮的事情，我来运作就可以。但老弟你出的金点子，老哥我不能没有表示拿来就用，那不是笑话我不会做人吗？有要求，尽管提。”

“那我就不客气了……”夏想笑眯眯的，装出一副狮子大开口的架势，“不怕我手伸得太长，口张得太大？”

孙现伟也是一副轻松的表情：“我认！少了，是你见外；多了，是你不把我当外人。尽管说，我等着。”

夏想拍拍手，大笑：“有气魄，孙老哥，成大事者就要有你这样的魄力，你这个朋友，我交了。我的条件是，我要指定一家蔬菜批发商入驻你的蔬菜批发市场，她在市场内有所有的优先权……”

“就这个？”孙现伟不相信地搓着双手，“夏老弟，你这是跟我见外，还是有什么埋伏？跟老哥说实话，跟你打交道，我心里有点没底。”

商人面对官员时，如果对方不贪不卡不要，好像就不正常一样。夏想嘿嘿直笑，笑得孙现伟心里直发抖，还好夏想也没有笑太久，就说：“行了，要是你实在觉得过意不去，就送一间办公室给我，我也不要产权，只要不收租金就行，总可以了吧？”

一间办公室一年的租金，撑死了也不过几万元，孙现伟虽然觉得还是要得太少，不过见夏想笑得真诚，只当他图的是长远利益，也就暂时放了心：“行，就这么定了，到时我挑一个位置最好的给你，或者你挑也成。反正你要跟我见外随便你，我有事的时候一定找你，一点也不和你见外，你别嫌烦。”

下午一进办公室，曲雅欣和吴港得都迎到门口，二人都异常恭敬地说道：“夏主任，回来了？没热着吧？”

曲雅欣还好，作为女人关心别人惯了，脸上的表情还算自然。吴港得一脸谄笑，脸上的笑容几乎要掉在地上，差点没把夏想给吓着。

吴港得假装热情地拿出车钥匙，要递给夏想，不过脸上的表情和要杀死他一样痛苦。夏想不愿意看着他的一副苦相，大度地一挥手：“天气热了，桑塔纳有空调，吴主任年纪大了，就先用着吧。”

“这怎么行？夏主任，这车是冲你的面子才给的，要是我开的话，太过意不去了……”吴港得话说得漂亮，钥匙却拿在手心，不肯再向前送上半点。

夏想摆摆手，非常大方地说道：“吴主任和曲主任是改造小组办公室的老人，在待遇上就应该比我高，没什么好商量的。不过要说到工作，我可是只争先进，不会让步的。”

夏想话里话外的意思是，有好事可以先让着你们，不过在谁主持改造小组办公室的大问题上，他不会退让。

曲雅欣现在算是彻底服了，夏想争权不假，但人家一有能力二有风格，谁能比？她抢先说道：“我已经向高秘书长汇报过了，改造小组办公室三个副主任，没有明确一人主持日常工作也说不过去，夏主任年富力强，我向高秘书长推荐了你。”

“我也附议了。”吴港得也迫不及待地表态，手中拿着新车钥匙，心里乐得忽上忽下。

夏想想想也该向高海汇报一下工作了。刚来到高海办公室，正要敲门，高海从里面打开门，一见他站在门口就乐了：“正想找你，你就来了，巧了。”

陈风要见他。

随高海一起上楼到了陈风的办公室，陈风也没起身，也没招呼夏想和高海，低头匆匆看了几眼文件，抬头说道：“听说吴港得和曲雅欣一致推荐你主持改造小组办公室的日常工作，你有什么想法没有？”

夏想就谦虚地笑：“两位主任风格高，值得我学习。”

“行了，别跟我唱高调了，既然你已经站稳了脚跟，我就让高海去宣布一下。另外，对于改造小组办公室，我有一个想法，就是准备正式纳入政府机构，让编制办批编制下来，是市政府办公厅下辖的副处级部门。你才副科级，担任副主任已经勉强，再主持日常工作，就更说不过去了。”

高海在一旁插话说道：“夏想提了副科虽然时间不长，不过他担任过一段时间的乡党委副书记兼副乡长，资历够了，也有政绩，符合破格提拔的条件。”

“特事特办，你提副科不到一年就再提到正科，是挺快，比我当年还快。说实话，我都有心要压你一压……”陈风笑了，见夏想露出一副诚惶诚恐的神色，就又不满地说道，“夏想，在我面前你老实一点，有一说一，要论装模作样，我相信你比不过我。”

陈风的表演才能确实一流，夏想自叹不如，但他相信经过一段时间的官场经历，他超过陈风也不算难事。当然在市长面前，他只有点头称是的份儿：“是，是，我可不敢和陈市长比。平心而论，我非常欣赏陈市长的领导风格，不打官腔，说话直截了当，从不拖泥带水。给人的感觉是务实能干，和民间传闻中的平民市长完全一样。”

陈风哈哈大笑，将手中的笔往桌子上一扔，用力向后一仰：“我还以为你多老实，没想到，拍马屁的水平也是一流。小夏，以后可不要拍我马屁，好话人人都爱听，我也不例外。不过拍马屁的事情不用你来做，自有别人来做，你来做，是大材小用。”

陈风发自内心的高兴夏想岂能看不出来？他心中暗道，不信找不到你的痒处，马屁人人会拍，但要拍到妙处，拍到无迹可寻的境界，就不是人人都可以做到的。

“提正科的话也不是不可以，你的材料高海已经上报到了市委组织部，就看方部长是不是点头了。方部长和我交情一般，我要说话的话，一个科级名额，他肯定得给个面子，但我就欠了他的人情。”陈风的话是暗示夏想，提拔他，他可是用了心也费了劲，夏想得记住。

夏想当然要记住陈风的好，但也不能事事让陈风拿上一把，他毕恭毕敬地说道：“多谢陈市长，谢谢高秘书长！”

陈风愣了一会儿，却没有听到下文，不由奇怪，难道是夏想没有听明白他的暗示？不会，他刚才的话已经不是暗示，而是当面点明了。那为什么夏想还不表示一下忠心，然后请求他出面向方部长打电话？

难道说夏想认为方部长不会卡他一卡？方进江一直对破格提拔的事情不太感冒，认为官员升迁，还是一步一个脚印最好。破格甚至跳跃式提拔，要么是有内幕和黑手操作，要么就是拔苗助长。总之，夏想的副科提正科不到年限，方进江不卡一卡，就不是他的风格。

夏想走后，陈风看了高海一眼：“你怎么看？”

高海猜测陈风可能起了疑心，就说：“曹市长刚来，和常委们都不太熟，他不可能替夏想出面，再说方部长也未必会给他面子。要说丁山那边可能性也不大，难不成会劳动到宋部长出面？宋部长办事最是妥协，夏想不过是提一个正科，以我看，他不会打这个电话。”

“那就怪了，夏想不会听不明白，他是故意不说，是不想卖我这个人情？”陈风自嘲地笑了，摇摇头，“这小子还挺有意思，还想和我较真。他是不是认准了他求不求我，我都会出面替他打这个电话？我打是打，不过一定要找个机会敲打他一下。”

高海笑着，不说话，心想陈市长也有趣，有时想法还有可爱的一面。

让陈风大吃一惊的是，上报组织部提夏想为正科的提议，第三天组织部就批了下来。

陈风急忙找来高海，说他一忙就忘了打这个电话，没想到方部长也没有派人考查一下，直接就批准了，简直就不是他以前的风格。高海也感到莫名其妙，心想到底是夏想交了好运，还是他和方部长也有关系？

升到副处的机遇

陈风不好意思当面问夏想，高海就没有那么多忌讳了，他先是来到改造小组办公室，正式宣布夏想主持改造小组办公室的日常工作——先正科，再宣布决定，也算是程序上无可挑剔，照顾了曲雅欣和吴港得的面子。

曲雅欣和吴港得真心地表示接受上级领导的安排，会全力配合夏想的工作。其他小组的成员也自然没有异议，当然也是轮不到他们说话。钟义平心中替夏想高兴，认定夏想以后前途无量，就坚定了跟紧夏想的决心。

一宣布完任命，高海就把夏想叫到他的办公室，开门见山地问他："通过谁和方部长有了联系？"

夏想刚一挠头，高海就假装不快："跟高叔叔也不说实话？是不是有了曹市长当靠山，就要和我疏远？"

没办法，他只好装可怜："高叔叔，我先给你汇报一下我的贪污受贿的行为，我接受了达才集团开发部主任沈立春的一辆汽车，又收下了天安房产的老总孙现伟的一辆汽车，现在两辆汽车都归改造小组办公室使用……"

高海摆摆手："别说这些没用的，企业愿意借车给你们使用，是自愿行为，你难道会不知道这事常见？少跟我打太极，这点小事不用跟我说，你肯定能处理好，说重点。"

"我刚才已经说了，高叔叔，难道你没有听出来？"夏想得意地笑了。

高海一怔，想了一想，忽然笑了："达才集团和天安房产？小夏，你面子不小，不，是本事不小。天安房产还好说，是家新兴企业。达才集团眼高过顶，别说你，就是我的面子，他们说不给也可以不给……天安房产？我明白了，怪不得方部长会这么痛快，一点也没有卡你一卡，原来症结在这里。行，你有两下子，没来几天，不但站稳了脚跟，还打开了局面。"

"高叔叔你再夸我，我一骄傲，不但前功尽弃，以后还有可能不再进步了。要以批评教育为主，表扬尽量少一些。"夏想故意耍赖。

高海笑呵呵地点点头："就别跟我说假话了，对你的每一个进步，我是从内心深处感到高兴，你在燕市的根基打得越牢固，丁山到时回来就能越快地打开局面。"接下来话题一转，高海又换一副严肃的表情，"听说你见过宋部长一次，他对你的印象如何？"

其实高海问的是反话，是问夏想对宋朝度的印象如何。

夏想就如实回答："宋部长很威严，不苟言笑，我和他说话不多，也就是打了一个照面，现在想想，印象很淡了。"

夏想忽然想起了吉成地产的事情，既然话题打开了，就问出了口："吉成地产的背后有谭市长的影子，为什么崔书记会突然帮谭市长说话？高叔叔怎么看待这件事情？"

"我猜不出来，陈市长应该知道一二，但他闷着不说，谁也不敢直接问他。崔书记给我的感觉是，一直和市政府的人走得不近，市委和市政府不在一处办公，崔书记的工作重点又放在省里，他是有意高走。而且他又是省委常委，眼睛向上看也正常。他帮谭龙说话，也只能从他和钱秘书长之间的关系上猜测了。"高海摸了摸头上日渐稀少的头发，有些感慨地说道，"丁山非要躲到坝县那个穷地方，原来我还以为做不出什么事情，没想到现在还真有一点成绩，以后想要升一升也容易不少。对了，还有一个有利的消息，丁山不是借助了胡增周的关系吗？胡增周下一步要当章程市委书记了。"

"沈复明要来省里？"夏想大吃一惊，一点也没有听到风声。

"听说是副省长，管文教、卫生，很闲，还不如市委书记来得实惠，最大的好处就是升到了副省，退下来的话，待遇高了。"高海不知道夏想在坝县阴了沈复明一把，他要是知道的话，估计也和夏想一样，心里会跳上几跳。

夏想倒不是担心沈复明会报复自己，坝县的事情，估计沈复明一时半会儿也回不过味儿来。夏想以自己对沈复明的了解，他一来省里，肯定不甘于当一名清闲的副省长。毕竟副省长和他上一次差点到手的省委常委、省委秘书长有很大的差距，既然不满足，他肯定会想方设法再更进一步。

副省长在省里虽然显不出来，但这是一个可上可下的位置，高成松将沈复明拉来当副省长，用心十分高明，估计就想把他当枪使，用来对付政敌。使得顺手，枪法准确，说不定沈复明还可以升上一升。要是枪不好用，准头不够再容易走火的话，沈复明直接干一届就可以欣慰地养老去了。

下班的时候，接到肖佳的电话，约他过去，夏想同意了。刚挂断电话，夏想就又接到了曹殊黧的电话，她的声音甜丝丝的，带有一丝自豪和得意："请问是夏主任吗？请问你晚上有时间吗？可以赏脸一起吃个便饭吗？"

夏想就有些作难，还没有来得及回答，曹殊黧的声音又变了一副腔调，模仿曹永国说话的声音："你给夏想打电话，让他晚上来家里吃饭，我有话对他说。"

夏想败了，什么理由都说不出来，立马同意。不过曹殊黧的声音还有一点不满："你一点也不高兴的样子，是不是有什么想法？我可告诉你，你升了正科，虽然才是芝麻绿豆大小，不过我妈很高兴，非要做许多菜请你吃饭，说是为你庆祝。正好今天是星期五，我也回家了，你是不是不想见我？"

周末了？夏想傻笑几声，忙昏了头，连星期几都记不清了。

只好又回了肖佳，本来他还想给肖佳一个惊喜，到时送她一间办公室和一个大型蔬菜批发市场的主导权……没想到曹殊黧呼唤，必须要响应黧丫头的号召，况且是她一家人都在等他。

肖佳什么也没问，一句埋怨也没有，还劝他不要太累了。夏想就有点惭愧，肖佳是他可以随时憩息的港湾，而他对肖佳来说，只是一种期待、一个象征、一个依靠。

到了曹家，才发现一家人都在，正围在一起看电视。打过招呼，夏想正要坐在曹殊黧旁边，却被曹殊君一把拉了过去："先别跟我姐黏糊了，来，教教我怎么追小妞。"

曹永国拿曹殊君的厚脸皮没办法，瞪了曹殊君一眼，却没有说话。王于芬就生气地说道："小君，你整天胡闹，上了大学不知道好好学习，怎么光想着追女孩子？去，一边去，别烦夏想。"

"妈——"曹殊君拉长了声调，"你怎么一点竞争意识都没有？美女是什么？美女是稀缺资源！比如我们学校本来女生就少，美女更是少得可怜，我不下手，就让别人抢先了。你想想看，难道以后让你的宝贝儿子吃别人的剩饭？真是的，思想僵化，观念落后，你看姐姐就比你强太多了，她就知道先下手为强的道理。"

曹殊黧气呼呼地瞪了曹殊君一眼："少说我，我做事情都是认真的，你就是瞎闹，没正事。漂亮女孩多了，最终和你脾气相投的，只有一个。谈恋爱又不是攀比，再说女孩又不是只要漂亮就可以了，谈吐呀，性格呀，还有眼界呀，都很重要的。以后你也要注意一下你的身份，你是市长的儿子，不是一般人家的孩子，说话办事要有分寸……"

曹殊君抱头鼠窜，跑到了里屋不肯出来："太厉害了，姐姐比老妈还强悍……夏想，你要倒霉了，以后铁定被我姐管住！"

骂跑了曹殊君，曹殊黧吐了吐舌头，冲夏想调皮地一笑："我是不是太凶了？"

夏想挠挠头:“有一点,也吓我一跳。”

曹殊黧不干了:“哼,我是嫌小坏人烦你,才替你赶跑,你还嫌我凶?真没道理。男人都是小心眼儿!”

“说什么呢?怎么说话呢?”曹永国笑着打哈哈,“打击面太大了,连老爸也敢一起骂了?夏想才是正科,翅膀还没长成,你就硬气什么?”

曹殊黧脸红了:“爸,你到底是站在哪一个立场?怎么不向着自己女儿,反而向着外人?”

王于芬就和稀泥:“好了,好了,争吵时间结束,下面开始吃饭。”

夏想今天过来的时候,顺道买了点礼品。他没有什么经验,就随便买点烟酒。王于芬也不客气,直接说他:“小夏,家里又不缺烟酒,你乱花什么钱?来家里还这么见外,以后就不让你上门了。真要想买东西,就买点水果什么的,就当给自家里买东西一样,听见没有?”

完全是丈母娘说女婿的口气,夏想就憨笑几声:“知道了。”

“你知道什么?让你买东西,你才是笨呢。看中的东西又贵又不好看,谁见了你,都会把你当冤大头。”曹殊黧取笑夏想。

王于芬听出了不对:“你们什么时候一起买东西了?买什么东西了?”

“没有,我就是随便说说……”曹殊黧突然脸红了,知道说漏了嘴,见夏想偷笑,就瞪了他一眼,脸上却热得发烧,一转身就跑上了楼,“我去换件衣服。”

“换什么衣服?刚换的睡衣,怎么还换?黧丫头怎么了这是,前言不搭后语的?”王于芬一脸疑惑。

夏想当然知道曹殊黧脸红的原因,是她让他在学校附近租的房子,她帮他买了不少日常用品。

曹殊黧的小小心思当然也瞒不过他,让他租在学校附近,方便和她见面,但她又不想让家里知道。所以也提醒过夏想,不要说漏了嘴。

房子租了没几天,曹殊黧也去过几次,都有蓝袜陪同。唯一一次她自己过去,夏想乘机抱了一抱,想要亲上一口,却被她嬉笑着跑开。夏想也没有再追,饶了她一次。

来日方长,他相信,她跑不了。现在她还在上大学,夏想也不想过多地让她分心。他也不是有性冲动没人性的小男生,再说,他也不想让曹永国对他产生不满。万一他和曹殊黧做出什么事情被曹永国发现了,也是不好。

不承想曹殊黧差点说漏了,夏想暗中擦了一把汗,急忙岔开了话题,问曹永国:“曹伯伯,市里的局势,还算平静吧?”

曹永国对刚才曹殊黧的脸红事件,没有过多地注意,他点点头:“还好,比我想象中要平静。不过平静未必是好事，有时经常有些小摩擦反而好，证明有矛盾都放到了明面上。现在倒好，风平浪静，其实旋涡都在水面底下，一旦露出水面，就是一场风暴。”

曹永国的话绝对不是危言耸听，也不是故弄玄虚，肯定是有感而发，夏想就说：“我的视野比较狭窄，只能自下向上去看。不说别的，光是城中村改造小组所接触到的部分，就有许多触目惊心的内幕。这不，我刚刚介入的天安房产和吉成地产之间的竞争，背后就有方部长和谭市长两大势力。”

曹永国会心地笑了：“怪不得你升正科这么顺利，我正想问你。本来以为是陈市长的面子，不过听高秘书长暗示，陈市长没有出面，原来根源还在你自己身上。这么说来，你在处理天安房产和吉成地产的事情时，和天安房产建立了良好的关系？”

曹永国不愧为沉浮官场多年的老人，一眼就看透了事情本质。夏想在他面前没什么好隐瞒的，就简单地将他和孙现伟的交往说了一说。

曹永国听了沉思片刻，语重心长地说道：“我在建筑行业打滚了多年，很清楚这个行业不但利润巨大，而且牵涉面太广，方方面面的人都想插上一手，索要好处。你现在在城中村改造小组办公室，虽然权力不大，但很容易牵涉进各方面的纠纷，做事情要深思熟虑，不要冲动，更不要意气用事。做决定之前，各方面的关系都要平衡，没有确切把握时，不要得罪任何一方，就算不得不得罪一方，也别得罪死了，要留有余地。否则，你一个小小的科级，在燕市这个副省级城市里，一句话就被牺牲掉了。”一番话说完，关切之情溢于言表。

夏想当然能感受到曹永国发自内心地希望他能走好走稳，他感激地点点头：“谢谢曹伯伯的教诲，我会记住的。”

曹永国又满意地笑了：“就算我是多虑了，不过刚才的话听了也没有坏处。你处在改造小组的位置上，虽然现在是副主任，但改造小组不设正主任，陈市长的意图就很明显，就是要让你主事。而且我也听说他有意让改造小组成立正式编制，副处级部门，明显是抛出一个大饼。意思是，你要干得好，甚至可以不用一年就扶正，顺理成章升到副处。”

“呵呵，陈市长也对我说了这件事，我觉得他挖了一个大坑让我跳。不过目前的情况是，不跳也得跳，既然没有选择，我也只能做好十足的准备。”夏想说得很轻松，好像是让别人跳坑一样，“跳坑并不可怕，谁也不知道坑里有没有宝石，或许我还可以大发一笔。而且我还觉得，陈市长说是要批个编制下来，他真要有心扶我，可能会先把我扶正，然后再批下副处级编制，这样我的阻力会小上许多……”

曹永国听了连连点头，心想夏想还真是一个人才，居然能举一反三，猜透了陈风的真正意图。他也是经夏想一说，才豁然想通，先扶正再批编制，确实比批下编制再扶正容易得多。夏想扶正后，虽然是以正科领导两名正科副主任，但改造小组没有正规编制，别人也挑不出毛病。此时再批下编制的话，就好像一般城市升格到副省级城市，等于坐地升半格。就算夏想的升迁速度再快，也会被整个改造小组办公室正式成为市政府机构的光芒所掩盖，说三道四的人也会少了许多。

聪明，一点就透，可堪大用。曹永国脸上的笑容就越来越盛："我本来还担心你难以在燕市错综复杂的局势中看清方向，没想到，你比我想象得还要快地适应了手头的工作，好样的！好好干，小夏，就从你处理天安房产和吉成地产的事情上来看，你的思路非常清晰，而且也正好借机解决你的提拔问题，估计也会让陈市长刮目相看。"

在市长家留宿

曹永国越看夏想，心中越是喜欢，想起他当年这个年龄的时候，冲动热血不说，还有点愤世嫉俗，容易走极端。要是当年他处在夏想的位置上，肯定还没有他做得这么得心应手，不由心中感慨，这个年轻人，怎么长的脑袋，怎么就这么好用？一个人不在于他的位置高低、权力大小，而在于他能不能从复杂的局势之中，找到一条明晰的道路出来，然后将自身的资源最大化，平衡各方面的利益，从而让自身也获得最大化的利益。

除了个别背景深厚的子弟之外，不管是省里还是市里，都有不少平民出身没有根基的高官，从一无所有一步步爬上了高位。夏想有李丁山的关系，也能和宋朝度说上话，还有他这个常务副市长，再有和高海也是来往过密，也深得陈风的赏识。他谁也没有开口去求，却凭借自己的真本事，解决了第一个难关。难得，非常难得。

曹永国眼中的赞赏之意就越来越浓。

夏想想起了高海，忽然发问："曹伯伯，你和高秘书长接触多不多？"

曹永国微一沉吟："嗯……还可以，高海为人比较灵活，他是陈市长的人，我也受惠于陈市长，我们之间有些来往也正常。你提正科，市委组织部顺利通过的事情，还是他主动告诉我的。"

夏想就想，高海向曹伯伯示好也无可厚非，陈市长应该也不会有什么想法。高海是聪明人,他肯定会把握好度,不会让陈风产生怀疑。

在陈风面前夏想会藏着掖着,也会假装,但在曹永国面前就没有必要了。夏想把心中的不解直接问了出来:“曹伯伯,谭龙为人如何?他的后台是钱秘书长,有没有听卢部长说过?钱秘书长和崔书记之间,有没有什么内情?”

曹永国立刻就点出了事情的根源:“你是不明白谭龙支持的吉成地产,为什么会让崔书记也出面说话吧?”

“曹伯伯果然厉害,一句话就点出了关键。”夏想不失时机地免费送上一记马屁。

“你忘了我在城建系统干了几十年了?里面的弯弯道道,我敢说市委市政府所有的人,都没有我清楚……卢部长对钱秘书长也不熟悉,听他的意思,钱秘书长不但低调,也不好交友,和许多人都没有什么往来。当然这只是表面上的,暗中他和谁关系密切,就只有他自己心里清楚了。卢部长不了解钱秘书长的关系,你也就别到处打听了,问也没用。至于谭龙,他为人城府很深,平常说话办事让人挑不出过错,至于其他方面,因为时间还短,不好下结论,总之这个人不好对付。”

随后又说了一些别的事情,李丁山在坝县一切顺利,沈复明要来省里当副省长,等等。然后曹殊黧就又下楼帮王于芬收拾桌子,开始吃晚饭。

明天是周末,又是晚饭,曹永国就打开一瓶酒,和夏想小喝了几杯。曹殊君还想凑热闹,被曹永国训到一边,连曹殊黧也批评他,王于芬更是不停地给夏想夹菜,最后惹得曹殊君愤愤不平:“得了,现在夏想越来越像你们的亲生儿子了,我现在成了后妈养的。”

一家人哈哈大笑,其乐融融。

饭后喝了一会儿茶,夏想见天色不早,提出告辞。王于芬担心地说:“天色这么晚了,路上不安全,小夏你现在住在哪里?”

夏想一时心惊,还未说话,曹殊黧急忙抢着说道:“他还没有地方住,借住在同学家中。”

王于芬没有多想,摇头说道:“总在别人家里,那怎么行,不方便。老曹,你从市政府给夏想要一套单身宿舍总没有问题吧?你说你怎么当伯伯的,也不关心一下孩子的住宿问题。”

曹永国被王于芬说得呵呵一笑:“周一一上班,我就问一下,单身宿舍还是没有问题的,可能还来得及赶上最后一次福利房。”

见曹殊黧连使眼色,夏想急忙拒绝:“不用麻烦了,曹伯伯,住房问题我自己可以解决。这点小事都解决不了，还能做什么大事？还有高叔叔也给我安排过一套住房，我也没有住。我还是想一个人找一个合适的地方住，不用麻烦伯伯和伯母了。”

“不麻烦，麻烦什么，又见外了不是？”王于芬热情不减，突然一转身回到房间，片刻之后拿了一把钥匙出来，“家里在富城花园还有一套房子一直闲着，本来就是留给殊黧结婚用的，你先去住吧。”

曹殊黧见势头不妙，一把从王于芬的手中抢过钥匙：“不给他住，我以后结婚用的房子，让他先住进去，成什么事了？我以后结婚的时候，一想到夏想先住了进来，多别扭。就不能给他住！”

王于芬笑了：“你说什么呢，黧丫头？瞎胡闹，你以后和谁结婚？”

曹殊黧羞不可抑：“妈，有这么赶女儿的没有？我不嫁人，就陪着你好不好？”

最终在夏想的坚持下，还是把钥匙还给了王于芬。不过王于芬却坚持要夏想晚上住在家里，说反正明天也不上班，周末哪里也不用去，在家里待着就行。曹永国也赞成夏想住下，夏想无奈，只好答应，反正曹家的房间也多。

给夏想安排的房间，正好在曹殊黧的隔壁。

曹殊黧帮夏想整理床铺，又给他抱来一床被子，悄声说道：“是我用过的被子，你别给用臭了……”她穿了一件宽松的睡衣，里面没戴胸罩，帮他铺床时，弯腰低头，不但翘臀细腰曲线玲珑，胸前也是春光无限好。

夏想还没有真正欣赏过曹殊黧的胸前风光，他坐在床上，任由她忙来忙去，乘机看了个够。

曹殊黧的胸不算特别大，但也绝不能说小，圆润翘挺，随着她身体的晃动，颤巍巍地抖动，可见弹性惊人。夏想也是正常男人，鼻子中传来熟悉的少女体香，眼中又是十分诱人的情景，他难免就有点意动，一把握住曹殊黧滑腻的小手：“黧丫头……”

曹殊黧身子微微颤动，想要挣脱却又脱力一样用不上力气，只是从鼻子里轻轻“嗯”了一声，声音小得好像蚊子一样：“什么事？”

“没事。”夏想直视曹殊黧的双眼，见她双眸如水，粉脸绯红，娇羞无限，让他看得口干舌燥，浑身发热。自认见识过无数美女的夏想今天才算真正明白，女人真正的美和最吸引男人的地方在于本身的娇羞，还有欲拒还迎的柔弱无力感，让男人不由自主心生征服之感！

夏想心中被点燃了一种从未有过的柔情，他一把将曹殊黧抱在怀中，抱得紧紧的，轻声说道：“黧丫头，我想亲你一下，好不好？”

“不好！”曹殊黧毫不犹豫地拒绝。

“为什么？”

“你没刷牙！”

二人笑成一团，夏想不管不顾地就要俯身下去，朝红唇之上印上自己的印记，就像君王在领土之上踏过，显示自己的征服痕迹一样。眼见二人的嘴唇就要贴在一起，突然敲门声不合时宜地响了起来：“警报，红色警报，有人上楼查房。”

是曹殊君。

曹殊黧像受惊的小兔子一样，一把推开夏想，整理一下衣服，转身就跑：“我妈上楼了，我得赶快回房间，晚安。”

能晚安得了吗？夏想嗅着被子上传来的曹殊黧的气息，还可以在枕头上发现一两根她调皮的头发，耳中还回响着她轻灵动人的声音，他就辗转反侧，孤枕难眠。

第二天夏想被拉了壮丁，陪曹殊黧逛街。

曹殊黧买了两件衣服，又非要给夏想也买两件。夏想在穿衣上面没什么要求，就任凭曹殊黧摆弄，她说买什么就买什么，看都懒得看一眼。

二人中午在外面吃饭，在步行街吃重庆小吃。说话间，忽然就提起了连若菡。

“连姐姐消失了这么久，一个电话都没有，也不知道她到底出了什么事？”曹殊黧托着腮，神情之中有一丝怀念。她将手中的大包小包往夏想怀中一放，“给你一个表现的机会，省得你闲得慌。我忽然有一个古怪的想法，你和连姐姐是不是背着我，在私下里联系？”

夏想明知曹殊黧是开玩笑，她就是喜欢真真假假地吓唬人，不过不知道为什么被她突然一问，不免有点心慌，忙道：“你也太厉害了吧，这也能猜到？答对了，若菡一直没有和我断过联系，是她说的不让我告诉你，怕你误会。”

“拉倒吧，说你胖，你真喘。我要说你会飞，你还真飞上天去？”曹殊黧给了夏想一个鄙视的眼神，又开心地笑了，“连姐姐清冷如月，来历神秘，不管怎么样，她一直都会是我的姐姐，是不是？”

夏想无言以对。有些人或许只是生命中匆匆的过客，以后还能不能和连若菡见面，他也不得而知。

周日，王于芬本来还想留夏想在家里，夏想却有事要办，因为赵红江找他有事。

赵红江换了一辆崭新的桑塔纳 2000，兴冲冲地来曹家接夏想。曹永国因为夏想的关系，也没见外，让他直接上楼。赵红江高兴得不得了，吃力地搬了一箱五粮液上楼。曹永国看了他一眼，点点头："人可以在，东西带走。"

赵红江有点激动，在建筑行业干久了，对曹永国的敬畏之心早已根深蒂固，他就有点紧张。一紧张，他就露了怯："老局长，老领导，又没有外人，一点心意……"

一句老局长，曹永国心软了："算了，放那儿吧，就当你送给夏想的，是你们朋友之间的往来。"

赵红江急忙点头哈腰地连连说是，夏想迎了出来，和他客气地握手。曹殊君听到动静也出来，冲赵红江点点头："有点面熟，好像二建的。"

赵红江高兴了，向夏想使了个眼色，夏想笑了笑："是我的好朋友，叫赵红江，以后可要记住了，他不是外人。"

曹殊君挺给夏想面子，向前和赵红江握握手："姐夫眼光很准，也挺高，让他称上朋友的人，一定不简单。"

被曹殊君一夸，虽然对方不过是个小毛孩，赵红江还是眉开眼笑。曹殊黧也出来寒暄了几句，让赵红江大感面上有光，高兴得差一点手舞足蹈。

下楼的时候，赵红江对夏想耳语几句，夏想摇摇头，表示不同意。赵红江一脸坚决的样子，夏想只好无奈地笑了笑："跟我见外了不是？算了，都是朋友，我也不跟你见外了。"他伸手招过来曹殊君，"送送赵经理。"

曹殊君有点纳闷，想问为什么，腿上已经挨了曹殊黧一脚，曹殊黧气势汹汹地说道："夏想叫你去，你就去，少啰唆。"

曹殊君一脸苦相，懒洋洋地陪夏想和赵红江下楼，还嘟囔说道："我刚睡醒好不好？姐夫，你故意折腾我是不是？"

到了楼下，赵红江从后备厢中拿出一个盒子，塞到曹殊君手中："殊君，你看你上大学了，是大学生了，手腕上不戴一块表怎么行？我这里正好有一块，你戴上试试。喜欢的话就留下，不喜欢的话，我再给你换一块。"

曹殊君欢天喜地地回去了，上车之后，夏想埋怨赵红江："他一个小孩子，你给他送什么表，还那么贵重！我没看错的话，是一块四千多的天梭表，是不？"

赵红江一边熟练地开车，一边笑道："我高兴，我愿意，成不？夏秘书，不，夏主任，老局长为了我升职说了不少好话，我送曹公子一块表算什么？真要是为了充分表达出我心中的感谢，我送十万元也不多。不过现在老局长是市长了，我不敢！"

夏想笑骂了他几句，又问："去哪里？"

"去见一个人。他一直想见你，可是没有机会。听说你回燕市了，非要我出面请你吃饭，你要不见他，我就被他吵死了。"

"谁？"夏想被赵红江的故作神秘弄得一头雾水。

汽车七拐八拐，终于停在了战国策茶馆门口。

战国策茶馆的造型很有艺术味道，门前有两架战国的马车，还放着一排水缸，也不知道有什么用。门口的两位迎宾小姐也穿得很古典，虽然仔细一看有点不伦不类，比起其他的流俗的茶馆，还算多了一些文化内涵。

一进门，里面倒也古色古香，淙淙的古筝乐曲如水一样流淌，让人心情顿时放松下来。夏想心道，挑这个地方见面，还算不错，至少说明邀请他的人还算有点品味。

走进二楼的风雅包间，一个又黑又瘦的南方人迎了出来。他一见夏想就先愣住，脸上的表情既惊讶又震惊，过了一会儿才说："夏主任比我想象得还要英俊潇洒许多，而且还年轻，真是太年轻了，想不到，想不到！英雄年少，和夏主任一比，老袁我已经太老了。"然后他才收起笑容，一本正经地说道，"夏主任，本人袁保平！"

南方一建的负责人袁保平！

夏想并没有短时间内就和袁保平接触的打算。他的想法是，除非再出现其他意外变故，他还是尽量少露面为好，处处插手很容易留下痕迹，最后让人抓住把柄就不好了。

不过今天赵红江非要把他拉来，和袁保平见面，虽然有点不太情愿，不过也不想太驳了赵红江的面子，也就答应了下来。如果可能，他还想乘机从袁保平口中套出一些关于省委书记夫人景晓影的事情。

第一印象，袁保平会演戏，会说话，很会察言观色，夏想心中有数，南方人比北方人机智灵活，也能说会道。他呵呵笑着摆摆手："袁老哥过奖了，你这么起劲夸我，肯定是想把我夸得晕晕乎乎，也好让我替你办事，对不对？"

袁保平一愣，他没想到夏想不但这么年轻，在他盛赞之下还这么冷静，不由立刻对夏想高看了一眼，笑道："夏主任说笑了，我不过是感谢夏主任对我们南方一建的帮助，今天特意请夏主任过来坐一坐，喝喝茶，聊聊天，大家交交朋友。"

包间环境还算不错，圆排沙发，中间放着茶几，房间内温度适宜，乐曲舒缓。三人分别落座，袁保平问夏想喝什么茶，夏想就要了一壶毛尖。夏天天热，喝绿茶败火。

袁保平对夏想暗中帮他接到工程非常好奇，他不认识夏想，也不相信天上掉馅饼的好事，所以非要见上夏想一见。不见到夏想当面问个明白，他心里不踏实。

夏想猜也猜得到袁保平的心思，几杯茶下肚，他无限感慨地说道：“袁总，十年前，你是不是曾经资助过几名中学生？”

袁保平脸上露出吃惊的神情：“夏主任怎么知道的？是有这么一回事。”

南方一建再起变故

夏想继续感慨：“十年前我还是一名初中生，家境贫困正面临退学的困境，突然受到了好心人的资助，他的名字就叫袁保平，正好和袁总同姓同名。”

袁保平连连摆手：“夏主任搞错了，搞错了，不是我，我十年前还在南方，你是北方人，差得太远了。我当时资助的也是我们当地的学生，可以肯定不是夏主任了。”

夏想一脸深沉：“我找不到那名帮助过我的叫袁保平的恩人，只是听说他是在北方做生意的南方人。正好就听到赵经理说起你，我就以为他是你，想起当年的恩情，我就厚着脸面求赵经理适当照顾一下袁总了……”

夏想早就编好的故事虽然有点离奇，不过袁保平却信以为真。因为他资助学生的事情在燕市无人知道，夏想和他又不认识，也没有必要既免费送他一份大礼，又认他当恩人。他心里就认为夏想受人资助是真事，只是巧合之下，误认为是他。

袁保平心里也有点触动，端起茶：“以茶代酒，敬夏主任一杯。难得现在还有夏主任这样的性情中人，这么多年还记着别人的滴水之恩，我受之有愧。”

夏想郑重地与袁保平碰了杯：“虽然袁总不是资助我的那个袁保平，不过既然同名同姓，当年也资助过别人，就是天大的缘分。今天能认识袁总，也算幸会。”

赵红江也信以为真，在一旁也是感慨万千，怪不得夏秘书当时找他，直接让他照顾南方一建，他还以为夏想和南方一建有什么深层的关系，原来只是为了当年的一次资助！赵红江也端茶敬了夏想一杯：“夏老弟，我不太会说漂亮话，但我要说，交友交心，从此以后，有需要我的地方，你只说一句，然后就看我的行动。”

赵红江开了头，袁保平也得有所表示，他站了起来，以表示敬意：“我不是夏主任的恩人，很惭愧。相反，夏主任是我们南方一建的恩人，所以我代表南方一建几百名父老乡亲，再敬夏主任一杯。”

客套完毕，三人之间就感觉近乎了不少，说话也随意了许多。在谈到南方一建以后的发展时，夏想提出建议："我建议袁总加强培训一些技工，比如说瓦工和混凝土工，当然其他的小工也要，不过重点放在大工方面。大工技术高，出活好，打出南方工人手巧活好的名声，以后不但二建、三建，还有省投资建设公司，等等，他们有了工程都会想到你们。你不愁没有工程，只要你的工人数量足够，袁总，你的钱赚都赚不完。"

让南方一建成为优秀的建筑工人的摇篮，对燕省的建筑公司，对南方一建，对袁保平本人，都是一件好事，因为大家都会受益。袁保平带领几百名民工杀入燕省的建筑市场，本质上就是为了赚钱。他没有资质，没有资金，只有一群手艺高超的工人，所以一开始只能依赖于燕省本地的建筑公司，接手转承包的工程，让二建这样的建筑公司从中收取管理费，拿走大部分利润。但是即使是剩下的小部分利润，除了用来支付工人的工资之外，都落入了袁保平的腰包。

所以袁保平从实质上讲，就是一个包工头。

夏想的妙计就是，让袁保平不断地从南方招来工人，经过培训之后再分批送到各大建筑公司当工人。他可以不断地从每个人身上抽取管理费用，招来的人越多，他的钱就赚得越多，他就会忙得不可开交。别说有时间琢磨更大的发展，用不了多长时间，他的思路就会完全被工人生产线所占据，就会逐渐走向工人批发商的道路。

当一个人在一个行业做得轻车熟路之后，又有大钱可赚，没有人会轻易放手，再转手去做别的生意。惯性也是一种惰性，没有人能够逃脱。

袁保平眼睛不大，看人的时候，眼珠转得很快，可见他的脑子也是在快速运转。

夏想说完，袁保平半天没有接话，只是一口接一口地喝茶。赵红江见有点冷场，就和夏想说起改造小组。夏想也知道袁保平肯定需要时间消化，也不催他，就和赵红江说起城中村改造，必定带动燕市的经济，同时，也给了建筑公司大量的工程。工程一多，必然需要更多的建筑工人。

燕省不缺工人，但缺乏高级技术工人。

袁保平终于开口了，尽管有点犹豫，还是说出了口："夏主任，我有一个想法，有点冒进，但想试一试，南方一建能不能自己接工程，自己单干？"

夏想微一沉吟，说："也可以接工程，不过袁总也知道，你一个南方人在北方打拼，在燕市就算有点关系，能接上几个不大的工程，还要应付方方面面的关系。不说工商税务这些老爷部门，就是本地一些滋事的村民，也不好搞定呀！赵经理在燕市待了十多年，也算是半个燕市人了，在遇到当地人无理取闹时，也是头疼得很。另外就算上头有关系，也不可能管住下面的村民。说实话，燕市的当地人，有点敌视南方人。”

赵红江也在一旁附和：“是呀，经常有矛盾，起冲突。还好我在燕市久了，他们不敢把我怎样。村民不管你是省委书记还是省长，只要惹着了他们，他们一样顶牛。”

赵红江无心的话，反而正好说到了袁保平的痛处。袁保平虽然认识景晓影，但他也知道，景晓影出面帮他说话可以，但具体事情还得由自己亲自操作，不可能由省委书记夫人抛头露面去跑工程去疏通关系。再说，就算省委书记说话，官员不得不听，但普通百姓发起狠来，才不管你是谁。

至于夏想所说的燕市人对南方人的敌视，他是深有体会，哪里都有地域歧视，太正常了。

夏想哈哈一笑，一副调笑的口气说道：“袁总来燕市是为了什么？当然是为了赚钱。赚钱可以轻松地赚，也可以费力地赚，谁都不愿意费力去赚钱。赚钱是为了享受，不是为了受苦受累。”

袁保平长出了一口气，好像跑完了千米长跑一样：“就是，就是，赚钱为享受，不是为吃苦。其实现在我们的现状就很好，我回去就告诉马新利，就按照夏主任刚才说的办，不要再想着去单干。他还想发展成什么大型集团！不要说可能性几乎没有，就是费尽力气花上十几年真的成立了集团公司，又能怎么样？十几年后我都成老头儿了，还能享受什么？人活着，就是享受现在这一刻。”

“袁总还有合伙人？”夏想不经意地问起袁保平的合伙人——马新利，坊间盛传他号称南方一建的智囊，人狡猾，手段也多，可不能让他再翻了盘！

“是，马新利和我一起从南方过来，他头脑比我好使，人聪明，又会说话，我比不过他。一般大事小事都是他拿主意。”

“二人合作，想要做起事业，就是齐心协力，劲向一处使，可不能有分歧。老马既然能说会道，让他回南方在当地负责招收新的工人，甚至可以直接在当地培训，然后直接输送过来就可以上工地。袁总你在这里接工程，一南一北，分工合作，不愁不赚大钱。”夏想想出了一条一石二鸟的计策，也就立刻免费送给了袁保平。

袁保平坐不住了，他再精明再怀疑，现在也对夏想一再为他出谋划策感动不已：“夏主任，你我素昧平生，就因为我沾了‘袁保平’三个字的光，你就帮我这么多，我老袁没说的。说再多的漂亮话也没用，就一句话，还是跟赵经理学的，以后有用得着我老袁的地方，看我的行动！”

中午，在袁保平的强烈要求下，三人又一起吃了一顿饭。饭后，袁保平还想安排节目，夏想拒绝了。倒不是他故作清高，一个男人身边有人间绝色的时候，对风月之地中的风尘女子，提不起什么兴趣。袁保平见夏想不好这个，就从车里拿出他珍藏的极品茶叶，非要送给夏想。夏想知道人情往来也是增加感情的一种方式，也就收下了。

袁保平走后，夏想又和赵红江说了会儿话。

和袁保平在时的客气相比，夏想与赵红江在一起就随意多了。赵红江对夏想在曹家受到的待遇非常羡慕，他听说夏想已经提了正科，眼神都放出光来："我现在是越来越服你了，二十四岁就正科了，比我牛气多了，估计两年后就副处了？二十六岁的副处，老弟，说不定你到我这个年龄时，就是副厅了，服了，真服了。人比人，气死人。"他搓了搓脸，站了起来，又坐下，还是兴奋莫名，"还好，还好，我早早就认识了你，再晚几年，你眼界高了，我凑到你跟前，你都不会看我一眼。"

夏想毫不客气地打了他一拳："少跟我拍马屁，是不是想让我现在就不认识你？"笑了一笑，又说，"省二建的副总也是副处了，你还有什么不满意的？过几年再说，不可能提得太快了。"

赵红江表示认可："饭要一口一口吃，我懂。以前是天天想进一步，当上总公司的副总。现在当上了副总，感觉上面还有一个总经理。人呀，没有一个满足的时候。不想了，谁都想升官，但在升官之前，也要先把手中的工作做好才是，不能占着茅坑不拉屎，对不？"

夏想就骂他："说话文明点，虽然我不嫌你，你得也注意一下形象，都公司副总了……"

"我这副处和你这正科都没法比！我是企业的级别，到了你们政府里面，都不承认，只在企业内有效。一出省二建的大门，换一家单位，人家就会说，对不起，承认不承认你的级别，得我说了算。"赵红江的话还是调侃的成分多一点，其实也可以看得出来，他对二建副总的位置还是很在意的，"二建好歹也是上千人的大企业，当个副总，也是有点权力的，对吧？所以说夏老弟，你以后有什么事情找我，不方便露面的，我手中的兄弟很多，还是很好解决的，一句话的事情。"

夏想眯起眼睛，不说话，就听赵红江指点山河。

说了半晌，赵红江也累了，就又想起了袁保平："南方一建，以后怎么办？"

"既然他们的工人很好用，就继续用好了。老袁这人你接触比我多，说说看，可交不？"

"还行，南方人，虽然精明一点，不过处久了也有真诚的一面，也讲情义。"

赵红江答道，忽然想起了什么，一脸疑惑地又说，“老弟，没想到你小时候家里这么穷，比我小时候惨多了。你有今天的成就，全是靠自己努力得来的，真不简单。我要有你一半的吃苦精神和干劲，现在已经做到二建总经理的位子了。”

事实上，南方一建不止夏想想象中这么简单，此次拉拢分化的策略，也只是暂时扼制住了他们的发展势头。因为种种复杂原因，南方一建也着实在燕市乃至燕省掀起了很大风浪。直到后来燕省局势风起云涌，发生剧变，他们在失去靠山的情况下，才逐渐偃旗息鼓。

晚上夏想谢绝了赵红江的邀请，也没有再回曹家，给曹殊黧打了个电话，直接回到了兴荣小区。还未上楼，却在小区门口遇到了孙改乐。孙改乐大喜，非要拉着夏想一起去吃饭。夏想想想，自己和孙现伟之间的交情，孙改乐无形中也起到了促成作用，他虽然爱闹，但也不是无良子弟，也就同意了。

饭后回到住处，正要睡下，忽然手机响了，拿起一看是一条短信：“我们还会再见面吗？”

没头没尾，手机号码又很陌生，夏想也就没理。刚刚迷迷糊糊地睡下，又来了一条短信：“为什么不回话？”

夏想正睡得香，被打扰了清梦自然不高兴，就回了一条：“你发错人了，别捣乱！”

第二天上班，短信的事情被他抛到了脑后。上午刚处理了几件事情，就听到楼道中传来一个人爽朗的笑声：“吴主任，几天不见，又精神了不少，最近看来喜事挺多……怎么，不欢迎我？”

门一响，一个留着平头、身材魁梧的男子走了进来。他目光一扫，先是看了夏想一眼，然后又若无其事地和曲雅欣打招呼：“曲主任，又漂亮了，羡慕呀，羡慕。明天我让我们家那位好好向你请教一下如何保养，和你相比，她那一张黄脸，真是没法看了。”

曲雅欣不接他的话，淡淡一笑：“乔总大驾光临，难得。正好我来介绍一下，这位是我们改造小组办公室新任的夏主任，现在由夏主任主持日常工作。”

乔白田仿佛才看到夏想一样，脸上适时地露出了笑容：“早就听说过夏主任的大名，没想到这么年轻，真是闻名不如见面。”他伸手递上一张名片，主动自我介绍，“吉成地产，乔白田。”

夏想微微一笑，将名片放好，和乔白田握手：“夏想，很高兴认识乔总……乔总有事的话可以先找曲主任或吴主任，我手头还有点工作，就先不聊了。”

夏想扔下乔白田，坐下翻看资料。乔白田明知夏想上任改造小组办公室副主任，以前经常露面的他，却一直不主动现身，显然是有意为之，故意晾晾夏想。现在他知道夏想主持日常工作了，又来露面，而且刚才一进门故意闪过夏想，和曲雅欣以十分熟悉的口吻说话，分明是不把夏想放在眼里。

既然如此，夏想就晒晒他又有何妨？

第一场较量

乔白田被夏想晾到一边，不免有些尴尬，回头想和曲雅欣说话找回面子，却见曲雅欣也低头做事，忙得连头都抬不起来，心里就更加不痛快。正好吴港得又从外面进来，他就冲吴港得说道："吴主任，自从夏主任上任以来，改造小组办公室是焕然一新，工作积极性高涨！夏主任的能力果然是强，到底是年轻人，有冲劲有干劲，好事。"

吴港得岂能听不出来乔白田话里话外的讥讽之意，是嘲笑他和曲雅欣现在被夏想一个小青年管着！吴港得现在对夏想是心服口服，才不容忍外人对改造小组办公室说三道四，就冷笑一声说道："乔总还真是有眼光，你说得不错，现在我和曲主任都在辅助夏主任工作。夏主任的能力改造小组全体成员有目共睹，他虽然年轻，不过我和曲主任对夏主任是打心眼里佩服，一致认为改造小组办公室有了夏主任的领导，才能更好地应对复杂的局面，才能不被别有用心的人糊弄。"

乔白田脸色一变，心中的不满就越来越强烈。他今天前来改造小组办公室，就是因为二十里铺的钉子户闹事越来越凶，他的公司出面，村民根本不理，口口声声要求让政府出面。工程已经耽误了半个多月，再耽误下去，在原定的时间内肯定无法完成拆迁。原本他以为搞定吴港得和曲雅欣，二人就会非常卖力地替他解决问题，没想到，问题还没有解决，突然就横空杀出了夏想。

夏想一到改造小组办公室，吴港得就态度大变，由原先积极合作变为敷衍了事。

乔白田也知道二十里铺闹事的背后有天安房产的影子，不过生意上的事情，本来就是你当面一刀，我背后一枪。他当初硬从天安房产手中抢走二十里铺，心里也想过对方肯定不会善罢甘休。他当时也没有太放在心上，不是还有改造小组办公室吗？谁都知道改造小组办公室就是陈市长为了解决各大房地产商之间的纠纷特意成立的，就是为了平衡各方的关系，既有官方背景，又代表陈市长的个人倾向，有着明显的陈氏风格。

乔白田就想，陈市长可以不给谭市长面子，但他必须给崔书记面子。崔书记可是省委常委，陈市长再强势，也毕竟是副班长。崔书记都要出面帮着吉成地产说话，代表陈市长个人倾向的改造小组办公室，在二十里铺问题上，还会偏向天安房产？不可能！

不可能的事情却偏偏真实地发生了，乔白田很清楚，夏想主持了改造小组办公室，立马就给了他一个下马威。

他认为既然改造小组办公室是陈市长个人意志的体现，而且在关键时刻陈市长还是将二十里铺给了吉成地产，就已经表明了态度。难道改造小组办公室没有得到陈市长的授意，没有体会到陈市长偏向吉成地产的意图？

乔白田的美好愿望因为他亲自来到改造小组办公室而瞬间落空。和他想象中差别很大的是，夏想不但主持了日常工作，对他更是不冷不热，连以前一直十分热情的吴港得和曲雅欣，也都是一副公事公办的样子。他心中又气又急，再看夏想一副稳坐钓鱼台的架势，就感觉非常不是滋味，心想一个小小的科级干部，敢和吉成地产顶撞，也不问问他吉成的后台是谁？

是谭市长和崔书记！

乔白田自恃后台够硬，又一相情愿地认定既然陈市长把二十里铺给了吉成地产，改造小组办公室就得充分领会领导意图。夏想不偏袒吉成地产，就是和陈市长对着干，肯定没什么好下场。再说就算陈市长不收拾他，谭市长要是给他小鞋穿，他也受不了。

乔白田就又来到夏想面前，语气不咸不淡地说道："夏主任，二十里铺的村民经常闹事，导致我们的搬迁工作无法进行，是不是请夏主任出面做一下疏导工作，也好让吉成地产更快更好地开发出新的小区，积极配合好陈市长的全市规划大计。"

夏想抬起头，脸上没有什么笑容："乔总，拆迁办的政策是，凡是有承建商的城中村的改造和开发，一律由开发商自行解决拆迁中的纠纷问题，政府机关不宜直接介入。"

乔白田心中暗骂，谁不知道改造小组从来不听拆迁办的话，拿什么拆迁办的政策说事，哄大头鬼呢？他心里就极度不爽，脸色就明显露出不耐："夏主任，话不能这么说。你来之前，吴主任一直非常积极地协调二十里铺的问题，怎么夏主任一来，工作就停顿了？是不是夏主任对我乔白田有意见，还是对吉成地产有什么看法？"

这话就说得有点冲了，夏想也不生气，反而笑了："我才来改造小组，既不认识乔总，又没听过吉成地产，说什么有意见有看法，就太想当然了。"

言外之意是，你乔白田何许人也，吉成地产是哪路神仙，对不起，一概不知。

乔白田终于动怒了，他猛地一拍桌子："夏主任，你还太年轻，做事情要考虑清楚了再做，省得到时后悔都来不及。"

夏想还是不动声色："乔总在改造小组办公室拍桌子，好像拍错地方了，这里不是你的办公室，是政府机关！"

乔白田怒气冲冲，还想再说什么狠话，突然门口进来一人，来到夏想面前以汇报工作的口气说道："夏主任，我们的车又坏了，没法去现场了，怎么办？"

上一次夏想本来还想拿乔白田一把，让他出出血，所以故意让钟义平一见到乔白田出现，就找个时机过来提提汽车坏了的事情。现在他已经改变了主意，就是要和乔白田斗一斗，测试一下各方的反应，也好验证心中的猜测。他忘了提醒钟义平一声不要再提这事，没想到正和乔白田言语不和时，钟义平杀了进来。

夏想转念一想，也好，就拿一辆车试探一下乔白田，通过乔白田的态度，看看背后人物的心思。夏想打定了主意，点点头对钟义平说道："知道了，再去修修吧。车总坏也不是个事儿，总耽误去现场，得想个办法解决一下……"

吴港得和曲雅欣都识趣地闭紧了嘴巴，一言不发。

钟义平一打乱，乔白田的怒火反而消了大半，见夏想自始至终都没有发火，不由心中一惊。乔白田心想夏想年纪不大，心思挺深，自己都动怒了，他一点也没有看出生气来，隐忍功夫挺厉害。不过他也没有放在心上，认为夏想再能装，也是年轻气盛，否则不可能领会不到陈市长的意图。

听钟义平一说他算是明白了，原来是礼没送到，还大开口要一辆汽车。他心里就又气又笑，算计人算计到他的头上了，也不打听打听，他到底是谁？

乔白田气呼呼地走了，吴港得小心翼翼地说道："夏主任，听说乔白田有些来头，和他生气犯不着，也不值当……"

曲雅欣也好心说道："吉成地产这几年发展挺快，路子走得挺顺，肯定有后台，夏主任小心一点。"

夏想听了出来二人的关怀出自真心，笑着对二人表示了感谢，也没有过多地解释什么。吴港得和曲雅欣见夏想不以为然的样子，对视一眼，都流露出一丝忧虑。再想到钟义平还不合时宜地提出汽车问题，他们二人都不约而同地心想，别说让乔白田送车了，恐怕夏想很快就会被上面训话了。

谁也没有想到的是，过了三天，夏想不但没有一点麻烦，还每天都乐呵呵的，丝毫没有把乔白田的事情放在心上。结果到了周四，乔白田亲自带人送来一辆桑塔纳，笑容可亲地和夏想打招呼，亲热得好像二人之间从来没有发生过不愉快一样。

吴港得眼珠都掉在了地上，曲雅欣也是大跌眼镜。

更让二人感到惊奇的是，夏想也是笑容满面地和乔白田寒暄，语气亲切，态度真诚，就像前几天的事情不是吵架，而是喝了一顿好酒！

曲雅欣和吴港得虽然不明白事情背后发生了什么，但却看出一点，这一场较量，夏想大获全胜。

第二天，吴港得就带人前往二十里铺，捣乱的村民“望风而逃”，在吴港得英明神武的指挥下，溃不成军。从此二十里铺风平浪静，再也没有出现过闹事现象。

夏想没有打了胜仗的兴奋和得意，像没事人一样上班下班，乔白田送的车就交给他来使用。尽管他来到改造小组之后，短短时间内就为办公室的三位副主任，人手配了一辆新车，他却没有一点功臣的架子，一样和曲雅欣说笑，和吴港得开玩笑，还不时倚小卖小，耍赖一样让二人请客。吴港得和曲雅欣就对夏想既敬又怕，还有一种发自内心的关爱，觉得这个小伙子真的不错，维护改造小组办公室的利益是不遗余力，又从来不居功。虽然他想要插手的事情绝对说一不二，但大部分事情还是放手不管，给了二人足够的权力和敬重。

恩威并施的手段，被夏想发挥得淋漓尽致。

改造小组办公室三个副主任，人手一辆新车，在市政府里面就显得有些扎眼。高海心里有数，陈风自然也心知肚明。夏想以前汇报工作的时候，向高海提过前两辆汽车的事情，后来乔白田送的新车，却提也未提。因此，陈风对夏想的做法就有点意见。

陈风的办公室内，高海恭敬地坐在沙发上，听陈风讲话。

“小家伙眼光很准，看问题也能切中要害，而且处理问题的手段很犀利，很刁钻，很阴险……”陈风得意地笑了，笑完之后，又有点自嘲地说，“虽然说我喜欢阴险，可是他也有点太生猛了，敢让吉成地产下不来台，不是故意逼我出面替他解决麻烦？”

高海没笑，一本正经地说道：“夏想毕竟年轻，做事情时有点偏激，有点冲动也不算什么。他才二十四岁，当年我二十四岁的时候，还认为如果娶不了自己喜欢的女人，就是世界末日了。年轻，可以理解嘛。”

“我可不认为他是年轻，是没经验。相反，我觉得夏想是有意这么做的。”陈风直视高海的眼睛，似乎不相信高海刚才说的是真心话，“老高，你是不是有意替夏想掩盖？”

高海一脸紧张：“哪能呢，陈市长，我替他掩盖什么？我觉得夏想就是和天安房产走得近了，还和达才集团的沈立春有了交情，所以乔白田在他面前拿拿架子，自以为了不起，夏想能给他好脸色看才怪了。别说他不知道吉成地产的后台是谭市长，包括崔书记也替他们说过话，就算知道，年轻人一时头脑发热，不给乔白田面子也在所难免。”他一边说，一边暗中观察了陈风一下，见陈风也是若有所思的神情，心里踏实下来。

不得不说，高海的分析也是入木三分，很有道理。陈风听了也是大为意动，想了一想，又摇头一笑："我倒是认为夏想是有意惹乔白田生气，借机来看看我的反应。如果乔白田一怒，他就会受到我的压力，那么以后再开展工作，肯定会有所顾忌。因为夏想虽然从天安房产那里知道了一些二十里铺的波折，但他不知道内幕，也猜不到我为什么会屈从于崔书记的压力，在最后时刻把二十里铺给吉成地产。如果我没有反应，哪怕乔白田不退步，不送车，他也会收手。他不是一个莽撞的人，也能看清事件背后隐藏的较量……”

陈风笑得意味深长，目光中还是充满审视的味道，看着高海。

平心而论，高海虽然也认为夏想是个人才，但对夏想能从天安和吉成的矛盾中，敏锐地发现可乘之机，充分利用上层的矛盾达到他试探陈风的目的……高海并不相信，也不相信夏想有这样的眼光和心机。

就算为官十几年的老官场，也未必能当机立断做出符合利益的决定。官场局势错综复杂，稍有不慎，就会掉进陷阱。夏想怎么会有这样的眼光和勇气？所以他刚才说的一番话，有出于维护夏想的意思，大部分也是出自本心。

陈风看了高海一会儿，微一沉思，说道："不管他了，小家伙爱折腾就让他折腾去，改造小组本来就是为了搅动各方局势而成立的，没有一个有冲劲有大局观的人主持也不行！夏想想要舞台，我就给他足够的空间！"

高海走后，陈风一个人静了一会儿，叫江天进来，问他："夏想的做法，你怎么看？"

江天毕恭毕敬地答道："不简单，不是冲动的举动。"

陈风点点头，又问："高海呢？"

"能力一般，忠实度较高，可以一用。"江天有问有答，一板一眼，却言简意赅，不说一句废话。

"对夏想本人你怎么看？"陈风的话是考验，也是想听听跟他多年的秘书的意见。

江天沉默了一会儿，摇摇头："我看不透他，说不出来。"

"说不出来就对了……"陈风笑着挥挥手，"还真是一个让人琢磨不透的小家伙！"

江天识趣地退了出来，陈风拿起了电话，拨了一个号码：“曹市长，我是陈风，有没有时间一起坐坐，吃个便饭？”

时间已经进入六月，六月的燕市，正式进入了炎热的夏季。晚上，百姓河两旁人来人往，有乘凉的老夫老妻，也有热恋中的男男女女。人群之中，一个帅气但有点偏黑的小伙子，牵着一个肤色胜雪，脸庞秀美，又漂亮得让人不敢直视的女孩，正悠闲地在人群中散步。

女孩穿一身明黄连衣裙，尽管是晚上，但她举手投足间流露的惊艳之美，令行人无不侧目。众人都暗暗惊叹如此漂亮的女子，真是少见。

肖佳对众人的目光视若无睹，不过她不太习惯被夏想牵着手，几次想要甩开，却被他抓得更紧，不由柔声说道：“太热了，你松开我的手，让手透透气，好不好？”

“不好，你的手凉凉的，我握着十分舒服，松开岂不是太吃亏了？”夏想耍赖地笑，用手还摸了一下肖佳的脸，“笑一个！”

“一边去，少来肉麻的动作。”肖佳嗔怪说道，不过她佯装发怒的神情又无比妩媚动人，不但没有丝毫威慑力，反而显得好像她有意挑逗夏想一样，好在她接下来说的话，让夏想老实了许多，“你说我该怎么办？我刚打入京城的蔬菜市场，不想就这么轻易放手。可是许彦然太烦了，天天围在我身边，我非常讨厌他，见都不想见他！可是又舍不得京城刚刚打开的局面，许彦然明确地告诉我，要是我做他的女朋友，京城市场他帮我拿下五分之一。要是我不答应，京城市场从此对我关上大门！”

连若菡一切安好

许彦然，京城大家族的公子哥，典型的富二代的代表人物，对肖佳一见钟情，死缠烂打，摆出一副不追到手誓不罢休的态势。肖佳虽然急于想打开京城的市场，但连应付许彦然的心情都没有，所以心中才无比烦躁，叫夏想过来，替她想想办法。

夏想微微皱起了眉头。

肖佳现在的生意顺水顺风，逐渐占领了燕市五分之一的市场，每个月的利润都在二十万元以上。照目前的速度发展下去，半年之内，将三分之一的市场拿在手中，不是难事。

肖佳有头脑，有眼光，也有野心。她已经不再满足局限于燕市的市场，因为坝县的蔬菜基地已经初具规模，她有了充足的货源，就想打开京城的市场。前期工作进行得也十分顺利，眼见就要大功告成之时，一个公子哥突然就看上了肖佳，着迷得不行，发誓非要把她追到手。肖佳自认对付男人游刃有余，但许彦然显然不是一般人，他游戏花丛多年，手腕高超，家中也有权有势，一眼就看中了肖佳的弱点是急着进军京城的蔬菜批发市场。他就以此为诱饵，引诱肖佳上钩。

肖佳当然不会上当，但许家的势力果然庞大，她以前谈好的许多商家都纷纷对她避而不见，要么和别人合作，要么干脆单方面撕毁合同。反正一夜之间，京城的大门对她完全关闭。

肖佳的雄心壮志受到打击，无人诉说，只好找夏想诉苦。夏想不是不想帮她，而是现在确实无能为力，他的手还伸不到京城，李丁山估计也不行，媒体的力量不是万能的，许多地方都影响不到。

想了一想，他就劝肖佳："不如暂时收手，燕市的市场也足够大了，不要贪多。等燕市市场饱和了，南有单城市，北有宝市，何必舍近求远，非要去京城？"

"话都是你说的，你以前给我出主意，让我去京城，现在又说风凉话，成心气人是不是？"肖佳不高兴了，她的心很大，燕市的天地对她来说，有点狭小。

肖佳的不高兴多少有点撒娇的味道，夏想就笑着哄她："你才占据燕市五分之一的市场，而且燕市的市场份额会一直递增，万一以后还新盖一个蔬菜批发市场，市场再兴盛起来，你的五分之一也会被稀释……好好想想，贪多嚼不烂。"说着，夏想又将她揽入怀中，用了用力，"我可不想让别人把你拐跑了。"

肖佳伸出双手抱住夏想的腰："我不会跟别人跑，你放心好了，就算做不成生意，我也有自己的原则，原则问题没得商量！"她将头使劲靠在夏想怀中，声音轻轻的，像说梦话一样，"除了你之外，世界上其他的男人，我都不放心，没有安全感。"

"而且最重要的一点……"肖佳俏皮地皱起鼻子，竖起一根手指，"你有其他男人都没有的优点，就是既纯真又成熟。尤其是你的眼睛，清澈如水，完全没有别的男人的污浊和世俗，让人看了心里格外舒服。"

是人都爱听好话，夏想也不能免俗，而且肖佳形容得又非常好，他就洋洋自得地仰起头，努力表现出一副舍我其谁的气概："那是，也不看看小夏是谁？小夏就是响当当亮堂堂的夏想，是个人见人爱的帅哥！"

肖佳笑得腰都直不起来了："见过自夸的，没见你这样自恋的，笑死我了！"

"怎么样，感觉好点没有？"夏想又换了一副模样，安慰肖佳，"生活中的乐趣有很多，不仅仅在于赚钱。而且就算赚钱，也有许多种方法，并非除了京城，天下就无钱可赚！放心好了，跟着我，我会替你解决难题，但如果你现在就去京城，我不同意，也不放心，不希望你被许彦然纠缠不清！”

肖佳才明白刚才是夏想有意逗她开心，她愣愣地看着眼前的这个男人——其实称为大男孩更恰当一些。他清澈的双眼没有其他男人的贪婪和欲望，他瘦削的面庞透露出强大的自信，他有力的双手也毫不掩饰对她的占有，她欣慰地笑了，笑着笑着，眼泪流了下来：“我听你的，全都听你的。”

夏想揪了揪肖佳的耳朵：“又哭又笑，到底是哭还是笑？既然你要听我的话，有一个好消息要不要听？”

肖佳点点头，尽管实际上她比夏想还大上半岁，但在他面前，她总觉得他比自己成熟多了。

“十里铺开发在即，将会兴建一个大型蔬菜批发市场，估计最快明年完工……”

“十里铺？”肖佳明显被这个消息震惊了，她歪头一想，立刻一脸惊喜，“十里铺正位于国道的两侧，交通便利，而且处于桥东桥西的交汇处，地理位置也好。真要建成大型的蔬菜批发市场，不但能影响到整个燕市，还能辐射到南边的单城市和北边的宝市，以后再继续发展下去，成为整个燕省的批发基地也有可能——太好了，我要打入这个市场！”

冯旭光果然没有说错，肖佳是天生的生意人，对市场有着无可比拟的敏锐目光，由近及远，再推而广之，一眼就看出了近期市场和远景目标，果然厉害。夏想都不由暗暗佩服她，说道：“如果我把这个市场的优先权全部交给你，还免费送你一间办公室，你会怎么想？”

“真的？”肖佳的眼睛亮亮的，激情瞬间被点燃。

“真人不说假话！”夏想斩钉截铁地说道。

“太好了，太好了！你太伟大了，夏想，我太爱你了。”肖佳忍不住高呼起来。

周围的人纷纷侧目，像看怪物一样看着二人。肖佳自知失态，不好意思地一笑，拉着夏想飞快地跑到无人处，脸上红扑扑的，气喘吁吁地又问：“你要是敢骗我，半年之内不让你碰我一下，难受死你。”

拿这个威胁自己，太没有力度了，夏想抬头看天上的星星：“市里已经批下了规划，由天安房产承建十里铺蔬菜批发市场，下周正式启用拆迁程序。如果速度快的话，一个月后就可以动工兴建……怎么样，是半年之内不让我碰你，还是半年之内你主动碰我？”

肖佳既兴奋又羞涩，低下头，只看到她的粉颈之上一层红润：“大不了以后让你随便折腾了——反正赚了钱是你的，人也是你的，还不是你说了算。”她又抬起头来，目光坚定，“等我把市场做大了，有了足够的实力，我再进军京城市场，就不信许彦然还敢在我面前嚣张。臭男人，我肖佳是受人威胁的人吗？”

夏想见她发狠的样子也十分诱人，就一把拉过她，大步向前走去。肖佳不解，就问：“干什么，这么急？”

“回去好好研究一下你碰我还是我碰你的问题，记住，要用尽全力，不许偷懒！”

“你……”肖佳又羞又急，却又说不出话来。

周一刚到办公室，夏想就接到乔白田的电话，说是中午请他吃饭。想了一想，他还是答应了。

上次过招，乔白田主动示弱，又赔笑脸又送车，夏想也就见好就收，立刻让孙现伟收手，尽快以全部精力去建设十里铺蔬菜批发基地。因为有方部长的关系，又有曹市长的大力支持，前几天市政府在作规划时，力排众议，否决了规划专家的建议，由陈风最后拍板，定下了十里铺开发蔬菜基地的提议，交由天安房产承建。崔书记在此事上，保持了沉默。

孙现伟得了十里铺，又找人论证了蔬菜市场，更加肯定夏想的想法可行，对夏想就佩服得不行。而且他也听说了夏想和乔白田闹出了不愉快，他就认为夏想是在替他出气，就越发认定小伙子够朋友，心里就把夏想当成了自己人。

夏想中午和乔白田吃饭，也叫上了吴港得和曲雅欣。大家都是场面人，以前的不愉快就当没发生过一样，谈笑风生，东扯西扯，聊得十分投机，不过没有说任何实质性的话题。大家也清楚，不过是为了维持表面上的和气，立场不同，永远不可能有精诚合作的时候。

夏想还不知道陈风和高海的谈话，以及陈风对他的猜测。如果知道的话，夏想肯定会大吃一惊，对陈风的老辣和眼光赞不绝口。陈风把他的心思分析得八九不离十，他故意和乔白田闹一闹，就是想知道陈风的反应，看看陈市长对谭龙和崔书记走近，到底是什么态度，是退让三分，还是若无其事？

从最后乔白田示弱来看，陈风上一次对崔书记让步，肯定还有其他隐情。虽然二十里铺最终给了崔书记的人，但事后陈风并不偏袒吉成，就充分说明了一个问题，陈风对崔向顶多是尊敬，敬他三分，但不是敬畏！

夏想也清楚改造小组办公室虽然名不正言不顺，成立这么久了也没有正式编制，就是因为陈风故意设这样一个半正式半民间的办公室，实质上，还是为了平衡各方关系。陈风很聪明，也很狡猾，甚至可以用他形容夏想的话说，也很阴险！

不过从政治的角度考虑，陈风的做法又很正常。他既想做出一番成绩，又要应付官场上的倾轧；既要防止别人背后一刀，又想拿到政绩，时时刻刻都是如履薄冰。更何况，城中村的改造又是大工程，涉及无数人的利益，并且改造之后的开发，又有不可估量的经济利益在内，这么大的一块大肥肉，谁不会眼红？谁不会眼睛不眨地死死盯着？

陈风是强势市长不假，也有强硬的后台，但曹伯伯不是强势的常务副市长，后台不够强硬。夏想更清楚的是，他自己其实就是一个过河小卒，要么占据了关键位置，可以当成利刃；要么在各方势力的对撞中，被挤得粉身碎骨。所以他必须自保，必须寻找一切的可乘之机，壮大自己的力量，拓宽自己的关系网，不能将自己的安危完全寄托在陈风的身上。

陈风是欣赏他，也信任他，最终还可能提拔重用他，这是指在正常情况下。一旦情况有变，在重大的抉择面前，任何人都会牺牲别人来保全自己。任何人中，也包括陈风。夏想才不会天真到认为陈风说话直来直去，看似随和，就会在关键时刻不顾一切地保他。陈风是政治家，不是小说中为别人可以两肋插刀的侠客。再说，现实生活中也几乎没有这样的人存在！

改造小组办公室本来就是陈风的一个棋子，是可以冲锋陷阵也可以随时丢车保帅的缓冲地带。用得好了，是一把好枪；用不好了，就是城中村改造失败的牺牲品。夏想有自知之明，他知道自己的立场和分量，除了充分利用陈风的信任，借助城中村改造小组的光环和权力为自己罗织势力之外，也要尽可能地为陈风打压异己，平衡局势。

当然，和其他人相比，陈风还算一个合格的政治家，起码他有为民之心，敢干能干，有抱负，私心还不算太重，值得夏想靠拢。

现在只是接触到了城中村改造之中，各方势力的冰山一角，许多高层次人物还没有露面。但夏想相信，随着改造中的城中村越来越接近市中心，各方面利益的争斗会越来越激烈。中心地带，寸土寸金，是不可再生的宝贵资源，不争个头破血流才怪！

比起和乔白田的小小冲突，前方才是困难重重，任重而道远！

乔白田见夏想吃饭时，有点心不在焉，心中就老大不痛快。他上一次在夏想面前受了气，回去就告诉了谭龙。谭龙听了却没有立刻表态，让乔白田等上一天再说。第二天谭龙主动找到乔白田，告诉他答应夏想的要求，给他送一辆车。乔白田不服，谭龙也没有过多解释，只说了一句话："崔书记说退就退！"

乔白田当然不知道谭龙也是火大，他将此事向崔书记汇报时，崔书记听了只是淡淡地"哦"了一声，然后反问："小孩子过家家一样的吵架也要烦我，是不是下次乔白田争风吃醋也要市委出面？老谭，你要扶持人也要找一个有心计有涵养的人，怎么就找了乔白田？”

谭龙没敢多说，心里却想，不是看乔白田肯听话，好摆布吗？换一个有心计有想法的人，最后控制不了岂不是坏事？不过他不敢反驳崔书记，只好回头训了乔白田几句。

乔白田在夏想那儿受了气，又被谭龙一顿好训，哪里会有好心情？却又不得不赔着笑脸请夏想吃饭。又见他还是一副不以为然的样子，当然就有些火大，他不是藏得住话的人，当即就说了出来：“夏主任是不是还对我有意见？你看，车也送人，饭也请了，礼节都到了，还要我怎么样？”

夏想是因为乔白田的事情，联系到了市里方方面面的关系，要说生气，也犯不着和乔白田这样的人一般见识，他也入不了夏想的眼。

夏想端起酒杯：“我敬乔总一杯，感谢乔总对改造小组办公室的大力支持！刚才想事情有点走神，抱歉，抱歉！”

吴港得很有眼色地问：“夏主任是不是想女朋友了？年轻人，正是热情似火的年龄段，有想法也正常，嘿嘿，我可是过来人……夏主任要不要我给你介绍一个女朋友？”

吴港得一掺和，气氛反而热烈起来，乔白田也借机非要给夏想介绍女朋友。他还大言不惭地说他认识省电视台的美女主持人秋爰，还说秋爰现在还没有男朋友，年龄和夏想相当，一个姓夏，一个姓秋，也是缘分，可以介绍她给夏想认识……

回到办公室，曲雅欣也不知想起了什么，忽然说了一句：“秋爰我也认识，长得真的很漂亮，性子也很好，可能和你真的合适。”

夏想笑笑没有说话，他现在可没有心思再对别的女人有兴趣，一个曹殊黧，一个肖佳，就已经足够他应付了。曹殊黧可爱怡人，肖佳妩媚动人，都是不可多得的女子。

猛然间他一下愣住，由秋爰突然想起前段时间收到的莫名短信，急忙翻出手机打开一下，幸好还在，没有删除。他盯着号码看了半天，忽然会心地笑了，迅速回了一条短信：“半年未见，一切还好？”

片刻之后短信回复：“你发错人了，别捣乱！”

夏想哑然失笑，和他上一次发的一模一样，她的性子还没有变，有时小气得斤斤计较，有时又做出惊人之举，让人无奈又让人感慨。

“我在燕市的城中村改造小组办公室上班……”夏想又回了一条。

半天，又有一条短信进来，只有四个字：“早知道了！”从此再无下文。

估计连若菡一切安好，至少从她短信上看不出有什么不妥，夏想放心了。

↗ 06　放长线钓大鱼

高建远对连若菡贼心不死

陈风心想，要的就是你没有心理准备，要的就是打你一个措手不及。要是给了你足够的时间准备，说出来的想法就会因为顾忌太多而没有了新意。他没有给夏想更多的考虑时间，直接说道："今天在座的就你年纪最小，就随便说几句，大家都可以当你的叔叔伯伯，说错了，谁会怪你？刚刚大家也吵累了，你就当活跃一下气氛也好。"

夏想和达才集团的沈立春倒是一直联系不断，不过让夏想郁闷的是，沈立春早就将他的见解转告了成达才，快一个月了，成达才还没有提出要见他一见。看来，身为达才集团的缔造者，成达才不是那么轻易被人打动的。

又是周末，夏想本来答应要陪曹殊黧，却接到冯旭光的电话，说是高建远再次出现，要与他见面。夏想本想一人去见冯旭光，曹殊黧却非要陪同，说她自己可以边逛超市边等他。想想小丫头一直很乖，不但从来不会添乱，还经常暗中帮他的忙，他就没有理由拒绝。

来到佳家超市的时候，正是上午十点左右，超市人满为患，挤来挤去，生意好不火暴。佳家超市的巨大能量开始释放，从此以后，佳家超市必将开始大跨步的扩张步伐。

冯旭光见曹殊黧，先是问了一声好，然后取笑夏想："你带这么漂亮的女朋友过来，是不是成心气人？知道我们家那位黄脸婆已经人老珠黄了，也不必非用你女朋友的美丽来提醒我刺激我，是不是？"

"女人总有老去的一天，男人也是。两个人都老了，都不好看了，但也有过年轻美丽的时候。重要的是,糟糠之妻不下堂,她最美丽的时刻都是陪你度过的,就已经足够了。”曹殊黧笑意盈盈地说出一番话,她目光闪动,看向夏想的时候,多了几分柔情。

冯旭光暗叫一声聪明,说话一语双关,表面上是劝慰冯旭光,夸奖他的妻子,暗中却是告诉夏想,她现在可是最美丽的时刻。他赞赏地说道:“殊黧贤惠大方,夏想有福了。”

夏想当然明白曹殊黧的小小心思,笑着刮了一下她的鼻子:“行了,别感慨了,你的柔情我永远都懂。去超市转转,看有什么需要的,尽管拿。拿不动的话,有车推,反正有冯总付账,别替他省钱。”

夏想有佳家超市的股份,就不客气地将自己不当外人。

曹殊黧乖巧地朝夏想伸伸小手,转身轻快地跑了。冯旭光哈哈一笑,打趣夏想:“你这个小女朋友,挺厉害,人漂亮,又聪明,还挺识大体。以前是局长千金,现在是市长千金,你小子怎么福气就这么好?左有肖佳,右有殊黧,享尽齐人之福,我都忌妒你了。”

夏想赶紧捂住冯旭光的嘴:“你这么大声,想害死我?殊黧还没有走远!”

冯旭光乐了:“我一直见你都是从容不迫的模样,没想到,你也有担惊受怕的时候,好,现在算是捏着你的软肋了。”

“嫂子呢?我去找嫂子聊天,说我给你介绍了一个极具诱人风情的美女合伙人,顺便问问嫂子,你最近是不是出差的机会比以前多了不少?”夏想不肯吃亏,当即还了回来。

冯旭光大急:“你想害死我呀?我和米萱本来没有什么,让你含沙射影地一说,你嫂子非得跟我急了不可。你又不是不知道,我一向都比较尊重她,很少冲她发火。”然后他又一拍脑袋,“算你狠,这点小事也得还回来,打击报复的心理过于敏感。”

二人你看看我,我看看你,一齐大笑起来。

将近十一点的时候,高建远才姗姗来迟。

和上一次见面相比,高建远胖了一点,不变的是,他依然脸上挂着矜持的微笑。他穿着格子半袖衬衣,下身是笔直的深灰色裤子,黑色皮鞋一尘不染,从穿衣打扮上就可以看出他是一个非常注意细节的人。通常细节都十分在意的人,要么非常挑剔,事事认真;要么做事一丝不苟,凡事力求完美。

冯旭光的办公室布置得并不豪华,也不风雅,可以说毫无特色。高建远一进来就微微皱了皱眉,不过也没有说什么。

冯旭光上前主动和高建远握手,然后介绍夏想。夏想保持着浅笑,淡然而从容。他知道高建远对一切优雅的事物感兴趣,不管是真心也好,做作也罢,久而久之也就成了一种改不掉的习惯。

果然高建远先是一脸惊讶地认出了夏想，然后微皱的眉头又舒展开来，显然对夏想的仪态表示满意。他矜持地点点头，露出三分笑意："没想到遇到了夏先生，真是人生无处不相逢，有缘，幸会！"

"幸会，高先生，请叫我夏想就可以了。"夏想也是彬彬有礼地答道。

"入乡随俗，回到了国内，就按照国内约定俗成的叫法算了，夏想，你叫我建远吧。对了，你的女朋友怎么没在？"三句话不到，高建远就开口问出了他心中难以压抑的欲望。可见绅士也好，彬彬有礼也好，都是天性中的假装和虚伪在作祟，只要去掉光环和外衣，都是一样的赤裸裸的欲望。

冯旭光傻愣在一旁，他一是没有想到夏想和高建远竟然认识，二是更没有想到高建远话没说两句，就问别人的女朋友——别人女朋友漂亮，再羡慕也用不着表现得这么心急吧？

当然冯旭光不知道，高建远口中夏想的女朋友是指连若菡，并非曹殊黧。

夏想答道："若菡回京城了，不在燕市。高兄请坐，我们谈我们的事情。"

夏想是不想过多地谈论连若菡的话题，高建远一相情愿地喜欢连若菡是他自己的事情，连若菡不是他的女朋友，但他也不希望向高建远过多地提起她。

高建远却对连若菡仍不死心，见夏想说起连若菡时没有什么表情，以为二人分手了，就问："你和连若菡之间，是不是闹了点矛盾？"

确实是有点矛盾，不过不是高建远想象得那样，夏想想了想，还是如实说道："不错，我和她半年没见面了……"话说一半，高建远眼中闪过一丝喜色。夏想看在眼中，心想，绅士风度可不是装就能装得出来的，也不是留个学就能学到的，需要的是长时间的熏陶和培养。他不是有意打击高建远，而是实话实说："不过刚刚又联系上了，可能她过几天会来燕市。"

夏想本来是想让高建远对连若菡断了念想，不料高建远听了却微微一笑，拿出一张名片递给夏想："这是我的私人名片，可以随时联系到我——如果连小姐来到燕市，请夏兄无论如何也要通知我一声，给我一个机会，我好做东向她赔礼道歉。"

"好，我会转告她的，如果她答应的话，一定告诉高兄。"夏想接过名片，心想和高建远拉近关系，得到了他的私人号码，没想到还是沾了连若菡的光。连若菡人不在，影响却无处不在，总是会在他的生活中出现。既然她已经来了短信，她人又会在何时现身呢？

寒暄过后，就开始谈起了正事。

高建远提供的地皮位于市中心的黄金地带，原本是五金交化站的办公楼，由于五金站经营不善，被迫变卖资产，地皮就被他拿到了。他开价要佳家超市百分之十的股份，其他条件暂时没有。上一次高建远提过交换之后，再也没有露面，是因为他有事出国了。回来之后，他得知佳家超市的生意大胜以前，就更加坚定了要插上一手的决心。

平心而论，高建远提出的要求还算合理，至少从客观上来说，还在可以接受的范围之内。而且他提供的地皮不能单以平常的价格衡量，因为没有关系绝对拿不到手。但生意就是生意，如果一点也不讨价还价，反而显得双方不是做生意，而在做交情。尽管高建远是省委书记的公子，但他没有明说，就假装不知道好了，或许他还有意隐瞒身份，不以第一公子的光环来压人，有意显示作为一个普通人的他，也有高超的商业头脑。

夏想看了冯旭光一眼，冯旭光心领神会地点点头，说道："夏想是我的好兄弟，也是合伙人，他可以代表我说话。"

高建远有些诧异地看了夏想一眼："我记得你好像是一个县委书记的秘书，怎么也做起了生意？"

"我是在从政之前就和冯总认识，当时佳家超市还没有开张，我和冯总就有了合作。"夏想笑着解释，又说，"高兄有所不知，我现在已经在燕市市政府工作了，在城中村改造小组办公室……"

"和吴港得、曲雅欣同事？"高建远脸上的惊讶不是装出来的，他眼中明显闪过一丝神采，"这么说，你也是陈市长的嫡系了？"

堂堂的省委书记的公子也知道一个小小的改造小组办公室两位副主任的名字，可见陈风的改造小组确实名头够响。换了别人，就是燕市市政府的副秘书长、办公厅副主任，高建远也未必记得住。

"我一个小小的科级干部，能入得了陈市长的眼？只不过陈市长安排我到改造小组办公室，我也只能尽力而为，做好本职工作。"夏想倒不怕高建远猜测他和陈风的关系。他现在既然认识了高建远，而且有了进一步发展的空间，有些事情还是直接说出来好。毕竟以高建远的关系，想要查他也是容易得很，不如爽快地主动说出，也能留下好印象，"这么说，高兄也认识陈市长？"

"谈不上认识，有过几面之缘。"高建远摆了摆手，显然不想再继续官场上的话题，"那好，既然你能代表冯总，就说说你的想法。"

夏想伸出手做了一个手势："百分之八的佳家超市股份……以高兄出色的商业头脑，应该可以看出，现在佳家超市的影响已经比刚开张时强了许多，无形资产大幅升值。所以高兄当初所提的百分之十的股份，就有点虚高了，必须挤一挤水分。"

冯旭光在旁边一头汗水，夏想怎么胆子这么大？明知道他是省委书记的儿子，还要和他讨价还价，不是故意找不自在吗？何况地皮只有他手里才有！

高建远也是微微一愣，片刻之后又笑了："做生意有两个目的，一是赚钱，二是交友。如果只为赚钱，当然是利益最大化。如果还有交友的因素，适当让利也符合我的原则——百分之八，成交！"他伸手和夏想握手，脸上的笑容有点意味深长的味道，"不过我也有一个条件……"

"请讲。"夏想猜测高建远会答应，但没想到他会答应得如此之快，几乎没有犹豫，也对他的条件大感兴趣，"我洗耳恭听。"

"过段时间我有一个酒会，邀请的都是上层人士和圈内的人，希望到时你能和连若菡小姐一起参加。如果连若菡小姐肯赏脸的话，不但百分之八的股份条件我答应你，以后我们还会有许多合作的机会。"高建远说得很郑重，也很正式，显然他提出的是正式邀请。

有机会和高建远走近，走近他的生活，了解更多他的情况，他现在提出的邀请就是一个难得的好机会。夏想本想一口答应，但因为涉及连若菡，他又有点为难。连若菡在京城，来不来燕市全在她随心所欲，而且就算她来，陪不陪他参加酒会，他说了不算。

连若菡不是曹殊黧，不是肖佳，和他的关系忽远忽近，他也捉摸不透她的脾气。而且说她任性也任性，听话也听话，但什么时候听他的话，他心里没底。她想乖的时候才乖，不想乖的时候，夏想可管不住她。

夏想迟疑说道："只能说我尽量，若菡最近事情忙，也没定好什么时候才来燕市。如果她能来的话，正好赶得上酒会，我会很荣幸地带她参加……"

"不急，什么时候连小姐来燕市，我什么时候再开酒会好了，我通知他们一下，让他们等好了……"高建远不以为然地挥挥手，不经意间还是露出了他内敛而霸道的一面。为了等连若菡而让别人全部等着，还不如说他的酒会专门为连若菡而开。

冯旭光尽管在一旁听得云山雾罩，不得要领，不过也算明白了几分，敢情是高建远看上了连若菡，而连若菡又被他称为夏想的女朋友？对于高建远当面邀请别人的女朋友的事情，冯旭光直接忽略过去，让他大惑不解的是，夏想已经有了曹殊黧和肖佳，怎么又冒出来一个连若菡？

还有，连若菡到底是谁？

冯旭光心中憋闷得难受，又不好当着高建远的面问夏想，只好在旁边当闷葫芦，还不时瞪上夏想两眼，以发泄心中的不满。

到了午饭时间，高建远拒绝了冯旭光的挽留，没有留下一起吃饭，起身告辞。夏想送到门外，和高建远挥手告别。

因为冯旭光的办公室在二楼，下到一楼的时候要路过超市的正门，高建远刚到超市门口，忽然发现一个绿裙女孩正从超市里面出来。她容貌明丽不输于连若菡，却又比连若菡多了几份青春和活泼，是一种干练的亮丽之色，他不由自主多看了几眼。高建远心想这个女孩也不错，看她年纪应该还是学生，正是最清纯动人的年龄，如果实在追不到连若菡，追上她也是不错。

刚一愣神，女孩就欢快地上了二楼，自始至终看也未看他一眼，让他不免有些失望，难道自己的魅力还不够？精心的装扮再加留学熏陶的气质，难道对现在的女孩还没有足够的杀伤力？

转眼间女孩就消失得无影无踪，高建远自嘲地一笑，以他的身份和地位，还愁找不到女朋友？问题是，眼界高了，一般的庸脂俗粉都难入他的眼。要找漂亮女孩，燕省艺校多得是，但她们就像工厂生产出来的工业产品一样，漂亮得千篇一律，言谈举止也没有让人眼睛一亮的感觉，太平庸了……他恋恋不舍地收回目光，回到车上，拨了一个电话。

“文扬，最近液晶大屏幕的广告有没有多一些？”

话筒里面传来了文扬的声音：“高总，情况还是不太妙。虽然有些公司看您的面子，适当做了一些广告，但还是不够维持运营，已经连续五个月亏损了，公司的资金状况已经见底了。投资公司那边，肯定不会再注入新的资金了。您的意思是？”

“我准备联系一下艺校，找他们的女生拍一些短片，类似于选美的现场秀，然后在大屏幕上反复播出，肯定可以提高收视率。等广场的人流养成了固定的收看习惯，我想前来洽谈广告的客户也许会多一些。”高建远脑中又闪现出连若菡和绿裙女孩的身影，要是她们当模特，一经播出肯定可以引起轰动，可惜的是……他收回了思路，继续说道，“投资公司你不用操心，就算没有新的资金注入，以前投入的资金也不会急着收回，由我来应付就可以了。”

交代完后，高建远坐在车内，半天没有动弹。所谓的南方某投资公司，其实是武沛勇帮他在南方注册的公司，同时帮他找来了资金。

如愿以偿的香艳事件

说起来，整个运作过程还有高成松第一任秘书卢书怀的参与。卢书怀在辞职下海之后，一直在南方做生意，经武沛勇的介绍，他和章程市长方酒厂的总经理魏吉平来往密切。在武沛勇向他提出拆借一千万要送给高建远时，他二话不说答应下来。

他通过一系列的资本运作，让魏吉平从长方酒厂的账上转来一千万，又通过作假转到新成立的投资公司账户上，然后就由公司出具证明，全权委托高建远负责风险投资业务。高建远就顺理成章地拿到了一千万，至于长方酒厂如何做平一千万的账，就是魏吉平和沈复明的事情了。

据说是沈复明得到暗示后，让银行以贷款的方式给抹平了漏洞。

高建远没有想到的是，一千万到手之后，投入到液晶大屏幕项目之中，一点效益也没有产生，现在基本上走到了破产的边缘。

其实高建远也是无意中发现液晶大屏幕项目的。

宋朝度由省委秘书长改任省委农工部部长之后，就换了办公室，原来的办公室交由新任的秘书长使用。在新秘书长上任之前，照例由人清理干净，检查文件。武沛勇不知道出于什么原因，主动跑到宋朝度的办公室，要亲自检查宋朝度有没有带走不应该带的文件。

结果什么都没有发现，却意外地发现了宋朝度遗留的一份可行性报告，上面详细列举了火车站液晶大屏幕项目喜人的前景，以及抢先一步的巨大商机。武沛勇拿到资料之后，就交给了高建远，因为他知道高建远对新兴项目大感兴趣。直觉告诉他这个项目不错，从资料的严实密封来看，宋朝度肯定对这份报告非常重视，武沛勇才不会还给他。

高建远见到后如获至宝，发现火车站液晶屏幕项目已经做好所有的前期工作，但因为没有后继资金陷入了停顿。如此良机他怎能错过，当即就想法运作了一千万的资金，投入到了液晶屏幕项目之中。

应该说，如果在京城或是南方的大城市中，抢先一步在火车站人流集中的地方，竖立一块巨大的液晶屏，确实前景广阔，可以赚足眼珠，不会缺少广告客源。可惜的是，燕市是经济欠发达城市，经济落后京城和沿海城市太多，商家对新兴事物的接受也比较慢。液晶屏建成之后，广告少得可怜，许多商家根本就不认可这样的广告模式，虽然靠一些关系还有一些广告投入，勉强维持了将近一年，但公司始终处于亏损的状态。

实际上，高建远现在对液晶屏幕的前景已经失去了信心。不过他仍然抱着最后一试的想法，由刚才绿裙女孩的清纯和亮丽，联想到请艺校女生拍走秀的短片吸引人们的目光，索性最后试上一把，实在不行就放弃。反正就当一千万买了个教训，本来一千万就不是他的，没了也不可惜。

想当初，卢书怀最早到南方经商，不也是被一个港商骗走了两千万吗？钱还是从宝市的烟厂拿的，反正最后都能走账抹平，要不就让银行承担。国有企业就有这种好处，拆东墙补西墙，反正钱都是国家出，赚了是自己的，赔了是银行的，怕什么！

怕是不怕，高建远还是想成功想赚大钱，成功是一种认可，也让他对自己的能力有信心。不过液晶屏幕失败之后，他痛定思痛，才知道还是武沛勇说得对，权钱交易最省事，来钱也最快。所以他看中了佳家超市，想办法拿下地皮之后，换取了佳家超市百分之八的股份。

发动汽车，高建远犹豫一下，直接开车前往燕省艺校而去。

再说夏想等高建远一走，就打电话让曹殊黧上来。冯旭光使劲追问连若菡的事情，夏想就是不说，把冯旭光气得够呛，连夏想帮他省了百分之二的股份也不说一句"谢谢"。夏想也懒得和他计较，他不想过多地说起连若菡，等曹殊黧一上来，就拉着她离开了佳家超市。

中午二人在外面随便吃了一点东西，下午架不住曹殊黧的撒娇，陪她看了一场电影。晚饭又到了曹家去吃，晚上自然就又住他在曹家的专用房间。也不知是不是有意躲他，曹殊黧没有过来给他铺床。夏想就耍赖，给她发短信说，没人铺床，他没法睡觉，晚上会着凉。

曹殊黧回信说，她才不会上当，还说现在是夏天，随便睡也不会着凉，少骗人。

夏想为了骗她过来，只好又发信息，说他在房间内发现一个惊人的秘密，想和她分享。曹殊黧还不上当，无奈，夏想只好使出最后的杀手锏，发了一条充满威胁意味的消息："救命……"

片刻之间，房间轻轻一响，一身轻薄睡衣的曹殊黧轻手轻脚出现在门口，小声地说道："我妈在楼下支着耳朵听楼上的动静，你成心找事是不是？坏人，非让我过来，还不知道你没安好心……"

话未说完，就被夏想揽入怀中，嘴唇立刻被堵上……她只觉得浑身酸软，只来得及"哼"了一声，就再也说不出一句话来。

夏想心中窃喜，终于成功地偷取了初吻。尽管小丫头牙关紧咬，死活不让他的舌头再进一层，不过柔软的富有弹性的感觉，还是让人无比销魂。而且她浑身滚烫，胸前饱满，肢体柔软，又芳香扑鼻，几乎让人不能自制！

二人吻了也不知多长时间，夏想放开了她，贴到她耳边说道："怎么样，好不好？"

"不好！"小丫头毫不犹豫地回答，还带有一丝不满，"你的牙好硬，硌疼我了。还有，你会不会换气，憋得我好难受！"

夏想彻底无语，只好认输："好吧，我就是在你的嘴上用我的嘴盖个章。"

"什么意思？"曹殊黧也不知是真不明白，还是假装糊涂，一双大眼睛在微弱的灯光下，显得格外闪亮，眨动之间，亮若晨星，非常迷人，"盖什么章，有什么用？"

"现在先在嘴上盖一个章，就像在一本全新的书上签上自己的名字一样，表明此书已经有了归属。证明你从此以后，就名花有主了。"夏想嘿嘿笑着解释。

曹殊黧点点头，好像明白了一样，又问："要是以后你想阅读你的书，又要怎么做？"

她是有意挑逗还是真不明白？尤其是她问完之后，仰着小脸，瞪着一双好奇而无邪的大眼睛，直直地看着夏想，一脸期待的表情，就让夏想觉得他非常邪恶非常无耻，又非常欲火焚身。

"阅读一本书，要一页一页翻着看。要是阅读你的话，当然就是全身上下都要印上印章……"夏想还是将心中的邪恶脱口说出。

"呀，大流氓，臭色狼！"曹殊黧满脸通红，羞不可抑，一把推开夏想，转身跑到门外，临关门时，还不忘小声地骂了一句，"不想好事，再也不理你了。"

夏想刚追到门口，忽听楼下传来王于芬的声音："黧儿，还没有睡吗？楼上有什么动静？"

曹殊黧大惊，忙咳嗽一声答道："我上厕所……"

"小声点，别惊醒夏想。"王于芬的提醒也不知是暗示，还是另有所指。

夏想也吓了一跳，冲曹殊黧憨笑几声。曹殊黧冲他挥挥拳头，嘴唇在动，却没有发出声音。夏想看明白了，她在说："我恨大色狼！"

被张信颖骂成色狼是误会，被曹殊黧骂成色狼是自找，夏想挠挠头，不好意思地笑了笑，冲曹殊黧敬了个礼，差点把她逗得笑出声来。她又冲他示威一下，才赶紧逃也似的跑进了房间。

第二天一早吃早饭，王于芬看似无意地说道："黧儿，你睡觉不老实，上厕所动静太大，以后夏想再住家里的话，你就睡楼下的房间，好不好？"

曹家楼上楼下两层，楼下两个卧室，楼上三个，房间足够多。王于芬肯定听到了什么，这是防患于未然。

曹殊黧心虚地看了夏想一眼，用眼神告诉他：都怪你。

夏想脸皮足够厚："没关系，我睡觉死，听不到，吵不醒。"

曹永国放下报纸，一锤定音："就这么定了……你们还年轻，白天在一起可以，晚上就离得远一点好！"

曹殊黧顿时脸红，夏想大窘，曹殊君挤眉弄眼，在一旁幸灾乐祸。

周一一上班，钟义平已经将三位主任的办公室打扫得干干净净，办公桌也擦得一尘不染。吴港得知道夏想比较欣赏钟义平，就好好夸了他几句，让钟义平干劲更足，觉得自己总算开窍了，比起以前在工商局只知道埋头傻干强了太多。

夏想一进办公室就发现办公室不但干净明亮了许多，而且还比以前雅致了许多，吴港得的桌子也整洁了不少，而且桌上子还养了一盆花。再仔细一看，每人的桌子上都有一盆花，窗台也摆了一些花草，感觉上焕然一新，就不由赞道："曲主任还真有情调，多放了几盆花，给人的感觉就舒服多了。"

曲雅欣连连摇头："不是我……"

夏想又看吴港得，吴港得也笑："也不是我……是小钟。"

钟义平？夏想笑了，点点头："小钟不错，人勤快，有眼色，又是名牌大学生，以后有发展前途。"

这句话正好让从外面接水进来的钟义平听到，把他乐得心里开花。他也终于明白了一件事情，一个人想要在仕途上有所进步，有真本事是一方面，能做出成绩也很关键，最关键的还在于，做出的成绩要让领导亲眼看见。

夏想刚刚坐下，还没有来得及和钟义平说上几句，就接到电话，要他到楼上的会议室开会。夏想心中纳闷，什么会议会让他参加？一般市政府的会议，以他的级别根本不够资格参加，再者改造小组办公室又不是正式机构，只接受陈市长和高秘书长的直接领导，也不用参加什么会议……到底是怎么回事？

通知的人只负责通知他，话也没有多说一句，就挂了电话。

赶到五楼的会议室，敲门进去，夏想吓了一跳，里面至少有二三十人，正中坐着陈风、曹永国和高海。圆桌周围坐的人夏想都不认识，有满头银发的学者型人物，也有大腹便便的商人形象，还有戴着深度眼镜的专家，形形色色，会聚一堂。

高海冲夏想点点头，示意他在后面找个位子坐下。其他人都对夏想的到来没有什么表示，认为他这么年轻的一个毛头小伙子，不是打杂就是服务人员，也没人把他当一回事。

陈风一开口，夏想才知道原来会议的内容是关于西里村的改造议题。

西里村位于燕市的西郊，在二环以内。位置虽然说不上好，但很关键，因为西里村正位于燕省两家最大的企业——燕省制药和燕省钢铁的中间。

听陈风一讲，夏想明白了今天会议的焦点在于西里村如何改造、如何规划。市里专家给出的意见是，西里村位于两大企业之间，最适合开发高档住宅。因为两大企业是燕省效益最好的企业，员工收入高，待遇好，买得起高档商品房。

开发商的意见是，西里村改造之后，开发商品房是大有前景，但最好开发成别墅区。因为燕市现在还没有真正意义的别墅小区。西里村的位置离市中心不远不近，附近又各项设施齐全，两家大型企业又有不少外国专家，他们买得起别墅，也习惯住别墅。应该借此机会开发出燕市第一家别墅小区，提升燕市的城市形象。

专家和开发商，各执一词，争吵成一片。

陈风和曹永国低头耳语几句，然后陈风拿过话筒，清了清嗓子，说道："既然大家都有充足的理由，却谁也说服不了对方。市里也不好武断地下结论，要各方论证才能下决定。"他停了一停，目光向专家席扫去，"不错，专家有专家的思路，开发商有开发商的考虑，市政府也有市政府的规划。出发点不同，追求的利益不同，自然而然就会有不同的观点。我今天就想给大家开拓一下思路，请一个既非专家又不是开发商的局外人，来谈一谈他对西里村改造的看法，大家觉得如何？"

陈市长是商量的口气，却不是问众人是不是愿意听听别人的意见，而是让他们做好心理准备，要仔细听听局外人的意见。

"我来介绍一下，夏想，现任城中村改造小组办公室副主任，一个很有才华的年轻人！"陈风没有给夏想事先通知，也没有给他心理准备，直接就把他推到了台前，推到了风口浪尖之上。

夏想心中苦笑，陈风还是喜欢出人意料，突然就把他架了起来，放在烧得正旺的火上烤，事先一点消息也不透露，打了他一个措手不及。不过毕竟在会场上，他脸上还是浮现出谦虚和憨厚的笑容，又略带拘谨地答道："陈市长太过奖了，我只是爱胡思乱想，想法有点天马行空罢了，跟在座的专家无法相提并论。还有关于西里村的改造，我是一点心理准备也没有，怎么敢当着这么多专家的面信口开河？"

陈风心想，要的就是你没有心理准备，要的就是打你一个措手不及。要是给了你足够的时间准备，说出来的想法就会因为顾忌太多而没有了新意。他没有给夏想更多的考虑时间，直接说道："今天在座的就你年纪最小，就随便说几句，大家都可以当你的叔叔伯伯，说错了，谁会怪你？刚刚大家也吵累了，你就当活跃一下气氛也好。"

众人都笑了起来。

陈市长说得对，就当消遣放松一下也好。专家们都放松了心情，准备听听夏想能说出什么天马行空的思路出来。

开发商们更是不把夏想当一回事儿，虽然猜不透陈市长为什么突然来这么一出，但也没有多想，都认为西里村开发成住宅是板上钉钉的事情。所不同的，是开发成普通住宅还是别墅。别墅利润大，可以更好地提升企业形象，开发商都想让市里定下别墅的规划。

夏想的意外出现，或许只是陈市长想活跃一下气氛，乘机让大家认识一下城中村改造小组办公室新上任的副主任罢了。

在官场上什么最难得

夏想在众目睽睽之下，被陈市长当众点名，只好硬着头皮来到台前，看了曹永国一眼。曹永国脸上没有什么表情，眼神中却有鼓励的味道。

夏想愣了愣，又腼腆地一笑，说道："陈市长要我说，我就说，说错了别怪我，不是我非要说的。"

一句话大家都笑了起来，夏想很耍赖，把球踢给了陈风。

陈风大度地挥挥手："说对了有奖，说错了不罚。胆子大一点，别婆婆妈妈的，大小伙子，拿出一点魄力出来。"

夏想小声嘟囔了一句："我本来很有魄力，可是和陈市长一比，就被比得没有了魄力……"

气氛由刚才的针锋相对变得轻松了许多，陈风明白夏想刚才讲的几句话就是为了先把气氛缓和下来，心想还真是一点也不能小瞧他，看他刚才紧张和拘谨的样子，好像挺慌张挺害怕，其实他心里有数，是故意示弱，让大家放松心理防线。

陈风就饶有兴趣看着夏想，对夏想的看法更加充满了期待。

"燕市的地势是西高东低，西面是太行山，从山中吹来的清新空气，先要经过燕市的西部，然后才向东部进发。那些居住在桥东，自以为比桥西高上一等的市民，他们不知道的是，他们每天呼吸的空气，都是桥西人民用过之后剩下的空气。所以从健康的角度考虑，桥西才是首选的居住地点。"夏想的开场白让在座的所有人都有点摸不到头脑，不是要说西里村的改造，怎么说起了空气问题？正当大家不解其意时，夏想又接着说了一句，"这个剩下的空气不仅包含了更多的灰尘和杂质，还包括许多其他的废气，具体是哪一种，就不用说明了……"

众人哄堂大笑。

"燕市是个新兴的城市，绿化做得不好，一到夏天，大街上没有阴凉地，市里连十年以上的大树都找不到，人文精神落后了太多。所以市政府想了个办法，开凿了百姓河，可惜的是，百姓河并没有成为燕市的肺。在座的专家学者也应该清楚，一条宽不过十几米的人工河，对改善空气所起的作用实在有限。根据我的乐观估计，可能几十公里长的百姓河，还不如几十亩的森林对改进空气质量所起的作用巨大。”

敢当着陈风的面指责百姓河没用，就差说出是劳民伤财的面子工程，夏想是燕市第一人。百姓河不是陈风任上修建的，但他毕竟是市长，夏想的说法，就等于当面数落他的不是。不过陈风脸上还是挂着浅浅的笑，好像夏想说的是别人一样。

夏想清楚得很，陈风对百姓河也是非常反感，认为完全就是头脑一热的产物。夏想说百姓河百无一用，正对陈风脾气。

在座专家也有人专门研究论证过百姓河，对夏想的说法点头表示赞成。

“既然百姓河没有成为燕市的肺，那么燕市还是需要有一个肺。燕市现在的经济发展速度非常快，在陈市长的领导之下，制约城市发展的城中村也改造了大半。不但兴建了许多新兴住宅小区，还有为数不少的商住两用楼，以及批发市场。可以说，一个崭新的燕市形象，不用多久就会展现在我们面前。”夏想不忘给陈风戴上一顶高帽，他也确实佩服陈风的开创精神，接下来话题一转，“不过，在城中村改造之后，又会面临着新的问题。那就是燕市扩容的步伐越来越大，原先许多位于郊外的大型企业和工厂，现在已经被包围在市内，像钢厂、药厂这样的大型企业，虽然效益好，但对环境造成的污染也相当严重。按照其他城市的经验，药厂和钢厂肯定会搬离市区……”

最后一句话一经说出，在座的专家不约而同地惊呼一声，然后交头接耳地小声议论起来。

开发商们也都皱起了眉头，显然他们根本没有考虑这么长久，没有想到，药厂和钢厂会有搬出市区的一天！

只有陈风和曹永国相视一眼，二人都露出了会心的微笑。

专家席中有一个满头银发的老者发言说道：“年轻人，你的眼光看得很长远，也分析得很到位，继续说下去。”

陈风也点头说道：“那么你来说说看，燕市的肺又在哪里？”

夏想向专家笑着点头，然后正面回答了陈风的问题：“燕市的肺，就在西里村！”

开发商们顿时发出一阵嘈杂之声，纷纷举手想要发言，陈风示意他们安静，并向夏想示意：“继续说下去。”

“从山中流下的清新空气，正好要经过西里村，也就是说，也正好经过药厂和钢厂。我想附近的居民会深有体会,药厂和钢厂的气味是多么的难闻。刮西北风的时候,家家户户都不敢开窗,风一吹,刺鼻的气味甚至能一直飘到一公里之外。也就是说,药厂和钢厂正位于燕市的风口,它们对空气的污染,实际上让所有燕市人都深受其害。"

会场上一片议论之声。

"西里村正位于药厂和钢厂之间,位置非常关键,如果在此处建一处森林公园,正好可以当成燕市的肺,为燕市人民提供一个清洁空气的天然场所。即使药厂和钢厂要搬出市区,三五年内也不可能完成。森林公园建成之后,三五年之内,可以净化不计其数的空气,为燕市人民带来健康的清新空气!"

夏想的话音刚落,银发老者就带头鼓掌:"年轻人有一颗为民为公的赤诚之心,值得敬佩。"

一名五大三粗的开发商当即气愤不平地说道:"开发森林公园?没搞错吧?那么好的地点不盖楼去卖,要去种树,岂不白白浪费?这个主意行不通,是胡闹。"

其他几个开发商当即附和,吵成一片。

对面的银发老者却持不同意见:"城市的发展,不能以牺牲人民的健康为前提。城中村改造之后,也不是全部都盖成房子才好。如果市中心地带全是商品房,大家都挤在一起住,没有公园,没有商场,没有绿地,那不是和蚂蚁窝没有两样了吗?我赞成小夏同志的意见。"

"森林公园要谁来建?建了谁来维护?不但修建费用巨大,而且以后每年的维护费用也很惊人,除非市政府下定决心,要财政拨款……"一个开发商幸灾乐祸地说道,"财政拨款,前前后后要投入好几个亿,难呀。"

市政府财政紧张,对熟知内情的开发商来说,不是秘密,所以才有此一说。

陈风也饶有兴趣地问夏想:"是呀小夏,政府缺钱,如果要建森林公园,不但收不到开发商的土地转让费用,还要往里面投一大笔钱,这一进一出说不定就有十亿。你说怎么办?"

夏想看了一眼陈风看似诚恳实则狡猾的脸,心想你是市长,却来问我怎么办,不是故意气人么?怎么办,有什么麻烦,是你市长该去头疼的事情,不是我一个小小的副主任应该去想的问题。

不过市长当众问他,他又不能不答,夏想只好硬着头皮答道:"地皮可以低价转让,建成森林公园之后,由开发商收取门票费用。森林公园建好以后,完全可以成为市民休闲度假的好去处。不管是门票销售,还是里面再开发出各项游玩设施,作为燕市第一家也是唯一的一家森林公园,一年下来接待几十万游客不成问题……"

“这么说来，与开发成商品房相比，市政府还是要吃亏不少？”陈风笑眯眯地反问，语气中有一丝调侃的味道。

夏想被陈风已经放到火上烤了半天，尽管对方是市长，但突然给他出了这么一个天大的难题，也让他疲于应付。夏想心里也有点不大痛快，就没好气地说道：“市政府是全体燕市人民的政府，不是开发商的政府，更不是企业。要是事事都讲究经济效益，政府就成了只知道赚钱的商人……”

“说得好呀，有朝气，是大实话。很久没有人敢当面对我说大实话了，今天听了，感觉心里格外舒坦。一个市长，如果天天听到的都是奉承和好话，那肯定不正常。就是一个家里，两口子还有吵架的时候，何况是一个几百万人口的城市，有反对的声音有不同的意见才是正常现象。所以小夏同志，我要表扬你敢说实话！”陈风站了起来，带头鼓掌。

市长带头，其他人不管愿意不愿意，也都得站起来附和，一时之间掌声雷动。

夏想脸上浮现出激动的神情，第一次被陈市长当众夸奖，又是以如此隆重的形式，他还是不免有些心潮澎湃。他冲台下连连鞠躬，又对陈风说道：“陈市长过奖了，我就是年轻气盛，考虑问题少，所以才敢想什么说什么，不妥之处，还请陈市长和各位专家指正。”

态度还是要端正起来，姿态也要放低，夏想这番谦虚的话让本来对他非常不满的一些开发商，也消了不少火气。

原先以为陈市长真的会拍板决定要将西里村改造成森林公园的开发商，都暗中缓了一口气，琢磨着下一步该如何继续打动陈市长，让他支持自己的方案。

陈风却提议暂时休会，中途休息半个小时。

夏想以为没自己什么事了，就跟陈风、曹永国以及高海打个招呼，转身要走，却被曹永国叫住。曹永国将夏想叫到一边，小声说道：“你知道银发老者是什么来历吗？”

夏想摇头，他也好奇，但现在不是问问题的时候，所以一直没问。

曹永国笑了，笑容中充满了赞许和欣赏：“不错，小夏，你的眼光很不错，想法也总是出人意料。其实陈市长的本意也是不同意在西里村开发商品住宅。市里的长远规划中，药厂和钢厂肯定要整体搬迁到市外。如果在两大企业之间建商品房，药厂和钢厂搬迁的时候，小区居民将无法正常生活。银发老者也是持同样的意见，没想到你一上来就发现了其中的焦点，说出的想法和陈市长不谋而合。”

夏想有点吃惊：“陈市长也想开发森林公园？”他刚才说完之后，对于森林公园能否真正开发，并不十分关心。因为夏想知道以他目前的分量，关心也没有用，影响不了市里的决定。

“陈市长想开发一处可以为燕市人民净化空气的肺，但还没有完全想好到底是一个巨大的人工湖，还是一处公园。你森林公园的主意非常不错，我估计他动心了。而且银发老者也是大力支持开发成公园，并且提了十分优惠的条件。对了，他其实既是规划方面的专家，又是开发商，是双重身份，而且他还不是燕市人，是京城人。”曹永国现在对夏想是越来越欣赏，他不但年轻，难得的是眼光长远，而且总能看到许多人忽视的地方。最关键的是，他的意见总能和陈市长的想法不谋而合。

在官场上什么最难得，就是和领导保持高度一致。

照这样发展下去，只要陈市长赏识，以他敢干的性格，短时间破格提拔夏想到副处，也不是没有可能。

“京城人？”夏想吃了一惊，“京城人来燕市投资房地产的话，不足为奇，他却来燕市投资公园，就让人觉得奇怪了。就算从长远来看，也能收回投资，但比起房地产来说，还是见效慢、利润低。”

“在商言商，肯定不会是做善事来了，不过有人追求的是短期利益，有人目光放得长远罢了。他姓高，叫高望，大家都叫他高老，具体来历是……”曹永国还没有来得及再介绍一下高望的身份，就被陈风喊了过去，他只好冲夏想点点头，“你先回去，估计陈市长让你抛砖引玉的工作已经完成，剩下的争论就没有什么意思了。”

夏想回到办公室，屁股还没有坐稳，就接到沈立春的电话，约他见面谈一谈。夏想对接近达才集团充满期待，一听沈立春有约，就推掉手头工作，带上钟义平立刻前往。

沈立春约夏想在市南的宝兴花园见面，就是上次二人见面的地方。

和一个多月前相比，宝兴花园的施工几乎没有什么进展。施工现场只是在做一些简单的平整场地的工作，施工人员也寥寥无几，基本上处于停顿状态。

沈立春热情地迎出门来，略带歉意地说道：“有点事走不开，还得劳烦老弟你亲自来一趟，不好意思。”

夏想就笑，握着他的手摇了摇：“我知道你的意思是，反正送你车了，过来也容易。就招呼我过来了，是不是？”

沈立春知道夏想开玩笑，就笑呵呵地迎他进办公室：“有件事情电话里说不清楚，还是当面交代比较好，所以就请你过来坐一坐……”

成达才终于提出要见夏想一面。

其实夏想一来到宝兴花园的现场就明白了一件事情，就是他提出的见解显然已经打动了成达才。宝兴花园的工程处于停顿状态，就是成达才犹豫不决的表现，否则宝兴花园现在差不多已经打好地基了。

沈立春让夏想过来，主要告诉他成达才的一些习惯和忌讳，以免不小心犯了成达才的忌，最后闹个不愉快不好收场。成达才从一个小小的办事员爬到今天的高位，连省委书记都让他三分，自然有他的过人之处。如今高处不胜寒，他脾气大一些，性格古怪一些，也是正常现象。

人一旦到了一定高度，就有一种俯视众生的感觉，自我感觉良好，固执地认为自己的想法永远正确。

成达才放眼燕省无敌手，自认是燕省房地产的第一人。要不是夏想几句话正点中了他的痒处，别说他一个科级干部，就是燕市一个副市长想见成达才，恐怕也不容易。成达才发迹以来，大小官员见了无数，什么样的人他都自以为可以从容应付。想见夏想一面，也不过是因为夏想的提议说得恰到好处，又有意犹未尽的感觉，和他目前犹豫不决的状态正好完全相同。他忍了又忍，最后还是放下了身段，想要当面问问夏想，对燕市房地产状况的前景有什么看法。

沈立春也是出于一番好意："成总脾气不大好，夏老弟你别和他当面顶撞，当然你该说的还是要说，要不他也不会重视。只要他听得进去，接受了你的意见，一切好说。"

夏想点头，他知道轻重："放心好了，我心中有数。成总是燕省房地产的第一人，不说别的，光是他这些年的丰功伟绩就让人肃然起敬。他的眼界高高在上，那是因为成总站得足够高，需要我们高山景行。"

沈立春见夏想比他想象得还要稳重成熟许多，就放了心，又交代了几句，就说："我估计就这一两天内，成总就会抽出时间见你，你等我电话，随时保持联系。"

清冷如月，有女若菡

下午夏想回到办公室，又处理了一些事情。

晚上本来约好和曹殊黧吃饭，要和孙安见面，增加一下感情。自孙安上次在楚风楼帮过曹殊黧之后，夏想一直没有和他见过面。夏想刚刚知道孙安的爸爸是燕市公安局副局长，也是实权人物，心想结交一下也不错，不想临下班的时候，突然来了一位不速之客。

竟然是高老亲自来到办公室，提出晚上要和夏想吃个便饭，深入交谈一下关于森林公园的看法。

"小夏，肯不肯赏个脸？你在会议上的演讲非常精彩，我听了之后非常赞同，想再听听你的高见……忘了自我介绍一下，我姓高名望，来自京城规划设计院。"

高老的笑容中充满了期待，面对这样一个令人肃然起敬的老者，夏想实在想不出任何拒绝的理由，就点头答应了："高老远来是客，就让我一尽地主之谊，高老想吃什么，尽管说。我刚才摸了摸钱包，很鼓，估计够我们大吃一顿。"

高老爽快地笑了："你是故意欺负我老，是不是？可我要告诉你，虽然我年纪大了，但是胃口还不小，小心吃穷你。"

夏想对高老的印象很好，对他前来燕市有意投资森林公园更是大感兴趣。夏想也有意和他深入交谈，就给曹殊黧打了个电话，回了饭局，向小丫头说了声"不好意思"。

曹殊黧问也没问他有什么事，就说："没关系，和孙安吃饭什么时候都可以，他又不是外人，敢不听我的话？倒是你，少喝点酒。还有，别自己开车，听见没有？要听话，当个乖孩子……"

夏想开心地笑了，小丫头关心他的方式很好玩，但也很容易让人接受。她的声音柔柔的，轻轻的，让人感到特别舒服，特别受用。

高老自己有车，夏想也就没有开他的桑塔纳，和高老同乘一车。高老的车是一辆林肯，挂着京城牌照，车里很宽敞也很舒适。

夏想本想带高老去京味饭店，高老却神秘地一笑："不仅是我要见你，我还要介绍一个人给你认识，小友，有没有兴趣认识一下投资人？我只负责设计和规划，真正的决策者，另有其人。"

夏想不免好奇："高老，陈市长好像还没有下定决心，要在西里村开发森林公园吧？"

高老点点头："开发商的利益得不到满足，他们的能量也是巨大的，陈市长也会面临着巨大的压力。不过你放心，陈市长对我们开发公园的建议，也是持大力支持的态度。但在我们老板下定决心之前，你们二人还是见上一面为好。我觉得你森林公园的想法，比我们最初定下的水景公园，要好上许多。"

"贵老板是？"夏想越来越觉得有些迷糊，感觉高老恐怕不仅仅是一个规划专家兼开发商那么简单，应该还有某种官方背景。

"请容我暂时保密，小友不要见怪。"高老笑呵呵地说道，又拿出一支烟，"抽烟不？"

夏想摆摆手:“可抽可不抽的时候,不抽……不知高老要带我到哪里,这个总要告诉我一声吧？要不我被你卖了都找不到回去的路。”

“我可不会卖你,你可是不可多得的人才,抢都来不及,还会卖？”高老自顾自地点上烟，惬意地吐出一个烟圈,“戒不了了，这也是我这一生最大的嗜好了。小夏,有一件事情我一直想不通,你这么年轻,谈论起城市规划来头头是道,而且考虑问题也非常全面。我私下里听陈市长也夸奖你说,再过两三年,你就有了主政一方的能力,不简单呀小伙子。不过我倒要问问,你关于森林公园的想法到底是如何想出来的？我真的很好奇。”

夏想注意到汽车向东郊开去,渐渐出了市区,来到了东开发区,又向右拐上了长江大道,心想不会是去荷塘月色吧？这样想着,听到高老的疑问,他愣了愣神,答道:“我是建筑学院毕业的,平常就爱琢磨城市的规划,一直在想怎么样合理安排每一块地方,才能让一个城市更适合人居住？城市不是越大越好,不是人越多越好,更不是房子越高越好！人和自然需要和谐相处,人和城市更需要和谐居住……想得多了,可能就有了一点心得,其实不入高老之眼,倒让高老见笑了。”

“哎,小友,年轻人谦虚是好事,但要防止过分谦虚,否则就是做作了。在我面前,你不是政客,而是我的忘年交小朋友,怎么样？”

不得不说,高老也是一个很有感染力的人,与陈风的夸张不同,他的一言一行是本色流露,很容易让人心中生起亲切之感,觉得他和蔼可亲,值得信任。

夏想还是谦虚地笑了笑:“确实是一时的感触,有感而发,想法并不怎么成熟。只是想到了就说了出来,真要具体到规划和细节上,我是只管画个轮廓,不管具体从哪里落笔。再说我也真的不会……”他也不是谦虚,而是清楚自己的斤两,毕竟他不是专业的规划人士,真要和高老谈论规划的细节问题,才是班门弄斧。

东开发区离市区较远,再加上下班时间,路上堵车,车行了一个多小时才到目的地。正和夏想猜测的一样,汽车驶入了荷塘月色。

荷塘月色是燕市有名的娱乐休闲会所,位于东开发区长江大道的尽头,整个建筑群都坐落在一处人工湖的湖中心,占地不下百亩。人工湖更是有上千亩大小,一泓池水围绕,池中种满了荷花,一眼望去,十里荷香。再加上现在月亮高挂,洒落无边银光,更显月下一片清冷之色。

因为远离市区的缘故,四下格外寂静,月色如水,荷叶如梦,营造出一种不真实的感觉,恍如梦境。夏想不禁感叹:“同样是有钱人,同样是做生意,有人就将吃饭的地方设计得金玉满堂,仿佛没有耀眼黄色就不足以显示富贵一样。却不知道，真正有品位之人，可以将天地之美集于一地。就如眼前的荷塘月色，有水有月，有荷花，再有古筝一曲，约两三知己，对酒当歌，也是人生一大幸事。"

话音刚落，古筝曲就悠然响起，正是张春江的《春江花月夜》。

高老哑然失笑："看来主人也是有雅趣之人，知道你的心意，特意以古筝曲来欢迎你。小友，你的面子不小。"

在高老的引领之下，夏想沿着曲曲弯弯的水上木桥，来到一处位于湖心的小亭。荷塘月色的设计很有意思，湖中心是一片建筑群，在湖中也有许多湖中小亭，给人一种远离尘世的感觉。听到四下蛙声一片，心情也就莫名地舒畅起来。

高老领夏想来到小亭之中，小亭周围有一层轻纱围绕，用来防蚊，夏想就看不清里面的人长什么样子。他有些奇怪，为什么他和高老来到近前，也不见里面的人出来迎接一下，也太托大了一些。

高老也不解释，反而笑着说："我去安排一下饭菜，小友，请进。"说完他也不等夏想有所表示，摆摆手，转身扬长而去。

夏想就更纳闷了，什么事情非要搞这么神秘？他一步迈入轻纱之中，就说："你好，我是夏想，受高老之邀前来……"

"来就来吧，进来坐下就可以了，难道还要让谁请你不成？"一个清冷的声音突然响起，一个人从里面一步迈出——她一身洁白长裙，长裙外面又罩了一层轻纱，裸露在外的小臂洁白如藕，容颜娇艳如莲，只是目光清清冷冷，眼睛一眨不眨地盯着夏想。

清冷如月，有女若菡！

居然是连若菡……

夏想瞬间有点失神，在月光的映照之下，在四周莲花的映衬之下，连若菡美得夺目，美得耀眼，美得让人窒息。他失去了一贯的镇静，紧张地说道："连若菡，怎么是你？"

"怎么不能是我？"连若菡打量了夏想片刻，又移开了目光，"看样子你过得还算不错，一点也没有瘦，就是晒得更黑了点。"

夏想这才注意到连若菡清瘦了许多，下巴尖了不少，就感慨地说道："一别半年多，你倒是瘦了一些。不过说实话，你的下巴一尖，反而更好看了。"

"胡说！"连若菡回身坐下，也不理夏想，自己给自己倒了一杯茶，"哪有人瘦了都能瘦好看的？再说了，我瘦不瘦，与你又有什么关系？"

夏想才注意到亭中的布置，四周是美人靠，中间位置放着一张八仙桌，桌子周围是四张太师椅。桌子上面摆放了一些水果和饭菜，还有茶水。

夏想也不客气，坐下后就自己倒茶喝，连喝三杯才解了渴，就说："点了菜没有？饿了。”

连若菡清冷的脸色终于绷不住，“扑哧”一声笑了：“你真没出息，一见面就喊饿，是不是在燕市混得很惨，连饭都吃不饱？”

夏想就逗她：“还是笑起来好看，下巴尖尖，眼睛圆圆，眉如弯月，口若含丹……若菡，我问你，来燕市投资开发西里村，是你的家族生意？”

连若菡不回答，直视夏想的眼睛：“上一次的事情，你还没有当面向我道歉，现在给你一个机会。”

夏想挠挠头，又摸摸鼻子，最后搓搓手，实在没有小动作可做了，就要赖似的说道：“事情已经过去那么久了，我当时特别感慨特别有感觉，不过现在一见你，又提不起来道歉的心思了。你说怪不怪？”

连若菡不依不饶：“不道歉，不理你！”

“这个，这个，道歉不是不可以，不过我现在确实肚子饿了，能不能商量一下，等我吃饱了再道歉？”夏想不是不肯低头，男子汉大丈夫，能屈能伸，毕竟当时连若菡确实帮他太多，也值得他郑重其事地向她说一声“谢谢”。只是他想酝酿一下情绪，也不知为什么，一见连若菡，以前的担心全没了，反而有一种格外轻松的感觉。

连若菡扭过脸去，果然不理他了。

夏想嘿嘿笑了几声，就站了起来，咳嗽一声，说道：“尊敬的连妹妹同志，鉴于上一次在坝县我对你太凶，说话简单而粗暴，并且不小心伤害了你幼小的心灵。今天我在这里向你郑重道歉，并且对你的所作所为衷心地表示感谢——对不起，连若菡！谢谢你，若菡！”

连若菡还是被逗乐了，从湖中掐了一枝荷叶就打夏想：“你是道歉还是气人？”

夏想站着不动，挨了一下打，疼倒是不疼，就是沾了一头湖水。连若菡没想到夏想不躲，就又拿纸巾帮他擦头上的水：“你不是身手不错，为什么不躲开？”

夏想一脸凝重：“能被若菡打上几下，让她消了气，让她开心了，我就是被打得头破血流，也心甘情愿。”

连若菡愣了一愣，忽然笑了起来：“骗人，大骗子，只会说好听话……”笑着笑着，眼泪不由自主流了下来，伏在桌子上嘤嘤地哭了起来，“夏想，你知道这半年，我有多辛苦吗？”

夏想没来由地一阵心酸，他轻拍连若菡的后背：“怪只怪你眼光太高了，是不是家里给你定亲，你没看中，然后就想办法拒绝？”

连若菡推了夏想一把：“不要你管，你离我远一点，别出现在我面前来烦我。”

夏想知道她是说气话，完全是他当初对她所说的翻版，他也不生气，还是安慰她："你不对我说出到底是怎么一回事，我怎么帮你？好了，别哭了，我一直觉得你挺坚强的，没想到还哭鼻子！"

连若菡不哭了，抬起头，一脸倔犟："我就是非常坚强，不需要别人同情。家里不是要给我定亲吗？好，他们一提定亲我就装病，不提就不病。结果他们提了七八次，我病了七八次，最后一次真病了，差点没死掉。他们吓坏了，再也不敢给我提了。哼，有本事再提试试……"

夏想看着连若菡倔犟的脸，还有一丝稚气未脱，也是，她应该才二十多岁吧。他心里有些触动有些不安，又不好表露出来，只好憨笑："不喜欢就不定亲，可不能拿自己的身体开玩笑。是不是给你介绍的男朋友，不太高不太帅？"

"错了，他又高又帅又有钱，可以说要什么有什么，可是就没有我喜欢的地方，纯粹小毛孩一个。"连若菡气呼呼地说道，显然对某人非常不满。

夏想想笑没笑出来："你的眼光太高了，估计找不到你的白马了。"

"找不到就找不到，世界上没几个好男人，不要也罢。"连若菡说完，狠狠地瞪了夏想一眼。

夏想委屈地说道："你骂别的男人，瞪我干什么？我没招你没惹你吧？"

"你就招我惹我了，怎么啦？"连若菡不服气地说道，"我来燕市，是以投资商的身份，代表家族在燕市打开局面。你是城中村改造小组办公室的负责人，以后出面接待我的话，记得可要恭敬一点，我可是京城来的大投资商！"

既然说到了投资，夏想就顺着她的话说道："连总你好，我是城中村改造小组办公室的夏想，很高兴认识你。我有一个问题想请教你一下，作为商人，无利不起早，就算贵家族家大业大，想做公益事业，也会选择在京城，为什么会来燕市，打算将西里村开发成水景公园？"

谁放长线谁是大鱼

见夏想一本正经地说话，连若菡也坐直了身子，端起了架子："你好夏主任，你说得不错，在商言商，以商人的身份来说，我代表家族来燕市投资，不会不求回报。不过商人和商人不同，有人目光短浅，只适合做短期生意；有人目光长远，放长线钓大鱼，徐徐图之。有些项目乍一看没有利益或者利益微薄，但是如此放到两三年后，就会大幅升值，远远超过当初的投资。回报不能只看一时，做人也不能只顾眼前利益。"

放长线钓大鱼，夏想听了不由心中一动。他看了连若菡一眼，见她端起架子时有模有样，还流露出一股精明强干的味道，心想她还真是个百变女郎，装什么像什么。不过听她话里话外的意思，长线和大鱼，好像另有所指，他就又问："这么说，连总会在燕市待一段时间了？"

连若菡矜持地点点头："恐怕会待相当长一段时间，不怕告诉你，我已经在荷塘月色长租了一套房间，就是准备在燕市大展手脚。夏主任身为改造小组办公室的主任，估计以后我们少不了要打交道，到时还希望夏主任念在认识一场的分儿上，多照顾照顾才是。"

夏想就笑："没问题，尽我所能。燕市城中村改造是一场东风，借助好了，可以打开燕市房地产的大门。说起来，现在燕市的房地产，还没有外来企业进入，贵公司算是第一家……对了，连总的公司叫什么名字？对于西里村的开发，又是出于什么样的长远考虑？"

"远景集团！"连若菡一身轻纱洒满月光，她目光清冷，表情淡然，如同坠入凡间的仙子，飘然出尘，高贵无比。只是在夏想眼中，无论怎么看，总是想起她在宾馆时孤独无助的神情，就觉得她又无比真实起来。

对于夏想的后一个问题，连若菡直接不予回答："至于西里村的开发是公司的商业机密，你是外人，不方便说出来。"

夏想一点也不觉得尴尬，用手敲了敲桌子："好像连总请我来，还有吃饭这样的大事？我们面也见了，旧也叙了，该解决温饱问题了吧？"

"你怎么就知道吃，真没出息。"这句话一出口，顿时让连若菡的仙子形象和高贵姿态荡然无存，在夏想面前又变回了任性的小女孩，她白了夏想一眼，"以前怎么没看出来，你还是一个饭桶？"

夏想一脸委屈："你中午不吃饭试试？"

刚才高老说是去点饭菜，其实是找个借口消失。因为桌子上的饭菜早已经点好，说了半天话，估计都凉了。好在是夏天，夏想也没什么讲究，就风卷残云地埋头苦干，不一会儿就将饭菜扫荡一空。吃饱之后，他还感慨地说道："都说荷塘月色的饭菜味道不错，今日一吃，还行，也能吃饱。"

夏想又想起一件事，就问："若菡，你是什么时候来的燕市？"

连若菡没怎么吃，一直在一旁静静地看着夏想吃，不时露出会心的笑容。听夏想一问，她反问："你什么时候收到的短信？"

"啊，来这么久了，怎么不打电话给我？"

"你不打过来，我为什么要主动给你打？"

算了，夏想笑着摇摇头，连若菡任性起来，没有道理可讲，何况她也确实对他有气。他是男人，正常的男人，对连若菡亦真亦假的话和小小心思，也多少猜到一点，可是他不敢点破。连若菡不是一般的女孩，她背后的家族势力无比庞大，是他不能想象的一张大网。他千万不能掉入其中，否则绝对没有逃脱出来的可能。

连若菡不说，他心里也很清楚，她拒绝家人的定亲，又打着打开燕市市场的名义来到燕市，为的是什么？两个人都心知肚明，只是谁也不能点破。连若菡不比曹殊黧，曹殊黧虽然贵为市长千金，但曹永国的关系网和脾气，夏想都一清二楚，也自认能够应对。但连若菡的家族根基在京城，京城是什么地方，是龙盘虎踞之地，别说他只是科级，就是他爬到燕市市长的高位，到了京城，也得低头走路。况且，他对连若菡家族的势力究竟有多大，心中一点底也没有。

夏想怜惜连若菡的倔犟，纵容她的任性，宽容她的生气，却必须和她保持一定的距离，避免掉入一个让他无法翻身的深渊。

做人贵在有自知之明，如果连若菡只是普通女孩，他可以对她好，但她身在大家族之中，她就不是一个人，而是家族利益的代表。家族利益是不能被别人损害的，一旦有人试图动摇家族的利益，所遭受的反扑将会是惊人的破坏力。

在高山一样的家族势力面前，夏想知道，他渺小得如同一根小草。

果然，连若菡说出了一番话，让夏想暗暗感到庆幸的同时，又不免心惊肉跳。

"高老挺欣赏你，没想到，一向清高的高老也能看上你这个小毛孩，你还真是运气不错。"她像小女孩一样摆弄着自己的手指，又漫不经心地说道，"家里也真是的，总觉得我小，不可能运作好燕市的市场。不但让高老来辅助我，还把高老的儿子高晋周也调到燕省，让高晋周担任燕省的副省长……"

夏想自认一向比较镇静，也觉得自己经历的大小事情也算不少，但听到连若菡若无其事地说出她的家族为了打开燕市的市场，就安插了一个副省长下来，还是无比震惊！他觉得不可思议的同时，也为自己以前的见识浅薄而心中感叹，什么样的家族才有这样恐怖的实力？为了打开一省一市的市场，居然能安插下来一个副省级干部。而且听连若菡的口气，这事好像还很轻松一样。

真是让人想象不到的一张大网！

如此手腕通天的家族，别说自己，就连陈风也不敢碰上一碰。怪不得高老说了，只要他们想开发西里村，可以确保市里通过。对于有足够资本的人来说，说出这样的一番话，不是炫耀，不是自傲，只是在陈述一个简单的事实罢了。

"我会帮你的……"夏想打定了主意，能和如此庞大的家族有正面接触的机会不可放过，而且高老提出的开发水景公园的想法，他也十分赞同，认为连若菡的家族虽然势力庞大，但做事有理有节，不霸道，不蛮横，按市场规律办事，是真正的大家风范。所以与这样的家族交友，也是一种荣耀，“谁让你是我的连妹妹呢，对不？”

“我没有哥哥！”连若菡翻了夏想一眼，月光下，她裸露在外的皮肤更显洁白，闪耀着一层迷人的光泽，“你怎么帮我？大言不惭，连我开发西里村的真实目的都猜不到，还说帮我，不过就是嘴上说说罢了。”

夏想不敢多看连若菡。

此时此刻，此情此景，她的美有惊人的诱惑之意，夜风吹动，她衣裙飘飘，秀发飞舞，是个男人都会忍不住浮想联翩。况且，二人又在湖中的小亭之中，四下无人，再加上以前与她也有过肌肤之亲，男人面对美色的诱惑之时，抵抗力都是无法想象的差。

所以夏想低头假装喝茶，连喝几杯，才抬头说道：“将西里村开发成公园，看上去好像不赚钱，也许两三年之内真的收不回成本。但一旦药厂和钢厂整体搬迁到市区之外，两处遗留的地皮可以再开发成商品房，因为有公园的缘故，房子肯定可以卖出高价……如果我没有猜错的话，你们在和市政府签订协议时，肯定还有一个附加条款，就是在确定在药厂和钢厂搬迁时，远景集团可以优先获得地皮使用权。”

连若菡睁大了眼睛，难以置信地看着夏想，连连摇头：“不可能，不可能！你才多大，是个小毛孩，怎么可能猜到我们的意图？绝不可能！肯定是陈风告诉你的，对不对？”

蹬蹬的脚步声传来，然后是高老爽朗的声音：“我可以保证，陈市长绝对没有对小友透露过一点消息。连小姐，我现在不得不承认，小夏是个绝顶聪明的人才，也是我见过的最有商业眼光的政府官员！了不起，真是后生可畏。”

高老的出现还真是时候，夏想看了他一眼，都说人老成精，果然一点不假，走的是时候，来的也是时候，他也是绝顶聪明之人。

高老被夏想质疑的眼神看得有点不好意思，哈哈一笑：“受连小姐所托，不得不为之，小友勿怪。我一把年纪了，你还要跟我生气，就是不尊敬老人家了，哈哈。”

夏想就倚小卖小：“高老，您老不早说是若菡找我，也好让我精心准备一下，换件新衣服，擦擦皮鞋，再理理发什么的。给我来一个突然袭击，不是故意毁我形象吗？”

说笑几句，高老落座，就和夏想探讨起水景公园和森林公园的各自优势。最后高老越来越倾向于森林公园，对夏想也是越看越欢喜：“我家小子快来燕省了，他肯定也喜欢你。他从小受我的影响，也喜欢规划，喜欢指点江山，不过他只能算是学院派，没有你的悟性和灵气。规划其实就和画画一样，有匠人和大师的区别。匠人可以学来，大师却学不来，只能看个人有没有点石成金的悟性。小夏，要不你做我的弟子，我把我一生所学都传授给你？”

夏想急忙摆手：“高老还是找一个行业内的人来教吧，我其实是半瓶子的水平，也许有时候灵光一闪就有了主意，有时候憋死也想不出来。您教我，说不定会让您大失所望的。”

高老也没有强求：“我反正也要留在燕市，以后有的是机会。连小姐，我看就定森林公园的方案吧。再造一些假山池塘，可以成为休闲娱乐的好去处，比造一个巨大的人工湖要好上许多。”

连若菡非常尊重高老的意见，她看了夏想几眼，不满地说道：“也不知道你有什么本事，一见面就打动了高老。既然高老说可以，那我也没有意见。原先的设计方案作废，森林公园的方案，就由高老再重新设计吧。”

高老笑眯眯看着夏想，不说话。夏想知道他的意思，忙道：“高老，我夸夸其谈可以，真要落到实处动手设计的话，真的水平有限……不过我可以向你推荐一个人，她在设计方面有天赋，也有独到的见解，休闲广场的设计，就是我和她合作完成的。”

“是黧丫头吧？”连若菡插话说道，目光中闪过一丝落寞，瞬间又恢复了正常，“我好久没有见她了，挺想她的，有时间叫她一起聚聚，好不好？”

“是你的女朋友？”高老听出了连若菡的言外之意，疑惑地看了夏想好几眼，却又问道，“你有女朋友了？”

可能又觉得刚才的问话太直接，暗示的意味太强烈，高老又咳嗽着笑了几声：“算我多嘴，我老了，年轻人的感情问题，不便多说。既然是小夏介绍的，就有时间见上一见，不过大体方案你还要帮我们出一个，怎么样小夏？我老头子的面子你不给，连小姐的面子，总要给吧？”

“他爱给不给，反正公司不会亏待他，会给他设计费用。”连若菡冷冷地说道，突然伸了伸腰，“我累了，先回去了，高老，替我送送夏主任。”

连若菡说走就走，一点情面都不留。

高老望着连若菡的背景，脸上露出一丝尴尬：“小友，这个，这个，怎么会这样？”

夏想知道他有愧于连若菡，对于她，他没有理由挑她的不是，也不生气，笑着说：“若菡有时就是小女孩心性，高老不必在意，我不会和她生气。她还小，我得让着她。”

高老摇摇头，叹了一口气，又将话题转移到了森林公园上面。

夏想回到住处的时候，已经是晚上十一点多了。桌子上放了一张小纸条，上面是曹殊黧秀气的笔迹:“回来后记得喝水,喝酒多的话,喝点茶再睡。别喝太浓的茶,会影响睡眠的……”

夏想笑了,她絮叨的口气,还真像个小妻子。

正当所有的开发商都全力以赴,发动各自的关系,准备说服市里批准西里村开发成商品房的规划时,出人意料的事发生了:市里已经出台了决定,西里村交由远景集团开发。而远景集团提出了森林公园的方案,也一次性获得通过。

众人感到震惊的同时,也隐隐猜到,远景集团大有来头。不过好在他们只是开发森林公园,还好没有直接开发房地产,让开发商们为失去西里村的开发权失望的同时,又暗暗出了一口气。

七月,燕市进入了最炎热的夏季。

在夏想的介绍下,曹殊黧和高老见面,联合设计森林公园,当然前提是,夏想出了一个笼统的方案。高老先是对夏想的方案大加赞赏, 和曹殊黧接触下来,又为小丫头独到的细心和出人意料的想法而惊喜不已,直叫又捡到了宝。高老就和夏想商量,要收曹殊黧为弟子。夏想自然高兴,曹殊黧一切听夏想的话,也就点头答应了。

高老大喜。

七月中旬,就距离沈立春所说的两三天之后的十几天后,夏想终于接到了他的通知,说是成达才抽出了时间,要和他见面。

成达才选择的会见地点并不在达才集团的总部——位于燕市东南的达才大厦的他的办公室,而是在达才集团中高层人士的别墅群里。他的住处是一栋单独的超大型别墅,三层高,足有上千平方米,独立小院也有几千平方米,院子里,还养着几只体型高大的德国黑背狼狗。

有专人领夏想进了别墅,然后一言不发就转身离去。夏想以前也听过关于成达才的传闻,孤僻,性格古怪,深居简出,也就有了心理准备,见怪不怪。他自己见门口有拖鞋,换上之后,一个人到客厅的沙发上坐下。

客厅有上百平方米,大理石地板,罗马柱,全是上好的实木家具,大到电视,小到一个茶杯,无一不彰显出主人的品位和奢华。

他坐了片刻,不见有人招呼,就站起来朝和客厅相连的厨房走去。厨房的门是毛玻璃的,隐约可见里面有人影晃动。推开厨房门,见里面有一个人正围着围裙,耐心地用打蛋器在打鸡蛋,他不禁哑然失笑。

↗ 07　终于惊动了史老

官场上的四有新人

宋朝度微微动容："你比我想象中还要了解丁山……我给胡书记打了电话，形势不容乐观，在胡书记还没有来得及出面周旋时，丁山已经做出了决定。如果市里不撤销对草原度假村的处罚，他就辞去县委书记的职务！"

"什么？"夏想猛然站了起来，难以置信地看着宋朝度，"宋部长，李书记怎么这么急在一时？以辞职相威胁，是官场大忌！"

传说中的成达才身材高大，鼻直口方，北方人的特征非常明显，第一眼就给人十分敦厚可信的感觉。他最显著的特征是眉毛又浓又长，中间连在一起，是最正宗的一字眉。夏想进去的时候，他腰上系着围裙，嘴里还吃着半截黄瓜，双手沾满了菜叶，正起劲地搅动碗中的鸡蛋。

见夏想进来，他也不打招呼，直接说道："打蛋器其实也不好使，可能和我手法不熟有关，鸡蛋总打不匀。打不匀的话，炒出来的鸡蛋就不嫩，口感就差……你有什么好办法没有？"

"没有，我不太会做饭。"夏想摇头，想了一想又说，"其实也有一个笨办法，穷人家里以前吃不起鸡蛋，不舍得多吃，打鸡蛋的时候就会放点水和鸡蛋搅一搅。鸡蛋一掺了水，炒出来就会又滑又嫩。"

"真的假的？"成达才说话的时候，眉毛挑动，既像兴奋，又像质疑。

夏想不置可否："我也是听说的，行不行，总要试一试才知道。"

成达才毫不犹豫向里面注了一点水，然后热上油，将鸡蛋倒入锅里炒了起来。不一会儿就炒出一盘金黄的炒鸡蛋，他尝了一口，连连点头："不错，确实不错，口感滑嫩了许多……我就不懂了，既然这么简单的道理，为什么大部分人家炒鸡蛋的时候不放水？”

夏想摇头笑笑：“成总吃惯了山珍海味，现在不再喜欢滑腻的食物，回归了清淡，是第三个阶段，所以吃起来注水鸡蛋不觉得什么。对于刚刚吃得起鸡蛋的家庭来说，他们吃多了注水鸡蛋，认为不注水的鸡蛋才香才好吃。与又香又纯的纯鸡蛋相比，口感滑嫩的注水鸡蛋对他们来说，反而是吃不起鸡蛋时的无奈做法。”

成达才笑了：“第三个阶段？那前两个阶段是什么？”

“其实还是老生常谈的那三句话：第一阶段是见山是山，见水是水；第二阶段是见山不是山，见水不是水；第三阶段就又回到了见山是山，见水是水。同样的是见山是山，见水是水，心态却完全不一样。”夏想笑了笑，“就像欧洲人开惯了汽车，再步行说是环保说是健身，和我们买不起汽车，不得不步行健身，虽然一样是步行，但心态完全不同。我们欣赏山水，和高人欣赏山水，看到的景物一样，心境却有高低之分。”

成达才解下围裙，将炒鸡蛋放到一边，哈哈大笑：“你的意思也是说我闲着没事炒鸡蛋，和家庭主妇不得不为家人做饭炒鸡蛋一样。虽然都是在做菜，但对我来说是一种放松一种体验，对家庭主妇来说，却是一种枯燥无味的不得不做的差事，是不是？”

夏想也笑：“比喻贴近，意思相近，成总的炒鸡蛋和主妇的炒鸡蛋，同样的一盘菜，附加值可是有天壤之别。就像名人字画一样，如果不署名，或许不名一文；一旦署名，就会价值连城。为什么？就是因为有无形价值。”

“请坐！”成达才终于开口请夏想坐下，他也在对面的沙发上坐下，“夏想，名字挺有意思，想法也不错，不但年轻也挺有见识。照你的意思说，宝兴花园完全可以建成高层住宅，打出燕市的第一高层小区的名头？”

夏想正了正身子：“如果是别人承建，未必能打响，但是达才集团出手，可以一举成功，品牌的号召力，不可忽视。”

成达才没有再提宝兴花园的问题，直接跳到了另一个话题上：“听沈立春说，你对燕市的房地产现状和以后的发展很有见解，说来听听……”他扬起右手，在空中画了一个弧度，很有指点江山的气势，“说得好的，可以被采用的，不会少了你的好处。”

成达才想当然地认为夏想必有所图。

夏想也不多解释，将他心目中的燕市宏图说了一遍：“达才集团是燕市乃至燕省的龙头企业，许多时候要有敢为天下先的勇气。在我的心目中，燕市的第一个高层小区、第一个豪华别墅、第一个免物业费的小区、第一个低价小区，等等，应该全部出自达才集团的手笔。成总既然是燕市房地产第一人，肯定有超前别人许多步的眼光，应当可以看到，在燕市未来的宏图上，有哪些地点该由达才集团去书写……”

成达才一直没有说话，出乎夏想意外，倒是一个十分合格的倾听者，表情专注，神态安详，听得津津有味。成大事者必有过人之处，果然不假，最起码成达才这一副洗耳恭听的姿态，就让人十分受用。

“中午一起吃点便饭？”谈话完毕，成达才对夏想的说法没有发表任何意见，直接略过不提，而是边说边系上围裙，“想不想尝尝我的手艺？拍个黄瓜，拌个凉皮，再弄一个雪山红梅——就是糖拌西红柿，一人再来一杯冰镇啤酒。怎么样，够丰盛吧？”

堂堂的达才集团的缔造者，中午就请他吃素餐，而且还全是凉菜，说出去绝对不会有人相信！不过夏想倒是理解成达才的嗜好，对于这样一位传说中的人物，他所经历的一切是许多人无法想象的，挥手之间就能决定几千万甚至上亿的投资。作为一个庞大帝国的掌门人，他也有着许多不为所知的秘密。

恭敬不如从命，夏想留了下来，陪成达才吃饭，说一些不着边际的话，开着无伤大雅的玩笑，唯独没有一句谈到工作和房产。成达才甚至还问到夏想有没有女朋友，喜欢什么样的女孩，却没有问上一句他和陈风有什么关系，他想要见他有什么目的。

聪明人说话，不需要点明。尽管夏想知道成达才或许会误解他，认为自己是想得到什么好处，他也没有说明。在成达才面前，不必急着证明一切。成达才是什么人？上至国家级领导人，下到泼皮无赖，他什么人没有见过？什么事情没有处理过？对他而言，所有接近他的人都有不同的目的，有目的不要紧，要紧的是，你有没有本事打动他。

吃完饭后，成达才直截了当地告诉夏想他要午休，夏想恭敬地告辞而去。成达才送他到门口，挥挥手：“小夏，以后想吃清淡的饭菜的时候，可以过来找我。”

夏想强压内心的狂喜，他本来以为今天要无功而返了，没想到成达才最后一句话给了他一线希望。他知道，成达才的大门，已经向他打开了一条门缝。尽管说来，门缝很小，不足以让他看到门里面的风景，但至少提供一个可以推门而入的可能。

下午一到单位，夏想就被高海叫进了办公室。

“远景集团指定你为他们在市政府的联络人，陈市长点头了。远景集团是什么来历，我还不太清楚，不过看样子对方决心很大，想在燕市站稳脚跟……小夏，这是一个大好的机会，只要远景集团在燕市的发展顺利，你作为他们指定的联络人，就可以在履历上写上浓重的一笔。我很期待你一年之内，再前进一步。”

高海的话出自真心，官场上是捧高不捧低，夏想现在上升的势头非常不错。不提他有陈市长的赏识和曹市长的支持，他所在的城中村改造小组办公室，就是一个既能出成绩又能落人口舌的是非之地。但正是因为处于各方势力的风口浪尖之上，也才有更多的机会站立潮头。想想看，一家京城来燕市投资的大型集团，点名要夏想当他们的联络人，不是摆明了要把成绩拱手送到夏想的面前吗？

当然，高海也不无感慨地想，也不能只羡慕夏想命好，看不到他有能力的一面。谁让他在会议上，一下就说中了陈市长的心事，而且也和远景集团的方案不谋而合？这就不是运气可以解释了，只能说夏想有才华有见识，同时又有好运。再加上有后台，不正是官场上的四有新人嘛，能不大踏步前进吗？

夏想对高海还是保持着恭敬的态度：“以后还要多靠高叔叔指点，有些我考虑不周的地方，高叔叔尽管批评，都是为了进步，批评我了，我还得请高叔叔吃饭。”

“说到吃饭，我倒还真有意见。小夏，你来燕市也有一段时间了，不是和女朋友黏在一起，就是和曹市长来往过密，我这个高叔叔反而被你冷落到了一边。说说看，你是不是做得不太对？”高海明是批评，暗是拉近关系，其实也多少有点怨气，怪夏想和他总刻意保持距离。

市政府秘书长是个关键位置，级别不高，但权力不小，主要是承上启下，方方面面都要照应周到，非市长心腹不可胜任。夏想对高海的感觉很复杂，虽然也觉得他人不错，但因为宋朝度始终不肯拉他一把，他心里也总在顾忌或许高海有什么地方得罪过宋朝度。所以他也担心和高海走得过近，给宋朝度留下不好的印象。

不过现在看来，高海对别人怎样暂时不论，对他，确实是没得说。夏想就诚实地接受了高海的批评：“高叔叔批评得对，我最近又忙着熟悉工作，又得抽空谈一下恋爱，确实忙不过来……既然高叔叔批评我了，我就改正。今天晚上我约一下曹伯伯，看他有没有时间，一起坐一坐？”

坐一坐的意思，就是私人性质的会面和吃饭，比起在市政府里的公事公办，关系可以更近一层。高海自然愿意多和曹永国来往，都是陈市长的嫡系，他和曹永国还真没有私下里交流过。

曹永国听到是夏想从中牵线，就一口答应下来。

会面地点选择在楚风楼。

正好曹殊黧打来电话，想和夏想一起吃晚饭，夏想就提到了晚上的安排。曹殊黧想夏想了，就说："高叔叔也不是外人，我就过去蹭饭吃，好不好？不过就是太远了，晚上还要回学校……"

夏想岂能不明白她的意思："算了，谁让你是我的小丫头呢，我去接你，然后再送你。管接管送，满意了吧？"

"这还差不多，算你有心。"曹殊黧高兴地惊呼起来，忽然又想起了什么，"对了，上次说和孙安见面没有见成，要不也叫上孙安和孙叔叔，大家认识认识也没什么坏处，是不是？"

夏想就内心感叹，小丫头聪明得很，很懂得借势助势，她也是在帮自己编织关系网。因为有了曹永国和高海的在场，孙安的爸爸也会对夏想高看一眼，不会仅仅因为他是曹殊黧的男朋友，而看轻了他。

夏想没有理由拒绝，就让小丫头打电话去联系。不一会儿她就回了电话，说是在她的威逼利诱之下，孙安不敢不答应，也请动了他爸爸孙定国孙局长。

夏想把市公安局副局长孙定国也一起吃饭的事情对高海一说，高海喜出望外，点头说好。夏想就不好意思地说出他要接曹殊黧，高海自然没有异议，就让夏想尽管去，不用管他，他会开车前往楚风楼准备一下。

以高海的身份，提前到达地点等候曹市长，是应有的礼节。

夏想开着乔白田送的桑塔纳去曹殊黧，穿梭在人流之中，开着空调，看着外面汗流浃背的人群，还是感慨有车真好。好车坏车暂且不论，至少可以冬暖夏凉。

在校门口接上曹殊黧，才发现小丫头不知何时短发留长，已经可以扎起辫子了。她穿了一身素色的裙子，不长不短，还算典雅，脖子上还系着她的银锁。

"你怎么留起长发了？"夏想好奇地问，又看了她迷人的脖子一眼，用力指了指，"从坝县你就说要告诉我你银锁的秘密，到现在已经过去快一年了，我还是不知道银锁藏着什么秘密？"

曹殊黧见夏想用手指她的胸，急忙捂住胸口，又听到问的是银锁，才长出一口气："我还以为又少穿了什么，明明记得戴上了……就是防止你偷看，哼！"她笑着绾起头发，梳了一个小短辫，"我觉得长发也不错，好像你比较喜欢长头发，是不是？"

"谁说的？"夏想比较纳闷，小丫头何出此言。

“杨贝和连若菡都是长发！”曹殊黧挑衅似的看了夏想一眼，意思是，非让我说出来不是，好，就点出你内心的秘密。

夏想假装擦汗：“她们留不留长发，和我一毛钱关系都没有。”

“没有一毛钱，我感觉可能有一分钱的关系，所以我也留长发试试，比比谁的头发更长。”曹殊黧的逻辑让夏想完全无语，他只好趁拐弯的时候，假装手忙脚乱地开车，故意不接她的话。不料小丫头也有意思，点到为止，也不逼他，又转移了话题：“银锁是我奶奶送我的，说只要我一直戴着，不摘下来，就能锁住一生的幸福。还说，要摘的话，只能让一个爱我一生的男人来摘……唉，虽然老人家说的我不太相信，不过奶奶也是一片好心，我也就一直戴着。”

过了一会儿，曹殊黧又假模假样地叹了一口气：“你说，两个人真能相爱一辈子吗？书上说，爱情最多只能持续十八个月……好像真的挺准的，我现在就已经有点讨厌你了。”

“英雄所见略同。”夏想就不顺着曹殊黧的话说，“爱情就是体内分泌的一种化学物质作祟，一旦化学物质停止分泌，爱情就不存在了。所以说爱你一生一世绝对是骗人的假话，我才不相信。两个人有什么爱来爱去的，是不是，黧丫头？”

“是你个大头鬼！”曹殊黧毫不客气地在夏想的腿上拧了一把，“女孩子是要靠甜言蜜语来哄的，尤其是在没有骗到手时，一定要再加上花言巧语，都像你这样笨，活该找不到女朋友。”

“谁说我没有女朋友？我女朋友多得很，不信我打个电话，立马会有一个美女过来找我……”

不料夏想话未说完，手机就突然真的响了起来。

阴险沈复明

夏想的本意是想逗逗小丫头，她生气的样子非常可爱，让人看了忍不住想亲上一口。不料手机还真给面子就响了，他拿过一看，差点没骂自己是乌鸦嘴，是成心没事找抽，刚说了女朋友众多，结果肖佳就打来了电话。

曹殊黧揶揄他：“是不是美女找你？我倒要看看，你是不是真的有魅力！”

说者无心，听者有意，夏想说不心虚那是骗人，可是手机一直响，他总不能不接不是？好在他有一个好习惯，熟人的号码从来不存进手机，都记在脑中。所以手机上显示的不是肖佳的名字，而只是一个陌生号码。好在夏想反应够快，一个主意立刻在脑中形成，就接听了电话。

“你好……找谁？好帅的爸爸？对不起，你打错了，我没有一个叫好帅的儿子，我也不是好帅的爸爸。不客气，再见。”也不管肖佳是不是听得懂，反正先过了曹殊黧这一关再说。

曹殊黧笑得前仰后合：“谁会给自己儿子起名叫好帅，太好玩了！好帅的爸爸，那他的妈妈岂不是叫好帅的妈妈？咯咯，笑死我了。”

夏想不笑，一本正经地说道：“等我有了儿子，就给他起名叫最好，到时候大家都会叫我最好的爸爸，你就是最好的妈妈……”

曹殊黧刚笑了几声，忽然意识到不对，脸红过耳，举起粉拳打了夏想一拳：“谁要嫁给你，谁要给你生儿子，做美梦！”

到了楚风楼，高海和楚子高正坐在一楼大厅等候。常务副市长亲临，高海也不敢怠慢，准备随时出门迎接。楚子高更是兴奋得满面红光，一个常务副市长，一个公安局副局长，一个市政府秘书长，楚风楼开业以来，还从来没有过这么大的场面，差点让他激动得先回办公室烧上几柱高香。

夏想一进来，楚子高就像一个小伙子一样飞快迎了出去：“夏主任，夏老弟，可把你盼来了，老哥我想死你了……殊黧也来了，欢迎，欢迎，快进来，外面热。”

楚子高高兴得语无伦次，还伸手从柜台上拿过一把扇子，给夏想扇扇子。夏想伸手夺过扇子，扔到一边，笑骂：“楚总，你也太小气了，弄把扇子给我们降温，是不是不想给我们来瓶冰镇汽水？”

楚子高见夏想不肯受他的讨好，又回绝得非常巧妙，心里也是十分舒坦。他知道夏想还是不把他当外人，就亲自跑到冰柜处，拿了两瓶可乐递给夏想。

夏想要给高海，高海连连摆手：“太凉，老了，胃受不了。”

曹殊黧就接过夏想的可乐：“高叔叔不喝，就便宜我了，谢谢高叔叔。”

高海听到曹殊黧甜甜地叫出高叔叔，心里比喝了冰镇可乐还舒服。他心想曹市长的女儿还真不错，人漂亮，会说话，又会来事，真讨人喜欢，夏想有福了。

说话间，孙定国和曹永国一前一后到了。

孙定国五十来岁，个头不高，声音洪亮，就是头发比较稀少，没穿警服，和曹永国并肩走了进来。从他不注意细节就可以看出，他和曹永国的关系不一般。

后面跟着孙安，缩头缩脑的样子像是刚挨了训一样。他一见曹殊黧就眼睛一亮，凑上前来，嬉皮笑脸地说道："殊黧，你越长越好看了……要不，给我一个机会怎么样？考验考验我，我绝对忠诚可靠。"

曹殊黧立刻挽住夏想的胳膊："孙安，你流鼻涕的时候都没有机会。现在都过了十几年，你不觉得太晚了一点？"

孙安大惊失色："什么？殊黧，你和他都生米做成熟饭了？"

曹殊黧大羞，抬腿踢了孙安一脚："叫你胡说八道，一边去。"

孙安立刻老实了，灰溜溜地跑到一边，还暗中冲夏想竖起大拇指："哥们儿你强，我追了十几年，一点机会也没有，你才追多久，就得手了，厉害。赶明儿哥们儿请你吃饭，给我说点经验，好歹也让我学习学习。"

夏想笑着冲孙安点点头，忙和楚子高一起领众人到楼上雅间。然后由曹殊黧当介绍人，介绍大家一一认识。

孙定国和高海客气了几句，算是认识了。市政府秘书长是副厅，孙定国是燕市公安局副局长，正常级别为正处，但他有一次重大立功表现，提高为副厅待遇，但职务未提，实际上，和高海也算是平级。高海对孙定国也很客气，市局的副局长，也是实权人物。

和夏想握手时，孙定国盯着夏想看了半天，又扭头看了孙安一眼，不满地说道："小夏，你也不比我们家孙安帅多少，为什么殊黧偏偏喜欢你？没道理，是不是你会哄骗小女孩？"

夏想没想到孙定国一点也不见外，直接问他这个问题，不免有点尴尬，笑了笑："可能我比较老实可靠，又可能我长得黑了点。据说，肤色稍黑的人，给人的感觉是安全可靠。"

孙定国哈哈大笑："就凭刚才一句话我就知道，你比孙安机灵多了。孙安输给你，不屈。不过……"孙定国看了曹永国一眼，又说，"听说你现在正科了，一年前孙安认识你时，你还没有级别，当时他就是副科了。现在再见面，他还在原地踏步，你就已经是正科，到底是殊黧眼光好，还是老曹出力大？"

孙定国倒不是故意为难夏想，他和曹永国是多年的老朋友了，向来有什么说什么，他就是想看看夏想的分量。曹殊黧也是他看着长大的，也觉得当他儿媳妇再好不过。谁想到孙安不争气，就是不讨人喜欢，他就对曹殊黧选中的夏想，有点考一考的心思，看他有没有什么过人之处。

曹永国笑着摆摆手："夏想从第一步迈入仕途，从他提到副科，再到燕市升为正科，我没有出一点力……不是我不肯出，是根本就用不着我插手。"说实话，曹永国对夏想高看一眼的关键原因就是，夏想能有今天的成绩，全是靠他自己走出来的，完全没有用他出面帮过什么。而且夏想事事都是办得很稳妥，甚至可以说，他能当上燕市的常务副市长，也是无形中沾了夏想的光。

曹永国对夏想，现在是从内心深处欣赏。

孙定国又看向高海，高海知道他的心意，也摆手："有一说一，夏想的副科是在坝县提的，到了燕市后，我把他拟提正科的材料报到组织部，结果还不等陈市长替他打电话，方部长就主动批了。"

孙定国眼睛瞪大了，曹永国和高海的话，他不能不信，只好拍拍夏想的肩膀，说道："是比我家小子强多了，殊黧还真有眼光……没说的，结婚的时候，叔叔送你们一份大礼，怎么样，小夏？"

孙定国自称叔叔了，夏想也知道他和曹家的关系，渊源颇深，也就顺口说道："我可不敢收，得殊黧说了算！"

曹殊黧红着脸不说话，孙定国爽快地笑了："小夏果然会说话，来，和叔叔喝一杯。对了，有什么事需要叔叔替你办没有？刚才叔叔考了考你，不能白考验，得有回报。"

大家都以为夏想会客气几句，不料他立刻顺着话就接："正好还有一件大事请孙叔叔帮忙……"

孙定国一愣："大事？多大的事情？"

夏想从身上掏出车钥匙："我是开车来的，但我还没有办驾照。"

孙定国哈哈一笑："办个驾照算什么大事，你成心捣乱不是？明天拿三张照片给孙安，让他小子三天办好给你送过去，办不好，你打电话给我，我收拾他。"

孙安在一旁嘟囔："爸，今天训了都几回了，还没够？"

曹永国稳重，高海含蓄，孙定国爽快，楚子高在一旁赔着小心，也和孙定国说上了话，高兴得连喝好几杯。高海和夏想熟悉，自不用说，曹永国可是市委常委、常务副市长，也和楚子高碰了两杯，说了几句话，他就晕晕乎乎，犹如腾云驾雾一样。

楚子高一向自认酒量无敌，今天却第一次喝多了，醉得一塌糊涂。

最后曲终人散，各自回家。曹永国有点不放心夏想送曹殊黧，曹殊黧就伏在曹永国耳边耳语几句，曹永国就笑了："好了，走吧。"

路上，夏想就问小丫头说了些什么，曹殊黧却就是不说。过了一会儿，她忽然又笑嘻嘻说道："连姐姐来燕市好久了，为什么她才联系我们？高老人是不错，就是有点严厉，不过我还受得了。还有，连姐姐非要给我十万元的设计费用，我要还是不要？我一说不要，她就生气。"

曹殊黧是在夏想介绍高老给她认识时，才知道连若菡来了燕市。

晚上车不多，夏想的车速就快了不少。他知道连若菡的心思，不要她肯定会多想，就说："要，为什么不要？正常的劳动所得。你自己留着，以后当嫁妆。"

曹殊黧做了个鬼脸："你倒会算账，让我当嫁妆，还不是最后跑你腰包里……"忽然意识到不对，又急忙闭嘴。

到了夏想的住处，曹殊黧说什么也不肯上去，夏想也没强求，就送她回学校。一直送她到女生宿舍楼下，曹殊黧才突然凑到他的耳边，小声说道："我告诉爸爸，说你特别胆小，到现在连我的手都没有拉过！"

夏想一听就急了，这简直是对他男人雄风的诬蔑，他伸手要拉曹殊黧，准备在她的嘴上展示一下男人的雄风。不料小丫头早有准备，一转身就飞快地跑掉了。

回到住处，夏想又给肖佳回了一个电话。肖佳问也没问他接电话时的古怪表现，只是说她弟弟来了，问夏想是不是抽空见见他，给他上上课，教他一些为人处世的道理。夏想想想，也就答应了。

肖佳没问，他也就没说，似乎二人心里默契，知道有些事情必定要发生，但都装作不知道一样。

让夏想完全没有想到的是，沈复明走马上任当上副省长后，首先要来市政府视察工作，而且行程还包括城中村改造小组办公室。

沈复明第一站就选择在市政府视察，而且还点名要到城中村改造小组办公室，意图很明显，显然是想从城中村改造之中捞上一笔。不过也说不定是高成松的暗示，有意让沈省长来试探陈风的反应。

在燕省，换任何一个城市，副省长前来视察工作，肯定是大事。不过对燕市来说，没有一点紧张的气氛。因为燕市是省会城市，省委书记和省长不能说天天见，也见过不少次。况且市政府的一帮人，除了省委的一帮常委们，其他的副省级干部还真没有太放在眼里。燕市本身就是副省级城市，陈市长就是副省级干部，名义上归副省长领导，实际上不挂常委的副省长，到燕市视察工作，陈风出不出面都可以。

不过陈风还是给足了沈复明面子，估计他也知道沈复明是高成松的人，还特意让曹永国也作陪。沈复明也没带多少人，完全是走走过场的样子，一个秘书和一个省政府副秘书长随行。出人意料的是，武沛勇竟然也一同出现在市政府！

省委书记的秘书陪同一位副省长下来，本来就不合规矩，但高成松不合规矩不按常规出牌的事情太多了，也没人敢说些什么。但武沛勇名声太响，身份太敏感，他亲自下来陪沈复明，其中意味就十分耐人寻味了。

沈复明还算低调，可能他也知道在陈风面前，他没有指指点点的资本，就边走边听，很少发表意见。来到城中村改造小组办公室时，夏想、吴港得和曲雅欣三人都恭敬地站在门口迎接沈副省长一行。

沈复明的目光先是落在曲雅欣身上，眉毛动了几动，不由自主在她身上的某些部位多停留了几秒。武沛勇在一旁看得清楚，撇嘴笑了笑。

然后沈复明才看到最前面站着的年轻人，顿时愣住，他虽然知道夏想调回了燕市，但并不清楚他具体到哪里任职。因为夏想一个副科级干部的调动，还不值得他放在心上。没想到，陈市长把夏想放到了城中村改造小组办公室！

或许有些人认为城中村改造小组办公室是可有可无的机构，没太大的用处。沈复明却心里清楚，这个办公室完全是陈风个人意志的体现，代表陈风的政治倾向，一些在表面上无法施展的手段，都会交给改造小组办公室去执行。可以说，夏想能够主持办公室的日常工作，绝对是陈风完全信任的人。

沈复明是老官场了，一看夏想三人站立的位置就可以看出夏想是主事的。

夏想不是李丁山的人吗？李丁山的背后是宋朝度，没听说宋朝度和陈风有什么关系，那陈风为什么要重用夏想？

片刻之间，沈复明脑中转了七八个弯，哈哈一笑，向夏想伸出手去："小夏，我们又见面了，他乡遇故知，好事呀好事，哈哈……对了，李书记现在还好吗？"

陈风不动声色，曹永国微微皱眉，高海站在后面，心想不妙，沈复明没安好心。

夏想恭谨地笑道："欢迎沈省长视察工作。想想和沈省长有半年多没见了，今日一见，沈省长还是风采依旧，让人折服……李书记一切都好，谢谢沈省长的挂念。"

沈复明好像很开心的样子，又问："来燕市时间不短了，有没有替李书记去看望一下宋部长？"

夏想暗骂沈复明浑蛋，故意把话题向宋朝度身上引，不是有意让武沛勇知道他和宋朝度有关系吗？果然夏想还没有来得及说话，武沛勇就一脸质疑地问道："宋部长？宋朝度？"

"是呀，怎么，武秘书还不知道？夏想以前是李丁山李书记的秘书，李书记现在在坝县任县委书记，他是宋部长的同学兼好友。既然李书记和宋部长关系这么密切，夏想来到燕市，肯定要和宋部长多走动走动，是不是？"

"你叫夏想？"武沛勇顿时对夏想来了兴趣，"现在是什么职务？"

夏想虽然极不情愿让武沛勇记住，他知道武大秘可以称为燕省嚣张第一人，有时所作所为到了令人发指的地步，可惜背后有高成松撑腰，就是不倒。他没有和武沛勇叫板的资本，躲还来不及，没想到却被沈复明故意当面揭露他和李丁山以及宋朝度之间隐含的关系。

显然沈复明十分清楚宋朝度和武沛勇之间的不和，他是有意借武沛勇之手要整自己。夏想想起沈复明要让刘世轩死在狱中的狠辣手腕，当时是借他之手扳倒刘世轩。眼下看来，只要有机会，也不能放过沈复明。比起刘世轩的粗劣手段，沈复明才是一条不出手则已，一出手就是致命一击的毒蛇。

“武秘书，我叫夏想，现在是城中村改造小组办公室的副主任。”武大秘的话有一股居高临下的味道，让人感觉不舒服，但他毕竟是连省委秘书长都不放在眼里的武大秘，夏想只有老实回答的份儿。

“科级？”武沛勇轻蔑地说道，摇摇头，“宋部长再不济，也不至于下力气培养科级干部吧？哈哈，从科级到厅级，算你爬得快，给你八年时间。八年，你年纪不算大，宋部长可等不及了……”

嚣张第一秘的狂妄本色

武沛勇一听夏想只是一个小小的科级，顿时就对他失去了兴趣，却又问沈复明：“李丁山的县委书记干得怎么样？现在胡增周当了市委书记，市长是……洪昭广？”

沈复明点头：“对，由常务副市长升上去的，武秘书认识他？”

“认识，当然认识，关系还很不错。”武沛勇旁若无人地拿出电话，拨了一个号码，“洪市长，我是武沛勇，好，好，一切都好……也没什么事，就是听说坝县的县委书记叫李丁山，好像在坝县过得还不错？不是，他和我没什么过节，就是他的后台看不起我这个伺候人的秘书……那好，抽空视察视察工作，关心一下坝县的经济发展，是好事，哈哈！”

什么叫嚣张？什么叫飞扬跋扈？武沛勇淋漓尽致地在众人面前演绎了燕省第一秘的狂妄本色！丝毫不把陈风放在眼里，将堂堂的副省级市长扔到了一边，公然打电话给一个地级市的市长，要找一个县委书记的麻烦，真是人间极品。

陈风脸色铁青，气得差点拂袖而去。武沛勇如此嚣张，尽管李丁山和他没什么关系，但武沛勇这么做就是明白无误地告诉他，就算夏想现在是你陈风的人，他一样可以收拾夏想以前的靠山。

曹永国也是一脸怒气，不过陈风为大，陈市长没说什么，他也不好越过陈风替夏想出头。高海也是眼中怒火中烧，李丁山是他的好友，武沛勇不管知不知道他和李丁山的关系，刚才的做法就和当面打他耳光没有区别！

沈复明可能觉得武沛勇做得有点过火，毕竟陈风是副省级市长，能陪他一个排名靠后的副省长已经给足他面子了。他要是去市委，市委书记崔向估计面都不会露。沈复明比武沛勇城府深多了，他就笑着打圆场："武秘书还是不改直性子本色，性情中人。呵呵，好了，今天就到此为止，我还有一个会要回去开……"

话虽这么说，沈复明还是握住曲雅欣的手，嘘寒问暖地多说了好几句，眼光在她身上扫个不停。

武沛勇看在眼中，不以为然地说道："沈省长刚来省里，身边人手不够，要不就把曲主任调到省里？沈省长只要开口，陈市长肯定会爽快地放人，哈哈。"

曲雅欣吓得不行，缩回手，就向夏想身后退。夏想虽然早就听闻过武沛勇的嚣张传闻，不料今日一见，没想到他简直就是一个泼皮无赖，也是心中火起："武秘书，我主持改造小组办公室的日常工作，要想从办公室调人，得先征求我的意见。现在办公室人手紧张，曲主任又是办公室的支柱，我不同意她调走。"

"你不同意？你说了不算。"武沛勇一摆手，丝毫不把夏想放在眼里，"陈市长点头就可以了，哪里有你说话的份儿，是不是陈市长？"

陈风知道夏想有意替他分担一点压力，就顺势说道："武秘书还真没说对，改造小组办公室虽然还没设主任，但夏想已经是名义上的主任，大小事情都由他说了算，我不好直接干涉。"

曹永国也不甘示弱地说道："是，市政府都支持陈市长的决定。"

市长和常务副市长都替夏想出头，武沛勇显然没有想到。他明显怔了一怔，还想再说什么，沈复明见势头不妙，急忙暗中拉了他一把。

今天以视察工作的名义来探陈风口风，没想到还没来得及说正事，就被武沛勇打乱。沈复明也有点不快，觉得武沛勇有时太没有眼色，分不清事情的轻重缓急。他是看上了曲雅欣不假，但也不能一见面就开口调人，手段太低级了，要慢慢地一步步来才有意思。

沈复明就拿出了副省长的威严："武秘书，省政府还有一个会议，马上就要开了。你要是现在回去的话，可以和我一起走；不回去的话，就自己留下。"

省委省政府在一个大院里面，办公地点离得很近。

武沛勇也能听得出来沈复明的暗示，他也知道陈风既然说话了，就不好再纠缠下去了。陈风的强势省里也有名，他在陈风面前讨不了好去，就只好干笑几声："我既然是陪沈省长来的，当然要和沈省长一起回去。不过夏想……"武沛勇紧紧盯着夏想，不无威胁地说道，“我记住你了，不简单，你应该感到自豪，因为我从来不记科级干部的名字！”

夏想一脸平静：“武秘书走好，小心台阶。”

走到市政府大楼门外，沈复明正要上车，武沛勇却又对陈风说道：“陈市长，燕市的城中村改造是大工程，蛋糕很大，光是燕市的建筑公司也吃不完。沈省长在章程市当市委书记的时候，章程市三建承建了不少市委市政府的工程，技术力量雄厚。他们听说沈省长来了省里，也有意为燕市的经济发展作贡献，陈市长给个面子，照顾几个工程，怎么样？”

沈复明在旁边听到武沛勇的话，差点气得骂娘。今天他过来的本意就是替章程三建说话，没想到武沛勇一搅和，惹得陈风不高兴，他见时机不对，也就没有再提，准备以后找机会再说。没想到武沛勇嚣张完后，又当面求人办事，还真当自己是一棵大葱？就是自己这个副省长都没脸再提，你倒好，你是省委书记的秘书不假，可你不是省委书记！

陈风脸色阴沉：“早在燕市城中村开发的时候，市委市政府就定下了论调，燕市的改造工程，由市委市政府一手操办，不受其他因素的影响。当然，我们也欢迎外来的建筑公司和开发商，但前提条件是公平竞争，一切按市场规律办事。章程三建要来燕市发展，我代表市委市政府表示欢迎，所有的建筑公司和开发商的初审资格的决定权在改造小组办公室。你让章程三建的人直接找夏想就行，相信夏主任会公平地对待每一个建筑商和开发商。”

在回去的路上，武沛勇和沈复明共坐一车，武沛勇愤愤不平地说道：“不就是一个燕市的市长，有什么了不起？还跟我打官腔？省里的几个常委见了我都客客气气的，你还没混到常委呢，就敢跟我横，以后有你好果子吃，你等着！”

沈复明没有说话，心里却老大不痛快。今天的事情因为武沛勇的鲁莽，可以说不但没有办成一件，反而给陈风留下了不好的印象。武沛勇再怎么嚣张，高成松也会纵容他，但沈复明如果当不好一杆枪，高成松就有可能把他拿下。

武沛勇刚才的话虽然说的是陈风，可是何尝又不是说他？他不过是一个普通的副省长，在省里面都说不上什么话，到燕市这个副省级城市，也没什么人给他面子。工作本来就难以开展，让武沛勇一搅，以后燕市的事情还怎么插手？官场上本来就是互相抬桥，陈风给他面子已经不错了，他倒好，带了武沛勇一个大刺头过去，本来借武沛勇的身份来显示他和高书记的关系，不承想弄巧成拙！

更让沈复明感到头疼的是，夏想明明是李丁山的人，来到燕市后，没听说宋朝度罩着他，反而是陈风不遗余力地维护他。这小子，到底是运气好，还是他本领够大？

沈复明一走，陈风脸色不善地冲曹永国和高海点点头，说道："去见见夏想。"

副省级城市和省里的关系就没有特别好的，陈风对省里也没有一般市长的那种敬畏心理。所以今天他觉得主动出面陪沈复明已经给足了他面子，没想到他还带着武沛勇前来，想借省委书记秘书的身份给他施压。陈风不是惧怕压力的人，要不他也不会顶住市委和省里的两重压力，强行推进城中村的改造。

市政府三大人物一起来到改造小组办公室，差点没引起轰动。

曲雅欣还有点惊魂未定，对夏想十分感激，说了不少感谢的话。她在官场混迹多年，沈复明的眼光和暗示岂能不清楚？说实话，真让她用身体去换前途，她还真忍受不了那种恶心。何况沈复明那么老，光看着就让人厌烦得不行，更不用提上床了。所以她对夏想不顾一切为她挺身而出就十分感动，换了别人，说不定还巴不得她被沈复明弄走。

吴港得见夏想替曲雅欣出头，敢当面顶撞武大秘，心里就对夏想佩服得五体投地。一个知道维护下属的领导，又有能力又护短，哪个下属不心服口服？

陈风、曹永国和高海进来的时候，夏想已经若无其事地在整理文件。夏想见三大人物进来，急忙迎了出来："陈市长，曹市长，高秘书长……"

陈风一脸沉重，拍了拍夏想的肩膀："小夏，好样的，有担待，有男人气概。不用担心，只要有我在燕市一天，就没人动得了你。好好干，只要是为我陈风出力的人，我都不会亏待他！"

陈风是第一次郑重其事地向夏想承诺，也是受了武沛勇刺激的缘故，当然也不排除演戏给曲雅欣和吴港得看的成分在内。毕竟一个副省长和一个省委书记的秘书来发作，也只有陈风出面才能挽回场面，稳定人心。

曹永国就乘机说道："还不快谢谢陈市长。"

夏想就笑："不用对陈市长说漂亮话，陈市长就看我们改造小组办公室的行动吧。"

夏想一句话又带上了曲雅欣和吴港得二人，二人心里暖洋洋的，觉得夏主任真的不错，时刻不忘了他们。而且刚才陈风的一番话也给他们莫大的希望，让他们心中充满了干劲。

陈风和曹永国走后，高海就叫夏想进了他的办公室。夏想知道，肯定是关于李丁山的事情。

还没等夏想开口，高海就急急地说道："洪昭广你有过接触？"

夏想摇头，他只是听说过洪昭广的名字，别说接触，面都没有见过："洪市长不会仅仅因为武秘书的一句话，就下到坝县找李书记麻烦吧？那他政治上也太幼稚了。"

高海苦笑："你不了解洪昭广此人，他就是一个典型的政治投机分子。胡市长接任市委书记，市长的位置也轮不到他，就是他看到有机可乘，向武沛勇送了礼。武沛勇又在高成松面前递了好话，他才扶了正……你说，武沛勇发了话，他会不会下到坝县去刁难丁山？"

夏想想了想，说道："只有电话通知李书记，让他早做准备，各项工作安排得周全一些，省得被洪昭广故意挑刺！"

高海点头："丁山在坝县的根基还行，在章程市却没有有力的后台。胡市长顺利接任了书记，就未必会给宋部长面子，也不一定会向着丁山说话……我们现在鞭长莫及，只能看丁山自己的政治智慧了。"

高海就让夏想打电话给李丁山。

李丁山听了之后，语气轻松地笑了："我前些日子去章程市，接触过洪市长。洪市长当时还和我说，要在全市推广坝县经验。依我来看，他正急着借助坝县的成功来大捞政绩，如果还要硬来，非要和坝县闹个不愉快的话，他也没有什么好处……不过我会小心提防的，坝县虽然不敢说是密不透风，现在也是上下一心。"

从李丁山的话中夏想也得知，坝县的草原度假村已经建成。借助了三山度假村的东风，不少京城的游客来坝县草原游玩，坝县名声慢慢打响，连带章程市的许多游客也慕名而来。坝县由章程市第一穷县，正翻身大步跨过温饱，走向小康。

李丁山有了耀眼的政绩，石堡垒也面上有光，坝县县委县政府多次受到章程市委市政府的表扬，并且要在全市推广坝县经验。李丁山也多次到市里汇报工作，成为章程市一颗政治新星。

其实李丁山并不想引人注目，只是没想到坝县的潜力一旦激发出来，会迸发出如此巨大的威力。他只想为当地百姓做些实事，却没料到京城来的投资商不但实力雄厚，而且非常善于炒作，很快就将坝县的草原优势推向了京城市场。短短时间内，涌入坝县的客流远超当初的估计，给坝县带来了大量的税收。不说别的，光是万志泽在贾寨乡开的乡村饭店，就成为京城游客口中的坝县第一饭店，开店仅半年时间，就又在原地扩建成三层小楼。

万志泽夫妻二人对夏想的感激，无以言表。

放下电话，夏想稍稍放下心来，心中又闪过一丝疑问，万一李丁山在坝县受到洪昭广的欺压，传到宋朝度耳中，宋朝度会不会有所举动？不过李丁山通话时没有提到宋朝度，夏想也不敢自作主张打电话给宋朝度，也就只好放下心思，对高海说道："真要是李书记被逼得紧了，宋部长肯定不会坐视不理。"

"宋部长呀？"高海意味深长地笑了笑，"现在我们之间也算熟悉了，有些话也不必遮遮掩掩了。据我猜测，宋部长恐怕还是乐见洪昭广打压丁山，只有丁山被逼得急了，他再出手，才显得珍贵。而且他一旦出手，不管是不是有用，就会惊动史老。史老当年一直对宋部长不是十分欣赏，不过要是史老看到宋部长为帮助丁山而受到别人排挤，他肯定会出手。史老一出手，就有好戏看了，非得搅动一下燕省的局势不可。"

夏想见高海把话挑明了说，也知道他对自己是绝对信任，也就不再顾忌，说出了心中的疑虑："史老退下来好多年了，官场上向来是人走茶凉，史老的话还能管用？"

一直以来，夏想都对史老的影响力打了一个大大的问号。不说史洁现在还只是处级，好像还没有实权，就是官场规律一向如此，谁会理一个退下来近十年的老头子的话？官场之上，新人辈出，老人更迭，就算念及旧情，史老在位时提拔的一些人，现在在位的应该也不多了，史老到底有什么底牌？

夏想的问话有点直接，高海也是明白他的心思，宽容地笑了笑："说实话，我心中也没底，觉得史老的话可能……真的不管用了。不过我对史老的了解不深，丁山很少提起他。宋部长应该对史老有过研究，对史老的关系网估计也做过细心的工作，要不他怎么会对史老信心十足？"

最后夏想和高海讨论半天，还是觉得云雾缭绕，看不清真相。夏想虽然也相信宋朝度的判断，不过他还是对史老到底有没有能量半信半疑。

原本以为洪昭广为了政绩，又是正值推广坝县经验的关键时期，只要有点政治头脑就不会蛮干。没想到，洪昭广还真是一个政治投机客。也不知是不是武沛勇又打电话给洪昭广，或是又给了他什么许诺，总之洪昭广以视察工作的名义到了坝县之后，市旅游局对草原度假村挑了一大堆毛病，勒令度假村停业三个月整顿，合格后再开业。

七月、八月、九月这三个月，正是草原旅游的黄金时期，停业三个月，简直就是赤裸裸地扼杀坝县的旅游业！

李丁山当场发火，洪昭广就借机斥责李丁山，说他目无领导，在坝县一手遮天，让他向市委市政府做出深刻检查！

终于惊动了史老

尽管坝县数名常委当场替李丁山说话，洪昭广还是坚持己见，限令李丁山三天之内到市委市政府递交检查，否则后果自负。

据说当时的气氛剑拔弩张，杜双林差一点和市里的人干起架来，幸亏吴英杰及时拉住。其他常委敢怒不敢言，都替李丁山担心。

夏想知道消息的时候，正在曹家吃晚饭，一般周末夏想都会到曹家吃饭，几乎已经成了惯例。一旦不去，不但曹殊黧说个不停，王于芬也会催促曹永国打电话叫夏想过来。

夏想饭吃到一半，接完电话，一脸阴沉。

曹永国问明了情况，不无忧虑地说："要不要我问问卢部长，看看他在章程市有没有关系？"

夏想虽然心中火大，恨不得回到李丁山身边，不过他还是很快冷静下来，摇摇头："不用，关键时刻，宋部长再不出面，他就会威信大减。武沛勇让洪昭广打压李书记，就是给宋部长难堪。我想，宋部长应该很快就会有所动作……"

话音未落，手机就响了。

接完电话，夏想看了曹永国一眼，回答他的疑问："宋部长让我现在去他家里一趟……我现在动身。"

王于芬忙说："什么事情这么急？吃完饭再走。"

夏想摆摆手："不吃了，也吃不下了……阿姨，晚上别等我了，你们先睡吧。如果太晚了，我回去住。"

曹殊黧从来没见过夏想有这么严肃的时候，也知道他对李丁山的感情，就一脸坚决地说："不行，再晚也要回来，我等你回来再睡。你不回来，我就不睡。"

到了宋朝度家中的时候，已经是晚上九点多了。

还是宋一凡开的门，比起上一次的谨慎和审视，她显然已经得到了吩咐。一见夏想就急忙让他进来，还和上次一样指挥他换鞋："穿最大最胖的那一双，对，再把换下的鞋摆正，很好，真是一个好孩子。"

夏想哭笑不得，也没空理她，点点头就朝书房走，宋一凡拦住了他："我爸在阳台。"

夏天天热，宋一凡上身仅穿了一件小背心，下身的短裤不比内裤长多少。

她才十三四岁年纪，不过身体已经初步发育出了女性特征，胸前小小的突起小而坚挺，腰也开始收细，臀部也微微翘起。尤其是一双细腿，又细又长，虽然看上去没有诱人的光泽，但青春少女特有的粉嫩透红的肌肤，还是给人带来视觉上的冲击。

宋一凡长得十分清秀，就像一朵水仙花，她个子不矮，现在就有一米六几的样子。她站在夏想面前，目光清澈如水，狡黠地笑着，流露出少女特有的俏皮味道。

"就请一凡妹妹带我去阳台。"夏想才不怕她这个年纪的小女孩，不过他也不得不承认，现在的女孩子胆子真大。记得他这么大的时候，女孩子被男孩多看一眼就会脸红，哪像宋一凡现在，目光直直地盯着他看，不但没有一丝羞涩，而且还有明显地挑衅意味。

"你好像有点怕我，是不是？"宋一凡叉着腰，细腿分开，也不让路。

这话从何说起？夏想挠挠头："我找宋部长有正事，等下次有空的时候，我再和你探讨一下谁怕谁的问题，好不好，小妹妹？"

"一言为定，大哥哥。"宋一凡得意地笑了，好像计谋得逞一样。夏想暗笑，小女孩就是好哄，心思简单，也单纯。

宋一凡带夏想到阳台，然后轻轻地带上门，转身走了。

阳台不小，透过窗户可以看到一轮明月高挂天空，月光洒落在宋朝度身上，让他的背景显得格外落寞，有一丝郁郁寡欢的感觉。

夏想站在宋朝度身后，定了定神，恭敬地喊了一声："宋部长。"

宋朝度转过身，一脸平静，没有一丝惊慌失措。夏想也相信他还有底牌，否则也不可能总是稳如泰山。

"坐！"宋朝度一指休闲椅，他先坐在对面，伸手一指茶几上的茶杯，"来，喝口茶。"

阳台正中，摆放着一个小圆桌和两把休闲椅，圆桌上有茶壶和茶杯。

夏想正好口渴了，也没客气，就喝了一杯，然后又为宋朝度和自己续上水："宋部长有什么事情吩咐，请讲，我会努力做好……"

"你觉得丁山会不会渡过眼下的难关？"

从宋朝度的语气之中，夏想听不出来他是焦急还是笃定。他想了想，只好答道："不好说，李书记比较要强，不肯开口求人。他虽然有绵里藏针的手段，但对付洪市长这样蛮不讲理的行事方式，情急之下，说不定也会以硬碰硬。"

夏想的言外之意是，李丁山还是有书生意气，平常显不出来，是因为没人逼迫。要是逼得急了，李丁山宁折不弯的一面就会显露出来。夏想从李丁山两次生意失败中就得出了结论，他是遇强则强，遇弱则弱，弹性很大。如果对手有手腕，他也能沉着应对。如果对手硬来，他一气之下，也能做出出人意料的事情。

宋朝度微微动容："你比我想象中还要了解丁山……我给胡书记打了电话，形势不容乐观，在胡书记还没有来得及出面周旋时，丁山已经做出了决定。如果市里不撤销对草原度假村的处罚，他就辞去县委书记的职务！"

"什么？"夏想猛然站了起来，难以置信地看着宋朝度，"宋部长，李书记怎么这么急在一时？以辞职相威胁，是官场大忌！"

宋朝度赞许地点点头："小夏，丁山还真没有看错你，他说要有你在，他也可能会冷静许多。不过现在事情已经发生了，再说什么也没用了，只能想办法挽回。丁山在坝县的局面来之不易，不能轻易放弃，真要辞职，他的政治生命就完了，以后在履历上写上一笔，不可能再有前途。"

"宋部长的意思是？"夏想见宋朝度不慌不忙的样子，知道他心里应该有了盘算。

"先说说你的看法……"宋朝度给夏想出了一个难题，显然也是想考一考他。

"我层次不够，如果还在坝县，或许可以找到一些细节可以大做文章。现在远离坝县，级别太低，没办法从大局上看待问题，所以我也想不出什么好办法。"夏想说的是实话，他现在再出什么办法，都没有大用，不如上面的一句话管用。

宋朝度笑了："还不错，很清楚自己的定位。不过假如把你放到我的位置上，你会怎么做？"

宋朝度提出的假设更不好回答，夏想暗中腹诽，我就算站到你的位置上看问题，又不知道你的后台和关系网？既然不知道手中可以动用的力量有多大，当然就无从下手。不过宋朝度既然有此一问，他又不能不回答，就低头一想，忽然灵光一闪，想到了宋朝度的真实目的。

"请史老出手？"

夏想用的是疑问的口气，是升调，显示出他的不自信。实际上，他是有意让宋朝度最后做出决定，这应该也是宋朝度想要的效果吧？由自己提出请史老出手，宋朝度点头答应，最后李丁山就算不情愿，也怪不得宋朝度的头上。

以李丁山的脾气，夏想是晚辈，他就更抹不开面子，来指责夏想什么。

果然，宋朝度点了点头："聪明……丁山好面子，他现在宁愿辞职，也不愿意请史老出面。如果我出面请史老的话，史老未必给我面子，你就不同了，你年轻，又是丁山最信任的人。而且听他说，上一次去史老家，史老对你印象还不错，所以你是最佳人选。”

夏想只有点头，心中感叹和宋朝度说话真累，他想让你办一件事情，又不明说，只会让你猜。猜不到，就一直点你，点到你明白为止。其实这件事要换成陈风来说，他会直截了当地告诉夏想：你去请，我不方便出面，也请不动。

宋朝度就不会，他就喜欢绕弯子，让你一点点往他的坑里跳。人与人之间的差别还是巨大的，领导也是人。所以在官场上，形形色色的性格造成了形形色色的领导，想要充分领会每一个领导的意图，简直是不可能的任务。

还好，夏想还算通过了宋朝度的测试。

“那我就不在史老面前提宋部长了，就直接说是我自己想的主意。”夏想小心翼翼地说道。他猜到了宋朝度的心理，因为先前有了高海的说明，史老既然不太喜欢宋朝度，宋朝度就没有必要让史老记起他。他需要的是，让李丁山记住了，让李丁山念他的好。虽然是夏想出面去请史老，但他所要的效果是，让李丁山心里明白，是他安排夏想去请史老的。

停顿了一下，夏想又补充一句：“李书记那里，我就不去露面了，省得他批评我，就由宋部长出面解释一下。”

宋朝度终于满意地笑了，孺子可教，真是一个一点就透的年轻人，怪不得丁山这么器重他，还真一个不可多得的人才。他心中第一次对夏想动了惜才的念头，在想着也许应该找一个合适的机会，把他调到自己身边。不过自己现在正处在低谷，他现在正得陈风赏识，和燕市市长相比，自己的农工部部长实在没有什么光环。

宋朝度甚至想，要是自己的计划告诉夏想，夏想会不会动心？如果有夏想的帮助，他的计划应该可以推进得更快。

想到高建远已经有了一千万的损失，还有自己正在暗中调查的武沛勇的贪污行为。宋朝度越想越觉得有夏想帮他，肯定可以更快地扳倒武沛勇，从而牵连出高建远。

又想了一想，宋朝度还是强行压下了心中的想法，夏想太年轻，而且确实资历太浅，他现在做的事情又是生死存亡的大事。一着不慎就有可能被对手置于死地，还是先缓上一缓再说，看夏想自己能走多远，能走到哪一步。

这一次宋朝度亲自起身送夏想到客厅，让夏想受宠若惊，连说宋部长留步。宋一凡及时出现，嬉笑着说：“爸爸，我替你送送大哥哥。”

听女儿叫夏想大哥哥，宋朝度露出了会心的笑容。他这个女儿，虽然还算听话，不过也很有个性，轻易不和人亲近。夏想也真是有亲和力，才来两次，就让女儿主动提出相送。

转念一想不禁哑然失笑，自己也不是放下身段，送他一送吗？这个年轻人，还真是讨人喜欢。

宋一凡送夏想到门口，突然身子一横，挡在门口，双手伸到前面，左手一支笔，右手一张纸："喏，写上你的联系方式！"

夏想愣住："什么意思？"

"什么什么意思，你自己说过的话转眼就忘？"宋一凡不满地皱起鼻子，不由分说地将纸和笔塞到夏想手中，"你说过要和我探讨谁怕谁的问题，不写下你的联系方式，我怎么找你？不会是怕了吧？怕了的话，就向我认个输，说你怕我，我就饶了你。"

明白了，夏想眨眨眼睛，宋一凡正处在青春的反叛期，是有意和他作对。也是怪事，他来了两次宋朝度家中，也没注意到女主人的存在，难道小姑娘是单亲家庭？不太可能，以宋朝度现在的身份，不可能单身。

怕她？怕她什么？夏想憨厚地笑了笑，就在纸上写下了自己的手机号码："保存好了，丢了别怪我。"

宋一凡不看纸条，却紧盯着夏想的脸看，脸上浮现出满意的笑容："对，就这样笑。你不知道，你一笑起来特别好看，特别亲切，让人觉得你是一个好人……对，保持着笑容，再笑给我看看！"

夏想落荒而逃。

他可无法忍受小姑娘好像欣赏一只可爱的小狗一样的眼神，好像还要逗他一逗。夏想脸皮再厚，也拿宋一凡没有办法，她才十几岁，说不得骂不得又逗不得，只好逃之夭夭。

回到曹家的时候，已经晚上十一点多了。他出门的时候，王于芬特意给了他钥匙，就轻轻打开门，推开一看，客厅的沙发上，一个玲珑的身子正伏在沙发上睡得正香。

小丫头还真好，一直在等着，不过她爱瞌睡，还是睡着了。夏想就蹑手蹑脚地走过来，轻轻摇醒她："快回房间去睡，别睡沙发上，不舒服。"

曹殊黧睡眼蒙眬："真是的，我怎么就睡着了？真气人，明明刚才还醒着……你怎么才回来？"

夏想见她意态慵懒，憨态可掬，又因为她伏身趴在沙发上，曲线毕露，不由动了心思，俯身吻了一口："乖，快回房间睡觉。"

曹殊黧听话地站起来，陪夏想上楼，迷迷糊糊地说："你走以后，连姐姐来电话了，说要请我们一起吃饭，你说什么时候合适？"

“再说吧，等我不忙了……”夏想心中有事，也没多想，就揽着曹殊黧的腰上楼。刚走几步，突然客厅的灯亮了，王于芬站在房间门口，脸上的神情似笑非笑说道：“黧儿，你的房间在楼下，就不用送夏想上楼了。”

二人相拥着上楼，好像要去同床共枕一样，曹殊黧猛然惊醒过来，才想起她已经搬到了楼下睡。这下倒好，被母亲抓个正着，夏想的手还放在她的腰间，不由一把推开夏想，三下两下跑下楼，跑进了房间不敢再出来。

夏想一脸尴尬，挠挠头：“王阿姨，晚安。”

第二天是周日，他早早起来，吃过早饭就前往史老的家中。

敲开门，是史洁。史洁见是夏想，脸色一变：“你不受欢迎，请你离开。”

“我找史老，不找你。请转告史老一声，我有要事找他，否则迟了一步，别怪我没有尽心尽力。”夏想不愿意和她多说，直接就将事态的严重性挑明。

史洁也不傻：“丁山出事了？”

一听李丁山出事了，史洁立刻态度大变，急忙让夏想进屋，然后去后院请史老。

史老安步当车来到夏想面前，还不停地埋怨史洁：“急什么？天塌不了！你什么时候遇到事情能冷静一点？都这么大的人了，一点涵养也没有，唉……”

夏想站起来，恭敬地说道：“史老好，再次冒昧打扰，没影响您老人家的清心寡欲吧？”

史老一摆手，呵呵一笑：“坐，喝点茶！”

“好。”夏想也不推辞，自己动手倒水泡茶，忙活了小半会儿，才将茶帮史老倒上，也不忘给自己倒了一杯。

夏想陪史老连喝三杯茶，史老不开口相问，他也不主动说话。史洁却在一旁急得不行，几次想开口说话，都被史老的目光制止。

直到一壶茶喝得淡而无味的时候，史老才漫不经心地问起：“丁山怎么了？”

夏想将李丁山的事情详细一说，史洁听完，急急说道：“爸，丁山怎么这么傻？洪昭广是个什么东西，敢欺负丁山，爸你要替丁山出这口气。”

史老眯着眼睛沉思了一会儿，却问夏想：“你觉得丁山想要什么样的结果？”

“李书记现在对坝县有感情，他想经营好坝县，不想受到外界的干扰。”夏想斟酌着说了一句。

史老手中的拐杖猛地一敲地面：“洪昭广，欺人太甚！”

从史家出来，夏想就给宋朝度去了电话，汇报了一下当时的情景。宋朝度沉默了一会儿，说道：“我知道了。”夏想以为通话完毕，正要挂断电话，忽然又听到宋朝度的声音传来，“小凡挺喜欢你，一直叫你大哥哥，有空就多来家里玩。”

宋朝度的大门，半开半掩之间，终于向他打开了一条缝。

史老第一次出手

周一一天没什么事，有几次小纠纷，夏想都没有露面，让吴港得出面处理。周二上午，有一个脖子和手腕上都挂着金链的肥头大耳的人来找夏想，说他是章程三建的人，特意来办理承建手续。

“什么承建手续？”夏想见他一副暴发户的姿态，心中反感，就明知故问。

“我说夏主任，难道武秘书说过的话你也会记不住？章程三建要进军燕市市场，我去找了市长办公室，说是改造小组办公室全权负责。也是怪事了，非要让人多跑一遍路……”他摇头晃脑地说个不停，说话时还颇不耐烦地两只脚晃来晃去。

“哪个武秘书？”夏想低头看文件，“把你们公司的资质证明、工商执照的复印件，还有相关业绩，都交到曲主任手中。如果曲主任初审合格，会通知你们复审，复审合格的话，就可以参加公开招标了。”

“什么？”肥头大耳没听清一样，声音一下提高了八度，“我没听错吧？武大秘发了话，你一个小小的办公室副主任敢不听话？不想混了是不是？”

“燕市市政府没有武大秘这号人，所以不管你说的武大秘书是谁，他也管不到燕市市政府的决定！如果你觉得市政府的规定不合理的话，没有人请你来承建工程，想要承建工程的人多了去。”夏想一句话就给他顶了回去，拿省委书记的秘书来压市政府，别说武沛勇，就是高成松也不会公开否定燕市市政府的决定。

肥头大耳气得说不出话来，钟义平进来说道：“如果没有别的事情，请不要妨碍政府人员办工，谢谢合作！”

武沛勇嚣张是嚣张，但他手中没有实权，充其量就是仗着可以在高成松面前搬弄是非，借以恐吓别人。夏想不过是一个小小的科级干部，武沛勇对他再不满，也不会丢份到拿他到高成松面前说事。开什么玩笑，让省委书记收拾一个科级干部，传出去高成松都丢不起这个人！

而且夏想也敢保证，武沛勇在外面再狂妄，他也是有政治智慧的，在高成松面前很会做人，否则高成松也不会这么纵容他。

下面地市的市委书记和市长怕武沛勇，他不用怕，武沛勇顶多发一通火，再找机会给他难堪，一时半会也奈何不了他。机会也是双方面的，武沛勇想找机会收拾他，他何尝也不在等待机会反击武沛勇一次。

一周后，从章程市传来消息，新任章程市市长洪昭广突然被调离章程市，任燕省老干部局副局长，后面还郑重标注：正厅级待遇。

谁都知道，洪昭广的政治生命，从此完结。

夏想听到消息后，震惊得久久无语！史老不出手则已，一出手就是雷霆一击，直接让一个市长的仕途走到末路。他到底有多大的能量？能动得了章程市市长，必须要过省委常委会一关，史老为了维护李丁山，还真是不遗余力！

只是让夏想始终想不明白的是，史老手中到底有什么底牌，为什么他退下来这么多年，还有举手间改变燕省政坛的影响？

八月初，燕省的政局又迎一次新的震荡，空降的副省长高晋周走马上任。

高省长上任的第一件事，就是视察西里村森林公园，并且点名要夏想陪同。

副省长点名要一名科级干部，其中的含义肯定会引人浮想联翩。陈风却没有多想，他知道高晋周的来历，也知道高老对夏想的赞赏。曹永国却大惑不解，虽然说一个副省长来到燕省，受到制约的地方太多，就是燕市也未必会给不带常委头衔的副省长面子，但副省长毕竟是名正言顺的副省级干部，而且高晋周是由京城空降下来的，他怎么就知道夏想，就点名要他陪同？

被副省长点名，不管怎么说都是一种荣耀，一个政治信号。曹永国不知道是该庆幸夏想运气好得让人难以置信，还是该替他担心，被更多人关注的结果就是，树大招风。

不过陈风和曹永国都没有想到的是，本来听到夏想拒绝了章程市三建的消息之后，暴跳如雷的武沛勇正准备想办法收拾夏想，听到高晋周点明要夏想陪同，立刻就收回了心思。本来洪昭广被调离章程市，也让武沛勇吃惊不小，但他显然没有意识到洪昭广的调离和夏想之间有什么联系，还想着通过燕市市政府的人，找夏想找回面子。而高晋周一发话，武沛勇就乖乖地暂时压下了心头的火。

连沈复明也老实了许多，让章程三建先回章程市，等时机成熟了再说。沈复明不傻，洪昭广刚要给李丁山颜色看，却被直接抹杀了政治前途，肯定有人在幕后出手。尽管他不知道是谁，但不管是谁，都是让高书记都忌惮三分的人物！沈复明知道，他惹不起。

而且他也明白，虽然高书记将他调到燕省任副省长，但京城又立刻空降下来一个副省长，个中意味不言而喻。平衡，政治上的平衡之道。燕省的政局已经发生了微妙的变化，由以前的高书记一家独大，慢慢地也挤进了一些新生力量，开始是空降的钱锦松钱秘书长，现在是高晋周高副省长，一切的变化是从什么时候开始的？沈复明想不通也想不明白，只是有一点他心里清楚，他除了低调之外，除了紧跟高书记的步伐之外，已经无路可走了，除非他想现在就回家养老。

夏想也能推测到燕省局势的微妙变化，而且他比沈复明看得更清晰的是，燕省局势的一个微小的转折点，其实是从李丁山上任坝县县委书记开始的。宋朝度也因为李丁山的关系，用一种隐晦的方式，将自己绑在了史老的船上。

高晋周的空降，认真算起来，其实也是他带来的影响之一。因为他的原因，连若菡才来到燕市，替家族打开燕市的市场。

高晋周虽然只是任副省长，但他才四十八岁！四十八岁的副省长，谁都清楚他可不是下来过渡或者养老来了，而是镀金和捞政绩来了。他又是京城来的人，年轻且又有后台，别看只是一个普通的副省长，谁敢说一年后不会突然挂上常委？所以虽然高晋周和沈复明同样是副省长，而且高晋周在省政府里面排名最后，但所有人都对他高看一眼。

既然是副省长有令，夏想岂敢不从？何况视察的又是连若菡的地方。他今天一早起来，先来到办公室，整理了一下相关资料，又交代了一下事情，就喊过钟义平，让他陪自己一起去森林公园。

钟义平喜出望外，领导信任你，才会让你陪同，况且是要陪副省长视察，这可是天大的面子。他急忙接过车钥匙，忙不迭地帮夏想打开车门，开车直奔森林公园而去。

路上，夏想又和连若菡通了一下电话，约好了见面的时间。连若菡还是淡淡的口气，好像他的身份只是夏主任，而她的身份只是连总一样。连妹妹也好，若菡也好，在夏想眼中都消失不见。自从上一次在荷塘月色见面之后，尽管二人又见过几次，不过每次都是公事公办，连若菡清清冷冷，对夏想没有一点笑脸。

夏想没有勉强她，也知道她心里不平，想说什么又无从说起，只好和她不远不近地相处。就连经常去设计方案绘制图纸的曹殊黧也感到了连若菡的疏离，还问夏想是不是他得罪连姐姐了，夏想无言以对。

他是得罪她了，得罪得还不轻，却又无法让她原谅自己。怎么原谅？难道要告诉她，我不能娶你，也不敢娶你，但我确实也喜欢你，做我身后的女人，好不好？

依夏想所想，他肯定可以打动连若菡，让她答应。但他不能说，也不能做，连若菡答应，他不敢答应。连若菡不是别人，她身后有一个可以为了打开燕市市场就能空降一个副省长的庞大家族，能量之大，远超他的想象。

他不能和连若菡在一起，不是开玩笑，她的家族一旦发作，也许只需要一个电话，就能将他努力的一切化为泡影。甚至还可能连累曹永国，也许还会害了曹殊黧……做人不能自私到只顾自己一人的好。而且夏想也清楚得很，就算他和曹殊黧断绝关系，义无反顾地投入到连若菡的家族势力之中；就算连若菡的家族最终同意让连若菡嫁给他，他也不敢拿身家性命去赌上一把。

他渺小得如一棵小草，真要投身到连若菡的家族之中，就摆脱不了任人摆布的命运！

夏想清楚地知道自己想要什么，也知道自己能做到什么，不能做到什么。所以他只能对连若菡敬而远之，做不成好朋友，就当一个普通朋友也好，为她的事业出上一份力，也算尽心了。

钟义平见夏想心事重重的样子，关心地问："夏主任，是不是哪里不舒服？"

夏想摆了摆手，笑道："想点个人的事情，你别操那么多心，好好开你的车。你的车技也一般，以后多练练，我不用车的时候，你就多练练手。"

钟义平忙点头："我是大学时拿的驾照，后来接触车不多，就有点手生……夏主任放心，我会努力的。"

夏想最先赶到森林公园。

说是森林公园，其实现在还是一片荒地，现场一片狼藉，只是简易地搭了一圈围墙，竖起了一个牌子，上面是绘制的效果图。

西里村的整体搬迁已经进入了尾声，基本上没遇到什么阻力，一是远景集团给出的条件足够优惠，二是城中村改造小组办公室的支持力度足够大。所以大部分村民都十分满意，痛快地搬进了临时安置房。当然也有一些泼皮无赖想借机捞上一笔，就在吴港得的强大攻势下，溃不成军，最后一败涂地，只好不了了之。

夏想最近事情多，虽然作为远景集团的指定联络人，这些天来森林公园现场的机会也不多。他举目四望，见现场平整得还算可以，远处有一些工人正在忙碌，在整理运来的树苗。还有一些推土机在平整场地，再远处有一小片树林已经成形，郁郁葱葱的一片，让人看了心情舒畅。

根据夏想的建议，森林公园既要种一些现成的大树，也要种一些树苗，要给树林成长的机会。至于种什么树好，如何间隔种植，什么土壤适合种什么树，等等，自然有园林专家操心，夏想是门外汉，就不再发表意见。

没等多久，连若菡也到了。

连若菡还是开的路虎，不过车修整过，也做过抛光护理，看上去新了不少。她从车上跳下，下身牛仔裤，上身小T恤，简单随意得像个学生。她冲夏想点头一笑："我想在树林中挖一个人工湖，在湖中心建一栋别墅，帮我想个名字？"

夏想见连若菡脸上没有化妆，依然是娇嫩容颜，就想天生丽质果然不假，真正漂亮的女人，是不需要化妆的。他听连若菡的想法也挺有意思，就说："想法很好，到时可以邀请许多朋友前来聚会，不过名字不太好起，不如就叫湖心居好了。"

连若菡嗔怪："一点也不动脑子，敷衍。"

说到聚会，夏想才想起他还答应高建远带连若菡去赴他的酒会，心里犹豫着是不是开口问一问连若菡。不料连若菡眼睛挺尖，一眼就看出了他有话要说，就毫不客气地说道："有什么话尽管说，是不是嫌我穿得不太正式？"

"是呀，我在想，你有没有礼服？"夏想找到了切入点，就问。

"当然有，你问这个做什么？想要参加聚会还是酒会？"连若菡一下就猜到了七八，不过她随即又说道，"你就算去参加聚会，也要带上黧丫头，问我做什么？"

夏想摸摸鼻子，只好实话实说："你看，若菡，我们也算是老朋友了。虽然老朋友不一定就是好朋友，但毕竟也有点交情了。我就说实话了，你不爱听的话，就当没听到好了……高建远对你念念不忘，他一直以为你是我的女朋友，想邀请我和你一起去参加他的酒会，我没有直接答应，说是要征求一下你的意见。"

连若菡笑了，笑容有些意味深长，让夏想摸不着头脑。笑了一会儿了，她才说："你想乘机和高建远接近，加深关系，就想出卖我，是不是？要是他知道我不是你的女朋友，想要追求我，怎么办？"

连若菡抛出了一个难题，也是一个带着危险信号的测试。

夏想挠挠头，突然用手一指远处："高省长的车队来了，快去迎接。"他又想起什么问了一句，"高老怎么没来？"

连若菡生气了，白了他一眼："没胆量，胆小鬼！"不过还是回答了他的问题，"老子不接待儿子，高老才懒得出面。"

其实高晋周今天算是轻车简从，只带了秘书和司机，连省政府的副秘书长都没让陪同，可谓作风务实。高晋周也一早就通知了市里，他不需要市里的官员陪同,他前来森林公园视察,纯粹是出于热爱树林的考虑,个人兴趣多一些,工作性质少一些。

话说得很明,就是象征意义大于实际意义。但作为一名空降的副省长,还没有开展工作就来森林公园视察,谁不知道森林公园的投资商来自京城,而高晋周也是从京城空降,其中的含义就呼之欲出了。

不要市里的人员陪同,又偏偏点名要夏想出面,而夏想又是远景集团的指定联络人。由此夏想和远景集团之间的关系,远景集团和高省长之间的关系,高省长又和夏想之间的关系,一时就成为市政府大院所有人的谈资。

四十八岁的高晋周显得很年轻,或许是保养得好的缘故,看上去不过四十出头,比李丁山还要年轻几分。他个子不算太高,面容白净,猛一看,倒像一个做学问的学者。夏想就想,果然受高老的影响很深,高晋周为官多年,还有学者风范,可见家教的渊源极其重要。

高晋周说话声音不高,有些绵软,不太像北方人口音,他和夏想握手,没有一点架子:“小夏,以前常听连总提起你,说你年纪不大,非常稳重,今日一见,果然如此。现在又常听家父说到你,说你在设计方面极有天赋,如果能投身到规划行业,肯定能成大家。别看我以前没有见过你,可是你的大名却如雷贯耳,而且说句不好听的话,我还有点忌妒你……”

空降副省长触动了谁的利益

高省长比夏想想象中还要平易近人得多，当然他也知道他是沾了连若菡和高老的光,忙谦虚地地笑:“高省长这么夸我,我可愧不敢当。我自己数来数去,也没有发现自己有多少优点,刚才高省长一说,吓我一跳,我都以为在说别人。高老厚爱,那是他老人家提携后进。若菡说我稳重,其实是说老实巴交,没有年轻人的朝气。”

“哈哈……”高晋周笑着用手指指了指夏想,“你这一张嘴,果然是伶牙俐齿。怪不得家父对你赞不绝口,就凭你这么会说话,他就会越看你越欢喜。只是他一喜欢你,我的日子就不好过了。因为他总拿你来比我,我就成了反面教材了!”

高晋周又和连若菡握手,态度也是十分端正。连若菡也说了几句套话,算是做足了表面文章。

一行人就朝远处的树林走去。

高晋周的视察，陪同人员之少，甚至可以用寒酸来形容。除了夏想、连若菡之外，就只有他的秘书和夏想所带的钟义平。不过他丝毫不在意，好像就是出来散心一样，边走边谈，也不嫌踩脏了鞋。

树林已经初具规模，种植的都是一些北方常见的树，一进树林，就感觉周身清凉，暑气顿消。高晋周做了做扩胸运动，笑道："一个人官当得越大，就越不自由，不但活动不自由，连动作也不自由了。平常许多动作都不敢做，怕被人议论。"

他这么做又这么说，显然是没有把夏想当外人。因为连若菡对他来说不是外人，而他早就听说连若菡和夏想关系不错，就一开始也没把夏想当成一个燕市市政府的工作人员。

夏想扭头就逗连若菡："若菡，我觉得凭你的身手，爬树没有问题吧？"

连若菡没好气："想骂我是猴子就明说，别影射……"

高晋周一句话差点泄露连若菡的隐私："连总的身手确实没说的，她以前在……"

"高省长……"连若菡急忙打断高晋周的话，"我们是不是到前面走走，我准备在那里挖一个人工湖，在湖心建别墅……"

高晋周自知失言，忙一脸狐疑地看了夏想一眼，意思是，你还不知道她的事情？夏想摇头笑了笑，算是回答。

穿过树林，前方是一大片宽阔地面，少说也有几十亩，挖一个人工湖的话，也算有点规模。高晋周点头表示赞许："连总的设想非常不错，用不了多久，森林公园建成之后，将是燕市第一个集休闲娱乐和游玩为一体的大型主题公园。不但会对燕市的环境带来有利的因素，还会影响燕市人的生活习惯，培养一种新兴的休闲习惯。"

高晋周不愧为学者型领导，眼光也很长远。日后经济发展起来，随着私家车的增多，周末出来游玩的人越来越多。森林公园作为燕市第一家大型休闲娱乐场所，光是门票收入和对进驻的商家收取各项管理费用，也能收回投资，更不用提因此带动周围的房产的大幅升值。可以说，投资森林公园项目，只需要稍长一点的耐心，也不需要太长，三到五年即可，绝对可以获得巨额回报。

不用想，方案肯定是连若菡家族之中的投资高人精心设计的。

正说着话，突然意想不到的一幕出现了：从远处的围墙外接二连三地翻进来几个小青年，大约五六人，个个气势汹汹的样子，直冲夏想等人跑过来，边跑还边喊："还我家园，打倒无耻开发商！"

夏想处理城中村纠纷已经有一段时间了，是不是村民闹事，是不是泼皮无赖，一眼就分得清楚。这几人都是年轻人，清一色地穿着花衬衣，走起路来横冲直撞，一看就是道上混的。

现在他们离施工的工人有点远，想要叫人肯定来不及，夏想就回头对高晋周的秘书说："你和高省长先走，这里由我顶着。"

秘书吓坏了，一向出门都是前呼后拥，哪里见过落单之后被人追上来的阵势？他急忙扶起高晋周就要跑，高晋周一把推开他："我不走，时间算得这么准，显然是冲我来的。看来，省里有人对我意见大得很，想给我一个下马威。估计是想告诉我，燕省的水很浑，不好蹚……我倒要看看，他们有多大的胆子，敢袭击政府官员！"

现在不是充英雄好汉的时候，夏想一跺脚："高省长快走，你不走，我放不开手脚好好收拾他们。"

连若菡开口了："高省长还是离得远一点好，要不一会儿打起来，为了顾你我们会分心的。"

高晋周无奈，只好点点头："你们小心一点，有话好好说，先讲道理。"

夏想正要回头让钟义平回去搬救兵，却见钟义平从地上捡了一块砖头，大喊着冲向前去："夏主任快跑，我来挡住他们。"

见钟义平义无反顾的架势，夏想心想难道他也会两下子，还没来得及开口喊他，钟义平已经被冲到最前面的一人一脚踢倒在地。夏想又气又笑，你不会打架还跑到前面干什么？

不过一想到钟义平奋不顾身要替他挡一挡，不由心中一热，小伙子还是不错的，关键时刻靠得住。

"别发愣，拿着。"连若菡从旁边拿了两棵两米多长的树苗，递给夏想一根，"欺负到我头上了，替我狠狠打，人人打断腿，一个都别放过。"她边说边将头发系在脑后，看她的表情别说害怕，甚至还有一点期待和凶狠。

树苗拿在手中虽然有点不伦不类，不过也算是威风凛凛，夏想将手腕粗的树苗在胸前一横，向前一步："怎么着兄弟们，想来横的还是想来硬的？"

最前面的一人手一挥，后面的几人都一下站住，他上下打量夏想几眼，心中纳闷，不是说政府的官员都是软蛋吗？怎么这人说话听起来比他还黑，难道也是混道上的？不可能，上头说了今天对方人少，也没警察，就几个政府官员，乘机吓吓对方，就可以每人分几百块，怎么好像碰上狠角儿了？

他稳了稳神，双手抱在胸前，假装镇静地问道："朋友，你是混哪个道上的？今天兄弟们有事找政府的人，不和道上的兄弟过手，请朋友让个道，也好日后相见。"

夏想见对方假模假样还要说几句套话，就笑了："谁派你们来的？"

"没人派我们来，我们是自发组织，要找开发商讨要公道的。朋友，不要废话，否则对你不客气了……"来人还没有醒悟过来，愣了一愣，才问，"你到底是谁？是不是也是政府人员？"

夏想摇头："不是，当然不是，我是路过的。"他才不承认自己的身份，突然用手一指后面，"还不承认有人派你们来，看，派你们来的人也来了。"

众人不知是计，都不约而同回头去看，夏想还没来得及暗示连若菡，连若菡就已经动手了。她手中树苗飞舞，眨眼间就打倒三个，而且招招击中小腿正面的胫骨。胫骨十分脆弱，一击就断，三个人倒在地上，鬼哭狼嚎，疼得满地打滚。

为首之人显然没有料到夏想二人出手这么快，下手这么狠，一看周围的人全倒下了，只剩他一个孤零零地站着，顿时上下牙开始打架。再看连若菡手舞着小树就要冲过来，他再也站立不住，"扑通"一声跪在地上："好汉饶命，美女饶命！"

夏想伸手拦下连若菡，他还真怕连若菡一出手就把人打晕。他上前去扶起钟义平，见他就是挨了一脚，没受伤，就拍了拍他身上的土："下次别这么冲动，有心就行了。"

钟义平还嘴硬："那怎么行，不能看口号，要看行动。"

夏想赞许地拍了拍他的肩膀："表现不错，勇敢有余，智谋不足，以后别再逞一时之强了。"

夏想又回到跪在地上的人面前："你叫什么？谁派你来的？"

"我叫马二小，是刘黑皮派我来的。"

刘黑皮是西里村一带的混混，他找到马二小，给了他一千元，让他找几个人卡着时间，到森林公园来闹一闹，不用闹大，把年纪最大的那个人吓着就行。

结果连那个人的面都没有看到，就被夏想二人打得倒了一地。

马二小一把鼻涕一把泪哭得非常伤心："我错了还不行吗？大哥，我真的错了！也就是赚口饭吃，您瞧，这下倒好，别说吃饭了，连以前的老本都得搭进去，这断胳膊断腿的，少说也得花上万儿八千的。大哥，您就饶了我吧，我的兄弟们都这样了，我要是再被抓进去，就没脸见人了……"

夏想扭头看连若菡："他们是受人指使，再说也没办成坏事就被你打得这么惨，你的意思是……"

因为其中涉及高省长，夏想不敢自作主张如何处理几个人。

连若菡一脸厌恶之色："叫救护车，拉走他们，看着就烦人，医药费我出……"她用手一指马二小，"喂，还有你，想不想再赚五千元？想的话就让我打断你的腿,不但给你出医药费,再额外送你五千块,怎么样?”

夏想知道连若菡真生气了,她任性起来,也不好消气,就劝她:“现在不是生气的时候,还是快向高省长汇报一下,看他怎么处理。关键是要抓住刘黑皮,然后就能顺藤摸瓜,找到幕后主使。”

马二小坐在地上,愣了一下,连连点头:“我干,我干,就是疼一下的事儿,还能白吃白喝一百天,再赚五千块,不赖。我愿意!”

夏想急忙将连若菡拉到一边,省得她真的下手。连若菡挣脱夏想的手,不满地说道:“我就是说说而已,出出气,你真当我下得了手?”

夏想一脸严肃:“我知道你是吓唬他,不过看他刚才的模样,我担心他会自己来撞树。”

连若菡忍了忍,没忍住,还是笑了:“我就发现,你什么时候都能笑得出来,你怎么就不发发火?”

高晋周和秘书见事态已经得到了控制,就又来到夏想二人面前。夏想把刚才的情形一说,又说了刘黑皮的事情,高晋周冷笑一声:“用这种不入流的手段来恐吓我,燕省的某些官员,素质还真的很一般。”

夏想比高晋周还了解某些官员的水平不是一般,而是不入流。不过他没心思评价他们的素质,而是问:“高省长,您的意思是如何处置他们?”

“犯不着跟他们这些小混混一般见识,让他们走,我很想看看,那些躲在背后的人,还能再使出什么高明的手段。”高晋周不以为然地挥挥手,显然他认为又从马二小口中问不出什么,也是不屑于答理他们。

“高省长是不是已经猜到了幕后之人?”夏想试探着问了一句,他在犹豫要不要再深入查一查刘黑皮的背景。

高晋周点点头:“我没猜错的话,绝对是范睿恒!”

省委常委、常务副省长范睿恒在夏想印象中,不算是高成松一系的人。尽管他对范睿恒的背景也不太清楚,不过根据他的观察,范睿恒比较务实,口碑还算不错,怎么他会对高晋周大为不满?还要安排一出非常拙劣的恐吓人的戏,到底他和高晋周之间有什么矛盾?

高晋周看出了夏想的疑惑,也没过多解释:“以前在京城的时候结下了恩怨,许多年了,没想到他还念念不忘。以前的事情不提了,马二小他们,放了吧,没必要揪住他们不放,不值得。对了小夏,这事到此为止,就当没发生过……我们在场的人知道就可以了。”

高晋周倒不是高姿态,而是确实以副省长之尊,去和街头混混纠缠太失身份。夏想见高省长发话,不让他透露出去,也只好听命。夏想就让钟义平叫来救护车,把他们拉走,又把保密的事情也告诉了钟义平。

连若菡又叫住钟义平:"一会儿把医院的名字告诉夏想，我安排人过去办理手续。"

高晋周并没有因为意外事件而影响心情，笑呵呵地告辞而去。高晋周一走,夏想就对连若菡说:"高省长估计要在燕省待上几年,肯定是触动了一些人的利益……"

连若菡知道夏想想问出些什么,她摇摇头:"别问我,家族的关系网我从不过问,高省长过来,是他们的意思,我不赞成也不反对,更不过问具体事宜。"她有点犹豫地看了夏想一眼,小声地问,"你说实话,刚才你是不是觉得我下手有点狠？"

夏想知道连若菡现在越来越在意他的看法，尽管有时她表现得好像很任性很易怒。其实他看得出来,在他面前,她总有故意的成分在内,就笑着安慰她:"也没有,真要是给他们定一个袭击省长的罪名,进到局子里面,你以为能好得了?最少还得判个十年八年。还有,刚才好像我下手也狠了一点,记得以前我一向比较心软,是不是跟你学坏了？"

连若菡高兴了:"算你会说话,好吧,看在你还算诚心的份儿上,我就勉为其难地答应陪你参加一次酒会。不过,只此一次,下不为例。"

夏想见她心情又好了起来,就说:"中午一起吃饭,我选地点,你付款,怎么样？"

"不行,你选地点,你点菜,你付款,你开车,我只管奉陪。"连若菡笑得很开心,拍了拍手说道,"我忽然高兴起来了,现在明白了,看来以后不开心了,就找几个人打一顿,心情肯定就会好了。"

夏想打了个寒战:"你以后少一点暴力倾向好不好？"

"我就是说一说也不行呀？真小气。"连若菡不满归不满,不过对夏想的意见还是十分重视,"那我以后就尽量温柔一些,我可事先声明,只能是尽量,要是还达不到你的要求,你不许说难听话,听到没有？"

钟义平安排一切,正好听到二人的对话,就在一旁偷笑。连若菡不经意看了他一眼,吓得他立马缩了缩脖子,一转身就对夏想说:"夏主任,没什么事我就先回去了,不影响你和连总吃饭了……"

↗ 08　最难消受美人恩

李丁山出了点变故

夏想不是不知道连若菡的一腔情义，也知道她是一个敢爱敢恨的女子。但她背后的家族绝不允许她和他在一起，就算她拼了一切争取到二人在一起的机会，他的前途和命运也就不可避免地被家族控制，这恰恰是他最不想见到的结果。

夏想再次坐在路虎车的驾驶座上，找到了以前熟悉的感觉，感慨地说道："是比我的桑塔纳好开多了，好车和好女人一样，总是让人无限留恋。"

夏想这一句话没怎么考虑，不料连若菡的回答更是没经大脑："你喜欢的话，就拿去好了，送你了。"

如果夏想只说好车，还没有什么，结果他把好车和好女人并列，连若菡开口说送，就有了延伸的含义。连若菡说完之后，自知失言，又心有不甘，瞪了夏想一眼："我只说车，你别多想。"

"我明白……"夏想一脸认真地点点头，"好车有钱就可以买到，好女人不容易遇到，可遇不可求。"

连若菡听出了言外之意："你的意思是，我的车比我的人好？"

夏想叫屈："你理解错了，我不负责进一步解释。"

"那你口中所说的好女人，是说黧丫头了？"连若菡一脸吃味的表情，愤愤不平地继续追问。

"她算一个，不过好女人的含义很广，而且每个人对好女人的定义也不同。"夏想只好继续敷衍。

“我不管别人,我只问你。”连若菡不依不饶,好像夏想不亲口说出她是好女人,她就誓不罢休。

“你不是一个好女人……”夏想笑眯眯地说道,他见连若菡脸色一变,知道逗她一逗可以,但不能过头,就忙说,“你是一个好女孩!”

不料连若菡的思维跳跃性挺大,而且说出了一句让夏想哭笑不得的话:“我是好女孩不假,你说黧丫头是好女人,是什么意思?你把她变成女人了?”

夏想使劲挠头。

幸好,李丁山的电话及时帮他解了围。

李丁山并没有直截了当地问夏想是不是他帮他出面,去求了史老,而是说了说章程市和坝县现在的局势。洪昭广调走后,从外地调来了一名市长,暂时还算低调,看不出有什么施政方针,据说后台是范睿恒。胡增周对他的支持还是不多,不过倒是比以前热络了许多,也客气了不少。坝县一切还算顺利,风平浪静。

不过李丁山还是语气沉重地说出了他即将面临的选择:“史洁来了电话,她还是想复婚……她提出了两个条件,我想也是史老默许的,准备下半年,或者最晚明年调我回燕市……”停了一停,他还是很艰难地问道,“小夏,你给我说实话,史洁是不是还是急躁、傲慢的性子?”

夏想沉默了片刻,虽然他知道李丁山承受的压力很大,对史洁他也抱有希望,但还是对过去耿耿于怀。不过他也清楚,李丁山想要在官场上更进一步,就需要一个家庭,哪怕只是名义上的,他斟酌了一下词句,说道:“回来也好,人的性子也会慢慢改变一些,一个人为另一个人,也会收敛性格中不好的一面。如果再加以慢慢引导,就算不能完全适应,也应该好过以前。”

李丁山的笑声中有点无奈,不过他还是轻松了许多,以十分正式的口气说道:“谢谢你,小夏。”

平心而论,夏想还是希望李丁山能够回到燕市,毕竟发展前景也更大一些。李丁山回来之后,估计武沛勇也好,高成松也好,有史老的面子在,也动不了他什么。

夏想和连若菡去了国际大厦的餐厅吃饭。

夏想一路上想了很多,没有注意到一旁连若菡的脸色有点羞涩。直到到了楼上餐厅坐好,他才忽然想起:“国际大厦,我都没注意怎么选了这里?对了,我们还在楼上的宾馆住宿过,我还替你抓过蟑螂……”

“不许说!”连若菡羞红了脸,坚决制止了夏想继续讨论这个话题。

夏想明白过来了,连若菡是想起了上一次的尴尬事件,怪不得会脸红。想起来连若菡被他压在身下的旖旎时刻，夏想也不由自主多看了连若菡几眼。连若菡正在心虚，见夏想的目光不怀好意，就羞得抬不起头来："不许看，不许想，不许……"

难得见连若菡小女孩家的羞态，夏想这一顿饭吃得还算有滋有味。只可怜了连若菡，吃得心惊肉跳，生怕夏想下一句又提到害羞的事情。

好在夏想一直没有再提，当然，也有他意外接到米萱电话的原因。

米萱的电话向夏想说了三件事情。第一件事是，她的佳家超市开张以后，生意一般，但比她预料得要好一些，起码没有赔钱，估计再有半年，就可以赢利。第二件事是，虽然超市还没有赢利，但她借助超市的优势在超市一层开的中餐店，却已经赚了不少钱，她现在对中餐连锁的兴趣很大。第三件事就是，她想问问夏想，燕市的城中村开发，她有没有可以操作的项目？

城中村改造千头万绪，牵涉到太多的利益，米萱要来插上一手，绝对利大于弊，但夏想一口回绝："可操作的空间很大，利润也不小，但不可插手，否则有可能赚到钱没机会花。"

米萱明白了："你就是怕我过去给你添乱，是不是？既然你这么说，我就伤心了，不过去了。"

夏想就当没听见，忽然想起了章程三建的事情，就有了主意："你帮我暗中查查章程三建和沈复明有没有什么往来？看能不能搞到一些内幕资料？"

米萱的声音就夸张地响了起来："肯定是想害人，是不是？沈复明去燕省当了副省长，又给你找不自在了？他在章程市当了好几年的市委书记，手脚能干净了才怪！好，看在黧丫头的面子上，我就帮你查一查，不过不保证一定有结果。还有，你得答应我随时帮我出主意，想出更好的赚钱的法子……"

夏想只能满口答应，刚要挂电话，米萱的耳朵却尖得像什么一样，嚷道："不对，周围有音乐声，你一定在餐厅里，和谁在一起吃饭？肯定不是黧丫头，黧丫头在上学，也肯定不是和男人，男人在一起吃饭没这么安静……你和哪个女人在一起？"

挂了电话，连若菡讽刺了一句："米萱真是吃河水长大的……"

"什么意思？"

"管得宽！"

因为车让钟义平开走了，夏想就开着连若菡的车回市政府，连若菡也一时心血来潮，要到夏想的办公室看一看。夏想也没有拒绝，她是京城来的投资商，是燕市的重点扶持项目森林公园的开发商，他又是远景集团的联络人，也有必要为让她参观一下办公环境。

不想刚进楼道，却正好遇到了林双玉。

林双玉自从上一次送了办公桌椅之后，和夏想也没有打过什么交道。只是有几次下来找曲雅欣说话时，夏想正好遇到，也就见面打个招呼而已。

林双玉见夏想和一个无比漂亮的女孩一起进来，就又做出她的招牌动作——轻捂嘴巴，然后用惊叹的语气说道："夏主任，是你女朋友吧？可真漂亮，你可真有本事。"

连若菡怎么就像自己的女朋友了？林双玉又不是没有眼色之人，怎么只看到二人并肩走进来，就认定二人的关系？夏想扭头一看连若菡，顿时恍然大悟——她一副小意温存的样子，紧跟在自己身后，低眉顺眼的表情，任谁见了，都以为她是一个乖乖女。而且她的神情还略带羞涩，就是夏想见了，也误认为连若菡是他的正牌女友。

林双玉是有名的包打听，可不能让她乱说，夏想忙解释："林主任误会了，连总是森林公园的开发商，来改造小组办公室，是要参观一下我们的办公环境。"

林双玉"哦"了一声，还是不太相信地用眼睛在连若菡身上转了几转，不无遗憾地说道："那就有点可惜了，夏主任，可要好好努力了。"

说完，林双玉扭动着腰肢，上楼去了。

连若菡忍住笑："我以为政府机关全是刻板的人，没想到，也有有趣的人。"

夏想就问："你应该没少去过政府机关吧？政府机关和社会上的所有单位一样，都是由形形色色的人组成的。"

"我不喜欢去政府机关，就小时候去过，长大后从来不去，今天陪你，算是破例。"

连若菡的出现在改造小组办公室引起了轰动。

吴港得惊讶得张大了嘴巴，说不出话来。曲雅欣眼神复杂心思杂乱地看着连若菡，心想同样是女人，为什么她就长得这么漂亮这么迷人，浑身上下处处完美，让人自惭形秽的同时，不免要责怪上天的偏心。

等到夏想介绍了连若菡的身份之后，曲雅欣连忌妒都省了。人家出身高贵，小小年纪就是京城来的大投资商，市政府也将她奉为贵宾，集美貌、权势和高贵于一身，几乎拥有所有女人所梦想拥有的一切，忌妒人家？拿什么忌妒？就像一个人无法忌妒月亮的高洁一样，只有抬头仰望罢了。

有些人，生来就是要被人仰视的。

尽管连若菡只待了片刻就离开了办公室，不过很长一段时间内，她的美丽和高贵一直是改造小组的话题。虽然说钟义平对夏想和连若菡动手的事情守口如瓶，不过他也因为接近了连若菡，被许多年轻人问起。他也故作神秘地说了连若菡如何来历不凡，如何貌若天仙，又是如何地羡慕夏主任……

只是被他羡慕的夏主任，在连若菡刚走，就接到了一个电话。

连若菡走了不到半个小时，夏想的手机就响了，拿起一看，竟然是高建远的电话。

“夏老弟，我是高建远，别来无恙？”高建远的声音很热切，带有一丝惊喜和期待，“你答应我的事情，也应该兑现了，我可是一直等你的电话，却没有等来……连小姐是不是刚从你的办公室离开，可不要再告诉我，她不在燕市！”

夏想明白了，连若菡今天陪他来市政府，路虎车停在了大楼前面的停车场。他不相信是高建远正好看到，那么也就是说，在市政府里面有高建远的人，在暗中监视他的一举一动？

这可不是什么好事，虽然夏想自认问心无愧，可是一想到总有一双眼睛暗中盯着他，也是不寒而栗。

他打了个哈哈：“我也正好要给高兄你打电话，你安排酒会时间，到时我一定携若菡光临。”

高建远听了十分高兴：“好，一言为定，那么就等我电话了？”

挂了电话，夏想立刻叫过了钟义平：“小钟，你以后多留点心，注意观察，看看有谁特别关注我的行踪。记住，要小心，别让人发现了你。”

钟义平见夏想说得神秘，也是一脸紧张地点点头：“保证完成任务，夏主任，有没有什么注意事项？”

夏想笑了：“要首先保证自身的安全，还有小钟，你今天的表现不错，我心里有数。”

钟义平说了一句话，让夏想完全感动了，他说：“没什么了，夏主任别放在心里。我也没多想，当时就想，夏主任虽然是我的主任，不过比我还年轻，我比他大，就得护着他！”

夏想就在心中给钟义平下了结论，可交！

第二天，高建远就来了电话，定在了本周六下午三点，夏想答应下来。他接下来就打电话给连若菡，说了酒会的时间，连若菡心情很好的样子，也是一口应承，还问他：“我穿什么衣服？”

夏想就逗她：“穿漂亮的衣服，越漂亮越好，越漂亮我脸就越有光。”

“别得意了，我又不是你的真女朋友，我漂亮和你有什么关系？不要忘了，我越漂亮，就越有成为别人女朋友的可能。”连若菡毫不留情地打击了夏想的积极性，“所以我劝你，少点幻想，你就会少点痛苦。”

夏想不免惊讶，连若菡什么时候变得这么有哲理了？也是，连若菡越漂亮，就越让人爱惜；越爱惜，以后成了别人的女朋友就会让他越痛惜。男人都渴望占有和拥有，越是美好的东西，越不想让别人得到。

别说，连若菡一番话，还真让夏想的心忽上忽下了半天，多少有点不是滋味。

快下班的时候，夏想又抽空给肖佳打了一个电话，向她表示了歉意。因为肖佳想让他见见她的弟弟，他却一直抽不出时间。肖佳很体贴地说："没关系，我知道你很忙，男人只有忙起来，才证明他有才能，才证明他的重要性。我弟弟的事情不急，他现在已经上手了，初步学会了一些东西，慢慢会好的……"

从肖佳的欲言又止中，夏想听出了她有事瞒着他，就问有什么事。肖佳犹豫了一会儿，还是说："等你有时间过来再说，也不是什么大事，就是家里出了点小事……"

夏想记在了心上。

下班的时候，夏想刚要走，出人意料的是，陈风的秘书江天找到了他。

"夏主任，晚上有没有空，一起坐坐？"

江天的主动邀请让夏想大感意外，稍一迟疑，他还是答应下来："好呀，正好没人一起吃饭，走，我请江秘书吃湘菜。"

夏想和江天一起赶到了楚风楼，楚子高热情迎接。他听说江天是市长秘书，猛然想起上一次陈市长视察休闲广场的时候，与江天也有过一面之缘，就忙不迭地上前套近乎。

江天对场面上的应付是熟悉得不能再熟了，很热络地和楚子高说了几句话，让楚子高心里再升腾起火焰。

上楼，到雅间，楚子高陪了一会儿，安排好酒菜，就识趣地出去了。夏想知道江天找他肯定有事，就开门见山地说道："我和江秘书虽然不算太熟，不过今天坐在一起，再走出这个门之后，就是好朋友了。江秘书有什么事，尽管吩咐，能做到的，决不含糊。"

江天欲言又止，他不是不想开口，而是觉得开口求夏想，有点不好意思。夏想就假装生气："江秘书再跟我见外，那今天就只拼酒，不说事了……"

江天见夏想确实有诚心，就一咬牙说道："陈市长交代过，不让他身边的人插手城中村改造的事情，更不能承揽工程，我是陈市长的秘书，首先要以身作则。只不过人都有个三亲四戚，说起来不怕你笑话，夏主任，我姐姐还在农村，我姐夫更是不识大字的农民。当年为我上学，姐姐和姐夫也没少出钱出力，我虽然当了多年市长秘书，也没能给他们带来一点好处，心里实在过意不去……"

城中村改造涉及无数开发商的利益，陈风再清廉，也不可能官清如水，但至少陈风做到了大面上的公正，没有让人挑出明显的过错。不过总体来说，陈风还算一个非常不错的好市长。有陈风的表率在前，江天又深知陈风的脾气，没敢开口求陈风办事也在情理之内。江天想要外放，就只能尽可能每一件事情都做好，不让陈风挑出毛病，所以他只能耐心地等，等到外放主政的时候。

今天突然向夏想提出家里的事情，估计是江天等的时间太长了，有点等不及了……果然，江天继续说道："本来还想让姐姐和姐夫再等几年，等我外放以后，也能多少照顾他们一点。可是现在他们的孩子大了，光靠地里的收入根本就养不活两个孩子，姐姐实在没办法，就求我帮姐夫在市里找一个工作。安排一个工作也不是难事，但是我姐夫是农民，没文化，又快四十岁的人了，没法安排。再说让他天天上班，他也未必坐得住，正好他也有手艺，瓦工不错，十里八乡的房子都是他张罗人去盖。这不，上次南方一建的事情我正好无意中听到，就觉得夏主任和一些建筑公司关系不错，而且也有办法……"

江天充满期待地看着夏想。

楚子高的计划

夏想对江天的为人，不算十分了解。不过听到他的家世，也知道他是靠自己的奋斗，一步步走到今天不容易，谨小慎微又步步危机，身为市长秘书，也算是难得的收敛和自律。和武沛勇的嚣张狂妄相比，简直有天渊之别。

虽然江天有点小家子气，不够大气，有时有点放不开，不过也算是一个可以拉拢的盟友，关键时候是不是能帮上一把不好说，但至少不会做出落井下石的事情。夏想也知道江天的心思，由自己出面帮他姐夫安排到建筑公司，不显山不露水，别说陈风不会知道，就算知道，大不了一笑了之。

夏想拿出手机，当着江天的面拨通了赵红江的电话："赵总，你那里的工人有没有缺口？"

赵红江估计也正在吃饭，里面的声音很嘈杂："这话是怎么说的，老弟，缺不缺还不是你一句的话事情？你说缺，想来人就来，一句话，多少人？"

夏想就捂住话筒问江天："姐夫能带多少人过来？"

江天两根手指并在一起："十来个……"

夏想就对赵红江说："五十来个人吧，过来之后我让他直接去找你，尽量安排好一点的工种。还有，工程款结快一点，别压着，不是外人，具体什么关系，你也别问了，反正就当成我的人就行了。”

“小事一桩，二建下面有四个分公司，现在工程也不少，五十来个人，半分钟搞定。对了夏老弟，我正和三建、省国建的几位老总在一起吃饭，要不要过来认识一下？他们对你的升迁速度是大大的羡慕，以前也都在曹市长手下当过兵，都热切得不行，过来吧，没外人。”赵红江的嗓门足够大，对面的江天也听得一清二楚。

江天对夏想一点也不避着他打电话而感到安心，夏想确实是真心帮他办事，一点也没有打埋伏。他心中对夏想格外感激，毕竟他对夏想没有过半点帮助，夏想能做到这个地步，已经给足了他的面子。

江天很清楚夏想和陈风的关系，夏想根本不需要他在陈风面前说好话。他也知道夏想和曹永国一家来往密切，真要论起关系网，夏想比他还要强上太多。所以说夏想帮他就是人情，不帮他也是本分。既然帮了，还帮得毫不含糊，这份人情，江天就得好好记下。

夏想回绝了赵红江的好意：“替我向几位老总告个罪，就说下次有机会我请他们，今天有事，走不开……少啰唆，这小事交给你还解释不清，你要是喝多了，自己去醒了酒再说，小心下次我收拾你……哈哈，不说了，还有客人。”

江天心想，夏想的关系网还真是想象不到的庞大，小伙子不简单，用不了多久，他就会在燕市站稳根基。想到这里，江天端起满满一杯酒：“夏主任，感激的话我就不多说了，都在酒里。”

让江天更加感动的是，夏想又交代一些注意事项，让江天转告他的姐夫，带五十个人过来，他一年下来少说也能赚个十来万，但必须要带年轻力壮的，身体没病的。还有就是务必注意安全，工地上安全第一，最怕出人命，一出人命，谁也保不住。

还有就是，当包工头最重要的就是，一定要对工人们好，别亏待他们，让他们安心干活，别出乱子……江天一一记在心上，他知道夏想是经验之谈，出来赚钱不容易，但一旦出事，倒霉起来还是很容易的。

告别了江天，夏想想走，又被楚子高拉住，非要让夏想替他出出主意，还是关于开分店的事情。夏想就又耐心地帮楚子高分析了一下市场前景，差不多说了有一个多小时，楚子高总算心满意足，十分高兴地拎了一个包塞给夏想：“夏主任，小小礼物不成敬意……”

夏想笑着给了他一拳：“给我还来这一套，是不是最近我在你这里吃饭，还没给你饭钱，你想让我结账？”

楚子高连连摆手："夏老弟，你是寒碜我不是？自从上次曹市长、孙局长来之后，我的生意一下子火暴了好几倍，区里的头头脑脑都轮流来。我还没有给你好处，你再说给我饭钱，我都没脸见人了。"

好说歹说，楚子高还是将东西放到了夏想的车上。夏想见他真要急，也就只好收下，忽然又想起了什么，说道："老楚，你准备一个详细方案，森林公园明年就会形成气候，到时在里面开一个饭店肯定生意不错。你弄出方案来交给我，我替你交给开发商。"

楚子高的笑容，自从夏想走后，就没有消失过，差一点就手舞足蹈了。夏想的眼光之准，他早就佩服得五体投地，既然他开了口，绝对又是一条生财之道。

回到住处，夏想想起楚子高送的礼物，打开一看，是一对情侣表。浪琴品牌，一对少说也要一万元。他笑了笑，就顺手将表放到了一边。

周五的晚上，照例被曹殊黧叫到了曹家。吃过晚饭，曹永国有话对夏想说，夏想就跟他来到书房。

"如果能将李丁山调回燕市，也是一件好事。"曹永国从上一次的武沛勇事件，再一次感受到了高成松的强势和霸道。高成松的一个秘书就嚣张成这个样子，由此可见秘书背后的主人，更是肆无忌惮之人。不过随后的洪昭广调离事件，让他大吃一惊，才终于明白李丁山的背后，站着怎样一个可怕的史老！

史老为什么会有这么大的能量，曹永国也猜不到。

尽管如此，李丁山毕竟远在坝县，万一武沛勇找到机会收拾夏想，曹永国自认他保不住夏想，至于陈风，也未必会因为夏想而和高成松对抗。也就是说，到时唯一能够不惜一切并且也有能力保下夏想的人，非李丁山莫属。

"史老退下来多年，就算关系还在，也是人情用一次少一次，我想史老有限的人情也不会轻易动用，除非是李书记到了生死存亡之际。"夏想尽管不知道史老的能量为什么这么大，他到底有什么样的关系网，但他也能想到以史老现在的状况，确实是在拿以前的人情来交换。他并不认为史老到时会为了他的前途，而动用用一次少一次的人情，就算李丁山肯，史老答应不答应还要两说，"关键时候还是要靠自己，曹伯伯放心好了，武沛勇就算再无理取闹，他一时半会儿也不会把手伸到燕市市政府。毕竟燕市是副省级城市，省里的手都不好伸出来，他一个秘书，更是名不正言不顺。"

曹永国微微点头："也有道理，不过燕市的局势很复杂，人人都有省里的背景。最近副市长谭龙就很活跃，提出了许多关于城中村改造的建议。其中有一点就是要取消城中村改造小组办公室，虽然被陈市长否决了，不过也可以看出，他觉得改造小组办公室碍事了。"他无奈地笑了一笑，"我去市政府的时间也不短了，还是感觉处处制掣，除了帮陈市长处理日常工作之外，其他的工作，都不好开展……”

“崔书记好像不大过问市政府的事情？”夏想问道。

“崔书记表面上看是很放权，对市政府的工作干涉不多。但市委副书记王鹏飞则不然，经常对市政府的工作指手画脚，不是他管辖的范围，他有时也发表看法。大家也都能看得出来，王鹏飞就是崔书记的代言人。”

在坝县有黄鹏飞，在燕市有王鹏飞，夏想苦笑，叫鹏飞的人何其多，怎么都凑到一块儿了，而且还好像都站在他的对立面？难道他天生就和“鹏飞”二字犯冲？

夏想就又把高晋周视察森林公园的惊险一幕说给曹永国听。

曹永国神情沉重：“高成松想把燕省经营成铁板一块，也没那么容易，不过他的势力还是根深蒂固，想要撬动他们的利益也很难。高省长想要有所作为，至少也要一年之后，或等他挂上了常委的头衔。只可惜，现在宋部长还在沉寂，你最近和他接触不少，他有没有什么想法透露？”

“没有。”夏想近来去宋朝度家中也不算多，一两次而已。不过和宋朝度的关系倒是走近了不少，主要是宋一凡比较喜欢和他说话，甚至还叫了几个同学捉弄他。夏想最大的优点就是可以表现出足够的憨厚和老实，又有巧妙化解尴尬的本领，所以在一群十三四岁的小女生的围困下，既从容不迫，又让她们感到计谋得逞，算是着实让宋一凡赚足了面子。

因为宋一凡的关系，宋朝度对夏想也是越看越亲，觉得小伙子还真不错，有耐心，有涵养，连一群小女生都能摆平。宋朝度的妻子在京城上班，回来少，他和女儿就关系特别好。宋一凡既然愿意和夏想聊天，他就爱屋及乌，对夏想也就有了亲切之感。

尽管如此，夏想和宋朝度还是交流不多。宋朝度城府较深，几乎很少和他谈及工作上的事情，有关省里市里的局势更是没有提过。

曹永国没有再多说，陷入了沉思之中。夏想就没有打扰他，悄悄退出了书房，刚到客厅，就被曹殊黧拉住了胳膊：“明天陪我去哪里玩？”

夏想就批评她：“光知道玩，明天你在家好好学习，好好设计森林公园，好好完成高老留下的学业。现在放暑假了，也不能放松自己，对不对……”

曹殊黧被夏想批评晕头转向：“那你呢？”

“我明天有重要的事情要去办，你就不用管了。”他明天陪连若菡去参加酒会，可不能让曹殊黧知道。

曹殊黧小声地应了一声，听话地说道：“那我在家学习好了，不过你也用不着这么凶吧？好像我做了什么错事一样。”

夏想心想，你没做错事，我好像在做错事，这不是做贼心虚吗？正好先做足了气势再说，先把你吓住，不让你问东问西。

不想曹殊黧接下来一句话，差点没让夏想抓狂：“我明天上午好好学习，下午去找连姐姐，你去忙你的，好不好？”

夏想吓了一大跳，只好又找了个理由搪塞过去，让曹殊黧确信她明天要做的最正确的事情，就是老老实实在家中待着，不要有任何的胡思乱想。

周六一早，夏想早早就出门了，唯恐曹殊黧变卦再缠着他。

因为约的是下午三点，现在才早上，夏想正犹豫着要去哪里，手机响了，是连若菡找他：“你能不能提前过来下，帮我参谋参谋，穿哪件衣服比较好？”

好吧，谁让自己有求于人？夏想只好打车前往荷塘月色。

赶到荷塘月色足足用了一个小时，又好不容易找到连若菡的房间——一套足有两百平米的套房，怕是燕市最高档最豪华的房间了。夏想敲门进去，看见连若菡身穿一身典雅优美的礼服，正对着穿衣镜照个不停。

“怎么样，合身吗？”连若菡从镜子里面看向身后的夏想。

细腰、翘臀，长长的下摆，V 型开领，露出粉嫩雪白的脖颈和前胸，夏想看了连连点头，赞不绝口：“腰不错，到臀部之间的曲线堪称完美，腿修长而柔美，让人赞叹。没想到若菡，你的身材这么好，以前还真没有注意到……”

最难消受美人恩

其实夏想还有一句话没有说出口，他没想到连若菡胸部的波涛比起肖佳和曹殊黧，都要大上几分，甚至比米萱还要傲人不少。怪事，以前真的没有注意到她的胸这么高？

连若菡顿时脸颊绯红：“你胡乱看什么呢？收起你的贼眉鼠眼，我让你看的是衣服，不是我的身子，不是我的身材，你气死我了……”

夏想坏坏地笑：“衣服合身的另一层含义就是，衬托出身材的完美，归根结底还是要看身材。我不过是直接透过现象看本质，再说又不是外人，我说的直接一点而已。而且说实话，你的身材也确实不错，弹性十足。”

“你再胡说？”连若菡薄羞带怒，反问，“我身体有没有弹性，你又怎么知道？”

夏想嘴快:“上次在国际大厦,我不是压过……”

“啊——”连若菡脸红过耳,整个脖颈都泛起一层红润,“你,你上次不是说硌人吗?”

记得倒还清楚,夏想心里不免痒痒的,连若菡娇羞之态,风姿绰约,满室春光,他就坏笑个没完:“故意打击你一下,让你以后更加努力,不能满足于现在的身材弹性,要继续锻炼继续进步。”

连若菡也不知道哪里来的胆子,眼波流转,紧紧咬住下嘴唇:“那我再躺下,你要不要再试试弹性?”

如此大胆地诱惑外加赤裸裸的挑逗,夏想一眼就看到房间正中摆放着一张宽大舒适的豪华大床,不免就有些意动。他向前一步,一把揽住连若菡的细腰,伏到她的耳边小声说道:“你不后悔?”

连若菡后背一片雪白,直晃人眼,又有一股处女幽香传来。二人又贴身站着,隔着薄薄的衣料,和肌肤相亲没太多区别。夏想就能感觉到连若菡浑身滚烫,身子酥软下来,几乎整个人都偎在他的怀中。

连若菡声音小得跟蚊子一样,轻哼了几声:“只要你给我一句承诺,我随便你……”

夏想的激情迅速地消退,如果他能给连若菡承诺就好了,可是他偏偏不能!他不能欺骗她,更不想骗自己,尽管他也承认自己有点无耻,也想得到连若菡。但与一时的欢愉相比,和连若菡在一起的代价太大,他输不起。

他借机拍了拍连若菡的后背,甚至还在她的臀部上拍了一记,然后哈哈一笑后退一步:“确实弹性十足,手感一流,要不,你也试试我的弹性?”

连若菡眼中如雾的眼波慢慢化为一汪泪水:“胆小鬼,你就这么怕我?”她抿着嘴唇,脸上是说不出来的委屈和不甘,“哪怕只是一句假话也成,只要哄哄我高兴,我也心甘情愿给你!难道我真的不如黧丫头?真是不配你?”

夏想也是心情沉重,向前握住她冰凉的小手:“是我不配你,如果你只是一个普通的女孩,我很愿意和你在一起,可是……”

连若菡脸上恢复了清冷之色,甩开夏想的手:“要是我和家族断绝关系呢?”

“别傻了,血缘关系岂是说断就能断的?”夏想苦笑,第一次体会到了苦涩的感觉!

夏想不是不知道连若菡的一腔情义,也知道她是一个敢爱敢恨的女子。但她背后的家族绝不允许她和他在一起,就算她拼了一切争取到二人在一起的机会,他的前途和命运也就不可避免地被家族控制,这恰恰是他最不想见到的结果。而且一旦他和连若菡有了男女关系，而他又不能娶她，她背后的家族绝对会采用一切手段毁掉他。所以对于连若菡，他只能放手：“你是我的好妹妹，好不好？”

“不好！我没有哥哥，也不想要哥哥。”连若菡勉强笑了笑，一脸坚决，“就当我的一片好心都喂了狼喂了狗……好了，我没事，狼心狗肺的人是你，不是我。”

夏想无言以对。

也不用夏想再劝，连若菡一脸淡然，不再提到感情上的事情。二人之间第一次正面提出感情问题，却无疾而终。夏想心中也是有点不太痛快，他想尽心哄连若菡，连若菡却不理他。他知道她又使出了小性子，没办法，谁让自己有负于她，只好由她，还耐着性子逗她开心。

连若菡又试了几套衣服，让夏想感叹她的衣服好像永远换不完一样。总算最后定下来一件，居然还是一套奶白色的礼服，和她上次住在国际大厦之时买的一套轻纱白裙十分相像。

连若菡提出要夏想陪她去荷塘散散步，夏想正求之不得，高兴地答应下来。

二人漫步在水波不兴的池塘一侧，周围是大片大片的农田。因为远离市区，即使白天也是格外安静，耳边没有车水马龙的喧嚣，只有风声吹动，十里荷香，还有沙沙的庄稼被风吹过的声响。连若菡走在夏想的右侧，一边走，一边哼唱无名的小曲，心情好像欢快起来。

夏想一直以来就想问清她的家族到底是什么样的一个家族，不过每次到了关键之处，连若菡总是岔开话题，或顾左右而言他。他就知道，不是连若菡有意隐瞒，而是她很聪明，知道有些事情他不知道比知道要好。看着连若菡小女孩一样活泼地跳来跳去，还要去捉住草丛中的一个蟋蟀，夏想就笑她：“现在不说我是小毛孩了，你不但比我小了，心性也比我差了不少。来，小朋友，叫叔叔……”

连若菡没理他，却停下脚步，用手一指十里荷塘说道：“我在森林公园也挖掘一个池塘，池塘藏在树林中间，然后再在池塘中心建一栋别墅，好不好？”

“你家人让你来燕市是投资赚钱来了，不是让你享受来了，你倒好，光想着如何住得舒服，如何修建别墅，是不是有点太没正事了？”

“要你管，我愿意！”连若菡没好气地说道，“反正家里有钱，反正在燕市的投资又前景良好，反正有你帮着策划，我怕什么？我就想盖一处好的别墅，不想总住在这里，离市区太远不说，总没有家的感觉。”

夏想只好由着她，又问：“家里派你来燕市，不会就你一人决策所有事情吧？对了，你一个人忙得过来吗，怎么不请一个秘书？”

“总部有策划团体，高老负责项目的运作和规划，设计出初步方案报回总部，总部批准之后再执行。我的任务就是留在燕市，作为家族的代言人，其实倒是也没有多少事情，要什么秘书？”说着，她斜着眼睛看向夏想，眼中有一丝调侃的味道，“别不是你骗了一个女孩子，不好处置，就想安排到我这里，让我给你善后？”

夏想摸摸鼻子，心想不用猜得这么准吧，怎么女人的心思比狗的鼻子还灵？不过连若菡只猜对了一半，夏想是想帮一个女孩子不假，不过他没有骗她，他确实不认识这个女孩。

这个女孩叫卫辛，是音乐学院的学生。

与杨贝分手后，夏想有过一段很消沉的时光。那时候，燕市的酒吧刚刚兴起，夏想时不时会去酒吧喝酒打发时光。而卫辛，就在他经常光顾的酒吧里驻唱。她的歌声婉转轻灵，但总有一股淡淡的忧伤挥之不去。再加上她有一副微带沙哑的独特嗓音，声线极有穿透力，夏想只听了两次就深深地入了迷。

当时夏想正因为杨贝的离去而黯然神伤，可以说，是卫辛的歌声治愈了他。后来卫辛母亲身患重病，她一边要打几份零工，一边要去医院照顾母亲，于是中断了在酒吧的驻唱。夏想听说之后，多方打听，试图找到她，给她一些力所能及的帮助，却每次都无功而返。后来夏想与李丁山下到坝县，事务繁忙，慢慢就有些淡忘了，只是时常在心里为这个饱尝生活艰辛的女孩祈祷。

既然现在眼前有一个机会可以帮助卫辛，何不一试？夏想就将他所知道的卫辛的情况向连若菡说了个明白。

连若菡的反应比较平淡，可能她对世间的艰辛没有什么体会，不过既然夏想说了，她也就顺从地点点头：“很简单，公司里需要行政秘书，或者让她到办公室兼职也可以，工资你说开多少就给多少好了……”

夏想对连若菡的大条无语，只好说：“也不是不让她干活就给钱，要做到既让她感觉对生活充满信心，又不让她觉得一切来得太容易。否则我们也许能给她带来一时的帮助，而从长远看，也许会毁掉她的坚强。”

连若菡听得头大：“怎么这么麻烦？帮助人就帮到明面上，为什么又要帮，又不让人知道？算了，我不管了，你安排好就行了。就你心眼儿多，做事情总是喜欢弯弯道道，让人捉摸不透。”

夏想自知说不过连若菡，就不想继续纠缠这个问题，用手一指远处：“看，蜻蜓。”

连若菡不上当，用手一指夏想身后：“哎呀，黧丫头怎么来了？”

夏想本来不信，不过毕竟心虚，刚一回头，就觉得被人用力推了一下，身子站立不稳，“扑通”一声掉入池塘之中。

连若菡计谋得逞，掩着嘴笑：“好了，去年冬天你对我凶，害得我病了几场，今天算是扯平了。”

池塘水不算深，不过夏想却全身精湿，十分狼狈地爬上了岸，自嘲说道：“能博若菡一笑，就算跳海也值了，一个小小的池塘，不值一提。”

连若菡不笑了：“有本事你再生气，你再发火，你再乱踢东西呀？”去年冬天为了和家里对抗，连病好几场，都是为了这个无心人，只让他落一次水根本就解不了气。本来还想再捉弄捉弄他，不过她看到夏想浑身湿淋淋的，却又实在狠不下心，只好一把拉住他的手，“回房间，洗个澡，我领你去买衣服。怎么着你也算是我的假冒男朋友，穿得太寒酸了，丢我的人。”

夏想不但钱包湿透，手机也报销了。回到房间，好好洗了一个澡，才意识到一个严峻的问题，他的衣服全湿了，连若菡又没有男人衣服可换。他只好披着床单，在一旁看着连若菡拿电吹风帮他吹干衣服。

衣服最后虽然吹干了，不过干巴巴皱成一团，难看得要死。夏想再不讲究也觉得穿上丢人，就想赖在房间里，让连若菡买了衣服再送回来。连若菡不干，也不知她是不是成心要让夏想出丑，反正她的理由很充分：“时间来不及了，酒会在桥西，我们现在在市区东边，要到市中心的商场买了衣服给你送来，两三个小时也不够用。”

说得也是，夏想就苦着脸答应了。

果然和他想的一样，他一身又皱又乱的衣服出现在燕市最高档的商场之中，而且身旁是一位衣着高贵、气质高雅的惊世美女，旁人的目光纷纷投来。他脸皮再厚，也觉得脸上发烧，背后发冷。

再看连若菡在一旁强忍着笑，小脸因为开心而神采飞扬，夏想就越发肯定这是她为了捉弄他，而故意推他落水害他丢人！

夏想本想冲她凶，一想起她在坝县的冬天的所作所为，以及在京城的几场大病，又不免心软，只好小声地冲她说道：“这一下你心满意足了吧？不过你别太得意了，别人看我们这样子，肯定会想你是一个虐待狂，我是受尽了你的欺负，才成了现在的样子。”

连若菡仰起小脸，一脸得意：“随便别人怎么想，反正我高兴就行了，不服气？不服气的话，我有办法让你更丢人。”

夏想急忙摆手，他相信连若菡真要发作起来，估计什么惊世骇俗的办法都能使出来。

因为出来匆忙，夏想的钱包忘在了连若菡的房间里面，结果当然是连若菡全资包装夏想。从里到外焕然一新不说，还买了新手机。不管是衣服还是手机，连若菡全部要最好最贵的，惹得给夏想服务的服务员交头接耳，议论纷纷。

夏想忍不住说道：“我的钱包是不是你故意丢在房间里，就是为了不让我带出来，故意让我吃瘪？”

“答对了，十分。”连若菡算是好好算计了夏想一次，自然开心地不行，“感觉如何？是不是让你男人的自尊大受打击？”

“没什么，时代不同了，男女都一样。在讲究男女平等的今天，没人规定上街时，一定要男人付账。”夏想努力表现出一副心安理得的样子，然后又小声说道，“你先别得意，今天一共花了多少钱，我都记得清清楚楚，明天就一分不少地还给你。”

“钱好算，面子可是找不回来了……”连若菡成心气夏想，一想起以前的种种就更来气，“你和我之间能算得清楚吗？你在坝县，暗中利用我的身份做了多少事？我又为了你，冒了多大的风险？在京城，整整一个冬天，我病得那么难受，你有没有只言片语的安慰？你还好意思说一分不少，你自己想想，你欠我的，你数得清还得清吗？”

夏想汗颜，他在坝县多次利用连若菡借势，以为她不知道，没想到，她心知肚明，清楚得很，只是不说罢了。再想到她虽然任性，虽然有时也难免傲慢，但自始至终对于他，却一直是付出太多，而他从无回报。

最难消受美人恩，连若菡明知被他骗，也故意上当，就是要让他有愧于心，永远在内心对她心生愧疚。美人恩，如海深……夏想败了：“我记在心里了。”

高建远举办酒会的地点是聚贤庄园。

聚贤庄园位于燕市西郊，占地不小，也不知是谁起的名字，透露出一股江湖味道。不过聚贤庄园的设计却一点也不古典，反而非常现代，是一大片连在一起的别墅群。门口有醒目的标志注明：非请勿进！

夏想指着聚贤庄园几个大字笑道：“里面聚集的是不是贤人不好说，但绝对是富人，不如改为聚富庄园。”

连若菡不以为然：“燕省的经济在全国排不上号，整个燕省能有几个富人？不过是小圈子的自娱自乐罢了。”

夏想大汗，人与人的境界差距果然大，连若菡的话他听了还不觉得什么，真要是让里面的人听了，不叫起来才怪。不过话又说回来，从连若菡所处的位置来看，她说的也是实情，并没有夸大其词的地方。

眼界决定境界，夏想看了一身盛装打扮的连若菡一眼："从现在开始，你是我的女朋友，一切要以我的眼色行事，不许嚣张，不许傲慢，不许语出惊人……"

连若菡心领神会地笑了："是不是要温柔，要体贴，要给你面子，要让你面上有光，要让你有男人的尊严？"

夏想高兴地连连点头，连若菡却又淡淡一笑："看我心情了。"

等于没说，夏想瞪了连若菡一眼表示不满，她却嘻嘻地笑了。

门卫问了夏想姓名之后，立刻放行，看来是早就安排妥当。路虎车行进在聚贤庄园沙石路上，沙沙的声音给人一种古老的感觉。里面布置得倒还不错，停车场、连排别墅、喷泉广场、休闲长椅，还有一处处鲜花盛开的独立花园。一切的一切让夏想感叹，没想到燕市还有这样的隐秘场所，果然是权贵阶层的专用享乐之处。

车一直开到庄园深处，停在一个大堂面前。大堂的门口站满了人，个个都是容光焕发，衣冠楚楚，有男有女，都端着酒杯，互相致意。夏想眼尖，一眼就看到了被围在中心的高建远。

你好，我爸是常务副省长

连若菡刚把车停好，坐在副驾驶座的夏想对她神秘地一笑："等一下有好戏看，你就会明白我为什么要让你开车进来了。"临到聚贤庄园之前，夏想非要和连若菡交换一下，让她临时担任司机，将车一直开到酒会地点。连若菡还有点不解，不过还是听了夏想的安排。

车刚停稳，正和众人应酬的高建远就看到了高大的路虎。路虎车不但引人注目，还是京城牌照，自然好认。高建远分开众人，几步来到车前，郑重其事地拉开了副驾驶的车门，彬彬有礼地说道："请连……"

话未说完，却愣在当场，只见夏想笑容可掬地从副驾驶座上下来，一脸不好意思的表情："高兄，太客气了！怎敢劳动高兄大驾为我开门？真是让我受宠若惊，不敢当，不敢当！"

高建远一脸尴尬，他怎么也想不到会是连若菡给夏想开车，男人怎么能让女人开车，还是不是男人？不过骂人的话可不能从绅士口中说出，他有苦说不出，只好强颜欢笑："夏老弟和我一见如故，我为夏老弟开一下车门又有什么？

来来来，快请。”

连若菡从车上下来，绷着脸，生怕她一不小心就会大笑出声，心想夏想太坏了，故意捉弄高建远。怪不得他非要换座位，原来是想体验一下被堂堂的省委书记的公子亲自开门的感觉。

大堂门口的众人都惊得目瞪口呆，都交头接耳，打听夏想是谁，怎么这么大的面子？能让高建远跑下台阶相迎不算，还让高公子亲自拉开车门，到底他是什么来路？

等众人再看到连若菡从司机位上下来，明艳不可形容之时，更是面面相觑，简直不敢相信自己的眼睛。老天，今天能见到这么漂亮的女人也就算了，没想到，她还甘愿为夏想开车！不仅如此，这个年轻人还让燕省第一公子亲自开门相迎，夏想华丽的出场，让他一举成为所有人的焦点！

连若菡挽起夏想的胳膊的动作自然而熟练，一点也看不出来是假装。高建远虽然遭遇了刚才尴尬的一幕，不过他很快恢复了自然，上前向连若菡微微弯身施礼，以一个标准的绅士形象来显示他的大方：“欢迎连若菡小姐大驾光临。”

连若菡一脸清冷，微微点头：“感谢邀请！高先生有事尽管去忙，不用招呼我们。”

夏想在一旁赔着笑，心想既然你喜欢假装绅士风度，就努力保持好了。绅士风度再虚伪，至少表面上也比武沛勇不可一世的嚣张强了太多。

高建远亲自将夏想和连若菡迎进大厅，惹得众人纷纷侧目，都不停地猜测夏想和连若菡到底是何许人也。

如果一开始是连若菡坐在副驾驶座，高建远亲自为她打开车门，基于女士优先的绅士礼节，以及连若菡的惊人的美貌，别人肯定以为高建远是仰慕美人风姿，所作所为全是为了讨好连若菡。

连若菡的来历，高建远也知道一二，虽然不多，但肯定比夏想了解得更深入一些。因为高成松毕竟是省委书记，能接触到许多机密，对连若菡家族的势力，高成松也是略有耳闻。但他也并不太清楚他们到底掌控着多大的财富，又和多少京城高官以及各省市的一二把手有过交往。有一点高成松心里非常明白，与这样的大家族相比，他虽然也是一省大员，封疆大吏，但他没有根基，也只限于燕省和京城有些关系，论到全国性的影响，他根本不值一提。

而连若菡的家族，根深蒂固，各种关系盘根错节。就像一棵百年老树，根深叶茂，地面以上看得见的树干和树冠就已经无比惊人了，而地下不知绵延多远多深的根系，根本就无人知晓。

政治暴发户和大家族相比，就是无根之木，表面上风光无限，一场政治台风过后，就会被连根拔起。

当高成松听高建远说起偶遇连若菡时，他就动了心思。又见儿子对连若菡心生爱慕，就鼓励高建远追求连若菡。高成松的如意算盘是，如果高建远娶了连若菡，那么高家的地位就可以牢不可破了。

高建远并不太热衷于政治，他想要的是绅士风度和上层生活，想要花不完的钱和奢华的生活，而政治，并不能满足他的要求。因为政治要求含蓄，成为政治人物之后，就算有钱，也不会有奢华的生活。

高建远对连若菡是夏想女朋友的事情，始终半信半疑，觉得以连若菡的身世，不可能看得上夏想！今天一见连若菡不但为夏想亲自开车，而且挽着他的胳膊的姿势娴熟而自然，心里就凉了几分，不由忌妒起夏想的好运。一个无权无势的穷小子，凭什么获得连小姐的青睐，简直就是上天不公！不过他精心塑造的绅士风度，不允许他有一点失礼，所以他还是强压心中的妒意和不满，为了给连若菡留下一个好印象，亲自带领二人进入大堂。

大堂里富丽堂皇，大理石地面，汉白玉的堂柱，水晶吊灯，在灯光的照耀下，营造出一片灯红酒绿的意境。

夏想再三对高建远表示感谢，高建远也知道不能对二人太过于热情了，否则别人会有看法，就客套几句，又去招待别人。夏想就轻揽着连若菡的腰肢，小声说道："没想到，你穿上礼服也真漂亮，艳惊四座，你看现在高公子对你简直是拜倒在裙下……"

"省委书记的公子有什么了不起，我不喜欢就不喜欢。"连若菡咬着一颗樱桃，娇艳红唇轻张，露出一排贝齿，贝齿轻合，咬住红红的樱桃不松，有意无意间，流露出一股别样的诱人的风情，"现在知道我漂亮了？后悔还来得及，要不娶家里去，让你天天看个够！"

夏想呛得咳嗽一声，连若菡现在越来越有味道，也越来越胆大，有时就是明目张胆地引诱。他忙喝了一口酒，举杯向她示意："酒还不错，品一品，是哪一年的？"

连若菡一脸失望："什么男人？没品，胆小鬼！"

夏想装没听见，和旁边的人打着招呼，说着笑话，不理连若菡。连若菡也不理他，也和旁边的几个女子交谈起来。

参加酒会的以工商界人士居多，由此可见高建远的志向并不热衷于官场，而是商场。当然，其中也不乏高官子弟，历来官商不分，半官半商的人，也大有人在。

不时有人过来主动和夏想攀谈，都对他的来历大感兴趣，有男士也有女士。当然，围绕连若菡的人也不少，还有不少大着胆子重色轻友的人前来大献殷勤，想要讨美人欢心。连若菡对于前来示好的男人，一概清冷如月光，一点也不假以颜色。对于过来说话的女士，她还稍好一些，说一些无关紧要的话题，不过对于所有人的试探和问询，全部避而不答。

夏想正和一人说着一些场面话，忽然一个一身西装，穿戴正式，瘦长脸的白净男子来到面前，主动伸出手来："夏主任，我是范铮，早就听说过夏主任的大名，今日一见，果然风采照人。而且女朋友也是貌若天仙，让人羡慕都来不及。"

夏想听对方叫他夏主任，知道他应该是圈内的人。既然知道他的职务，可见也是关注城中村改造之人，他就谦虚地说道："我哪里有什么大名，范先生太客气了。范先生既然知道我是在城中村改造小组办公室工作，想来你一定也是圈内人士了？"

范铮呵呵一笑，也不隐瞒："夏主任猜对了，我爸爸是范睿恒。"

原来是常务副省长范睿恒的儿子，夏想心中一惊，刚刚出了高晋周被恐吓的事情，而高晋周认为是范睿恒所为，今天就有范睿恒的儿子范铮主动现身，难道只是巧合？

"范先生现在在哪里高就？"不管对方是何种目的，主动过来认识，夏想也是要做足表面文章。

"我还在读书……"范铮回头看了连若菡一眼，非常客气地说道："连小姐，我暂时借夏想一下，你没有意见吧？一会儿就还给你，就是说几句话而已。"

连若菡矜持地一笑："请随便。"

范铮就请夏想来到一处僻静之处，他举起酒杯轻轻和夏想碰了一下，诚恳地说道："实不相瞒，夏主任，我今天找你是有事相求。虽然初次见面就求你帮忙有点冒昧，不过我见建远和夏主任关系密切，而我和建远又不是外人，所以论起关系来，你我之间也不算远，是不是？"

高建远和自己关系密切？夏想暗笑，范铮是真没眼色还是故意拿高建远出来，好让自己卖他面子？夏想也不说破，既然范铮话说了这么多，显然是有备而来，不让他说出来，也不知道他的意思，就顺水推舟说道："高兄待人接物很有风度，给人宾至如归的感觉，我是很愿意和他成为至交好友……既然范先生这么说了，有什么事情尽管开口，我尽力而为。"

范铮摸了摸鼻子，眯起眼睛看了夏想几眼，仿佛是要判断夏想刚才所说的话有几分真诚，然后笑了笑："对于小王庄的改造前景，夏主任有什么看法没有？"

小王庄是城中村改造的下一个重点，因为小王庄位于省委省政府附近。虽然是在桥西，但因为在省委省政府方圆三公里之内，各项设施非常健全。幼儿园、小学、中学，一应俱全，而且都还是燕市非常有名的学校，更不用提其他的公用设施应有尽有。如果小王庄开发成新的小区，按照就近入学的原则，只要买了小王庄的房子，就等于拥有了到省委小学上学的资格。

光是一个可以到省委小学上学的先决条件，楼盘一开，就可以让注重下一代教育的父母趋之若鹜。房价就算比周围每平方米高上近千元，房子也会被抢购一空。

在所有的开发商眼中，小王庄是一块肥得流油的上好的五花肉！

也正是因为小王庄地理位置的特殊性，市里迟迟没有下定决心开发。因为陈风知道，盯着小王庄的人太多了，上至省里下至区里都想插上一手，市里的各方面势力更是跃跃欲试。而且省里也早就有人打过招呼，小王庄要是开发的话，让陈风提前通知一声。

烫手山芋在夏想还没有完全想好对策时，就突然之间滚到了他的手中，不由他不立刻警惕三分。

“市里暂时还没有相关政策，我不过是个小小的改造小组办公室副主任，只有执行政策的份儿，哪里会有什么看法？”夏想就谦虚谨慎地笑，“范先生有什么好的想法没有？”

范铮一脸含蓄地笑，沉默了片刻：“夏主任可能还是觉得我有些冒昧了，又或者觉得我们之间交浅言深，我可以理解。夏主任虽然级别不高，科级，在省会城市确实不值一提，但位置关键。别人不清楚改造小组是怎么一回事，我心里清楚得很，不要忘了我爸可是常务副省长……这么说吧，只要夏主任帮我拿下了小王庄，你和武秘书之间的过节，交给我来抹平。他不给我面子，最少也要给我爸一个面子，是不是？说句不好听的话，他真要是不给我爸面子，我爸有的是办法收拾他，别看他是高书记的秘书，可他不是高书记！”

范铮说话时虽然语气温和，但话中透露的威胁意味暴露无遗。他的意思夏想明白，既然他能让武沛勇让步，也等于告诉自己，他也有足够的能力借武沛勇之手来收拾自己。

夏想不由苦笑：“范先生，你还真是高抬我一个小小的副主任，武大秘也是，他位高权重，犯得着和我过意不去？我也说句实话，小王庄的归属权问题，我说了不算，我也影响不到陈市长的决定。如果说看在高兄和你的面子上，万一陈市长要问我意见，我肯定会推荐你。但如果陈市长不参考我的意见，我也无能为力。”

范铮半天没有说话，脸上阴晴不定。夏想心里也是纳闷，范铮一见面就提出一个过分的要求，而且是他不可能办成的事情，估计是中间有什么误会。就算外界盛传他是陈风的人，但谁会相信他有改变陈风决定的影响？开玩笑，他是陈风的手下，不是陈风的智囊，更不是陈风的盟友。

气氛有点冷场，夏想没话找话："范先生，你想拿下小王庄，应该也知道市里对开发商的要求非常高，你准备以什么名义参加竞标？"

"我和建远新成立了一家领先房产，注册资金一千万，法人是严小时，是我表妹。建远的意思是借燕市城中村改造的东风，大展手脚，当然，也少不了需要各方朋友的支持，尤其是夏主任……"范铮说话比较直，也好套出实话，夏想心中一动，觉得他虽然直白了一些，比起高建远的故作深沉和假装绅士，还要可爱一点。

或者说，也容易利用一些。

"范先生凭什么就认为我可以影响到陈市长的决定？"最让夏想感兴趣的地方不是范铮和高建远之间的关系，也不是范铮凭什么认为范睿恒可以搞定武沛勇，而是他对自己超乎寻常的高看一眼。

连夏想自己都不相信，他的话，陈风会郑重其事地作为参考。

范铮见夏想似乎有些意动，就又来了兴趣："省里都传开了，说是你夏主任在规划会议上，事先没有得到任何通知，一发言就能说到陈市长的心坎上，而且陈市长为了保你，连武秘书的面子都不给。所有人都在说，你就是陈市长的第一爱将，绝对的心腹，以后的智囊，所以我和建远商议，要找你帮忙……"

夏想见他实在得有些可爱，就又问："范省长一个电话就可以解决的问题，还有高兄又是高书记的公子，高书记发话的话，陈市长谁的面子都得给……"

夏想害人的本领也是一流

"夏主任，这么说吧，我和建远找你出面，一是看重你和陈市长的关系，二是我和建远的公司，是瞒着高书记和我爸成立的，没敢让他们知道。因为高书记是不是反对建远插手房地产，我不太清楚，反正我爸是绝对不允许我这么做的。所以正好今天建远说你要来，我就想请你帮个忙。大家都是年轻人，帮不帮忙爽快点，一句话的事情，别啰唆个没完。"范铮一脸不耐烦，说话时就不免带了一丝火气。

“在陈市长面前说几句好话，倒是没有问题。我和建远也认识一段时间了，虽然交往不多，不过也算不错的朋友，为朋友做事，没说的。当然，你范老弟为人也不错，也算看得起我，是个值得一交的朋友。”夏想打定了主意，小王庄是一潭浑水，到时肯定各方势力会大打出手，反正会乱，再让范铮添上一乱，也不过是乱上加乱。而且高建远和范铮都没有涉足过房地产，贸然进入，肯定有许多漏洞可以被他利用，“不过小王庄是块肥肉，争夺的人肯定多，陈市长到时肯定也会十分为难。万一再有人使出一些上不了台面的手段，我也不好应付。”

“明说吧，夏哥，谁是最强力的竞争对手，我想法搞搞他们。”见夏想松口，范铮十分高兴，就不免说起了大话，“要说要点阴谋来点手段什么的，我拿手。我认识一个刘黑皮，他手下有一帮兄弟，可以暗地里做一些小打小闹的事情。”

不打自招，范铮还真是一个活宝！

比起高建远的城府和武沛勇的嚣张，他就是一个涉世未深又自以为是的纨绔子弟！不过夏想正喜欢他这样的性格，没想到恐吓高晋周的事情还出自范铮的手笔。夏想就有一种得来全不费工夫的晕眩感，就顺着他的话往下问：“刘黑皮靠得住不？他有没有处理过大事情的经验？”

范铮果然是属蜡烛的，一点就亮，当即点头说道：“靠得住，没问题。他还刚帮我做了一件大事，完成得特别漂亮，就是找人吓唬了高晋周一次。高晋周知道不？就是京城空降来的副省长，据说挺有来头，又年轻，都在传闻他是来替代我爸的。我就让刘黑皮给他点颜色瞧瞧，让他知道，京城是京城，燕省是燕省……”忽然范铮又想起了什么，顿时一脸紧张地问，“你不是高晋周的人吧？我怎么听说他对远景集团非常关照，而远景集团指定你当他们的联络人？”

还不算太傻，终于想到了这一点，夏想就笑，笑得很诚恳：“我是燕省人，在市政府上班，和高省长素昧平生。范老弟，你刚才还说我是陈市长的人，一转眼又说我是高省长的人，你也太抬举我了吧？”

“也是，你现在只能是陈市长的人。你还别说，夏哥，陈市长可是厉害人，省里的大小头头，一般人的面子在他面前没用。要不兄弟也求不着你，是不是？怎么样，帮兄弟一把，以后好处少不了你的。还有，你说说看，到底谁才是最强有力的竞争者？”

“我想，吉成地产也是对小王庄志在必得。二十里铺的事情老弟你听说过没有？当时另一家房产公司已经马上就要到手了，结果在最后时刻，吉成地产横空杀出，硬是从别人手中夺走了二十里铺。当时陈市长也为难了很久，最后还是没有办法，屈从了。”

范铮睁大了眼睛：“吉成地产是什么来头，这么狂？回头我查查他们，要是他们也敢和我们领先房产来这一手,我非灭了他不可。”范铮连吉成地产的后台是谁都不知道,也对二十里铺的事情一点也不清楚,证明他对燕市的房地产市场完全没有任何了解,这样就敢找来千万资金进军房地产?恐怕到最后是怎么死的都不知道!

一千万看似不少,不过在房地产里面,有时连一个水泡都激不起来。夏想估计,这一千万也肯定是用什么不正当手段从哪家国有企业拆借出来的。说是借,绝对是有借无还。

夏想对范铮放出的狠话不发表意见,他正要再探探范铮的口风,忽然见一个明艳少女笑意盈盈地走了过来,一开口就是一口软软的南方口音的普通话:“如果我猜对了的话,你是夏想夏主任了?”

少女艳丽动人,一身深红礼服衬托得苗条的身材纤细迷人,脸型有些古典美,尤其是眼睛格外大,而且亮。笑的时候有两个甜甜的酒窝,皮肤白皙,身材高挑,属于江南水乡细腻而迷人的女子。

夏想有点纳闷,挠挠头,憨厚地笑笑:“我都不知道我什么时候变得这么有名了?没请教……”

少女主动伸出右手:“领先房产严小时,很高兴认识夏主任。”

范铮在一旁插话:“我表妹,江省人,领先房产的法人,以后少不了和夏主任打交道,夏主任可要多多关照一二。”

夏想就点头一笑:“好说,好说,既然是范老弟的表妹,也算是我的表妹了。以后是叫你严小姐好,还是叫表妹好?”

严小时笑的时候眉毛上挑,眼睛上翘,嘴唇也是微微一弯,整个脸型形成一个非常可爱的圆弧形状。她吃吃地笑道:“夏主任好幽默……别看范铮是我表哥,可是他从来没有当面叫过我表妹。要是夏主任愿意叫我表妹的话,我倒不介意,就怕你女朋友会吃醋。”

“怎么会?”夏想有意和严小时周旋一二,看她年纪不大,估计也就是二十四五岁,比范铮小点,但别有一股成熟味道,就有意试探她的反应。

“你的女朋友比我年轻,比我漂亮,而且比我厉害,我可不敢惹她生气。”她拍了拍胸口,好像受了惊吓一样,“刚才有个男士要请她跳舞,被她非常不客气地拒绝,让人当场下不来台,真有个性。”

严小时的话听不出来是赞赏还是讥讽,她的举止倒是落落大方,让人赏心悦目。夏想心想北方女子与南方女子还是大不相同,南方女子婉约,就算工于心计,也是阴柔有余,大气不足;北方女子豪气,骨子里有敢作敢为的冲动。尤其连若菡是京城人,天子脚下,又出身于世家,有些傲气和任性也是在所难免。

比起史洁的傲慢和高高在上的做派，任性但有原则，又从不仗势欺人的连若菡，在夏想眼中，还算是难得的好脾气。

“她大部分时候其实人也不错，有时候也任性，不过绝对不会无理取闹，更不会主动招惹别人。刚才被她落了面子的男士，估计也是纠缠没完，才惹她生了气。”夏想不管严小时是什么态度，但他对连若菡的维护是毫不含糊的。

严小时赞叹地说道：“夏主任对女朋友真好，让人羡慕。也确实刚才那位男士有点过分……”

“没打掉他两颗门牙，已经算便宜他了！”严小时话未说完，连若菡的声音突然在后面响起，随后连若菡一步来到夏想身后，十分自然地就挽住了他的胳膊，“要不，你过去帮我出出气？”

夏想对连若菡的后一句直接无视，为她介绍了范铮和严小时认识。范铮对连若菡的美貌没有太大的反应，却对连若菡的身份大感好奇：“原来你就是远景集团的连总，失敬。真没想到，夏主任手段还真是高超，堂堂的远景集团的连总竟然是你的女朋友，大大出乎我的意料。这就让我更加相信，我对夏主任的看法是正确的。”

“什么看法？”严小时问道。

“夏主任是陈市长的第一心腹。”范铮还真是想起什么说什么，从来不多想一想再说出口，他猛然一愣，又想起了什么似的，一脸警惕地问，“高省长视察森林公园的时候，是不是夏主任和连总都在场？”

夏想暗笑，范铮真够二的，这么半天才想起来这么关键的问题，脑子不是一般的大条。

连若菡不解地看了看夏想，很聪明地没有答话，夏想点点头：“没错，我和若菡一起陪同高省长，整个视察过程非常顺利，没有任何不愉快的事情发生。”

范铮眨眨眼睛：“怎么可能？”

难道非要当面问个清楚？有些事情点到为止，大家就当没有发生过多好，范铮还真是傻得可以！夏想简直无语了，心道高建远怎么会选择和他合伙，蠢材害死人呀。

不过也好，有范铮这样的一个人物拖累，高建远想不被抓住把柄都难。夏想举了举酒杯：“范老弟，有些事情过去就过去了，不必再提，让我们为今天的相识和以后的合作干杯！”

这句话总算让范铮醒过味儿来，他和夏想、连若菡碰了碰杯，放低了姿态说道：“以后请夏主任多帮忙，请连总多照顾。”

严小时不说话，一双大眼睛在夏想和连若菡之间转来转去，若有所思的样子。

酒会进行到一半的时候，高建远才抽出时间来和夏想说话。说是和夏想说话，其实总是有意无意说到连若菡。连若菡坐在一边，对高建远的话装没听见，即使高建远问她，她也摇头不语，用手一指夏想，意思是让夏想代她回答。

高建远心中恨恨的，却又没有办法，既忌妒夏想，又为了表示良好的绅士风度，不得不努力保持笑容。和夏想说了半个小时的话，累得好像跑完了一千米长跑一样。

高建远没有和夏想再谈小王庄的事情，范铮也识趣地没有提起，不过倒是和高建远耳语了几句。高建远听完点了点头，就没头没尾地来了一句："我和夏主任也算有缘，三番五次遇到，而且我和夏主任的审美眼光也相同，投缘的地方还真不少。我想，夏主任是不会推辞的，是不是？"

知道连若菡来历的高建远，没有在夏想面前说大话，夏想见高建远默许了范铮的安排，对他的绅士风度和经商眼光，立刻降低了级别。不管高建远如何刻意伪装，如何故作低调，他毕竟是高成松的儿子。他想要赚钱，就会想当然地认为只要有权，就会有钱，权钱交易最容易，来钱又最快，而且他没有耐心也没有能力按市场规律办事。

可以说，这是高建远这类人经商的先天优势，不过落在别有用心的夏想眼中，也就成了最大的不足。

夏想伸手和高建远握了握手："佳家超市是我们第一次愉快合作，现在又即将迎来第二次握手，能和风度翩翩的高公子握手，是我的荣幸。"

高建远也不失热情："夏主任让我羡慕的地方也很多，平心而论，我和范铮其实都还不如你。毕竟我们二人有出身，你却没有，一步步走到今天，全凭自己的努力，不容易，不简单。"

夏想不理会高建远的出身一说，是无心之话，还是有意炫耀他的身份，连若菡却大为不满地说道："出身好不一定就代表以后就有前途，我认识许多出身比你还好上不少的公子哥或是大小姐，现在都半死不活，没个人样了。"

高建远大惊："怎么了？"

"要么是惹上了更厉害的人物，被收拾惨了；要么就是吸毒，吸得只剩下一口气了。"连若菡一脸不屑，清冷的神情让她高贵如天上明月，"不管是什么出身，都不要自以为是。再庞大的家族企业，也不可能传承到三代以后。在美国，企业能传到第二代的，只有百分之十五，到第三代，就只有百分之五了。所以，谁都靠不住，只有自己才最可靠。"

高建远点头称是，一脸认真思索的神情。范铮没什么表示，不过眼中露出不以为然的神色。严小时却眼中笑意流淌，不失时机地插了一句："连总见识非凡，让人佩服。"

连若菡却没有接她的话，她转身伏到夏想耳边，小声说道："正前方十米远的灰上衣男人，就是刚才缠着我被我打发走的男人，你帮我收拾收拾他，好不好？"

其实连若菡只是随便一说，她知道夏想不是冲动的小男生，不会轻易捉弄别人，也不会动不动就打架。不料夏想眯着眼睛看了一眼，就点头应了下来："没问题……我有个办法，让他有苦说不出，让他好好丢丢人，怎么样？"

连若菡没想到夏想也有恶作剧的时候，不由惊讶："你是为了我，不是和他有仇？"

"纠缠我的女朋友，不收拾他收拾谁！"夏想毫不犹豫地说道，心里偷乐，有些人真是自找苦吃，自己还没主动找他麻烦，他却急巴巴地送上门来，不让他丢丢人，还真对不起他的龌龊。

他不是别人，正是夏想一直想要收拾，却没有找到机会收拾的文扬。

不过在收拾文扬之前，夏想就想起了火车站广场的液晶大屏幕。他回燕市之后，也借机去过几次火车站，从液晶大屏幕上播放的广告就可以看出，公司基本上处于苟延残喘的最后阶段，估计高建远的一千万投资已经完全打了水漂。

夏想就对连若菡耳语几句，才又对高建远歉意地一笑："高兄，液晶屏项目的市场前景，我以前也做过分析，认为燕市虽然经济不如沿海发达，但有远见卓识的企业还是不少。而且现在网络逐渐兴起，可以将网络优势也借鉴到大屏幕上……说起来广告市场还是大有可为的，关键是用人，如果关键位置没有用对人，思路不正确，也极有可能赔钱……文扬以前在公司很有能力，业务出色，思路活跃，他为高兄工作，一定也做出了不少成绩吧？"

高建远脸色不太好看："公司一直亏损，估计支撑不了多久了。"

"这就奇怪了……"夏想欲言又止，摇摇头又说，"算了，不说了，我是外行，就不多发表意见了。"

连若菡恰到好处地说道："我们再到处转转，坐了半天，有点乏味了。"

二人一走，高建远对范铮说道："既然我们要进军房地产业，液晶大屏幕项目就找个机会撤了，我看也没有什么前景了，估计文扬也有什么猫腻在里面……"

"那怎么办？就这么放过文扬？他可是没有一点损失，工资照拿，估计也没少吃回扣。"范铮盯着夏想的背影，目光闪动，"刚才夏想话里有话，他以前和文扬共事，对文扬的能力十分肯定。但听你说，大屏幕项目，文扬可是没有什么作为。”

“放过他？开什么玩笑！”高建远目光中露出一丝狠色，“一千万就这么一声不响就没了，虽然不是自己的钱，不过也不能输得这么窝囊，是不是？找一些人，弄一些证据，证明文扬手脚不干净，贪污公款，收取回扣，将公司经营不善的责任全部推到他的身上。再买通一些和他交往的人，把他的责任坐实了，以后万一事发，可以直接将挪用公款的罪名扣到他头上。”

“替罪羊？”范铮一听要整治别人，就高兴得直笑。

“他是咎由自取，没听夏想说，他是挺有本事的一个人，却把公司经营成这样，不是中饱私囊又是什么？”高建远给文扬下了结论。

高成松再次敲打陈风的用意

文扬要是听到夏想对他的盛赞以及高建远对他的处置，心情肯定不会有现在这么好。虽然他刚才一见到连若菡惊为天人的美貌，就仗着酒劲向前邀请美人共舞，却被毫不客气地拒绝，多少有点丢了面子。不过还好，一转身就又邀请到另一位美女，虽然比连若菡差了太多，但也算有几分姿色，文扬就一边和美女跳舞，一边伺机套美女的话。他也知道，越是这种高档的场合，一夜情的机会也就越多。

正当文扬沉浸在对眼前美女的性幻想之中时，忽然美女皱了皱眉头，小声说道：“放老实点，不要做出格的事情。”

文扬纳闷，没有呀，他老老实实地跳舞，手也没有乱放，更没有乱摸，怎么会被美女误会？难道不是误会，是暗示？他明白了，就说：“我的手一向很老实，又没有第三只手，是不是？”话刚说完，感觉背后被人不轻不重地推了一下，他收不住身子，一下子就扑在了美女的怀中。

与此同时，美女感觉一只手在她的臀部用力地拧了一下，不是摸，是拧。顿时，让她恼羞成怒，一扬手打了文扬一个耳光：“臭变态！”

文扬被打蒙了，捂着脸：“谁推我？我没动手动脚呀……”

话没说完，一杯红酒直接泼到了脸上，又一个女子的声音说道：“臭流氓，和别人跳舞乱摸乱抱，没见过女人？真丢人！”

酒水中不知掺了什么东西，辣得文扬睁不开眼睛，急忙大声争辩：“我没有，有人推我……”

“啪”的一声，他的脸上又挨了一个耳光：“做了还不承认，真不是男人。”

文扬看不清是谁打他，摸索着要去洗手间洗脸，刚一抬脚却感觉脚下一滑，摔了个仰面朝天，正磕在尾椎骨上，疼得他满头大汗。

突然一个人在他耳边小声说道：“快喊高建远来帮忙，要不你就惨了，没人相信你。”

文扬在酒会上也只认识高建远，被人点醒，还不忘谢谢对方：“谢谢，太感谢了。”然后就揉着眼睛喊了起来，“高总，高总快来帮我。我被人陷害了，我没有要流氓，我现在看不清路了……”

高建远躲在暗处听到文扬的叫喊，气得脸色铁青：“蠢猪！范铮，找两个人把文扬抬到外面的喷泉那里，让他好好清醒清醒……”

路虎车一路欢快地唱着歌，直奔市区而去。车上，连若菡笑得花枝乱颤，不停地形容文扬的丑态，笑了半天，她才对专注开车的夏想说道：“我现在才知道，原来你坏起来也真坏。”

夏想叫屈：“我是为了替你出气，平常我是大好人一个，不偷不抢不骗小姑娘，今天是第一次发坏，算是为你破例，可怜我一世英名付之流水了。”

“行啦，别得了便宜又卖乖了。”连若菡又故技重演，咬着嘴唇，眼神里露出坏坏的引诱神情，“要不，我补偿你一下？”

夏想被她多次引诱，已经有了免疫力了，而且他也知道她是故意发坏，其实胆小得很，就假装勉为其难地答应了：“好吧，看在你一片诚心的份儿上，我就答应你一次……去哪里开房间？”

“开你个大头鬼！”连若菡一见夏想目露凶光，立刻露怯了，“你个大色狼，比文扬还流氓。”

夏想无语了，连若菡太过分了，管杀不管埋，明明是她引诱人在先，真要动真格的时候，她又跑了，不是成心让人上得去下不来吗？

让夏想没有想到的是，周一一早到办公室，还没坐稳，就来一个不速之客——谭龙谭副市长。

谭龙轻轻敲了几下办公室的门，然后面带和蔼可亲的笑容，先来到夏想的面前，主动伸出手来：“夏主任来改造小组办公室有一段时间了，我今天才有空过来看看，夏主任是不是会觉得我不重视你们的工作？虽然有陈市长和曹市长对改造小组的关照在先，不过我也来凑凑热闹，和我们改造小组的同志们走动走动，同志们不会不欢迎吧？”

夏想急忙双手握住谭龙的手，非常恭敬地答道："欢迎谭市长来改造小组办公室指导工作。谭市长百忙之中还亲自到我们改造小组，我们由衷地表示欢迎，下面让我们用热烈的掌声请谭市长讲话。"

谭龙肯定不是闲着没事来转一转，夏想知道他一定是另有目的。

谭龙双手虚按，笑着说："我就是随便转转，没有讲话，也无话可讲。不过呢，就是想和大家说几句家常。"不是主管改造小组的副市长，本来和改造小组就接触少，现在突然说是要说家常，鬼才相信，夏想就十分恭谨地站着，静等谭龙的下文。

谭龙见夏想态度周正，其他人也是没有丝毫怠慢，心里还算满意，就接着说道："改造小组办公室虽然是陈市长具体指导工作，但改造小组办公室位置十分关键，不仅仅是陈市长一个人重视，市委市政府都非常重视。市委崔书记就多次对我说，改造小组办公室的同志们都非常辛苦，要多给他们一些力所能及的帮助，要多照顾他们的工作和生活。我听了就很受启发，我以前对改造小组办公室的同志们关注得少，关心得更少，在此，我向大家表示歉意。"

掌声，热烈的掌声。

掌声过后，谭龙继续讲话："改造小组是市委市政府的改造小组，所以我也有义务为大家分忧……好了，不多说了，大家努力工作，有什么困难可以找我，能帮大家解决的，一定尽快解决。"

夏想送到办公室外面，谭龙握住夏想的手："夏主任请留步，好好干，有前途。崔书记还向我问起你，说自从你来到改造小组办公室之后，带来了新气象，拆迁工作比以前顺利了不少……能让崔书记夸奖，小夏，可是一件大事呀。"

送走谭龙，夏想猜测谭龙的突然出现，估计是市里会有什么举措出台。而且他多次提到市委市政府，意思再明显不过，改造小组办公室不是陈风一人的，是要受市委市政府全体领导的。

好好的，谭龙为什么来说这些话？

十点左右，有人通知夏想开会。一到会场，高海就小声地告诉了夏想一件事情，顿时让他恍然大悟。原来谭龙是提前打预防针，是提醒他，改造小组办公室不能太偏向陈风一人了，否则不会有好下场。

陈风在台上宣布，经市政府研究决定，以后城中村改造的规划和开发，由改造小组办公室出台意见，再报市长办公会审批。也就是说，开发商的资格审批，城中村改造和开发的具体规划等一系列的重大权力，全部下放到了改造小组办公室！

尽管有了高海的提醒在先，陈风亲口说出之后，夏想还是大吃一惊。

如果说以前的城中村改造小组办公室是被陈风架在火上烤，是为吸引各方势力的眼光，平衡各方势力的一个半民间半官方的机构，那么现在陈风再次下放权力，等于直接给了改造小组办公室生杀予夺的大权。尽管没有决定权，但第一关的审批权也无比重要。陈市长等于直接将改造小组办公室推到了各方势力面前，让改造小组成了各方势力厮杀的第一个战场。

火上浇油，绝对的火上浇油。

夏想哭笑不得，陈市长一遇到阻力就把压力转到改造小组办公室，可是改造小组办公室也得有承受能力才行。他们三个副主任，只是三个正科而已，哪方势力出面，至少不得厅级？相当于让他们小兵挡大将，陈市长还真够看得起他们。

同时，陈风又郑重地宣布了一件事情，任命夏想为改造小组办公室主任。

夏想又被陈风冠冕堂皇地摆了一道，在火上浇油的战场上，他就是那个傻乎乎地站在场地中心的靶子，随时得承受各方炮火的猛烈轰击，而没有还手之力。

怪不得谭龙一早就来找他，是事先得到了消息，来给他提个醒。意思是，在审批吉成地产的资格时，要知道他谭龙在市政府里面也是说话有分量的人。虽然陈市长把权力下放了，但改造小组办公室也不要拿着鸡毛当令箭，真把自己当一棵葱一头蒜，改造小组办公室是市委市政府的改造小组办公室。言外之意是，谁都能给改造小组办公室上眼药，让夏想小心一点，别太自以为是了！

夏想知道，从现在开始，他真正成为了众矢之的。

散会后，陈风叫住了夏想，只给他交代了一句话："好好干，下一步就把改造小组办公室的编制提上日程，争取半年之内，成为市政府的正式的副处级机构。"

夏想只有点头答应的份儿，没有再发表任何看法。因为刚才会议上陈市长已经明确地说明，经市政府研究决定，就是说，事情已经敲死，多说无用。

不用说，陈市长肯定又是遇到了上面的阻力，他才拿改造小组办公室当挡箭牌。

从陈风办公室出来，江天送夏想到门口，小声说了一句："夏主任，陈市长也没办法，高书记又点名了……"

自从上一次帮江天解决了他姐夫的问题之后，江天对夏想就格外客气。今天多说的一句话，换了平常，是不能想象的事情，因为江天从来不是多嘴之人。

可见，和领导秘书处好关系，还是非常有必要的。

夏想点点头，表示了谢意。愣了片刻，决定去找曹永国说道说道。

曹永国的办公室在楼上，上了楼，一拐弯就看了常务副市长办公室的牌子，他轻轻敲响了门。

曹永国的秘书古秀文是高海负责找的秘书，为人还算机灵，也本分，曹永国也就没有再换。古秀文不认识夏想，也难怪，夏想有事都是在曹家和曹永国见面聊，在市政府里面，还是第一次来他的办公室。

夏想笑着打了个招呼："古秘书好，我是改造小组办公室的夏想，来找曹市长汇报一下工作。"

不认识夏想，但夏想的名字却是如雷贯耳，古秀文当然也听说过三大人物齐抬夏想的事件。身为秘书，要是没有这份眼力，就不用干了，他忙笑着让夏想进来，请夏想坐下，然后向曹永国通报。

不出古秀文所料，曹永国直接点头让夏想进来。古秀文见夏想态度轻松地走进了曹永国的办公室，心想夏主任和曹市长果然关系不一般，看来传闻都不是空穴来风。又一想，不得了，陈市长赏识，又和曹市长关系不浅，市政府里面头两号人物都对他青睐有加，肯定是前途无量了。

以后，一定要好好和夏主任处好关系。

古秀文又转念一想，陈市长爱才，市政府里面都知道，曹市长有什么爱好，现在还不太清楚，那为什么夏想能和曹市长关系这么好？是亲戚，还是曹市长有一个漂亮女儿？

如果夏想能知道古秀文一下就猜了个八九不离十，也会拍着他的肩膀夸他一句"真有才"。不过现在他正坐在曹永国的对面，听曹永国说起陈风为什么突然起意要让改造小组办公室成为所有人的目光焦点，还是因为高成松。

昨天夜里，高成松不知从哪里得到消息，听说了高晋周副省长在视察森林公园时，差点被村民袭击，勃然大怒，连夜召开常委会议。他也让陈风列席旁听，再次强调城中村的改造一定要做到公平公正，不要激发事端，不要引起村民的强烈不满。当场告诫陈风要注意工作方式，不要简单而粗暴，万一高省长因为城中村的改造受了伤，陈风难辞其咎。

陈风被高成松批评得无话可说，因为高晋周的事情发生突然，他没有听到一点风声。

"陈市长对你也有不满，因为当时你陪同高省长视察，回来后没有向他汇报……"曹永国一脸沉重，目光中充满了质疑。他也是心中不解，这么大的事情，夏想不可能失误，不向陈市长说也就算了，连他也瞒了下来，有点不对："到底出于什么考虑？"

夏想一想坏了，事情应该不是高晋周捅出来的，估计是连若菡干的。当时高晋周说了不要惊动别人，他自会暗中处理。高成松连夜开会，怕是接到了京城来电，仓促之下，当然恼怒。

陈风今天此举有双重意义。一是抬高改造小组办公室的位置，扶正夏想，就是让夏想替他把第一关。遇到不可调和的矛盾之时，他好借改造小组办公室的名义，有个说辞。二是打夏想一个措手不及，你不是不向我汇报工作吗？好，我也给你来一个突然袭击，而且我还是抬你一抬，让你无话可说。

夏想也知道陈风和曹永国都对他有点不满，他只有解释道："当时高省长不让声张，说他会自己解决，我也没想到高书记是怎么知道的。不过高书记的生气没这么简单，他也是为了高建远进军房地产造势，借机向陈市长施压，高建远想要小王庄的地。"

曹永国吃惊不小："你和高建远也有交往？"

夏想只好向曹永国说出了他由冯旭光的关系，而和高建远认识的过程。至于所有涉及连若菡的部分，一概不提，当然，酒会的事情也提了一提。不过去参加酒会的，成了他一个人。

曹永国沉思半天，突然问道："有没有想过，调出城中村改造小组办公室？"

夏想一愣，随即明白了曹永国的意思，他是担心自己应付不来。毕竟有太多势力插手城中村改造，夏想处于风暴中心，很容易被撕个粉碎。不过夏想还没有退出的念头，风险越大，机遇越大，他愿意接受挑战。

夏想摆摆手："陈市长把我调来，还没有做出成绩就后退，会让人小瞧的。再说，虽然有风险，但是我相信有陈市长和曹伯伯的关照，再加上我的个人努力，不信还闯不出一条宽阔的大道！"

曹永国知道夏想有时也很固执，他也不再劝他，又问："高省长的事情，还是向陈市长去说明一下，别让他对你误解。"

"既然陈市长没问我，我就先不说了。"夏想摆摆手，一旦高建远的领先房产进入陈风的目光，陈风就会明白一切，他现在解释的话，陈风也未必全信，"陈市长会有明白的一天，而且还会很快。"

↗ 09 设计一个连环坑

又有一个好机会

所谓关心则乱，再身居高位的人，也有弱点，也对与自己息息相关的事情放心不下。虽然夏想一直没问过孙现伟，到底他和方进江是怎么样的一种合作关系，但从方进江关切的态度来看，孙现伟和方进江之间的合作，恐怕比夏想原先想象得还要深入一些。

回到办公室，夏想给连若菡打了一个电话。一问，果然是连若菡告诉了高老，由高老告诉了京城方面，京城方面就立刻采取了行动。

夏想暗暗摇头，高老做学问还行，在政治方面就太欠考虑了。他或许是出于爱护高晋周的目的，但高晋周身为副省长，一点小事就惊动京城方面，他面上无光不说，还会让人觉得他不够成熟，难当重任。一个副省长，还要为鸡毛蒜皮的小事叫屈，会让家族如何想？

会让家族的决策人觉得他还远远不够主政一方的资格！

夏想估计，高晋周肯定会为此事恼火，就问连若菡："高老事先没有和你商议？没有和高省长商议？"

连若菡答道："高老对我说了，没对高省长说……你有话直接说，别吞吞吐吐的，我听得出来你有点意见。"

夏想不由笑了，什么时候连若菡对他了解这么深了？才几句话，就能听出话里的不满，还能猜他另外有话要说，不简单呀。只是连若菡的不简单只是对他而言，对于政治上的角力，她还是想得太少了一点。

"以后再遇到这样的事情，你最好和我商量一下。高省长当时说了不让外人知道，就是他想亲自处理的意思。高老将事捅到了京城，高省长肯定不高兴，男人，谁想事事都靠家里？”夏想的语气半是严肃，半是轻松，要是曹殊黧，他会直接用严厉的口气批评她，而且黧丫头肯定会听话。但连若菡就不同了，她有小性子，虽然有时也会听他的话，但还得半哄半骗。

“说完没有？”连若菡的语气果然有一点点不快，“说完就挂了，我还有事，没空听你教训。”

夏想气得差点没摔电话，心想关心你还关心出错了，他就换了一副严厉的口气：“好，听不听由你，我只说一次……”

连若菡的声音立刻软了下来：“嗯……我听你的就是了，别动不动就凶，我又不是你女朋友，不吃你这一套！”说是不吃，语气却乖得不行。

挂断电话，夏想坏笑着摇摇头，女人有时候就不能惯，一惯就上天，要适当地敲打敲打。

两天后，市里正式提出开发小王庄的规划，按照新的规定，先由改造小组办公室提出开发意见。

夏想埋头写了一篇《关于开发小王庄的初步报告》，提出小王庄最适合开发成住宅小区。

小王庄要开发住宅小区早就达成了共识，夏想不过是提一个由头罢了。

报告报上去，很快就批了，然后市里就对外公开招标开发商。

夏想迎来了大权在握的第一次冲击！

初审权在手，可以直接否决一家开发商想要进军燕市房地产的梦想。初审不过关，就等于关上了大门，门里的风光别说分享了，看都不让看一眼，能不憋屈？但第一关又必须淘汰许多人，要是只要报名都能通过，那还要初审有什么用，不是给领导添乱吗？

夏想知道，必然要得罪许多人。也没办法，一个小王庄，顶多放进五家开发商竞争，难不成一下进个五十家，陈风非他骂死不可！他也知道现在陈市长肯定对他有气，就看他第一次掌权处理得结果如何。好的话，前面的事情一笔勾销；不好的话，旧账新账一起算。

第一天，夏想对那些明显资质不够、技术落后、没有资金的中小开发商直接一次淘汰，他们就是想来试试运气，不过对不起，去别的地方找一些小工程小项目去开发吧。小王庄是黄金之地，私下里大家都叫黄金庄，就算有实力也未必能拿到手，何况没有实力的。

此后两三天，又陆续淘汰一些有一定实力和背景的开发商，夏想也没少挨骂，没办法，大头在后面呢。

离截止日期还有两天时，吉成地产出现了。

乔白田的客气中带有一丝矜持，他将资料交到夏想手中："夏主任，别的话我也不多说了，吉成地产为了小王庄可是做足了前期工作。不但谭市长亲自过问，崔书记也将要在近期视察我们在建的建国小区……"

暗示和施压的味道很明显，而且在这么关键的时刻，崔书记去视察建国小区，力挺吉成地产的意味就等于摆到了台面之上。夏想心道，黄金庄果然是黄金宝地，连一向淡定的崔书记也坐不住了，好了，有好戏看了。

他本就没有不放吉成地产过关的意思，吉成地产不过关，谁和领先房产硬碰硬？不过见乔白田嚣张的样子，夏想也有心拿他一拿："乔总，吉成地产的实力自然不容置疑，不过同时开盘两个大型小区，会不会有点吃力？"

乔白田好像早就知道夏想有此一问一样，他假模假样地拿出手机："谭市长好像打过招呼了吧？要不要我再给崔书记打个电话？吉成地产的实力夏主任不用操心，要钱有钱，要人有人，想要贷款，也就是一个电话的事情。"

夏想见他气势过人，也不生气，心想有气势就好，就怕你没有气势，就怕你在关键时刻不敢和领先房产对着干。他笑了笑："不用，乔总是老熟人了，吉成地产的实力大家都看在眼里，今天吉成地产就是第一家通过初审的开发商！"

走出改造小组办公室的大门，乔白田冷笑几声："还真拿着鸡毛当令箭！被陈风当成靶子了，还傻呵呵地挺高兴，可惜呀，估计到时怎么死的都不知道！夏想，我就等着看你的笑话了。"

紧接着，天安房产的孙现伟也来竞标，却被夏想以实力不够雄厚给挡了回去。孙现伟有点生气，又不好当面问什么，转身出去，刚上车就接到了夏想的电话。夏想告诉他，小王庄水太深，天安房产不适合掺和进来，得不偿失。尽管夏想没有具体解释，孙现伟却相信夏想不会害他。

接下来又通过三家公司，分别是万达集团、瑞特地产和阳光地产，加上吉成地产，一共四家公司通过了初审。夏想心中盘算，领先房产还真耐得住性子，眼见截止日期马上到了，居然一点动静也没有，还真是牛气冲天，认定他们肯定可以拿到小王庄？

越有底气越好，到时和吉成地产两强相遇，看谁能笑到最后？

离截止时间还有两个小时时，严小时才姗姗来迟。她穿了一身职业套装，化了淡妆，极有白领丽人的味道，一见夏想就轻笑说道："不好意思，夏主任，我来晚了，没有久等吧？实在是抱歉，公司有一个环节出了点问题，幸亏武秘书出面才办好手续，还来得及吧？"

"事情是死的，人是活的，哪里会有来不及一说？"武沛勇背着手从外面进来，趾高气扬地说道，“夏主任，我们又见面了。好像最近你的日子过得挺不错，心情也挺好，是不是？没遇到什么不顺心的事情吧？”

夏想一向比较镇静，很少失控，不过还是对武沛勇的一张脸无比厌恶，又听他阴阳怪气地说话，也是心中有气：“武秘书大驾光临，有失远迎。我最近倒是一切顺利，顺水顺风，不劳武秘书挂念。”

严小时看出了二人不对，忙打圆场：“武秘书是正好路过，陪我过来看看，夏主任比较忙，我就直奔主题了。我们领先房产是来申请承建小王庄的开发项目，请夏主任审批。”

“什么时候科级也能审批重大项目了？也不知是陈市长故弄玄虚，还是夏主任自抬身份，还真当成一回事了？”武沛勇讥笑说道，“夏主任要是聪明的话，也知道这个审批不过是走走过场，干的就是得罪人的差事，小心办事不力被人一脚踢开可就惨了。”

夏想冷冷一笑，问道：“武秘书的职责范围之内，应该管不到燕市市政府的改造小组办公室吧？既然管不到，我就当武秘书闲着没事说闲话呢。”

严小时没想到武沛勇身为省委书记的秘书，一点也不着调。县官不如现管，夏想职务不高，但权限不小，谁会在求人办事时，还自抬身份贬低别人？真是不靠谱得厉害！她唯恐夏想迁怒于领先房产，就想再解释几句。不料夏想转身将资料交给了吴港得：“吴主任，领先房产初审通过，请帮严总办理相关手续。”

“聪明，有眼光。”武沛勇一脸得意，点点头，“行，小夏，算你会办事……”

吴港得和曲雅欣都心中有气，碍于武沛勇的身份，又不好当面说出，只好闷在心里。

夏想笑笑：“武秘书还有何指教？”

武沛勇摆摆手，以一副领导视察的姿态说道：“现在没有了，不过过一段时间肯定会有。有一个消息我得提前通知你一声，也好让你个心理准备，省里马上要成立建设厅了……”

夏想心中一惊，建设厅主管全省的规划和建筑，也就是说，城中村的改造和开发，也要归建设厅管辖，只要建设厅愿意，可以处处插上一手。而且听武沛勇的口气，难道他要当上首任建设厅厅长？

武沛勇要是到建设厅当厅长，以后对城中村改造的制衡会大大增加，不是好事。

或许因为高建远在液晶大屏幕项目上的失误，迫切地想要进军房地产业，高成松不但为他造势，还将安排他的秘书上任建设厅厅长，还真是煞费苦心。

武沛勇的张狂太恶心人了，夏想就有意呛他一呛：“建设厅成立是好事，也不知道成立之后，让哪个副省长分管？”

武沛勇一听立刻一脸不快，甩甩手对严小时说道：“小严，我先走了，就不等你了。”

夏想知道他猜对了，分管建设厅的副省长，是高晋周。

政治上，从来就是讲究平衡艺术，高成松尽管后台足够强硬，但现在因为夏想的原因，连若菡意外来到了燕市，更意外的是，空降了高晋周来当副省长。如果说以前燕省无人有足够的力量制衡高成松，现在却因为高晋周的到来，而发生了根本性的逆转，燕省原有的政治格局被打乱，先是钱锦松，后是高晋周。

虽然现在高晋周只是一个普通的副省长，权力有限，根基不稳，但政治上的比较从来都是后台的比拼。

高晋周显然是想在燕省扎根，必然要撬动许多人的利益，其中就包括高成松的利益。所以夏想也明白，较量才刚刚开始。在后台同样强硬的情况，就看谁更有政治智慧。谁最先失去耐心，谁最先犯了重大失误，谁就是最后的失败者。

武沛勇一走，严小时就不免有些尴尬：“夏主任，我不知道武秘书他和你有过冲突，是他主动要过来帮忙的……你不会介意吧？”

严小时会来事，会说话，夏想自然没有必要针对她，就笑道：“怎么会？严总多虑了，我这个人最大的优点就在于脸皮比较厚，又比较有耐心，不好生气……”

严小时笑了：“头一次听人这么夸自己，夏主任你可真有趣。”然后又轻轻冲夏想挥挥手，以无比温柔的声音说道，“那我先告辞了，夏主任，后会有期，抽时间一定请你吃饭。”

夏想送严小时出门，回来后，吴港得啧啧嘴巴说道：“南方的女孩子是水灵，不过我怎么看她都有一股狐媚劲儿。夏主任可得小心点，你现在正是英雄年少，小心美人计。”

“吴主任你怎么总盯着男女关系看？庸俗。”曲雅欣毫不客气地反驳吴港得，然后不无忧虑地说，“武秘书这是什么素质？我看他也太没水平了，高书记好歹也是省委书记，身边用这样的秘书，有损书记形象。”

物以类聚，人以群分，夏想心中感慨，不过话却不能说出来，只是不以为然地说道：“以后可要小心点说话，说不定武大秘一转眼就成了建设厅厅长，到时还少不了和我们打交道。”

“啊——”吴港得和曲雅欣面面相觑，震惊得说不出话来。

五家开发商的资料交上去之后，陈风拿在手中低头就看，一连看了十分钟，没有发表任何意见。夏想等了一会儿，正想问陈市长还有没有什么吩咐，陈风忽然抬起头来，惊讶地问：“你怎么还没走？”

夏想就有点不满，陈风应该不是小气的人，怎么就抓住上次事件不放，还要对他大为不满不成？他也不好直接向陈风解释，涉及高晋周和范睿恒之间的斗争，范睿恒是什么态度夏想不管，高晋周既然不想让省里知道，肯定也不想让市里知道。他必须照顾高晋周的感受，就算陈风现在已经知道了一切，但不是从他口中传出，他就对高晋周信守了承诺。

江天拍了拍夏想的肩膀，送到门口，安慰他说："省里要成立建设厅，高书记要求城中村改造工作暂停，等建设厅正式成立后再重新开始。陈市长不同意，当面顶撞了高书记几句，这几天他的心情不好，连我也没少挨他的训……"

夏想明白了，陈风脾气大是因为高成松干涉的意图越来越明显。当然了，以前高书记觉得城中村改造和他关系不是很大，现在高建远涉足房地产业，在高书记眼中，所有的城中村就都成了大把大把的钞票，能不想方设法拿在手中吗？

陈市长的倔脾气发作了，估计也顶得高成松心里有气。不过几乎全国所有的副省级城市都和省里多多少少闹点矛盾，也是正常现象。

反正资料已经上交给了陈市长，接下来怎么处理就是他的问题了。夏想告别了江天，来到楼下，想了想，就给乔白田打了一个电话。

"乔总，资料已经上报给了陈市长，一共五家开发商入围，分别是……"将五家开发商的资料简单一说，夏想也算卖足了乔白田的面子，最后他还不忘暗示一句，"小王庄是现阶段改造的最后一个城中村了，听说省里叫停了城中村的改造，什么时候再重新开始，还不一定，所以乔总可要把握好机会！"

夏想也热血一次

确实是个好机会，夏想也为城中村的暂时叫停而暗暗叫好。因为一旦叫停，会给人小王庄是最后一个城中村的错觉，高建远知道时间不会太长，乔白田不会知道，所以他会拼命抓住小王庄。

乔白田越拼命，他和高建远之间的矛盾就越激烈，作为坐山观虎斗的人来说，就越看得津津有味。

乔白田对夏想的来电非常满意，总算认为夏想办了一件好事，以前的车没有白送。

夏想放下电话，又给高建远打了电话，也是将五家公司的资料报给他，还替他分析了一下每家公司的优点和缺点，最后又重点强调："根据以前的经验，市里会综合考虑，最后出于平衡的角度，确定下来一家公司。五家公司中，根据我掌握的情况，瑞特地产实力最强，万达集团后台最硬。高兄可要做好背后工作，合理安排对策。当然，我的看法不一定准确，最后决定权还在你的手中。”

夏想最后一句其实是免责声明。

对于夏想的主动和上路，高建远还是比较感激的。尽管他非常忌妒夏想和连若菡之间的关系，但也明白不管是官场还是商场，都是朋友之间互相抬举才能升官发财，连若菡的事情可以暂时放到一边，眼下赚钱要紧。毕竟是第一次进军房地产市场，有许多方面他还非常生疏，所以对夏想的善意提醒也就郑重地放在了心上。

夏想两边卖好完毕，自嘲地笑一笑，心想有时总觉得自己不够热血，不够冲动。其实热血冲动小青年虽然显得不太成熟，不过有时也有可爱的一面。

夏想没想到，他刚想当一次冲动小青年，肖佳就给了他一个绝好的机会。

本来一直想和肖佳见见面，因为她弟弟过来，想让夏想给指指方向，不过夏想最近太忙，一直脱不开身。正好小王庄事情暂时告一段落，接下来会有看不见的厮杀，他也够不到资格参与，正好就当给自己放了个假。

说是放假，还是赶到了周六才去找的肖佳。

肖佳的弟弟肖昆土气未脱，长得又黑又瘦，和肖佳站在一起，简直天差地别，任谁也不猜不到他们是姐弟二人。夏想和肖昆握手：“小昆在燕市还习惯不？”

“还好了，姐姐对我很照顾，我也是农村的孩子，吃得了苦。”他憨厚地笑了笑，是真正的憨厚，纯真而善良，一看就是没有什么经历的孩子，“姐夫，你是不是挺忙的？我来了大半个月了，才第一次见你过来看我姐。”

夏想有点尴尬地摸摸鼻子，得，又一个小舅子，怎么当别人姐夫还当上瘾了？可别连若菡也有一个弟弟，就坏事了。他看了看肖佳，意思是怎么让他喊姐夫，不要教坏小孩子。

肖佳慌张起来，以为夏想责怪她，急忙推了肖昆一把：“乱叫什么？谁让你胡乱叫姐夫的，我和夏主任是普通的朋友关系。”

肖昆就嘿嘿地笑，他的憨厚和老实让夏想看了自叹不如：“姐，我知道你喜欢姐夫，你一说他的名字就双眼放光，脸上红红的，全是幸福，别以为我看不出来。我还能看出来，你和姐夫……”

肖佳满脸通红：“一边去，跑远点，不说话没人把你当哑巴。”

肖昆被赶到阳台上，夏想乘机捉住肖佳的手：“你弟弟说的都是真的？”

“他就爱骗人，你还信他，太幼稚了吧？”肖佳故作不以为然地说道，“没想到，你还挺自恋。”

“我不是自恋，而是听到背后有人喜欢，心里美。”夏想坏笑，又问，“你弟弟住得离你远不远？”

“不算近，他晚上就住在批发市场里面，有时候晚上要接车。”肖佳没明白过来夏想的意思，“怎么了，你问这个干什么？”

夏想挠挠头：“不干什么，他晚上住得远的话，我晚上住你这里，就相对安全了。”

肖佳大羞：“谁要让你住？你怎么一见面就不想好事？”

夏想拉住肖佳的手问：“你弟弟来之前，晚上来车的话，是不是你去接？”

肖佳点点头：“当然了，经常半夜爬起来去接车，总要自己清点一下才放心，有什么不对吗？”

“没有。”夏想心情沉重了，他握紧肖佳的手，“你真是太辛苦了，以前，我对你照顾不到，让你受累了。”

半夜三更去接从外地送菜的车，还要一件件清点数量，一个弱小女子，长得又漂亮过人，她一个人该承受多少委屈和辛酸？夏想心里沉甸甸的，很不好受。比起曹殊黧和连若菡，肖佳真是太要强了，也吃了太多的苦。而他作为一个男人，对她的关怀和照顾还是太少。

肖佳有点感动，鼻子酸酸的：“好好的，怎么说起这些了？你分明是故意逗我难受，不许说了，都过去了。现在我有人接车，也有人管着一摊子事情，又有我弟弟帮我，比以前轻松多了。我现在呀，就只想着等十里铺蔬菜批发市场开业以后，如何扩大经营就行了。”

夏想就又挠了挠头一笑：“那我晚上就留下来，给你做一个全身按摩，好好疼疼你。”

“不要。”肖佳伸手打掉夏想正在挠头的手，“我算是明白了，你不想好事的时候，就挠头；尴尬的时候，就摸鼻子。”

男人女人在一起，做一些爱做的运动，为什么女人总说成不是好事？

中午肖佳做饭，夏想就和肖昆坐在一起聊天。肖昆憨厚而老实，不过也有些见解，对蔬菜批发生意的前景也非常看好。当然因为第一次来大城市的缘故，肖昆有些拘束有些紧张。

夏想先是开导他几句，又让他全心协助肖佳做好蔬菜批发生意，以后肯定大有所为。肖昆对夏想有一种天然的敬畏心理，夏想说什么，他都点头答应。

趁肖佳做饭的间隙，肖昆小声地对夏想说：“我想求你一件事，姐夫，姐姐不敢对你说，又不让我说，可是我又不能不说。”

夏想见他吞吞吐吐的样子就笑：“想说就说。”

肖昆就压低了声音说:“我爸病好了之后,就成天念叨说姐姐年纪大了,该找个好人家嫁了,非要催着我姐找个男朋友,还说她不嫁人就是不孝。农村人的想法就是这样,姐夫你也别怪我爸多事。他觉得吧,我姐都二十四岁了,在村里和她一样大的都有孩子了,她还没有对象,以后怎么办?所以我爸给我姐下了死命令,过年的时候如果她不带着对象回家,就别回去了。”

肖昆说完,眼睛眨也不眨地盯着夏想,意思是,我都叫你姐夫了,你总得对我姐负责吧?

夏想想了想,觉得老人的要求也不算过分,他替肖佳出面安慰一下老人迫切的心情,也没什么,就说:“现在离过年还早,到时候就一起回家看看。”

吃饭的时候,肖佳显然已经从肖昆口中得知了夏想要陪她回家过年。俏脸因为兴奋而格外红润,还偷偷地在桌子底下用脚踢夏想。夏想假装没反应,一本正经地吃饭,严肃的样子让肖佳忍不住笑出声来。

刚吃完午饭,肖佳就接到了一个电话,说是新来了几车菜出了问题,蔬菜批发市场的管理人员不让卸车。说是接到上级通知,肖佳的菜农药残留量不达标,禁止进入批发市场。

肖佳恨恨地说道:“又是余震生这个流氓。”

夏想对流氓、色狼一类的字眼比较敏感,就问:“到底怎么回事?”

还是肖佳美貌惹的祸。

余震生是蔬菜批发市场管理办公室主任,掌管着所有商户的生死大权,他让谁进入批发市场,谁就能赚钱;不让谁进入,谁的菜就只能烂掉。因此在蔬菜批发商眼中,余震生比陈风还威风。

余震生从见肖佳第一眼起,就被她迷得找不到北。不过肖佳有个性,不屈从,对他不假颜色,但出手还算大方,送礼送钱,让他也挑不出理来。再加上他当时正好找了一个小秘,正处于新鲜期,所以也就看到肖佳的时候有点眼馋,平常的时候就和小秘黏在一起,也没时间去为难肖佳。

最近玩腻了小秘,余震生就又寻思起了肖佳。而且据他暗中观察,肖佳的皮肤越来越好,脸上也越来越有光彩,很明显是和男人在一起的缘故。余震生又气又急,气的是不知道让哪个男人占了便宜,抢了先;急的是,肖佳越来越让人心动,只看一眼,就让人心中痒得难受。

天生尤物,天生媚骨。

不过余震生旁敲侧击好几次,肖佳不但没有理他,反而一见他就躲到一边,让他心里无比郁闷。他就越来越火大,心想在我的一亩三分地做生意,不听我的话,还能有你好果子吃?他就准备扣下肖佳的货,让她尝尝厉害再说,不怕她不屈服。

听肖佳一说，夏想顿时火冒三丈，感觉许久不见的热血又重新沸腾起来，对肖佳和肖昆说道："走，过去看看，我看看余震生有多大本事，敢打我女人的主意！"

一句话让肖佳的内心充满了幸福，眼中充满雾气地看着夏想。

三人坐上夏想的桑塔纳，十几分钟后，就赶到了蔬菜批发市场。

两辆卡车停在路边，几名工作人员正在胡乱地翻捡着上面的各种蔬菜，态度十分恶劣，拿起一个茄子就摔到地上，甚至还要踩上几脚。旁边一个衣冠楚楚，大热的天还穿着衬衣打着领带的中年男人，正气势汹汹地嚷道："都给我好好抽查，只要发现有农药残留，就立刻标明，不予放行。还有，记下是哪家蔬菜批发公司的货，以后只要是他们的菜，都要重点检查，不完全检查一遍，不能放进去，听到没有？"

天气这么热，翻腾一遍，菜不是伤就是烂，绝对不能卖。就算有人要，也是饭店低价收走。饭店给的价格一般都很低，勉强够本。肖佳急得不行，余震生是故意发坏，就是想毁她生意，让她没路可走。

肖佳想要出面，夏想将她拉到一边，大步走到前面："谁是余震生？"

领带男叉着腰，十分气势地说道："我就是，找我什么事？"

"这车菜是我的货，你们凭什么糟蹋我的东西？"夏想双手抱肩，冷冷地看着余震生，见他头发锃亮，好像抹了一层鞋油一样。

余震生见夏想只是一个小年轻，却有一股不容侵犯的威严，吓了一跳，再一想自己是公正执法，管他是谁不用怕。何况夏想开口说出是他的菜，余震生就哼哼两声，气呼呼地说道："你的菜？这是肖夏蔬菜批发公司的菜，他们的法人是肖佳，你又是谁？"

"她的公司就是我的公司……余主任，我们公司的菜以前抽检一直全部合格，怎么这一次就全部不合格了，是仪器出了问题，还是人心出了问题？"夏想很不喜欢余震生一副小人嘴脸的模样，对他说话也就一点也没有客气。

余震生一听夏想是肖佳的男人，更加火冒三丈，忌妒得发狂——就是眼前这小子抢了先，还天天抱着肖佳睡觉，真是好菜都让猪拱了，怎么就便宜了这个臭小子了？他拍了拍手，无比嚣张地说道："我想查谁就查谁，要你来管？你在这里说话阴阳怪气，还故意妨碍我们执法，信不信我把你抓起来？"

夏想怒极反笑，怎么余震生跟城管一个德性，明明没有执法权，还大言不惭说是执法，真是浑蛋加混账到家了。他轻蔑地一笑："好，你要查就查，我会请技术监督局来复查，如果我的菜农药没有超标，我会向你的上级单位投诉你！"

余震生像被踩中了尾巴一样跳了起来:“行呀,小子,你哪儿来的？口气挺大,信不信我现在一个电话就可以先把你铐起来,理由就是……妨碍公务。还敢跟我狂,你才多大点儿?知道我的后台是谁不?说出来吓死你……”他的眼睛向上一翻,眼睛向天上看,“北宁派出所所长是我铁哥们儿,知道不？还敢跟我横,真是不知天高地厚。”

余震生说话时还不老实,右手还指指点点,差一点戳到夏想脸上。夏想火向上冒,一把打开他的手:“请注意你的爪子！”

余震生一下跳了起来:“小子,还真敢跟我硬碰硬？好,今天老子就奉陪到底。我还真把狠话放这里了,除非肖佳从了我,否则她的公司别想再在这个市场卖一天菜！”

关键时刻要敢于下手

“从你个头！”夏想从来没有像现在一样怒火冲天,见余震生不可一世,说话时唾沫乱飞的拽样,再也忍不住心中沸腾的热血,心想管他呢,就发一次疯,也不能再让自己的女人受这种杂碎的气!

他一反手抓住余震生的手,翻腕一拧,余震生顿时疼得像虾米一样拱起了腰,杀猪一样惨叫起来:“快,快上,打残这个王八蛋。”

旁边几个明显是余震生手下的小伙子号叫一声,纷纷围了上去。夏想冲余震生的屁股猛踢一脚,将他踢了个狗啃泥,然后一回身就将扑上来的一个小伙子推到一边,又一拳将另一个小伙子的半边脸打肿。

三下五除二,夏想就把三五个人打倒在地,一点也不拖泥带水,看得肖昆在一旁大眼瞪小眼,不敢相信夏想还有这般身手。见识过夏想突袭小流氓手段的肖佳,也是又惊又喜。惊的是,唯恐夏想一不注意,被人打上一顿;喜的是,夏想为了她热血冲动,让她心里甜如蜜。

哪一个女子都希望爱自己的人为自己义无反顾！夏想今天的所作所为让肖佳从内心深处知道,夏想对她,确实至真至情。

几人被打倒在地,并不服气,都爬起来又围了过来。余震生一个驴打滚从地上跳起来,一边打电话一边冲几个小伙子嚷道:“打不过他,把他围住了,不能放他走,等我打电话,让我哥们儿带警察来抓他。进了派出所,好好让他坐坐老虎凳。”

几个人把夏想围在中间，却没有人敢主动向前。夏想就抱着双肩，镇静自若地站在当场，看着余震生打电话。谁也没有注意到，在离现场的不远处，有一个面包车停在路边，窗户打开一道缝，露出一个长焦镜头，正不停地对着现场拍摄。

夏想在前来批发市场的路上，就想好了对策，打电话给杜同国，让他过来暗访，最好躲到暗处拍到一手的现场照片。杜同国几乎和夏想同时赶到，为了获得最真实的现场效果，就和摄影记者躲在一边，把刚才的情景全部拍了下来。

不一会儿，一辆警车风驰电掣地来到现场，从上面下来几个警察，帽子都没戴正，衣扣都没有系好，骂骂咧咧地来到现场。当前一人气呼呼地喊道："什么事，什么事？老余，大中午的也不让人好好睡觉，非把我们哥几个都请来，你晚上不管一顿好酒就说不过去了……谁是肇事者？"

他一眼看到夏想，伸手拿出手铐，斜着眼睛看着夏想："你哪儿来的？胆子不小，敢在批发市场闹事，知道这一亩三分地归我张志强管不？反了你了，跟我回所里！"

夏想心想这个张志强还真够浑蛋的，问也不问就要铐自己，赤裸裸地偏袒余震生！也好，就跟他走一趟，看他如何收场。夏想心里这么想，嘴上却说："警察同志，你哪只眼睛看到我闹事了？是他们先动的手好不好？他们几个人打我一个，我是正当防卫。"

"还正当防卫，我说你是故意惹事，你就是故意惹事。还想横？"张志强毫不含糊地给夏想铐上，大手一挥，"带走，回所里给他好好上茶上座。"

几个警察过来要推夏想，夏想轻轻弹了弹身上的土："不劳大驾，我自己会走。"转身又对肖佳说道，"我去一趟派出所，一会儿就回来了，你们在这里等着，别走，要是有记者采访你们，就照实说，不用怕。"

肖佳和肖昆虽然也担心夏想，不过见他笃定的样子，知道他心里有数，又想起他路上就交代过，他自有安排，多少也放了点心。肖佳就说："你自己小心点，别吃眼前亏。"

夏想笑着点了点头，他可不是喜欢吃亏的人。

蔬菜批发市场归北宁派出所管，离市场并不远。夏想坐在车里，一左一右有两个小警察，就笑着问："所里是不是整治人的方法挺多？"

左边的小警察被夏想的样子逗乐了："一会儿试了你就知道了，保管让你记忆深刻。"

夏想又问："是不是余震生跟你们所长挺熟悉？所以只要惹了余震生，不问青红皂白就会被抓起来？"

“什么叫不问青红皂白？”小警察年纪不大，痞气挺重，推了夏想一把，“一会儿到所里我们又请你喝水又请你上座的，不就是要了解一下情况吗？到时你可要好好配合一下，对了，你在哪里工作？有没有熟人，有的话，赶快打电话，晚了别后悔。”

“怎么个后悔法？”夏想装傻。

“算了，跟你说了也白说。”小警察不耐烦地挥挥手，“看你这模样，不像有来头的人。我可好心提醒你一句，我们北宁派出所因为管辖的范围之内外地人多一些，所以审讯手法比较熟练，你到时不想吃亏的话，就老实一点。”

“那我还是打个电话吧。”夏想老老实实地说道，“省得一会儿连牙都找不到了。”

几个警察一起哈哈大笑，坐在前排的张志强回过头来：“小子，你多大了？知不知道有些人不能惹？对了，你认识谁？说出来听听。”

上一次和孙安一起来了两个人，何明是交警，历飞是民警，夏想就报了历飞的名字。张志强想了想，如释重负地笑了：“不认识，区局和市局都没有这一号人，我劝你别打电话了，最少也是所级领导说话才管用。”

夏想还是给历飞打了一个电话，历飞一听夏想被抓到了北宁派出所，在电话里就笑了起来：“你没事吧？就你也能被他们抓了？怎么不报孙安的名字？”不等夏想说话，历飞又恍然大悟地说道，“我明白了，你想黑人家一把？”

历飞够聪明，猜对了，夏想就是要故意黑他们一把。看他们无法无天的样子，夏想就本着治病救人的情操，决定给北宁派出所和余震生一个足够大的教训。

历飞说了一句“我马上到”就挂断了电话，然后他就急匆匆下楼要出发。

历飞和孙安是好友不假，不过他没有什么背景，借着孙安的力量，现在也混到民生路派出所副所长，刚提了才没几天。他现在也知道夏想是陈市长的跟前红人，又是曹市长千金的男朋友，前途一片敞亮，能结交上是他的福气。一听夏想召唤，他高兴还来不及，觉得夏想没把他当外人。

论起来，夏想现在级别比他还高。

历飞走得急，下楼的时候差点碰到一个人，他闪到一边一看，愣了一愣，急忙赔着笑脸说道：“陆局，您怎么来了？”

此人是北仓区公安局局长陆文武。

陆文武矜持地点了点头：“我有事来找邓所长，小历呀，你都提了副所了，怎么走路还慌里慌张的，不像话。”

要是平常，历飞还巴不得陆局长多批评教育他，那是对他的爱护。不过今天他怕耽误事情，万一夏想真被不长眼的小警察给打了，别说他没脸去见孙安，就是曹殊黧一生气，后果也是非常严重。所以他忙不迭地说道："真不好意思，陆局，我还真有急事，今天没时间听您的教导了。我有个朋友被抓进了北宁派出所，我得赶快过去救急，要是他被人打了，事情就没法收拾了。"

"什么朋友这么重要？打个电话不就成了？"陆文武不以为然地说道，又要摆出一副教育历飞的姿态。

"他叫夏想，是……"历飞正要说夏想是孙局儿子孙安的朋友，陆文武突然睁大了眼睛，一把抓住了历飞的手，问道："夏想？你说的是城中村改造小组办公室的夏主任？"

历飞吓了一跳，陆局从来都是四平八稳的样子，怎么也有失态的时候，忙说："就是，就是，怎么了，陆局也认识他？"

"还不认识。"陆文武突然一脸凝重，语气无比严厉地说道，"谁不长眼睛敢抓夏主任，公安队伍现在怎么乱成这样？看来不好好整治他们，他们还真是什么都敢干。小历，走，我坐你的车，跟你一起去。"

历飞张大了嘴巴："真的，陆局？"

历飞还从来没有过和陆文武同坐一车的机会，更何况现在是坐他的车上，他的心就跳个不停，心想陆局既然不认识夏想，他着急个什么劲儿？难道他知道夏想跟曹市长的关系？有可能。这下好了，历飞暗暗高兴，有了夏想这一层关系，等于直接和陆局接上了线，以后不愁没机会和陆局接近。

夏想打完电话就被带进到北宁派出所。

北宁派出所在地道桥的边上，在一个小院里面，门口挺窄，里面地方不小，停了好几辆警车，不时有人垂头丧气地被带进来。

夏想被推搡着带到了二楼，张志强坐在他的对面，拿警棍敲着桌子说道："怎么着，承认打架闹事，主动接受治安处罚的话，我们就对你客气点。"

夏想就问："怎么罚？"

"罚款五千元，拘留十五天，同意的话，现在就签字。不同意的话，喝茶上座之后再签字。"张志强嘿嘿笑了几声，"你自己想好了，反正结果都一样，过程不一样。如果要选择第二种，我们麻烦，你受罪。"

明目张胆地暴力执法，野蛮威胁，夏想直盯着张志强的眼睛："你这么做，也不怕上面查你们？随便抓人，随便罚款，就没有一点法律意识？"

"法律？在北宁派出所里，我就是说一不二。你还跟我犟上了，看来不好好让你吃点苦头，你还抱着幻想？年轻呀，年轻人就是容易冲动，容易幼稚。"

张志强猛地一拍桌子："名字，单位，都统统报上来！"

"他叫夏想，是城中村改造小组办公室主任，正科级……"忽然一个声音从外面响起，一个人推门进来，先是看了夏想一眼，见他安然无恙，才放下心来，然后走到张志强面前，猛地一拍桌子，“张志强，你眼中还有没有党纪国法，还有没有法律意识？堂堂的正科级国家干部，被你用手铐铐到派出所，不问清楚事实就开口罚款，闭口拘留，你这个派出所所长也太不称职了！”

张志强傻在当场，想站却没有站起来，差点没有溜到桌子底下。他双手扶着桌子，才努力站直了身子，脸上挤出一丝笑容：“陆，陆局，您怎么亲自来了？”

“我是来制止你在错误的道路上越走越远！”陆文武气不打一处来，张志强还是他一手提拔的。当初就看上了他敢干，胆大心细，将外来人口最多的北宁派出所辖区治理得井井有条，没想到，也是一个做事不经大脑的货色。

历飞从外面闪了进来，二话不说帮夏想松开手铐，看也不看张志强一眼，一脸关切地问：“夏哥，没事吧？你说就凭你和孙安的关系，说出来能进所里受这个委屈？真是的。”

历飞的埋怨带着关切，又含蓄地点出了夏想的背景。陆文武顿时愣住：“小历，你说夏主任认识孙安，孙局的儿子？”

“何止认识？”历飞的声音带着夸张，也提高了不少声调，“夏哥不但是孙安的铁哥们儿。就连孙局也非常欣赏夏哥，关系近得跟亲戚一样，还有曹……”

夏想忙打断历飞的话：“别这么说，孙局也就是和我喝过一次酒，帮我办了一个驾照……”

历飞也是聪明人，见夏想不愿意提曹市长的关系，也就急忙闭嘴。

不过夏想的话却已经点明了他和孙局之间的关系匪浅。试想，要是关系不深，一个堂堂的市局副局长，能亲自出面帮他办理驾照？这样的小事也要孙局开口，面子可不是一般的大。

张志强差不多已经站不稳了，他苦着脸，结结巴巴地说道：“夏哥，不，夏主任，误会，都是误会，我不知道你是孙局的亲戚……”

陆文武也愣在当场，他之所以主动出面和历飞一起来捞夏想，不是因为他知道夏想和曹市长的关系，而是他早就听闻陈市长对夏想无比器重，也知道陈市长肯定会重用夏想。所以要提前加深关系，认识一下，出面到所里救他，是一个天大的好机会。

还有更重要的一点，也让他认定夏想以后肯定前途畅通，是因为他的老婆是林双玉。

林双玉在家里没少说夏想如何如何讨陈市长欢心，一上任就惊动了陈市长的秘书江天主动打电话，就为了给改造小组办公室换新的办公家具，而且夏想还和京城来的远景集团来往过密。陆文武就记在心里，正好今天无意中听历飞提起，他怎能不上心？就急巴巴地跟了来。

没想到，夏想和孙局还有关系，今天这一趟可真是值了，陆文武心中拿定了主意，主动和夏想握手："夏主任，我是陆文武，谨代表北仓区公安局，对基层同志野蛮执法的行径向你表示歉意。"

夏想虽然不知道陆文武的来意，不过听张志强叫他陆局，就对他的身份有了认识，也客气了几句。

陆文武见夏想不太热情，知道他对张志强强烈不满，就脸色一沉："张志强，我责令你作出深刻检讨，向夏主任当面认错。"

夏想摆摆手，淡淡地说道："不用了，不用麻烦陆局了。张所长的错不应该向我认，而应该让党纪国法去认，向全市人民认。"

陆文武一脸愕然，什么意思这是，夏想话里有话呀？还没等他开口问，外面就传来了嘈杂的声音，听到有人在喊："报社的记者？不行，没有上级领导指示，我们不能接受采访。"

一个人大着嗓门回答："蔬菜批发市场管委会主任余震生，恶意检查商户的蔬菜，造成商户巨大的经济损失。另外根据我们在蔬菜批发的随机采访，证实余震生和北宁派出所所长张志强联合打击外地客商，我们已经将此事上报了北仓区政府。同时，我们《燕省晚报》要对此事进行深入报道……"

陆文武明白过来了，夏想是设了一个套让人往里跳，没有他的出现，夏想也不会善罢甘休。夏想其实想整的是余震生，无奈的是，张志强很不长眼地跳了出来，正被人逮个正着。

陆文武脑子一转，立刻就有了决定，他转身来到办公室外面，冲楼下喊道："让记者同志进来，省报的记者有采访和监督权力。"

杜同国带着一名摄影记者进来之后，上来就要采访张志强，陆文武上前拦住："记者同志，张志强同志因为严重违反纪律，现在已经被北仓区公安局停职接受检查。关于他的问题，局里会有进一步的处罚决定，到时会向媒体公布。"

张志强一下子坐在椅子上："陆局，我，我错了，再给我一次机会吧……"

夏想见状，心想既然陆文武挺给面子，也要给他一次露面的机会，就对杜同国说道："同国，陆局听到北宁派出所有违法乱纪的事情发生，就急忙亲自赶来处理。作为省报，不但要揭露丑陋的一面，还要宣扬美好的一面，像陆局这样一心为民的领导干部，就应该多宣传，多报道。"

陆文武一听立刻满面笑容："夏主任过奖了，这是我的本职工作，理应严格要求下属。公安机关就是为了打击犯罪保护公民而成立的，所以我们公安内部更应该严于律己……"

陆文武讲话完毕，又一脸严肃地对历飞说道："历飞同志，现在由你暂代北宁区派出所所长，等局党委会讨论之后，再正式任命。"

历飞喜出望外，一句话就由副所扶了正，好事来得太快了，全是沾了夏想的光！

与陆文武的神采飞扬和历飞的升官相比，张志强被就地免职的沮丧就没人理会了。他失魂落魄地看着夏想，半天都想不明白他一个科级干部，怎么就让陆局也亲自出面，还让陆局免了他的所长职务！

张志强连哭的心都有了，他好不容易混到了所长的位置。别小看小小的派出所所长，一年光从看自行车的老头儿老太太身上，就能捞到好几万的好处，更不用提辖区内的饭店、酒吧还有蔬菜批发市场，哪里的孝敬能少得了？他一年赚个十万八万的都不嫌多！

现在好了，还不定落一个什么下场。张志强看了夏想半天，心想，行，算你狠，你小子等着，别让我有翻身的一天。

历飞乐得跑前跑后，亲自为记者同志倒水，杜同国见事情处理得差不多了，就跟夏想提出了告辞。夏想送他到外面，笑着说道："再次感谢杜记者为我解围。"

杜同国摆手笑笑："别，夏主任再这么说就是寒碜我。你这是尽一个合法公民的责任，是为我们报社提供宝贵的新闻线索，我感谢你还来不及呢！"

"行了，我们兄弟之间就不客套了，有空一起吃饭。新闻稿，只要你们报社敢发，就大胆发一发，市民现在需要一些揭露黑暗面的报道……"

杜同国赞同地点点头："这个题材非常好，我想等余震生的处理结果出来后，再做一篇大稿出来，肯定有积极的社会意义。"

告别杜同国，夏想就要回蔬菜批发市场，陆文武想留夏想一起吃饭，夏想婉拒了，他不能放下肖佳不管。陆文武见他确实有事，也没勉强，说了几句话，最后交了底："其实我和夏主任也不算外人，我家那位也在市政府工作，还和夏主任打过交道，她叫林双玉。"

夏想乐了："原来还真是一家人，那感谢的话我就不多说了，回头请陆局吃饭。"

夏想也没有要历飞陪同，他之所以没有直接打电话给曹永国或是孙定国，就是因为这事不宜惊动他们，毕竟涉及了肖佳，还是将事态控制在一定的范围之内为好。还好历飞也不是多嘴之人，也没多问夏想为什么要和余震生起冲突。

回到蔬菜批发市场，现场已经恢复了秩序，肖佳的几车蔬菜已经入场，分批批发到各个地点。

肖佳见夏想安然无恙地回来，才放下心，尽管她也知道夏想有点本事，但夏想的真实背景她并不清楚。肖昆一见夏想，就竖起了大拇指："姐夫你太厉害了，省报的记者一来，余震生还说狠话，人家记者才不怕他，一个电话就打到了技术监督局和区政府。很快技术监督局就来了专业人员，经过检验蔬菜全部合格，还开出了合格证。他没有办法就让我们的车进场了，不过他说，以后只要是我们的菜，每车都查。现在算是暂时过关了，以后怎么办呀？"

夏想拍了拍他的肩膀："别怕，有我在……"一个电话就打给了高海。

高海听完，也不多问："一个小小的管委会主任也敢惹你？你可是连武大秘都敢当面顶撞的人！北仓区是吧？我给他们区长打电话问一下情况，既然省报也在等一个处理结果，我想北仓区肯定会慎重对待的。"

高海没有再回来电话，夏想直接来到余震生的办公室，余震生还气势汹汹地嚷道："请你马上离开我的办公室。"

夏想跷起二郎腿："这办公室归管委会所有，不归你个人所有。另外还想提醒你一下，张志强已经被免职了。"

余震生的汗立刻就流了下来："怎么回事？到底发生了什么？你是个什么来路？"他仿佛才明白过来，"省报是你请来的？"

夏想点点头："不错，我还请了别人，估计一会儿就到了。"

"兄弟，误会，大家是误会。"余震生觉察出了不对，急忙放低了姿态，"是我不对，是我不该见色起意，是我色迷心窍，兄弟，放我一马，怎么样？"

"晚了……"夏想摇摇头，"省报要对这件事情跟踪报道，很不幸，你是反面教材。"

话音刚落，电话响了起来。余震生接过一听，如遭雷击一样愣在当场，半晌才说出一句话来："完了，一切都完了！"

余震生被免去管委会主任一职，开除党籍，移交司法机关处理。余震生当场号啕大哭："我错了还不成吗？我贪污的钱都没花，全上交国库还不成吗？放过我，再给我一次……"

可惜的是，有些错误是没法原谅的。

肖昆对夏想佩服得五体投地。

晚上有车要来，肖昆就留在批发市场守夜，夏想和肖佳一起回家。一路上肖佳一直不说话，低着头想心事，闷闷不乐的样子。夏想逗她：“没有了后顾之忧，你怎么还不高兴？”

肖佳勉强笑了笑：“我越来越觉得你比我想象中还要厉害得多，你是不是后台很硬，本事很大？”

夏想笑了，爱惜地摸了摸她的头：“别想那么多，你只需要知道，任何时候有困难了，都可以找我。”

肖佳忽然又神秘地笑了：“我现在就有一个困难找你帮忙，不知道你能不能答应？”

“是什么？只要我能做到！”

“你一定能做到，而且还能很轻松地完成。”肖佳的笑容中透露着古怪。

夏想就大感好奇：“说来听听。”

“我想为你生个孩子。”

夏想愣住，不明白肖佳为什么突然就有了这个想法？他就开始挠头，然后又要摸鼻子。还没摸到，就被肖佳的手抢了先，她笑着说：“我帮你摸鼻子算了……我只是这么一说，你可以先想着，什么时候想通了就答复我。想一年，我等你一年；想十年，我等你十年。”

三天后，《燕省晚报》以几乎整版的篇幅报道公安系统基层民警素质低下，野蛮执法，个别市场管理混乱，管委会收受贿赂，扰乱正常的经营秩序……报道的口气之严厉让夏想大吃一惊，心中明白，由他不经意之间惹出了一件小事，已经被上层人物充分利用，成为一个导火索。

因为他清楚得很，只凭杜同国一个普通的记者，就算写出这样的稿子，没有上头的点头，也不可能用批评的语气。记者有监督的权力，但也不能随便对政府指手画脚。

夏想急忙给杜同国打了一个电话，果不出他所料，杜同国也说他的稿子交上去之后，主编什么也没有说，没想到见报之后稿子已经经过了润色，与他之前所写的大相径庭，他也不知道是怎么回事。夏想想了想，就劝他什么都不要说什么也不要问，等着升职就可以了。

杜同国半信半疑，两天后，他就被破格提拔为主任记者，并让他继续追踪报道此事。杜同国才对夏想的先见之明无比佩服。

夏想虽然并不完全清楚里面的内幕，但也能猜到，一场打架引发的事件，已经被别有用心的人上升到了政治事件的高度，正在演变成一场政治风暴。

陈风看到《燕省晚报》的报道后，勃然大怒，当场拍了桌子，把燕市的公安局局长凌松平叫来大骂了一顿。然后陈风让他立刻开展对全市民警的整风活动，不要给燕市丢脸，不能给燕市的形象抹黑。凌松平有苦说不出，只好低头挨训不敢还口。

紧接着，《燕省晚报》又暗访了几个派出所，发现了同样的问题。随后省委宣传部指示包括电视台和《燕省日报》在内的所有媒体，一律公开公正地报道基层派出所的违法乱纪行为，不得瞒报，不要怕丢丑。几天后，市公安局副局长孙定国带队微服私访，又发现一些问题，并且经过核实，几乎所有涉及的派出所都和局长凌松平有关……

夏想作为旁观者，看是看出一点门路，等他找到高海，问了高海一句话之后，就更加断定了心中的判断。

夏想问的是："凌松平局长是谁的人？"

高海笑答："凌局长一向和市委走得比较近。"

凌松平是崔书记的人，一直以来不太听陈风的话，陈风早想动他，但凌松平为人持重，在公安系统又很有威望，陈风找不到下手点。正好出了北宁派出所的小事，就在杜同国的稿子完成上报之后，无意中被省委宣传部负责审报的人看到，此人和曹永国关系不错，就打电话告诉了曹永国。

曹永国自上任常务副市长以来，一直打不开局面，北宁派出所事件让他眼前一亮，直觉告诉他这是一个绝好的切入点，他就立刻向省委宣传部长卢渊源作了汇报。卢渊源听了曹永国的想法之后，沉默良久，最后说道："是一个好机会……"

在卢渊源的默认下，全省的媒体一边倒地开始报道燕市各个基层派出所的问题。许多问题不但触目惊心，还让人无法想象。

三天后，仗着有崔向撑腰的凌松平仍不低头。

随后在省里召开的常委会上，一向低调的省委秘书长钱锦松突然提议，燕市公安局局长凌松平在领导干部的任命上有重大失职，建议对其采取措施，否则不足以平民愤……钱锦松的话如一枚炸弹，顿时让常委会一片震惊。

虽然最终钱锦松的提议不了了之，但在北宁派出所事件之上一直保持沉默的崔书记，突然公开表态。他高调支持媒体的揭短报道，称绝不姑息公安系统中的害群之马，发现一个，查处一个。

两天后，凌松平引咎辞职！

一周后，市委常委会讨论之后，决定任命孙定国为燕市公安局局长。

曹永国和陈风第一次一暗一明的合作，大获全胜。

硝烟消散之后，作为事件导火索的夏想，却没事人一样。虽然曹永国也向夏想含蓄地说了一点内幕，只字未提陈风，而夏想却将其中的弯弯道道猜得八九不离十，暗暗佩服曹永国的出手果绝，和陈风配合得天衣无缝。姜还是老的辣，两个市长第一次联手，就扳倒了一个局长，而且还将自己人借机扶正。要不是因为曹永国和他的关系，夏想差点把他和陈风形容成一对老狐狸。

只是让他想不通的是，钱锦松明显是助陈风一臂之力，究竟他是向陈风示好，还是另有原因？

猜是猜不到钱锦松的真实想法的，只能以后慢慢再看了。人性都是复杂的，钱秘书长此举或许既有向陈风示好的意思，又有他自己的精心打算。

不是说谭龙既和钱锦松关系不错，又和崔书记走得很近吗？如此看来，钱锦松和崔书记的关系，也许很一般，也许另有内幕。

九月的燕市，虽然已经立秋，但秋老虎的威力还是让人浑身燥热，还好偶尔一阵凉风吹来，才感觉到一点秋的气息。

算起来，城中村改造工作，已经停快一个月了。不过好像没人着急，大家都还有事要忙，以前的城中村有许多遗留工作要做，吴港得和和曲雅欣还是经常要出去跑。曹殊黧开学了，夏想就感觉轻松了不少，至少小丫头不用总想着他，总缠着他了。他除了经常前往森林公园履行一下联络人的职责之外，和连若菡的见面倒也不少。不过连若菡对他还是忽冷忽热，好在他已经适应了连若菡的变化，反正她热的时候热不到哪里去，冷的时候更不像以前是真冷，而是假装。

宋朝度家里也去过一趟，宋一凡还真把夏想当成了大哥哥，他一去，她就围着他问东问西。诸如女朋友是谁，漂亮不漂亮，如何追到手的，等等，小女孩式的话题总让他无法回答。宋朝度对他还是不远不近的样子，偶尔和他说起现在的局势，也多半是提到李丁山，说是李丁山回燕市就好了。言外之意，他是想让夏想多和史老走动。

夏想却不接话，他也想和史老走动，但他明白了一点，史老只会为李丁山一人出手，其他人再有天大的难题，他也会无动于衷。再有史洁的态度还是没有多大的改观，所以他一直觉得多去无益，只要李丁山没有事情让他出面，他从不会主动去找史老。

期间，夏想还和连若菡一起拜访过成达才。成达才对连若菡的来访没有表示出太多的意外，在谈话时，夏想好奇地问成达才为什么没有介入小王庄的开发。成达才笑着摆手："你和远景集团的连总关系这么熟，远景集团都没有插手，达才集团没有插手的原因，应该是和远景集团一样的理由。"

从成达才轻松的表现来看，他根本就没有把远景集团当成强有力的对手看待。连若菡在成达才面前也表现出了恰当的恭敬，当然其中也有夏想再三叮嘱的原因。否则以连若菡的出身，成达才再是燕省房地产的领军人物，在她眼里，不过是一个超级暴发户而已。

当第一场秋雨伴随着凉气从天而降的时候，燕市将近两个月的平静终于被打破了。经过市里几轮协商，最后领先房产和吉成地产因为实力不相上下，不好选择，由陈风提议，提交常委会讨论。

常委会上，崔向端坐正中，微微眯着眼睛看着在场的十几个常委，心里琢磨到底要不要帮吉成地产说话？领先房产幕后是谁，他只查到了范铮，常务副省长的面子给是要给。但他本身也是省委常委，向不向范睿恒示好并不太重要，毕竟，和范睿恒的关系再好，也好不过吉成地产二百万的许诺。

犹豫了片刻，崔向还是下定了决心："领先房产是一家新兴的公司，虽然从表面上也挺有实力，但毕竟小王庄是他们开发的第一家小区，以前并没有成功开发过别的小区。我担心，他们对市场把握的能力有所不足……"

崔书记的发言，是给领先房产定了基调。

曹永国举手发言："吉成地产虽然有成功的经验，但他们在开发二十铺的同时，还有一个小区正在收尾，吉成地产的实力不足以同时应付两三个小区的开发。以前我在担任城建局局长的时候，遇到过同样的情况，一家公司同时开发了两家小区，而且这家公司的实力比吉成还要雄厚。结果是两家小区最后都出现了严重的质量问题，最后这家公司因为要承担巨额损失，而最终破产倒闭……前车之鉴，不得不让我们慎重从事。"

曹永国在行业内有权威无人可比，他的话一出口，立刻引起了几人的附和。

崔向眉毛动了几动，眼神闪过一丝不满。

和常委会上心平气和的讨论相比，在谭龙的办公室，则是充满火药气息的争论。

武沛勇大马金刀地坐在谭龙的对面，以十分自信的口气说道："谭市长，我劝你还是主动退出，和我作对没什么好处，而且领先房产是势在必得，肯定可以通过常委会！"

设计一个连环坑

谭龙看武沛勇得意扬扬的样子，心中不快，心想既然你有把握又何必找我说事？别以为你是省委书记的秘书就可以为所欲为！他心中厌恶，脸上也就没有好脸色:“既然武秘书有十足的把握,就不用和我再多说了。再说,我哪里和你作对了？一切按市场规律办事,凭实力说话,是不是？”

武沛勇冷笑一声:“谭市长是不是觉得我还管不到燕市市政府？是,现在是管不到,不过不知道谭市长有没有听说,省里马上就要成立建设厅了？”

“听说了,武秘书有什么内幕消息吗？”谭龙装傻,他也听说武沛勇可能是首任厅长,不过他并不担心建设厅能卡住燕市的市政府规划。建设厅是管辖全省的规划和建筑市场不假,但作为副省级城市的燕市,一旦市政府形成决议,只需要走完形式,在建设厅备个案就可以了。建设厅如果真没事找事,卡着不放,身为厅长就太没有政治头脑了。

武沛勇却呵呵一笑:“说不定我到了建设厅工作,到时也有和谭市长合作的机会。怎么样,谭市长,你现在让一步,我会记在心上。”

谭龙摇头:“什么让步？武秘书说的我听不懂！”

武沛勇勃然大怒:“谭龙,不要在我面前装腔作势,你是吉成地产的后台,你拿了吉成地产的黑钱,别以为我不清楚。你们的内幕交易我知道得一清二楚。”

谭龙也不是被吓大的,他用手一指门口:“出了市政府大门,向右拐,然后再拐到蓝角街找到市委大院,里面就有市纪委,武大秘有情况尽管去找纪委的同志去反映……不送了。”

武沛勇见谭龙丝毫不给他情面,还要赶他出门,更是气急败坏地嚷道:“谭市长你可知道领先房产的幕后老板是谁？我说了你可别后悔！”

谭龙也正在气头上,哪里还想那么多:“谁不知道领先房产的老总严小时是范铮的表妹,范铮是谁,就不用我说出口了吧？武秘书,大家各凭本事做事情,凭什么不是你退而是我退？”

“因为……”武沛勇一字一句地说道,“因为范铮还有一个合伙人,他叫高建远！”

说完,武沛勇摔门而去。

谭龙愣在当场,他万万没有想到,领先房产还有一个大人物隐在背后,竟然是高书记的儿子高建远,怎么可能？怎么一点也没有风声传出？

要是夏想在,肯定会愿意帮谭市长解答心中的疑问。高建远以绅士风度自居,行事又爱低调。他总喜欢躲在幕后操纵一切,又想证明自己几年的国外留学确实学到了的真本领,所以他才不肯抛头露面,打着高成松的旗号到处显摆。高建远想要的效果是,他既想合理地利用他身为省委书记儿子的优势,又不想让别人知道,等到他成功之后,别人大吃一惊,才发现他真实的身份。这样的成就感和自豪感，才是高建远一直苦苦追求的惊喜！

高建远……高书记的儿子？谭龙心中五味杂陈。

高书记他可得罪不起，而且又传闻高书记一向容不得别人质疑他的权威。他儿子想要小王庄的开发权，要是被他和吉成地产抢到了手，以后还会有他的好日子过？谭龙敢和武沛勇叫板，他却没有勇气和高成松作对。

猛然间，谭龙想起了省里叫停了城中村的改造之后，陈风一直非常平静，没有一丝急躁不安。他还一直不解，为什么陈风不急着找省里要说法，原来症结在这里。

高书记是要为领先房产铺路，陈风心知肚明，只有他和崔书记蒙在鼓里。想起常委会正在讨论的小王庄的归属问题，还有崔书记在上会之前，一副胸有成竹的样子，谭龙重重地一拍脑袋："糟糕，上当了！"

只是为时已晚，常委会上经过一番讨论，最后崔书记力排众议，将小王庄的开发权拍板给了吉成地产！

夏想知道消息后，第一时间通知了高建远，他语气沉重、痛心疾首地说："对不起高兄，陈市长和曹市长尽力了，方部长也帮着说了不少话，可惜的是，崔书记的决心太大，其他常委又附议崔书记，最后……"

高建远听起来很平静，仿佛早已知道了结果一样，淡淡地说："我知道了，谢谢你夏想，你的帮助我会记在心上。"

夏想忙客气几句，又安慰他说："不要紧，建远，也不是除了小王庄之外，就没有其他的好项目了。我有一个想法，有时间跟你再交流一下，保证比小王庄的收获还要大上不少。"

高建远也知道夏想在开发小区上有些见解，心中虽然对小王庄的失利大大的不爽，不过为了保持风度，还是努力不流露出来。夏想的提议让他心中一动，正是最需要安慰的时候，夏想如果真的有新的开发项目，才是真正的雪中送炭。

"那我就不跟你客气了，晚上有时间的话，一起坐坐，地点就在聚贤庄园，怎么样？"

晚上八点，夏想准时赶到聚贤庄园，人已经到齐了。除了高建远之外，还有范铮、严小时，出人意料的是，武沛勇竟然也在。

武沛勇对夏想还是不屑一顾的态度，见他进来，坐在原地动也不动，一副不与他为伍的姿态。夏想对武沛勇的态度毫不在意，不是说谁表面上越嚣张就越厉害，真正笑到最后的，是始终不动如山的那个人。

寒暄过后，高建远脸上看不出失落，范铮却愤愤不平地说道："谭龙不过是一个副市长，就仗着钱锦松的关系，就敢这么不把我们领先房产放在眼里，欺人太甚。我已经给我爸说了，找机会好好找回来。”

武沛勇瞥了夏想一眼，犹豫一下，还是说道：“夏想你知道什么内幕不？我明明已经当面告诉谭龙，领先房产和高书记之间的关系，谭龙还一点面子也不给，是不是陈市长也暗中帮他？”

夏想听了心中来气，武沛勇有话就是不能好好说，他也就没给武沛勇好脸色：“陈市长？你不知道天安房产的事情吧？争夺二十里铺的时候，陈市长本来也是支持天安房产的，也是在最后一刻崔书记发了话，二十里铺才给了吉成地产。陈市长也被吉成地产摆了一道，你说他还会支持吉成地产？陈市长没这么大度吧？据我所说，常委会上明确支持领先房产的有陈市长、曹市长和方部长，其他人的态度，我就不太清楚了……”

武沛勇还振振有词：“我怎么怀疑你也在暗中捣鬼？”

“武大秘，你也太瞧得我了吧？我能影响得了燕市的市委常委？你以为我是谁？”

“武秘书，你少说几句，夏想自始至终都对领先房产帮助不少，我们都心中有数。你不要因为对他有成见，就乱扣帽子。”高建远说话了，一脸的不耐烦，看了严小时一眼。

严小时一脸无辜，摆摆手，直截了当说了出来：“是武秘书主动要来的……”意思是，不是她邀请来的。

武沛勇也看出高建远对他有点不满，他站起身：“我也是为你好，建远，你自己要多个心眼儿，反正夏想，我总觉得他不怀好意。好了，我先走了，你们聊。”

武沛勇一走，夏想就笑着说：“武秘书对我不太信任，要不我的建议就不要说了……”夏想就是有意试探一下几个人的反应。

范铮最先开口：“不，要说，一定要说。我相信你，夏哥，武秘书这人，耍横他行，别的本事我看也有限得很。”他又看了高建远一眼，“建远别多心，我没有说高书记用人不行的意思。”

范铮还真是够二，话也不用说得这么直接吧？高建远有点尴尬地点点头，没说话。

严小时也看着夏想说：“夏主任有什么想法就说说，别在意武秘书的态度，他有时就是有点不靠谱，其实人倒不是很坏，时间长了你就知道了。”

高建远笑了笑：“我请小夏过来，就是想听你的高见，有话直接说，我们也不是外人了……至于武秘书，他不是已经走了吗？”

高建远的意思夏想明白,合作是他们之间的事情,和武沛勇无关。

夏想也就不再矫情,用手向西面一指,说道:“西郊的风景不错,有山有水。而且有一处地势非常好,前面平坦,后面依山,正是依山傍水的风水宝地……”

“有什么用?”范铮不解地问,“离市区这么远,就是建成免费的公园,也没什么人去。”

“建成公园当然没人去,建成高档的别墅区,自然就成了有钱人聚集的宝地了。”夏想一伸手,还未开口,严小时就拿过一份燕市地图递了过去。他冲她一笑,心想三人之中,最有心机的应该就是严小时了。

夏想接过地图,铺在桌子上,用手一点西郊:“燕市的远景规划虽然是向东南发展,但是,由太行山吹的清新空气,却是要首先经过西郊的西山……有钱人最在乎的是什么?是风水宝地,是身体健康,是居住环境的优雅和安静。如果在西山建一处花园别墅,然后大力宣扬健康生活、健康环境。建远,你说说看,燕市的有钱人会不会蜂拥而来?”

高建远低头看地图,不说话,眼睛却慢慢地闪出一丝光亮。

范铮还是不太相信夏想的判断:“燕市的消费水平太低,有多少人能买得起别墅?而且在西山开发别墅,需要平整山石,肯定成本很大,这样分摊下来,别墅的售价绝对高得惊人。”

“不会,别墅的造价不会太高。”高建远想到了什么,自得地笑了,“西山的地皮,价格不过是市中心地皮的几十分之一,就算再开凿山石,成本也不会太高。而且我们还可以依托山脚下的便利,充分地将山水围在别墅区内,化天然的景观为我们别墅区的景观,不用花钱就能为别墅带来升值……小夏,主意不错,值得一试。”

严小时闪动着一双大眼睛,无比仰慕地看着夏想:“夏主任,你太厉害了,别人的目光还在市中心转来转去时,你就已经把目光放到了西郊,先人一步就是无限商机。还有,燕市的富人虽然不多,但买得起别墅的也大有人在。而且我们要把西山别墅建成身份的象征,限量销售,有钱不一定买得到,这样就会造成晚一步就买不上的假象。人们的心理就是要比面子,要抢稀缺资源,我们捂盘销售,不但能让人们以抢到一套西山的别墅为荣,还能抬高售价。”

严小时不简单!

她的一番话一说出口,夏想顿时对她的长远眼光刮目相看。

“真能行?”范铮听高建远和严小时都赞成夏想的想法,也动摇了。

“领先房产——处处领先一步,趁现在达才集团还没有开发别墅的时候,领先房产就要先下手为强,否则等达才集团将目光投到西山的时候……”夏想故作神秘地摇摇头，“达才集团要是一出手，建远很清楚会发生什么。”

高建远深以为然地点点头：“和达才集团相比，我们领先房产没有任何优势，不过现在却有一点，就是抢占先机！”

夏想不失时机地点头：“建远说的是，不过还有一点，达才集团现在紧盯城中村的开发，目光只放在城中村上面。如果城中村一直没有重新开发的迹象，说不定他们也会盯上周围的地皮，我听说达才集团已经有意向东南的郊县进军了。”

高建远心领神会地笑道：“也是，城中村也该重新开始了，就让大家都去抢城中村。等他们回过味儿的时候，却发现在西山已经建成燕市第一家高档别墅区，肯定会让所有的人大吃一惊！”

夏想此时将西山的诱饵抛给高建远，表面上看是又一个金点子，实际上，此时燕市的富人太少，加之西山一带人流过少，虽然环境安静，但过于冷清，开发别墅区，可以说大卖的可能性极小。

一周后，省委召开常委会议，原则上同意燕市的城中村改造工作重新开工。

随后不久，副省长沈复明来燕市视察工作，由副市长谭龙陪同。视察过程中，突然出现一个女子闯到谭龙面前，指责他对她始乱终弃，只管玩不管负责，当场让谭龙大丢颜面。尽管后来那个女子被带走，沈复明还是委婉地发表重要讲话，点明身为领导干部要注意个人的作风问题，不要因小失大。

夏想听到消息后，大笑了几声，不用说，馊主意肯定是范铮的杰作。

十月，省里正式成立建设厅，不出所料，武沛勇在高成松的大力推荐下，当上了燕省首任建设厅厅长。让燕市市政府所有人大跌眼镜的是，武沛勇上任之后，也到燕市市政府视察，谭龙在市政府分管城建一块，不得不出面陪同。

武沛勇却当着所有人的面，对谭龙的工作横挑鼻子竖挑眼，处处指责他的不是，最终把谭龙气得拂袖而去。此事轰动一时，据说崔书记听到之后，脸色铁青了半晌，没有说话。

因为崔书记的日子也不太好过，在常委会上，他也被高书记明里暗里批评了几次，都是一些无关紧要的小事。但高书记眼中无小事，他的批评不管力度大不大，给人的压力却是非常大。崔向也知道是因为什么，但有些事情解释又未必有用，而且高成松做得太过分。沈复明和武沛勇联合打压，大有没完没了的意思，让他也咽不下这口气。

他是省委常委，犯不着对高成松畏之如虎，他就有意暗中对抗一下高成松，准备找叶石生请示，还联合其他的常委，也让高成松感受一下反抗的力量。

叶石生叶省长，虽然是省里的第二号人物，但他为人低调，在高成松的光环之下，从不多事，甚至还不如常务副省长范睿恒强势。夏想回到燕市几个月了，从来没有感觉到叶省长的存在。可见叶石生的为人，要么真的是性子软弱，避开高成松的锋芒；要么就是隐忍不发，等待关键时候的出手一击！

一男二女上山，机密事件

比起省里的一系列变化，燕市也有了一些不小的动作。经市委市政府研究决定，为了更好地开展工作，市委将搬到市政府大楼，市委市政府将合并一处办公。

离得远，还好说些，离得近了，各种矛盾将会集中地爆发出来。市委市政府合并一处办公，好处有，坏处也是不少。

还好，在矛盾爆发前夕，还有一段时间可以放松一下。十一月初正是燕市秋季最美的季节，受连若菡之约，夏想要陪她前往西部的太行山深处攀岩，看红叶。二人本来一开始谁也没有说叫上曹殊黧，后来又不约而同提出不如约上黧丫头。

结果二人之行就成了三人行。

曹殊黧和连若菡坐在后座，二人叽叽喳喳说个不停，具体说些什么，夏想没听清，也没心思听。女人之间的话题，男人千万不要试图去弄明白或是加入她们，否则到时无法脱身，可别怪别人。

夏想很了解这一点，所以他从来不插嘴她们之间的话题，自己欣赏起舒缓的音乐，让大脑难得地放松一下。伴随着优美的钢琴曲，汽车一路向西进发。

燕市西高东低，向西出市区不远，西南之地，有一处并不险峻的山峰，名封龙山。传说有一条恶龙为害人间，被仙人以大法力封印于此，故名封龙山。

曹殊黧也不知道从哪里听到的典故，讲给了连若菡听。连若菡听了，笑着问在前面开车的夏想："世间是不是真有仙人？"

"世间有没有仙人我不清楚，但世间绝对有仙女。"夏想也不回头，张口就来。

"净胡说，哪有什么仙女？"连若菡笑他胡说。

曹殊黧吐了吐舌头，小声说道："连姐姐，你上他的当了……"

连若菡还没有反应过来，就听夏想又说："我半个小时前，就亲眼看到两个仙女上了我的车。"

连若菡就嘻嘻直笑，悄声对曹殊黧说："我就知道他要说什么，故意假装上当，骗骗他。"

"车上就有我和黧丫头，哪里有什么仙女？"连若菡明知故问。

夏想叹气："是呀，这也正是让我耿耿于怀的事情。我正高兴终于有仙女看上我了，突然就又来个两个丑女上车，结果仙女吓跑了……"

连若菡和曹殊黧对视一眼，一齐惊呼："好你个夏想，变着法子骂我们是丑女！"

于是，夏想的左右胳膊上，就同时多了一块瘀青。

封龙山不是正式开发的风景区，只有一条不宽的山路直通山顶。夏想驾车绕了九曲十八弯，上到半山腰之后，终于前面无路可走了。他将车停在路边，拿出望远镜装模作样地看了半天："报告两位首长，没发现敌情，可以上山。"

连若菡点点头："小夏同志辛苦了，稍息。"

曹殊黧上前踢了他一脚："装，装你个大头鬼，还不前面带路！"

夏想就又光荣地背起背包，义无反顾地全副武装地肩负开山辟路的艰巨任务。他戴着迷彩帽，一身运动衣，腰间还别着多功能军刀，脖子上挂着望远镜，背包里面也是应有尽有，差不多算是武装到了牙齿。

说是没路，其实还是有一条宽约三米的山间小路，只不过高低不平，又不够宽，路虎车要上来，想都别想。夏想一马当先，曹殊黧和连若菡手拉手，在后面有说有笑，反而显得夏想成了多余的人，他就叹了一口气说："我就是你们二人的苦力，对不？"

"你是黧丫头的苦力，不是我的。"连若菡伸手从路边摘了一朵野花，要给曹殊黧戴上，"我可不敢拿夏主任当苦力，夏主任是我们远景集团的贵宾。"

话里有话，夏想就嘿嘿直笑，不接话。

曹殊黧站着不动，任由连若菡给她戴上野花，笑嘻嘻地说道："连姐姐别跟他客气，想拿他当什么就当什么。夏想就是脾气好，你怎么摆弄他，他都不生气。"然后她就又一脸威胁地冲夏想说，"我说得对不对？"

"对，完全正确。"夏想忙不迭表示同意，"连总很清楚我的脾气，我是好人，天大的好人，任劳任怨不说，还从来不要小性子，不乱发脾气，对不？"

不过夏想心里却说，可不能想拿他当什么就当什么，连若菡要是拿他当男朋友，他可无福消受。

连若菡调皮地一笑："别自恋了，好不好要让别人说了算，自己说了不算。要我说，你是对自己的人真好，对别人就一般了，甚至还可以说有点坏。"

"不是呀，连姐姐你误会夏想了，我都没见过他对别人不好过！"曹殊黧连忙维护夏想的形象，还不忘冲夏想眨眨眼睛，"你是不是做了什么对不起连姐姐的事情了？”

夏想挠了挠头：“让我想想……好像是没有得罪过连总，就算有，也是无心之过。连总大人大量，就别记在心上了，好不好？胸怀放宽广一些，女孩子只有心胸开阔了，才能皮肤好身材好，越长越漂亮。”

曹殊黧咯咯笑了起来：“你什么时候学得这么会花言巧语了？”

连若菡不笑：“他早就会了，一直没有露出来而已。等时间长了你就会发现，夏想还有许多你不知道的秘密……”

越说越危险了，夏想急忙打断连若菡的话：“快看，山上有座庙……”

山上确实有座庙，不过三人又走了一个多小时，庙还是远远在望，好像没有拉近一点距离。看山跑死马不假，看庙也能累死人，曹殊黧不干了，嚷嚷道：“不行了，我走不动了，除非夏想背着我，否则说什么我也要歇息半个小时才上山。”

夏想精神抖擞地说道：“背你没问题，我力大无比……不过你今天穿的是牛仔裤，要是穿裙子的话，才更好背，而且背起来也舒服。”

曹殊黧不解：“为什么呀？”

连若菡在她耳边耳语几句，曹殊黧顿时面红耳赤，冲夏想嚷道：“流氓。”

连若菡也紧跟着说了一句：“色狼！”

夏想直叫屈：“我怎么了？别冤枉好人呀。”

没人理他。

封龙山人迹罕至，三个人走了半天，只遇到几个山民。山民瞪着好奇的大眼睛看着三人，尤其是看到曹殊黧和连若菡，好像见到天女下凡一样怪异。一遇到这种情况，夏想就笑嘻嘻地凑向前去，递上一支烟，然后就问山民山里有没有仙女，说他想上山寻找仙女。每次山民都是一样的回答：“那两个女娃长得就跟仙女一样，你还上哪里找仙女？”

每次都能把曹殊黧和连若菡逗得前仰后合，乐不可支。

曹殊黧耍赖，磨蹭，赖着不走，最后还是夏想背起了她。

曹殊黧个子不低，不过还真不重，夏想背在身上，感觉后背热热的，压了两团弹力球，双手又紧托着她的大腿，手感一流，就不免有点心猿意马。不过连若菡就在一旁，他又不敢调笑曹殊黧，只好老老实实地当起了苦力。

二人身子贴身子，也不觉得炎热。山风习习，让人心旷神怡。

曹殊黧不时地在他脖子后面吹几口热气痒他，还调皮地拿一根小草拨弄他的耳朵，夏想就恼了：“再捣乱，我就把你卖到山沟里，给山民当媳妇。”

“你要舍得你就卖，反正我也卖不了几万块。因为几万块你就损失了一个又乖巧又听话，又聪明又漂亮的女朋友，你自己算算账，合不合算？”曹殊黧才不怕夏想的威胁，一边嘲笑他，一边伸手从路边摘树叶。

“也是，你分析得十分到位。那我就把连若菡卖了算了……”夏想笑着，扭头看了连若菡一眼。

连若菡步履轻松地边走边东张西望，听夏想要卖她，哼了一声，一把从夏想腰间抽出军刀，刷刷几下将旁边的一棵小树砍得七零八落，说道：“你敢卖，有人敢买吗？”

夏想摇摇头，叹息一声说：“算了，我把自己卖了得了。”

结果遭到了曹殊黧和连若菡的一致白眼：“谁要你，一个臭男人。”

走了一段路，夏想实在背不动曹殊黧了，就放她下来。她红着脸，拉着夏想的手问：“累不累？”

“亲一下就不累了。”夏想俯身过来就要亲，曹殊黧吓得“呀”的一声跳开，“你脸皮真厚，连姐姐在旁边呢。”

连若菡冷冷地说：“脸皮厚的人，任何时候都会保持着厚度，才不管旁边有没有人。”

终于爬到了山顶上，才发现小庙荒废已久，根本没人。三人又休息了一会儿，消灭了几杯水，又朝前走了一段路，终于发现了一处绝佳的攀岩地点。

连若菡顿时兴奋起来，一把从夏想身后拿过背包，翻出了里面的工具，两三下穿戴完毕，冲夏想挥挥手：“我上去，你在下面守着黧丫头就行。”

夏想就坐在一块石头上仰望连若菡矫健的身姿，见她在岩石之上荡来荡去。一会儿弯腰翘臀，一会儿又舒展腰肢，有时如壁虎一样紧贴山壁，有时又双腿并拢，站在石头之上，迎风而立，山风吹动她的秀发，飘飘欲仙。

夏想就想，连若菡是不是有意向他展示她健美的身材，和她身体难得的柔韧性？不得不说，连若菡的身材不但完美得无可挑剔，她还有着舞蹈演员一样柔韧的腰，富有弹力的大腿和极富冲击力的胸部。让人看了，恨不得在她身上流连忘返，不愿意收回目光。

忽然，一只小手出现在眼前，挡住了他的目光，曹殊黧不满地说道：“哎，看够没有，眼睛就像生了根一样，真没羞。是不是觉得连姐姐的身材比我的好？是不是羡慕得很？”

“没有呀，谁说她的身材比你的好了？”夏想忙收回目光，逗曹殊黧，“要看女人身材，穿着衣服怎么能看得出来……”

“呀，你可真是大色狼，怎么脑子里全是乱七八糟的东西！”曹殊黧弹了夏想一个脑瓜崩。

“我怎么了？我发现你和连若菡就爱污我清白！”夏想非常坚决地维护自己

的清誉,"我的意思是说,什么时候你和连若菡一起游泳,我就能比较出你们身材各自的优点了,我又不是说非要光着比……"

曹殊黧满脸通红,抬腿就踢了夏想一脚:"叫你胡说八道,不理你了。"

说是不理,过了片刻,她又脸红着凑了过来,轻轻拉了拉夏想的衣服:"帮我一个忙,好不好?"

"怎么了?"夏想见曹殊黧扭捏起来,心中奇怪,印象中黧丫头就算害羞,也没见过她这么古怪过,就问,"是不是想要方便一下?"

曹殊黧点了点头。

"那边有块大石头,去石头后面就行了。"

曹殊黧站着不动。

"怎么了?"夏想奇怪。

"我怕有虫子,有蛇,有……"曹殊黧的声音像蚊子一样哼哼道。

夏想终于彻底明白过来了:"不早说,要我陪你去,就明说,怕什么?"

曹殊黧打了夏想一下:"我脸皮没你厚,怎么好意思?"

二人来到石头后面,见石头后面是一块空地,没有什么吓人的东西,夏想就放了心,说:"可以了。"

"可以什么?"曹殊黧一把将夏想推到石头前面,"你站在这里就可以,不许偷看,不许偷听,不许偷想……"

也太霸道了吧,什么都不许,人怎么能管得住自己?夏想一开始还好,能忍住不看,不过听到哗哗的水声,还是不免浮想联翩,差点转身冲过去。想想来日方长,不能吓着小丫头,咬咬牙就算了。

等曹殊黧来到夏想面前,见他靠在石头上,眯着眼睛晒太阳,心里就无比开心:"今天你表现得真不错,又老实又听话,想要什么赏?"

夏想猛然睁开眼睛,露出了本性的一面,一把抱住小丫头,直接就亲了上去:"亲一口再说。"

曹殊黧被亲个正着,唔唔着说不出话来,伸手去推夏想,却被他又抓住双手。后来干脆也就不再反抗,反而紧紧抱住了夏想。

二人正忘我时,忽然从远处传来连若菡的呼唤:"夏想,我下不去了,快来帮我……"

曹殊黧借机推开夏想,心中却有一种偷情一样的刺激,脸上红润未消,看了夏想一眼:"你真是越来越放肆了,以后我可得离你远一点……快去帮连姐姐,别傻愣着。"

夏想所站的角度看得清清楚楚,连若菡站在远处,正好能看清他和曹殊黧在做什么，不由心中苦笑，连若菡肯定是故意的，看她在上面站立的姿势，肯定一点事也没有。她就是气不过，要故意折腾自己一趟。

夏想好不容易爬上了山壁，见连若菡一脸促狭的笑容，就知道上了她的当："非要折腾我上来，是不是很好玩？"

连若菡不满地说道："我看你精力过剩，就帮你消化一下多余的体力。背了黧丫头半天，还有力气亲人，你还真行。"

"亲嘴这样的事情，是不耗费体力的，算了，给你说了你也不懂。"夏想挥挥手，知道连若菡有些吃味，不愿意当面看到他和曹殊黧亲热，就又说，"现在下去吗？我帮你。"

"不下，我有事情要问你，要和你说个清楚。"连若菡一脸坚决。

夏想头大，挠了挠头说："我发现你就喜欢跑到山顶上谈话，上次在坝县也是，这次在燕市还是。是不是爬到了高处谈话，不会有人听见？"

"别打岔，听我说。"连若菡朝山下望了望，看到曹殊黧坐到一块石头上，没有焦急不安，就心中笃定，"是不是我真的不如黧丫头？"

夏想有点上愁，这个问题不好回答，只好模棱两可地答道："有时候两辆好车都无法相比，两个完美的女人，更是分不出高低。"

"我明白你的意思，要是我没什么出身，你也会对我更好一些，是不是？"

"其实我一直对你挺好的，从来都是彬彬有礼。"

"你别装傻好不好？我的意思是，要是我没有出身，你也许会像对待黧丫头一样对待我，是不是？"连若菡提高了声调。

夏想十分诚恳地说道："我也喜欢你，若菡，不过我承认自己很怯懦，不敢去喜欢你。如果我们之间真发生了一些什么，你的家族知道之后，要么拆散我们，要么非要让我们在一起。他们的手段很强大也很恐怖，为了维护家族的利益，说不定会对黧丫头采取一些非常手段，甚至还会连累到曹伯伯……我们二人在一起，不止是两个人的事情，还牵涉到许多人的利益，我们不能自私到只顾自己。"

连若菡一脸黯然："你真的很聪明，看问题真的很准。如果让家族知道我的心思，他们不出手是不出手，一出手，肯定是一系列让人防不胜防的手段……要是我不认识黧丫头该有多好，那样就可以不管黧丫头和她的一家。只是我不但认识了她，还和她十分要好，我，我该怎么办？"

夏想心中也有些无奈和失落，只好劝连若菡："你别忘了，你可是认识黧丫头在先，然后才看上了我。"

"谁看上你了？自作多情！"连若菡脸一红，啐了夏想一口，"好了，不想了，走一步看一步，我就不信我想不出来好办法。好不容易发现一个年龄相近又比较成熟的人，不能这么轻易放过……”

陈市长高明的用人之道

夏想汗颜：“我有这么好吗？你以前总说我是小毛孩，好像你就喜欢成熟的男人，是不是有恋父情结？”

“我喜欢又年轻又成熟的男人，就是说，和我一样年轻，但又和中年男人一样老成稳重；既有年轻人的朝气，又有成熟男人的沧桑。”连若菡的心情说好就好，简直就和小孩一样善变，她笑吟吟地看着夏想，“找来找去，就发现你还有那么一点点符合我的要求。”

连若菡还真是古怪，她的要求简直就是一个矛盾的综合体，哪里会有又年轻又成熟的人？

夏想正要开口说下山，连若菡大大方方地说道：“我到石头后面去，你在前面等着……我也要你守着。”

“守着什么？”夏想一下没反应过来，随即明白了是怎么一回事，不由无奈地笑笑，“这也争？”

“我是真的急，谁要和黧丫头争，你真下流。”

夏想摸了摸鼻子，明明是你让我等着，还说我下流，女人真是不讲理的动物。

无奈之下，他只好在一旁又听了一会儿水声。等连若菡从石头后面闪出来，他见连若菡耳朵上还有一丝红润，又因为运动的原因，鼻尖上，脸上，还有一层细细的汗珠未退，格外迷人。他就悄悄向山下一看，正好不在曹殊黧的视线之内，就小声问：“要不要也亲一下？”

连若菡还真的凑了过来，夏想吓了一跳，还没有来得及考虑是躲开还是主动，却被连若菡一口咬住了耳朵，听见她咬牙切齿的声音：“想得美！”

下来之后，曹殊黧见夏想一脸尴尬，就问：“你是不是看了不该看的？”

女人都和鹰一样，有一双无比敏锐的眼睛，夏想急忙摇头：“我什么都没看见，也没听见，就是爬上爬下累得不行。”

“瞎说，累的话能把耳朵累红了？”曹殊黧眼睛挺尖，看到了夏想耳朵上的异样，又问连若菡，“连姐姐，他是不是发坏了，是你拧他耳朵了？”

连若菡比夏想还能装：“他只敢冲你发坏，不敢冲我坏……他刚才去上面采花，没想到惊动了一只蜜蜂，耳朵就被蜇了一下。算他倒霉，一个大男人，怎么能随便采花？”

夏想有苦说不出，只好不说。曹殊黧却心疼地要为夏想的耳朵擦清凉油，夏想不让，说他皮糙肉厚，没事，逗得曹殊黧和连若菡笑个不停。

三人晚上一起吃了晚饭，因为是周末，就送了曹殊黧回家。本来夏想也想住下，连若菡却以她晚上记不清路为由，让夏想送她回去。曹殊黧也信以为真，也让夏想去送。

夏想只好硬着头皮上车。

一路上连若菡都没有说话，好像在想什么心事。到了荷塘月色，夏想忽然意识到一个问题，他没车，还得打车回住处。连若菡就咬着嘴唇说：“我的房间是套间，要不你就住下？”

“你就是故意的吧？”夏想就问。

“不是故意的，是成心的。”连若菡终于笑了，一副计谋得逞的坏样，“黧丫头认识你在先，我是落后一步，但至少我也要有一件事比她抢先。”

夏想大惊：“什么事？你是不是又想乱来？”

“你胡思乱想什么？”连若菡不满地撅起了嘴，“一脑子的坏水，还以为你是多老实的人，原来也和别的臭男人一样。”

“这个不能怪我，换了是你，放一个如花似玉的美女在你面前，你能不动心吗？”夏想大呼冤枉。

“不动心，我对美女没感觉。”连若菡的话就有点耍赖的意思了，不过她是说出了她的真实想法，“我就想和你共宿一室，当然，不是你想象中的那样……你说说，在这一方面，我是不是已经抢在了黧丫头的前面？”

夏想就笑：“你其实早就抢在她的面前了，在国际大厦的时候，你不就是先投怀送抱，然后又和我在一个房间里过夜？”

“什么叫过夜，真难听，那叫借宿好不好？上次不算，今天才算。”连若菡一扬拳头，“不过我可事先警告你，不要胡思乱想，不要有非分之想，否则的话，我自认可以三拳两脚把你打倒。”

连若菡不知道她越强调越容易给人暗示的感觉，夏想睡在里间，翻来覆去怎么都睡不着。给曹殊黧发了短信报平安，还是难以入眠。连若菡更是气人，在外面洗澡、唱歌，还不停地走来走去，也不知道折腾什么，反正就是故意弄出点声音，让人不得安生。

夏想恨得牙根直痒痒，差点忍不住冲出去和她探讨一番如何才让人深度睡眠的方法，后来忍了一忍，还是压下了冲动。冲动是容易的，但冲动的惩罚是不好承受的，算了，不上她的当。

第二天一早，连若菡就为夏想准备好了早饭，还笑意盈盈地问他："昨天晚上睡得可好？我怎么听到好像有人一直在对床撒气？"

夏想没好气："少来，你拍拍你的胸，扪心自问，你对得起党对得起国家对得起全国人民对得起黧丫头吗？"

连若菡直接反问："你问我，我倒问你，你对得起我吗？"

夏想顾左右而言他："吃饭，吃饭……你做的早饭？挺不错呀，色香味俱全，我得好好享受享受。"

连若菡递给他一杯果汁，说了一句话，差点没把夏想呛着："没想到你还挺能忍得住，这么久了，黧丫头还是一切完好，没有被你得手。"

上午连若菡也要到市政府办事，就由夏想开车，二人一起赶到市政府。

无巧不巧，刚进市政府大楼，又遇到了林双玉。林双玉一双眼睛上下打量连若菡好几眼，然后才笑着对夏想说："夏主任，我们家老陆总说要一起吃顿饭，你总是抽不出时间，今天晚上有没有空？"

然后林双玉又压低了声音说道："我说夏主任，这个连总真的不是你的女朋友？"

夏想刚想解释，正好高海从外面进来，一见连若菡就热情地说道："连总来了？是不是要找陈市长？正好陈市长有事要找你商量，一起上去吧？"

高海一扭头又看到夏想："小夏也一起来，你是远景集团的联络人，正好也是你的工作职责之内。"

林双玉见状，忙笑着和高海打了个招呼，然后冲夏想笑了笑："我先走了，夏主任，老陆可是等你电话呢。"

"陆文武要请你吃饭？"上楼的时候，高海好奇地问道。

"是呀，陆局人还挺热情，总说一起坐坐，说了几次了，我一直没抽出时间，总觉得挺过意不去的。"夏想答道，看了连若菡一眼，见她若无其事地跟在后面，就放了心。

"陆文武为人还算不错，倒是可以走动走动。"高海点到为止，就又转移了话题，"市委市政府合并到一处办公，以后大院里头头脑脑就更多了，说话和办事都要多注意一点分寸，别让别人挑了理。"

夏想点头应下。

陈风对连若菡的到来十分热情，客气地站起来主动握手，对夏想就没有那么客气了，只是点点头，然后示意二人坐下。

"森林公园项目现在进展到什么程度了？"陈风开门见山地问道。

“基本上已经成形，不管是移植的大树，还是新种的树苗，成活率还是比较满意的，明天春天就会是一片欣欣向荣的景象。”连若菡优雅地一拢头发，微笑着答道，“不过今年冬天肯定会冻死一批，我们会尽量采取保护措施，争取减少损失。中心湖也已经挖好，考虑到冬天的原因，就暂时不再引水进来，明天开春之后再引水入湖。其他设施，暂时还没有动工……”

陈风点点头，看了夏想一眼：“小夏，城中村改造的下一步工作重点，就是位于市中心的最后四五个城中村了。达才集团也有意仿效远景集团，也想建造一处大型公园，既有绿化城市净化空气的作用，又可以为燕市人民带来休闲、娱乐的便利，你有什么想法没有？”

燕市现在剩下的城中村已经不多了，也就是位于市中心的小马村和大马村最适合改造成公益场所。

达才集团要做公益事业，显然是受到了远景集团的刺激，不过夏想并不认为成达才看不出来远景集团的长远目标。成达才如果连钢厂和药厂搬迁之后，因为森林公园的原因，地皮大幅升值都看不出来，那他也不会有今天的成就。

不过成达才也应该明白，成功是不可复制的，而且燕市的钢厂和药厂只此一处，他想做公益事业，肯定也有出于日后升值的考虑。不过市中心剩下了几处城中村，都和西里村位于钢厂和药厂之间的地理优势无法相提并论，也只有位于市政府不远处的小马村和大马村，还有一些附加价值可以挖掘。

因为小马村和大马村正好位于燕市最早的公园——人民公园的两侧，小马村在人民公园以东，大马村在人民公园以西，隔着人民公园相望。而人民公园作为燕市的第一家公园，和新兴公园相比，不但面积小，而且设施陈旧，基本上没有什么可玩之处。现在除了老头儿老太太早上去锻炼身体之外，基本上处于荒废状态。

小马村和大马村如果开发成公益场所的话，不从赚钱的角度考虑，和人民公园连成一片，改造人民广场最合适不过。夏想就说：“陈市长，市中的几个城中村，就小马村和大马村最适合改造成公益场所，对推广企业形象最有帮助。”

陈风的眼睛亮了：“继续说下去……”

“人民公园位于小马村和大马村的中间，如果将小马村和大马村与人民公园连成一片，建成一座开放式的露天广场，广场之内，既有公园园林景致，又有休闲放风时可以漫步的广场，可以吸引许多周围的居民，也可以成为燕市的标志性建筑之一。如果燕市市民知道广场是哪家企业出资兴建的，肯定会对这家企业心生好感。”夏想知道陈风是有意考他，如果说上次的森林公园的考验是初试，那么这一次就是复试了。

陈风脸上浮现出招牌式赞赏的笑容，扭头问连若菡："连总对夏想的看法，有什么意见没有？"

"没有。"连若菡十分干脆地回答，笑着对夏想说，"你真聪明，真的，想法不但极有创意，而且考虑得十分周全。作为远景集团的负责人，我非常赞同你刚才的说法，也为夏主任杰出的眼光而感到赞叹不已。"

连若菡一本正经地夸奖夏想，小脸绷得紧紧的，和她以前的形象判若两人。

夏想忍住笑："多谢连总夸奖，我就是爱琢磨事，琢磨多了，也就好像有了见解一样。其实在陈市长面前，在连总这样的业内人士面前，就是起一个抛砖引玉的作用。陈市长，我说得不对的地方，您尽管批评。我说得对的地方，也不用表扬……"

"哈哈，你呀你。"陈风终于还是大笑起来，"好了，算你通过了。我就奇怪了，你又不是市里的规划专家，又不了解市里的远景规划，怎么总能说到点子上？你怎么好像我肚子里的蛔虫一样？"

"陈市长，这叫充分领悟领导意思。夏主任既有能力，又总能和您想到一块儿，这样的人才要培养。"连若菡坐下了身子，双手放在腿上，样子十分端庄，"夏主任负责远景集团的项目以来，为我们远景集团提出了不少建设性的意见，不但为我们节省了大量资金，还缩短了工期。我当时就和高老商量，要不把夏主任挖过来，到远景集团担任副总，我给他开二十万的年薪……不知道陈市长肯不肯放人？"

"放人？不可能，连总就不要打夏想的主意了，你把他挖走，谁来给我挑起改造小组办公室的重担？再说小夏可是我从坝县找来的人才，我说什么也不会放他走，哈哈。"陈风一伸手，高海急忙递过去一份资料，他将资料拿在手中，"我已经向市委编制办提交了资料，要将改造小组办公室正式列为市政府办公厅的副处级机构。"

陈风是先出了一道考题，考题过关了，再给一颗糖果吃。虽然夏想也清楚刚才不管他是不是过关，改造小组办公室列入编制一事，也是势在必行，但陈风就是要先考他一考，就是他高明的用人之道了。过关了，就给他造成以后必须努力工作，必须陈市长满意了才能受到重用提拔的事实。不过关，陈风一样将改造小组办公室升格，就更让他对陈市长的重用感激涕零，然后再接再厉，争取做出更大的成绩来回报陈市长。

夏想明白归明白，但对陈风还是心存感激。不管他是为了改造小组办公室的整体利益，还是为了他自己的政治前途，毕竟自己也是受益者。所以夏想就立刻站了起来，毕恭毕敬地说道："我的理想和志向就是在陈市长的英明领导下，为城中村的改造和开发，做出更大的贡献。至于连总说的去远景集团当副总，我还真没有考虑过，对不起了，连总。”

陈风摆摆手，笑骂：“太假了！不但马屁拍得很低劣，而且话也说得假大空，在我这里，不许来这一套。”

夏想就谦虚地笑：“陈市长批评得对，我完全接受批评。其实自从我来到城中村改造小组办公室以后，就一心要做好每一份手头的工作。毕竟陈市长把我从坝县调到，是看重我，是赏识我，而且给我压上重担，是陈市长有意把我这匹百里马打造成千里马。别的方面不敢说，反正我来了燕市这么长时间，以前跑五百米就会累得气喘吁吁，现在跑一千米下来也不算累。陈市长比伯乐还伯乐，因为伯乐只能发现千里马，陈市长却有把百里马培养成千里马的本事。”

夏想有意说一大堆表忠心的话，也是让陈风明白，不管他有没有事情瞒着他，都是一心放在工作上，没有二心。

初会市委组织部部长方进江

陈风用手指着夏想，呵呵地笑了几声：“什么歪理邪论，百里马都出来了，你还真是天马行空，张口就来。好了好了，快下去工作吧，别在这里贫嘴了。连总也在，你要注意一下形象。”

夏想就冲连若菡点头笑笑：“连总见多识广，形形色色什么人都见过，像我这样的小人物，她见过就忘，才不会放在心上……那我先下去了，陈市长，高秘书长……”

夏想礼节挺到位，一个个都打了招呼，才态度恭敬地退出来。他一到门外就长舒了一口气，比起即将升到副处的喜悦，刚才陈风的表现，显然是对他有意隐瞒高晋周的事情而产生的不满，已经算是既往不咎了。

获得了陈风的谅解，夏想心中一块石头总算落了地。虽然也知道陈风并不是斤斤计较的领导，但他毕竟是领导，是副省级市长，而且领导也是人，也会闹情绪，真要是陈风一直揪着高晋周的事情不放，夏想也只有低头。还好，不管是陈市长想明白了他的难处，还是因为别的原因不再就此事对他不满，总之一切都过去了。

真的可以升到副处了？夏想内心狂喜。一直以来，他都觉得处级干部就是非常大的官员了，没想到，他也终于可以扬眉吐气地由科级升到副处了。科级是国内最庞大的干部群，而由科级到副处，是通过权力阶梯的第一个非常重要的关卡。许多人也许年纪轻轻就升到了科级，但一辈子就卡死在科级，再也迈不过副处的坎儿！

回到办公室。夏想就将刚才陈市长的话一说，将喜悦分享给曲雅欣和吴港得，果然二人都欣喜若狂。吴港得甚至还眼带泪花，喃喃地说道："太好了，太好了，终于不用再回城管局受气了。"

曲雅欣也是喜不自禁："这一切都多亏了夏主任，夏主任来了以后，改造小组办公室就喜事不断……你可真是我们的福星！"

如果改造小组办公室一直没有正式编制，一旦城中村完全改造完毕，就面临着解散的命运。夏想是从坝县调来的，又有来路，现在又是主任，到时肯定会另有重用，而曲雅欣和吴港得说不定就得回到原单位了。谁也不想再重回原单位，毕竟出来这么久，再回去哪里还有位置？况且和领导生疏了这么长时间，回去之后，肯定就直接被闲置了。

所以一听到改造小组办公室要有了正式编制，二人算是终于把心放到了肚子里，再也没有了后顾之忧，怎么会不高兴呢？

中午，三人一起去外面会餐，好好庆祝了一顿。

下午，孙现伟打来电话，说是十里铺蔬菜批发市场正式落成，邀请夏想亲临参观。同时他还提了一个不大不小的要求："夏主任，蔬菜批发市场虽然不算一个重大项目，但也是关系国计民生的菜篮子工程，对不对？我就跟方部长关系好一些，市政府里面没有过硬的熟人，到时落成仪式上，没有市政府的头头出面，我这面子上也说不过去，你能不能帮我走走关系，联系一个说得过去的头面人物赏光？市长副市长我是不想了，也不够面子，政府秘书长级别的就成……帮老哥这个忙，怎么样？"

夏想微一沉吟，心中有了主意："方部长会不会亲临？"

"会，不过他不方便直接露面……"

"曹市长如果大驾光临，怎么样？"夏想有意卖了一个关子。

"曹市长？你没开玩笑吧？老弟，你能请动曹市长，我的面子就全有了。你可别唬我，别让人空欢喜……真要是成的话，没说的，我欠你一个人情。"孙现伟急切地说道。

夏想笑了几声："别急老哥，我帮你问问，一会儿给你回话。"

夏想也理解孙现伟的心思，方部长身为市委常委、组织部长，虽然级别上和曹永国相同，但他毕竟是党委一块的干部，管人事不管政府事务，远不如曹永国这个常务副市长出面，象征意义大。再说方部长露面也不合规则，曹永国出席的话，会向许多人传达一个信息，不管曹市长代表是市政府还是他本人，曹市长对天安房产肯定是持支持的态度。

夏想就上楼找到曹永国，将他的想法一说，曹永国想了想，笑了：“小夏呀，你这是故意安排我私下里和方部长接触，是另有所图？”

夏想在曹永国面前没必要隐瞒：“这不市委市政府马上要合并一处办公了，以后政府这一块就要和市委的常委们，抬头不见低头见了。既然大家在一起办公了，提前熟悉一下也没有什么，是不是，曹伯伯？”

曹永国没再说什么，他对夏想总是能够及时发现机会利用机会深感欣慰，也知道这是一个难得地和方部长走近的好机会，他就让秘书古秀文进来，对他说：“替我安排一下行程，后天出席一个落成典礼。”

古秀文恭敬地答应一声，然后退了出去。夏想正要告辞，曹永国却又叫住了他，好奇地问：“你今天早上怎么和连若菡一起过来的？”

夏想吓了一跳，曹伯伯目光太敏锐了吧？市政府上班时候这么多人进进出出，他怎么就一眼看到了他和连若菡？看来，在未来岳父的眼皮底下工作，实在是太危险了。

夏想嘿嘿一笑：“昨天殊黧让我送连若菡回去，我就回住处了。今天一早她正好来市政府办事，路过我那里，就随便捎上了我。”

曹永国看似无意地“哦”了一声，一边整理他手头的文件，一边随意地说道：“连若菡是个好女孩，不过相比之下，还是殊黧更温柔体贴……可不是我当爸的夸自己女儿，连若菡太清冷了一点，初看惊艳，只是有点像月亮一样，可望而不可即。”

夏想强作镇静：“曹伯伯，这里是您的市长办公室，这些话我们还是回到家里说，好不好？”

夏想十分狼狈地逃出了曹永国的办公室，心里怦怦跳个不停，曹伯伯太厉害了，目光如炬，分明是提醒他，不要和连若菡走得过近。

再换个角度一想，黧丫头还真幸福，有这样一个好爸爸。

夏想还不忘愤愤不平地在心里反驳曹伯伯，谁说连若菡清冷，那是对外人，现在对他，可是妖得很，也很诱人。

回到办公室，夏想就急忙给孙现伟打了一个电话，告诉他事情成了，让他直接联系曹永国的秘书古秀文商议细节问题。孙现伟不敢相信地大声说道：“夏老弟，虽然我们已经很熟了，但这件事情你要是骗我，我跟你没完！”

夏想乐了：“我们认识以来，我说过一次假话吗？”

孙现伟信了：“那倒没有，主要是我太激动了。好了，我打电话了，老弟，我欠你一个大大的人情。”

不多时，连若菡再次现身办公室中：“夏主任，感谢你在陈市长面前替我们远景集团美言，晚上高老想请你吃饭，不知是不是赏光？”

刚被曹永国点了一点，夏想哪里还敢再和连若菡走近？尽管连若菡在吴港得等人面前也装得有模有样，他还是摆摆手说道：“连总客气了，本来远景集团就做得很好，为燕市人民做了好事，我也是受益者……饭就不吃了，我晚上还有事。”

连若菡也没勉强，告辞而去。走了不久，就又发来一条短信：“森林公园的湖心别墅，叫什么名字？叫安夏居，好不好？”

夏想惊得手一哆嗦，手机差点掉地上，忙回了过去：“你别开玩笑了，就叫湖心居最好。”

连若菡只回了一个字：“俗！”

过了一会儿，又回了一条信息：“我决定了，就叫莲居。明天就动工，明年春天就能入住了。”

夏想正忙着看小马村和大马村的资料，没空回她，不料不多久又来了一条短信：“别担心，我会给你留一套向阳的房间……我来亲自设计！”

夏想彻底无语。

两天后，十里铺蔬菜批发落成典礼之上，市委常委、常务副市长曹永国出席仪式并发表讲话，陪同人员有市政府副秘书长郑冠群等。很不幸，夏想被排到了等外，没有在电视台的新闻上小露一面。

当然，夏想的本意也不在于此，他忙完之后，就跟随曹永国来到孙现伟安排的会议室里，要和组织部长方进江见面。

方进江其貌不扬，是典型的南方人，穿着也很普通。不过就是一脸肃穆，眼神有些冷，神态有些傲慢，即使和曹永国握手之间，流露出来的热情也让人感受不到什么真诚。曹永国也不在意，客套地和方进江寒暄了几句。

方进江尽管不苟言笑，但还对曹永国的到来表示出了极大的热诚，不过可能是他多年在组织部门工作的关系，言谈举止还是无意中流露出一丝高高在上的做派。曹永国混迹官场多年，心中清楚组织部的人向来都有眼高过顶的习惯，况且方进江又是身为常委的组织部长，可谓位高权重。他保持客气的同时，又适当地向方进江表示出敬意，让方进江十分满意。

夏想没好意思凑上前去，他级别太低，还暂时入不了方进江的眼。孙现伟挤到他旁边，小声说：“方部长面冷心热，在组织部时间长了，面部表情习惯成自然，不好放下来。回头给曹市长说一声，别太在意，其实方部长为人不错。”

夏想笑了笑：“你真当我这么肤浅，你真当曹市长这么简单？行了，别瞎操心了，说说你的蔬菜批发大计……”

“我想聘请一个管理人员，帮我管理十里铺的批发市场，具体经营思路交给他去实施，我的主要目标还是房地产。”孙现伟一边说，一边拉着夏想挤到前面。

批发市场一般有两个管理组织，一个是管委会，是由政府出面设置，负责市场内的行政管理、工商、税务等；一个是管理办公室，是由开发商设置，代表开发商的利益，主要是负责经营方面的管理。孙现伟所说的要聘请管理人员，自然是经营方面的人才。

夏想不明白孙现伟为什么非要把他拉到前面，还没来得及问他，就听见方部长说道：“小孙，这位是？”

夏想明白了，孙现伟很会来事，是介绍他和方部长认识。

“方部长，这是夏想，我的好朋友。”孙现伟不说夏想职务，只说和他的私人关系，显然是想让夏想和方部长以私人的关系见面。

“夏想，我听过你的名字，来到燕市之后，做出了不少惊人之举，果然是年轻人，想法很超前，也很有干劲。”方进江伸出手来，和夏想握手，话说得挺热络，可是脸上却没有什么笑容。

夏想急忙向前一步，双手握住方进江的手：“方部长过奖了，我不过是做了一点分内之事，哪里值当方部长一夸！”

方进江眼神复杂地看了夏想几眼，忽然扭头问孙现伟：“小孙，市场的招商工作进展得如何了？”

“还算不错，目前已经有了几家大批发商入驻，还有十几家表示了浓厚的兴趣。乐观估计的话，三个月之内，就能分走桥西蔬菜批发市场一半的份额，半年之后，就能赢利。”孙现伟对十里铺市场的前景充满了信心。

“我介绍一个大批发商给你认识，到时她过来的话，至少能带来整个燕市五分之一到四分之一的份额，你说的三个月之内达到一半的份额，还是太保守了。我估计，半年之后，你就能占据燕市的三分之二的市场。还有，不要把目光只放在燕市，而要放到整个燕省，至少在半年之内，打开单城市和宝市的市场，问题不大。”夏想不失时机地给孙现伟打了一针强心剂。

当然，这话也是说给方进江听的。

果然方进江大感兴趣，直接就问：“小夏说的有什么依据没有，还是只凭猜测？”

所谓关心则乱，再身居高位的人，也有弱点，也对与自己息息相关的事情放心不下。虽然夏想一直没问过孙现伟，到底他和方进江是怎么样的一种合作关系，但从方进江关切的态度来看，孙现伟和方进江之间的合作，恐怕比夏想原先想象得还要深入一些。

夏想完全是根据肖佳对市场的分析得出的结论，不敢说百分之百正确，但至少有百分之八十的把握。肖佳对市场的分析和把握连夏想都十分佩服，而且根据肖佳自身的经营状况来看，十里铺市场不但可以拿到燕市一半以上的市场份额，而且用不了多久，市场就会人满为患。

最关键的一个因素就是燕市日益增长的人口。

一九九八年时，燕市人口一百五十万，到一九九九年，人口增加到近两百万。而且根据现在城中村的改造速度，以及新建的无数小区来看，估计用不了多久，市区人口就会超过三百万大关。一般来说，每新建一个小区，就会有一个菜市场成立，由此可以推算，人口越多，对菜的需求量也就越来越大。

夏想知道方进江和孙现伟都是聪明人，不用他过多解释，就直接点出了问题的关键："燕市现在新建小区的速度在一年前就是不敢想象的，人口增长的速度也比以前快了许多倍，人都是要吃饭的呀……"

方进江总算露出一丝欣慰的笑容："小孙，我现在相信你所说的话了，小夏比不少官员都有经济头脑得多……这样，小格刚从北大毕业，他不想回南方，也分到了市政府工作，我让他跟你多学学，怎么样？"

孙现伟忙一旁解释："方格，方部长的儿子，北大的高才生，有时间一起坐坐，认识一下。"

能和方部长的儿子走近，就等于和方部长建立了私人关系，夏想正求之不得，一口答应。方进江就没再说什么，转身去应酬别人了。

孙现伟倒是一个办事利索的人，中午在他的安排下，向来很少在外面吃饭的方部长破天荒地答应留下吃饭，而且和曹永国一起进了包间。夏想就和孙现伟一起，在旁边的包间会餐。孙现伟跑到外面打了一个电话进来，神秘地笑道："一会儿就到。"

果然很快就有一个年轻人来到包间，他肤色较白，戴着一副眼镜，中等身材，有点偏瘦。不过看上去还算壮实，只是神情之间有一股淡淡的傲然。

孙现伟向夏想介绍："方格，北大的高才生，今年刚毕业，现在在市政府综合处工作……"

夏想起身相迎："夏想，很高兴认识你。"

方格淡淡地点了点头："我听说过你，孙哥也说你挺有本事，连我爸也说过你有眼光，是真是假先不说，不过看你挺年轻的，现在已经是正科了，很了不起。我比你小两岁，还没有级别呢。"他眼中流露出质疑的目光，有点盛气凌人的味道，"对了，你的正科材料报到组织部的时候，本来科级干部的提拔还不值得我爸过目，他也是出于爱才的心切，才过问了一下……你知道这件事吧？"

↗ 10　坐地升格，副处到手

偶遇市委二号人物

一个副处级机构竟然同时惊动了市长和书记，不得不让市委市政府的人大有想法，纷纷猜测。熟知内情的人都知道，陈市长要批下编制，崔书记要压下不批。改造小组办公室再一次成为市委市政府所有人的焦点，成了书记和市长斗法的战场。

有些事情在聪明人眼中，是心知肚明，不需要点明。就像刚才和方部长说话，如蜻蜓点水一样，虽然一点而过，但水面已经留下涟漪。如果非要说到明处，反而显得落了俗套。

夏想对方格的年轻气盛不以为然，虽然说方格有倚仗的资格——北大毕业，有一个组织部部长的爸爸，但在官场之上，北大的学历，和一所三流大学的学历，起点是完全相同的。

做官如做人，名牌大学的文凭对前途的影响，微乎其微。

夏想也就点头答道："知道的，听说了……方格你学的什么专业？"他直接岔开了话题，就是不想和方格争论一些没用的事情。

方格傲是傲了点，但还算识趣，也不再纠缠此事。他要的就是给夏想提个醒，别让他看轻了自己，就说："中文。"

"中文……怎么不进秘书科，反而去了综合处？"夏想笑了笑，心想方格有一般高官子弟的傲气，也有知道进退的一面。

"都是我爸的意思，他说由他来安排我的前程，其实照我的本意，我是不想进政府机关的，相比之下，我倒更愿意经商。"方格神情有点无奈，笑了一笑，坐在了夏想和孙现伟的中间。

“官场和商场其实是一样的，没太大区别。不管在哪里，都是能者居上。不过方格你既然想经商，说说看，想从事哪个方面的事业？”夏想有意考他一考。

“我想做文化事业，毕竟我是中文系毕业，可以做一些图书策划方面的工作，或是开一家广告公司，应该也可以大赚一笔。”

夏想没再说什么，年轻人初入社会，都是一腔热血，但也是盲目乐观，认为路就在脚上，前途就在手上。其实不然，成长需要代价，成熟也需要经历，不急，慢慢来，方格总有清醒的一天。

第二天夏想就得到一个吃惊的消息，方格被临时借调到了改造小组办公室，并且指定为夏想的助手。夏想知道估计是方部长昨天和曹永国沟通的结果，他也就没客气，直接给方格安排了工作：“小方，你先具体熟悉一下办公室的工作，先跟着曲主任干一段时间，等上手之后，再来给我当助手，怎么样？”

意思是，你既然来到了改造小组办公室，就是埋头干活来了，要忘记你的组织部部长公子的身份。

方格傲是傲，但也有傲骨，说道：“我应付得来，扛得住，夏主任尽管给我安排重活累活，我保证完成任务。”

话是这么说，夏想才不会真的天真到认为方格就是吃苦来了——方格是锻炼来了，既要磨炼了性子，有了经历，又不能过于劳累或清闲。其实怎么安排好他，让他和方部长都说不出来不是，也是很伤脑筋的事情。

伴随着燕市冬天第一场雪的降临，燕市市委市政府的合并办公大事，终于轰轰烈烈地登场了。

其实真要说起来，也没有夏想什么事，因为市政府大楼有十八层，市政府一共才占了七层，七层以上一直闲置。市委一帮人过来之后，直接就搬到了七层以上，一共占了三层。搬家活动倒是挺热闹，毕竟一下子增加了不少人。

曲雅欣和吴港得顾不上办公，站在窗户面前指指点点，一会儿说这个是谁，那个是谁，有时候还争执一二，谁也不服谁。夏想在一旁听了直笑，他沉稳地坐着不动，好像一点也不热心地去提前认识一下市委领导。

方格有些惊讶地问：“夏主任，怎么不去看一看？”

夏想放下手中的笔，揉了揉眼睛：“我也想看，后来一想，反正以后抬头不见低头见，想见的，肯定会见上。不想见的，也能见上，着什么急。”

方格乐了：“听着似乎有道理，不过再仔细一想，好像跟没说一样。”

夏想笑了笑，没再解释。他有一个直觉，总觉得市委和市政府合并一处办公，会给改造小组带来不良的影响。

还没有来得及再深思下去，就见一人急匆匆敲门进来："是改造小组办公室吧？哪一位是夏主任？我是市委的周鸣宏，听说你们改造小组人手多，来，安排几个人帮我们搬一下东西。"

周鸣宏是谁，夏想不清楚，不过看他的样子十分急切，也没多想，就说道："我是夏想……小方、小钟，再叫五六个人，一起去帮市委的同志搬东西。"想了一想，又不太放心，"动作快点，我也去。"

方格本来不太乐意夏想安排他去干活，一听夏想也亲自动手，心里又平衡了许多，挽起袖子说："没问题，只要夏主任能搬得动的东西，我就行。我扛得住！"

钟义平一听夏想还记着他，以为方格来了之后，夏主任就会冷落他，没想到夏主任还和以前一样，就干劲十足地冲了过来："走，我就和小方比一比，看是你们南方人有劲儿，还是我们北方人力气大。"

方格也知道钟义平同样是名牌大学生，不过自己身世比他好，虽然一直隐瞒着不说，但骨子里还是傲得很，就一撇嘴说："比力气，庸俗。"

钟义平只当方格是普通的大学毕业生，正为他在夏想面前露面过多而不满，听他这么一说，更是不服："力气大就欺负人才叫庸俗，力气大就干活多，这叫奉献，懂不懂？再说了，你好歹也是名牌大学生，没学过中国历史？历史都是北方人自北向南统一中国，南方人力弱，不善战，这是不争的事实。"

方格气坏了："胡说八道。"

"别价，别发火。有理不在声高，要不，我们就比比力气，庸俗一把？"钟义平跟着夏想以来，能说会道了许多，几句气话就把方格的火给点燃了。

"比就比，谁怕你。庸俗就庸俗，总比低俗强！"方格上当了。

当夏想看到方格和钟义平二人吃力地抬着一个大桌子，累得满头大汗时，不由得笑了，钟义平倒是激发了方格的血性，到底是年轻人，容易点火。

夏想就过去搭了一把手，对二人说："干活卖力是好事，但要悠着点。还有，你们别光比力气，要比比谁比谁工作更积极更出成绩，是不？"

二人正卖力地抬桌子，夏想一帮手，就立刻感觉轻松了许多，不过还是谁也不服气谁。钟义平抹了一把汗："夏主任，方格是南方人，南方人一般比较油滑，干活爱偷懒，我就得盯着他。"

方格大怒："北方人中懒人也不少，你怎么乱说一气？懒不懒和南方人北方人有什么关系？"

"好了，好了。"夏想笑着阻止了二人继续争斗下去，"别让市委的人看到我们的人不和，让他们看了笑话就不好了，是不是？你二人好好干，干完之后，我给你们评个分。”

二人一听，劲头十足，不让夏想帮忙，就把桌子抬进了电梯。

夏想也没闲着，就又去车上搬了一把藤椅下来，刚要搬走，就见一人小跑着过来，指着椅子说道：“小心一点，小心一点，这是我从南方老家弄来的藤椅，北方没得卖，坏了就惨了！”

来人是一个又矮又胖的男人，尽管长相普通，不过穿着十分讲究，头发一丝不乱，皮鞋锃亮，衣服没有一点褶皱。他年约五十，眼睛不大，一脸关切的神情，看着夏想手中的椅子。

藤椅不重，夏想轻轻举起，笑道：“您放心，我轻拿轻放，不会有一点损伤。”虽然不知道眼前的人是什么身份，估计也是市委里面的头头，夏想就没话找话，“藤椅好处不少，柔软透气，而且又是天然植物编织而成，人体就需要与天然的东西接触才不会生病。就像现在的城里人其实没有体验过，如果光着脚踩在泥土上，比什么脚底按摩都舒服多了。”

来人一听顿时有了兴趣：“小伙子挺有见识，听你一说，是不是你对养生之道也有研究？”

“我哪里敢说研究，就是有一点切身体会罢了。其实许多道理是相通的，就像南方潮气重，所以要吃辣椒去湿气，要不容易得关节炎。北方天气干燥，就得多喝水。农村长寿的人多，是因为他们的空气污染少，用的东西又都是纯天然的。”夏想搬着藤椅向里走，来人紧跟其后，眼睛却紧盯着藤椅不放，让他暗觉好笑，就又问，“请问，藤椅送到几楼？”

“十楼。”来人暗中打量夏想几眼，又说，“说得挺有意思，小伙子，你说是北方好还是南方好？”

这个问题有点大而广之，不好回答，夏想微微一想，笑道：“其实还是一个习惯问题，在哪里待久了，就会觉得哪里好。人总是容易被习惯给误导，比如说南方人爱吃米饭，就一顿三餐都吃米饭；北方人爱吃面食，就天天离不开馒头和面条。什么东西都有好有坏，米饭寒性大，对胃不好，但热量少，不容易发胖。面食热量大，如果光吃米饭容易得阑尾炎，光吃面食就不会，但面食含糖多，容易发胖。南方和北方的道理也一样，人都被习惯给束缚了，反而觉得自己最正确。其实换位想想，固执地认为南方好的南方人，和固执地认为北方好的北方人，都是可笑而可悲的。”

“好一篇长篇大论，小伙子，说得好，很符合中庸之道嘛。”来人呵呵笑了起来，眼中闪过一丝赞赏，“我从小长在南方，后来到北方求学，就一直固执地认为南方什么都好。人好，气候好，甚至水也好，很不习惯北方的面食，认为北方的面食又难吃又粗糙。后来在北方待得久了，尤其是在北方落地生根之后，娶了北方的媳妇，哈哈，也就慢慢适应了北方的生活，越吃越觉得面食有味道，不但耐吃，还有无数种吃法。面粉可以蒸馒头，可以包饺子，可以做面条，还可以烤面包。可以说，面粉至少有一百种以上吃法，而米饭却是少之又少。我就从米饭和面粉上面得出了一个结论：地分南北，人不分南北。但是人心，不但有南北之分，还有高低贵贱之分呀。”

“有哲理，最后一句画龙点睛。”夏想也是有感而发，觉得和他谈得十分投机，“您说得太对了，南北东西都是人划分的，所以面食好吃还是米饭好吃，也是人心的好恶造成的。谁爱吃什么就吃什么好了，不过就是有人非要分个高下出来，就会失去生活丰富多彩的乐趣了。世界上统一全是米饭很没趣，全是面食也很没趣。”

“哈哈……”胖男人哈哈大笑，“你这个后生很有意思嘛，说话也挺有味道。对了，你不是搬家工吧？搬家工可说不出刚才的感慨来。”

“我叫夏想，在改造小组办公室工作。”夏想微带恭谨地答道。

胖男人微微一愣，笑了：“原来是夏主任，你看，让夏主任亲自帮我搬一把藤椅，多过意不去。”

夏想忙摆手，客气地说道：“您客气了不是？我被周鸣宏喊来帮忙，既然是来帮忙，就不分轻重，都得干。帮您只搬了一把藤椅上来，是不是太轻一点，应该再搬更重的？”

夏想随胖男人来到一〇一二房间，因为准备仓促，办公室的门上还没有打上姓名和职务。推门进去，将藤椅放好，夏想还没提出告辞，周鸣宏就敲门进来，舒了一口气说道：“王书记您怎么自己上来了？我找了半天也没找到您的藤椅，就赶紧上来看看，没想到，还真搬了上来……谁搬的？”他一扭头才发现夏想，愣了，“夏主任，是你帮王书记搬的藤椅？”

夏想万万没有想到，眼前的矮胖男人，竟然是市委第二号人物王鹏飞！

他短暂地失神片刻，才又解释说道：“我是先搬上的藤椅，然后才遇上的王书记——也就是刚刚听周秘书一说，我才知道原来眼前这位富有哲理思想的人竟然是王书记，真是让我大吃一惊。”

夏想不忘不失时机地免费送了一记马屁。

他见周鸣宏对王鹏飞的态度和熟悉的口气，不用想就知道他是秘书。

王鹏飞果然十分受用地笑了：“小夏就不要虚夸了，刚才我们一番交谈，我反而觉得你倒是挺有想法。这么年轻看待问题就这么深刻，都让我怀疑你是不是哲学系毕业的？”

王鹏飞是借机问他的履历，夏想忙答：“我是建筑系毕业，对不起让王书记失望了，呵呵。”

王鹏飞脸上可没有一点失望的表情：“哲学也可以是不分专业的，对不对？哈哈，辛苦了，小夏。”

夏想知道谈话已经结束，就恭谨地告辞而去。

回到楼下，基本上搬家行动已经结束。方格和钟义平比了个不分上下，二人还互不服气，声称以后有机会再比。夏想见他俩还真较上了真，就说：“好，等一下有了任务，我就交给你们二人去完成，看谁表现得更好。”

等钟义平一走，方格凑到夏想身边，小声说：“夏主任，刚才我在外面干活的时候，遇到我爸了。他还夸我来着，让我塌下心来跟你干。”

方部长会不会因为自己让方格干活，就对自己有点看法？夏想不免多想了一些，又转念一想，方部长既然安排方格来改造小组，肯定不是让方格游手好闲来了。改造小组就是事儿多麻烦多，还容易得罪人，方部长不会不清楚。他让方格跟着自己，一是表示对自己的信任，认可了自己的能力；二来也是想让方格跟着多了解一些城中村改造的具体操作流程，或许还有其他长远的考虑。

对于今天无意中遇到市委的第二号实权人物王鹏飞，过了半天，夏想还是觉得有些意外，也有些好奇。一直听说王鹏飞喜欢揽权，事无巨细都要过问，比崔书记还要活跃，今天一见，反倒没有感觉到他的霸道，一番交谈下来，也有有趣和富有情调的一面。

人性都是复杂的，夏想也不会天真地认为，只凭刚才短暂的接触就可以了解一个人。只不过是和他的想象稍有偏差，让他有些感慨罢了。

下班之后，夏想去找肖佳，要和她商量一下十里铺蔬菜批发市场的问题。

路上，他接到了李丁山的电话。李丁山的消息让夏想吃惊不小：“小夏，我可能要回燕市，到安县任县委书记。”

安县是燕市所辖十六县之一，离燕市八十公里，在燕市西部山区，是个普通县。虽然也穷，但比坝县还是强了太多，有现成的旅游资源可以开发。

燕市虽然是副省级城市，但所辖的县还是正常的处级县，李丁山调任到安县，算是平调。不过和在坝县不同的是，同样是县委书记，坝县县委书记是由厅级的市委书记管辖，而安县县委书记，则由副省级的市委书记管辖。

区别就是，谁要是得了市委书记的赏识，副省级的书记想要提拔县委书记，就容易多了，幅度也可以大上许多。

夏想猜到了一些什么：“是史老的意思？”

李丁山要调回燕市

“也是史洁的意思，还有孩子的意思。”李丁山叹了一口气，好像觉得有些过于无奈了，又笑了一声，“其实回去也好，毕竟在坝县还是有点人生地不熟，再说我一走，可以为石县长让让路，毕竟他当了太久的县长了。”

坝县的情况一切还好，草原度假村一如夏想的设想一样，吸引了大批的京城游客，热度持续上升，又新建了几处度假村，还是人满为患。京城人有钱，又爱玩，最主要的是，从山路开车过去，也就是一个多小时的路程，比去京城市内的某地还要快，所以许多人都愿意到草原上放松或休假。

李丁山既然决心已下，夏想也不好再说什么：“我是非常期待李书记回来，安县离市区很近，我倒可以随时过去看您。不过应该升上半格才是，怎么还是正处？”

“其实有两个选择，一是去宝市当副市长，二是到安县当书记。我本来想去宝市，不过史老的意思是不如回安县，先过渡一下，然后再调到市区的一个区当区长。既然他老人家开口了，我也不好拒绝……”李丁山也清楚史老为了他，不得不动用多年的老关系，人情是用一次少一次。

夏想也猜到了一点，去宝市是直接升到副厅，但如果只是一个普通的副市长，也很难做出政绩，而且也可能不好再调动。先来燕市安县，缓上一缓，史老估计会为李丁山运作一个好一些的区。在燕市的市辖区当区长，和市里走动近，好处还是很多的。

市辖区是副厅级，既是正职，又有级别，还是行政一把手，确实比一个地级市的副市长要好一些。

夏想就问：“什么时候回来？”

“可能是春节之后。”

李书记回来的话，在燕市的关系网就又牢固了一层，夏想还是感到由衷的高兴。一见到肖佳，他就把这个好消息和她分享。

已是冬天，暖气很足，屋里有二十多度，肖佳穿一身毛绒睡衣，像个大玩具熊。夏想一把抱起她，亲了一口她的鼻子：“怎么样，李书记要回来了，你高兴不高兴？”

“没感觉。”肖佳挣扎着让夏想放她下来，“李书记对我印象一般，总认为我会勾引你……我哪里有？”

“还没有？”夏想就笑，“那你现在又在做什么？”

肖佳挣脱夏想的怀抱下来之后，一边娇笑着向卧室跑，一边脱睡衣，极尽诱惑之能事。肖佳天生妩媚，本来就迷人，再故意做出引诱的姿态，更是魅惑众生。夏想是品尝过其中妙处之人，更是食髓知味，当即一个箭步冲向前去，大喝一声：“哪里跑，我来也。”

……

二人滚在床上，肖佳的喘气越来越重，夏想的动作也是越来越快，终于二人一起颤动片刻，就又恢复了平静。

从肖佳的后背上下来，夏想将她横抱在怀中，抚摸她身上的汗水，问：“最近生意如何了？”

一说到生意，肖佳浑身的疲劳仿佛一扫而光，她扳着手指说道：“我正在陆续将生意重心转移到十里铺这边，现在差不多有三分之二的客户都认可了十里铺蔬菜批发市场。而且我还在十里铺又开拓了新的市场，都加在一起的话，差不多占据了四分之一的市场了。我可以自豪地告诉你，我现在是当之无愧的燕市的菜老大。”

肖佳说完又怯生生地看了夏想一眼，假装害怕地说道：“说错了，说错了，其实真正的菜老大是你。”

夏想用力拍了她的丰臀一下：“找打不是？说说现在的利润。”

肖佳嘻嘻一笑：“每月五十万上下，最高六十五万，最低四十五万，平均超五十万没有问题。忘说了，我一直还没有谢谢你给我的办公室，真是太好了，还有十里铺的主导权，让我迅速占据了优势。”

夏想见肖佳财迷的样子，忽然心中一动，想起什么说道：“有时间拿出二十万，捐一所希望小学吧。争取以后每年都捐几十万助学金。”

肖佳毫不犹豫地答应了：“都听你的，你让我把钱全捐出去也行，只要你开口。”

燕市的冬天干燥而寒冷，雨雪天气很少，入冬以来的第一场小雪只下了薄薄的一层，不出三天就化得干干净净。市委市政府合并办公的事情，并没有带来多少冲击，短暂的动荡过后，一切又恢复了平静。

当然，平静的只是表面，隐藏在平静之下的潜流正在酝酿之中，第一场燕市的权力格局变化，正在悄无声息地进行着。

夏想还不够资格进入游戏之中，他最近有了一些空闲时间。冬天向来是建筑行业的低谷,城中村的改造工作处于半停顿状态,陈市长将小马村和大马村的开发权交给达才集团之后,再也没有就剩下的三四个城中村做出任何指示。

高建远的西山别墅已经动工,场地已经平整完毕,正在做一些前期工作,修整山石,劈山开路,引水入区,等等,基本上算是完成了第一步施工。夏想并没有参与进去,尽管高建远也诚心地邀请他全程参与,夏想想了想还是委婉地拒绝了。他和高建远要保持的是一种不远不近的关系,既能影响到高建远的决策,又能在关键时刻让高建远帮他在高成松面前说上话。

高建远还有一个提议,让夏想又气又笑。他想让连若菡做西山别墅的形象代言人,当然也开出了不菲的价格,还外送一套别墅。夏想想也未想就拒绝了他的提议,这事根本不用向连若菡开口,连若菡最不稀罕的就是钱。

夏想也清楚高建远对连若菡仍有幻想,不过依他对连若菡的了解,高建远是一点机会也没有。连若菡任性也是真性情的流露,她最不喜欢的就是假模假样的人,很不幸,高建远正是此类人。

周六的早晨,夏想开车前往荷塘月色。因为确定今天要找连若菡,昨天晚上就没有在曹家留宿。曹殊黧为此还小有意见,连王于芬也问夏想是不是家里住不习惯,吃不合口?夏想不好回答,只好含糊其辞,说是晚上有应酬,不想太晚回来打扰家里。

曹殊黧就关心地交代夏想一通:“尽量少喝酒,实在要喝的话,也不许喝醉,更不能酒后驾车。万一喝多了,记得给我打电话,我去接你,记住没有?都这么大的人了,要学会自己照顾自己,别总让别人担心,好不好?”

快到荷塘月色的时候,夏想的电话响了,是沈立春的来电。

沈立春的声音明显兴奋过度:“夏想夏老弟,猜猜有什么好消息?”

“能有什么好消息,沈大主任?”夏想故意装不知道,“宝兴花园如你所愿建起了高层,你也受到了成总的表扬,下一步的重用和提拔估计也快了,除此之外,还能有什么好消息?”

“老弟,好消息就是,达才集团要重点开发小马村和大马村,更好的消息是,由我任工程的总负责人!”显然将开发小马村和大马村的重点工程交给沈立春,是为他下一步升职埋下了伏笔,他不高兴才怪,“猜猜看,小马村和大马村要改造成什么?”

夏想差点没笑出声来,沈立春考他别的还好说,考他人民广场的设想,开玩笑,当初是他向陈市长提议如何将人民公园连成一片改造成燕市的标志性建筑的。他也不卖关子,直截了当地说道:“不会是和人民公园连成一片,开发成一处既有广场又有公园的休闲娱乐的场所吧?”

“我靠，神了你！”沈立春吃惊之下，脏话脱口而出，他也自觉和夏想熟了，浑不在意，还说，“我现在对你佩服得可是五体投地，太厉害了，眼光太毒了，怎么想都不用想就猜到了？不会是陈市长向你透露的吧？”

“老沈，成总有什么长远规划，会不会特意找你透露一下，然后再实施？你以为陈市长会大事小事都告诉我一声？我是他的兵，他可是大领导。”夏想就有意打击一下沈立春。

沈立春嘿嘿地干笑了几声：“我这不是激动吗？你犯得着跟我急吗？真是的，不知道我好不容易受到重用，你就不会鼓励鼓励我？还有一件非常重要的事情，老弟，人民广场的设计方案你得帮我出，不能推，要是你不答应的话，我天天到你办公室坐着，赖着不走！”

沈立春非要夏想出方案的一个重要原因就是，成达才在将人民广场的工程交给沈立春时，说了一句话：“集团的几个设计师出的方案都不太令人满意，你可以找找夏想……他设计的休闲广场就很不错，有匠心独运之处。”

成总发了话，沈立春敢不放在心上？万一他再出的方案成总不满意，人民广场迟迟不能开工，以后别说提拔重用，说不定还会被冷落到一边。成达才为人十分赏罚分明，尤其是惩罚的时候，严厉得近似苛刻。

夏想就想拒绝，话还没说出口，就被沈立春一句话又顶了回来：“设计费用五十万，你敢说一个‘不’字，我就向上加十万，超额的部分，我自己掏腰包。你自己看着办，够朋友的话，就少说一个‘不’字，让我少花点钱。”

夏想无奈，沈立春够聪明，算是拿住了他的弱点——重朋友，想想沈立春其实也是一个干脆爽快而且有眼光的朋友。当初是他第一个送了一辆车给改造小组办公室，夏想就无奈地叹气说道：“算是被你害了……不过我可有话在先，我只负责整体构思，到时绘图另有别人，我绘图水平不行。上次休闲广场就是由我和她合作完成的，她是曹殊黧，是我女朋友。”

“行，一切好说，只要你的方案能让成总满意，你提什么条件都答应，就是你想要我的女朋友，我也送给你。”沈立春高兴之余，开起了玩笑。

“你什么人呀，连女朋友都送人，真够丢人的。”夏想也笑了，明知道沈立春是说笑，还是忍不住骂了他几句。

“老弟，你可冤枉我了，我说的是跟别人跑了的前任女朋友，可不是现任，你别想美事了。赶紧的，帮我设计方案出来。设计费用我会先预付你一半，交给你女朋友，放不放心？她要是也拿着钱跑了，可不怪我。”沈立春坏笑两声，又问，“还有别的条件没有？尽管提。”

“成总有没有指定施工单位？没有的话，给二建吧，行的话我就让副总赵红江找你们。”夏想想起一直还没有帮赵红江拉个工程，就做个顺水人情。

沈立春满口答应：“成总没有指定，既然老弟你的关系，一句话的事情，直接让他打电话找我就行。那个……方案什么时候出来？”

“也太心急了吧？”夏想笑骂他几句，就挂了电话。

有时候也许你级别不够高，权力不够大，但如果你有足够影响到关键人物的能力，你就会成为一个至关重要的支点，是所有目光的焦点。这个时候，你就有了决定性的影响力。

当赵红江接到夏想的电话时，愣了半晌，才惊讶地说道：“连达才集团的工程都能拿下？夏老弟，认识你还真不亏。服了，真服了！知道不，我们二建从来就没有接过达才集团的工程，以前也没少费劲，结果要么是不中标，要么连投标都不让投。达才集团牛气得很，我们二建的老总出现，人家都不用正眼瞧。这下好，你帮了我的大忙，这个工程拿下来，我在二建可算是扬眉吐气了；哈哈……”

夏想赶到荷塘月色的时候，已经是十点左右了。冬天的荷塘月色一片衰败，十里荷塘结了厚厚的一层冰，到处是灰黄的色调，不复有夏日的赏心悦目的景色。

敲开连若菡的房门，她一脸微笑打开门，十分优雅地请夏想进屋，脸上的笑容让夏想心里七上八下不得安宁，心想今天连若菡有点反常，不会是她又有什么坏主意了？

连若菡穿一身紧身衣，衬托得完美身材一览无余，细腿并拢，自下而上没有一丝缝隙，站在夏想面前，犹如一朵含苞欲放的娇艳之花，笑意盈盈地说道：“合身不？”

“挺好，挺好！”夏想看了几眼，收回了目光，就有意说起了别的话题，“有没有想好湖心别墅的名字？现在工期进展如何？”

连若菡不接夏想的话，又故意站到他面前，还特意挺了挺胸：“你说，我和黧丫头相比，谁更高一点，谁更丰满一点？”

夏想怒了：“连若菡，你别以为我不敢动你！惹火了我，一样把你拿下……你不要玩火自焚。”

连若菡伸出一根手指，轻轻放到嘴边，小声地“嘘”了一声：“凶什么？谁怕你，狐假虎威罢了。你是一个既冷静又理智的男人，才不会因为一时的痛快，而做出后悔一生的事情，是不是？”

夏想心中的欲火一下子就猛烈地燃烧起来。比起裸露的大腿和胳膊，紧身衣的效果更让人浮想联翩。所谓偷着不如偷不着，同理，看见不如看不见，欲遮还露的妙处才最撩人，何况连若菡还有故意引诱的嫌疑！

夏想猛然向前，一把抱起连若菡，快步来到床前，狠狠将她摔到床上，忽然又饿虎扑食一样扑了上去，一把就将她的上衣扯了下来，露出里面白生生的皮肤。夏想又一伸手，从后面解开她的胸罩，两个跳跃的小白兔就活蹦乱跳地出现在他眼前。

如起伏的山峦令人沉迷，如高耸的高原让人沉醉，夏想压了上去，将头埋在山峦之间，用力地吮吸和摩擦，双手还不闲着，又将连若菡的裤子也脱了下来。至此，连若菡娇嫩的身躯，只穿了一条内裤，近乎全裸一样，呈现在夏想眼前……

和连若菡关系的新突破

完美的曲线，玲珑的弧线，滑腻的手感，香甜的触感，夏想像一个贪婪的孩子，一边脱自己的衣服，一边亲吻连若菡的每一寸皮肤！

连若菡娇喘吁吁，全身上下都浮现一层红润，微小的汗毛竖立起来，身子不时地弓起，腰肢不由自主地扭来扭去，口中发出含糊不清的声音："夏……想，你，你想清楚了再要，要了，你，你就别后悔！"

夏想正在褪下连若菡内裤的手忽然停了下来，内裤刚刚褪下一点点，他弓着身子在连若菡身上，姿势非常怪异。

愣了一愣，他翻身躺到一边，还没忘一只大手放在连若菡胸前，顺势又摸了两把，嘿嘿一笑："白昼宣淫不太好，等下次晚上再把你拿下。"

连若菡脸上的红润未退，白白的身子还大部分裸露在外，羞得将脸埋在床上："还不帮我穿上衣服？胆小鬼！"

胆小就胆小一点，总比色胆包天强。有些事情好开始，不好收场。有些女人，一碰，就意味着触及一个家族的利益，从此再无宁日。夏想还没有想到万全之策，现在就贸然和连若菡有了关系，一旦家族的势力施展手段要控制局势，他没有任何反抗之力——任人宰割不是一件好事，更不是他想要的结果。

夏想猛然下定了决心，以后在没有足够的实力时，在没有弄清连若菡家族势力的弱点时，他决不再碰连若菡一次。他不能做出害人害己的事情，真要惹怒了连若菡的家族，不但他苦心经营的一切都会付之流水，甚至与他有关系的人都会受到牵连。

也包括连若菡自己！

夏想一边帮连若菡穿衣服，一边还乘机摸上几把，惋惜地说道："太可惜了，细皮嫩肉的，就是不能让我摸个够。"

连若菡就当起了鸵鸟，拿枕头蒙着头："我看不见，我听不见，我睡着了……"

夏想就故意逗她，轻轻一捏某个敏感部位，连若菡就一声娇呼："不许乱动，别讨厌！你都看了都摸了，还没够？"

夏想就挠了挠头，嘿嘿傻笑了几声："若菡，刚才我是不是挺凶猛？"

"嗯，有点。男人是不是都一个德性？"

"这个问题不好回答，不过我可以明确地告诉你，我刚才将你的内裤穿上，是需要付出很大勇气的，一般人做不来。我现在都挺佩服自己的，简直就是柳下惠了。"

"别自夸了，还不知道你？你是怕担责任，怕我缠上你。你放心好了，你已经和我这样了，我有足够的理由缠着你不放了。"

"不是吧，我还没有得手呢，还差最后最关键的一步，前面都不算！"

"什么？你敢说不算，是不是不想认账？你又亲又摸，我身子都让你看了个够，你还说不算？"

"我不是那个意思？"

"那你什么意思？"

……

最后夏想被连若菡推下了床，幸好房间内铺着地毯，他坐在地上也就没有起来。夏想垂头丧气地想，今天的事情真是一波三折，刚刚就被连若菡一句话吓了回去，早知该先得了手再说。

当然也只是这么一想，夏想可不是冲动的小男生。有些大门，进去容易出来难。

"哎，你和黧丫头，还没有那个吧？"连若菡穿好了衣服，在床上盘腿坐着。

"哪个？"夏想发坏，故意问，心里还是憋气得慌。

"就是刚才我们之间的那个？"连若菡生气了，鼓着嘴说道，"别装了，我能看出来黧丫头还没被你得手。我可有言在先，在我还没有想好对策时，你不许和黧丫头那个，否则我饶不了你。"

"你也管得太宽了吧？再说，你怎么不饶我？"夏想抬头看了连若菡一眼，见一本正经的样子，不禁哑然失笑，"你说真的？"

"当然是真的，你和黧丫头认识在先，我争不过她。但有些事情我还可以争一争……你听到没有，必须答应我，否则我要你好看。"连若菡咬牙切齿地说道。

"你怎么要我好看?

"我可以把我们之间的事情告诉家里,也可以把我们刚才的游戏告诉黧丫头,二选一,你来做主!"连若菡坏起来也不是吃素的,用挑衅的目光直视夏想。

"那你为什么不现在把我们的事情告诉家里?"夏想明知故问。

"我不想让你为难!"连若菡一脸委屈,小意地说道,"我知道在你的心目中,我比不过黧丫头。你不想娶我,我又不能给你当情人,所以你左右为难。我理解你……"

连若菡也有小意温存的时候,夏想感慨,女人终究是女人,遇到让她倾心的男人,再强悍再高傲的女子,也有俯首称臣的时候。

既然今天差一点就二人合为一体,自己也亲遍了人家全身,而且又挑明了话题,夏想也就索性说出真实的想法:"我们如果在一起,必定会受你的家族的强大阻力。就算我最终不顾一切娶了你,我的前途,我的命运,都会被家族掌控,甚至不允许我有任何自主的行为。而且因为我不符合家族的要求,肯定还会受到排挤和欺压,这不是我想要的一切。最让人担心的是,以你家族的能量,肯定可以查到我和黧丫头的事情,他们为了完全断绝我和黧丫头的往来,一定会使出什么手段,也许到时候,会连曹伯伯也受到牵连!"

连若菡的目光黯淡下来:"你说得不错,夏想,我真的挺佩服你分析问题的能力,你根本不知道我的家族势力,就能将事情分析得八九不离十,确实非常聪明。也难怪我有那么一点点喜欢你,不过有一点你没有猜对,就是我在家族之中的地位也非常特殊,他们并不敢把我怎么样!"

"为什么一直不对我说说你家族的事情?"夏想一直对连若菡的出身大感好奇。

"我不是有意瞒你,而是没有必要说那么多。你知道得越多,反而越不好……"连若菡突然又轻松地笑了起来,"好了,现在我也知道你的真实想法了,以后你就按照你的想法走下去,我会是你的坚定支持者,好不好?"

夏想笑着点头:"那敢情好……"

"先别得意!"连若菡脸色一寒,"你现在已经有了我和黧丫头,以后如果让我发现你还有别的女人,小心我会对你不客气。"

夏想大汗:"怎么个不客气法?"

"先不告诉你,反正肯定不会让你好过就是了。"连若菡小脸仰着,得意地说道。

连若菡的远景集团在市中心的东方大厦租了办公室,有管理人员二十多人,随着森林公园项目的开展,需要陆续招进新员工。办公室基本上全是全职员工，没有兼职的，当然，如果连若菡允许有人兼职，自然也没人敢说什么。

夏想就想介绍卫辛来远景集团做兼职。

夏想的想法是，不能表现得太明显了。要帮助卫辛可以，但不能让她感觉到是故意在帮她。因为他也是暗中打听才得知卫辛是音乐学院的学生，这其中总有些说不清道不明的情愫。连若菡大为不解："你这么热心帮她，是不是认识她？或者说，有什么内幕？"

夏想就挠头："真的没有，我根本就不认识她，只是觉得她非常可怜，而且又十分要强，既然让我知道了，就帮帮她也没有什么，是不是？再说我小时候也是家里穷，也受过别人的资助，长大后我就见不得家境不好又自强自立的人……"

"卫辛长得漂亮不？"连若菡冷不防问了一句。

"不知道，没见过！"夏想不假思索地答道。

连若菡笑了，对夏想的反应还算满意："好吧，正好远景集团有一个宣传活动，需要一批校园的美女模特做广告推广。到时候可以到音乐学院招人，先把卫辛招上，然后让她负责整个东南高教区的招聘工作……这样总可以了吧？"

夏想笑得很开心："知我者，若菡也。什么时候开始招聘工作？"

"今天是周末，就叫上工作人员，一起去音乐学院看一看，如何？"连若菡倒也善解人意，看夏想一脸迫切，也就没有再拖。

夏想和连若菡赶到高教区的时候，已经到了中午，二人就在附近简单吃了点饭。下午两点的时候，远景集团的办事人员赶到音乐学院，联系了学生处之后，就在校园之内人流的必经之地，摆放了几张办公桌，打起了招聘兼职模特的条幅，现场招聘。

连若菡宣传活动的思路是，由远景集团出资特制一批羽绒服，上面印制有森林公园的广告，画面是一大片森林，只有一句广告词：燕市的肺在哪里——森林公园。然后下面署名远景集团。其实广告创意本身不错，不过不会产生多少经济价值，主要是为了推广远景集团的企业形象。

因为远景集团在短时间内可能还开发不了房地产，不过先给燕市人民留下一个好印象，以后进军房地产业，也好有先入为主的好感。之所以选择在大学里面推广，是因为等远景集团开发住宅区的时候，差不多正是眼下的大学生毕业之时，他们将会是购房的生力军。

并且连若菡要求的专门定制的羽绒服，不但质量一流，而且款式也非常新颖，尤其是美女穿上，更衬托得美人如花。在高教区选出上百名美女出来，每人免费提供一套羽绒服，条件是，每个周六周日，十几人一队，结伴在繁华的街道上走上一圈。这样肯定可以产生轰动效果。美女就是最吸引目光的事物，试想，成群结队的美女出现，又穿着同样的羽绒服，同时出现在燕市主要的繁华路段，估计不但各大报刊会争相报道，恐怕电视台也会跟踪采访。

如此一来，可比单纯地花钱打广告要省钱不少，关键是，比纯粹的广告更能吸引目光，更能产生巨大的辐射效果。

“是你想的主意？”夏想深感此法不错，一举数得，绝对是惊才绝艳的策划。

“那是，怎么了，不服气？”连若菡得意扬扬，故意示威地说道，“还是小瞧我，觉得我不可能想出这么好的办法？”

夏想竖起大拇指：“冰雪聪明者，若菡也。不过我还有一点补充，想不想听听？”

“别跟我卖关子，有话快说。”连若菡现在跟夏想一点也不客气。

夏想自我感觉自从脱衣事件之后，好像他的地位就在连若菡眼中降低了不少。当然从另一个方面来说，也是二人之间没有了隔阂，说话随意了不少，他只好憨笑：“远景集团可以在高教区选择资助一百名贫困学生，一方面可以跟各大高校建立起良好的关系；二来也是一种持续的影响力，树立远景集团热心公益事业。不但为燕市人民提供了一个净化空气的肺，还为莘莘学子提供一个可以安心完成学业的承诺……”

连若菡以手托腮，眼睛微微眯着，不顾不远处就是远景集团的员工，目不转睛地盯着夏想，痴痴的样子像个情动的女大学生。夏想说完见她还不说话，还是眼神迷离地看他，不由笑着逗她：“还没看够？难道冬天太阳少，我晒得少，白了一点，就又帅了？”

“一点没白，别臭美了。不过没白正好，我喜欢黑一点的男人，才显得健康而诚实。”连若菡就穿了一件纯白的羽绒服，和去年冬天她在坝县时穿的羽绒服如出一辙，不过不是同一款。皮靴，毛裙，就显得她既有娇艳之美，又动感迷人。

“不过你刚才的想法还真的不错，我交给高老去办，他最喜欢高校的氛围。”

高老一直忙于森林公园的事情，最近和夏想见面较少。今天的招聘活动他也没有出现，不过夏想也相信高老很愿意负责资助贫困大学生这样一个项目。

音乐学院的美女本来就多，不一会儿就聚集了十几人，围着工作人员问个不停。夏想和连若菡虽然也有一张办公桌，不过离招聘现场有一点距离，为的就是不受影响地在一旁暗中观察。

好在今天的天气还算不错，气温不算太冷，大概五六度的样子。不过夏想就穿了一件夹克，没穿棉衣，坐了一会儿，就觉得身上发抖，就提了一个要求：“太冷了，我们去找个教室暖和暖和，怎么样？”

连若菡点头答应着。

二人也懒得上楼，一进教学楼，就转身进了最近一间教室。因为是周末，教室中人不多，暖气倒是很足，二人就坐在离门口最近的座位上，讨论起森林公园的远景规划来。

二人坐在最后一排，前面三排有四五个女生和两三名男生，都聚在一起说话，也不知道说些什么。夏想和连若菡讨论了一会森林公园的下一步发展，二人一致认为争取明年春天竣工，就想加快施工进度，在夏天之前，初步达到可以对市民开放的程度。

又坐了一会儿，感觉身子暖和过来，夏想就提议：“再出去看看现场情况。”

连若菡也没异议，二人起身正要向外走，忽然一个女生从外面闯了进来，因为跑得过快，差点撞在夏想身上。她歉意地冲夏想一笑，然后就跑到前排，来到一个一身黑衣的女生面前，将手中的报名表放在黑衣女生面前，激动地说道：“我通过初选了，而且听远景的人说，一旦通过复选，不但能获得一套价值五百元的羽绒服，每一次活动就有一百元的补助，还管饭，条件非常优惠。你说什么也要试一试，卫辛！”

卫辛？

改造小组办公室面临解散的命运

“多半是骗人的吧？远景集团听上去规模很大，不过以前没有听说过，还有，他们要成立什么美女模特队，好像是噱头……我不看好。”

是卫辛说话的声音。

卫辛的声音清脆如黄鹂，婉转如百灵，她是夏想见过的所有女人之中，声音最好听也是最让人沉醉的一个。

“不是骗人的，卫辛你想多了。森林公园就是远景集团开发的，你想呀，一家投身到公益事业的大公司，怎么可能会做出欺骗学生的事情？我倒觉得远景集团挺不错的。他们有良知，不只考虑赚钱，来燕市投资，先开发一处森林公园，反正我挺看好他们。”女生还挺维护远景集团，力劝卫辛。

卫辛有点心动了：“照你这么一说，还真值得试一试？”

“当然要试一试，不试怎么知道是真是假，是好是坏？”连若菡忍不住插话说道，她不光说，还几步来到前排，站在了卫辛和女生旁边，落落大方地说道，“两位同学，我可以保证远景集团绝对不会做出骗人的无聊事情。远景集团是一流的大企业，尽管也和所有企业一样，也会追求经济利益，但远景集团更注重社会价值，注重长远的社会效益。如果你们参加到远景宣传活动之中，为集团留下良好的印象的话，毕业以后，就有机会进入集团工作！”

卫辛和连若菡想象中稍有不同，她确实很美，尤其是眼睛非常让人沉醉，有一种令人心伤的迷离之美。她的脸颊瘦弱得让人心疼，尖尖的下巴，让人怜惜她的柔弱，心醉她的哀怨。

小小年纪的女孩，会有什么忧愁让她如此愁眉不展？从来不知世间艰辛的连若菡，在见到卫辛的第一眼起，就打内心深处喜欢上了这个有一种哀而不伤的气质的女孩，她甚至主动伸出手：“你好卫辛，我是连若菡，来自远景集团。”

卫辛站了起来，目光中有一些怀疑和不解，不过还是迟疑地伸手和连若菡轻轻一握：“你好，请问你找我，有什么事？”

当连若菡将卫辛带到校园内的报名点时，夏想跟在二人身后，看着卫辛填写了报名，又在连若菡的热情追问之下，谈了谈她对远景集团此次活动的看法。卫辛的看法简单而没有新意，毕竟作为一名未入社会的大学生，不可能对远景的商业意图有很深的了解。尽管如此，连若菡还是夸奖了她几句。

得连若菡一夸，招聘人员当然心里有数，当场拍板录用了卫辛。卫辛喜不自禁，和约她一起来的女生抱在一起，又蹦又跳。

在连若菡的暗示下，工作人员又向卫辛提出了新的挑战，让她负责整个东南高教区的招聘工作，报酬是每天五十元。卫辛现在对连若菡是既有好感又心存感激，当然是非常高兴地答应了。

事情进展得还算顺利，下午四点的时候，夏想接到曹殊黧的电话，约他一起吃饭。想想也该和小丫头在一起吃饭了，他就向连若菡提出离去。

连若菡听说是要和曹殊黧一起吃饭，也要和夏想一起去，夏想憨笑几声：“今天上午发生了那样的事情，你还敢见黧丫头？”

连若菡比夏想想象中厉害多了：“你敢见，我为什么不敢？沾光的是你，吃亏的是我，按说你该心虚才对。”

和连若菡有时没有道理可讲，只好不讲。夏想就又给曹殊黧打了一个电话，说是遇到了连若菡，要和他一起过去，曹殊黧愉快地答应了。

路上连若菡问夏想：“你好像脸皮挺厚，骗黧丫头的时候，心里就没有一点罪恶感？”

夏想就笑："我是犯了一个男人都会犯的错误，有个名人就这么说，还是在面对新闻媒体时。我不是名人，而且我好像还是被人引诱的，所以我觉得有罪恶感的人，应该是你。"

连若菡显然并不接受夏想的说法，一路上和他争执个没完。

见到了曹殊黧，连若菡还算恢复了正常，和曹殊黧手拉手，说笑个没完。看得夏想在一旁连连感慨，谁说男人才会装？自己见了黧丫头都有点心虚，连若菡倒好，没事人一样，还和曹殊黧亲如姐妹。

亲如姐妹？夏想脑中忽然闪过一个十分邪恶的念头，她们俩以后真能亲如姐妹、和平共处就好了，要是她们再互相体谅，愿意二女共侍一夫，就真是太好了……正想得妙处之时，突然腿上挨了一脚，曹殊黧圆睁双眼，对他怒目而视："想什么好事呢？想得这么入神，肯定是想别的女孩子，是不是？"

"不是，黧丫头你误会了，我在想你……"夏想本想说"想你和连若菡"，幸好及时咽了回去，否则事情就闹大发了。

曹殊黧却不相信，古怪地笑道："我知道你在想谁，是不是在想卫辛？"

得，连若菡为了报复他，转眼就把他出卖了，真够可以的。他看了连若菡一眼，连若菡若无其事地眼睛四处乱看，脸上挂着浅笑，仿佛事情与她无关一样。夏想心里发了一个狠，等有机会再好好收拾你。

然后夏想又忙不迭地向曹殊黧解释卫辛的事情。

很快就过了元旦，一月份正是燕市最冷的时候。比起天气更冷的是，本来城中村改造小组办公室只是市政府的一个不起眼的副处级机构，但上报到编制办的申请，竟然被崔书记驳回了！

一个副处级机构竟然同时惊动了市长和书记，不得不让市委市政府的人大有想法，纷纷猜测。熟知内情的人都知道，陈市长要批下编制，崔书记要压下不批。改造小组办公室再一次成为市委市政府所有人的焦点，成了书记和市长斗法的战场。

历来是神仙打架，凡人遭殃，夏想也是心中担忧。以前崔书记因为高成松对城中村改造不感兴趣的关系，对城中村改造小组办公室，不闻不问，对城中村改造，也是采取敬而远之的态度。但现在风向变了，或者说，因为夏想的出现，局势发生了微妙的变化。崔书记因为高成松对城中村改造大感兴趣的关系，开始从中插手，并且很明显要处处牵制陈风。

一切的根源，当然还是因为吉成地产和领先房产之间的冲突。

夏想只凭猜测和分析也能得出一个八九不离十的结论，崔向和高成松因为上一次小王庄的归属问题，产生了直接冲突。身为省委常委的崔向，虽然也不敢挑战省委书记的权威，但面对步步紧逼的高成松，以及不按常规出牌没事找事的武沛勇，也是大感头疼。崔向是省委常委，肯定在京城也有后台，在省委常委中也有同盟，被逼得急了，泥人也有三分土性。何况是副省级城市的市委书记，大权在握，也少不了还高成松一些颜色看看。

而在上一次小王庄归属上明显偏向领先房产的陈风，自然而然地被崔向当成了陈风向高成松示好。甚至他会认为，陈风已经倒向了高成松。崔向肚量再大，也不能容忍副班长将城中村改造小组办公室当成自家的后花园，想怎么摆设就怎么摆设，想偏袒谁就偏袒谁。所以崔向终于向改造小组办公室插手，也在情理之中。

而且崔书记给出的理由也很充分，城中村即将改造完毕，市政府没有必要再成立一个专门机构，既浪费人力物力，又和精简机构的大方向相违背。

陈风精心设置的改造小组办公室，正是运用娴熟的时候，崔向突然节外生枝，非要插上一手，他自然不愿意，和崔向据理力争。陈风的理由也很充足，随着燕市的发展，一环以内的城中村基本上改造完毕，二环以内的城中村也所剩无几，但用不了多久，随着三环的兴建，又有几十个村庄被包围在城市之中，形成新的城中村。只要城市在发展在扩张，城中村的问题就会一直存在，所以非常有必要成立专门的机构来处理城中村的一应事宜。

崔向还是不肯松口，只说此事需要从长计议，需要再研究研究。陈风也没有好脸色，扔下一句："一点小事没必要非要闹到常委会上讨论……"然后转身离去，据说当时把崔向气得脸色铁青，直骂陈风没涵养，动不动就发火。

以上消息有夏想的猜测，也有他从曹永国和高海处听来的内幕。虽然说崔向和陈风的矛盾暂时还没有影响到改造小组的正常运行，但包括夏想在内的所有人都十分担心，万一陈市长的提议一直被崔书记压下，改造小组办公室的位置，可就岌岌可危并且非常尴尬了。甚至还有可能面临着解散的命运！

一旦解散，吴港得和曲雅欣自不用说，肯定要回到原单位。夏想倒不用担心没处可去，他肯定可以在市政府里有一席之地，不管是哪里，不需要陈风和曹永国出面，高海就能帮他安排一个相应的位置。但事情是由他引起的，他不出面解决就对不起陈风的重用和赏识，也因此会害了吴港得和曲雅欣。再退一步讲，就算不解散，但一直不明不白地挂在市政府里面，总是地位尴尬。更重要的是，他借机升到副处的机会就没有了。当然以后肯定还有机会再升，但不借助这一次的机遇，至少也要再等上一年半载。

夏想知道，归根到底，崔向和陈风的矛盾还是他暗中促成的结果，不管是为了陈风，还是为了自己，该是需要利用高建远的关系的时候了。

西山别墅的场地平整工程基本上进入了尾声，尽管是冬天，施工现场还是一片热火朝天，由此可见高建远的干劲十足。燕市的冬天还不算太冷，也没有永久冻土层，夏想赶到现场的时候，发现几辆大型挖掘机正在开挖一处人工湖。

因为是在山脚下，西山别墅区的人工湖可以直接引山泉进来，是活水，建成之后，效果肯定不错。

高建远热情地和夏想握手："小夏，终于有时间来我这里看一看，怎么样，给提点意见？"

"我似乎已经看到，一栋栋别墅拔地而起，无数购房者蜂拥而来，西山别墅成为燕市第一家别墅区，销量火暴，领先房产因此一举成名。"夏想微微眯着眼睛，似乎陶醉在美好的梦想之中。

高建远对西山别墅寄予厚望，毕竟第一次经商的液晶大屏幕项目，赔得一塌糊涂，让他的自信大受打击。夏想的话让他大受鼓舞："别用假话骗我，小夏，你既是建筑专业毕业，又有设计方面的才华，还主持改造小组的日常工作。和我相比，你就是房产方面的专家，我是真心希望你多提宝贵意见，让西山别墅可以做到更好。"

夏想就指着眼前的人工湖说道："建远，西山的人工湖比市里的人工湖有一个最大的优势就在于，可以直接引进山泉，是活水。也就是说，以后不用再在水源上面费心，省钱省力。要是在市里，还必须不断地抽水才能保证人工湖的用水。既然水源可以保证，小区内就不应该只挖一个人工湖，还可以建一条小溪，小溪两侧种上花草，摆上山石，营造出山中溪水的意境，应该会给小区增加不少情趣……"

高建远拍掌叫好："果然高明，一条小溪在整个小区内蜿蜒而过，绝对让小区整体提高一个档次。小夏，你还真是专家，就这一条主意，就值不少钱。走，到我办公室再好好聊聊。"

高建远在一片开阔地建造了几间临时办公室。办公室里，严小时和范铮都在，二人都非常热情地和夏想打招呼。尤其是范铮，显然将夏想当成了最亲近的朋友，上去拉着夏想的手说个不停，眼中全是兴奋。也难怪他会高兴，因为高成松和范睿恒的关系，西山别墅刚刚动工，就已经内部销售了十余套，许多高官权贵，以及衙内子弟，都明里暗里地亲自出面或找人出面，出手大方，一次性付款，当场认购。

权力意志再一次得到了淋漓尽致的体现。

西山别墅一共要建别墅六十八栋，现在已经销售出去十八栋，而且都是全款。可以说，前期的大部分资金已经回笼，只要开盘之后，再卖出十几套，就可以保证稳赚不赔。别说范铮高兴得忘乎所以，高建远和严小时也是喜形于色，一见夏想，就将好消息与他分享。

严小时一双美目目不转睛地盯着夏想，听他侃侃而谈对西山别墅的改进。一些细节上的修改，一些看似不起眼的补充，仔细一想，才发现其中大有深意，花钱不多，但对别墅品位的提升和整体格调的改善，大有裨益。严小时就越来越佩服夏想，相比之下，他虽然比不上高建远和范铮是高官子弟，但他不卑不亢。即使和省委书记的公子打交道，也是没有一点怯场，更没有谄媚和巴结，完全是凭借自己的真本事赢得了眼高过顶的高建远和目中无人的范铮的认可和尊敬。

严小时的目光中热烈之意，就越来越浓，心中也隐隐升起一份期待，夏想这么用心帮高建远和范铮，好像还没有提过要求。如果用股份将他和领先房产紧紧地绑在一起，不愁他不为领先房产用心用力。

没等严小时开口，范铮就替她说出了她的心中所想："小夏，本来你和建远是朋友，是好朋友，谈到钱什么的就俗了，但一直以来你对领先房产的帮助也不少……你看，西山别墅的主意是你出的，又给我们提了不少改进的意见，都非常实用而且合理，要是请专家来论证来规划，少说也得花个十万八万。你这么用心帮我们，我和建远要是没有一点表示，就显得太小气了不是？我和建远商量了一下，准备送你领先房产百分之二的股份，怎么样？"

王书记的态度耐人寻味

"好意我心领了……"夏想笑着摆摆手，"我是政府官员，虽然小得不能再小，但也不能直接参与经营。再说我这人就好交朋友，建远又是难得的风度翩翩的绅士风范，让人折服，我以和他为友为荣。小范，你非要跟我提股份什么的，不是有意拿我的贪心来衬托建远的光辉形象，是不是？能和你、建远成为朋友，而且我还因此认识了严总这样的江南美女，也是人生一大幸事，早就心满意足了。"

严小时被夏想一夸，脸微微一红，说道："夏主任也太容易满足了……"忽然觉得刚才的话有点歧义，不由自主别过头去，不再说话。

高建远也看出了夏想确实无意拿股份，心中对他接近他的目的又少了一份猜测。现在他知道夏想诚心帮他，估计就是为了政治上的进步，看中了他省委书记公子的身份。官场也好商场也好，本来就是大家各取所需，他就微微一笑，说道："小夏有什么需要我帮忙的，尽管开口，大忙帮不了，小忙应该没什么问题。"

夏想叹了一口气："要说让建远帮忙的地方暂时没有，我担心的是，恐怕以后我没有办法再帮你的忙了。"

严小时抢话说道："出了什么事？夏主任要离开改造小组办公室？"

夏想一愣，不免多看了严小时一眼，心想她挺厉害，一下就猜中他想要什么，有点意思，就冲她点点头："严总猜对了，城中村改造小组办公室前途不明，也许用不了多久就会解散，到时我不一定会被安置到哪个部门。以后不再接触到房地产行业，就再难为建远以后的发展出谋划策了。"

高建远惊讶地问："到底发生了什么事情？"

夏想就将崔书记压下城中村改造小组办公室的编制一事说了出来，还强调说道："不批编制也没有什么，但崔书记将事情压了下来，现在改造小组办公室的地位就非常尴尬。事情一旦摆到明面上，在改造小组办公室的地位确定之前，工作已经很难开展了。"

夏想没有明说崔向为什么非要卡住改造小组办公室的编制不放，范铮却想明白是怎么一回事，骂道："崔向也过分了，不就是上次陈市长帮我们领先房产说了几句话，没有向着吉成地产，他就非卡住改造小组办公室不放？做人不能太小气了！"

夏想心想，其实范铮还是很有用的一个人，关键时刻有些难听话不用他说，自有范铮主动说出来，想想也是一件让人欣慰的事情。

严小时微皱秀眉："崔书记是想掌握改造小组办公室的主导权，归根结底，他是想插手城中村改造，还是为了以后有更大的发言权……这点小事，总不至于闹到常委会去讨论吧？"

高建远点点头，努力保持着从容的风度，不过眼神之中还是流露出一股怒气："城中村改造本来就是政府事务，崔书记的手伸得也未免太长了一点……小夏，你不用着急，我来想想办法，看能不能和平解决。"

其实真要说到手伸得长，谁也比不上高书记的手长，还有崔向之所以压迫城中村改造小组办公室，也是被高成松和武沛勇逼的。夏想其实对崔向也好，对高成松也好，都没有太好的印象，不过能有坐山观虎斗的大好时机，错过了也是怪可惜的。再说他也没提什么要求，坏话是范铮说的，上常委会讨论是严小时说的，要插上一手是高建远说的，他好像什么都没有说。

领先房产的股份不能要，他和领先房产的来往，只能仅限于一种不远不近的朋友关系。想要高建远帮忙，话也不能说得太明，否则会让高建远产生怀疑。还好，有范铮和严小时在旁边自作聪明地帮他说出想要的话，效果就好了许多。

中午夏想就留下吃饭，严小时主动坐到他的旁边，和他说了不少话。席间，高建远假装无意问起连若菡，夏想就含混着应付过去。或许是因为高兴，高建远多喝了几杯，话也多了起来，将他在佳家超市遇到了绿裙女孩一事也说了出来，还说绿裙女孩有“清水出芙蓉，天然去雕饰”之美。

夏想差点没惊叫出声，高建远怎么就和他一个审美标准，不但看上了他的连若菡，连他的曹殊黧也引起了他的注意。

今天一上班，夏想就接到曹永国秘书古秀文的通知，让他到曹永国办公室去一趟。

夏想猜到是因为改造小组办公室的事情，果然曹永国一见他，就开门见山地说道：“改造小组办公室前景不妙，崔书记不肯松口，他是省委常委，在市委常委中支持者也不少，就算提交到常委会讨论，也不一定能够通过……你有什么打算？政府这边的要害部门，你想进哪一个？”

身为常务副市长，想安排夏想进一个市政府的关键部门，也不是一件难事，何况还有高海帮着说话。

夏想和曹永国说话就没有那么多的拘束，没有直接回答他的问题，反而问道：“如果提交到常委会讨论，曹伯伯，陈市长有几成把握？”

曹永国揉揉太阳穴，一脸凝重：“不乐观呀，改造小组触动了许多人的利益，陈市长做事情又喜欢雷厉风行，常委上支持他的人不会太多。要是别人还好说，一些事情上还会给市长几分面子，但现在是书记发话了，左右摇摆的人都会向着崔书记。”他拿起笔在纸上画了几道，又说，“陈市长一票，我一票，方部长也能有一票，政府这边，副市长易思鹏也是常委，他也会支持陈市长。基本上可以保证四票，离过半还差三票，难度有点大。”

“那陈市长的意思是？”夏想相信陈风不会坐等失败，改造小组凝聚了他太多的心血，同时也是他执政风格的体现。如果改造小组被撤，将是陈风政治生命中一次严重的失败。改造小组就算不被解散，因为被崔书记提到了明面之上，就这么一直不尴不尬地存在下去，也是对陈风推进城中村改造的一次重大打击。夏想算是明白了，或许崔书记也不想解散城中村改造小组，要为陈风留一点面子，但就是将改造小组吊得高高的，就是让大家都知道改造小组名不正言不顺，以后不但工作不好开展，也会成为市委市政府的笑柄。

“陈市长呀……”曹永国目光闪动，他怎能猜不到陈风的心思？陈风不肯退让，闹到最后的结果就是提交常委会讨论，哪怕失败，也有赌上一把。陈风可以赌，夏想的前途赌不了，他关心的不是改造小组的命运，而是夏想的前途，“陈市长不肯让步呀，这才是让人担心的地方。一旦提交到了常委会就没有后路了，小夏，要是等到被常委会否决之后，你身为改造小组办公室的主任，就会成为众矢之的。陈市长顶多是颜面无光，而你则是前途黯淡，不如现在跳出，我尽快将你调到其他部门……”

“谢谢曹伯伯的好意，我想还是等结果出来以后，看情形再说。”夏想一口回绝了曹永国的好意，他不想在关键时刻选择逃离，这个时候调出改造小组办公室，基本上就等于和陈市长划清界限。尽管曹伯伯也是出于好意，为了他的政治前途考虑，但夏想心中清楚他的选择，他要的是什么，“曹伯伯，也许事情会有转机，政治上的事情，从来都说不准，风云变幻太快。万一常委会通过了陈市长的提议，我岂不是错失了一次破格提拔的大好时机？”

夏想深层的想法并没有当面说出，也是不想因此引起曹永国的误解。他不想被人当成政治上的投机者，更不想让陈风轻视。陈风不管执政风格是不是受大多数人欢迎，不管他的强势是不是引了许多人的不满，但陈风对自己确实不错，夏想无话可说。官场上的两面派，是历来被人所厌恶所鄙夷的，他要对得起陈风的重用和赏识。

曹永国自然也清楚夏想有些话不好直接说出口，他叹了一口气说道：“好吧，我也不再劝你了，不过我希望你不要因为这事而对曹伯伯有什么看法。曹伯伯为官多年，怎么会不知道官场上的是非？怎么会不清楚站队的重要性？只是眼下的形势非常严峻，我是不想让你前途受到影响。”

从曹永国的办公室出来，夏想直接下到一楼，准备到院子里透口气。可以说曹永国的态度也在他的意料之中，他也没有向曹伯伯透露他暗中和高建远的交往。有些事情，只能是自己一个人知道的秘密。

刚在院中走了几步，夏想就又接到了沈立春的电话。沈立春的声音有些急迫：“夏老弟，我怎么还没有收到人民广场的设计方案，你是不是给忘到了脑后？成总都催我了，我没办法就只好催你了。”

夏想挠了挠头，最近事情一多，又让城中村改造小组的事情给闹得烦心，还真忘了这事。他只好实话实说：“沈老哥，这事怪我，真忘了。也不怪我，城中村改造小组办公室前途堪忧，我正在上愁……”

“怎么个情况？”沈立春关切地问道。

夏想就将事情的来龙去脉一说，又说：“我现在是前途未卜，所以静不下心来。你再给我一个星期的时间，怎么样？”

“好，没说的，老弟有烦心事，我肯定不能再催你。”沈立春一口答应，又顿了一顿,“照你的意思是说,得让更多的市委领导支持城中村改造小组批下来编制才行,是不是?”

得到了夏想的肯定答复之后,沈立春痛快地说道:“行了,我明白了,我向成总汇报一下,看他是个什么态度!”

对成达才出手相助,夏想不抱什么希望。对成达才而言,改造小组才不会被他放在眼里,他的眼界太高,犯不着为一个改造小组出面。

转身要进大楼,刚一迈步,夏想猛然愣住,眼前站着一个笑容满面的熟人,正饶有兴趣地看着他。夏想忙不失恭敬地向前一步,微微弯腰说道:“王书记好!”

“小夏呀,我在这里等车,一不小心听到了你的电话,你不会怪我偷听吧?”王鹏飞乐呵呵的,一点也不像传闻中独揽大权的人物。

“哪里会?肯定是我说话声音太响,吵到王书记了。”夏想知道王鹏飞肯定有话要说,要不也不会专门提一提他打电话的事情。

不出所料,王鹏飞好奇地问:“我无意中听到,你在电话里提到了达才集团,怎么,达才集团你也有过来往?”

不得不说,王鹏飞耳朵还挺好使,夏想就憨厚地笑了笑:“承蒙成总看得起我,去成总家里吃过几次饭。”

“哦,这么说,成总还是挺赏识你了?成总可不会轻易请人到家里吃饭。”王鹏飞一提起达才集团,就格外上心,“刚才和你通话的人,不会真是成总吧?”

夏想明白了几分,王鹏飞对达才集团格外关心,他就如实说道:“当然不是成总了,成总可不会亲自和我通话……是达才集团的开发部主任沈立春。”

“小沈和你关系还不错?”王鹏飞继续追问。

话说到这个份儿上,夏想就明白王鹏飞可不是无意中偷听到他的电话,可能还是故意听了个清楚。而且王鹏飞对达才集团的关注十分明显,也丝毫不在他面前掩饰他的好奇,夏想心里就有了数:“我和沈老哥还算谈得来,在一块儿话也不少。他为人很爽快,还送给我们改造小组一辆汽车……这不打电话让我帮他设计一个项目……”

王鹏飞点点头,正好司机开车过来,他就冲夏想挥挥手:“再见小夏,有空到我那里坐坐,我们再好好聊聊藤椅和养生之道!”

夏想态度恭谨地站立原地,一直等王鹏飞的汽车远去,才返回办公室。坐回座位上待了一会儿,夏想摇头笑了笑,拿起电话就拨给了曹殊黧,约她晚上见面。

曹殊黧已经放寒假了,正在家闷得慌,一听夏想召唤,高兴得一跳老高,急匆匆就跑了出来。二人吃过晚饭，就开车直奔人民公园而去。

虽然燕市的冬天气温比较低，但一般晚上最冷的时候也不超过零下十度。所以尽管已经是华灯初上，公园中还是有不少男女老少，好不热闹。曹殊黧乖巧地被夏想牵着手，也不问夏想为什么要带她来这里，像一只温顺的小绵羊，只管听话，不问问题。

夏想郑重其事地交代："我们现在把人民公园走上一遍，你要在心里记下一个大概的轮廓，记住没有？"

曹殊黧就顺从地点头，眼睛闪亮地盯着夏想："又想让我设计方案，是不是？"

夏想摸了摸她的头："你说你越来越聪明了，怎么得了？以后可不可以傻一点儿？"

曹殊黧嗔怪地说道："什么呀，你希望你的女朋友傻乎乎的，居心不良。肯定是想让我什么都不想什么都不管，你在外面可以放心大胆地去找别的女孩子，是不是这个意思？"

夏想摸鼻子："请你把丰富的想象力用到正事上面，可以确保你以后健康快乐地成长……说说看，你都从高老那里学到什么了？"

"高老知识渊博，绝对是专家级人物，我还真是受益匪浅！"曹殊黧一脸光彩，"以前我不敢说在绘图方面能超过你，现在我就可以自豪地说，也许全局考虑我不如你，但要论到绘图和细节上的处理，你现在已经不是我的对手了。"

夏想也为小丫头的成功而感到高兴，抱着她就使劲亲了一口："加油，以后当个设计大师。"

曹殊黧红了脸，见周围没人注意他们，才踢了夏想一脚："像什么话，堂堂的科级领导，在大庭广众之下亲人，也不注意一点影响。"

"别说科级，就是厅级也是人，是人就得亲人。"夏想呵呵一笑，他最喜欢曹殊黧害羞的模样，既羞涩又诱人，"来，再亲一个。"

曹殊黧笑着跑开了。

二人转了差不多一个小时，终于转完了人民公园。之所以选择晚上来看，是因为白天都看过多次了，晚上看，可以发现许多白天发现不了的缺陷，比如灯光的设计，一些假山和树林的位置，等等。既要保证白天时的安静，又要确保尽量不留死角，否则容易在夜晚给不法分子以可乘之机。总之转了一圈之后，夏想差不多做到了心中有数。

和曹殊黧一起回到曹家，正好曹永国和王于芬出去走动，还带上了曹殊君，家里就夏想和曹殊黧两个人。二人就到楼上的房间，支起画架，先画出了大概轮廓。

11 主政一方的机遇

常委会上的玄机

不管陈风有没有表演的成分在内，夏想还是感动了，一个堂堂的副省级市长，和他进行交心式的谈话，光是这份耐心和真诚就足以让人心生感激。陈风是假装也好，是真心也罢，夏想都不管，第一次在陈风面前流露了心声："谢谢陈市长对我的器重，别的我不敢说，只有一句话：我会一直坚定地支持陈市长。希望有机会再在陈市长的领导下工作！"

小马村和大马村的地图夏想也早就准备好了，他先打好腹稿，让曹殊黧先将人民公园重新设计一下。他大体上把小马村和大马村的设计思路理顺，然后再和原有的人民公园连成一片，打造出一个假山亭院、鸟语花香，处处是养眼美景的人民广场出来！

二人一连设计了两个小时，都有些累了，一看时间已经九点多了，楼下还没有声音，显然没人回来。夏想见曹殊黧咬着铅笔沉思的模样，既乖巧可爱，又惹人生怜，就动了坏心思："休息一下，别太累了，罗马不是一天建成的。"

曹殊黧"嗯"了一声，目光还不离画板。

"要不我们看一会儿书，好不好？"夏想循循善诱。

曹殊黧没明白过来："看什么书，让我再想想，有一个细节卡壳了，等一等，别捣乱！"

夏想有点着急："再等就没有时间了，曹伯伯他们回来了，我们就看不了书了。"

"什么跟什么呀，我爸回来跟你看书有什么关系？"曹殊黧不满地瞪了夏想一眼，因为用心思考的缘故，她整个人都焕发出一种无法言传的沉静之美，动人心魄。

夏想一把将她拉到怀中:“我是想阅读你这本书……”

曹殊黧醒过味儿来,脸颊绯红:“你个大色狼!”一转身就跑出房间,咯咯笑道,“我去洗澡了,晚安。”

夏想急忙去追,不料曹殊黧反应够快,跑到卫生间就锁上了门,还在里面故意气他:“我洗澡了,你可不要胡思乱想,也去洗澡睡觉吧,听话。”

夏想能听话才怪,家中无人,小丫头在里面洗澡,要是他能进去,该是多么香艳的场景!正想得浑身燥热之时,突然门一响,曹永国回来了。

最后夏想在王于芬的审视目光之中,乖乖地上楼睡觉,心中恨恨地想,好你个小丫头,你等着,有朝一日一定把你阅读个够。

离春节还有不到二十天的时候,市委市政府的平静终于被打破了。在陈风的强烈要求下,关于城中村改造小组办公室的编制问题,正式提交了常委会讨论!

办公室内,和夏想的面色平静相比,曲雅欣心不在焉地翻看资料,实际上她一页也没有看进去。能看得进去吗?陈市长向常委会提交的是编制问题,但所有人都心里清楚,其实常委会讨论的不是批不批编制,而是讨论的城中村改造小组的生死存亡问题。

通过与否,差别太大了。通过的话,夏想可以升为副处级,她和吴港得就可以顺理成章地留在市政府大院工作。一旦夏想再调任别处,她和吴港得就有一人可以接任夏想,从而迈出政治生涯中至关重要的一步,由科级升到副处。

但如果通不过,就算不会明令改造小组解散,实际上改造小组的地位和以前相比,肯定是一落千丈,再也没有了任何权威,还会被所有人看不起,基本上就会成为一个鸡肋部门。也许用不了多久,不等陈市长调走,改造小组就会被人找一个理由拿下,到时陈市长肯定不会再出面说话,也会是默认的态度。

生死两重天,事关自身的大事,曲雅欣坐立不安也在情理之中。

和曲雅欣勉强还能保持镇静相比,吴港得就如热锅上的蚂蚁,不停地在办公室走来走去,还不时唉声叹气,自言自语地说道:“怎么办?到底要怎么办?以后的日子怎么过?城管局也回不去了,改造小组要是被拿掉的话,陈市长怎么着也该给我们这些干活出力的人一个交代不是?”

钟义平进来之后,小声地问夏想:“夏主任,到底怎么办?”

方格紧随着钟义平进来,对钟义平的问题不屑一顾地说道:“瞎操什么心,乱着什么急?你没见夏主任稳坐钓鱼台吗?夏主任不急,证明他心中有数。他心中有数,就轮不到你来操心。再说你操心也白费,不管用,所以我建议你到旁边休息休息。”

钟义平不理会方格的冷嘲热讽，先给夏想倒了一杯水，然后又问：“夏主任，你倒是说句话，让我安安心。”

夏想慢条斯理地喝水，用手指点着钟义平的胸口说道：“你的心就在你肚子里，已经安好了，怎么还用我来安？”

方格眼睛一亮：“没想到，夏主任说话还挺有哲理，敢情是哲学系毕业的？”

“哲学系毕业的都是纸上谈兵，夏主任是从生活中生发出来的感慨，比纸面上的东西，深刻多了。”钟义平的马屁功夫日见成熟，乘机立刻奉送了一记超高水平的马屁。

吴港得皱起了眉头：“都什么时候了，你们两个还在这里胡闹，出去，都给我出去！烦着呢！”

夏想站着来，笑着按住吴港得的双肩，让他坐下：“吴主任少安毋躁，常委会开到现在还没有结束，证明是好事。”

吴港得刚坐下，一听夏想的话又火烧屁股一样站了起来：“怎么说？”

“要是通不过的话，结果早出来了。现在还没有结论，证明各位常委正在各抒己见，说明争论比较激烈。既然争论激烈，就表明事情有转机。如果我没有猜错的话，常委会上，会有许多出人意料的事情发生……”

夏想还真猜对了。

常委会上，平常不怎么抽烟的崔向，无视他自己定下的常委会上禁止吸烟的规矩，一连抽了三根烟，还难以压下心中的愤懑和惶恐。没想到呀，没想到，他一向自信可以绝对控制的常委会，突然之间就出现了难以预料的逆转！

如果说市政府的几票，陈风、曹永国和易思鹏都在预料之内的话，组织部长方进江的支持票也不算意外，最让他大吃一惊的是副书记王鹏飞的突然转向！

本来王鹏飞在发言时，还含沙射影地指出城中村改造小组办公室有太明显的个人风格，不利于公平公正地对待所有开发商，他就以为王鹏飞会明确地反对将改造小组正规化。不承想，王鹏飞话题一转，突然就义正辞严地说道：“正是因为城中村改造小组太个人化太不正规了，所以有必要将其合理地安置在市政府的机构之中……我觉得陈市长的提议还是出于大局的考虑，市委应该支持！”

王鹏飞一石击起千层浪，市委方面的几位常委都面面相觑，不敢相信平常和崔书记保持高度一致的王书记，怎么就突然之间转了风向，变了性子，竟然对陈风投了支持票！

政治之上，还真是变幻莫测，什么事情都有可能发生。所有人都震惊莫名，连陈风也是一脸愕然，吃惊地看着王鹏飞，不明白他为什么会偏向他说话？

然而，更让人大吃一惊的事情发生了。一直以来和崔向走得最近，几乎就是崔向的传声筒的市委秘书长徐德泉推了推眼镜，清了清嗓子，看了方进江一眼，笑眯眯地说道："改造小组成立以来，燕市的开发商就有主心骨了。如果有了正式编制，不但可以显示出市委市政府对改造小组的重视，也让开发商更加放心地和改造小组打交道，所以我认为，不就是批一个编制嘛，就批吧。"

崔向的烟掉到了桌子上，他都一点也没有发觉，会议室的暖气很足，但毕竟不是夏天，也就是二十度左右，他却感到背后一片冰凉——全是汗水！

失控了，全失控了！

如果是别人，比如说宣传部长回永义，政法委书记陈玉龙，他也不会感觉太吃惊。因为回永义和陈玉龙和他走得不近，既不属于陈风派，也不属于他崔向派。但现在回永义和陈玉龙还没有发言，反倒是他的人自乱了阵脚，怎能不让崔向从心底深处发出一阵阵的寒意。什么时候陈风有了这么大的魅力，连王鹏飞都和他统一战线了？还有徐德泉，一向对他唯命是从，今天临阵反戈，更是让他心中寒意逼人！

被自己人背叛是最让人难以接受的，崔向已经出离愤怒了。他心中只有一个念头在不停地萦绕：不能再继续下去了，不能让过半的常委支持陈风，否则他将会威信大减，将会失去书记一手掌控的光环！

所以当崔向看到宣传部长回永义的手有要举起来的趋势时，他将烟头狠狠地按在烟灰缸中，来了个一锤定音："听了大家的发言，我也深受启发，改造小组的编制问题我看不用讨论了，通过！"

说完这句话，崔向好像虚脱一样，靠在椅子上，无力地挥挥手："散会了……"

所有人都不明白本来一开始就提出反对意见的崔书记，为什么也会推翻自己的发言。但所有人也都明白，崔书记是不想败得太惨，不想看到常委会上一片赞成之声。所有的赞成之声都是对他的反对之声，他及时拍板，不想给大家留下固执己见的坏印象，而是要给大家留下一个从善如流的好印象。

及时收手的政治家，是聪明的政治家，不以一时意气之争而做出无谓的事情，从这个角度讲，崔书记的认输，其实是非常明智的选择！

高海第一时间知道了消息，他来到改造小组办公室，脸上洋溢着胜利的喜悦，却没有说话，只是冲夏想重重地点了点头。

高海刚一离开，改造小组办公室就响起一阵欢呼！

晚上，全体改造小组成员，共开了三辆桑塔纳，三辆面包车，浩浩荡荡杀往饭店聚餐。当晚，钟义平和吴港得拼酒拼得大醉，夏想也喝了不少，连曲雅欣也喝得有了五六分醉意，拉着夏想的手说个不停，还说了一句让夏想非常难为情的话："小夏，你真行。要是大姐我年轻个十来岁，也非要主动去追你不可。"

钟义平凑向前来："曲主任，我不觉得你年纪大，要不你追我试试，肯定一追就成功。"

结果曲雅欣难得地年轻了一回，大发娇嗔，粉拳高举，捶了钟义平一顿。

最后曲终人散，夏想开车送方格回家。

方格住在市委家属院，送到楼下，夏想转身要走，却被方格拉住："到家里坐坐，到门口了再不进门，就不够意思了。"

夏想不好意思打扰方部长，又拗不过方格，只好随他进门。

方进江正坐在客厅看电视，见二人进来，笑了："小夏来了？今天可是你们改造小组的大日子，年轻人可以高兴可以喝酒，但不要过头了。"

方格埋怨着说道："爸，在家里你就放下架子，好不？我和夏哥现在是朋友，不是上下级。你现在和夏哥也不是上下级，同意不？"

"同意，同意，到了家里叫叔叔就可以了。"方进江的话中带有宠爱的味道，看得出来，他对方格非常疼爱，也很是迁就。

不过夏想和方进江毕竟不熟，坐了一会儿，说了几句闲话就告辞离去。自始至终，方进江没有提及一句常委会上的事情。

夏想开车正要回住处，电话响了，曹殊黧的声音甜甜地响起："在哪里呢？快回家吧，都等着你呢。"

小丫头召唤，夏想不敢不从，听她的口气，肯定还是受了曹永国之托。想想也该和曹伯伯聊一聊了，夏想就调转车头，开车回了曹家。

一进门，就愣住了：客厅内，曹永国和王于芬坐在沙发的正中，曹殊黧和曹殊君一人坐一个侧面的沙发，一家四口都直视着夏想！

夏想就挠挠头，不好意思地笑了："曹伯伯，王阿姨，怎么了这是？吓我一跳！"

还是曹殊君先带头鼓掌，紧接着曹殊黧也跳了起来，起劲鼓掌，王于芬也笑着拍了几下，甚至曹永国也微笑着象征性地拍了拍双手。他等掌声停下，才代表曹家郑重发言："首先我代表曹家欢迎小夏，庆祝小夏正式迈出了人生中至关重要的一步。由科级到副处是一个重要的关卡，迈过之后，就可以迎来更广阔的天地。想当年，我从科级到副处，整整花了三年时间，而小夏才用了不到一年时间……"

感慨过后，曹永国无比欣慰地说道："三十到副厅，我还是小瞧了你，三十到正厅也是大有可能的，哈哈……"

“行，姐夫，我现在算是真服你了。”曹殊君一开口就嘿嘿直笑，有点不怀好意地说道，“要是你先升副处，再追到我姐，我对你的佩服会减到百分之五十。可是在还没有级别的时候，就让我姐死心塌地跟了你，然后又迅速地升到副处，这就不是一般人了，所以我对你的佩服是百分之百。”

这一次，曹殊黧难得地没有收拾曹殊君，而是笑语嫣嫣地说道：“臭小子，你只说对了一半，应该说你姐更有眼光才对。”

“对，对，姐姐英明。”曹殊君拍完曹殊黧的马屁，又立马对夏想笑道，“姐夫，等我爸退下来后，我可就跟着你混了，你可得罩着我——我可是你唯一的小舅子。”

一家人都笑了起来。

曹永国让夏想坐下，将常委会上的意外变故说了一遍，夏想听了连连点头：“政治上没有永远上的朋友，只有永恒的利益，果然不假。崔书记这一次败北，可以说失败于大意。他想当然地认为该支持他的人一定会支持，两不相帮的人，因为他的坚持也会在这件小事上和他站在一起。其实身居高位之人，在高处待得久了，一直掌控一切的感觉会让他的反应迟钝，总认为事情可以一成不变……天底下，哪里有不变的人和事？”

曹永国没说话，久久地看着夏想，心想他刚刚二十五岁，怎么就这么稳重，怎么就这么多感慨？想起自己差一点因小失大，当时还真是不如夏想看得长远，也是自己太急于保全他了！可是，他怎么就这么有信心，认为陈风一定能赢？

夏想回答了曹永国的疑问：“陈市长不是蛮干之人，他敢提交到常委会上，就是心中有底气。就算不敢保证票数过半，至少也有接近半数的实力，或许还可以争取一两张摇摆不定的票。当然，今天出现的意外变故，是谁也想不到的，是不是陈市长也不清楚哪里出了问题？”

曹永国含蓄地笑：“陈市长和谁走得近，我也不大清楚。事先我也就和方部长、易市长通了气。其他的人，因为卢部长的关系，我也就和宣传部长回永义还能说上话，不过打电话时，回部长态度不明，所以我心里也没底。小夏，你告诉我实话，王书记和徐秘书长，你是不是清楚是怎么一回事？”

夏想知道高建远和范铮，肯定在背后出了手，但到底是常委会上哪一个常委，他也不知道。至于王书记，他猜测可能更多是因为达才集团的原因，而徐秘书长是高成松还是范睿恒的人，他是一点头绪也没有。所有变故其实还是一团糊涂，猜也猜不清楚，所以干脆摇头：“我还真不知道到底是因为什么，我和王书记只有数面之缘，不过是帮他搬过一把藤椅，聊了几句话，但他肯为改造小组办公室出头，肯定另有原因。”

曹永国还想再说些什么，王于芬不干了：“行了，行了，谈话到此为止，不要打乱我们今天的好心情。工作上的事情，不要带到家里来。以前还好，是没人和你讨论。现在你倒好，小夏一回来你就拉着他说个没完，你还让不让人消停了？”

连若菡和夏想一起回家过年

曹殊黧从厨房中捧出一个大蛋糕：“来，为了庆祝你升职，妈妈专门给你买了一个蛋糕，快切蛋糕。”

夏想就把蛋糕切成五块，一一分给众人，郑重地向王于芬表示了感谢。曹伯伯和王阿姨对他也确实不错，让他在燕市也体会到了家的感觉。他心中暖洋洋的，再看曹殊黧时，眼中全是柔情。

虽然说编制办的批文还没有正式下来，但既然常委会已经通过，就是板上钉钉的事实。改造小组办公室一下子热闹了许多，大家的干劲十足，林双玉也跑来表示祝贺，高海也露出平易近人的一面，来到办公室和夏想三人一一握手。

临近春节放假，一般情况下市委也好，市政府也好，办事效率都会下降不少。不料这一次编制办好像上足了发条一样，三天后就正式行文，批准了城中村改造小组的副处级编制。紧接着，市委组织部派人找夏想谈话，走过形式之后，夏想的副处级就尘埃落定，他也一跃成为市政府里最年轻的副处级干部。

所有人都觉得夏想是沾了改造小组正式确立了编制的光，夏想升迁过快的话题，倒是被淡化了不少。不过作为最年轻的副处级干部，改造小组前一段时间又在风口浪尖之上，所以认识夏想的人明显多了起来。走到大院内，夏想总遇到认识或不认识的人主动打招呼，他就一脸明媚笑容，热情回应。

当然，在大院里还是暗中有一些风声在流传，说是崔书记失利，陈市长占据上风，甚至连陈市长得到了高书记的赏识，用不了多久陈市长就会成为陈书记的流言也大有市场。机关大院之中，从来不缺少流言和风声，一般捕风捉影的事情，传不了多久，就会悄无声息了。

谁还能堵住悠悠众人之口不成？所以传闻归传闻，崔向和陈风肯定也听在耳中，没人当真，更没有人站出来严令大家不许乱传。

就这样，年关近了，在忙活了一上午将各个办公室贴上封条之后，就算正式放了年假。

夏想站在政府大院门口，给高建远打了一个电话，含蓄地表示了感谢。高建远邀请夏想有空再到西山别墅,夏想随口答应下来。

有些关系还是需要保持着接触的状态,不需要太近,但也绝对不能太远。

想了想,他第二个电话又拨给了肖佳。

肖佳说她弟弟已经回家过年,她准备年后才回,年前走不开。她没有提让夏想陪她回家一事,夏想也没有明说。他知道自己过年的时候事情太多,怕时间上来不及,只有等确定有了空闲,才好给她一个明确的答复。

这时夏想也想到了佳家超市他的百分之六的股份,是时候该转到肖佳的名下了,也算自己给她的一个交代。

既然想到了佳家超市,他就又给冯旭光打了一个电话。

冯旭光一接通电话就埋怨夏想:“你是结交了新朋友,就忘了老朋友。你自己说说,多长时间没来我这里喝酒吹牛了?我的第三家超市就快开张了,你不帮我出谋划策也就算了,连面都不露一个,太说不过去了,你自己说,该怎么办?”

夏想就嘿嘿直笑:“你还跟我计较这些,太鼠腹鸡肠了吧?我都不和你计较你这么长时间也不过来看看我,帮我从超市拉一些生活用品过来,你还好意思指责我,你也太不够朋友了吧?”

冯旭光被噎得够呛,半天才说:“算你狠,说不过你。过年说什么也得过来聚聚,一醉方休!”

打完电话,夏想就回去取车,无巧不成书,正好遇到三号车出来,停在他的面前,后面的车窗打开,露出王鹏飞胖乎乎的笑脸:“小夏,会打牌不?过年没事的时候,找我来打牌,怎么样?别人要么牌技太丑,要么牌品太差,你不会让我失望吧?”

夏想恭谨地笑:“一定,一定。我还真会打牌,有机会一定好好向王书记请教请教。”

“我的电话你知道不?”

夏想以为王鹏飞只是随便说说,没想到他还动了真格,不免就有点受宠若惊,忙道:“知道公开的,不知道个人的。”

这是大实话,公开的办公室电话知道也没用,过年的时候肯定找不到。王鹏飞呵呵一笑,冲前面的司机说道:“小温,把我的电话给小夏。”

手里握着王鹏飞的电话,夏想有点微微愣神。可以说王鹏飞对他的热络绝不是因为自己和他聊天聊得投机,对于一个政客来说,见面聊上几句就会对一个人印象良好到可以深交,是不可能的事情。他们见过了太多精心的设计,也听多了好话,对于许多事情都有了免疫力。夏想尽管对王鹏飞的好意有点激动，但还没有头脑一热就认为市委的实权人物王书记对他青睐有加，要拉拢他。

王鹏飞有意和他走近，聊得投机也是一个方面，但影响微乎其微，夏想清楚，多半还是因为达才集团的原因。也就是说，王鹏飞和达才集团有关系。

但王书记究竟和达才集团有什么样的关系，他不得而知，也没有深究的意思。有些事情不用非要弄个明白，有时候问得太多了，反而弄巧成拙。既然王书记盛情相邀，夏想就想抽个时间和王书记打打牌，喝喝茶，也没有什么坏处。

发动车，夏想直奔荷塘月色而去，高老明天要回京，他有必要为高老送行，同时也问问连若菡何时回去。

到了荷塘月色，连若菡的房间内，竟然坐了不少人，有高老、高晋周，还有几个夏想不认识的人。

夏想先是恭敬地叫一声“高老”，正要开口叫高省长，高晋周挥挥手，指着高老说：“老爷子在，你就叫我一声高叔叔就行了，他不喜欢听官职，你一叫，完了他准训我。”

高老哈哈一笑：“算你小子识趣，以后就是当再大的官，在我面前也得小声说话。小友，来，坐我旁边。最近没见，听说你在帮达才集团设计人民广场？当时我让你帮我设计森林公园你还老大不情愿，现在帮达才，好像心甘情愿，这有远有近也分得太清楚了吧？”

高老也挺有意思，一见面就有埋怨夏想的意思。也是，燕市的房地产圈子就这么大，达才集团的一举一动又是众人的焦点，他帮达才集团设计，别说高老知道，恐怕圈子内的人都知道一二。

夏想就挠挠头：“我也是被逼无奈，沈立春和我关系不错，他天天追着我，我不设计，他就拿送一个女朋友给我相威胁，我实在没有办法才帮他设计的。”

“哈哈……”高老目光复杂地看了连若菡一眼，又对夏想说，“别人都愿意中美人计，你倒好，怕中美人计……今天既然来了，就不能放过你。来，跟我好好说说，森林公园和人民广场相比，哪一个以后会更吸引市民的目光？”

连若菡不干了：“高老，夏想是来为你送行的，不是来谈设计和工作的，再说现在已经放假了，您也该歇一歇了，是不是？”

高老明白过来了，连若菡怪他霸着夏想不放，他就打了个哈哈：“好，好，那我就再忍忍，过了年后再和小友好好探讨一下……”然后又一副意犹未尽的神态看了夏想一眼，“要不吃饭的时候，再稍微向我透露一点人民广场的设计思路？”

众人都笑了起来。

其他几人都是远景集团的中层员工，是连若菡叫来帮高老收拾东西的。

坐了一会儿，连若菡将夏想叫到外面，她扭了扭腰，做了几个舒展运动，才说："我过年不回京城了，一个人在燕市也怪没意思的，怎么办？"

很明显是要赖的意思，要让他负责安排她的行程，夏想想了想："我要回老家过年，黧丫头一家也会回单城市，你难道也想去单城？"

"单城也不错，听说是古都，有许多历史古迹，去看看也挺好，是不是？"连若菡一点儿也不跟夏想客气，更没有把自己当外人，直接就说出了心中所想，"反正我跟夏叔叔和张阿姨也认识，他们不会不欢迎我去做客吧？"

"怎么会，他们高兴还来不及！"夏想就有点挠头，家人肯定会欢迎连若菡，这一点不用质疑。连若菡帮了弟弟的大忙，她要到家里过年，说实话他也是举双手欢迎。不过他唯一的一点担心是，黧丫头不会多想，难保曹伯伯不会多心。

"那就好，那你就提前通知夏叔叔一声，我要去家里过年，还有……"连若菡歪着头想了一想，"我还是住宾馆算了，住你家太危险了。"

你想住我还不让你住呢！夏想心中腹诽，你真要住我们家，不但爸妈会多想，连黧丫头也会有想法，也会大大的不满。过年回我家过年，就已经让人多想了，再天天吃住在家里，任谁都会把你当成我的正牌女朋友，让黧丫头怎么办？

夏想看了连若菡几眼，见她一脸窃喜，知道她肯定又有什么不好的想法，就事先给她打了预防针："去我家可以，但一要保持礼貌，二要听我的话，三不要让我家人误会你和我之间的关系。"

"收到！"连若菡难得地十分听话地点头，"一切听从夏主任吩咐。"

中午就陪高老吃了一顿饭，夏想没少被高老不断地把话题向人民广场上面引。老小孩，高老是越老越有童心，夏想不说，他就缠着不放，无奈之下，只好稍微透露了一点消息。不过还是没能让高老满意，他不满地说："我要是过不好年，都是小夏你害的。"

高晋周在一旁不敢说话，他一开口就被高老顶了回去。堂堂的副省长在高老面前，还像一个小学生一样，估计以前高晋周经常挨训。

晚上回到曹家，夏想经过慎重的考虑，还是郑重其事地向曹伯伯提出了连若菡想要回单城过年的事情。曹永国见夏想说得非常正式，也知道他的心思，微一沉思，想到有些事情防不胜防不如不防，也就放宽了心，说道："若菡和黧儿关系不错，她去单城也好，和黧儿做个伴儿。她一个女孩儿一人在外也挺不容易的，连过年都不回家，难道是和家人关系不好？"

夏想摇头："具体情况我也不太清楚，没问过，她也没说，估计也是父母不在身边，或者和父母关系疏远……"

曹殊黧听到连若菡也一起回单城，高兴得跳了起来。曹永国见女儿发自内心的高兴，暗暗叹了一口气，心想女儿到底是心思单纯，还是从来都没有一点危机感？不过当爸爸的，有些事情又不好太明说，只好打定主意，有机会让王于芬和黧儿交流一下，母女之间有些话还是好说出口的，也容易沟通一些。

第二天，该打的电话都打了一遍，夏想就和连若菡约好在高速路口汇合，他坐在曹永国的车上，担任起司机的重任。曹永国没再坐在后座，而是坐在副驾驶座上，和夏想说话。

"市政府最后一批福利房的分配方案下来了，按照规定，你也可以分到一套两居室的房子，年后抽时间办理一下手续，尽快落实。"曹永国目光直视前方，笑道，"很久没有开车了，估计现在水平倒退了不少。现在是官越做越大，身体机能却越来越下降。"

夏想笑笑："市政府的房子质量还不错，用料都比外面的商品房好了不少，开发商也是很会来事，厚此薄彼得很。"他又扭头看了曹永国一眼，"曹伯伯不是手痒，想开一会儿车吧？"

曹永国还真是"老夫聊发少年狂"，到了高速口和连若菡汇合后，曹殊黧上了连若菡的车，曹永国就和夏想换了座位，开动了奥迪。

越野车的强项是越野，不适合高速奔跑。曹永国也是一时兴起，不一会儿竟然超过了路虎，还在车流中穿梭不停，接连超车。他倒是自我感觉良好，夏想在旁边却捏了一把汗，感觉坐车比开车还累。

后来在王于芬的强烈反对下，还是换上了夏想开车。夏想一上手，半晌没说话的曹殊君才长出一口气，说道："好了，终于可以安心地睡觉了。"

曹永国不满地说道："好小子，敢嫌老爸开车水平不好？你从小到大不知道坐我的车多少次，怎么以前不说？"

"以前是见识少，没有比较就分不出高低上下来。"曹殊君振振有词，"夏想开车又快又稳，老爸，你开车快是快，可是晃悠得厉害，可见水平还是有一定的差距。"

欢笑声中，很快就到了单城市。

曹永国本来今年想年后再回单城，因为市政府万一有事，他也能及时处理。不过今年家里老人身体不大好，一直念叨他，让他早点回来，他就提前回家，准备在家中待上三天。

到了单城市，就兵分两路，曹永国一家人回家，夏想就让连若菡和曹殊黧一起先去曹家，他独自一人先回家。

早就得知儿子回来的夏天成和张兰，早早就在门口张望，一见夏想的身影，就高兴地迎了出来。夏安却从后面飞快地跑了出来，一把抱住了夏想："哥，你总算回来了，想死我了。"

夏想给了夏安一拳："工作怎么样？有没有惹爸妈生气？"

夏安腼腆地笑："工作一切顺利，爸妈对我也算满意。"

夏天成上前拉住夏想的手："新单位累不累？也没见胖多少？就是冬天不晒，白了点。"然后又朝夏想身后张望，"怎么没见殊黧？"

一家人进屋，许宁也在——她现在和夏安住在一起，就等年后结婚。许宁一见夏想就问："哥，你和嫂子什么时候结婚？要不我和夏安就抢你们前头了。"

"说什么你，不过脑子。"夏安批评许宁，"嫂子还在上大学，还要两年才毕业，早着呢。谁让哥有福气，找了个小嫂子。"

许宁生气了："啊，你的意思是说，嫌我年纪大了？"

夏想就给二人一人一件礼物："去看礼物吧，别闹了。"

听说曹永国一家人都回来了，夏天成和张兰坐不住了，非要去曹家看看。夏想一想也觉得爸妈应该主动去看望曹伯伯，就陪他们一起去曹家。

曹永国的父母也住在一建的家属院中，不过在老楼那边，有一段距离。刚到楼下，就见曹家的楼下围了一群人，闹腾个不停，还有几辆警车。上前一问才知道，原来单城市政府不知道从哪里听到的消息，得知燕市的常务副市长回家探亲，市长和一名副市长就急忙赶来，又警车开道，前来和曹市长套套近乎。

平常见了警车就害怕的夏天成，一见是单城市政府的车停在楼下，就有点胆怯，不敢上去。夏想笑了笑，来到前面，却被两名警察拦住，其中一人说道："此地戒严，闲人免进。"

连若菡的寂寞和孤单

夏想也懒得和他们啰唆，直接说："是单市长来看望曹市长吧？警察同志，我是和曹市长一起从燕市回来的，后面是我的爸妈。我们是曹市长的亲戚，你们最好让我们上去，要不曹市长会不高兴的。"

两名警察见夏想年纪轻轻，有点不太相信他，就说："对不起，我们执行公务，不能随便放人进去。你有证件没有，有的话请出示一下。"

夏天成见警察态度不好，就说："夏想，算了吧，我们先回去，等曹市长忙完了再来。现在人太多，也不好说话。"

夏想摆摆手，拿出工作证递给了警察。警察打开一看，果然是燕市市政府的工作人员，再一看级别是副处，顿时吓了一跳。

对于一个厅级的地级市来说，副处级别已经是初步迈入了中层权力圈，二人顿时打了个激灵，知道夏想没有乱说，"啪"地敬了个礼，挥手放行："请领导上楼！"

夏天成吓得不轻，一边上楼一边还问："他们怎么还给你敬礼？你多大的事儿，人家怎么还给你敬礼了？"

"没什么了，爸，我要是开车犯了规，交警过来也得先敬礼。"在父母面前，夏想可没有什么好炫耀的，不过见老爸好奇得不行，还是告诉了他实情，"我刚刚升了副处，可能他们觉得副处还算一个不大不小的级别，就给敬了个礼……"

"副处了，真的假的，儿子？"夏天成吃了一惊，他所在单位单城一建的总经理才是科级，副处的话，不是和建设局副局长平级？平常在他眼中，一建的总经理就已经牛气得不行了，没想到，自己儿子比他的官还大，他的腰都直了起来，"可别骗你老爸，老爸一辈子胆小，见了科级的干部都害怕，要是有一个副处级的儿子，以后怎么睡得着觉？"

没想到老爸说话也挺风趣，夏想就把证件给他看了看。夏天成揉了半天眼睛，才相信自己的儿子还真是一个副处级领导了，连叫了几声好，还没说出来好在哪里，就到了曹家门口。

曹殊黧早就听到了声音，拉开了门，热情地让夏天成和张兰进来。张兰一见曹殊黧就喜欢得合不拢嘴，拉着曹殊黧的手嘘寒问暖，亲如母女。

屋里站满了人，曹永国正陪着一人说话，戴着眼镜看上去文质彬彬的男人，显然就是单城市市长单士奇。

夏想还没来得及上前和曹永国打招呼，却被夏天成拉住，夏天成指着单士奇，一脸紧张地问："那个人很面熟，在电视上见过，好像是单城市市长，我没看错吧？"

夏想点头："没错，就是单市长。"

夏天成吓了一跳："市长，多大的官儿，我可不敢见，要不我先回去？"

夏想不免失笑："曹伯伯也是市长，而且和单市长是平级，你怎么不害怕？市长也是人，不在电视上讲话的时候，也是很和蔼可亲的，老爸就别怕了。"

曹永国也发现了夏想和夏天成，就主动站起身迎了过来："老夏，过来了也不叫我一声，我正陪单市长说话，没看到你……来来来，快坐下。"

或许是觉得曹市长关系近的缘故，夏天成对曹永国一点也不害怕。他和曹永国寒暄几句，一抬头，单士奇就来到了面前，就听单市长好奇地问："曹市长，这位是？"

夏天成对本市的市长，还是有一种本能的畏惧，就要向后退，夏想一把拉住，不失礼貌地说道："单市长好，我叫夏想，也在燕市市政府工作，这位是我的爸爸夏天成，在单城一建工作。"

单士奇先和夏天成握握了手，说道："老夏呀，你养了一个好儿子呀。"然后又和夏想握手，"城中村改造小组办公室主任夏想，你的大名我早就听过了，今天一见本人，比我想象中还要年轻，还要有朝气。陈市长的城中村改造小组的设置非常有借鉴意义，单城市政府也有意借鉴一下燕市市政府的经验。夏主任，中午我代表市委市政府请曹市长吃饭，你一定要光临，到时我还有问题要向你请教！"

夏天成听到市长要向儿子请教问题，就觉得有无边的幸福和晕眩，感觉一切都像做梦一样，脚下也好像踩在云上，轻飘飘地使不出力气。

没想到接下来单士奇又拉住夏天成的手，说道："老夏，一会儿你也一起参加，好不好？"

市长开口请吃饭，在以前是想都想不到的事情，夏天成只感觉失去了思考能力，只知道连连点头，却说不出话来。

寒暄了一会儿，夏想才发现连若菡一个人待在角落里，没有和任何人说话，一副郁郁寡欢的样子。他走过去，问道："怎么了，不高兴了？"

连若菡其实早就看到了夏想，不过她不方便过去，就还待在原处，听到夏想关怀的话，她突然觉得鼻子一酸，差点掉下泪来："没什么，没有不高兴，就是觉得一个人寂寞孤单，感觉整个世界都和我格格不入……"

夏想知道连若菡肯定有伤心的往事，只是她不说，他不好开口相问。她又不太合群，不像曹殊黧一样有亲和力，可以很快就获得别人的好感。她的清冷和傲然，让她与人疏远，其实想想她非要和自己回来过年，何尝不是想体验一下家庭的温暖和浓浓的人情味？

忽然之间，夏想觉得连若菡很可怜，只想拥她入怀，给她安慰和温暖。不过此时此刻显然不能做出如此出格的举动，他就笑着安慰她："好了，别不高兴了，大不了让你晚上住我家——不过要和黧丫头挤在一起，好不好？"

"嗯！"连若菡顺从地点点头，是夏想从来没有见过的温柔。

一番寒暄过后，在单市长的盛情邀请下，曹永国无奈只好答应赴宴。曹永国一家，夏想一家，再加上连若菡，一行数十人浩浩荡荡跟随着开路的警车飞驰而去。

望着绝尘而去的汽车，一建家属院的许多人都羡慕不已，市长亲自请吃饭,这是什么规格和待遇？众人都忌妒曹永旺有一个好哥哥,也忌妒夏天成有一个好儿子。

宴会安排在市政府招待所,夏想被安排和曹永国、单士奇一桌,其他人用屏风隔开,在另外的饭桌上用餐。单士奇致词之后,还请曹永国讲了几句话。曹永国推辞不过,就起身说了几句客套话:“感谢单市长的热情好客,兄弟城市之间,就不必这么客气了。大家该吃吃,该喝喝,过年了,就没那么多讲究了。”

酒过三巡,单士奇还真就燕市的城中村改造小组办公室的设置、职能和工作方式,详细地咨询了夏想。夏想也是知无不言,言无不尽,不过他也看了出来单士奇是个八面玲珑的人。这么咨询自己,其实就是一种拉近关系的方式,单城市的发展太慢,又是一个老城,没有多少城中村可以改造。

不过对于单士奇的热络,夏想也是报之以热情有加。他猜对了,单士奇眼光很毒,一眼就看出了夏想和曹殊黧关系不一般,再加上夏想好歹也是燕市市政府的副处级干部,年轻有为,前途不可限量,早点结交认识一下,没有坏处。所以他也就放下身段,借机和夏想畅谈。

夏天成和张兰可从来没有享受过和市长同席的待遇，心里惶恐再加上紧张,别说吃饭了,坐都坐不安稳。曹殊黧看出了二人的不安,就凑过去给他们讲一些趣事,又问起夏想小时候的糗事,说着说着,二人都放松下来。

连若菡也过来向二人问好,夏天成可是记得连若菡的好,热情地招呼着连若菡。连若菡也笑意盈盈地和二人说着话,比上一次来的时候,可是喜人多了。不过也让夏天成和张兰对视一眼,眼中全是疑问和不解,这么好看的闺女,怎么过年不回家,来单城市了？别是有什么事才好!

一顿饭总算吃完,单士奇又热情地非要送曹永国回家,曹永国坚决拒绝,最后单士奇没有坚持,只派了警车开道,送曹永国一行回去。

回到家中,夏天成才算和曹永国说上话。趁他们说话的工夫,曹殊黧拉上夏想,叫上连若菡,要出去玩。夏想就打了个招呼,开上路虎拉上二人就上了街。

疯玩了一下午回家后,晚饭曹殊黧就和连若菡一起在夏想家中吃。夏安没忘又当面感谢了连若菡,夏天成和张兰也是满口感谢,闹得连若菡红着脸连连摆手:“不用谢我,叔叔阿姨,一点点小事不要总挂在心上,再说谢谢我都不好意思吃住在家里了。”

曹殊黧出来打圆场:“就是,叔叔阿姨别客气了,夏想早就替你们谢过若菡了。现在连姐姐在燕市开发房地产,正好和夏想有来往,夏想就帮她设计了方案……还有,连姐姐来家里过年,就是觉得叔叔和阿姨和蔼可亲,像亲人一样。

既然像亲人，就不能像对待外人一样客客气气的，就让连姐姐觉得生分了，是不是张阿姨？”

张兰明白了曹殊黧的意思，笑道：“好，好，还是殊黧会说话，说得明白。小连，那阿姨就不跟你客气了，住在家里，别当外人，想吃什么就开口，阿姨给你做。阿姨就生了两个臭小子，一直遗憾没有生一个知冷知热的女儿，这几天，我就把你当成我的女儿吧。”

连若菡“哎”了一声，红了眼圈：“那我就想吃什么就开口了。”她特意看了夏想一眼，目光复杂而富有深意，又扭头对张兰说，“我想吃茄子馅的饺子……”

连若菡的语气近似撒娇，夏想心中一动，忍了忍，还是没忍住，不由多看了她几眼。直到现在，连若菡才真正流露出一个女孩子应有的娇气和柔弱，仿佛是一个渴望父母宠爱的小女孩，说出了自己心中的小秘密。

张兰也被连若菡的情绪感染，慈爱地笑着：“好，好，阿姨明天就给你包。”

夏想收回目光时，不经意发现曹殊黧的目光正闪亮亮地盯着他，有点质问有点疑惑，还有一点说不清道不明的味道。他心中一惊，急忙冲她笑了笑：“看什么看？是不是我今天表现还不错？”

曹殊黧意味深长地笑了：“在刚才之前，一直表现得都算可以。就在刚才，有点让人摸不着头脑。”

坏了，难道小丫头发现自己和连若菡之间的眼神交流了？不应该呀，刚才他和连若菡之间的目光接触，也没有太复杂的含义。

饭后，夏想找了个机会和曹殊黧单独相处，问她刚才的话到底有什么含义。小丫头歪着头：“没什么，你多想了。我其实就是觉得连姐姐挺可怜的，她不回家，肯定是不想回去。我们现在是她最好的朋友，要多关心她、照顾她。还有呀，我有照顾不到的地方，就交给你了。你好像还挺细心的样子，是不是？”

说着说着考验就来了，夏想忙摆手：“我只能在表面上安慰安慰她，不能深入地关怀，毕竟有点不合适，是不是？我觉得还得你跟她多亲近亲近，毕竟都是女孩子，有些话也方便说出口。”

“也是，说得好像有点道理。”曹殊黧坐在床上，小腿不安分地踢来踢去，“你说，如果说每个女人都是一本书，在外人面前的样子，就是封面了。我怎么感觉刚才连姐姐的样子，好像已经打开了扉页……你和她也算接触比较多了，有没有走进她的内心，阅读一下她内心的秘密？”

夏想立刻就想起了他亲曹殊黧的时候所说出的盖章理论，小丫头还是在考验他，此阅读含义深刻，不得不防。他就一把抱住曹殊黧，先在小嘴上来了一口，才说：“你的意思是，让我和连若菡越走越近，然后就像阅读你一样，把她阅读了？”

“什么呀，想法太下流了。”曹殊黧推了夏想一把，还不解恨，又拧了他一下，“男人是不是都像你这样，谁的主意都敢打？男人真是太坏了！连姐姐这么可怜，你还想着害她，真是坏得可以。”

夏想心里直叫屈，放着这么一个大美女不拿下，还有几次连若菡主动勾引他，他都没有沦陷，简直可以说是抗拒美色的杰出代表人物……当然这样的委屈没处诉说，他就只好自认倒霉：“也不是打她的主意，想想看，你一双大眼睛在旁边瞪得溜溜圆，我有色心还没有色胆呢！”

“好呀你，承认已经有肮脏的想法了，是不是？”曹殊黧不同意了，扑上去就挠夏想，夏想哪能任由被她欺负，一翻身将她压在身下，然后上下其手，摸了个够。当然嘴也没闲着，又亲了够，亲得曹殊黧连连求饶，“快别闹了，快放过我。你弄我一脸口水，怎么出去见人？你坏死了你。”

曹殊黧说是没脸见人，一会儿出去的时候，又和夏想妈妈有说有笑，好像什么事情都没有发生一样。夏想就暗暗冲她竖起了大拇指，夸她有本事。曹殊黧白了他一眼，没理他，连若菡却来到他的身边，小声说：“你们两个刚才在屋里是不是亲嘴了？挺大个人了，猴急什么，不着调！”

夏想愣在当场，半天没有说出一句话。不得了，女人一多，果然麻烦就多，至理名言，谁要不信，谁绝对是没有亲身体验过！

家里是三室一厅，连若菡和曹殊黧晚上挤在一起，就在夏想的隔壁。房间的隔音效果一般，可以听到她二人叽叽喳喳说个不停，但又听不清到底在说些什么，还不时传来笑声。夏想就想，万一有朝一日曹殊黧知道了他和连若菡的事情，是大吵大闹，还是一气之下，再也不理他？想了半晌也想不明白，迷迷糊糊中，就睡着了。

第二天，张兰就专门给连若菡包了茄子馅的饺子，连若菡吃了不少，赞不绝口。张兰见连若菡是真心喜欢，也是打心眼里高兴，就问曹殊黧喜欢吃什么。曹殊黧说喜欢吃炸面食，张兰二话不说，就和面去炸，曹殊黧就打下手，虽然不太熟练，也学得像模像样。

连若菡也不闲着，也去帮手。她一出手就立刻显出了曹殊黧的业余——连若菡不管是切菜还是炒菜，手艺之高，连张兰也惊讶不已。夏想在一旁看在眼里，心里就想，大家族果然有规矩，对女孩的培养，不但有礼节上的教育，还有厨艺上的培训，是全方位的打造。

曹殊黧不服气，找到夏想小声说：“我一直上学没时间学，等我毕了业，半年后就能达到三级厨师的水平，你信不信呀？”

“我信。”小丫头还是挺有意思的，不想落人后面，是个贤妻良母的好苗子。

吃年夜饭的时候，曹殊黧被叫去了爷爷奶奶家，连若菡留了下来。和夏想一家人在一起，她也感到了前所未有的轻松和幸福，体会到了家人的关爱和浓浓的人情味。夏安就跟着曹殊黧喊她连姐姐，夏天成和张兰就直接叫她闺女，连若菡对这种亲切的叫法十分受用，每次都高兴地应答。

夏想要当副县长

夏想在家里住了三天，第四天，他和曹永国都需要到市政府值班，就依依不舍地告别家人，回到了燕市。

初三夏想值了一天班，其实也没有什么事，但也必须人得到。闲待了一天，给肖佳打了个电话，说好晚上去见她。快下班的时候，却突然接到了李丁山的电话，约他到史老家一聚。

夏想也有一段时间没见李丁山了，只好再打电话回了肖佳，肖佳的声音听不出有什么不快，话里话外还全是关心：“过年应酬多，别总喝酒，伤身。虽然你身边肯定有人照顾，不过我多多嘴提醒你也不是坏事，总能让你记住，是不是？”

夏想抱歉地说道：“李书记回来了，要和我见面，我不能不见。放心好了，李书记不太爱喝酒，我和他在一起，喝不多。”

想想他总是让肖佳失望，就又说：“我在佳家超市有百分之六的股份，不记名的。年后我让冯旭光转移到你的名下，由你替我保管，怎么样？”

肖佳没有拒绝，只是声音轻轻地说道：“一切都听你的好了，反正只要是你交代的事情，我肯定办好。”

轻车熟路到了史老家中，还是史洁开的门。她对夏想的态度稍微好了一点，勉强笑了笑：“小夏来了……丁山在里面等你。”

近一年未见，李丁山黑了不少，又瘦了一些，更显得有一种淡然的风骨。一见夏想，李丁山就紧紧握住他的手，一脸激动：“小夏，我们终于又见面了，此去经年呀。”

夏想也是颇有感慨：“李书记，您一个人受累了。”

旁边的史洁听了这句话，不知为什么眼眶湿润了，忙低头掩饰。

史老一手健身球，一手拐杖，呵呵一笑：“小夏，坐。你和丁山今天好好叙叙旧，说起来，丁山一直对你念念不忘。他一个人确实不容易，他又不像你心胸开朗，能盛下事情。丁山有事情喜欢闷在心里，没你在身边，他找不到说话的人……”

史老说话的时候，目光中流露出慈爱之意，他对李丁山的关怀发自肺腑，恐怕已经超过了岳父对女婿的感情。史老一生无子，也许在内心深处，他已经将李丁山当成了他的亲生儿子。

李丁山自知有些失态，呵呵一笑，坐下之后，又喝了一口茶掩饰，才说：“你在身边的时候，不觉得有什么。一旦你离开，我才知道你在身边，不但能帮我许多，还能让我感到事事安心，遇事不慌。小夏，你还来我身边帮我，怎么样？”

史老难得地一脸严肃：“小夏，我想求你帮我一件事……”

夏想吓了一跳，急忙站起来：“史老这么说就太抬举我了，您老有事尽管吩咐，不提我和李书记之间的关系，就凭我和您几次见面的情谊，我也会尽力而为。”

史洁端来一杯茶，双手捧着亲自送到夏想手中，放低了姿态，轻声说道：“小夏，我以前态度不好，你别介意。我脾气不好，但对你没有恶意，你能不能再帮帮丁山？”

夏想接过史洁的茶，诚惶诚恐地说道：“史老，李书记，史阿姨，你们到底有什么事要我做，尽管吩咐，别这样把我抬得高高的，我有点怕，心里不踏实。”

“丁山年后要到安县任县委书记，本来我觉得这个安排挺好，先过渡一下，然后再来市区当区长，没想到，事情突然就起了变故……”史老压压手，示意大家都坐下，等夏想也坐下之后，他才接着说，“允许我安插一个书记下去，就得允许别人安插一个副书记。一个副书记也就罢了，关键是，这个副书记和县长都是京城来的人，都有深厚的背景。他们联起手来，丁山的工作很难开展。”

史老说完，摆了摆手，示意李丁山继续说。

李丁山喝了口水，清了清嗓子：“小夏，比起我们在坝县的局势，安县的形势要严峻得多。副书记梅晓琳和县长邱绪峰都来自京城，都根正苗红，而且他二人还是两大世家的代表人物，又互相认识，肯定会结盟。最关键的是，安县的政局一直是党政两套班子不和，上一任书记就是被邱绪峰生生挤走了。光一个邱绪峰就已经让人头疼了，现在又突然调来一个梅晓琳，可以说，安县由他二人把持，我一个光杆县委书记下去，根本就是被架空的命运。”

夏想大为不解：“既然安县局势这么复杂，李书记为什么不去别的县？”

李丁山苦笑：“现在就安县有空缺……政治上的事情，又不是想怎么着就能怎么着的，还要讲究一个平衡一个妥协。邱绪峰要不是才当上县长一年多，而且把上一任书记得罪狠了，最后被书记也告了一状，肯定就接任了安县县委书记。不过他也不急，才三十一岁……”

三十一岁的县长，是够年轻的，夏想吃了一惊，不料李丁山下一句更让他大吃一惊："副书记梅晓琳更年轻，二十八岁！"

夏想倒吸了一口凉气："她是什么来历？二十八岁就是实职副处，还是县委副书记，三号人物，也太夸张了一点。"

李丁山反倒笑了："你二十五岁的实职副处，不是更年轻更有魄力？邱绪峰和梅晓琳都是京城人，背后都有家族势力，背景很深。具体来历还不好说，史老也没摸到底。"

夏想就纳闷了："既然想要下来镀金，也要找一个好县，怎么都聚到安县了，也是怪事。"

李丁山摇摇头："安县是各方面比较均衡的县，出政绩不容易，但平稳渡过也不难，可以说是混资历的最佳选择。"

"安排他们来安县，由此可以推测他们的后台以求稳为主，是稳健型的人物，不过么……"史老插话说道，"我从侧面打听了一下，邱绪峰和梅晓琳的性子都比较激进了一些，有些事情做得甚至可以说是偏激。也难怪，他们都是高干家庭出身，从史洁的性子就可以推断出来，有些高干子弟傲慢一些，也是可以理解的。"

史洁红了脸："爸，别说我了，我正在努力改正。"

夏想算是听明白了事情的来龙去脉，就问："那史老说要让我帮帮李书记，又是什么意思？"

"你和丁山在坝县的配合堪称默契，所以我想，如果你和丁山一起去安县，会是怎样的一个局面？"史老饶有兴趣地看着夏想，"邱绪峰将政府那一块经营得水泼不进，丁山去了，政府班子中没人，再加上党委一块又有梅晓琳的制衡，想要开展工作，肯定束手束脚。如果你和丁山一起下去，就等于丁山在政府班子中打入了一个钉子。"

夏想心中猛然一跳，下意识地脱口而出："史老想安排我什么职务下去？"

"副县长！"

城中村改造小组办公室主任的级别虽然也是副处，改造小组办公室虽然也是实权的要害部门，但真要论到传统的升迁之路的履历，还是要到基层担任一级的党政领导，一步一个脚印地上升。就算他在市政府中混到正处，哪怕能升到副厅，也终究还是需要一个外放的机会，主政一方。一个副县长虽然未必有改造小组办公室主任风光，但属于官场之路之中一个不可或缺的驿站。一步走好，两三年后，就有可能扶正，成为真正主政一方的政府一把手。

由此才算真正跨入官路的通天大道。

不过这个消息还是来得太突然，夏想愣了愣神，还是说出了实话：“在史老和李书记面前，我也不说假话。我来到燕市之后，陈市长一向对我不错，我的正科和副处，都是陈市长一手帮我解决。尤其是副处，可以说是沾了城中村改造小组办公室正式批下了编制的光……当然，帮我带入官场的人是李书记，我对李书记也是感情最深，也愿意和李书记做出一番事情。只是现在突然丢下改造小组的事情，我一方面有些不舍，一方面，还觉得有愧于陈市长，而且，陈市长未必肯放人。”

史老摆摆手：“小夏，别的事情你不用操心，我只想问你一句话，你愿不愿意和丁山一起下去？”

世界上任何事情都有两面性，到安县，可以任实职副县，是机遇更是挑战。梅晓琳和邱绪峰也许并不可怕，可怕的是他们背后的家族势力，说不定下去之后，一着不慎就有可能有灭顶之灾。

连史老都如此慎重，郑重其事地向他提出要求，让他陪同李丁山一起下去，夏想就可以猜出，有时候后台并不是唯一的决定性力量。政治上的较量，很多时候还是比的政治智慧。邱绪峰和梅晓琳的后台也许动不了史老，但史老也未必动得了他们。在大家势均力敌的情况下，在前台的代言人非要争出高下出来，就只能看谁更有智慧谁更有耐心，谁更有更高超的手腕了！

夏想从来不惧怕挑战，从来不害怕争斗，如果没有接受机遇的勇气，一个人在官场上就不会有所作为。他在城中村改造小组敢于和武沛勇当面顶撞，敢于逼得乔白田退让，也敢于和高建远交友，与虎谋皮，就是心里清楚，在纷乱和各种势力的交错之中，只要看准了方向，认准了目标，任何时候，不利因素都有转变成有利因素的可能。

既然史老话都说到了这个份儿上，他对李丁山又有深厚的感情，就绝对没有拒绝的理由，一口答应：“既然史老和李书记这么看得起我，那我就恭敬不如从命了。”

史老一听夏想答应下来，也是一脸笑意，对李丁山说道：“丁山，你没有看错人，小夏是个可交的朋友，关键时刻，靠得住。”然后他又大手一挥，对史洁说道，“准备晚饭，我要和小夏喝几杯。”

在史老面前，夏想多少有点放不开，就感觉和在宋朝度面前差不多，有一种必须维持小心谨慎的感觉。几杯酒下肚，史老忽然无意中提到了宋朝度：“小夏，你最近和宋朝度走得比较近，说说看，感觉他是什么样的一个人？”

夏想犹豫一下：“不好说，宋部长话不多，也有点不苟言笑，不过我能看出他对李书记的关心……李书记的事情，他都放在心上。”

史老和李丁山相视一笑，李丁山淡淡一笑："朝度也算有心了……"

这话明显是说给史老听的，果然史老听了之后，没有什么表示，只是微一点头："来，吃菜，尝尝我亲手种的菜……"

夏想看出了端倪，史老对宋朝度可不仅仅是有点意见，而且意见好像还不小。

夏想一直在史老家待到很晚才走，史老说了不少话。尽管都是讲当年的一些往事，而且也没有透露他的关系网，又不涉及政治，夏想还是听得津津有味。年纪越大的人，越喜欢回忆，因为有了足够的经历可供回忆。

晚上回到曹家，曹永国居然还没有睡，夏想就又和曹永国说了一会儿话，把史老的安排一说，曹永国十分高兴："我说今天我怎么都睡不着，心里总是担心你，原来还真有事。好事，有家族势力做靠山也没有想象中那么可怕，再说官场上的事情，一般也很少有你死我活的时候，何况还有史老在后面照应。有机会跳出城中村改造小组的小圈子，到地方上看一看，闯一闯，对你以后的道路，大有好处……什么时候你和李书记说一声，就说我邀请他来家中做客。"

夏想明白曹伯伯的心思，他自从崔书记和陈市长因为改造小组而产生矛盾的事件之后，就一直对自己留在改造小组颇有微词，还是觉得改造小组太扎眼，容易遭人嫉恨，关键是，很容易成为政治牺牲品。夏想虽然自信可以从容应付许多突发事件，但也知道自己的分量，一旦事情非要闹到不可收拾的地步，在权衡之后，陈风还是会义无反顾的舍弃改造小组以求自保。

政治，向来不是温情的产物，不见刀光剑影，却也是危机四伏，在看不到的地方，硝烟四起。

其实他现在随李丁山下到安县，打开新的局面，也未尝不是一次极好的脱身机会。他在改造小组办公室，借助主任身份的便利条件，结识了沈立春，进而面见了成达才；也因此和孙现伟成为好朋友，进一步认识了方进江和方格。可以说，收获还算丰厚。最后一点，借助改造小组正式成立编制的机会，在短短不到一年的时间内，由副科升到副处，可以说，他是改造小组办最大的受惠者。

市中心的城中村只有三四个，二环以内的城中村，也为数不多了；至于二环以外三环以内，还在远景规划之中；而三环的开工还没有提上日程，城中村改造更是无从谈起。此后很长一段时间，改造小组的工作重点会放到城中村改造的遗留问题之上，已经没有了多大的挑战性。

尽管说起来夏想现在离开改造小组，时机选择得非常恰当，不过他心里总觉得有点对不起陈风，好像他一升副处，就迫不及待地要和陈风划清界限一样。其实不用史老开口，只要李丁山开了口，夏想就没有理由拒绝，毕竟从一开始,他就是想将自己的前途和李丁山绑在一起。

实际上陈风的突然介入,才是纯属意外。

夏想点了点头:“我想李书记会很愉快地接受曹伯伯的邀请……还有,王书记年前约我去找他打牌,曹伯伯说我去还是不去?”

“王鹏飞?”曹永国一脸惊讶,大感意外,他若有所思地看着夏想,“在我印象中,王书记可不是平易近人的人,有几次在常委会上的发言,很是咄咄逼人……他约你打牌,恐怕是另有深意。去,为什么不去,能拉近关系的机会,怎么能放过?许多人一辈子都抓不住这样的一次机会。”

曹永国忽然又心满意足地笑了:“小夏,连我都有点忌妒你运气太好了,我发现你最大的优点就是善于从错综复杂的局势中,找到最关键的一个点,而且不但能找到,还都能抓住。最难能可贵的是,你年纪不大,却一点也不急躁不冒进,遇事冷静,不得不说,你比我想象中还要好了不少。”

夏想被曹永国夸得有点不好意思,就摸摸鼻子:“曹伯伯,自家人还是不要夸自家人了,有王婆卖瓜的嫌疑……”

客厅的灯突然大亮,王于芬从卧室出来,不满地说道:“多晚了,你们也不睡觉,深更半夜还说个没完,有什么好说的?”

然后她又推开了曹殊黧的房间,却惊叫一声:“黧儿怎么没在她的房间睡觉?”一回头,就用怀疑的目光紧盯着夏想。

夏想忙表明清白:“我一回来就和曹伯伯说话,一直说到现在……”

功夫在打牌之外

王于芬就随夏想上楼,打开夏想的房间一看,曹殊黧穿着毛线睡衣,抱着枕头,撅着屁股,姿势不雅地趴在床上,睡得正香。也不知道梦到了什么美梦,嘴巴还动了几下,就差说梦话了。

显然是她上来等夏想,没等到,自己却先睡着了。

王于芬想要打开灯,夏想制止了她,小声说:“别惊醒她了,我抱她下去,让她好好睡吧。”

这一句话,让王于芬赞许地点点头,看向夏想的目光立刻多了一丝慈爱。

夏想弯腰,轻轻地将小丫头抱了起来。她睡着了也不老实,被夏想一抱,迷糊中双手就搂住他的脖子,身子还用力贴了上来,反倒把他抱得紧紧的。夏想只好冲王于芬尴尬地笑笑，轻手轻脚地下楼，把她放在她的床上，又盖好被子，转身来到门口，对一直站在门口观看的王于芬说道："我去睡了，阿姨……"

王于芬点点头："可以看出来，你对黧儿还真的不错……"话未说完，曹殊黧突然说出了一句梦话："夏想，你真坏，你是大色狼！"

夏想大窘，在王于芬质疑的目光中，落荒而逃。

第二天吃早饭的时候，王于芬的审视的目光在夏想和曹殊黧二人身上转来转去。夏想浑身不自在，匆匆吃了几口饭，就借口出门。曹殊黧还不知道发生了什么，非要跟着夏想，被夏想找了个理由拒绝了："我去找王书记打牌，你就别跟着了。"

曹殊黧点点头："那你晚上早点回来，别再让我等得睡着了。咦，昨天我好像在你房间睡着了，怎么醒来的时候，又在我的房间？"

夏想干脆不予解释，匆忙出门，事情还是留给她们母女去解决好了。

出门后给王鹏飞打了一个电话，电话一接就通，王鹏飞略带南方口音的声音传来："哪位？"

"王书记您好，我是夏想！"夏想的声音带着恭谨和热情，"上次您说让我有空找您打牌，不知道现在有没有时间？"

王鹏飞停顿了片刻，然后慢条斯理地说道："小夏呀……那就过来吧，你到陆羽居茶馆来找我。"

陆羽居茶馆在桥东，夏想现在在桥西，有一段距离。他想了想，没有开车，打车前往。

到了茶馆，迎宾一听夏想报上名字，就直接领他到了二楼的雅间，推门一看，里面已经有了三个人。除了王鹏飞之外，没想到沈立春也在，另一个人是一位年约五十的老者，穿对开的中山装，头发朝后梳，很有出世的味道。

沈立春笑着站起来："就你最晚，还不快向王书记和余院长拜年……"

夏想就笑着抱拳："王书记过年好，余院长过年好！"

王鹏飞点点头，余院长却只是抬了抬眼皮，既没说话，也没点头，基本上等于无视了夏想。

沈立春忙打圆场，介绍说："余院长是我们集团的设计院的院长，可以说是燕省设计界的泰斗。"

夏想明白了，余院长肯定是学院派的代表人物。一般学院派的人物都有眼高过顶的清高，他被余院长怠慢，心里虽然也有不满，不过脸上却没有表露出来。他说了几句久仰的客套话，心里却清楚，燕省设计界虽然并没有什么出类拔萃的人物，但一流的设计专家都在建筑学院，余院长也不知道是哪一路神仙,反正他的泰斗称号,名不副实。

王鹏飞伸手一指:“来,小夏,坐下打牌。”

夏想和沈立春面对面,是同家,夏想以为王书记会打什么高深的玩法,不想他只玩打升级。打升级几乎人人都会,夏想不敢说精通,但上学时也曾沉迷其中,经常大战起来,一夜不睡。沈立春显然也是精通此道,他和夏想的配合十分默契,连赢王书记和余院长三次。

夏想不是不想故意让牌,不过他看沈立春的架势,也没有故意让王书记赢的意思,他也就跟着沈立春的牌走。连胜三局之后,王书记还是一脸平静,余院长却将牌一扔,不满地说道:“不玩了,事不过三,连输三局,再打下去还有什么意思!”

王鹏飞也把牌一扔:“老余,我们得服老,记忆力不行了,精力也比不过他们小年轻,输牌是正常的。既然不打了,就说说话也好。”

余院长看样子和王鹏飞很熟,他看了夏想一眼,问道:“听说森林公园的方案是你设计的?休闲广场的设计倒还不错,有点亮点,森林公园的方案就稀松平常了。”

夏想也不知道余院长怎么就对他好像有意见,不过还是恭敬地说道:“我只不过提供了一些思路,没有具体参与到设计中去,本来我就不是专业的设计人员……”

“不过听陈市长说,你的思路有新意,考虑周全,比全燕省的设计专家都强……年轻人,是不是口气太大了一些?”

难道是陈风的话传到余院长耳中,他听了觉得刺耳,认为自己被抬得过高,有损他的名声?夏想心中苦笑,这都哪儿跟哪儿,好歹也是一院之长,怎么这么小气?碍于王鹏飞在场,又有沈立春的面子,夏想只好解释说道:“我不过是瞎打误撞,就设计了一次休闲广场,没想到还让陈市长夸奖了一通,也就是运气好。真是说到设计,比起余院长,我还是差了许多。”

“我从事设计工作几十年,你才多大?要是你现在都比我强,我岂不是等于白吃了几十年的干饭?”余院长还是话里带刺,也不知为什么要冲夏想发泄不满。

夏想就看向王鹏飞,王鹏飞脸色平静,没有什么表情。再看沈立春,沈立春脸上微显尴尬,暗暗摇头。夏想就琢磨,余院长故意找事,是王书记的主意,还是他就是一个清高过头的老学究?

见二人都没有要替他解围的意思,夏想也就将心一横,说道:“余院长有何指教,请讲,我洗耳恭听。”

余院长冷冷一笑:“指教谈不上,就是想请教一下夏想同志,小马村和大马村为什么要改造成人民广场?既然西里村能改造成森林公园,成为燕市的肺,小马村和大马村为什么就不能也改造成人民森林公园,和西里森林公园并列,成为燕市的另一个肺?人有双肺,一个城市有两个肺也不为过,是不是?”

夏想多少听出了一点端倪,应该说余院长是想仿效西里村的模式,也有意将人民广场改造成人民森林公园。或许他认为森林公园的模式更能给达才集团带来好处,又或者改造成森林公园他可以从中获得更大的利益。但不管如何,人民广场的说法是自己向陈风提出来的,又通过陈风传达给了达才集团,最后得到了成达才的认可。可能正是因为这个原因,余院长才将自己当成的假想敌。

这……从何说起呀?夏想哭笑不得。

既然余院长要和他当面论证,他也不能怯战,就毫不犹豫地说出了自己的观点:“西里村不在市中心地带,而且正好处于风口,所以建造成森林公园最合适不过。小马村和大马村位于市中心,建造成森林公园虽然也可以起到一定的净化空气的作用,但因为不在风口,作用有限。最主要的是,在市中心建造一大片森林,浪费地皮不说,还容易带来不安全因素。森林公园有好处,但也有坏处,就是容易滋生各种蚊子,还有会成为飞鸟的栖息地。在市区边上还说得过去,在市区的话,飞鸟和蚊子都会引起市民的反感……”

余院长张了张嘴,想说什么都没有说出口,显然他没有考虑到这一点,不过被夏想当场反驳得哑口无言,还是让他觉得大失颜面,就不快地说了一句:“强词夺理。”

夏想笑笑没有说话。因为他突然之间脑中灵光一闪,想通了一个一直百思不得其解的问题,就是他一直不明白成达才为什么会下大力气打造一个人民广场?如果仅仅是为了提升企业形象,所花代价也未免太大了一些。刚才和余院长一番讨论,他以前一直想不通的地方豁然开朗,成达才真高人也!

可以说,成达才建造人民广场的长远计划,和远景集团开发森林公园提升周围地皮价格的打算,有异曲同工之妙。

人民广场建成之后,肯定会成为燕市的一大景观,用不了多久。就会成为人流聚集的宝地。因为小马村、大马村再加上人民公园,三处连成一处,面积足够大。等着人民广场热起来之后,成为燕市市民心目中的最佳休闲地点,成达才就可以再出手找到市里,重新申请规划,以广场闲置面积过多为由,在广场之内划分一块地皮,建造燕市一流的豪华别墅!

也不需要太多地皮,只要位于正中间的人民公园的地皮就可以。别墅也不用盖得太多,四五栋即可,就是为了突出品位,彰显身份,绝对可以卖出天价,也绝对不愁销路。到时就可以将人民广场当成别墅的后花园来宣传,无数亭台楼阁,无数假山花草,全成了别墅的陪衬。

好一手高明的移花接木之计。

夏想想到了成达才的心机和手段,不免就有些失神,落在余院长眼中,就被他当成了夏想对他的轻视和无礼。余院长想起他几次三番找成达才理论,都被成达才一句"设计思路要放开一些,想法要长远一些,夏想参与的设计都不错,都有可以借鉴的地方"给挡了回来,让他大为恼火,对夏想也就越来越仇视——他既不是设计专家,又不是行业内的人士,凭什么让一个行业的泰斗来参考他的设计?

余院长就阴阳怪气地说道:"小夏,你的理由虽然也有点道理,不过还是有些牵强,我听着有点敷衍的意思。希望你能再详细论证一下,最好能说服我才行。"

夏想的不满终于发作出来:"对不起余院长,我既不是您的学生,也不是市规划院的人,更不是达才集团的员工,没有必要向您说明我的设计思路,更没有必要论证我的思路的正确性和合理性,我不需要向您负责!"

追不上成达才的远大目光不是你的错,但对我穷追不舍还振振有词就是你的错了。夏想才不管他和王鹏飞是什么关系,余院长和王鹏飞关系再好,也好不过成达才和王鹏飞之间的关系!

余院长气得"呼"地站了起来,用手指着夏想:"狂妄,无知,小儿!"

夏想慢条斯理地喝了一口茶:"余院长,人必自辱而后人辱之。我和余院长素昧平生,今天第一次见面,您就对我大为不满。请问,我何时何地得罪过您,让您对我如此不满?您说我是小儿,我比您小,勉强可以接受。您说我狂妄、无知,很抱歉,我暂时还没有发现自己身上有这些优点,就不能笑纳了。"

余院长愣了片刻,一脸惊愕的神情,突然一甩手:"不好意思王书记,牌是打不下去了,我先走了。"

王鹏飞也没挽留,起身送到门口:"余院长慢走,不送了。"

夏想等王鹏飞回来,立刻歉意地笑笑:"实在对不起,王书记,本来您找我来打牌,我倒好,又气走一个,等于还是三缺一。"

王鹏飞不以为然地挥挥手,笑了:"老余是年纪越大,脾气越大,身为院长,怎么能和后生晚辈斤斤计较?算了,不说他了,我们就三人打牌,各自为政。"

三人就继续打牌,一直打到中午,王鹏飞就伸了伸懒腰:"别说,还真有点饿了,小夏有什么好去处吃点特色?"

“王书记喜欢吃湘菜不？”

“还成，燕市有正宗的湘菜馆？”王鹏飞来了兴趣。

“楚风楼不知道王书记有没有听过？”夏想见过王鹏飞的履历，知道他祖籍湖南，所以才有上面一问，“我觉得味道还成，当然我是北方人，没有吃过正宗的湘菜，好不好吃，还得您说了算。”

“行，那就去尝尝。凡事都要尝试一下，才知道好坏得失。”王鹏飞笑起来的时候，目光闪烁，仿佛有些疑问没有说出口。

夏想知道王书记估计还有话没有说完，见他没说，也没有多问，就陪同王书记赶往楚风楼。

王鹏飞没有带车，坐的是沈立春的车。夏想来时也没有开车，正好三人同乘一车。路上，夏想就给楚子高打了一个电话，让他准备好一个房间。

夏想只说是贵客，没有说出王鹏飞的身份。楚子高对夏想口中的贵客说法，是深有体会，知道肯定大有身份。当然别说没有贵客，就是夏想一个人，他也会打起十二分精神对待。

一到楚风楼，楚子高亲自在门口迎接。夏想也没有介绍王鹏飞的真实身份，只说是王先生，楚子高点头哈腰地热情有加。王鹏飞听到楚子高带着湖北风味的普通话，就边走边和他聊起了家常。说了几句后，楚子高就以老乡的身份热情似火地说道：“别看我们是湖北湖南两个省，我是湖北南边，王先生在湖南北边，离得才一百多公里，算是真正的老乡。”

对楚子高套近乎攀老乡的做法，王鹏飞持不置可否的态度，几人到了包间，楚子高问了问王鹏飞的喜好，就下去安排饭菜。不多时饭菜上齐，王鹏飞吃了几口，点头说道：“味道还算不错，有感觉，无限接近乡味。老楚呀，我得感谢你，让我又吃上了正宗的家乡菜。”

楚子高坐了一会儿，就借口出去，留给几人空间。果然楚子高一走，王鹏飞就意味深长地说：“小夏，老楚人还不错，休闲广场的主意，是你帮他出的吧？”

夏想没什么好隐瞒的，点头承认，王鹏飞就又问：“达才集团建造人民广场，不会仅仅是为了提升企业形象吧？”

夏想知道王鹏飞有意考他一考，不过在他弄清王鹏飞和达才集团之间的关系之前，他才不会透露半点他的想法，就耍了个滑头：“这个问题还是问立春比较合适？我毕竟不是达才集团的人。”

沈立春半天一直沉默，老实得像乖孩子，被夏想一点名，他就笑着摇头：“别问我，我可真不知道。成总有什么打算，估计王书记能知道一点。我和成总的差距有点远，跟不上他的思路。”

这话夏想听明白了，是今天沈立春说得最有用的一句话。他暗中瞪了沈立春一眼，意思是，怎么不早说，现在才告诉我王书记和达才集团的关系。

沈立春眼神躲闪，假装出一副无辜的模样，回应夏想，不是没机会嘛，王书记不让我说我可不敢多说。

夏想也就没再理会沈立春，扭头恭谨地对王鹏飞说道："成总是行业的领军人物，他的眼光一般人看不透，我也不例外……王书记可真问住我了。"

王鹏飞也不认为夏想有眼光看到成达才的长远设想，所以他也没有多想，就认为夏想刚才的话是实话："那小夏可是看出来远景集团的真正意图了？"

和宋朝度谈心

今天的牌打得可是有些玄机，王鹏飞拉沈立春作陪，然后又当面考他，到底是出于什么目的？夏想心中猜不透王鹏飞的真正用意，但他知道，王鹏飞一定清楚远景集团的真正打算，也知道自己和远景集团关系匪浅，所以此问不得不郑重回答。

"森林公园短期看是公益场所，从长远看，也有商业上的考量。毕竟远景集团是企业，在商言商，来燕市是要赚钱的。"夏想想了一想，"我觉得，远景集团肯定是看中了因为森林公园的兴建，而带动了周围地皮的附加价值增值的缘故！"

此话一出，王鹏飞微微动容。他不相信远景集团会对夏想说出他们的商业机密，那么夏想看出了远景集团的真正目的，显然是他自己的见解。难道说，夏想真有这么过人的眼光？

王鹏飞的目光之中，多了一些质疑和几分赞赏。

"既然小夏对远景集团有了解，你和立春接触的时间也不短了，和成总也见过几次面，对人民广场的前景，也应该有过一些想法，是不是？"如果说刚才是抱着一试的心理问夏想，现在王鹏飞则完全是考究的态度，看夏想是真不清楚，还是假装糊涂。

夏想被王鹏飞逼得无路可退，想了想，觉得王鹏飞应该没有什么恶意，或许也是为了衡量他的分量和价值，也就不再隐瞒："我也就是猜测一下，成总的人民广场和森林公园有相似之处，不过也并非完全相同，但总体来说，还是有异曲同工之妙。"

王鹏飞一双筷子停在空中，半晌没有落下："好一个异曲同工之妙，小夏，今天你总算说了一句真话。"

夏想憨厚地笑了，他不是说了一句真话，而是说了一句让王鹏飞满意的话。今天的牌，直到这一刻才算确实没有白打。

下午他还是抽空见了一趟肖佳。

过年时生意基本上处于停顿状态，肖佳也已经抽空回了一趟家，不过只待了一天就又回到了燕市。她还是放心不下生意，也是想念夏想。年前年后加起来有一段时间没有见着夏想，肖佳属于正被开发并且逐渐有了感觉的女人，内心也有欲望和渴望，生理和心理的双重需要也很强烈。

见到夏想，还不等夏想有所表示，她就有点迫不及待地扑入夏想怀中。夏想最近也是没有动过真格，身边三个女人，只有肖佳可以任意驰骋，说起来也是有点没有选择。

……

二人一直折腾到筋疲力尽之后，夏想才抚摸着肖佳潮湿的后背，无限感慨地说道："作为开拓者，其实我一直很辛苦，现在总算有一点回报了。"

肖佳忽然想起一个问题："你一直挺熟练的，在我之前，有过几个女人了？"

夏想掰着手指数了数："你别说，还真数不清了。"

肖佳伸手拧了夏想一把："别吹了你，你大学刚毕业，一直像个腼腆的小男生，以前跟我说几句话就脸红，还有过几个女人？我看一个也没有。也不知道你那一天中了什么邪，就下大雨那一天，一下子胆大起来，还敢冲我凶？从那以后，我就觉得你变了一个人一样，从青涩小男生，一下子就长大成人了。"肖佳说着，在夏想身上画着圈圈，"是不是在这方面，男人都是无师自通？"

这一点差不多算是说对了，男人好像都不需要别人教，一上来就知道要做什么，想想也是怪事。

夏想对不能陪肖佳回家感到有一丝惭愧，肖佳却已经想通了："你陪我回去了是骗人，名不正言不顺，何必自欺欺人，想想也就算了。每个人追求的境界不同，有时候表面上属于你的东西，或许并不真正属于你。做人，不能太贪心了，是不是？"

夏想才想到一个问题："一直没有问过你，你老家在哪里？"

肖佳雪白的身体在灯光的照耀之下，反射出一种无比诱人的光芒，真正的玉体横陈，娇态万千。真正的天生媚骨的女人，不管是赤裸还是穿着衣服，举手投足之间的迷人风姿从来不减分毫。况且现在的肖佳得到了滋润，更是如水如雾，如一朵沐浴过阳光雨露的娇艳之花，美不胜收。

夏想的目光就有点放肆地扫来扫去,怎么都看不够。

肖佳被夏想看得不好意思,拉过了被子盖上:“安县……听过没有?”

“安县?”夏想顿时愣住,怎么这么巧,原来肖佳是安县人。他笑了,“我过一段时间可能要到安县当副县长……”

“真的假的?你升官的速度也太快了,这么说,我还真捡到了宝?”肖佳一脸的神采飞扬,不过片刻之后又黯淡下去,“错了,你是别人的宝,不是我的。”

肖佳表面上说过什么都不争,不过是她担心夏想嫌她麻烦怕她多事而不要她的违心之话。女人天性里面,都渴望嫁给一个成功的男人,可以有人前人后的风光。肖佳也清楚,她没有和夏想讨价还价的资格。尽管做夏想的情人,她也觉得没什么不好,也认可自己不能见光的身份。但谁都有追求更高幸福的梦想,有时候肖佳也有走向前台的奢望,觉得如果夏想真能娶了她,就是她一生最幸福的时刻。

没有人可以剥夺一个人拥有梦想的权力。

夏想理解肖佳的心思,有些话他不能说出口,不是欺骗肖佳,而是不让她听了更加难受。毕竟和曹殊黧、连若菡相比,肖佳就算是千万富翁,也改变不了她不是高官子女的事实。况且与她们高贵的出身相比,曹殊黧和连若菡的相貌和品行也是千里挑一。

夏想只能安慰肖佳:“我有女朋友不假,她是谁,不是我不想告诉你,而是没有必要。”

“我知道。”肖佳忽然又调皮地笑了,“我只是想,也许有朝一日我会躲在背后看着你们走向婚礼的殿堂。”

肖佳在笑,夏想却没有想笑——他笑不出来,婚礼对他来说似乎很遥远,但两年时间转眼就过。两年后,曹殊黧大学毕业,他真能义无反顾地娶了黧丫头,而不顾背后一直支持他的连若菡?

到时他能忍下心吗?夏想无法回答自己。

第二天,他又和曹殊黧一起,去陪了陪连若菡。毕竟连若菡一个人在燕市,不能让她太孤单了。夏想也曾试着问她为什么不回家过年,连若菡却当着曹殊黧的面,一点也没有给他面子:“不该问的就别问,知不知道尊重别人隐私?”

一转身却又在趁曹殊黧不注意的时候,伏在夏想耳边悄声对他说:“我知道你的小腹上有一颗痣……”

夏想大惊,他想了想,没有在连若菡面前裸体过,她什么时候发现的?连若菡仿佛故意解答他的疑惑一样,又说:“上一次在国际大厦,你只穿了一条内裤,下面丑乎乎的东西搭帐篷时,我无意中发现的。”

这话就太有诱惑力了，夏想知道连若菡发坏，成心在曹殊黧面前勾引他，就一本正经地大声说道："君子坦荡荡，小人长戚戚……子曰，唯女人与小人难养也！"

曹殊黧怒了："你说什么呢？明明眼前有两大美女在此，你还故意使坏，是不是欠打了？"

"他就是皮痒了，欠收拾了，要不我们收拾收拾他？"连若菡鼓动曹殊黧对夏想进行体罚。

结果就是，曹殊黧和连若菡合伙欺负了夏想一顿。作为革命意志非常坚定的夏想同志，当然不能坐以待毙，他乘机摸了曹殊黧几把，甚至还敢趁曹殊黧没注意，也摸了连若菡的某处一下。连若菡大恼，用手指捅了夏想有痣的部位，让夏想欲哭无泪，不带这么折磨人的，只管点火不管灭火，太气人了！

接下来又应酬了一天，有些朋友过年必须得见上一见，否则就得落人埋怨。夏想跑来跑去，跑得不亦乐乎，还好，一到初八，就正式上班了。

上班归上班，但一般十五之前也没有什么人办公。转眼就过了十五，机关的人也慢慢收了心，才觉得年终于过完了，没有了念想，也就正式进入了状态。

夏想没想到的是，李丁山还没有回坝县，他接到他的电话，是约他一起去见宋朝度，他想也没想就答应下来。一下班，就急匆匆赶到史老家接上李丁山，然后直奔宋朝度家。

宋一凡好久没见夏想，一见他，高兴地拉着他的手跳个不停。夏想努力几次才挣脱她的手，心想让爸爸带女儿是不够细心，要是妈妈在，肯定会教育女儿，不能随便拉男孩子的手。尤其是现在，宋一凡年纪不算小了，算是大姑娘了，小手软软滑滑的，让夏想不由自主想起了两年前的曹殊黧。

他笑着对宋一凡说："小妹妹见大哥哥高兴没错，但表示高兴的方法有很多，可以笑可以跳也可以叫，但最好别抓着我的手，好不好？"

宋一凡不高兴了，一转身就去告状："爸，夏想哥哥不想我抓他的手，他小气，你得批评批评他……"

"呵呵，你夏想哥哥是对的，你是大姑娘了，得注意，不能和男孩子太亲热了。"宋朝度毕竟也是当父亲的，立马明白了夏想的意思，对夏想赞许地点点头，又对宋一凡说道，"你从小一直跟在我身边，你妈妈和你在一起的时间短，有些道理，本该她讲给你听。爸爸讲出来，也不太方便。"

"不说拉倒，我觉得没什么，哪有这么多讲究。"宋一凡反驳一句，又看着夏想说，"夏哥哥又不是男孩子，他是男人。"

夏想无奈，男人比男孩子更可怕，当着宋朝度和李丁山的面，他又不好多说，只好笑道："那好吧，我以后让你拉我的手。不过我有一个条件，就是你只能拉我一个人的手，其他男孩子的手，都不许拉，好不好？不答应的话，以后我就不让拉了。"

宋一凡侧着头看了看宋朝度，又歪着头看了夏想一会儿，最终还是答应下来："也好，我就先答应你。不过如果以后我喜欢上了别的大哥哥，那怎么办？"

"那你先告诉爸爸，和他商量商量，看他怎么说，好不好？"

"行，看你笑得挺憨厚的，我就同意了。"

宋朝度难得地笑了，以十分和蔼的口气说道："还是小夏有办法，唉，养一个女儿，操不完的心，说不得骂不得更打不得。她妈妈又总不在身边，我反正没少被她气得吃不下饭。"

夏想和李丁山都笑了起来。

李丁山约夏想来见宋朝度，其实也没有什么事，不过是想三个人一起聚一聚。怎么说也是三个人第一次会面，也算隆重也有正式的意思，宋朝度就拿出了珍藏多年的好酒，又让保姆在家中做了饭，三个人就在阳台上，就着月色下酒。

李丁山要到安县的事情，宋朝度也已经知道，也是持赞成的态度。对夏想任副县长，陪李丁山一同上任，他没有发表什么看法，好像也是谨慎乐观的样子。夏想猜到宋朝度可能觉得他留在燕市更好一些，但因为是史老的安排，宋朝度也不好开口反驳。

李丁山喝了几杯酒，有了点感慨："虽然有小夏陪我下去，不过身边没有一个趁手的秘书，实在是伤脑筋，朝度你有没有合适的人选？"

宋朝度慢慢摇头："不好找，各方面合适又让我完全信任的人，还没有。"

夏想心想，对宋朝度来说，符合条件的人肯定不少，但让他信任的人，是少之又少。宋朝度很难轻易去信任一个人，对此他深有体会。他和宋朝度算是交往时间不短了，每次来宋家，除了谈正事之外，他极少说到个人事情，哪怕是随意聊天也没有。要么是有事说事，要么就无话可说，幸好还有宋一凡比较喜欢和自己说话，否则每次来宋家，恐怕说话不超过三分钟，就会无话可说了。

"小夏有没有合适的人选？"李丁山又问夏想。

"有倒是有，而且还有两个人……"夏想犹豫一下，本来他只想推荐钟义平一人，后来转念一想，何不推荐一下方格试试，也许方部长也有意让方格下到基层锻炼一下。安县离燕市不远，方部长虽然和李书记不熟，但自己也下去当副县长，说不定方部长会大感兴趣。

真要是方格当了李书记的秘书，就等于将李书记和方部长联系在一起，李书记有难时，方部长肯定不会坐视不理。当然好事是好事，夏想有意促成此事，还要双方都同意才行。

“一个叫钟义平，小伙子人倒不错，学历也高，而且也有眼色，缺点是，不够大气。”夏想的评价还算中肯，钟义平没有基层的工作经验，眼界有点低，但有上进心，又肯干，不愁学不会……

“还有一个叫方格，刚毕业，北大的高才生，稍微有点轻浮，不过有眼界，用心干的话，比钟义平更有前途。”夏想自嘲地一笑，“因为他是方进江的儿子。”

李丁山吃惊不小：“市委组织部部长方进江？他的儿子肯放给我当秘书？小夏你不要开玩笑了。”

反倒是宋朝度比较沉稳，若有所思地说：“你别说，小夏这个思路还挺不错。方进江既然安排他的儿子进了改造小组办公室跟着小夏，就是对小夏大有好感，非常看好小夏，才放心让他的儿子跟在眼前。小夏既然和你一起下到安县，那么方格能在你身边当秘书，等于还间接地和小夏在一起，出于这方面的考虑，我想方进江或许还真能松口。”

李丁山自嘲地笑了：“我找个秘书，还得看小夏的面子，我这个县委书记越混越不济。当初小夏连副科都不是时，我就是县处级了。现在小夏是副县级了，我还是县处，你说，我的秘书比我升迁还快，是不是让人非常无奈？”

夏想嘿嘿直笑：“李书记又说见外的话了，我升到副科是您提拔的，正科虽然是来到燕市才提的，但也是因为在坝县的底子打得好，有乡里任职的经历才得以顺利长了半格。归根结底，还是完全由您一手帮我扶到了科级，至于副处，全是因为沾了改造小组批了编制的光，不算数……”

“好运气不是人人都有的，也要陈风想扶你，才把你放到主任的位置上。”宋朝度今天也不知是因为李丁山在场的关系，还是多喝了几杯酒的缘故，话不少，“在官场上，有人帮有人带很正常，但还是有人上有人下。最主要的是，帮带只是外力，个人能力和为人处世的水平，才是升官之本！”

燕省即将迎来新一轮干部调整

可以说，宋朝度的话掷地有声，是有感而发。联想他在担任省委秘书长之前，曾经有两次破格提拔的经历，夏想对宋朝度为人处世的水平就没有丝毫的怀疑。

现在的宋朝度是潜龙在渊，或许他会有飞龙在天的时候。现在取得他的信任，比起他以后高高在上的时候要容易一些，也更长久。一旦一个人久居高位之后，身边就基本上没有真正的朋友可以谈心，他最信任的朋友，始终是在他落难时，和他走得最近的人。

“是，是，宋部长说得对，我铭记在心。”夏想点头称是，大着胆子敬了宋朝度一杯。

宋朝度很给面子地和夏想碰了碰，一饮而尽，感慨地说道：“小夏，我交友不多，不是我冷漠不容易接近，而是我就是沉闷的性格。也正是因为这样的性格，可能才落到现在的地步。还好在我最困难的时候，有丁山这样的知心好友，又有你这样的忘年小友，也足够让我欣慰了。尤其是你能帮我管住小凡，真是让我大感惊讶……有亲和力，能让各种各样的人喜欢你，这样的性格在官场之上，非常有利！”

李丁山笑道：“朝度，你就别夸他了。小夏常跟我说，不让我夸他，夸多了他会骄傲的。”

宋朝度目光炯炯地看着夏想：“小夏，说实话，夸你两句，你就会飘飘然了？”

夏想被宋朝度的目光盯得有点心虚，忙道：“被夸的时候，当然会小小的兴奋一下。过后就会冷静下来，继续该干什么就干什么……”

宋朝度第一次伸出手，拍了拍夏想的肩膀：“好好干！”

夏想使劲点头，心里怦怦直跳，这么说，自己是已经获得了宋朝度的认可，成为了他最信任的人之一？还真不容易，从第一次接到他的电话，再到第一次和他见面，再到今天从他口中说出让自己好好干，差不多已经过去了将近两年的时光……

最后李丁山和宋朝度一致决定，让夏想去探探方格的口风，如果可能，让方格出任李丁山的秘书是再好不过。方进江不同意的话，就再考虑钟义平。

一上班，夏想就找到方格，直截了当地向他透露出李丁山的意思。方格也知道夏想以前担任过李丁山的秘书，不过这件事情来得太突然，下到县里他没有一点思想准备，就愣了一会儿才说：“得让我想想……夏哥，你说下去是好事还是坏事？”

方格有才气不假，但在人情世故上还需要历练，夏想也不瞒他：“好处是在县里李书记是一把手，你待上一两年就有可能提到正科。坏处是，县里的斗争既简单又复杂。简单是指有时候基层干部的做事方法直接而粗暴，复杂是说基层干部的思维方式，有时是市里的干部无法理解的，毕竟有着层次上的差异。

要我说，好处和坏处，一半对一半吧。你要有本事，就能变坏为好。没本事的话，混一段时间就只能再灰溜溜地回来。”

这么一说，反而激发了方格的志气：“我去，我还不信了，我一个北大的高才生，还斗不过几个乡村干部？回家我就跟我爸商量去。”

夏想就笑：“不要把事情想得太简单了，也别想得太复杂了，总之一句话，不低调不嚣张不老实不狂妄。”

方格笑了半天：“等于没说。行了，我想好了，就等回家说服我老爸了。对了夏哥，我要下去了被人欺负，你可不能不管我。”

夏想没有对方格说他要下去当副县长的事情，毕竟他下去当副县长，比起李丁山上任县委书记，程序上要麻烦一些，现在就说为时过早。

方格刚走，夏想就接到了江天的电话，说是陈市长找他有事。

来到陈风的办公室，正好里面有人在汇报工作，江天就乘机压低了声音对夏想说：“陈市长发火了，好像对你大为不满。小夏，你又做什么事情让陈市长生气了？”

夏想想了想：“没有呀，这不最近一段时间一直还没有事情可做，城中村的改造还没有开始，再说我一直很老实。刚过完年，谁会给陈市长添堵？”

江天也是一脸纳闷：“反正你小心一点，陈市长估计得训你一顿。”

江天没有说对，陈风没有训夏想，却晾了他。夏想进去后，陈风只说了一个字：“坐！”然后就埋头看文件，低头签字，还打电话，总之忙得不亦乐乎，就是一句话也没有对夏想说。

换了别人，肯定会急得满头大汗，或者吓得诚惶诚恐。夏想虽然也有一些担心，不过他自认比别人都了解陈风的脾气。陈风要是真生气，肯定会当面说出来。他要是对某人不满，有意让某人反省，才会晾着他，让他自己琢磨一下错在了哪里。

夏想坐了几分钟后就明白了，史老已经动手了，肯定是史老背后的势力已经开始了运作，调他去安县的事情，已经传到了陈风的耳中。

大概过了半个小时，陈风伸手喝水的时候，才发现杯子中没水了，就瞪了夏想一眼：“倒水。”

夏想急忙拎上暖壶给陈风倒满水，一脸笑容地说道：“陈市长别累坏了身体，身体是革命的本钱，要注意劳逸结合。虽然我也知道以陈市长的雄才伟略肯定大小道理都明白，不过有时难免一忙起来就忘了，所以就特意提醒一下。陈市长，要喝水就说话，我就在旁边呢。”

“我叫你来，不是让你倒水来了。”陈风还是怒容满面，“小夏，做人要厚道，做事情要考虑长远，不能只顾眼前利益，更不能把城中村改造小组当成跳板！”

陈风的不满夏想可以理解，真要说是说起来，他也有点卸磨杀驴的意思。可惜的是，他也是身不由己，李丁山是他的引路人，再说陈风也是把他从李丁山手中抢了过来，现在不过是李丁山又要人回去，其实也算公平。

夏想就说：“陈市长，我知道现在走确实不合适，可是我有得选择吗？我从坝县来燕市，说起来也是没有选择。现在又要从燕市到安县，还不是一样？再说李书记毕竟是我的老领导，我不可能忘本。要是我一认识了陈市长就将李书记的恩情抛到一边，那以后肯定还会因为认识了更高的领导，而把陈市长的好忘得一干二净。”他小心翼翼地看了陈风一眼，见他脸色稍微平静了一些，就又说道，“安县离燕市也不远，也是燕市的管辖县，还是在陈市长的领导之下，陈市长要是想我了，一个电话我就会从安县回来。”

陈风终于忍不住笑了：“少跟我贫嘴，别以为三言两语就能打动我，让我原谅你。你下到安县也算是好事，不过总得提前给我透露一下，好让我重新安排一下改造小组的人手。你倒好，给我来一个突然袭击。忘了我把你从坝到调来，给了你半年的时间准备！”

当领导的都不希望手下搞小动作，而他是最后一个知道的人。夏想也不希望和陈风的关系闹僵，尽管陈风对他真的不错，但他也不能无所顾忌，必须要在陈风面前拿出足够的诚意和态度。他就以十分诚恳的态度说道：“其实也就是年后我和李书记见面的时候，他才提出来，到现在总共还没有几天。我心里也一直在犹豫，也不知道李书记具体调回来的时间，怕事情有变，就没敢提前给您说。”

陈风听了，果然脸色好了不少，点了点头：“要不是我知道你一向做事情比较慎重，绝对饶不了你。虽然想要调你的人有点能量，但我不点头，他也别想从我这里把人调走。”陈风忽然叹了一口气，笑了一笑又说，“说实话小夏，我还真不想放你走。你在改造小组，真的替我解决了不少麻烦。有你在，我都觉得省心了不少，连带省里的压力也减轻了许多。别以为我不知道，你在暗中替我做了许多事情，可以当得起我一个‘谢’字。”

夏想立刻恭谨地说道：“陈市长言重了，我不过是在陈市长的英明领导下，完成了本职工作而已……”

陈风摆摆手：“废话和没用的话，就不要说了。领先房产和吉成地产的明争暗斗，我又不瞎，看得清楚得很，要不我怎么会支持领先房产？虽然领先房产和吉成地产都是一种货色，谁也好不到哪里去，但能当坐山观虎斗的人的好机会我也不能放过，况且吉成地产的吃相也太难看了一点……小夏，你不会认为我不知道你在其中所起的作用吧？”

夏想也知道他的一些事情瞒不过陈风，只不过没想到陈风知道得这么详细，还好他和陈风是一个战壕，没有太多的私心杂念。否则要是私下里有些小动作一类的，还真逃不过陈风的眼睛。

夏想自我检讨:“我做得不对的地方，请陈市长尽管批评，我会虚心改正。”

陈风哈哈一笑:“你要做得不对，我还巴不得让你赶紧走，是你做得太好了，我才舍不得你走。知道我最欣赏你哪一点吗？”

陈风的疑问是不需要回答的自问自答，夏想只是摇摇头，陈风就说出了答案:“为人聪明，办事稳重，不居功不自傲，从来不向领导邀功……小夏，有你这样的属下，哪个领导会不喜欢？这么大的市政府，一旦规划或开发一处地方，除了你之外，没有一个人能和我想到一处。你说说看，我放你走，是多大的损失？”

不管陈风有没有表演的成分在内，夏想还是感动了，一个堂堂的副省级市长，和他进行交心式的谈话，光是这份耐心和真诚就足以让人心生感激。陈风是假装也好，是真心也罢，夏想都不管，第一次在陈风面前流露了心声:“谢谢陈市长对我的器重，别的我不敢说，只有一句话:我会一直坚定地支持陈市长。希望有机会再在陈市长的领导下工作！”

陈风淡淡一笑:“好了，好了，不用表忠心了，我当初也是把你从李丁山手中抢来的，现在放你走，不过是又还给了李丁山，也没什么。不过你一走，城中村改造小组办公室就没人可以挑起大梁，另外有不少人是乐见你离开改造小组办公室的，因为你一走，我就少了一员大将。”

夏想说道:“现在改造小组有曲主任和吴主任，就足以维持正常的运转。再说现在城中村的改造也没有太多的复杂局势了，小事情他们也有足够的经验去处理，大事有陈市长高屋建瓴地全面统筹安排。还有，我觉得钟义平人也不错，可以给他也压压担子，相信过不了多久，他能也独当一面。钟义平万一有什么难处的时候，他肯定会想到我，只要他开口，我肯定不能不帮……”他一口气说了半天，心想总得让陈市长满意了才行，就又说，“我人虽然离开了改造小组，但关系不会断，所以陈市长尽管放心，我在安县，也会时刻等候您的召唤……”

陈风挥挥手，笑道:“别跟我说杂七杂八的话了，你下到安县也是好事，我同意了。不过我有一个条件，你必须答应……”

夏想心中一惊:“请讲。”

“我儿子过几年也想从政，等他毕业时，估计你也该到副厅甚至正厅了，正好我让他跟在你身边锻炼锻炼，怎么样？”

“我怕我能力不足……”有老领导的儿子在身边是好事也是坏事。好事是老领导对你信任有加，完全相信你，才将儿子交给你来带帮；坏事是，谁也不知道他这个儿子是不是个材料，万一是一个高傲的人，管还是不管？所以夏想的担心不无道理。

“这么说，在你眼里，和我的关系还不如和方部长的关系近？”陈风似笑非笑地看着夏想。

夏想无奈只好投降：“承蒙陈市长看得起，要是到时我真能升到副厅以上级别，我就帮带一下小陈。要是升不到，就不好说了。”

陈风大笑：“你的意思是，我还得努力拉你一把，保证你到时升到副厅？”

夏想搓搓手：“我可没有这个意思，陈市长完全误会了我的一片真心……”

陈风略过此事不提，却摆出一副请教的态度问夏想：“你说说看，崔书记下一步会不会再对改造小组有动作？”

这是考验还是试探？夏想低头一想，还是实话实说：“估计暂时不会了，因为改造小组现在的作用不如以前大了，剩下的几个市中心的城中村，估计达才集团最后会出手。达才想要，别人基本上就没有希望了，反正也就没有了多大的悬念。崔书记担任书记有两年多了吧？下一步他的眼光应该放到了省里，暂时没有心思再想别的事情了……”

说到这里，夏想心中一动，按照惯例，一般燕市的书记通常都会升到省委任副书记，崔书记一走，陈风应该顺理成章接任了书记。如此一来，市长的位子又成了各方势力角逐的必争之地！不知道曹伯伯有没有希望再进一步？

不过也有点悬，曹伯伯资历不够，省里的后台不够强硬，燕市的市长位置又是炙手可热的关键之地。曹伯伯想要坐上市长的宝座，困难很大。

不过如果有陈风的大力推荐，如果再有路书记的力挺，曹伯伯的希望就会大增！

夏想再抬头时看陈风时，眼中充满了炙热的目光。

陈风笑了：“想明白了？我可以提前给你透露一点消息，最晚下半年，崔书记就会调到省里任副书记。”

“那陈市长就要变成陈书记了？”夏想试探着问。

“也不怕提前告诉你，我下一步就是省委常委、市委书记了，不过……”陈风无奈地一笑，“政治从来都是妥协的产物。”

夏想立刻明白了：“路书记要退？”

陈风点头：“基本上定了。虽然现在形势还不太明朗，不过下半年，省里会有大的变动。是好是坏现在还不好说，不可能都是好消息，也不会全是坏消息，最乐观的估计是好坏参半。所以说，小夏，你下去后好好干，上面再有人，最终要靠的还是自己。你自己做出了耀眼的政绩，别人想压你都压不住！”

出了陈风办公室，夏想长舒了一口气。

让夏想感到稍微有些意外的是，方进江十分爽快地就答应了让方格去安县。方格向夏想叙述时，还绘声绘色地学方进江的口气：“好事，去，为什么不去？你告诉夏想，让他转告李书记，就说我方进江谢谢他，谢谢他帮我管教儿子……”他又看了看左右没人，压低了声音说，“我爸又说了，让我替他也谢谢你……怪了，他让我谢你什么，好像没你什么事？”

曹殊黧的眼泪

看来方进江也知道了他要调往安县的事情，不过出于组织干部保密的原则性，还没有向方格透露，夏想也就笑着给了方格一拳：“是我把你介绍给李书记的，要不，他怎么会认识你？你也是，不谢我就算了，是不是怕我让你请吃饭？”

“一顿饭谁请不起，吃就吃，说吧，去哪里？随便点！”方格的脾气一点就着。

夏想的本意也不是要吃他一顿饭，而是要借吃饭的机会，稍稍向他透露一些李丁山的喜好和脾气，也暗示他一些身为秘书的要求和注意事项，就说道：“就去国际大厦餐厅吧，离得也不远。”

夏想对国际大厦总有一种特殊的感情，第一次和高海见面就是在国际大厦，同时也认识了楚子高；第一次和连若菡暧昧同居也是在国际大厦。总之，国际大厦给他留下了太多的回忆。

尽管暂时还没有风声传出，不过经由夏想推荐，钟义平被提拔为改造小组的副主任，还是引起了有心人的关注。当然其中就包括曲雅欣和吴港得。

时间进入了二月份，春寒料峭，冬天的尾声仍然影响着燕市的每一个角落，气温依然很低。曲雅欣穿着直筒长裤，羊毛大衣，脸上薄薄施一层粉，显得她肤色白而健康。正好今天吴港得有事外出，办公室就只有她和夏想二人，曲雅欣犹豫一会儿，还是开口问道：“夏主任，你的工作是不是过一段时间，会有所调整？”

夏想见曲雅欣也看出了变化，猜测她是关心自己走后，谁可以扶正的问题，想了一想，说道：“现在我也没有得到确切的消息，曲主任还是安心工作吧，陈市长不会亏待每一个认真工作的人。”

曲雅欣一听夏想猜到了她的心思，不由脸上微微一红："我就先祝夏主任步步高升，以后不要忘了老朋友才好。"

夏想也开玩笑地说道："我怎么能忘了曲主任？曲姐端庄得体，风韵十足，是政府大院一道亮丽的风景，不知道有多少人羡慕我和曲姐在一起办公！"

夏想的打趣让曲雅欣一颗心不争气地怦怦跳个不停，脸上也有些发烧。她偷偷看了夏想一眼，见他嘴上说得煞有介事，脸上却没有表现出一丝调侃的神情，不由心中一黯。夏想也真是的，嘴上说得好听，从来没有见他正眼打量过自己，还真是一个冷面郎君。

难道女人一过了三十岁，就真有没有一点吸引力了？曲雅欣暂时忘了能不能接替夏想升职的事情，陷入了自怨自艾之中。

一进三月份，随着春风吹来，燕市的街头开始露出一点点绿色，春天的脚步越来越近，压抑了一冬的人们都变得脚步轻松起来。与此同时，一个小道消息在城中村改造小组办公室不胫而走，夏主任要调任安县任副县长！

"夏主任，是不是真的？你怎么能说走就走，扔下我不管了？"钟义平提上副主任后的高兴劲儿还没有过去，冷不丁听到这个消息，急忙来找夏想求证。

吴港得也急巴巴地说道："夏主任，改造小组在你的带领下，披荆斩棘、勇往直前，我不敢想象没有了夏主任的改造小组会成为什么样子。千万别走夏主任！"

没想到吴港得还挺会煽情，夏想哑然，笑了笑说道："可能真的要走，等确定下来之后，我一定会和大家好好聊聊。我也不想离开大家，不过不管是留在小组办公室，还是调走，都是工作需要，都要服从上级领导的安排。小钟，老吴，我又走不远，会随时回来看望大家的。"

夏想知道既然已经传出了风声，可见事情的运作已经到了最后阶段，估计很快就有组织部门谈话了。

钟义平红了眼圈："夏主任，你走了我可怎么办？我以谁为榜样，以谁为准绳呀？听说方格也要去安县，是不是你安排他和你一起下去的？我也跟你去安县，好不好？"

钟义平的话说得有点不靠边，不过却是真情实感的流露，夏想拍拍他的肩膀："在哪里都是工作需要，都会大有作为。小钟，好好跟着曲主任和吴主任干，等我回燕市的时候，希望你已经可以挑起重担。"

钟义平听出了夏想的言外之意："我会努力的，放心吧夏主任。"

今天正好是周末，办公室的事情处理完之后，夏想一下班就开车赶向建筑学院去接曹殊黧，争取表现得好一些。因为最近曹殊黧和他闹了点小别扭。

夏想买了一束花，又买了小丫头最喜欢的卡通熊，他左手花右手熊，然后在无数女生羡慕加忌妒的目光中，敲开了曹殊黧的宿舍大门。

周末果然是放松时刻，宿舍中只有两个人，曹殊黧和蓝袜，其他人都不在，显然不是出去约会就是疯玩去了。曹殊黧正伏案疾书，也不知道奋笔写些什么。是蓝袜开的门，她一见夏想出现，就先惊呼了一声，然后眼睛就迅速地亮了起来："好漂亮的花，好可爱的熊……"然后又看了夏想几眼，说了一句让夏想都感到脸红的话，"好帅的男朋友！"

曹殊黧不回头："蓝袜，快关上门，别放进来苍蝇，更不要放进来一些坏人。"

蓝袜立刻表现了重色轻友的优秀品质，她将夏想迎了进来，关上门，才笑眯眯地说："我没见到坏人，只看见一个手捧鲜花的帅哥……殊黧，是不是找你的呀？要不是的话，我就连花带人一起笑纳了。"

曹殊黧小手伸到背后，放在身后挥了挥："快拿走吧，统统都拿走，绝对没人和你抢。谁爱要谁要，我才不稀罕。"

蓝袜悄悄地来到夏想面前，调皮地伏到他耳边小声说道："配合我一下，好不好？我帮你逗殊黧开心。"

蓝袜穿了一身棉质的休闲衣，有点像睡衣，但又非常紧身，全身上下曲线毕露，她的脖子修长而优美，尤其是耳朵长得很好看，可爱而透明。她凑过来的时候有几根头发飘到了夏想的脸上，弄得他痒痒的，又不好意思去拨弄。

夏想刚要说话，蓝袜又小声说："不用开口，只用点头或摇头。"

蓝袜向夏想做了一个噤声手势，然后大声说道："殊黧，你真的连人带花都不要了？"

"不要了，不要了！"曹殊黧还是不回头，还在纸上写个不停。

蓝袜就得意地笑了："殊黧真是太大方了，那我就都要了。走，我们去吃浪漫的烛光晚餐。"说着，蓝袜拉开门，先将夏想推到门外，随后她也出门，还用力将门带上，"我们先出去了殊黧，再见。"

夏想就和蓝袜站在宿舍门口，悄无声息地听里面的动静。一分钟，两分钟，一直过去了五分钟，里面没有一点儿声音。奇了怪了，曹殊黧就这么狠心，一点儿也不担心他被人抢走？一点小事儿不至于有这么大的气性，他认识曹殊黧以来，小丫头还从来没有和他生过超过五分钟的气！

夏想忍不住了，不顾蓝袜的摇头制止，一下推开了门，顿时愣住：只见曹殊黧正屏声敛息地站在门口，眼睛瞪得大大的，嘴唇抿得紧紧的，强忍着笑，和夏想来了个四目相对！

上当了！

夏想才知道小丫头聪明得很，早就算准了蓝袜的计策，就故意偷偷躲在门后和夏想比耐性，结果还是夏想输了！

曹殊黧终于笑出声来："臭坏蛋，有本事你就走，走得越远越好，才不要见你。"

"那我真走了？我去了安县，以后两个月，不，三个月回来一趟！"

夏想转身佯装就走，却被曹殊黧一把拉住，她一脸委屈，眼泪在眼里打转："不许走！本来是你不对，你还跟我斗气，你怎么就这么不懂事？"

好吧，连不懂事都说出来了，夏想一下子感觉自己降低到了幼儿园的水平，他反手拉住曹殊黧的手："哭哭笑笑，吵吵闹闹，你本事也不小！我去安县工作，又是和李书记一起去，再说曹伯伯也同意，你就别再耍小性子了，我又不是去坝县——安县离燕市才七十公里。"

曹殊黧将夏想拉进了宿舍，蓝袜也踮着脚尖进来，只顾笑，不说话，悄悄地坐到床上，看夏想和曹殊黧生气。

曹殊黧心中还是有点不快，她确实不想让夏想离开她。夏想回燕市的一年来，二人几乎天天通电话，隔三差五见面，还有每周都在家里吃饭。夏想的住处离学校也近，让她时刻感觉夏想和她在一起，没有片刻分离。

现在早已习惯了夏想的问候和存在，习惯了在他面前撒娇耍闹。他又突然要去安县——安县虽然说不远，但毕竟不在市区，七十公里说近也近，但说远也远，开车也要一个多小时。一想到她不能随时和夏想见面，一想到生活中突然缺少了夏想的存在，她心里就一阵阵难过。

虽然有蓝袜在场，曹殊黧越想越伤心，还是哭了鼻子。

蓝袜揉揉眼，叹了口气："再漂亮再圣洁的女孩子，一旦谈了恋爱，就坠入了凡间，再也无法飞翔了。因为她心中有了牵挂，因为总会有一个男人让她心伤。"

夏想就替小丫头擦眼泪，越擦越多，就慌了："不得了了，决堤了！蓝袜，快出去疏散人群，要不一会儿大楼就被淹了。"

蓝袜不为所动，她抽出纸巾递给夏想："好好替殊黧擦擦泪，你不知道，在我们宿舍，殊黧就是最可爱最爱笑的精灵。自从认识了你之后，她出神的时候就多了不少，不过幸好你很少惹她伤心，今天可是最严重的一次。"

曹殊黧却被夏想逗笑了，一把推开夏想的纸巾："就不擦，就带着眼泪出去，让大家都知道你欺负我了……"又一把抢过纸巾，在眼上胡乱抹了几把，"算了，还是擦了好，省得让你得意。"

"你哭了，我有什么好得意的？"夏想有些不解。

"这其中还有一个典故……"蓝袜在一旁负责解释，"曾经有一个男生一直追殊黧，追了好久也没有追上。他不服，就对殊黧说，你别高傲得像个公主，总有一天，你会为一个男生哭鼻子。”

蓝袜看了曹殊黧一眼，见她没有反对的意思，就又说道：“殊黧说，她才不会为男生哭鼻子，永远不会！”

夏想一本正经地点点头：“黧丫头说得对，她确实没有为男生哭鼻子。我不是小男生，我是成熟稳重的男人！”

曹殊黧破涕为笑，扑到夏想怀里，使劲向他怀里钻了几下：“就在你衣服上擦眼泪，你不许躲不许闪！”

本来夏想要接曹殊黧回家吃饭，不过今天正好是蓝袜生日，在曹殊黧的提议下，夏想只好答应陪她和蓝袜一起吃晚饭。夏想十分感谢蓝袜的用心帮忙，就给她点了爱吃的菜，还专门给她买了蛋糕，把她感动得眼睛眨个不停，看向夏想时的目光也有点意味深长的意思。

和曹殊黧一起回到曹家，小丫头早就没事了，咯咯笑个不停，让夏想心中感叹，其实和曹殊黧在一起的时候最轻松最快乐。她耍小性，但不会纠缠；她也黏人，但懂得适可而止；她会撒娇，而且很会把握时机，总是恰到好处。

世界上，每个女人都有独特的一面，曹殊黧也不例外。她最大的优点就是好哄，尽管聪明，但绝对不会故作聪明。夏想见小丫头和王于芬在一旁说悄悄话，还不时看他几眼，然后就笑，就知道她又在取笑自己，就笑着说她：“背后说人坏话，不好。”

“我没说你坏话，小气鬼。”曹殊黧冲他做了个鬼脸，“我在夸你有亲和力，蓝袜明显非常喜欢你，她总向我问你的事情。”

“那你不告诉她就行了。”

“那怎么行？我有那么小气吗？”曹殊黧一脸得意，扬扬自得地说道，“好东西要大家分享，再说她们越喜欢你，证明我也有眼光。”

曹永国呵呵地笑了：“不怕别人抢走夏想？”

“不怕，她们还差了几分火候。”曹殊黧的夸奖让夏想也不免心中高兴，只不过小丫头接下来的比喻，让他心中警惕了许多，“夏想见惯了连姐姐的美，一般人还入不了他的眼。”

是有心还是无意？夏想差一点心惊肉跳，他可是自认抵挡不了连若菡的诱惑。

几天后，组织部来人找夏想谈话，正式向他透露要他到安县任副县长，夏想当然是一切服从组织安排。随后方格直接被安县县委以借调干部的名义调走，先行一步到了安县。三月底，李丁山上任安县县委书记的任命正式下发，石堡垒接任坝县县委书记，赵建苏接任县长，坝县政局完成了平稳过渡。

估计是史老的精心安排，李丁山任安县县委书记一个月后，安县人大会议召开，李丁山顺利当选安县人大主任，从而一身兼两职，可谓大权在握。四月底，夏想被提名为安县人民政府副县长，经安县人大常委会选举，夏想顺利当选副县长。

夏想在燕市市政府的离职，也没有举行什么欢送会，不过还是引起了不小轰动，因为陈风执意要送夏想一程。陈市长出面相送，常务副市长曹永国，副市长谭龙，以及市政府秘书长高海，都一起陪同，再加上改造小组办公室的几十号人，送行的队伍蔚为壮观。

陈风寄语夏想："放手去干，不要怕困难。既然当上了副县长，就要有造福一方的执政理念。"

夏想态度诚恳地表示受教。

曹永国和谭龙没说什么，高海握住夏想的手，感慨万千："成长的速度还是很快的，千万要戒骄戒躁，不过根据我对你的了解，你有时比我还谦虚谨慎，呵呵……期待丁山和你重回燕市的一天。"

经夏想提议，最终曲雅欣被任命为改造小组的主任，升为副处级，钟义平也正式成为副科级国家干部。

这一次的告别和上一次在坝县的告别大不相同，夏想没有什么离愁别绪，毕竟安县还是燕市的管辖范围，离燕市也近。同时因为有了上一次在坝县的斗争经验，也因为李丁山到了安县之后，一切顺利，到目前为止并没有起什么波折，让他对先前所说的县长邱绪峰和副书记梅晓琳的联手之事，放松了警惕……